二見文庫

黒い悦びに包まれて

アナ・キャンベル／森嶋マリ＝訳

Midnight's Wild Passion
by
Anna Campbell

謝辞

たくさんの人に「ありがとう」と言わせてください！　まずはいつものように、ともに仕事をする喜びを実感させてくれるニューヨークのエイヴォン・ブックスのすばらしいみなさま。とりわけ、担当編集者のメイ・チェン、そして、アマンダ・バーゲロン、パメラ・スペングラー＝ジャフィー、ウェンディー・ホー、クリスティーン・マッダレーナ。有能な美術部門の方々にも、たいへんお世話になりました。美しい装丁は、わたしの大のお気に入りです。オーストラリアのエイヴォン・ハーパー・コリンズのみなさまにも感謝しています。中でも、アンナ・ヴァルディンガーとモニカ・スヴァーク。そしてまた、エージェントのナンシー・ヨストの変わらぬ支援には、いつも頭が下がります。

今回も、わたしの人生をどこまでも豊かにしてくれる作家仲間にお礼を。アニー・ウエスト、シャロン・アーチャー、クリスティーン・ウェルズ、ヴァネッサ・バーネヴェルド、キャンディ・シェパード、パメラ・クレア、ナンシー・ノースコット、アンナ・サグデン、ジーン・アダムズ、ヘレン・ビアンキーニ、パメラ・パーマー、ミランダ・ネヴィル、ルイーザ・コーネル、タウニー・ウェーバー、ジェニファー・ロウ、サラ・メイベリー、キャスリーン・オレリー、ニコラ・コーニック。あなたたちは最高よ！　すばらしい作品を生みだしながら、そのあいまに、わたしのウェブサイトの面倒を見てくれた多才なポーラ・ロウには、特別な感謝を。

にぎやかで、不敬で、愉快なロマンス作家グループ〝ロマンス・バンディット〟がなければ、いまのわたしはなかったはず。そのグループのメンバーのおかげで、いつも笑顔でいられます。そしてまた、〝ロマンス・ディッシュ〟の才気あふれるP・J・オースデンモア、バフィー・ジョンソン、ギャノン・カー、アンドレア・ウィリアムソンにもお世話になりました。

わたしが所属するいくつかの会からは、つねに励ましと情報と昔ながらの楽しみを授けてもらっています。〝ロマンス・ライターズ・オブ・オーストラリア〟、〝ロマンス・ライターズ・オブ・ニュージーランド〟、〝オーストラリアン・ロマンス・リーダーズ・アソシエーション〟、〝ロマンス・ライターズ・オブ・アメリカ〟のみなさま、ありがとうございます。

最後に、デビュー作の『罪深き愛のゆくえ』以来、作品を読んでくださっている読者のみなさまに心から感謝します。わたしのロマンス小説を熱心に読んでくださる方がいること、それがわたしにとってどれほど大きな意味を持っているか、ことばでは言い表わせません。

黒い悦びに包まれて

登　場　人　物　紹　介

アントニア・スミス・ヒリアード	淑女の付添い役の女性
ニコラス・チャロナー	ラネロー侯爵
カッサンドラ（キャッシー）・デマレスト	アントニアの遠縁の親戚
ゴドフリー・デマレスト	カッサンドラの父
エロイーズ	ラネローの姉
ジョニー・ベントン	放蕩者
ヘンリー	アントニアの兄。現アヴェソン伯爵
ソープ子爵	ラネローの友人
ベラ	カッサンドラのメイド

1

一八二七年四月　ロンドン

ラネロー侯爵ニコラス・チャロナーは、舞踏会場を伏し目がちに見わたした。舞い散る雪のようにくるくるとまわっている白いドレスのお嬢さまたちを。名だたる放蕩者《ほうとうもの》が、まさか社交界デビューの舞踏会に現われるとは、誰ひとりとして思ってもいないはずだった。名だたる放蕩者のラネローのほうも、普段ならこれほどりっぱな集まりに顔を出すほど野暮ではなかった。

ラネローが到着するやいなや、にぎやかなおしゃべりがぴたりとやんで、その場が静まりかえった。注目を浴びることには、ラネローは慣れっこだった。好奇の目や非難で心乱れることはない。オーケストラが奏でる流行のダンス音楽を聞き流しながら、獲物を求めて部屋の中を見まわした。

いた！

伏し目がちに標的を見つめた。

純白のドレスに身を包んだ世間知らずのお嬢さま。といっても、そのドレスは意外でもなんでもなかった。白は純潔を表わす。とりわけ、結婚相手を見つけるための社交の場ではそういうことになる。誰の手垢《てあか》もついていない商品――そんなふうに見えるとみなが信じて疑わないのだ。

だが、カッサンドラ・デマレスト嬢の純潔はまもなく穢《けが》される――ああ、かならずそうしてみせると、ラネローは新たに胸に誓った。最近はわくわくすることなどまずないが、これからその娘が自分の餌食になると思うと、胃が軽くなるほどの満足感を覚えた。

ラネローの登場で誰もが驚き、束《つか》の間、その場が静まりかえったが、舞踏会場はふたたび騒がしくなっていた。ここは天下の放蕩者に似つかわしい場所ではない――誰もがそんなふうに感じているのだろうが、それはラネロー自身も同じだった。

ああ、できることなら地下にもぐっていたい。

舞踏会に集った客が動揺するのも無理はなかった。ラネロー侯爵は血も涙もない冷徹な男なのだから。

標的の若い令嬢を見つめていると、邪《よこしま》な期待感がこみ上げて、いつのまにか唇に笑みが浮かんだ。とはいえそれも、滑稽なほどありきたりな黒いドレスが視界に割りこんで、眺めを遮るまでのことだった。ラネローは眉間にしわを寄せて、顔をそむけた。タイミングよく隣にやってきたソープ子爵に話しかけられた。

「なるほど、おまえもいよいよその気になったんだな、ベテラン色男？　それなのに、おしゃべりな意地悪女どもの冷たい視線に怖気《おじけ》づいて、デマレスト嬢をダンスに誘えずにいるわけだ」

「それを言うなら、ソープ、子ども部屋を用意する歳になった老いぼれ男と言うべきだ」ラネローは視線をもとに戻して、標的を探した。すると、視線を遮っている黒いドレスを着ているのが、印象の薄い顔をした背の高い女だと気づいた。少なくとも遠目には、印象が薄く見えた。色つきの眼鏡と、大きな縁飾りがついたレースの帽子に半ば隠れた顔を見るかぎりは。

ソープがからかうように言った。「残念ながら、デマレスト嬢に見向きもされていないらしい」

ラネローは口元に冷ややかな笑みを浮かべた。「ラネロー侯爵といえば、この国で屈指の金持ちで、英国征服とノルマン朝の創設にまでさかのぼる家柄だぞ」

ソープがくだらないと言いたげに鼻を鳴らした。「その家名をとことん穢しているのは、誰だったかな？　おまえが求愛したところで、とんとん拍子に話が進むとは思えない。なにしろ、デマレスト嬢にはこの国一の厳《いか》めしいお目付け役がついているからな。世間知らずのお嬢さまは騙《だま》せたとしても、お嬢さまの財産を手に入れる前に、難攻不落のミス・スミスに追いはらわれるに決まっている。いや、財産の匂いさえ嗅げないさ。ああ、賭けてもいいぞ」

「財産になど興味はない」ラネローは言った。それはほんとうだった。「それに、あのスズメみたいなオールドミスに邪魔されるだと？　見くびってくれるじゃないか。付き添い女など朝食代わりにいただくさ」

これまで玄人《くろうと》の愛人や未亡人や人妻を、昼食代わり、あるいは夕食代わりにして、それなりに楽しんできた。この世に信じられるものなどほとんどないが、熱に浮かされた初体験以来、女の体に見いだす束の間の悦《よろこ》びだけは信じられた。愛人に望むのはそれだけだ。そのせいでかならず相手を落胆させるにしても。

いいカモが見つかったとばかりに、ソープの目がきらりと光った。「近づいたとたんに、ミス・スミスに手厳しく追いはらわれるほうに、百ギニー」

「百ギニー？　自信たっぷりなわりには、けち臭いじゃないか。五百でどうだ？」

「乗った」

レディ・レストンが客のあいだを縫って、挨拶にやってくるのが見えた。ソープが叔母のレディ・レストンをうまく言いくるめて、ラネローに招待状を送らせたのだ。それでも、いま、その淑女は上機嫌のようだった。

ああ、そうだった。昨日の午後、この屋敷の庭の東屋《あずまや》でふたりきりで会ったときにも、上機嫌だった。その三十分後に、足元に下着をまとわりつかせながらもさらに上機嫌になって、美しい顔を興奮で赤らめていた。

まったく、女ってやつは……。といっても、女などそもそも気まぐれな生き物だ。

ラネローは近づいてくる女主人の肩越しに部屋の奥へと視線を移し、カッサンドラ・デマレストを探した。また姿が見えるようになっていた。カッサンドラが一週間前にロンドンにやってきてから、ラネローはそのお嬢さまを追って、遠くから眺めていたのだ。美人なのはまちがいなかった。ブロンドの髪に上品な容姿。とはいえ、表情がはっきり見えるほど近づいたことはない。だが、意味もなくにこにこ笑っているに決まっている。この舞踏会に集まった無垢《むく》なお嬢さまたちのつるりとした顔にはみな、そんな表情が浮かんでいるのだから。

ただし、あのお目付け役の女はちがう。

デマレスト嬢にぴたりと寄り添っている女をもう一度見た。あれではまるで、乳離れしていない子ヒツジを強い日差しから守っている大木。そんな考えが伝わったかのように、お目付け役の女が身をこわばらせると、顔をぱっと上げて、こちらを見た。

これだけ離れていて、しかも相手は眼鏡をかけているのに、女の目が冷たく光るのがわかった。厳格で、人を値踏みする鋭い視線。もちろん女としての魅力など微塵《みじん》もない。それなのに、どういうわけか目をそらせなかった。なぜか、音楽も人のざわめきもどんどん小さくなって、期待に満ちた静寂に包まれた。

手袋を投げつけるかのように、お目付け役の女は大胆にも挑戦状を叩《たた》きつけてきた。

次の瞬間には、女は目をそらして、付き添っているお嬢さまのことばに応えた。そのときちょうど、レディ・レストンが豊満な体を見せびらかすようにそばにやってきて、お目付け役の女との火花散る敵意は、一瞬にして消えていった。

ラネローは痛烈な無言のやりとりに胸騒ぎを覚えながらも、女主人の手を取ってお辞儀をすると、デマレスト家の一人娘であるカッサンドラ嬢を紹介してほしいと頼んだ。レディ・レストンことミリセントは、一瞬、むっとした顔をしたものの、自分の役回りをきちんと心得ていた。良家のお嬢さまがこの世に存在するのは、結婚して、夫のベッドを温めるためだ。独身の紳士はそういうお嬢さまの夫となる。たとえ、やりたい放題の放蕩を重ねた独身男であっても、夫となる資格は充分にあるのだ。

放蕩者のラネロー侯爵が身を固める決意をした——そんな作り話も、ほんものらしく響くにちがいない。といっても、邪な目的の隠れ蓑《みの》に、高位の貴族の地位を利用したことは、これまで一度もなかった。罪深い男にはめずらしく、偽善という罪だけは犯さずに生きてきたのだ。そしてまた、自分の心を偽ってまで、これからしようとしていることを正当化するつもりもこれっぽっちもなかった。今回の件で、地獄で焼かれるとしても、それは覚悟の上だ。カッサンドラ・デマレストはまぎれもない無垢なお嬢さまで、破滅させられて当然だとは口が裂けても言えない。それはわかっていても、この計画は何よりも重要で、目的を果たすためにうってつけの獲物を逃すわけにはいかなかった。いまさら良心の呵責《かしゃく》を感じて、思いとどまるわけにもいかなかった。

そうだ、良心の呵責などというものとは長いこと無縁だったのだから。

女主人の虚栄心を満たしながらも、ラネローはデマレスト嬢のふるまいすべてをしっかり見ていた。ちょうどダンスが終わったところで、そのお嬢さまはダンスの相手に連れられて、厳めしいお目付け役のもとへ帰っていくところだった。お目付け役はといえば、石に変えられた背の高い魔女さながらで、身に着けているのはゆうに五シーズンは前の不格好な古ぼけた黒いドレスだった。

デマレスト嬢が何やら話しかけると、無愛想なお目付け役のミス・スミスがにっこり笑った。

なんなんだ？　いきなり無愛想ではなくなったぞ……。

その瞬間、腹を殴られたように息もできなくなった。

まさか、そそられたのか？　悪い冗談はやめてくれ。信じられない、しわだらけのオールドミスの唇があれほど瑞々《みずみず》しいとは。といっても、こうしてゆっくり近づいていくと、ミス・スミスがしわだらけのオールドミスではないのがはっきりしてきた。肌は澄んで、しわひとつなく、ふっくらした頬は夜明けの空と同じ薄紅色に染まっている。ならば、見苦しい眼鏡の奥には、どんな瞳が隠れているんだ？　いつのまにかそんなことを考えていた。

おいおい、いったいどうしたんだ？

魔女まがいの付き添いの女がわずかな魅力を垣間《かいま》見せたにしても、そんなことはどうでもいい！　すべきことに気持ちを集中させなければ。生きのいい魚を生け捕りにするように、純粋なはつらつとしたお嬢さまを、復讐《ふくしゅう》という名の網でからめとらなければならないのだから。

レディ・レストンが正式に紹介してくれた。「ラネロー侯爵、こちらはミス・カッサンドラ・デマレスト。サマセット州バスコム・ヘイリーのゴドフリー・デマレストさまのご令嬢です。隣にいらっしゃるご婦人は、お嬢さまのお話し相手のミス・スミス」

ラネローの視界の隅で、ミス・スミスが背筋をぴんと伸ばした。危険の匂いを嗅ぎつけたと言わんばかりだった。どうやら、付き添っているご令嬢とはちがって、しっかり目が覚めているらしい。いっぽうで、問題のお嬢さまは頬を赤く染め、膝を折って愛らしくお辞儀した。

「お会いできて光栄です、ミス・デマレスト」ラネローは落ち着いた口調で言いながら、デマレスト嬢の手袋に包まれた手を取って、深々と頭を下げた。いかにも敬意を表していると言わんばかりに、わざとそうしたのだった。お嬢さまだけでなく、気難しいお目付け役にもそれをはっきり印象づけるように。

「侯爵さま」カッサンドラ・デマレストは少女の面影が残る長い睫《まつげ》をしていた。若々しい顔を縁取る豊かな巻き毛よりも濃い金色の睫。その睫越しにまっすぐに見つめてきた。

なるほど、生まれながらの魔性の女か……。

といっても、驚きはしなかった。もちろん、美しい顔にも驚かなかった。その顔はスイセンの花のように輝いていたけれど。

お目付け役の女の鋭い視線を感じて、肌が粟立《あわだ》った。カラスのようなミス・スミスめ、なんと忌々しい女なのか。いや、目標に向けて気持ちを集中しなければ。不穏で不機嫌な年増女に心乱されてなるものか。とはいえ、近くで見れば見るほど、最初に見当をつけたその女の年齢はどんどん下がっていった。

「一曲踊っていただけますか？」ワルツがはじまろうとしていた。

「喜んで――」

ミス・スミスが話に割りこんできた。「申し訳ありません、ラネロー侯爵。ミス・デマレストのお父上からワルツは踊らせないようにと厳しく言われておりますので。お食事のあとのカントリー・ダンスでお許し願えますか？」

手厳しいお目付け役はちっとも申し訳なさそうな口調ではなかった。女性にしては低い声で発せられたそのことばは、取りつく島もないほどそっけなかった。自分よりはるかに高位な紳士の申し出を断っているとはとうてい思えない、決然とした口調だった。

「トニー、せっかく誘っていただいたんですもの、きっと、お父さまだってお許しになるわ」デマレスト嬢がきっぱりと言った。

トニーとは、がちがちの板みたいな女にしてはずいぶんかわいらしい名前じゃないか……。

そのトニーがさも驚いたように金色の眉を吊《つ》りあげた。「お父さまがお定めになった決まりなら、あなたもよくわかっているでしょう」

デマレスト嬢は駄々をこねればなんでも思いどおりになると考えているはずだった。だから、いかにも子どもじみたようすで怒りだすのだろう……。けれど予想に反して、そのお嬢さまは意見が通らなくても、素直に引きさがった。なるほど、目の前にいるふたりの女性をこの自分は見誤っていたらしい。デマレスト嬢は軽率で気まぐれなお嬢さまではなく、真っ黒なカラス女はオールドミスではないようだ。

おもしろいことになりそうだった。

ひらひらした白いドレスのお嬢さまが何人か話の輪にくわわって、レディ・レストンがひとりひとり紹介してくれた。問題のお目付け役の女はデマレスト嬢にぴたりとくっついて離れなかった。

まったく小賢《こざか》しい女だ。

レディ・レストンが優雅な物腰でその場を離れ、ふと見ると、ソープがデマレスト嬢に話しかけていた。サマセットに住む共通の知人について尋ねている。ソープは英国の住人の半分と親戚で、残りの半分とは親しい知人なのだ。放っておけば、質問は明日まで続くだろう。

ラネローはいまがチャンスと、お目付け役の女に近づいた。思っていたよりずいぶん背が高かった。ベッドをともにする相手としてうってつけだった。

おいおい、いったいどんな地獄から、そんな思いが湧いてくるんだ？

「結婚相手にふさわしい紳士を片っ端から威嚇していたら、お嬢さまはお嫁に行けなくなるぞ」ミス・スミスの耳元で囁《ささや》いた。音楽と周囲の話し声のおかげで、皮肉たっぷりのことばを人に聞かれる心配はなかった。

ミス・スミスが体をびくんとこわばらせた。それでも、あとずさりはしなかった。身のほど知らずではあるが、なかなか気骨がありそうだ——ラネローは心ならずも感心した。ミス・スミスの視線は相変わらずデマレスト嬢に向けられていた。そのお嬢さまはといえば、ソープのくだらない冗談にくすくす笑っている。それを見て、ラネローはなぜかどうしようもなく苛立《いらだ》った。このお嬢さまは、やつにベッドの中で好き勝手なことをされても、くすくす笑うのか？　ああ、そうに決まっている。

「侯爵、単刀直入に申し上げるのを、どうぞお許しください」ミス・スミスが冷ややかに言った。

おいおい、いったいぜんたい、このドラゴン女はこれから何を言うつもりなんだ？　レディ・レストンがデマレスト嬢を紹介してくれたとき、ミス・スミスはいかにも不快そうな表情を浮かべた。もちろん、ラネロー侯爵という男がどんなふうに噂《うわさ》されているかは、ラネロー自身もよくわかっていた。そして、それが女を口説く武器にもなる。世間知らずのお嬢さまなら、放縦な男こそロマンティックに思えるものなのだから。

人形のような無知なお嬢さまであれば……。

「いや、許さないと言ったら？」ラネローはゆったり応じた。

「そうおっしゃられても、やはり言わずにはいられませんわ」

「そうだと思ったよ」いかにも興味なさそうに答えたが、実際は興味津々だった。たいていの人が放蕩者のラネロー侯爵には、ひとこと言いたいはずだった。だが、それを実行するだけの勇気がある者はまずいない。

「はっきり申し上げますが、侮辱だとは思わないでください。侯爵さま、わたしが見るかぎり、あなたは結婚相手にふさわしくもなければ、紳士でもありません。お嬢さまのお相手には、あなたよりはるかに良識のある紳士がふさわしいと考えています。たとえ、お嬢さまに対するあなたのお気持ちが誠実だとしても、いま言ったことに変わりはありません。といっても、いまのあなたが誠実だとは、とうてい思えませんけれど」

ラネローは思わず声をあげて笑った。暑苦しい舞踏会場に足を踏み入れてはじめて、ほんものの感情が表に出た。

なんとも図太い女だ。ああ、まさにそのとおり。不本意ながら、ますます興味をかき立てられた。だが、もちろん、デマレスト嬢をものにするという決意は変わらない。かならずそうしてみせる。でも、その前にお目付け役の女を味見するのもよさそうだ。

そうだ、古臭いドレスを剝《は》ぎとってやろう。不格好な帽子に隠れた髪がどんな色をしているのかは知らないが、ひっつめた髪からピンをはずして、肩にかかるようにすっかり下ろしてやろう。禁断の乳房に口づけて、男に愛撫《あいぶ》される快感を堅物女に教えてやるのだ。

だが、真の目的を忘れるな。お目付け役の女はおまけでしかない――自分にそう言い聞かせてみても、男としての本能はそのことばを無視した。いま、本能は年齢不詳の偏屈女をものにすることのほうに夢中になっていた。

「遠まわしなもの言いを知らないようだな、ミス・スミス」

「ええ、知りません」冷ややかな返事だった。なんと小憎らしい女なのか、一歩も退かないとは。ラネロー侯爵がどれほど危険な男か知らないらしい。

アーモンドのカクテルを差しだした召使を、手を振って追いはらった。甘ったるく、べとつくその酒は大嫌いだった。ああ、ほんものの酒がほしい。それに、ためらうことなくいますぐに、忌々しい女に目を向けたい。いったいこれはどうしたことだ？　束の間の情事にかけては達人のラネロー侯爵ともあろう男が、十人並みのオールドミスのせいで、真の目的を見失いそうになっているとは。

十人並みのオールドミスはすぐ隣に立っていて、かすかな香りを漂わせていた。健康的で清潔な香り。純潔を感じさせるほのかな香り。

ああ、そうだろう、純潔なのはまちがいない。

「なるほど、容赦しないというわけか」ラネローは声を低めて言った。

ミス・スミスが肩をすくめた。それだけで、やはりこちらを見ようともしなかった。「大金持ちのお嬢さまならほかにもたくさんいます。どうぞよそをあたってください、ラネロー侯爵」

「それがわが麗しの高飛車なレディが定めた決まりとでも言いたいのか？」

ミス・スミスがようやくまっすぐに見つめてきた。色つきの眼鏡のせいで目ははっきり見えないが、口元を固く引きしめているのはまちがいなかった。「挑みがいがあるなどと、あなたのような方が思うはずがありませんわ。田舎のお嬢さまと意地の悪い付き添いの女をわざわざ相手にしようだなんて」

普段は声をあげて笑うことなどめったにないのに、ラネローはまた大笑いしたくなった。この場にいる誰よりも、ミス・スミスはラネロー侯爵という男をよく知っている、そう思えてならなかった。「それもまたおもしろそうだ」

ミス・スミスは相変わらずつんとすました口をしているのに、どういうわけか、薄紅色のふっくらした唇がますます気になった。オールドミスの付き添い女が、口づけずにいられないような唇をしているわけがないのに。

いまこうして、カッサンドラ・デマレストと実際に顔を合わせると、無垢なお嬢さまをベッドに誘いこむと考えただけで、どうしようもなく憂鬱になった。いっぽうで、熱い口づけでミス・スミスの麗しくも辛辣な口を封じて、細く長い脚を開かせて、そこに激しく押しいるのを想像しただけで、体がわななくほどの興奮を覚えた。好き好んで苦い薬を飲んでみるのか？　頭の中に虫でも湧いているにちがいない。これまでは、厄介な女に惹《ひ》かれたことなどまずなかった。ミス・スミスはほっそりした体のあちこちに、〝厄介な女〟と張り紙がしてあるかのようなのに。

そういった不穏な思いは、長年の鍛錬のおかげで、おくびにも出さずに済んだ。だから、わかっていると言いたげに片方の眉を上げてみせると、わざと物憂げにゆったり応じた。そうすれば、相手をじりじりさせられる。ミス・スミスが着けているはずの不格好でごわつく下着が、肌にこすれてじりじりするように。「きみは普通の召使よりほんの少し地位が高いのかもしれないが、それにしても、ずいぶん生意気なことを言うんだな」

ミス・スミスはたじろがなかった。ラネローと同じぐらい自信たっぷりに、ゆったりした口調で応じてきた。「いったいぜんたい、この女は何者なんだ？「生意気なだけ？　それはがっかりですわ。これほど一生懸命に尊大な態度を取っているというのに」

ラネローは今度こそこらえきれずに声をあげて笑った。どれほど高貴な生まれの女でも、ラネロー侯爵と剣を交えた者はいなかった。

ミス・スミスといっしょにいると、何もかもが新鮮だ。

もしかしたら、そのせいでこれほど惹かれるのか？　ほっそりした顔で、男並みに背が高く、辛辣な物言いが得意で、ファッションセンスが皆無の女など、まるで好みではないのに。

「ミス・スミス」小さな声でよどみなく言った。「相手の気力をそぐつもりなら、完全な失敗だ。どう考えても、きみはぼくに勝てないよ」

そこまで言っても、ミス・スミスはひるまなかった。豪胆にも顎をぐいと上げた。「ならば、世間の噂とはちがう、すばらしい紳士だと証明してみせていただかなければ。誘惑に打ち勝っていただきましょう」

ラネローはにやりとした。なんともそそる女だ。レモンのジャム並みに酸味がきいている。いくら食べても飽きない刺激的で新鮮な味。ああ、かならずベッドに押し倒してやる。人形のようなお嬢さまを破滅させて、おまけもつくなら文句はない。

「そもそも誘惑とは打ち勝てるものじゃない。だからこそ誘惑なんだ」

「まあ、よくご存じだこと」

「ミス・スミス、ぼくがどれほど世事に通じているかを知ったら、きみは腰を抜かすだろうね」精いっぱい官能的な口調で言った。ラネロー侯爵ほど経験豊富な男であれば、そういう口調はお手の物だった。

眼鏡の奥の目に鋭く睨《にら》みつけられた。やるじゃないか、ミス・スミス。こういう女を誘惑するのは、手から餌を食べるようにヒョウを餌付けするようなもの。いまは牙を剝《む》きだして威嚇しているが、達人の手にかかれば、いずれ喉をゴロゴロ鳴らすはず。

「ラネロー侯爵……」ミス・スミスが棘《とげ》のある口調で言いかけた。

また辛辣なことばが飛んでくると思うと胸が躍った。鞭《むち》でぴしゃりと叩いて、その口をべつのことに使うのを教えこみたくなるが、そういうわけにはいかないのが悔しかった。

いまこの頭の中にある考えを、田舎出の付き添い女が知ったら、卒倒するにちがいない。とはいえ、不屈のミス・スミスが何かに驚いて気絶するはずがなかった。なるほど、お目付け役の中でも、とりわけ厳格なドラゴン女というわけか。ならば、この自分はドラゴン退治で有名な聖ジョージになってみせる。といっても、この聖ジョージは処女とドラゴンの両方を手に入れる幸運な男だ。

「トニー？」

カッサンドラ・デマレストの不安げな声が響くと、戦闘の最前線に手りゅう弾が投げこまれたかのように、ラネローとミス・スミスの火花散る緊迫感がはじけた。不本意な苛立ちを覚えながらも、ラネローは一見おもしろみのない女から視線を引きはがした。生まれてはじめて、これほどの興味をかき立てられた女から……。ふいに現実に戻ると、ミス・スミスとともに注目の的になっているのに気づいた。こちらに向けられたどの目も、邪な憶測と好奇心でぎらついていた。

勘弁してくれ、注目などされたくもない。お目付け役の女をかならずものにするという突如湧いてきた願望は、あくまでも自分ひとりの胸の中におさめておくつもりなのだ。噂になってほしいのは、デマレスト家の娘に興味を抱いていることのほうだった。

ミス・スミスのきめ細かな白い肌が赤く染まった。どうやら恥ずかしくてたまらないらしい。手袋をはめた手が地味な黒いバッグをぎゅっと握りしめた。ラネローは思わずにやりとしたくなった。小さなバッグを握りしめるその手を見れば、ミス・スミスが腹立たしい男の首を絞めたくてうずうずしているのがわかった。

貴族の令嬢のお目付け役でいるには、誰からも清廉潔白な女性と見なされていなければならない。女たらしのラネロー侯爵と関係があるのではないかと勘繰られて、あることないこと噂になりでもすれば、ミス・スミスは何ひとつ得をしない。となれば、怒りの炎を吐くドラゴンのような顔をしているのも不思議はなかった。厄介な男をこの場で焼き殺してしまいたい、それが本心なのだろうから。

だからといって、ちらともこちらを見ようともしなかったけれど。

「キャッシー、何か?」ミス・スミスが応じた。落ち着いた口調で話そうと必死に努力しているはずだった。

カッサンドラのほうは、お目付け役のちょっとした失態に腹を立てているのではなく、心配しているようだった。なかなかりっぱなお嬢さまだ。「ブラッドハムの音楽会に招待されたの。行ってもいいかしら?」

ミス・スミスの顔がますます赤くなった。滑らかな肌が上気したとたんに、それまでラネローが抱いていた疑念は確信に変わった。ミス・スミスは行き遅れの年増女ではない。色つきの眼鏡をかけているが、若いことにまちがいない。まさに食べごろの瑞々しい果実。

その果実を摘むのは……このラネロー侯爵だ。

2

帰りの馬車の中でもまだ、アントニア・スミスことアントニア・ヒリアードは、大失態を演じた自分を責めていた。注目を集めてはならないと、つねに肝に銘じてきたはずなのに。何年もひたすら身をひそめて生きてきたのに、あれほど大勢の人の前であんな馬鹿な真似をしてしまうなんて。

しかも、相手は最低の放蕩者。

わたしはなんて愚かなの……。

ラネロー侯爵の顔は端整だ。それはまちがいない。息を呑《の》まずにいられないほど美しく、おまけに、女を誘惑する腕前は超一流。意に反して胸が高鳴ったのは否定できない。けれど、わたしはかつて誰よりも悲惨な思いをして、人を見る目を養ったはず。たいていの放蕩者が見目麗《みめうるわ》しい顔をしているのはよくわかっている。けれど、身勝手な女たらしの心は穢れているのだから、どれほど美しい顔をしていてもなんの意味もない。

それはよくわかっているのに……。

それなのになぜ、隠れ蓑として慎重に築きあげてきたアントニア・スミスを演じるのを、すっかり忘れてしまったの？　なぜ、あれほど熱くなってしまったの？　情熱なんて、十年前に乙女の夢とともに捨て去った。そう、貞節とこの国での地位といっしょに。この十年は、誰からもうしろ指をさされない清廉潔白な女性として生きてきた。控えめながら、りっぱな態度を貫きとおしてきた。ところが、ラネロー侯爵に伏し目がちに見られただけで、努力の末に得た自制心が、一瞬にして消えてしまった。何も考えられなくなった。これからも平穏無事に生きていけるかどうかは、汚点のない女性でいられるかどうかにかかっているのに。

いいえ、惑わされてしまったのは、放蕩者の華やかな外見のせいだけではなかった。ラネローなど地獄で焼かれてしまえばいい。美しい顔をしながら、穢れた魂を持っている罪で。そう、ラネローはいかにも余裕たっぷりに色気と自信を漂わせながら、ことばでも奇襲をかけてきた。そうよ、ずば抜けた知性を巧みに利用するのも罪深い。あの知性があったから、沸きたつ興奮がおさまらなかったのだ。対等に議論ができる男性と、丁々発止やりあえたのは刺激的だった。

不吉な予感が氷水のように背筋を伝っていった。人目を引く侯爵と顔を合わせるのは、今夜が最初で最後と思いたかった。けれど、そうはなりそうもない。ラネローはキャッシーのまわりを嗅ぎまわっているのだから。

それでも、今夜の舞踏会はどうにか乗りきった。いったんは注目を浴びてしまったけれど、その後は目立たず、けれど、しっかり目を光らせて、お目付け役の務めを果たした。遠縁の親戚にあたる若い令嬢の名誉が傷つかないように、細心の注意を払った。注意していなければ、キャッシーがとんでもないことをしでかすわけではなかったけれど。

少なくともこれまでは、とんでもないことなどしなかった。

いま、馬車の中で向かいの席に座っているキャッシーは、めずらしく黙りこんでいた。けれど、口を開くと、話題は予想どおりのものだった。

「ラネロー侯爵はいままで会った男性の中で、いちばんハンサムだわ」

やめて。お願いだからその話はしないで！

そう叫びたくて、胃がきりきりと痛んだ。キャッシーは放蕩者の魔力に屈しはしなかった。ラネロー侯爵とのダンスを落ち着いてこなしたのだから。嬉《うれ》しそうにしていたけれど、やさしくされて、何も考えられなくなるほどうっとりしてしまうことはなかった。侯爵のほうも、キャッシーにはわざとらしいほど礼儀正しく接していた。といっても、一度だけ、わたしのことを神秘的な黒い瞳でからかうように見つめてきた。もちろん、その視線には気づかないふりをしたけれど。

「あの侯爵は、あなたのお相手として年上すぎるわ」アントニアはきっぱり言って、すぐに後悔した。キャッシーの好奇心をかえって煽《あお》ってしまったかもしれない。

「といっても、まだ三十代前半よ。男盛りだわ。ラネロー侯爵のせいで、舞踏会場にいたほかの男性が、お尻の青いひよっこか、何もできないおじいさんにしか見えなくなったわ」馬車が絶えまなく軋《きし》んでいたけれど、それでも、キャッシーの口調からにじみでる憧れと賞賛の念ははっきりわかった。

「キャッシー、ラネロー侯爵のような不埒《ふらち》な男性を褒めるなんて。もし、あなたのお父さまがいまのことばを聞いていたら、心臓発作を起こされるわ」

「お父さまはパリにいて、しばらくお戻りにならないのよ」

キャッシーの父で、アントニアの雇い主でもあるゴドフリー・デマレストは、いきあたりばったりの気質どおり、ひと月前にまたいとこととともにフランスへ行き、いつもどおりの奔放な暮らしを楽しんでいた。屋敷の管理や子育てより、乱痴気騒ぎのほうにはるかに熱心なのだ。

娘のことはアントニアに任せきりだった。屋敷の中ならともかく、それ以外の場所でキャッシーに付き添うのは気が進まないというアントニアの心情など、おかまいなしだった。もちろん、ゴドフリー・デマレストには感謝してもしきれないほどの恩がある。けれど、キャッシーの社交界デビューとなるこのシーズンに、お目付け役として付き添っても何も問題はないだろうとデマレストにきっぱり言われたときには、危うく口論になりかけた。

英国最北の州ノーサンバーランドから誰かがやってきて、正体を見抜かれるかもしれない——アントニアはデマレストにそう言った。それに対してデマレストは、そんなことができるのはアントニアの兄ぐらいのものだが、その兄は家督を相続して以来、世捨て人のような暮らしをしていると応じた。また、お目付け役の女性をじっくり見る者などいやしないとも言った。狡猾《こうかつ》なラネロー侯爵を除けば、これまでのところそのとおりだった。それに、たとえじっくり見られたとしても、みすぼらしいミス・スミスがアヴェソン卿《きょう》のふしだらな娘かもしれないなどと誰が思うだろう？　根っからの楽観主義者のデマレストは、サマセットでアントニアの素性が誰にも知られなかったのなら、ロンドンでも安泰だと言い切ったのだった。

けれど、今夜の出来事を考えると、安泰とはとても言えない。一歩でも踏みあやまれば、素性が明らかになるかもしれないのだ。そうなれば醜聞が立つのはまちがいなく、アントニア自身がスキャンダルの渦に呑みこまれるだけではおさまらない。デマレストもキャッシーも、いっしょに呑みこまれることになる。やはり、キャッシーをなんとしても説得しなければ……。結婚相手としてラネローは不適格だと。

「パリのような未開の地でも、手紙はきちんと配達されるのよ」アントニアはそっけなく言った。「自分だけは汚らわしい醜聞とは縁がないなどと思いあがらないほうがいいわ、キャッシー」

「でも、やっぱりハンサムよね？」

負け戦を闘っているのを知りながらも、アントニアは話をごまかそうとした。「あなたのお父さまのことかしら？　ええ、お父さまは実にさっそうとしていらっしゃるわ」

キャッシーが大笑いしそうになるのをこらえていた。大笑いなどしたら、優美なお嬢さまと褒めたたえた大勢の崇拝者を仰天させるのはまちがいなかった。「お父さまのことじゃないわ。ラネロー侯爵よ。トニー、はぐらかしても無駄よ。あなたが侯爵と話をしているのをこの目で見たのだから」

「あなたに近づくなと警告していたのよ」それがすべてではないにしても、事実であることにまちがいなかった。舞踏会場に集まった人々にしっかり目撃されたあの白熱した会話では、もちろん、それ以外のこともたくさん話したけれど……。ああ、自分が情けない。どうして、こんなに向こう見ずなことをしてしまうの？

「ラネロー侯爵はきっとキスがお上手よ」キャッシーが夢見心地で言った。

「なんてはしたないことを考えているの」アントニアはキャッシーを叱りながらも、ラネローのすらりとした体を思い浮かべずにいられなかった。かなりの長身のわたしのことを、ラネローは完全に見おろしていた。そう、キャッシーの言うとおり。舞踏会にいた男性はみな、ラネロー侯爵のせいですっかり影が薄くなった。それこそが放蕩者だという証拠。それを胸にしっかり刻みつけておかなければ。

かつて悲惨な経験をしたのだから、二度と放蕩者には惑わされない自信があった。この十年間、どんな男性にも魅力など感じなかった。一度痛い思いをしたのだから、二度と危険には近づかないはずだった。

それなのになぜ、堕落したラネロー侯爵を見たとたんに、遠い昔に捨て去った危険な情熱がかき立てられたの？　ラネローに比べたら、これまでに会った放蕩者など貧相な案山子《かかし》に思えてしまう。あれほど自信満々の態度も、露骨な男女の駆け引きも、不愉快なだけのはずなのに。

けれど、ちっとも不愉快にならないとは、自分が情けなくなる。

いま、キャッシーはあのならず者を思って瞳を輝かせている。今夜はずっと頭痛がしていたけれど、いよいよ本格的にこめかみが痛みだした。

「トニー、わたしの質問に答えてちょうだい」キャッシーはやさしくて賢いけれど、根は頑固だ。社交界に顔を出すようになってからはなおさらだった。キャッシーの外見に惹かれた田舎の紳士の大半が、実際の性格を知ると目を丸くする。そんな一風変わったお嬢さまなのだ。

若い令嬢としては、ちょっと頑固なのも魅力のひとつかもしれない。といっても、アントニアはときどき、キャッシーが世間の人から思われているとおりのお嬢さまであればどれほど楽かと思うこともあった。きれいなだけで頭はからっぽであれば、と。

「浅黒い肌と金色の髪はバランスが悪いわ」

心にもない嘘《うそ》を口にした。

ラネローの肌と髪の色の組みあわせは独特で、それこそ印象的だった。長身の体と物憂い男の色気と同じぐらい目を奪われる……。

ああ、なんて忌々しいの、ラネローは！

キャッシーがくだらないと言わんばかりにまた笑った。「トニー、つまらない嘘などやめてちょうだい。あの侯爵はギリシア神話に出てくる美少年と並んでも見劣りしないほどの顔立ちよ。それはあなただって気づいているでしょう」

「どんな顔かなんて忘れたほうがいいわ。しょせんあの人の心はドブネズミなのだから」切羽詰まった口調になった。「キャッシー、お願い、それがお父さまのためでも、あなたのためでもあるの。ラネロー侯爵の気を引こうなんて思わないで。ああいう男性は女心をもてあそぶだけよ」

反論されるのは覚悟の上だった。さらに悪いことに、キャッシーはあの侯爵を褒めたたえるかもしれない。ところが、意外にも手を握られた。「ごめんなさい、トニー。わたしにだって思慮分別はある。どんな危険が待っているかはわかっているわ」

思いやりのあるキャッシーらしく、〝放蕩者のせいであなたがどれほど悲惨な目にあったか知っているわ〟とは言わなかった。けれど、そう言ったも同然だった。かつてのアントニア・ヒリアードにも、キャッシーと同じ明るい未来が待っていた。けれど、いまはそんなものはどこにもない。

アントニアはキャッシーの手を握りかえして、馬車の外をちらりと見た。まもなく家に着く。「あの侯爵は夫には不適格よ」足元に視線を落としながら言った。

「そうなんでしょうね」それを聞いて、アントニアはほっとした。詰めていた息を吐こうとすると、キャッシーがまた言った。「でも、恋人としては一生忘れられないはずよ。伏し目がちにちらりと見られただけで、体が震えそうだったもの。ダンスを踊ろうと手を取られたとたんに、頭がぼうっとして、何もわからなくなったわ」

「キャッシー……」

「大丈夫、わかっているわ。ラネロー侯爵は危険な男性。でも、あんな人に会ったのははじめてよ。すらりとした毛並みのいいサラブレッドのよう。いいえ、稲妻や大海のよう。荒野を永遠に疾走しているかのよう」

悔しいけれど、キャッシーが言わんとしていることは、アントニアにもはっきりわかった。胸がいつになく高鳴る感覚なら、ちょうどキャッシーぐらいの年頃に経験して、そのせいで人生をめちゃくちゃにしてしまったのだ。救いようがないほど無分別な行動の果てに、生まれながらに約束されていた華麗な人生が、けっして手の届かないところに行ってしまった。妹のように――いいえ、わたしには絶対に得られない娘のように――愛してやまない無垢なキャッシーが、愚かな行動で破滅するなどということがあってはならない。邪なラネロー侯爵がどれほど端整な顔をしていても。

すべてを見通すようなあの黒い瞳を目の当たりにして、サラブレッドや嵐、さらには向こう見ずな疾走の記憶が頭にありありと浮かんだとしても。

ラネローは持ち金を五百ギニー失って、ロンドンの自宅に戻った。ソープが得意満面で言ったとおり、ミス・スミスは自身の保護下にあるお嬢さまに、放蕩者とのスキャンダラスなワルツを厳しく禁じた。そのせいで、ソープとの賭けに負けたのだ。とはいえ、厳めしいドラゴン女との対決は心ゆくまで楽しんだ。それを思えば、友人に金を巻きあげられてももとは取れた、そんな気分だった。

すっかりもとを取ったわけではないが、ほぼもとは取れた。

辛辣なお目付け役の女とやりあうのは意外にも楽しかった。そんなことを思いだして、にやりとしながら、書斎の食器台の上のデカンターから、ブランデーをグラスになみなみと注いだ。一杯目をひと息に飲み干して、もう一度グラスを満たす。そうして、机の上の手紙に目を向けた。この時間にしらふでいることなどめったにない。それを言うなら、この時間に自宅にいることもまずなかった。午前二時といえばたいてい、どこかの酒場でどんちゃん騒ぎをしているか、女の腕の中で肉欲にふけっているかのどちらかだった。

レディ・レストンの舞踏会のあとでも、その気になれば、夜のお楽しみはいくらでもあった。実際、ちょっと前に目をつけたオペラの新人の踊り子とたっぷり楽しむつもりでいたのだ。金褐色の髪をした小柄で肉感的な若い女。昨夜であれば、いまの好みにぴったりだと思ったはずだ。

それなのに、今夜の舞踏会が終わってみると……好みが変わっていた。

グラスになみなみと注がれたブランデーを、ごくりとひと口飲んだ。強い酒に喉が焼ける。机の上にグラスを置いて、手紙の山から何通か手に取った。

地所管理人からの手紙にざっと目を通す。早急に手を打たなければならないことはとくになさそうだ。次に、残りの手紙に目を向けた。議会での支援の要請は暖炉の火にくべた。別れを切りだしたのにごねている愛人からの未練たらしい手紙。香水の匂いがするその手紙も暖炉行き。

人生の決まりごとなどほとんどなかったが、ひとつだけ、愛人にはけっして嘘をつかないと決めていた。情事がはじまるときに、ふたりの関係は自分の興味が失《う》せるまでのこと――要するに、たいてい長続きはしない――と、相手にきちんと伝えていた。一生に愛する女はただひとりなどというタイプの男ではないのだから。節操のない情愛がもたらす心の傷がどんなものかは、幼い頃に家族からたっぷり教えこまれていた。だから、何があっても、情事の条件が変わることはないと信じていた。誰といっしょにいようと、心はいつでもひとりきりで、そうやって生きるのが最善だと思っていた。女との頻繁な肉体関係は、自分と他人がつながっていることを思いださせてくれる唯一の行為で、ゆえに、それが必要なのだ。

午前二時に不快な黙考をしているとは……。やはり、外出していればよかったのだ。口元に苦笑いを浮かべながら、手紙の山からまた何通か手に取った。

そんなふうにして、ついに最後の一通にたどり着いた。海水の染みがついた封筒と、几《き》帳面《ちょうめん》な細い筆跡を見るたびに、苦い罪悪感と後悔の念に胃がよじれそうになる。週に一度、アイルランドから届く手紙。毎週、きちんと読んで、返事を出すと決めている手紙だった。

腹違いの姉からの手紙を開ける前に、またグラスを満たしたくなったが、やめておいた。手紙を持って暖炉へ向かうと、肘掛け椅子に腰を下ろした。グラスに残ったブランデーを飲み干して、サイドテーブルにグラスをきちんと置く。それから一気に封を切り、姉のエロイーズの丁寧な挨拶のことばに目を通した。

しばらくのあいだ、流麗な文字で書かれた文章をぼんやり見つめた。二十年前の悲惨な出来事で、頭の中がいっぱいになる。エロイーズの地獄のような恥辱の日々を思いだすと、無力感ゆえの怒りと失望でいまだに心が激しく痛んだ。

ゴドフリー・デマレストがラネロー侯爵家の屋敷であるケドン邸にやってきたのは、ラネローが十一歳、やさしい姉のエロイーズが十八歳のときだった。当時、父である前ラネロー侯爵とデマレストは、賭博場かどこかで知りあって、そもそも軽はずみな父は、海辺で夏を過ごすようにと、デマレストを家族のいる屋敷に招待したのだった。少しでも思慮のある男なら、愛らしい令嬢が何人も暮らしている家に、素行不良で有名な若い男を入れはしないはず。しかも、その家で暮らす愛らしいお嬢さまたちは、怠惰な親のせいで、たいてい付き添いなしで歩きまわっているのだから。だが、前ラネロー侯爵に思慮深くなるように説教する者などいるはずがなかった。

うだるように暑い六月のあいだ、デマレストはチャロナー家の婚外子の中でいちばんの美少女をしつこく追いまわした。純真で孤独だった美少女エロイーズは、放蕩者の手慣れた誘惑の罠《わな》にあっさりはまってしまった。甘い褒めことばと、偽りの永遠の愛の誓いにわれを忘れてしまったのだ。そうして、デマレストはスイカズラの花を摘むぐらいあっさりと、エロイーズをわがものにしたのだった。

当時のラネローは、最愛の姉がサマセットから来た伊達男《だておとこ》に夢中になっているのが悔しくてたまらなかった。いま思えば、その後の災厄を予見して、エロイーズが破滅させられる前に、デマレストを崖から突き落とせばよかったのだ。なにしろ、破天荒なチャロナー家で育った子どもであれば、男と女のあいだで起きていることに気づかずにいるはずがないのだから。それなのに、少年だったラネローは不幸な出来事が迫っているとは思いもしなかった。

そして、気づいたときには、もう遅かった。デマレストは処女を奪って妊娠までさせたエロイーズをぽいと捨てて、悠々とロンドンへ帰っていった。当時のラネロー侯爵といえば淫らなことで有名なのだから、その娘の処女を奪ったところで償いなどする必要はないと考えたらしい。もちろん、父は怒りくるったが、親としてはとんでもなく腰抜けで、エロイーズを打ちすえて、部屋に閉じこめただけだった。大嘘つきの放蕩者が、激怒した父親から娘との結婚を強要されることはなかった。デマレストはその後もさらに放埒《ほうらつ》な生活を続け、しばらくのちに、エロイーズとのことなどなかったかのように大金持ちの令嬢と結婚したのだった。

エロイーズにはプライドも気迫もあった。強固な意志の持ち主で、放蕩者からの拒絶をそのまま受けいれることはなかった。なんとかして部屋を抜けだして、弟にデマレストのところへ連れていってほしいと頼んだ。そのときのロンドンへの旅を思いだすとそれだけで、ラネローはいまだに口の中に苦みが広がって、胃がぎゅっと縮まる。もう二十年も前のことだというのに……。姉からの手紙がしわくちゃになるのもかまわず、ラネローは拳を固めずにいられなかった。

姉と弟は父の厩《うまや》から一頭立ての二輪馬車をこっそり出すと、嵐の夜道を駆けぬけて、夜明け前にロンドンのデマレストの住まいに着いた。エロイーズは小さなバッグを握りしめると、逸《はや》る心で馬車から飛びおりた。ラネローは馬車の中から、りっぱなタウンハウスへ駆けていく姉を見つめた。玄関に出てきた有能な召使は、姉をその場に立たせたまま、いったん中に引っこんだ。しばらくのちにまた現われて、〝ご主人さまは留守だ〟とそれだけ言って、冷ややかに扉を閉じた。その一部始終を、ラネローはやはり馬車の中から見ているしかなかった。

エロイーズはその場を動かず、デマレストはかならず会うはずだと訴えつづけた。もう一度召使が出てきて、また家の中に戻っていった。

雨に打たれながら、エロイーズはいつまでも待っていた。きらびやかな新しいドレスがずぶ濡《ぬ》れになるのもかまわずに。遠くから見ていたラネローにも、姉の体が震えているのがわかった。だいぶ経《た》ってようやく、召使がまた現われた。

そうして、エロイーズに一枚の紙を渡して、扉を閉めた。

その紙になんと書いてあったのか、それはわからない。けれど、馬車に戻ってきた姉の顔は雪のように真っ白だった。そして、たったひとこと、〝ハンプシアに帰りましょう〟と言ったのだった。このまま死んでしまいたい、そんな表情を浮かべていた。明るさと全身にみなぎる生命力――いまになればわかるが、その生命力が人間のクズのデマレストを惹きつけたのだ――はすっかり消えていた。まだ十八なのに、ずいぶん歳を取ったように見えた。

そのとき、ラネローは胸に誓った。いつの日か、デマレストの人生を生きるに値しないものにしてやる、と。いつの日か、卑劣な男を破滅させてやる、と。その卑劣な男がエロイーズを破滅させたように。

ラネローは十一にして鉄の誓いを立てた。だが、エロイーズの愚行が招いた悲劇が終わったわけではなかった。さらに非情な現実が待ちうけていたのだ。

ラネローは目を閉じて、心を蝕《むしば》む記憶を頭の奥深くに押しこめようとした。怒り、苦悩、裏切りが腹の底から湧きあがって、息もろくに吸えなくなる。それでも必死にひとつ息を吸うと、鼻を押さえて、目を閉じて祈った。ああ、絶対に信じない……。

何を信じないんだ？

過去を変えられるかもしれない、それを信じないのか？　エロイーズを救えるかもしれないということか？　たしかに、そんなことができると信じているほど愚かではなかった。

できるのは、奇跡的な好機が巡ってきたこのときを逃さずに、姉を破滅させた男に復讐することだ。エロイーズの唯一の落ち度といえば、邪な男に素直に心を開いたことだけ。そんな若い娘にデマレストがしたことと同じやり方で復讐してやる。

長い年月のあいだに、その卑怯者《ひきょうもの》とはときどき顔を合わせていた。悪名高い放蕩者と噂されていても、ラネローは高貴な家の出で、この国でとくに地位のある人々が集う社交の場へ易々《やすやす》と顔を出せた。デマレストのほうも、ラネローと肩を並べる悪評の持ち主だが、有力なヒリアード家の遠縁でもあり、金もうなるほど持っていた。

ラネローは何年ものあいだ、ろくでなしのデマレストが自ら破滅を招く大失態を演じるのをいまかいまかと待っていた。だが、破天荒な遊び人でありながら、デマレストは致命的な失敗をしなかった。

そんなとき、ラネローはデマレストのひとり娘が醜聞にまみれることもなく社交界にデビューするという噂を聞きつけた。エロイーズと同じぐらい美しく、無防備な令嬢が。

絶好の復讐の機会を、悪魔が銀の皿に載せて目の前に差しだしてくれた――そんな気がした。デマレストの娘であるカッサンドラを通して、ついにエロイーズの仇討《あだうち》をするときが来た。

それさえやり遂げればきっと――ああ、きっと――二度と後悔の念を抱かずに済む。自分を心から愛してくれた、ただひとりの人を救えなかったという後悔の念を。

3

舞踏会の翌週、アントニアはラネロー侯爵と顔を合わせたくなかった。けれど、それは思いのほかむずかしかった。

ラネロー侯爵はこれまで、健康な人が疫病に近寄らないように、上流社会の集まりを避けていると言われていた。それなのにどういうわけか、キャッシーが出席する舞踏会にも夜会にも音楽会にも現われた。そのたびにかならずキャッシーをダンスに誘い、アントニアにはうなずいて挨拶した。とはいえ、話しかけてはこなかった。はじめて会った夜に剣を交えるような会話を交わしたのだから、油断はならない。それでも、あからさまに無視されるとやはり苛立った。傲慢な侯爵を叱責したい——そんな思いがふくらんでいく。叱りとばされて当然の無礼な男なのだから。

いつもどおり深夜を過ぎて家に戻ると、アントニアはラネローに対して公然と好意を示したキャッシーを叱った。けれど、一夜にして無鉄砲なお嬢さまに変わってしまったキャッシーは、年上の賢い女性からの忠告など聞く耳を持たなかった。ラネロー侯爵は悪評が立ちそうなことはこれっぽっちもせずに、礼儀正しくダンスを一、二曲申しこんできただけだと反論した。悔しいけれど、たしかにそのとおりだった。

ラネロー侯爵がキャッシーに目を向けないように、アントニアは数日のあいだ無駄な努力を続けたが、そろそろ我慢も限界だった。つねに緊張を強いられるせいで頭痛がした。緊張していたのはもちろん、ふしだらなラネロー侯爵が社交の場に顔を出しているせいで、となれば、キャッシーの身に危険が及ばないように幾晩も気を配ってきたせいだ。けれど、それだけが原因ではなかった。まるでラネローがいつも近くにいるかのように、好ましくないその男性が心の中に居座っているせいでもあった。

ラネローの姿を見かけるたびに必死に粗を探したのに、逆に魅力のリストが長くなるばかりだった。キャッシーが生意気にも終始一貫して言っているとおり、ラネローは息を呑まずにいられないほど美しかった。金色の髪も神秘的な浅黒い肌も。

だが、見てくれがいいだけなら、惑わされない。そう、惑わされるわけがない。けれど、ラネローの辛口のユーモアのセンスには、いけないとわかっていても興味をかき立てられる。それに、キャッシーとその友人の輪にラネローがくわわると、その場の空気がいっぺんに熱を帯びたように感じる。鳥小屋にヒョウが入ってきたような緊迫感には、否応《いやおう》なく引きよせられた。

その夜、アントニアはキャッシーに付き添って、ブラッドハムの音楽会に出席した。もちろん、ラネロー侯爵も現われて、音楽会がはじまる頃には、首尾よくキャッシーの隣に座っていた。キャッシーをはさんで反対側にアントニアは腰を下ろし、苛々しながら、不埒者《ふらち》がいかがわしいことをしないかと密《ひそ》かに見張っていた。けれど、予想に反して、ラネローはおとなしく椅子に腰かけたまま、いつになくすばらしい演奏に耳を傾けていた。アントニアはいよいよ頭が痛くなった。といっても、それを音楽のせいにはできなかった。この手の演奏会はたいていひどいものなのに、めずらしくそうではなかったのだから。

音楽会の前半が終わると、人々はそろって食事の部屋に移動した。もみくちゃにされるほど人が大勢いたわけではなかったので、キャッシーの監視をメリウェザー夫人に任せることにした。キャッシー同様このシーズンに社交界デビューした愛娘《まなむすめ》をしっかり見張っているその夫人に任せれば安心だった。アントニアはほっと息をついて、凝り固まった肩からどうにか力を抜いた。ほんの束の間、素の自分に戻っても問題はなさそうだった。

そうして、部屋をこっそり抜けだして、薄暗いテラスに出た。ありがたいことに、そこには誰もいなかった。戸外で過ごすにはまだ春浅く、肌寒かったけれど、冷たい夜気と、ひとりになれる場所こそ、いまこのときに心から望んでいるものだった。

息詰まる数時間を過ごしたあとに、ようやくたっぷりと息を吸いこんで、テラスの先まで歩いて、手すりに寄りかかった。眼鏡をはずして、疲れた目をこする。ラネロー侯爵はキャッシーとの姉妹のような関係に割りこんできただけではなかった。眠りまで邪魔していた。どう考えても不似合いなお嬢さまにつきまとうことに、ラネローが早く飽きてくれるのを祈るばかりだった。

といっても、その祈りは聞き届けられそうにないけれど……。

屋敷の中のざわめきがテラスにも漂ってきた。けれど、それを除けば、天に感謝したくなるほど静かな夜だった。もう一度息を深々と吸うと、緊張がほどけていった。

社交シーズンははじまったばかり。キャッシーが結婚相手にふさわしい紳士と早く恋に落ちてくれれば、ふしだらな侯爵を相手にして悲惨な結末を迎えるかもなどと、気を揉《も》まなくて済む。これからの数カ月間、ラネローをキャッシーに近づけないようにつねに気を配っていなければならないの？　そう考えただけで、頭がどうかなりそうだった。胸に突き刺さるラネローの魅力と、キャッシーの反抗心の両方に対処しながら、ロンドンに滞在するなんて、人の気力を試す大きな試練としか言いようがなかった。

「ヒツジ飼いとしては失格だな。きみの大切なヒツジをぼくがさらうかもしれない、そうだろう？」

ラネローのことをあれこれ考えていたから、本人が現われたの？　不本意ながら胸の鼓動が速くなった。それでも、背筋をぴんと伸ばすと、振りかえって、開いたフレンチドアのほうを見た。テラスの入口の暗がりで、ラネロー侯爵が壁に寄りかかって立っていた。口をつぐんだその姿には危険な香りが漂っていた。

ふたりきりになったのはこれがはじめて——アントニアはそれをひしひしと感じていた。ふたりきりでいるところを人に見られたら、わたしの評判は地に落ちる——それも痛いほど感じていた。

あわてて眼鏡をかけなおした。といっても、テラスは薄暗く、顔を見られる心配はなかった。「それはつまり、ご自分のなさろうとしていることが、卑劣だと認めていらっしゃるのね？」

部屋の中に入らなければ。そうとわかっていても、完全には消し去れずにいるじゃじゃ馬気質のせいなのか、手すりにもたれたまま、全身の血を沸きたたせる悪名高い放蕩者を見つめた。孤独で苦悩に満ちた十年のあいだに、忘れようと必死に努力してきた人を思いださせる放蕩者を。

ラネローが動いた。正確には、暗がりの中でさらに黒い影が動くのが見えた。きっと魅惑的な唇には笑みが浮かんでいるのだろう。ラネローはいつでも、人生なんて皮肉な冗談だと言いたげな態度を取る。そんなひねくれた男性とのやりとりに、心惹かれるなんてどうかしている。そうとわかっていても、たまらなく魅力的に感じてしまうなんて。

そう、ラネロー侯爵のすべてが魅力的……。

「〝そんなことはない〟と否定したところで、きみは信じないんだろうな」

「ええ、信じません」

思ったとおりだと言いたげに、ラネローが笑った。早くも耳慣れたものになったやわらかな笑い声。その声が上等なビロードのように肌をかすめていく。どうして？　どうして罪のはじまりは、これほど心を揺さぶられるものなの？　ラネローがどんな男性かはよくわかっている。それなのに、どれほど抗《あらが》っても魅了されてしまう。

いいえ、この機を利用して、人でにぎわう舞踏室での会話よりもっとはっきり警告しなければ。「カッサンドラに近寄らないで」

ラネローがゆっくり近づいてきた。その歩みは滑らかで、まさに危険な香りに満ちていた。ラネローの歩みはまるでヒョウのよう。室内からのぼんやりした光がその顔を照らすと、そこにはもう笑みはなかった。黒い目が射るようにこちらを見つめていた。

とたんに、全身に戦慄が駆けぬけた。いいえ、いまのわたしは地位もなければ、美しくもないのだから、ラネローに女として見られるはずがない。そのことに感謝しなければ。お目付け役の仕事を邪魔するために、ラネローはわたしを射るように見つめているのだ。そう考えなければ、一瞬にして、輝く黒い目に屈してしまいそうだった。

「なぜ、ぼくがきみの願いをかなえなければならないのかな、ミス・スミス？」

アントニアは両手を広げて、正直に話すことにした。「カッサンドラはすばらしい令嬢だからよ。ええ、あなたにはふさわしくないほど」

闇に目が慣れて、望む以上にラネローのことがはっきり見えた。口元に浮かぶ怪しげな笑みまではっきりと。「そのお嬢さまは付き添いの女よりはるかに礼儀正しい。それだけはまちがいない」

「カッサンドラが花婿にふさわしい若い紳士を見つけるのを邪魔しないで。幸せに暮らせるようにしてあげて」

「あくびが出るほど退屈な人生を歩ませろと、そういうことかな？」

「きちんとした結婚が退屈だとはかぎらないわ」

「それは経験から得た知識だろうか？」

いつのまにか、ラネローがすぐそばまでやってきていた。目の前にある長身の体に遮られて、空の星も見えなくなっていた。蠟燭《ろうそく》の光までラネローに触れたがっているかのように、室内から漏れてくるかすかな明かりが金色の髪を照らしていた。

長身痩軀《そうく》の体から目が離せず、むさぼるように見つめるしかなかった。絶望に呑みこまれていく気分だった。こんなのはまちがっている。そうよ、けっしてあってはならないこと。ラネローがこれほど美しいなんて。だめよ、美しいその顔をこれほどうっとりと見つめてしまうなんて。美しさなど無意味な偶然に過ぎない。肉と骨、髪や肌や目の色のでたらめな組みあわせが、たまたま作りだしたもの。そんなものが、わたしの心に突き刺さるほどの力を持っているはずがない。

「何……何をするつもり？」アントニアはうろたえて尋ねた。見せかけの勇気など、もうどこにもなかった。あとずさりしたものの、すぐうしろに手すりがあって、逃げ場がないとわかっただけだった。

「もちろん、きみが考えているとおりのことだよ」ラネローがつぶやきながら、背を屈《かが》めて身を寄せてきた。

耳に心地いい低い声が忌々しかった。人でごったがえす部屋の中でも、その声を聞くたびに全身の感覚が揺さぶられる。夜の闇と静寂が支配するこの場所で、芳醇《ほうじゅん》なその声は守銭奴を惹きつける財宝にも負けず魅惑的だった。

男らしい香りに鼻をくすぐられた。石鹸《せっけん》。健康な男性の香り。ろくでなしの放蕩者なら、炎や硫黄の匂いがしそうなものなのに、どういうわけかラネローは、清潔で爽やかな香りを漂わせていた。芳しい香りを胸いっぱいに吸いこみたくなる。けれど、その衝動を必死にこらえた。そう、すでに充分すぎるほど厄介な状況に陥っているのだから。

ふたりの距離がさらに近づくのもかまわずに、アントニアは背筋をぴんと伸ばした。かつて放蕩者に抱かれて、抵抗もできずに言いなりになってしまった。でも、そんなことは二度と起きない。いま、わたしは二十七歳。十七の小娘ではないのだから。官能の予感で空気まで震えているように感じているとしても、現実には、ラネローはわたしを操ろうとしているだけ。そうよ、簡単には屈しないと思い知らせなければ。さもないと、ラネローに勝ちをゆずることになる。

あえて、横柄な口調で言った。レディ・アントニア・ヒリアードではなく、ミス・スミスの口調で。「いいかげんにしてくださらないかしら、ラネロー侯爵。わたしのような厳めしいオールドミスを相手にしていると噂になったら、あなたの評判は挽回《ばんかい》できないほど地に堕ちますわ。さあ、くだらない誘惑ごっこはやめにして、ミス・デマレストのこともきっぱりあきらめて、ほかの楽しみを見つけていただきましょう」

ラネローの穏やかな笑い声が響いた。「ミス・スミス、きみは自分を卑下しすぎだよ。それに、ぼくの観察力も見誤っている」

魅了されてぼんやりした頭の中に、冷たい恐怖が割りこんだ。たしかにこの十年で人を見くびるようになっていたのかもしれない。誰よりも洞察力があると言われている人物にも、変装を見破られなかったのだから。

だめよ、弱気になってはだめ。この十年間、わたしは誰にも疑われなかった。いかがわしいこの与太者は、キャッシーに近づくためにわたしを脅しているだけ。

「見え透いたお世辞で、何もかも思いどおりになるとでも?」鋭い声で言った。「失望したわ。もう少し闘いがいのある相手かと思ったのに」

ラネローに頰を撫《な》でられた。部屋の中では、その手は手袋に包まれていた。けれど、いまは手袋はなかった。「いや、ぼくが女性を失望させることはまずないよ」

肌に直《じか》に触れられて、アントニアはぎくりとして身をよじった。ぎこちなく息を吸ってから、そうしたことを後悔した。ラネローの香りで五感が満たされていく。なんてこと、ラネローは歩く蜜壺《みつつぼ》。自身の魅力にこれほど自信たっぷりなのも不思議はない。わたしのような行き遅れの独身女でさえ、硬い胸に触れて、広い肩を味わって、長身の体が発する熱を確かめたくてたまらなくなるのだから。

「気のあるそぶりをしただけで、わたしがあっさり白旗を上げるとでもお思いかしら？　あなたがカッサンドラに求愛しても、わたしが黙ってそれを見ているようになるとでも？　あなたはご自分の魅力を過信して、わたしの良識を見くびっているわ」

「そんなことはない」ラネローに咎《とが》めるように頬をそっとつつかれた。「それに、気のあるそぶりがにせものだと決めつけられるのは心外だ。名誉にかけて誓うよ、まちがいなくほんものだ、と」

軽く頬に触れられただけなのに、アントニアは息が詰まった。けれど、それも一瞬のことだった。しつこい紳士を追いはらうためのとっておきの辛辣なことばを、いまこそ使わなければ。といっても、この十年というもの、しつこく迫る紳士を何人も相手にしてきたわけではないけれど。

「簡単に誓うところが、嘘だという証拠だわ。あなたはカッサンドラを口説き落としたくてうずうずしている。そうでなければ、そのお嬢さまに付き添っている厳めしい女を、わざわざ相手にするわけがないもの」

そう言いながらも、どういうわけか、ラネローがキャッシーに性的な関心を抱いているとは思えなかった。そうではないという確たる証拠があるわけではないけれど、ラネローとキャッシーがいっしょにいても、空気が熱を帯びることはない。いまと同じように火花がバチバチと散ったりはしなかった。

何を馬鹿なことを考えているの！　世間知らずの若い娘じゃあるまいし！　それもこれも放蕩者のやり口。どんな女にも、わたしだけを見ていてくれると思わせるからこそ、天下の女たらしなのだ。いつ消えてなくなってもおかしくない理性の声が、頭の中で響いた。ラネロー侯爵ともあろう男性が、陰険なお目付け役に本気で惹かれるわけがない、と叫ぶ声が。ラネローは男としての絶大な魅力を武器に、わたしを屈服させようとしているだけ。わたしは愚かにもうぬぼれて、そんなことをラネローに許してしまったのだ。

暗がりの中で、ラネローの視線をひしひしと感じた。けれど、どれほど見つめられても心配はいらない。この十年間、変装を見破った人はひとりもいないのだから。ラネローは相手を不安にさせるために、見つめているだけだ。

そんな思いを読みとったかのように、ラネローが言った。「誰にも屈しないなどと思いあがった女性なら、なおさら挑戦のしがいがある」

アントニアは肩をすくめた。「なぜ、わざわざ挑戦などするの？　わたしはあなたの目に留まるような女ではないわ、侯爵さま。カッサンドラの番犬という役目を除けば、そういうことになる。はっきり言わせていただきますが、わたしはその役目を真摯に果たしています。あなたはカッサンドラの花婿候補として不適格。たとえ、あなたが真剣に結婚を望んだところで、カッサンドラのお父さまがお許しになるはずがない。それに、もし結婚以外の何かを望んでいるなら、時間をどぶに捨てるようなもの。カッサンドラは分別のある令嬢です。身を滅ぼすような誘惑には、けっして引っかかりません」

「そうかな？」何かを考えるようにラネローが言った。「ならば、きみは？」

ラネローの何気ない物言いに、アントニアは痛いところを突かれた。ふいに湧いてきた怒りのせいで、放蕩者の罠に落ちずに済んだ。それは、何年ものあいだ体の奥深くに押しこめてきた怒りだった。ラネローのような男性はどこまでも能天気だ。そういう男性にとって、この世のすべては取るに足りないこと。危機感などまるでない。そんな男性がふんぞり返って歩いた道には、張り裂けた心と魂が点々と残される。それなのに、その張本人は身勝手な欲望を満たせれば、誰がどうなろうとおかまいなし……。

でも、今回だけは、ラネロー侯爵の勝手にはさせない。

アントニアはきっぱりと言った。「あなたに注目などされたくありません。わたしにはかまわないで。カッサンドラにもかまわないでください」ラネローの胸をぐいと押しやった。力ではとうていかなわないはずなのに、意外にもラネローが一歩下がった。「おやすみなさい、侯爵さま。あなたとお話しするのはこれが最後になるように心から願っています」

「そうなったら、ぼくの胸は張り裂けるよ」ラネローのよどみないことばに、アントニアはますます怒りをかき立てられた。

「といっても、あなたはすぐに立ち直るでしょうね」アントニアは地味なスカートをひるがえすと、つかつかとフレンチドアを抜けて、屋敷の中に入った。

うぬぼれ男に身の程を思い知らせたのだから、勝ち誇った気分になってもいいはずだった。けれど、こうして逃れられたのは、ラネローがおとなしく引き下がったから。悔しいけれど、それはよくわかっていた。

ラネローとの対決は、まだはじまったとも言えない。

ラネローはドラゴンのような女がこれ見よがしに立ち去るのを見つめた。邪な興奮で全身が沸きたった。顔を合わせるたびに、ミス・スミスがますます魅力的に思えてくる。勇敢で、一筋縄ではいかず、厳めしく、謎めいた女。謎のひとつは、だいぶ前に解けたような気がしているが……。

ミス・スミスは放蕩者のラネロー侯爵を嫌おうとしている。だが、ふたりのあいだに存在する熱いうねりに動揺しているのはまちがいない。

低い木立の中でフクロウが鳴くと、今日、ここに来たのは欲望を満たすためではないのを思いだした。狙いはあくまでもデマレストの娘。ツキがあれば――ああ、こと女に関してはいつでも意外なほどツキがある——食事を済ませたそのお嬢さまをつかまえられるかもしれない。

そのことだけに気持ちを集中できたらどれほど楽か……。そんなことを思いながら、ラネローはにこりともせずに手袋をはめると、つかつかと屋敷の中へ戻った。

食事が用意された部屋からはやや離れた絵画の並ぶ廊下に身をひそめた。すると、タイミングよく、ミス・デマレストが歩いてきた。華やかなドレスをまとったお嬢さまたちの一団より一足早くやってきた。さらに嬉しいことに、眼光鋭いミス・スミスの姿はどこにもなかった。

もしかしたら、さきほど少し脅しただけで、ひるんだのか？

何を考えているんだ！　お嬢さまのほうではなく、またもやお目付け役の女のことを考えているとは。ここは慎重にことを進めなければならないのだ。世間知らずのカッサンドラ嬢は、ちょっと褒めただけで夢見心地になる。だからといって、あっさり誘惑できると高をくくってはならない。この勝負に勝てば、計り知れないほど大切なものが手に入る。過信してチャンスを台無しにするわけにはいかなかった。

「ミス・デマレスト、ロランの美しい風景画はもうご覧になりましたか？　まだでしたら、お見せしましょう」返事を待たずに、腕をしっかり取った。世間知らずの令嬢は驚きながらも、抵抗はしなかった。

一足遅れでやってきたミス・デマレストの友人が、くすくす笑って、顔をトマトのように真っ赤にした。当のミス・デマレストはといえば、訝《いぶか》しげな視線を送ってきた。残念ながら、それはその令嬢のお目付け役を誘惑したときの反応とそっくりだった。

それでも口調は落ち着いていた。「ロランの風景画でしたら、先週、国立絵画館でミス・スミスといっしょに観《み》ました。でも、その画家の作品なら何度でも観てみたいわ」

「お母さまを捜してくるわ」友人の令嬢がさえずるように言って、純白のスカートをかさかさ鳴らしながら小走りで食事の間に戻っていった。

「ふたりきりにしてくれるとは、きみのお友だちは実に親切だ」ラネローは小声で言って、いかにも色男らしいまなざしでデマレスト嬢を見つめると、腕を握る手に力をこめた。「ふたりきりになるのが待ちきれなかった」

「でも、そう長くはふたりきりでいられないでしょうね」冷静な口調だった。

「ならばなおさら、このときを有効に使うことにしよう」ラネローはそう言ってから、まぎれもない本心をつけくわえた。「きみはほんとうにきれいだ、ミス・デマレスト」

「そんなことを言っていただけるなんて、光栄ですわ」

おいおい、いまのはなんなんだ？　これほど明白に興味を示しているのに、形式ばった返事で終わりなのか？　ずいぶん生意気じゃないか、これっぽっちも緊張していないとは。それどころか、男としての魅力などまるで感じないと言いたげな目つきで、天下の放蕩者のラネローI侯爵を見つめるとは。

人が大勢いる場所では、色男のラネローI侯爵に言い寄られて、うっとりしているかに見えたのに、いまはそれほどでもないらしい。一瞬、ラネローIは無数の女を虜《とりこ》にしてきた男の魔力が衰えたのかと思った。いや、そんなはずがない。お目付け役のミス・スミスは感情を押し殺そうとしていたが、それでも、頬に触れただけで興奮に打ち震えたのだから。ただし、ミス・スミスを相手にすると、こちらも同じように興奮に打ち震えてしまうのが問題だった。

声を低めて、さらに女心をくすぐるように言った。「きっと、何百人もの男性から同じことを言われてきたんだろうね」

ミス・デマレストの青い目が輝いた。まちがいなく魅力的な令嬢だ。そんな愛らしい乙女をものにできるのにわくわくしないとは、自分は放蕩者の風上にも置けない。「いいえ、何千人もの男性からよ」

ラネローIは小さな声で笑った。押したり引いたりの駆け引きなら、お手の物だった。気のないそぶりをしてみたり、ぞっこんのふりをしてみたりして、女をその気にさせたことならいくらでもある。しかも、そんなことをしてきた理由は、カッサンドラ・デマレストを誘惑するのに比べれば、はるかに他愛ないものばかり。これほど意欲的になろうとしているのに、ほとんど気乗りがしないのは、少しばかり調子が出ていないだけだ。「サマセットには恋に破れた男が山ほどいるというわけだ。きみはその故郷を捨てて、ロンドンへやってきたのだから」

「わたしをからかっているのね、侯爵さま」これまで何度も目にしてきたとおり、デマレスト嬢が愛らしく目を伏せた。「ふたりきりでいるのはよくないわ」

「ああ、そのとおりだ」ラネローはにやりと笑うと、華奢な体を引きよせた。といっても、無垢なお嬢さまが驚いて逃げださない程度に加減した。「きみとふたりきりなのに、口づけずにいるなんて不可能だ」

ミス・デマレストが目を大きく見開いて、見つめてきた。「もし人に見られたら、それこそ大騒ぎになるわ」

このお嬢さまは男といちゃつくのに慣れてるのか？　それとも、放蕩者の邪な企《たくら》みに気づかないほど愚鈍なのか？　いずれにしても、不道徳なことばを耳にして、頬を赤らめるぐらいはしてもいいはずだった。いま、こうして天下の放蕩者ラネロー侯爵とふたりきりでいるのだから。英国じゅうの母親が、純粋な愛娘を躾《しつ》けるときには、ラネローの名前を出して脅かすのだから。

「だめだよ」低い声でおもねるように言った。「この……会話をこれで終わりにするなんて、悲しすぎる。邪魔の入らないところへ行こう」

くすくす笑いが聞こえたかと思うと、社交界デビューしたばかりの令嬢がぞろぞろやってきた。ざっと見ただけでもゆうに十人はいる。その中にはもちろん、さきほどの赤いほっぺの友人もいた。舌打ちしたくなるのをこらえながら、ラネローは束の間のチャンスを逃したことに気づいた。

「今夜はだめよ、侯爵さま」ミス・デマレストはかすかな笑みを浮かべながら言うと、落ち着きはらった態度で一歩離れて、くるりとうしろを向き、背後に飾られた絵画を観た。それはさきほど話題にした風景画ではなかった。

復讐は計画どおりに進まない。原因はこの自分がしくじったからにほかならない。もっと強引に誘うべきだった。手加減して誘惑していては、らちが明かない。

それもこれもアントニア・スミスのせい。ミス・スミスのことをあれこれ考えている時間を、獲物を釣りあげることに費やしていれば、デマレストの娘を破滅させるという目標に何歩か近づけたはずなのに。

音楽会をあとにしながら、ラネローはやはり、棘だらけなのにますます魅力的に思えるミス・スミスのことを考えていた。それは喜ばしいことではなかった。ようやくカッサンドラ・デマレストを視野にとらえたのだ。長年の悲願である復讐に専念するべきだった。それなのに、自分を邪魔者扱いするお目付け役のことが気になってしかたがないとは。

だが、ミス・スミスは口では〝ノー〟と言っていても、体は甘く〝イエス〟と囁いている。その体が最初に想像したよりはるかに肉感的なのは、数日前に気づいていた。時代遅れのドレスの下に熟れた体を隠しているのだ。

そうやって、堅牢《けんろう》な守備を固めている。茨《いばら》の棘だらけの防壁などあっさり打ち破れると、うそぶくわけにはいかなかった。だが、その防壁の中に味方がいるのはまちがいない。そう、味方とはミス・スミス自身。天下の放蕩者ラネロー侯爵に、不本意ながら魅力を感じているのだから。

長年、無数の女を易々《やすやす》とものにしてきたせいなのか、抵抗する女を屈服させるのは、血沸き肉躍るゲームだった。とはいえ、勝負はすでに決まっているも同然だ。

疲れ果てた体の中で、心臓があばらを打つほど大きな鼓動を刻んだ。疲れを知らない興奮のせいだった。熟れたリンゴのようにミス・スミスがこの手に転がり落ちてくる場面が頭に浮かんだのだ。その味は甘く、同時に舌を刺す酸味もある。この数日で、そんな酸味も堪能できるようになっていた。ああ、従順な女にはもう飽きた。もっと複雑な何かがほしいのだ。

おまけに、ミス・スミスを誘惑すれば、復讐計画も前進するかもしれない。ミス・スミスを制圧すれば、カッサンドラに自由に近づけるのだから。

何年ものあいだ罪悪感とは無縁だったのに、どういうわけか、ドラゴンのようなあの女を利用すると考えただけで、落ち着かない気分になる……。だが、モラルに反するからと、長年の目標をあきらめるわけにはいかない。ラネロー侯爵といえば非情なろくでなしで、ミス・スミスはそんな男とかかわったが最後、後悔することになる。

あまりにも情けなくて笑いたくなるのをこらえた。若い令嬢の愛らしさより、年増女のかすかな魅力のほうにそそられるとは、愚か者と呼ばれても文句は言えなかった。それでも、謎だらけのミス・スミスといっしょに過ごせば過ごすほど、その女性は眼識のある恋人に豊かなごちそうを差しだすにちがいないと思えてならなかった。近寄りがたい外見の下に、一生記憶に残る特別な美が垣間見えた。アントニア・スミスは情熱を秘めている――それをはっきり感じていた。

それに比べて、カッサンドラ・デマレストとベッドをともにするのは、甘い泡の海で溺れるようなものだろう。

行くあてもなく歩いていたはずなのに、気づくとカーゾン・ストリートにあるデマレスト邸の前に立っていた。とはいえ、とくに驚きはしなかった。音楽会が終わったときには、馬車を待つ人の列ができていた。ということは、デマレスト嬢もお目付け役もまだ帰宅していないはずだった。玄関の扉の上の明かり取りの窓がほのかに明るいだけで、ほかの窓は真っ暗だった。

暗がりを選びながら、家をまわって、静かに厩に近づいた。厩の明かりはついていたが、人が出てきて呼び止められることはなかった。門が開くか試してみると、鍵がかかっていないのがわかった。大都会でこれほど不用心では、厄介なことになるのは目に見えている。

そして、いま、ラネロー侯爵という男が厄介ごとを起こそうとしていた。

庭に忍びこんだとたんに、田舎に足を踏み入れた気分になった。花と掘りおこされた土の香りが、ロンドンをおおう石炭の煙や煤《すす》や汚れた川の匂いを包み隠していた。堕落したラネロー侯爵でさえ、爽やかな春の香りを吸うと、心が洗われたかのようだった。

裏から家を見つめた。とはいえ、すでにこの屋敷に密偵を送りこんであった。それは召使のひとりで、家の間取りを即座に伝えてきた。ごく一般的な間取りで、デマレスト嬢の部屋は簡単に見当がついた。意外だったのは、ミス・スミスが家族の一員であるかのように同じフロアの部屋をあてがわれていたことだ。お目付け役の女性の部屋といえば、召使の住まいに近い場所と決まっているはずなのに。

庭を見下ろす角部屋がデマレスト嬢の部屋で、窓から明かりがこぼれていた。そことは反対の端にあるミス・スミスの部屋の窓は暗く、その窓のすぐ外には満開のサクラの木があった。

ラネローはふと思いついたことを、実行することにした。いまこそ、デマレストの娘をベッドに押し倒して甘いことばで誘惑する絶好のチャンス。といっても、今夜はずっと、にやにや笑う令嬢のほうではなく、なぜか心惹かれるミス・スミスのことばかり考えているけれど。

サクラの木のいちばん低い枝をつかんで、ラネローはぐいと体を引きあげた。

4

ぐったりとため息をつきながら、アントニアは自室の扉を静かに閉めた。キャッシーのことは実の妹のように愛しているけれど、いま、そのお嬢さまは社交界デビューを成功させて鼻高々だ。社交の場から家路に向かう馬車の中ではかならず、一夜の胸躍る出来事を思いだしながら、果てしない願望を長々と話すのが習慣になっていた。今夜も気を落ち着かせるのに一時間以上かかった。それでも、キャッシーはベッドの中で目をらんらんと光らせて、今宵《こよい》の成功を反芻《はんすう》しているにちがいない。

その中にはラネロー侯爵との戯れ合いも含まれているはずで、それを思うとアントニアは心が乱れた。テラスでの不穏なやりとりのあと、ラネローはキャッシーにとりわけご執心だった。警告したのがかえっていけなかったのかもしれない。生意気な女の思いどおりにはさせないと、放蕩者の子どもじみた反抗心に油を注いでしまったのかもしれない。といっても、あの侯爵が腹立たしいほど大人であることはまちがいなかった。言動に子どもじみた無邪気さは微塵もない。なおかつ、ある意味ではすべてを思いどおりにしている。ラネロー侯爵にもキャッシーにも、忠告したところでなんの意味もない――お目付け役の女にそんな敗北感を抱かせているのだから。

思いどおりにすることにかけては、ラネローは実によく知恵がまわる。それこそがあの侯爵だ。あんな人はいますぐに地獄へ旅立ってほしい……。あの侯爵が誘惑した無数の女性の中には、決闘用のピストルを磨いている嫉妬深い夫を持つ者がひとりぐらいはいるはずだ。

まぶしいほど雄々しい男性が、冷たくなって地面に横たわる姿が頭に浮かぶと、なぜか切なくて胸が締めつけられた。けれど、そんな思いをあわてて打ち消した。ラネローはまぎれもなく端整な顔をしているが、心は真っ黒。キャッシーを幸せにするどころか、悲惨な目にあわせるに決まっている。

それに、わたしのことも。

「ずいぶん険しい顔をしてるんだな、愛《いと》しのミス・スミス。ぼくは恐れをなすべきなのかな？」

アントニアは心底ぞっとして、体が凍りついた。震える手で蠟燭を持ちあげる。揺れる炎のさきに何が見えるのかと……。

とんでもない女たらしのラネロー侯爵でも、まさか部屋に忍びこむような真似はしないはず。そこまで大胆なことをするわけがない。

嘘でしょう？　信じられない、まさにそのとおりのことが起きたなんて。

窓辺の金襴《きんらん》張りの椅子に、ラネローがゆったり座っていた。背後の開いた窓のすぐ向こうに、サクラの古木が見えた。やわらかな夜風に半開きのカーテンが揺れて、部屋の中にラネローの乱れた金色の髪から立ちのぼる香りが漂っている。かすかにアーモンドに似た香り。そんなラネローにうっとりせずにいられなかった。腹をすかせた男がローストビーフに魅了されるよりもっと。

「出ていって」アントニアは身じろぎもせずに、冷ややかに言った。怒りよりもショックのほうが大きかった。

ラネローが静かに笑った。耳に心地いい低音の笑い声を聞くたびに、肌が何かを感じて粟立った。「今回ばかりは、さすがのきみにも気付け薬が必要になるんだろうと思っていたよ。いや、気を失わないまでも、ヒステリーを起こすんだろうと」

「わたしは気絶したりしません」やはり険しい口調で応じた。

ラネローから逃れるにはどうすればいいの？　それだけを必死に考えていた。この部屋にラネローがいるのを誰かに気づかれるなどということは、想像もしたくなかった。ショックが徐々におさまると、今度は恐怖がふくらんでいった。キャッシーとその父親であるデマレストは、大きな過ちを犯したわたしをかくまって、新たな人生を用意してくれた。だからこそ、わたしは食べるものにも、住むところにも困らずにいるのだ。かつての過ちをもう一度くり返そうものなら、弁解も許されず、即刻放りだされるに決まっている。

ラネローが優雅な物腰で立ちあがると、アントニアは恐怖を感じながらも、全身の血が熱く沸きたった。ラネローが何気なく、広い肩についた白い花びらを払い落とす。いでたちは音楽会用の優美な服のままだった。放蕩者にしては飾り気のない服装。いつものことながら、上着は彫刻のような体にぴたりと合っていて、チョッキはシンプルの極みとも言えるデザインだった。

信じられない、心は邪なのに、姿は男性の魅力を絵に描いたようだなんて。ラネロー侯爵に比べれば、わたしを破滅させた伊達男のジョニー・ベントンは醜男《ぶおとこ》だ。ラネローといっしょにいると、退屈なだけの道徳心などすぐさま捨て去って、濃厚なワインにも似た情熱をまた味わいたくてたまらなくなる。

けれど、情熱のワインは死を招くほど危険なもの。

「どこまでも勇敢なきみのことだから、自室に男性を見つけても悲鳴をあげはしない——それぐらいは予想しておくべきだった。といっても、ミス・スミス、きみほどお堅い女性なら、頭のてっぺんからつま先までショックを受けているのはまちがいない」

ラネローがこの部屋にいるせいでわが身に降りかかる災難を恐れていなければ、アントニアは大笑いしているところだった。天下の女たらしが、いま相手にしているのは男性に一度も触れられたことのない処女だと思いこんでいるとは、なんという皮肉だろう。

「何が望みなの？」アントニアの部屋は、キャッシーや召使のいる場所からは離れていて、声をひそめる必要はなかった。

「望みを言えば、そのことばを信じてくれるのかな？」

今度はこらえきれずに、ラネローを見下すように鼻で笑った。警戒しているのを態度に出したら、ラネローをますますいい気にさせるだけだった。だから、あえて一歩近づいた。扉にへばりついていては、怯《おび》えていると思われてしまう。「いいえ、信じないわ。少なくとも、部屋をまちがえたと言うのなら、納得はしますけど。これからは窓にしっかり鍵をかけておくように、キャッシーにも言っておかなければ」

「部屋をまちがえたわけではないよ」落ち着きはらった口調のラネローが、まっすぐ見つめてきた。アントニアは鏡台の上のランプに明かりを灯《とも》しながらも、その視線をひしひしと感じていた。

「ええ、そうでしょうとも」あからさまに皮肉をこめて言った。体に触れられたわけでもないのに、早くも自信が揺らいでいるとは信じられなかった。「サクラの木をのぼってきたのね。木を切っておくように、庭師に命じておくわ」

「束の間きみとふたりきりになりたくて大胆なことをした男に対して、つれない返事だな。ここまでされたら、普通は乙女心が高鳴るはずなのに」

アントニアは蠟燭を吹き消して、振りかえった。そうしながらもやはり、ラネローにどこかしら堕落のしるしが表われていないかと必死に目を凝らした。けれど、さきほどと同じように、そんなものはひとつも見当たらず、そこにいるのは息を呑まずにいられないほど雄々しい男性だった。ふたたび湧きあがってきた怒りが、恐怖と不本意な欲望を呑みこんだ。ラネローは自身の軽率な行動のせいで、誰が破滅しようと気にもしないのだ。ラネローにとってわたしなど、足元の泥よりも価値がないらしい。そう、目の前にいるのはそれほど身勝手な好色男。

「ずいぶんとロマンティックなことを言うのね」アントニアは眉を上げて、鏡台に腰をつけると、両手で鏡台の端を握った。そうやって、手の震えを気取られないようにした。「あなたのおかげで、自分がどれほど無防備かよくわかったわ。それを教えてくれたことには、心から感謝します。だから、さあ、もう帰って」

ラネローの顔にはおもしろがっているような表情が浮かんでいた。態度も自信満々だった。

「ミス・スミス、きみは長所をもっと前面に出すべきだ」

「あなたが相手では、そんな気にはなれないわ」アントニアは即座に切って捨てた。そうしなければ、自分の生まれや育ちを思いだして切なくなりそうだった。いまのわたしはもう、アヴェソン卿の甘やかされたお嬢さまではない。きらびやかな結婚が約束されていたレディ・アントニア・ヒリアードではないのだ。

ラネローがまた声をあげて笑った。「いや、そんなことはない」

そう言って、口をつぐんだが、視線は相変わらず揺るぎなかった。アントニアは全身で警戒した。ラネローはハンサムなだけでなく、頭の回転も速い。端整な顔よりも、小賢しさのほうを警戒しなければ。そのとおりと言わんばかりに、ラネローが冷静な口調で言った。

「アントニアという名は、身分の低い家の出の娘とはとうてい思えない」

新たな恐怖が背筋を伝った。地味で目立たないミス・スミスの正体が暴かれるかもしれない——そんな恐怖だった。

敵に弱みを握られてはならない。ラネローに勝利を確信させるわけにはいかなかった。ヒリアード家の娘としてのプライドを胸に、あくまでも冷ややかに応じた。「ラネロー侯爵、あなたとのお話はとても興味深いけれど、どうぞお引きとりください。万が一にも、わたしの部屋で男性の声がしていると召使が気づいたら、いいえ、それよりもっと悪いことに、あなたの姿を見られたら、わたしの評判は地に堕ちてしまう」

ラネローが片方の肩を壁につけて、さも自信満々に腕組みをした。アントニアは歯ぎしりせずにいられなかった。「なかなかうまいことを言うじゃないか、愛しのミス・スミス。だが、この部屋はほかの部屋とは遠く離れている。きみが叫びでもしないかぎり心配はいらないよ」

アントニアは脚が震えるのを感じながらも、どうにか鏡台から離れた。「わたしのメイドがいつ来てもおかしくないわ」

「きみは身のまわりのことは自分でしている。ぼくが得た情報によると、きみは自立した女性らしい」

「情報……」アントニアはぞっとして、何も言えなくなった。

不安げに眼鏡を押さえて、きちんと目が隠れるようにした。なんてことだろう、さきほどの〝部屋をまちがえたわけではない〟というラネローのことばは嘘にちがいないと思ったけれど、ほんとうだったのだ。最初からこの部屋に忍びこむつもりでいたなんて。わたしにメイドがいないことを、調べて知っていたなんて。ということは、自堕落な侯爵の狙いはわたし。いよいよスキャンダルへの恐怖がふくらんでいく。邪で魅力的な男性に対する本能的な恐怖もふくらんでいく。同時に、女としての自分の弱さも恐ろしくてたまらなかった。

「女性を追いかけるときには、運を天任せにする性質《たち》ではないんでね」まるで世間話をするような口調だった。

怯えている場合ではなかった。それに、あっさり降伏する気もない。どんな手を使ったのかはわからないけれど、ラネローはこの家の内情を探りだした。お願い、わたしの秘密まで暴かれませんように。悲惨で破滅的な秘密を知られたら、わたしはラネローに意のままに操られてしまう。

いいえ、わたしは十年前の悲劇を乗りきった――自分にそう言い聞かせて、恐怖を抑えこんだ。ラネローがあっさり勝利できると高をくくっているなら、それこそ落胆することになる。アントニアは背筋をぴんと伸ばして、ラネローを睨みつけた。いまこそ、闘わなければ。

できるのは闘うことだけなのだから。たしかに以前のわたしは子ネコのように無力だった。けれど、それはもう遠い昔のこと。

「といっても、あなたはキャッシーを手に入れるために、わたしを利用しているだけ」剃刀《かみそり》のような鋭い口調で言い放った。「目の前に誘惑という名の餌を撒《ま》けばそれだけで、わたしがあなたの手先になると思っているのでしょう」

全身に舐《な》めるような視線を感じた。質素な靴に包まれた足から、地味な帽子までたっぷりと。この十年は、いつもこんな服装だった。地味で、華やかさのかけらもない時代遅れのいでたち。三十は年上の女性がするような格好。ラネローの視線は、不格好な装いの下にどんな女が隠れているか、一から十まで見透かしているかのようだった。いいえ、それは気のせい。そんなことがあってたまるものですか。

苛立って、心乱れているというのに、ラネローにじっくり、そして、たっぷりと見られるのは、信じられないほど刺激的だった。脚の付け根が熱を帯びて、乳首がつんと下着を押しあげる。それをすべて隠してくれる分厚い羊毛のドレスに感謝したくなった。といっても、遊び慣れた男なら、目の前にいる女が冷静ではないことに気づいているはずだった。もしかしたら、ラネローはキャッシーを手に入れるためだけにわたしを誘惑しているのではないのかもしれない。わたしの女としての匂いを嗅ぎつけたから、こんなことをしているのかもしれない。それに、ラネローほど世慣れた男性なら、この胸の中にある孤独や絶望や押し殺した情熱も感じとっているはず。さらには、何よりも恥ずべき欲望も読みとって、それを利用してわたしを操ろうとしているの？

「きみは自分に厳しすぎる」ラネローが歌うように心地いい声で言った。

「現実的なだけです」そんな返事しかできないのが悲しかった。たとえ、ラネローが道徳心のない危険な男性で、かかわればかならず災難が降りかかるとしても、やはり悲しいことに変わりはない。ひとりの女性として見られたのは、実に十年ぶりだった。といっても、いま耳にしたことばは、放蕩者の巧みな嘘に決まっている。そこで、痛烈な皮肉で切りかえした。

「あなたならもっと巧妙な手をしかけてくると思っていたわ、侯爵さま」

ラネローが肩をすくめた。歯に衣着《きぬ》せぬことばで攻撃しているのに、まったくこたえていないらしい。「明白なことばと行動が功を奏するのなら、その手で行くのがいちばんだ」

「作戦を敵に知られても勝てると思っているなら、呆《あき》れるほどうぬぼれているわ」いま、わたしはラネローと闘っている。同時に、ラネローの端整な顔にわたしに対する興味が微塵も浮かんでいないのが、悲しくてしかたない。そんな自分が情けなかった。アヴェソン卿の無分別で愚かな娘だった頃の自分が、いまだに心のどこかにひそんでいるなんて……。

「腹をすかせたライオンに狙われているのを承知しているシカ。きみはまさにそれだよ。何をしたところで結果は変わらない」

アントニアはラネローをねめつけた。「わたしのことを、何もできないシカだと？　それは大きなまちがいよ」

「ああ、そうかもしれない。だが、ぼくと互角に闘えるわけがない」

アントニアは悔しくて歯ぎしりした。ラネローの傲慢さを、わざわざ本人から思いださせてもらうとは……。その悔しさが、打つ手がないほど魅惑的な男性と闘う原動力になった。

「ほんとうにそうなのか、いずれわかるでしょうね、侯爵さま」

ラネローが身をのけぞらせて大笑いした。そんなふうに心から愉快そうに笑う声を、これまでにも一度か二度は聞いたことがあった。胸がすっとするほど楽しそうな声。世をすねた不良とは思えない声だった。問題は、その笑い声が男性のもので、男性が入ってはならないこの部屋の中で響きわたっていることだった。

「侯爵さま、だめ……」あまりにも焦って、ラネローを黙らせようとすばやく歩みでていた。片手を上げて、その口をおおう。同時に、ラネローが何者なのか、自分が何者なのかに気づいて戸惑った。

手首を握られた。といっても、引きよせられはしなかった。気づいたときには、色つきの眼鏡越しに、夜の闇にも負けない漆黒の目を見つめていた。狙った獲物はかならず手に入れると言わんばかりに、その目は強い光を発していた。

「そんな声を出しては……」口ごもった。手首にラネローの手の力強さを感じた。

「ベッドに押し倒されるのかと思ったよ」ラネローが囁くように言った。

ことばを発したラネローの、なまめかしくも温かな息が頬をかすめた。淫らで冷笑的な唇に口づけたら、どんな気分になるのだろう？　ふと、そんなことを考えていた。雄々しい体が発する熱を痛感するほど近くにいると、いまにも欲望に呑みこまれそうになる。

「あなたはどこまでうぬぼれているの」ぎこちなく反論して、手を振りはらおうとした。恐怖が氷水のように全身に広がっていく。これからどんなことをされるのか、恐ろしくてたまらなかった。それ以上に、自分がラネローに何かしてしまいそうで怖かった。「放して」

「どうして？　ぼくはこれを望んでいたんだ。それに、きみのほうからこうしてきたんだよ、ミス・スミス」

なけなしの気力をかき集めて決意を固めた。「叫ぶわよ」ひそめた声で、脅すように鋭く言う。

ラネローが空いているほうの手で、頬を撫でてきた。まとわりつくようにやさしく触れられて、その感触がつま先にまで伝わっていく。「いや、きみは叫ばない」

そう、わたしは叫ばない。駆けつけてきた誰かに、ふたりきりでいるのを見られるわけにはいかないのだから。過去の出来事を考えれば、ラネローを部屋に連れこんだわけではないと言ったところで、誰も信じやしないはずだった。

「やめて」抵抗しているにしてはか細い声だった。

ラネローの指が顎のラインをたどった。誰かに――とりわけ男性に――これほどやさしく触れられるなんて、何年ぶりだろう……。そのやさしさは偽りなのに、心はそれを認めようとしなかった。切望が一気にこみ上げて、胸からあふれそうになる。わたしはなんて愚かなの。苦しくてたまらず、涙が流れそうになるのをどうにかこらえて、顔をそむけた。

「眼鏡を取ったほうがいい」ラネローが囁きながら身を屈めると、ふたりの頬が触れあった。

これほど男性と近づくのも、何年ぶりだろう？　自分とはまるでちがうラネローの体を、全身で感じていた。背丈。たくましさ。秘められた力。ちくちくする顎のひげ。

これではまるで自ら罠に飛びこんだ子ウサギのよう。そんなことを思いながら、もがくのをやめた。胸の鼓動がどんどん大きくなって、それに合わせて全身が揺れているような気がした。頭の中に靄《もや》がかかり、ラネローのことばも即座に理解できなかった。気づいたときには、眼鏡を取られそうになっていた。

「だめ！」うしろに飛びのいた。ラネローが驚いたその一瞬、わずかに体が離れたけれど、手はつかまれたままだった。「やめてと言ったはずよ」

「口づけがどんなものか知りたくないのかな？」ラネローが囁く。「きみは知的好奇心でいっぱいなのに」

「どこまでうぬぼれているの！」ぴしゃりと言いかえしながら、眼鏡をもとの位置に戻した。

「きみはすごく魅力的だよ」

忌々しいけれど、そのことばが本心に聞こえてしまう。忘れてはならない、誠実そうに見せかけるのが女たらしのやり口なのだ。「冗談はやめて」

逃れようとすると、ラネローが手首を握る手に力をこめて、反対の手でもう一度顔に触れてきた。「アントニア、口づけてくれ」

口づけてくれなければ死んでしまう――そう言いたげな口調だった。いいえ、惑わされてはいけない。女たらしがたかがひとりの女のために死ぬはずがないのだから。女たらしにとってこの世は、欲望を満たすための巨大な食堂と同じ。ひとつの料理で満たされなければ、ほかの料理を堪能するまでだ。

「あなたに名前で呼ばれる筋合いはないわ」どうにか反論した。うっとりした乙女のような口調なのが、悔しくてたまらなかった。

にっこり笑ったラネローに、帽子から飛びでた髪を撫でられた。それまで以上にやさしいしぐさ。向こう見ずな心が切望していたとおりのやさしいしぐさだった。「愚かなお嬢さまだ」

相変わらず手首をしっかりつかまれていた。けれど、白状すれば、ラネローに触れられて、魔法にかかったように身動きできなかった。

そう、これでは愚かなお嬢さまそのもの……。

少しでもきっぱりした口調で言おうとしたものの、その試みはあっけなく失敗した。「わたしはハンサムな顔に惑わされて、キャッシーを裏切るような真似はしないわ」

ラネローの手は相変わらずこめかみに触れていた。お願いだから、やめて。お願いだから、やめないで。

「きみの目がどれほど美しいか知りたいんだ。正直なところ、きみのことをほとんど知らない。いまこそきちんと知りあわなければ」

そのことばに心が沸きたった。同時に、不吉なことばでもあった。なんとかして逃れようとしたけれど、もう遅かった。ラネローにレースの帽子をはずされて、床に落とされた。

「なんてことを！」怒りにまかせて言うと、今度こそラネローの手から逃れた。

あわてて帽子を拾おうとする。そのときはじめて、変装用の小道具がどれほど心のよりどころになっていたかに気づいた。ひとつひとつ剝ぎとられそうになってようやく、その事実に気づいたのだった。

体が震えて、帽子を拾うのにも手間取った。帽子をちぎってしまいそうなほどぎゅっと握りしめて、ようやく体を起こした。

「帰ってちょうだい」震える低い声で言った。こらえていた涙が、いつあふれてもおかしくなかった。「とにかく……帰って」

けれど、そんなことばにおとなしくしたがう相手ではなかった。ラネローは一歩も動かず、その場に立っていた。はじめて会ったときから、ラネローが好奇心を抱いているのはわかったが、いま、その好奇心がいっそう高まっていた。

神聖なものに触れるかのように、ラネローが髪に触れてきた。羽根で撫でるようにそっと。

「なぜ、髪を隠しているんだ?」

「わたしは貴族の令嬢のお目付け役。愛人ではありません」ぴしゃりと言って、帽子をかぶろうとした。自信満々で冷静に策略をめぐらす淫らな男への闘争心を、いつのまにか取りもどしていた。

敵に背を向けてはならないのはわかっていたけれど、帽子で髪を隠そうと、うしろを向いた。同時に、鏡に映る自分の姿に呆然《ぼうぜん》とした。握った帽子が体のわきにだらりと垂れた。無骨な眼鏡をかけているのに、こんなにも生き生きしているなんて。そんな自分の姿はもう何年も見ていなかった。かつて、いまと同じぐらい生き生きしていたときに、人生は崩れ落ち、埃《ほこり》まみれの瓦礫《がれき》と化した。それと同じことを、もう一度くり返すわけにはいかなかった。

上気した頬と、赤らんだ唇が口づけを求めていた。

といっても、口づけの相手が誰でもいいわけではない。

悔しいことに、求めているのは、すぐうしろに立っている長身の女たらしの口づけだ。その女たらしが、自分のものだと言わんばかりに肩に手を置いてきた。痛烈な絶望が全身に満ちていく。二度と、もう二度と、男性のせいで破滅するようなことがあってはならない。命取りのこの欲望をなんとかして抑えなければ。ふしだらな行為より、孤独のほうがはるかにましなのだから。

ひっつめて結った金色の髪に、ラネローの視線を感じた。禁欲的な髪型も、稀《まれ》な色合いの豊かな髪を隠しきれなかった。

「これほど美しい髪をみすぼらしい帽子で隠しているなんて、大罪だよ」ラネローに振りむかされて、顔を見つめられた。

一瞬、抵抗したものの、すぐに体の力を抜いた。激しい当惑が胃の中でとぐろを巻く。いつからラネローは自分のもののように触れてくるようになったの？　いつからこんなに親しげに話すようになったの？　わたしたちは見ず知らずの赤の他人。いいえ、それどころか、敵対している赤の他人。

女性をはじめて見るような目で見つめられた。

いいわ、わたしの髪が気に入ったのね。髪ならいくら見られても、ほてって赤くなることはない。ジョニー・ベントンもこの髪が好きだった。手で梳《す》いて、わたしの乳房にふわりとかけるのが、何よりも好きだった。

けれど、ジョニーはそれだけでは飽き足らず、わたしをそそのかして、高貴な家族から引き離し、その後の悲惨な結末にたったひとりで立ちむかわせたのだ。

アントニアはラネローの輝く黒い瞳を覗《のぞ》きこんだ。ジョニーと同じように、淡い金色の髪が裸身にふわりとかかるところを想像しているのがわかった。ふいに手をつかまれて、不格好な帽子をかぶるのを止められた。

「いまさら手遅れだ。もうわかったよ」

「何……何がわかったの？」恐怖が全身を這《は》いまわり、欲望の炎をかき消そうとしていた。わたしにとって欲望は、心に永遠に巣くっている宿敵。いったんかき立てられたら、そう簡単には消えない。大きな代償を払ってそれを思い知らされたのだ。そして、美しくも自堕落なラネロー侯爵をひと目見た瞬間に、欲望がかき立てられた。

そのさきに待ちうける破滅の予感だけが、欲望をかろうじて抑えこんでいた。それに、ラネローが真に求めているのはわたしではないという事実が。黒い瞳が飢えた獣のような強い光を発していようと、その事実は変わらない。肌に触れる大きく力強い手が、どれほど温かかろうと。ラネローが巧妙な茶番劇を演じているのは、キャッシーに通じる道を切り開くため。そう思うと力が湧いてきて、端整な顔を鋭く睨みつけた。ラネローからは雌鶏《めんどり》程度の頭しかないと思われているらしい。偽りの誘惑で簡単に騙せると思われているのだから。そう、ラネローがわたしを真に求めているはずがない。そんなことはあり得ない。

けれど、真剣な表情を見ると、偽りの誘惑だとは思えなくなる。さきほどおずおずと口にした短い質問に、ラネローが顔を曇らせた。けれど、返ってきたことばは、心の底から恐れていたものではなかった。「時代遅れの古びた帽子の下に、どんな美が隠れているのかわかったよ」

「馬鹿なことを言わないで」アントニアはきっぱり言った。束の間の弱気を怒りが打ち消した。

「ああ、ぼくは馬鹿だよ、そのとおりだ」そうつぶやいたラネローに、ぐいと引きよせられて、長い腕で抱きしめられた。

いくつもの感覚——これまでに幾度となく感じたことがあるものも、ないものも——が一気に押しよせてきた。男性に抱かれるのがどんなものかは知っていた。けれど、情熱的なこの抱擁、たくましいこの体、清潔で爽やかなこの香りは……まぎれもないラネロー侯爵そのものだった。

勢いよく顔を上げて叱責しようとしたのに、黒い瞳の中に燃えたつ興奮を見ると、何もかもが頭から消え去った。それと同じだけの興奮が、自分の胸の鼓動と全身を流れる血の中でもこだましていた。

「やめて……」囁いたけれど、ラネローは聞こえていなかったらしい。

身を屈めたラネローに激しく口づけられた。巧みに動く舌で、あっというまに唇をこじ開けられて、たっぷり奪われた。ラネローは容赦なかった。強欲だった。相手がいやがっていようと、心の準備ができてなかろうと、あるいは、相手にとってはじめての口づけにちがいないと考えていようと、おかまいなしだった。

貞節などというたいそうなものではなく、口づけられた衝撃のせいで、身動きが取れなかった。すべてを溶かすほどの熱が全身に押しよせて、下腹の奥のほうで何かが激しく揺さぶられた。

ラネローが不満げに何やらつぶやきながら頭を起こした。肩をつかまれて、見つめられる。

「突っ立ってるだけでなく、もう少し何かできるだろう？」

怒りが一気に湧いてきた。新たな運河を掘る工夫のような巧みさで、有名な放蕩者は口づけてきたくせに……。「あなただって、もう少しまともな口づけができるはずよ」ぴしゃりと言いかえした。

とたんに後悔した。挑戦状を叩きつけられて、黒い目が一段と鋭さを増したのだ。

「いいえ、いまのは……」口ごもりながら、体を横にずらそうとした。それまではラネローに抱かれて、人形のようにじっとしているしかなかった。手遅れになる前に、身を守る術《すべ》を考えなければ。

いいえ、もう手遅れ……。

「絶世の美女にそんなことを言われて、無視できる生身の男などこの世にいるはずがない、そうだろう？」ラネローはさらりと言った。

「だめよ、いまのことばは忘れて」逃れるための試みと同じぐらい、口調も頼りなかった。

「そんなのは騎士道精神が許さない」ラネローがにやりと笑みを浮かべた。弧を描く唇に、つい見とれてしまう。ラネローといっしょにいると、救いようがないほど愚かな乙女に戻ってしまう。良識がおがくずに変わってしまう。言いかえす暇もなく、ラネローにそっと体をさわられて、興奮がかき立てられた。黒い目に狡猾な光が浮かんでいた。

逃げるのよ、アントニア、さあ、早く……。

心の悲鳴を脚は無視した。それどころか、緊迫した静寂の中で、唇がもう一度重なるのを待っていた。

唇が触れると、思わずくぐもった声が漏れた。押しやるつもりで、ラネローの外套《がいとう》を握りしめる。けれど、むさぼるような口づけに、膝から力が抜けた。刺激的な味わいで、五感が満たされていく。

束の間、すべてが遠ざかり、悦びだけで全身が満たされた。ひとつ息を吐いて、抱擁に身を任せる。信じられないことに、ラネローのためらいが伝わってきた。いまのいままでいやがっていた女が、いきなり屈したことに驚いている？　けれど、その一瞬のためらいを逆手に取る間もなく、ラネローの唇がどこまでも情熱的に動いた。すべてが熱の中に溶けていく。大きく口を開いて、舌を絡ませて、口づけに応じる。たくましい体に腕をまわして引きよせた。

目を閉じて、身を焦がす黒い悦びに溺れていった。心の奥底では、こうされたいと望んでいたのだ——そう認めるしかなかった。そう、ずっとこれを望んでいたのだ。口づけが大きなまちがいだとわかっていても、この十年間で経験した何よりも、いまこそ生きていると実感できた。

「きみは甘い蜜のようだ……」つぶやくラネローの息を首に感じた。首筋にそっと歯を立てられると、体が抑えようもなくわななきだした。

もう一度唇が重なった。まっすぐ立っていられなくなるほど激しい口づけ。転びそうになると、ラネローにしっかり抱かれて、さらに引きよせられた。唇をそっと噛《か》まれて、舌がビロードのような舌に荒々しくからめとられた。

欲望のシンフォニーの向こうで、耳障りな警鐘が響いていた。破滅的な悦びを、いますぐにきっぱり終わらせなければ。何もわからなくなってしまう前に。

ラネローの胸を弱々しく押しやりながらも、つま先立って、甘美な苦悩のもとをさらに求めた。大胆に背をそらせて、体を押しつける。ラネローの股間にある太く大きなものが、下腹に食いこむとうっとりした。触れてみたい。手でしっかり包みたい。根元まで体の中に感じて、荒々しく波打つ欲望をさらにかき立てて、ジョニー・ベントンとの官能のひとときが色褪《あ》せるほどの絶頂を迎えたかった。

やめて。

やめないで……。

ラネローを押しやろうとした手が、いつのまにかたくましい胸を情熱的にまさぐっていた。ラネローは大きなたき火にも負けないほど熱かった。チョッキと上質な麻のシャツを剝ぎとりたい。肌を直接感じたかった。

ラネローが……ほしい。

唇の動きに合わせて、ラネローの両手が背中をさすっていた。官能の靄《もや》に包まれる。そこにはもう、ラネローと芳醇な香りがあるだけだった。同時に、容赦なく攻めたてられた。めまいがして、脚がふらついて、すっかり魅了されていた。

抵抗などできるはずがなかった。

片方の乳房が大きな手に包まれた。乳首がぎゅっと硬くなる。とたんに、曇り空に稲妻が走るように、官能の靄が引き裂かれた。

自分が何をしているのか、はっきり気づいた。ラネローに口づけられて、それに応じたなんて……。さらに悲惨なことに、この情事を最後まで続けるように、自ら誘いをかけるなんて。

最後に待ちうけているのは、苦悩だけなのに。

かつてわたしは、欲望に目がくらんですべてを失った。二度とそんなことはしない。この口づけがどれほど魅惑的だろうと。

唇を引きはがして、言わなければならないことばを口にした。「やめて」

拒絶するのは死ぬほど苦しかった。十年ぶりに姿を現わした奔放で抑えのきかないアントニアが、大声で抗議していた。そのアントニアはジンをほしがる大酒呑みのように、ラネロー侯爵を求めてやまなかった。

首筋に口づけられた。情熱の矢が下腹を貫く。乳房をそっと揉まれると、快感で全身がわなないた。空気を求めて、喘《あえ》ぐように息を吸う。ラネローの腕をつかんだ。これ以上勝手なことをさせないよう……。プライドはそう言っていたけれど、残酷な現実はそのまま触れていてほしいからだと言っていた。

「やめて」今度こそ、いくらか強い口調で言えた。そうして、暖炉のほうへあとずさりした。ついに、ラネローから離れた。でも、これから何が起きるの?

悲しいことに、何が起きるかはもうわかっていた。

「本気で言ってるわけじゃないだろう」ラネローが訝《いぶか》るように言いながら、官能的に伏せた目で見つめてきた。

「本気よ」そう応じたのに、慎み深いドレスのボタンにラネローの手が触れると、はっとして、息を呑まずにいられなかった。「何をするの!」手を振りはらう。

「きみを見たいんだ」ラネローの低い声はそれだけで魅惑的だった。けれど、いま、どれほどの危機に瀕《ひん》しているかがわかるぐらいには、自分を取りもどしていた。

「なんでも思いどおりになると思ったら大まちがいよ」

ドレスの前が開いて、質素な白い木綿の下着とコルセットがあらわになった。ラネローはそれよりはるかに淫らで魅惑的な下着姿の女性を無数に見てきたはず。にもかかわらず、目の前にある胸の谷間に、視線が釘付《くぎづ》けになっていた。

「約束する。見るだけだ」

アントニアは鋭く睨みつけた。「ええ、そうなんでしょう。もちろん、そのことばどおりなんでしょう」

ラネローの腕が腰にまわされた。「口づけているときのきみが、いつにも増して好きなんだ」

「放蕩者の安っぽい魅力に屈したりしないわ」

ドレスのボタンを留めようとしたけれど、手が激しく震えていては留められるはずもなかった。あまりにも惨めで、喉が詰まりそうになる。ラネローはなんて忌々しいの。その魅力は安っぽいかもしれないけれど、抗いようがない。それを知っているかのように黒い目が光っていた。

「そんなに愛くるしい唇から、どうしてそんなに意地の悪いことばが出てくるんだ？」ラネローの唇にからかうような笑みが浮かんだ。

ちょっとからかわれただけで、また口づけたくてたまらなくなる。それでも、奔放な自分を黙らせて、挑むように顔を上げた。「出ていって」

乱れた髪のラネローも、やはり目を奪われるほど美しかった。豊かな金色の髪がなぜくしゃくしゃになったのかに気づいて、恥ずかしくなった。口づけられて、思わずその髪に手を差しいれたのだ。

どうして、わたしはこんなに脆《もろ》いの？　どれほど危険なことかはよくわかっていたはずなのに。それなのに、放蕩者の巧みな手にちょっと触れられただけで、何もかも忘れてしまうなんて。

顎にラネローの手を感じた。端整な顔がまぎれもない欲望で輝いて、同時に、その口から笑い声がこぼれそうになっていた。「だめだよ、スイートハート。これほど興味深い情事を、いまこの瞬間にやめられるわけがない」

当然のごとく、また口づけられた。ラネローのすっきりした口元にも、傲慢な光をたたえる目にも、自信がみなぎっていた。本心から抵抗しているわけではないと、わたしのことを見透かしているのだ。

そうとわかっていながらも、口づけられるたびに、天国の門に導かれた気分になる……。

「だめよ」きっぱり言った。身を引くのではなく、体をこわばらせた。

「いいだろう」顎を持ちあげられて、上を向かされた。

唇が重なった。欲望がさらに高まるのを覚悟する。けれど、さきほどの情熱的な激しい口づけとは打って変わって、今度はどこまでもやさしい口づけだった。とたんに、歓喜の波が押しよせた。

両方の腕をつかまれて、さらにたっぷりキスされる。ぐらつく脚であとずさりした。ふくらはぎが熱くなって、暖炉に近づいているのがわかった。けれど、この部屋で真に危険な炎は、ラネロー侯爵にかき立てられた魂の炎だった。

力強い手がドレスの中にするりと入りこむ。その手が乳房に触れると、快感の稲妻が全身を駆けめぐった。硬くなった乳首に親指が触れると、口づけたまま思わず息を呑んだ。こわばった体から力が抜けて、抵抗する気持ちが萎えていく。まもなく、抵抗のことばは、靄がかかった頭の片隅でかすかに響く囁き声でしかなくなった。

欲望に抗えなかった。ラネローの望みにはっきり気づいていながらも、〝わたしを好きなようにして〟と口にしそうになる。それでも、片方の手をうしろにまわして、手さぐりした。

いったいどこにあるの？

探していたものがついに手に触れた。それを握りしめて、いまにも消えてなくなりそうな意志の力を呼び起こした。

渾身《こんしん》の力をこめて、火かき棒をラネロー目がけて振りおろした。

5

どうすればいいの？　ラネロー侯爵を殺してしまった。

赤と青のトルコ絨毯《じゅうたん》の上に横たわっているラネローを、アントニアは呆然と見つめた。ラネローの頭めがけて振りおろした火かき棒が、痺《しび》れた手からするりと落ちて、くぐもった音とともに絨毯の上に転がった。

吐き気がこみ上げ、口の中に苦みが広がる。ぼんやりした頭で罪悪感を抱くべきだと思いながらも、恐怖のほうがはるかに大きかった。あまりにも恐ろしくて喉が詰まり、めまいがして、いまにも倒れてしまいそうだった。

生きているラネロー侯爵がなぜこの部屋にいるのか、それを弁明するのもむずかしいのに、その侯爵の亡骸《なきがら》がここにあることをどう説明できるというの？　死体を隠せるわけがなかった。動かすこともままならないのだから。

ラネローの頭から流れでた大量の血が絨毯に広がっていた。その染みは何をしたところで消えないはずだった。胸の鼓動が激しくなるのを感じながら、くるりと身をひるがえして、洗面台へ向かった。けれど、洗面台に着く前に、誰かが扉をノックした。扉に鍵をかけていなかった！　それを思いだして、胃がぎゅっと縮み、またもや吐き気がこみ上げた。いま、誰かが部屋に入ってきたら、それこそ一巻の終わり。実際には、すでに一巻の終わりだったけれど。

「ミス・スミス、大丈夫ですか？」ベラの声だった。キャッシーについている中年のメイドで、普段は主人の寝室の隣の化粧室で眠っているはずだった。「大きな音がしましたが、何か落ちたんですか？」

「ベラ……」お願い、これ以上悲惨な状況に追いこまないで。必死になって明るく応じようとした。わざとらしいほど明るい声に説得力があるのを祈るしかなかった。「椅子につまずいただけよ。大丈夫、心配しないで」

「お怪我《けが》はないんですね？」ベラにはねたまれていた。キャッシーがお目付け役であるわたしの言うことをよく聞くからだ。だから、わたしが失態を演じれば喜ぶにちがいない。この大惨事を秘密にしてほしいと頼んだところで、哀《あわ》れんでくれないのは目に見えていた。「中に入って、確かめてもよろしいですか？」

だめよ、絶対にだめ！

「いいえ」きっぱりと言いすぎた。これではかえって怪しまれる。そう後悔して、ことばを選んでさらに言った。「いいえ、その必要はないわ。怪我などしていないもの。もうベッドにお戻りなさい、ベラ。毎晩遅くまで起きていて、疲れているでしょう」

緊迫した一瞬の間ができた。不安が鉄の帯となって胸を締めつける。いつ扉が勢いよく開かれてもおかしくなかった。そうなったら、どうすればいいの？　黙っているように買収したくても、お金などない。ましてや、ベラの口を永遠に封じるために、もう一度火かき棒を振りあげる気力などあるわけがなかった。

これ以上人の命を奪うなんて、とんでもない。

緊迫した静寂がベラの声で途切れた。アントニアはほっと息をついた。「そうおっしゃるんでしたら。では、おやすみなさいませ」

「おやすみなさい、ベラ」

その場がしんと静まりかえり、アントニアは立ち尽くしたまま、自室へと戻っていくメイドの足音を聞いていた。それから、ここではないどこかへ行ってしまいたいと願いながら、足元でぴくりとも動かずに横たわっている体を見つめた。

貴族を殺してしまうなんて、とんでもないことだ。正当防衛を主張したところで、淫らな過去を持つ女のことばを誰が信じるだろう。これほどの大スキャンダルに立ちむかうはめになるなら、首吊り人の綱の輪のほうがよっぽど心安らぐ逃げ道になる。

お願い、死んでいませんように。

ラネローの頭はもちろんのこと、顔にも目をやった。ほっそりした頬の片方に、一本の傷ができていた。よく見ると、頭ではなく、頰の傷から血がにじみでて、絨毯に染みを作っていた。それに気づいて、ようやくわれに返った。洗面台へと走って、洗面器に水を注ぎ、タオルをつかむ。大いそぎでラネローの傍らに戻ると、膝をついてしゃがみこんだ。

ちょっと前まで、ラネローは疫病神《やくびょうがみ》以外の何ものでもなく、自分の世界から消えてほしくてたまらなかった。でも、そうなれば、皮肉のきいたことばや、不本意な欲望をかき立てる笑い声ももう聞けない……。

恐怖と狼狽《ろうばい》で息が詰まりそうになる。殺してしまうほど強く殴ったつもりはなかったのに……。子どもの頃の記憶がよみがえった。そうだ、ブレイドン・パークの果樹園で、作業員が枝に頭をぶつけただけで死んでしまったことがあった。

ラネローの顔は真っ青だった。いつもなら黒い目の魅惑的な輝きのせいで、上品な体のほうにはなかなか目がいかない。けれど、倒れて動かないラネローを見ていると、いかに禁欲的な体をしているかがわかった。記念碑に刻まれた騎士のような体。天下の放蕩者と呼ばれている男性には不釣り合いな体だった。

お願い、ラネローの碑がいますぐに必要になるなんてことになりませんように……。

あらためて、恐ろしい事実が胸に突き刺さった。ラネローが死んでしまうなんて堪えられない。たとえ、わたしの人生に災いをもたらして、キャッシーを破滅させるとしても、ラネローがいなければこの世も、わたしの人生も、いまよりさらに惨めなものになる。

タオルを濡らして、頬の傷に押しあてた。止めようもなく手が震えていた。唇を噛んで、恐怖の涙を押しとどめようとする。ラネローの肌は温かかった。死んでいるなら、石のように冷たいはずなのに。

死なないで！

いつのまにか、祈るようにそのことばを何度もくり返していた。すると、ラネローがうなって、かすかに動いた。はっとして、アントニアは口をつぐんだ。

けれど、ラネローはまたぴたりと動かなくなった。一瞬、生きているように見えたのは幻覚だったの？　長く濃い睫もまったく動かない。といっても、おびただしい血が流れたと思ったのは、早とちりだったらしい。よく見ると、血はぽたぽたと滴っているだけだった。アントニアは片手で、ラネローの頬の血をぬぐった。

「ラネロー？　返事をして」

返事はなかった。

もう少し大きな声で呼んでみよう——そう思うとほぼ同時に、ラネローのファーストネームが口からこぼれていた。「ニコラス？　ニコラス？　お願い、目を覚まして」ラネローの顔は紙のように真っ白で、真っ赤な傷があまりにも痛々しかった。アントニアは思わず唇を噛みしめた。血の味がした。ラネローを死なせるわけにはいかない。それに、こんな最期を迎えたら、ラネローは生きているときと同じぐらい人騒がせな故人になってしまう。

麻痺《まひ》した頭の中に筋の通った考えが徐々に戻ってきた。脈！　まずは脈を確かめなければ。なぜ、いままで気づかなかったの？　いちばんにすべきことなのに。重大な局面に瀕してもつねに冷静沈着なミス・スミスが、ラネローの口づけのせいで理性を失った愚かな女になっていた。

シャツのカフスを開いて、太い手首に指をあてた。次の瞬間には、胃が縮まるほどの安堵《あんど》感に包まれた。力強い拍動は、ラネローが死んでいない証《あかし》だった。

支離滅裂な感謝の祈りが、頭の中でくるくるまわっていた。

ラネローの目を覚まさせて、この家から送りだして、今夜のことはきれいさっぱり忘れてしまおう。それに、ひとつだけたしかなことがあった。今夜こんなことがあったのだから、ラネローはもう二度とわたしに近づこうとしないはず。

となれば、これからは安らかな日々を過ごせる。

けれど、静まりかえった部屋の中で、アントニアはこれまで誰にも認めなかったことを白状せずにいられなかった。卑しむべきことでありながら、純然たる事実を。退屈で慎み深い十年を過ごしたあとに、いままた男性の欲望の味を堪能した——それはまぎれもない事実だった。

しかもその男性は、どこまでも力強く、雄々しく、美しい。

わたしはなんて淫らなの。だからこそ、錆《さ》びた釘が磁石に引きつけられるように、ラネローに否応なく惹かれてしまったのだ。それでも、鉄の意志を発揮して、不本意なその思いを心の奥深くに押しこめた。けっして日の目を見ることのない、漆黒の闇の中に。十年前、わたしは地獄の淵《ふち》を覗きこんだ。ふしだらな女に待ちうける未来はまさにそれ。もう二度と、あのときのように落ちるところまで落ちてはならない。

ラネローを立たせて、ここから追いださなければ。いますぐに。そう決意して、ラネローの頬の血をもう一度ぬぐった。

「目を覚まして、お願い」血をぬぐうと、その下の長い傷が見えた。さほど深そうではないけれど、実際のところはなんとも言えなかった。「ラネロー、お願い、目を覚まして」

「さっきはニコラスと呼んでくれた」ラネローが目を閉じたままつぶやいた。

傷をぬぐうアントニアの手が止まった。安堵と苛立ちがせめぎあう。ラネローといっしょにいるとたいていそうなるように、やはり最後には苛立ちが勝った。「生きているのね」冷ややかに言った。

「ああ、もちろん生きてるよ」ラネローはそれでも目を開けなかった。「若い女がちょっと逆上したぐらいで、ぼくを天国に送りこめるはずがない」

めまいがするほどの安堵感を抱きながらも、アントニアはそっけなく言った。「たとえ一生に一度のご褒美でも、あなたが天国に行けるわけがないわ。なぜ、もっと早く何か言わなかったの？　吐き気がするほど、人を心配させておいて」

「きみにはそれぐらいはしてもらわなくちゃ。実に強烈な一発だったからな」

「やめてと言ったのに、やめないあなたが悪いのよ」そう言いながらも、良心が疼《うず》いた。人を殴ったのははじめてだった。ラネローといると、自分が欠点だらけに思えてくる。

ようやく、ラネローが見つめてきた。といっても、片目を開けただけだった。火かき棒があたったほうの頬は腫れあがり、明日には目のまわりまで真っ青な痣《あざ》になるにちがいない。

「あれはきみの本心じゃないからね」

またもや良心が疼いたけれど、それを顔に出さないようにして、傷にタオルを押しつけた。

「あなたはやっぱり自意識過剰の気取り屋だわ」

ラネローが顔をしかめた。「だからって、また殺そうとはしないでくれよ」

「わたしは血を拭いているのよ」ぴしゃりと言った。これほど不愉快な男性を殺しかけたことを、なぜ、後悔したの？　こんな人は火かき棒で殴られて当然だ。いいえ、船のマストで殴られたって不思議はない。

ラネローの唇にいつもの皮肉っぽい笑みが浮かんだ。「もっとうまく口づけられないのか？」

「そんなことはできないわ」洗面器の上でタオルを絞った。苛立ちながらも、洗面器の水が血で赤く染まるのを見て、不安でたまらなくなった。

ラネローが苦しそうに起きあがった。「ちょっと顔色が悪いよ、ミス・スミス」

もう一度、タオルを思いきり絞った。「もう夜遅いのよ。疲れたわ。もしあなたが死んでいたら、それはそれでいい気味だったのに」

「もしきみに口づけながら死ねるなら、本望だろうな」

アントニアは呆れたと言いたげに眉を上げると、またタオルを傷に押しあてた。血はほぼ止まっていたけれど、痣《あざ》がみるみる濃くなっていた。これからの数日間、ラネローは女に襲われた記念の痣を見せびらかして歩くことになる。

「そんな大げさなことばかり言っているから、報いを受けたのね」

ラネローが声をあげて笑った。けれど、すぐに顔をしかめると、すらりとした手で、アントニアの手のひらを自分の頭に押しあてた。「きみはほんとうにおもしろいことを言うね」

アントニアはラネローに握られている手を引きぬくと、しゃがんだまま上体を起こした。触れられたくなかった。まちがいはそこからはじまったのだから。いいえ、ほんとうはそうではない。まちがいは、人でごったがえす舞踏会場で魅惑的な黒い目を見た瞬間にはじまったのだ。

アヘンのように人を魅了してやまないラネローなど、地獄に落ちればいいのに……。さきほどの口づけの味が、まだ唇にまとわりついて、奔放なアントニアがさらなる口づけを求めていた。けれど、そんなアントニアのことなど無視して、ミス・スミスの冷静な口調で言った。「わたしにできるのはここまでよ。あとはお医者さまに診せて、何針か縫ってもらったほうがいいわ。腫れが引くように、冷やしておくのを忘れずに」

ラネローがにっこり笑った。まるで何年間もねだりつづけた誕生日プレゼントをやっともらったような笑みだった。「きみはほんとうに最高だよ、アントニア」

そんな冗談が言えるぐらいなら、もう手当ての必要はないはずだった。タオルをいったん洗面器に浸《つ》けて、たっぷり水を吸わせてから取りだした。そうして、絨毯の血を拭きはじめた。幸いにも、ラネローを殴った直後に思ったほどの血の海にはなっていなかった。

視線を感じても、顔を上げなかった。今夜、多くの秘密を暴かれた。ふたりの距離がもっと開くようにしなければ。ラネローの口づけを求めて唇がちりちりして、心の中で恐怖と欲望が吹き荒れていては、容易なことではなかったけれど。

「立ちあがるから、手を貸してくれるかな？」

それでもアントニアはラネローのほうを見ようとしなかった。「家に帰るのね？」

ラネローが声をあげて笑った。やわらかく深みのある笑い声には、何をしようと抗えなかった。「きみはこの世でいちばんやさしい看護師にはなれそうにないな」

アントニアは苛立たしげに汚れた水にタオルを落とすと、立ちあがって、洗面器を手に洗面台へ向かった。「あなたはここにいてはならないの。そもそも、ここに来てはいけなかったのよ」

それでもまだ、ラネローは笑みを浮かべていた。痣のある美しい顔に浮かぶ笑みは、ますます輝いて見えた。社交界の集まりに、ラネローは一分の隙もないいでたちで現われる。それがいまは、乱れた髪と痣のある顔でこの部屋の暖炉の前に座りこんでいる。その姿を見ると、抑えきれない切望で胸が高鳴った。

抑えきれない切望ですって？　正気を失わないうちに、ラネローから逃れなければ。

「あしろとか、こうしてはならないとか、口づけた女性がこれほどやかまし屋だったとは思いもしなかった」

「いいえ、その女性は正気を失っていたのよ」アントニアは相手の気をそぐように言った。「それに紳士なら、レディのちょっとした過ちをやり玉にあげたりしないものよ」

ラネローがまた笑った。「たしか、ぼくは紳士ではないと、きみに言われた気がするが」

冗談めかした口調に、反論する気が失せた。今夜はたいへんなことがあったけれど、地味なミス・スミスがラネローの心に一生残る傷跡を残したと考えるほど愚かではなかった。それでも……。ふたりがはじめて会った舞踏会で、アントニアが言ったことをラネローはきちんと憶《おぼ》えていた。

「アントニア」ラネローが片手を差しだした。このときだけは、からかったり、嘲《あざわら》ったりする口調ではなかった。それどころか、その口調から、いままでとはちがう何かが感じられた。脆さのようなものが。「手を貸してくれるかな？」

すでに無数の愚行を重ねてきたというのに、美しい黒い目に浮かぶ誠実さに抗えなかった。

「ええ」

「ありがとう」

ラネローが手を握って、ぎこちなく立ちあがった。実は、見た目ほど元気ではないらしい。それに気づくと、吐き気がするほどの罪悪感を覚えた。いそいで、ラネローのわきの下に肩を滑りこませた。「ベッドまで歩ける？」

「ミス・スミスがそんなやさしいことを言ってくれるとは」

「冗談を言っている場合じゃないわ」嫌味ではなく本気で言った。

ラネローは長身で、見かけより重かった。女性にしては長身のアントニアでも、大柄な男性を支えるのはたいへんだった。足を引きずり、苦しげな声をあげて、やや荒っぽく何度も体を押しあげて、やっとのことでベッドまで連れていった。

ラネローがうめきながら、ベッドに倒れこんだ。床に座っているときには、もう少し元気そうだったのに、ベッドの上にいるラネローの顔は蒼白《そうはく》で、傷から血がにじみでていた。ゆったりとヘッドボードに寄りかかってはいるけれど、傷がそうとう痛むにちがいない。それでいて、忌々しいほど魅力的だった。ロマンティックな小説に登場する傷ついたヒーローそのものだった。

「ブランデーはあるかな？」口調も弱々しかった。

「まさか、そんなものはないわ」きっぱり言ったのは、規律を守らせるためだけではなかった。ラネローがますます弱っているのが、心配でたまらなかったからだ。もう一度タオルを持ってきて、ベッドの上にひざまずくと、傷から新たににじみでた血をぬぐった。

「かわいそうに。きみのほうこそ手当てが必要な顔をしてるよ」

アントニアは立ちあがって、グラスに水を注いだ。「あなたをここに泊めるわけにはいかないわ」

ラネローは頼りない手でグラスを受けとると、水をたっぷり飲んだ。「木を伝って下りるのは無理だ。立ちあがるだけでふらふらする。地面まで数メートルはある枝にぶら下がるなんて論外だ」

「でも、廊下を歩いて、玄関から出るわけにもいかないわ。ミスター・デマレストの言いつけで、夜には召使を玄関に置いて、寝ずの番をさせているの」

「となると、残る出口は煙突だけか」

痛烈な皮肉は気力が戻ったしるしだと思いたかった。ラネローに出ていってほしいのは山々だったけれど、この状態で木を伝いおりられるわけがなかった。「少し休みましょう。でも、そのあとは帰らなければだめよ」

「ああ、すぐに帰るよ」見るからに苦しげに、ラネローは体を伸ばすと、慎重に枕に頭を載せた。白いベッドに横たわるその姿は、見るからに大きくて危険な男性だった。

わたしのベッドに男性がいるなんて……。女性だけの世界で一生を送るのを覚悟していたせいなのか、ベッドにいるラネローが異星の存在に思えた。けれど、いますぐにラネローを動かすわけにはいかない。軽口が空元気なのはわかっている。わざと弱ったふりをしているわけではないのだ。あろうことか、わたしはラネローを殴って気絶させた。殺さなかっただけでも、幸運だったと思わなければ。

　ラネローには死んでほしくなかった。わたしの人生から出ていってほしいだけ。けれど、もう何年も、これほど興味深い一夜を過ごしたことはなかった。思わずラネローの額にかかる金色の髪を撫でつけたくなる。けれど、顔をしかめて、その衝動と闘った。ラネローは何もできない子どもではない。それとは大ちがいだ。「お医者さまに診せたほうがいいわ」

ラネローが目を閉じると、忌々しいことに、心からくつろいでいるように見えた。「きみがここに医者を呼んでくれないかぎり、それはあとまわしにするしかない」

　アントニアは眉間にしわを寄せて、毛布をラネローの胸まで引きあげると、ランプを消した。部屋の明かりが暖炉の火だけになっても、ラネローは身じろぎひとつしなかった。アントニアは窓を閉めて、もう一枚の毛布を取りだすと、暖炉のそばのクッションのきいた椅子の上で体を丸めた。そうやって、ラネローを見守っているつもりだった。

　遠くの雷鳴が不穏な夢に割りこんできた。かすかに金色の光が混じる闇の中で、ラネローは目を開いた。ここはどこだ？ そんな疑問が頭に浮かんできた。見慣れぬ部屋で目を覚ますのはめずらしいことではないが、清潔でまっさらなベッドの中に、ひとりきりでいるのはまずないことだった。横を向こうとすると、頭の中で無数のシンバルが鳴り響き、思わず目を閉じた。

そうだった。

サクラの木をのぼって、口やかましいアントニア・スミスに口づけたのだ。そうして、火かき棒で思いきり殴られた。

さすがはアントニア。

その恐ろしいドラゴン女は、いま、暖炉のそばの椅子でぐっすり眠っていた。ラネローは静かに起きあがった。ゆっくり動いたのは、頭痛のせいでもあったが、アントニアを起こさないためでもあった。それでも、めまいが波のように押しよせて、ひたすら堪えるしかなかった。

気丈なアントニアは、いまだけは、恐ろしいドラゴンには見えなかった。若々しく、胸が締めつけられるほど美しかった。

ゆっくりアントニアに近づくと、普段と何かがちがうのに気づいた。あの大惨事のあいだも、アントニアは無粋な眼鏡をかけていたが、眠る前にはずしたのだ。たいへんな一夜を過ごして、美しい髪が乱れていた。結った髪がゆるんで、こぼれ落ちた巻き毛が、暖炉の火に照らされて銀色に輝いていた。一筋の髪が肩から魅惑的な胸へと横たわっている。その乳房に触れているかのように、ラネローは思わず手のひらを丸めた。とたんに、硬くなった乳首の感触がよみがえった。

オールドミスの鎧《よろい》の下に、これほど麗しい曲線美が隠れているとは、誰が思うだろう？　アントニアがドレスのボタンを留め忘れたのは、幸運としか言いようがない。火かき棒で男を殴り殺したと思いこんで、ボタンのことなどすっかり忘れていたのだろう。〝死なないで〟とアントニアが何度も言っていたのははっきり憶えている。いかにも狡猾なろくでなしらしく、意識が戻ったあともしばらく気を失っているふりをしていたのだから。

見苦しいコルセットに押しあげられた乳房が、ふっくらとふくらんでいた。アントニアが身に着けるものをこの自分が決められるなら、いま着ている服も、持っている服もすべて燃やしてやる。そうして、黒いレースをまとわせよう。いや、深紅もいい。すべやかな象牙色の肌がさぞかし輝いて見えるにちがいない。

手を伸ばして、炉棚をつかんだ。思ったほどには脚は頼りにならず、頭も激しく痛んでいた。それでも、目は眠っている女性に釘付けだった。想像もつかなかったほど、なまめかしい姿態を持つ女性に。

これほど美しい女性が、なぜ、光り輝く魅力を隠しているんだ？　アントニアのような若い女性が、なぜ、これほど地味で目立たないようにしているのだろう？

ラネローの気まぐれな母は、付き添いの女性を雇っては、わずか数カ月で首にするということをくり返した。ラネローにしてみれば、母に雇われた女性たちが生きがいを感じていたとは思えなかった。いつでも女主人の言いなりで、それでいて得られるものは、わずかな敬意と、住む場所と、スズメの涙ほどの給金だけ。愚かで軽率な母に比べれば、デマレストは娘のお目付け役をいくらかましに扱っているようだ。それでも根本的には、母に付き添っていた味気ない女性たちとミス・スミスの待遇に大差はない。

アントニアにふさわしいのは、それとはちがう人生だ。無数の男がひと財産なげうってでも、絶世の美女を妻にしている。アントニアだって、その気になれば家庭が持てる。自分が主役の人生と、子どもと、ベッドを温めてくれる夫が持てるのだ。

いずれにしても、アントニアには驚かされた。つねに冷静で世慣れた放蕩者が驚かされたのだ。アントニア・スミスとの口づけは、無垢な乙女との口づけではなかった。男に触れられるのに慣れた女との口づけだった。そもそも、アントニアを少しずつその気にさせて、官能の世界を垣間見せるつもりだった。それなのに、わずかにためらっただけで、こちらの頭が吹き飛びそうになるほど情熱的に口づけに応じてくるとは。

サイドテーブルに置かれた色つきの眼鏡を、何気なく手に取った。眼鏡を指でもてあそんでから、いったいアントニアはどのぐらい目が悪いのだろうと不思議になって、自分の目にあててみた。

レンズに度は入っていなかった。ただの色つきのガラスだった。

なんともはや。

ミス・スミスは謎だらけだ。

今夜知ったことだけを思っても、これまで以上にわがものにしたくなった。いまここで襲いかかれば、抵抗はされないだろう。いや、最初は抗っても、すぐに屈するにちがいない。

それなのに、どうして、男女の交わりが持つ力をアントニアに見せつけてやろうとしないんだ？　間抜けなロミオのように、この場に突っ立って、ぼうっと見つめているだけだとは、われながらわけがわからなかった。

それに、見つめているだけで心が沸きたつのも、どういうことなのかわからない。眠っていても、アントニアの顔には個性と鮮やかな女性美があふれていた。

いま、見ているものが、なぜ、ほかの男には見えないんだ？　アントニアの変装はお粗末としか言いようがない。ひっつめた髪に帽子。眼鏡に野暮ったいドレス。

頭の中で太鼓の音が響いているような頭痛に堪えながら、アントニアに向かって身を屈めた。椅子では朝までぐっすり眠れるはずがない。相手を気遣っているとは思いたくなかったが、アントニアの体の下にそっと腕を差しこむと、抱きあげた。

アントニアは長身だが、痩せていた。普段なら軽々と運べるはずだった。けれど、いまはめまいがして、部屋がぐるりとまわった。一瞬、アントニアを抱えたまま、絨毯の上に倒れそうになる。火かき棒で殴られたせいで、眠れるドラゴン女を運べるだけの力はまだ出なかった。

アントニアが何やらつぶやいて、体を丸めて身を寄せてきた。もしやニコラスとつぶやいたのか？　だが、そんなはずはなかった。アントニアを抱く腕に思わず力が入って、何かが胸に突き刺さった。自分以外の男ならば、この感情を独占欲と呼ぶのかもしれない。その場にじっと立って、いまにも膝がくずおれそうになりながらも、アントニアの重みとぬくもりをたっぷり堪能した。

早くも嗅ぎ慣れたものになった香りに、鼻をくすぐられた。なんの香りなのかは相変わらずわからなかったが、これまでの人生に欠けていたさまざまなものを思わせる香りだった。純潔。幸福。田舎の開放的な美。春の花。雨。その感覚がまちがいでないことを証明するかのように、雨が窓を叩いて、窓枠を揺らした。

アントニアを見た。あまりの美しさに胸を打たれた。いま、この瞬間、この腕の中にいる女性はカッサンドラ・デマレストより若く、はるかに無防備に見えた。天下の放蕩者にひと滴の思いやりでもあれば、アントニアにはもう手出しをしないはずだった。最後には、破滅させてしまうとわかっているのだから。

けれど、いまさらもう手遅れだ。これほどアントニアを欲して、わがものにしてみせると心に誓った以上、気持ちを抑えようがない。それに、アントニア自身も欲している。とはいえ、この世に生きているかぎり、その事実を本人が認めるはずはないけれど。

ベッドまでのわずかな距離がはるかな道のりに感じられた。それなのに、どういうわけか、揺り起こして歩かせようとは思いもしなかった。そうして、ベッドの上にアントニアをそっと横たえた。こうしておけば、朝になってメイドがやってきても、不審がられることはない。今夜だけは、自分の向こう見ずな行動のせいで、アントニアを窮地に立たせたくなかった。すでに充分に悩ませているのだから。いま、アントニアはぐっすり眠っているが、その顔には不安な一夜の緊迫感が色濃く表われていた。

ほんとうなら、ドレスも脱がせるべきだった。けれど、そんなことをしようものなら、欲望を抑えられなくなる。ドレスを着たまま眠ってしまった理由ぐらいは、アントニアが自分で何かしらでっちあげるだろう。

美しい体を抱きしめたかったが、いまは手放さなければならない。渋々と滑らかな体から腕を引きぬいた。ベッドに横たわるアントニアが、またもやなまめかしく息を吐いた。

もう行かなければ。まもなくメイドがやってくる。いまだって、馬番に見つからないように細心の注意を払わなければならない。それよりさきに、破裂しそうな頭痛を抱えて、雨に打たれながら木を伝いおりなければならないのだ。

アントニアがまたため息をついて、ゆっくり目を開けた。その目は快晴の一月の朝の空にそっくりな淡い青色だった。

ただそれだけのことなのに、はっとして息を呑まずにいられないとは……。アントニアの淡い金色の髪も、雪のように白い肌も、何もかもが冬の女王のように美しかった。けれど、それ以上に鋭く胸に突き刺さるのは、無垢で純粋なまなざしだった。いつのまにか、体のわきにおろした手に力が入っていた。

「ニコラス……」美しい口元に眠たげな笑みが浮かんだ。

アントニアはまだうとうとしているらしい。それでも、身を屈めて囁かずにいられなかった。「もっと眠るといい」

アントニアがこちらを向いて、そっと唇を重ねてきた。甘いその味わいが骨にまで染みわたる。激しく口づけたくなるのを我慢した。無言の誘惑にどれほど胃が疼いても。

「わたしは夢を見てるのね」

「そうだよ」詰まる喉から声を絞りだした。最後にもう一度だけ味わいたい——そんな衝動が抑えきれずに、唇を重ねて、無垢とは言えないキスをした。

いますぐにここを出なければ。さもないと帰れなくなる。どうにか木を伝いおりられるのを祈るしかなかった。ひと晩雨が降ったのだから、枝も幹も油を塗ったブタ並みにつるつるしているにちがいない。万が一、木から落ちでもしたら、アントニアが釈明を求められることになる。その女性の名誉を穢さないように、この自分が必死に弁明したところで、やはり窮地に陥るのはアントニアのほうなのだ。

ゆっくり体を起こしたが、名残惜しくて、もう一度見つめずにいられなかった。いまこのときの姿を記憶に焼きつける。今度顔を合わせるときにアントニアが煤けたカラスのようないでたちをしていても、そんなものに惑わされるつもりはなかった。

ラネローはベッドに背を向けて、窓へ向かった。

まぶしい朝日に、アントニアは目を開けた。黒い羊毛のドレスを着たままベッドに横たわっていた。けれど、戸惑いはしなかった。昨夜の出来事ならはっきり憶えていた。といっても、最後のほうはぼやけていたけれど。おぼろげな記憶の中で何よりも不可解なのは、ラネローが部屋を出る前に、そっと口づけてきたことだった。

いいえ、それはきっとわたしの妄想。たとえ、それ以外の信じられないような出来事が現実に起きたことだとしても。

ふらつきながら体を起こして、顔にかかるもつれた髪をうしろに払った。疲れて腕も脚も重かった。ベッドの傍らのテーブルには、冷えきったココアが置いてあった。ぐっすり眠っていて、メイドが部屋に入ってきたのにも気づかなかったのだ。ミス・スミスにあるまじきこと。いつもなら、朝食前に家じゅうをせわしなく歩きまわっているのに。

小さなノックの音がして、太陽の色のモスリンのドレスを着たキャッシーが部屋に飛びこんできた。「トニー、お寝坊さんね。わたしはもう何時間も前に起きたわよ」

アントニアは足を床に下ろすと、疲れてぼうっとする頭をどうにか働かせた。「おはよう、キャッシー」

けれど、昨夜の出来事が頭から離れなかった。ラネローは無事なの？　火かき棒で殴った傷が見た目ほど深くはありませんように……。昨夜、明らかになったことを、ラネローが軽視しているとは思えなかった。悔しいけれど、大切なことを見逃すほど、ラネローは愚かではないのだ。

「まだ身支度も整えていないの？」キャッシーが愛らしい顔をしかめた。「わたしがこき使いすぎているせいかしら？　トニーが朝寝坊するなんて、これまで一度もなかったのに」

アントニアは首を横に振りかけて、いつもとちがう行動を疲労のせいにすることにした。

「これほど毎晩遅くなるのは、いままでなかったことだから。わたしはあなたみたいに若くないのよ」

キャッシーがいつものように不満げな声を漏らした。「そうでしょうとも、あなたは二十七歳で、すっかりおばあちゃんなのよね。でも、もう起きて、サリーに行くんでしょう？」

「サリー？」

キャッシーに手を取られて、強く握りしめられた。「わたしたちはこれから二週間、ハンフリー家のお屋敷のペラム邸に滞在するのよ。忘れたの？」

ペラム邸……。

サリーで過ごす二週間。誘惑と心乱れることばかりのロンドンから離れて過ごす二週間。それ以上に、魅惑的な放蕩者から離れられる二週間。

何気なく窓のほうを見て、床に純白の花びらが散っているのに気づいた。ラネロー侯爵は危険な男性。ときが経つごとに、ますます危険になっている。もしこの世に情けがあるなら、今度ロンドンに戻ってくる頃には、ラネローは姿を消した獲物を追うのに飽きて、新しい獲物を狩っていてくれますように。

夜に部屋に忍びこまれるなどということが二度と起きないように、運命が味方してくれた。それなのに、わたしはなんて淫らなの。この期《ご》に及んでも、心底ほっとしたとは思えずにいるなんて。

6

田舎で数日を過ごしてようやく、アントニアは一時の気の迷いからはっきり目が覚めた。見知らぬ家で、見知らぬ人々と過ごしながらも、この十年のあいだ続けてきた変化に乏しい単調な生活に戻ることができた。キャッシーもいつもの明るいお嬢さまに戻った。ロンドンの日常を彩っていた浮ついた生活と決別できたのだ。

田舎の邸宅に招かれた客の大半は、キャッシーと同じ年頃の子息や令嬢と、その家族だった。娯楽といえば、デマレスト家の領地のバスコム・ヘイリーでの気晴らしと大差ない。洗練とは無縁の、田舎ならではの素朴な楽しみ。乗馬や犬を連れての狩り。自然の中での散策。夜はゲームをして、早目に床につく。

火傷《やけど》しそうな危険な火遊びなどひとつもない。

端整な顔をした魔性の放蕩者が、無防備な令嬢を虎視眈々《こしたんたん》と狙っていることもない。あるいは、無防備な令嬢の用心深いお目付け役を狙っていることもなかった。

滞在しているペラム邸はサリー州のとりわけ美しい景色に囲まれていた。畑地の多いその州の中でも、森や川、荒野などの手つかずの自然が多く残っている場所だ。

アントニアはそんなのどかな田舎での長い散歩が楽しくてしかたなかった。自然の中を歩いていても、ときには、いかがわしいラネロー侯爵とその口づけのことが頭に浮かんでくる。それでも自分を見失わずにいられた。

輝かしく情熱的なひとときに、ミス・スミスは束の間レディ・アントニア・ヒリアードに戻った。けれど、日が経つごとに、レディ・アントニアはもういないと思えるようになっていた。淫らな情熱で破滅したその令嬢はもういない、と。その令嬢が生まれ変わったミス・スミスは、放蕩者の笑みに人生を賭すような危ういことはけっしてしない。

とりわけ、べつの女性を手に入れるために、わたしを追いかけている放蕩者などに。

けれど、ラネローの真の狙いはキャッシーだと何度自分に言い聞かせても、心の奥底ではその事実を受けいれられずにいた。

いいえ、それはうぬぼれすぎというもの。うぬぼれたからっぽな頭の愚か者という証拠。なにしろ、キャッシーは美しく、軽率でもなんでもない。どんな男性が妻にしたいと申し出ても不思議はないレディなのだ。

サリーにやってきて五日目、アントニアとキャッシーはゆるやかに起伏する芝生をのんびり歩いて、ペラム邸へ向かっていた。午後に川沿いの長い散歩をした帰りだった。ロンドンでは気まぐれな天気に悩まされたが、ここに来てからは申し分のない春の好天続きだった。

アントニアは帽子を持ってきてよかったと心から感じていた。たとえどれほど不格好な帽子だろうと。それに、キャッシーにもきちんと帽子をかぶるように口が酸っぱくなるほど言っていた。もちろん、お目付け役がかぶっているものより、はるかにおしゃれな帽子を。キャッシーはそばかすができやすいのだ。そばかすも見ようによっては愛らしいけれど、おしゃれにうるさい人たちは欠点と見なすにちがいない。

屋敷に近づくと、テラスにいた人々の視線がいっせいにこちらに向けられた。レディ・ハンフリーは戸外でお茶を出すのが大好きで、テラスに人が集まっているのは、意外でもなんでもなかった。

滞在客は二十人ほどだった。けれど、テラスに近づくと、人が増えているのがわかった。新たに到着した客の中に見知った顔があった。少なくとも、ひとりはよく知っている顔だった。

「ラネロー侯爵!」キャッシーが嬉しそうに大きな声で言うと、テラスに通じるゆるやかな階段を駆けあがった。

キャッシーに挨拶しようとラネローが帽子を取った。その顔には殴られた傷が残っていた。目のまわりの痣、それに、高い頬の傷は忌々しいほど粋な傷痕になっていた。そのせいで、魅力がいっそう増していた。

「ミス・デマレスト」ラネローがキャッシーの手を取って、深々とお辞儀した。それから、背後で困惑して突っ立っているお目付け役をちらりと見ながら、目を伏せた。そのしぐさは、俗っぽいウインクとはまるでちがっていた。

体に戦慄が駆けぬけて、アントニアはめまいがした。体のわきに下ろした手を握りしめながら、件《くだん》の遊び人を睨みつけた。

まさか、こんなことがあるなんて。いったい、どういうことなの？

ここにいれば安全なはずだったのに。これでは、これまで以上に危険だ。

そう、キャッシーにとっても。

いま、自分がどこにいるのかを思いだす前に、アントニアは歩みでて、大喜びしているキャッシーをラネローから引き離した。それからいかにもおざなりに、わずかに膝を曲げてお辞儀をした。

レディ・ハンフリーが前に歩みでた。「ミス・デマレスト、わが家のお祭り騒ぎにくわわってくださる紳士を、ソープ卿が招待いたしましたの。これで静かな夜が少しはにぎやかになるでしょう」

さぞかしにぎやかになるにちがいない――アントニアは呆気《あっけ》にとられながらも思った。そうして、キャッシーをちらりと見た。ラネローが現われたのに、キャッシーは驚いていない。それが何を意味しているのかは即座にわかった。なるほど、どうりでキャッシーはロンドンを離れて田舎に滞在することに、あれほどおとなしくしたがったわけだ。それを思うと、

〝あなたは世間知らずの愚かなお嬢さまよ〟と叱りとばしたくなった。といっても、真に腹が立ってしかたないのは、うぬぼれ屋のあの侯爵だ。

問題の侯爵はといえば、キャッシーのことを惚れ惚《ほ》れ《ぼ》と見つめていた。誰だって惚れ惚れするに決まっている。長い散歩のせいで頰がバラ色に染まり、興奮に青い目が輝いているのだから、キャッシーはほんとうにきれいだった。

キャッシー、あなたはなんて純情なの。

何をしたところで、有頂天になっているキャッシーを止められるはずがなかった。あからさまに慕ってくる女性には、ラネローは飽き飽きしているはず――そう思いたかった。けれど、崇《あが》められることにうんざりしている男性など、この世にまずいない。キャッシーがあれほどうっとりしていれば、ラネローだってますますいい気になるに決まっている。そうでないわけがない。なんといっても、ラネローは自信満々の女たらしなのだから。

アントニアは目の前が真っ赤に染まるほどの怒りを覚えたが、それでも、レディ・ハンフリーが新たに到着した四人のゲストを紹介するのが聞こえた。ソープ卿がハンフリー夫人の甥《おい》だということがわかった。ソープ卿はアントニアを悩ませる放蕩者の親友であるばかりか、上流階級の半分と親戚関係にあるらしい。

そのとき、その場にいる紳士のひとりが、ラネローに顔の傷について尋ねた。とたんに、アントニアは怒りが一気に引いていった。ラネローのからかうような視線を感じた。だからといって、困った顔をして放蕩者をつけあがらせるつもりはなかった。

「トラに襲われたと言ったら、信じてもらえるかな？」

「トラですって？」キャッシーがそう言って、いかにも良家の令嬢らしく胸に手をあてた。そんなしぐさをするキャッシーを見たのははじめてだった。それもこれも、ラネローのせい。つい昨日まで、キャッシーは女の手練手管とは無縁でいたのに。

「くだらない冗談ね」アントニアは声をひそめながらも、きっぱり言った。

ラネローが笑った。「正確には、トラに似た生き物と言うべきだった」

ソープがラネローの肩を叩いた。「ピカデリーの凶暴な女たちにはせいぜい気をつけろ」

その場にいる人たちがどっと笑うと、今度こそアントニアは小賢しい黒い目を見ずにいられなかった。心に巣くう悪魔を田舎の空気が消し去ってくれると信じていたのに、ラネローのかすかな笑みを見ただけで、その悪魔が目を覚ました。

何を考えても、最後にはラネローと結びついてしまうだけでも、充分に苦しかった。そしていま、何をしたところで逃れられないと思い知った。ラネローのせいで、田舎の邸宅で過ごす日々が、恐怖と怒りと不本意な欲望に満ちたものになる。ここでの集まりが、地獄に変わるのはまちがいなかった。

なんて忌々しい人なの、ラネローは。わたしに束の間の安らぎさえ与えてくれないなんて。

キャッシーは当然のごとく、あらゆる手段を講じて、アントニアとふたりきりで話すのを避けようとした。風に吹かれて髪が乱れるのもかまわずに、戸外のお茶会に長居して、男女の戯れ合いに夢中になった。それまでは穏やかで心地いい集まりだったのが、伊達男がやってきたことで、雰囲気が一変したのだ。

もちろんラネロー侯爵もキャッシーも陽気なお祭り騒ぎにくわわっていたけれど、どちらもひとりの相手だけに固執することはなく、アントニアはほっと胸を撫でおろした。とはいえ、安堵したのも束の間、互いに好意を抱いていても、その気持ちをあわてて相手に伝える必要などないのだ、と気づいて落胆した。よからぬことをしでかすための時間はたっぷりある。さらに、これほど大きなお屋敷ならば、よからぬことをする場所にも事欠かなかった。

キャッシーのはじめての社交シーズンの付き添いという役目を、わたしひとりに負わせるなんて……。アントニアはゴドフリー・デマレストをつい恨みたくなった。といっても、そんなふうに思ったのは、これがはじめてではなかったけれど。今回ばかりは、放縦な父親より娘のほうが一歩さきを行くかもしれない……。

またまた頭痛が激しくなると、ついには謝罪のことばをつぶやいて、不本意ながらその場を離れた。これほど多くの人の目があれば、キャッシーが求愛者とふたりきりでこっそり抜けだせるはずがなかった。

地味なお目付け役がその場を離れても、誰も見向きもしなかった。ただし、ラネローだけはちがった。ラネローは会話の中心にいながらも、つねにようすを窺《うかが》っていたのだ。ふたりのあいだにある未解決の問題を、このまま放っておくつもりはさらさらない――そんなラネローの気持ちが、アントニアにもはっきり伝わってきた。

アントニアは小さく暗い部屋に戻った。この屋敷で割りあてられたのは、上級の召使用の個室。自宅を離れれば、家族の一員として扱われなくても文句は言えなかった。

ずきずきする頭の痛みを和らげようと、ほてった顔を冷たい水で洗った。すり切れたタオルを手に取って、みすぼらしい環境に慣れなければと、何度も自分に言い聞かせた。

この社交シーズンが終わる頃には、キャッシーは婚約しているだろう。その相手がラネローでないことを心から願った。いずれにしても、ラネローはキャッシーの有力な花婿候補ではなく、さらに、ゴドフリー・デマレストがあんな不埒な放蕩者とひとり娘の結婚を許すはずがない。たとえ、あの侯爵が礼儀正しくふるまって、正式に結婚を申しこんだとしても、許されるはずがなかった。デマレスト自身もかなりの遊び人で、かわいいひとり娘には自分と似た男を絶対に近寄らせないと固く決めているのだから。

キャッシーが結婚すれば、お目付け役は必要なくなる。結婚してもアントニアを連れていくと、キャッシーは口癖のように言っているけれど、新婚の若い男性が妻のそんな希望を喜んで受けいれるはずがなかった。

そう、アントニア・スミスの将来としていちばん可能性が高いのは、ほかの貴族の家で働くこと。暗くて狭い部屋を見まわしながら、一生こんな部屋で暮らすことになるのかと、小さくため息をついた。

夕刻近くに、キャッシーは晩餐《ばんさん》用のドレスに着替えるために、足取りも軽く笑顔で自室に戻ってきた。ところが、アントニアを見たとたんに、顔から笑みが消えた。アントニアは火の入った暖炉の前の椅子に座っていた。日中は暖かいけれど、夜はまだ冷えるのだ。

「トニー……」キャッシーが頰を赤く染めて、ばつが悪そうに目をそらしながら、ベッドの上に帽子を置いた。「着替えをしないの？」

「着替えなど五分もあれば済むわ。それはあなたも知っているでしょう」アントニアは落ち着いた口調で応じた。「わたしに何か隠していることがあるのね」

「そんな……なんのことかしら？」キャッシーはやはり目を合わせようとしなかった。わざとらしいほど何気ないふうを装って、鏡台へ向かうと、髪からピンをはずしはじめた。「もうすぐベラが来るわ」

「わたしとの話しだいでは、ベラを待たせることになりそうね。人に聞かれたくない話でしょうから」

キャッシーが振りむいた。顎をぐいと上げている。キャッシーが意固地になることはめったにないけれど、いったんそうなったら、父親に似てそうとうに頑固だ。「ラネロー侯爵がサリーにいらっしゃることを前もって話したら、あなたはどうにかしてロンドンにいる理由を見つけたはずよ」

「なるほど、少なくとも、何か企んでいたことは認めるのね」

キャッシーはしおらしい顔をするだけのたしなみがあった。「企みなんてないわ」

アントニアは訝しげに眉を上げた。「ほんとうに?」

キャッシーはドレスについたピンクのリボンを手でもてあそんだ。「ラネロー侯爵に訊《き》かれたの。スキャンラン家の舞踏会に出席するかどうか。それで答えたのよ、二週間、ロンドンを離れる、と。ラネロー侯爵がわたしたちを追ってきたのは、わたしのせいではないわ」

「わたしたちですって? 何を言っているの? わたしたちのはずがない。不埒なラネローはわたしが付き添っている令嬢を追ってきたに決まっている。わたしが隙を見せようものなら、キャッシーをわがものにするつもりなのだから。「キャッシー、ラネロー侯爵は美男子で、魅力的よ、それは認めるわ。あの侯爵にちょっと興味を示されれば、どんなレディもうっとりするでしょう。あなたのように分別のあるレディだって」

キャッシーはそれでも考えを曲げる気はなさそうだった。「子ども扱いしないで」

アントニアは首を振った。「そんなことはしていないわ。でも、あなたがどれほどの危機に瀕しているか、わたしのほうがよくわかっているだけ」

「ラネロー侯爵の結婚の意志はほんものよ」

アントニアは目の前が真っ暗になった。そんなふうに感じるのは、これほどの大事になっているのに気づかずにいたせいだと、自分に言い聞かせた。けれど、心の奥底では、自分がラネローを欲していて、いまのことばにがっかりしたせいでもあると認めないわけにはいかなかった。認めたところで、気が楽になるわけでもなかったけれど。「あの侯爵がそうおっしゃったの？」

キャッシーは肩をすくめただけで、美しい銀のヘアブラシで髪を梳《す》きはじめた。誕生日に父から贈られたヘアブラシだった。キャッシーは思いやりがあって、軽率なところは微塵もなかったけれど、それでもやはりどこまでも甘やかされて育ったお嬢さまであることに変わりはない。それを忘れてはならなかった。ラネローとの一件で意見が対立したら、かなり厄介なことになるのは目に見えている。長いあいだ、わたしはキャッシーの親友で、話し相手だった。これまではその役目を易々とこなしてきたのに……。

けれど、いまこそ、その役目に徹するときだった。

「キャッシー？」返事がなくても、強いて落ち着いた口調で言った。「ラネロー侯爵は結婚をほのめかしたの？」

緊迫した一瞬、ラネローとのくるおしいほど情熱的な口づけの記憶で、頭の中が埋め尽くされた。かつてのうぶな自分なら、あれほど情熱的に口づけてきた男性が、ほかの女性に興味を示すわけがないと考えるはずだった。

キャッシーがようやく渋々と首を振った。「いいえ。まだ早すぎるもの」アントニアだけでなく、自分を納得させようとしているかのように、甲高い声で話を続けた。「女性を相手にするときのラネロー侯爵の態度は、尊敬すべき紳士そのものよ。結婚の意志が偽りなら、あれほど正々堂々としているはずがないわ」

「あなたのお相手として、あの侯爵は歳が離れすぎているわ。世間の裏の裏まで知りすぎている。あの方が結婚するつもりでいるとしても、あなたを幸せにはしてくれない。ああいう男性は誠実ということばの意味を知らないの」

キャッシーは苛立たしげに天井を仰いだ。「わたしではあの侯爵の手綱をさばききれない、そう言うのね?」

「キャッシー……」アントニアは返すことばが見つからず、口をつぐむしかなかった。なにしろ、キャッシーの言うとおりなのだから。ラネローの浮気癖を治せる女性など、この世にいるの? これまでに幾度となく言ってきたことばを、もう一度口にするしかなかった。

「あなたに傷ついてほしくないの」

そのことばは、キャッシーをなだめるどころか怒らせた。「トニー、あなたは端整な顔に惑わされて、われを忘れてしまったかもしれない。でも、若い女性がみなそうなるわけではないわ」

アントニアは身を固くした。冷ややかな口調が胸に突き刺さった。キャッシーは意地悪なお嬢さまではないけれど、ロンドンで暮らして、その心にいくつかの変化があったのはまちがいない。あれほど多くの男性からちやほやされれば、調子に乗るなというほうが無理な話だ。いまになってようやく、ロンドンでの生活がキャッシーにどれほどの悪影響を与えたかに気づかされた。

キャッシーはわたしを傷つけようとして、こんなことを言っているわけではない——アントニアは自分にそう言い聞かせた。けれど、見るからに苛立たしげで反抗的な表情を浮かべているキャッシーを見ると、それが真実だとは思えなくなった。

「わたしが心配性なだけだと、あなたは思っているんでしょう。でも……」

「わたしは純真で何も知らないお嬢さまではないのよ」キャッシーが憤慨しながら言うと、大げさな歩き方で離れていった。「あなたが考えているより、はるかに世間を知っているわ」

アントニアは自身のやましい行動を指摘されている気がして、胸がちくりと痛んだ。わたしとラネローとのあいだに淫らな火花が飛んでいることに、キャッシーは気づいているの？ まさか、気づいているはずがない。人目のあるところでは、ラネローはわたしへの興味を巧みに隠している。

いったいわたしは何を考えているの？ ラネローにはわざわざ隠すことなど何もない。ラネローのわたしに対する興味はほんものではないのだから。

「キャッシー……」言いかけたところで、ベラが部屋に飛びこんできた。ベラにちらりと見られると、その視線がいつもより鋭い気がした。いいえ、そんなわけがない。それもまた、良心の呵責を感じているせいだ。

「ドレスはお決まりになりましたか、お嬢さま」ベラは不穏な空気をすぐさま感じとって、好奇心もあらわに部屋にいるふたりを交互に見た。

「ラベンダー色のドレスにするわ」それを聞いて、アントニアはほっと胸を撫でおろした。

ついため息をつきそうになるのをこらえる。今日はこのぐらいでやめておいたほうがいい。これ以上何か言ったら、キャッシーとはじめての本格的な喧嘩《けんか》になりそうだ。しかも、ろくでなしのラネロー侯爵のせいで。

アントニアはキャッシーから視線をそらしたまま立ちあがると、スカートのしわを伸ばした。若い頃の愚かな行為を持ちだされたのは辛かった。自分のことばがどれほど人の心を傷つけたか、キャッシーがまるで気づいていないのにも、さらに心が痛んだ。

「では、キャッシー、階下《した》で待っているわ」静かに言った。

「ご自由に」キャッシーがむっつりと応じてから、わざとらしいほど快活な口調で言った。

「きっと、食事の席でラネロー侯爵はわたしの隣にお座りになるわ。そうしてほしいとレディ・ハンフリーに熱心にお頼みになっていたもの」

アントニアは答えなかった。いまここで小言を言ってもどうしようもない。ラネローと知りあってからというもの、数えきれないほど頭に浮かんできたことばを、いままた胸の中でつぶやいた。ラネロー侯爵など地獄に落ちればいいのに……。

人目もはばからずにいちゃつくキャッシーとラネローに気を揉んで一夜を過ごし、その翌朝、アントニアは早くに目を覚ました。早朝であれば、厳めしいオールドミスに変装する必要はなかった。鏡を見ると、疲労と動揺が顔にはっきり表われていたけれど、眼鏡がそれを隠してくれると思うとほっとした。

地平線からまだ朝日も顔を出しておらず、滞在客もあと数時間は眠っているはずだった。この田舎の屋敷で、いまがアントニアのいちばん好きな時刻だった。外に出る前に、キャッシーの部屋を覗いて、眠っているのを確かめた。目覚めているときとはちがって、寝顔は天使そのものだった。

厩では、馬番がいつもの栗毛《くりげ》に鞍《くら》をつけてくれた。その馬が挨拶するように小さくいないた。

「おはよう、わたしのハンサムさん」つぶやきながら、リンゴをひと切れ差しだした。

残りのリンゴをかじりながら、アントニアは朝露に濡れた草地でゆったり馬を歩かせた。世界が新たにはじまったかに思えた。心の乱れも鎮まっていく。どれほど不穏なものであっても、清廉なこの朝の邪魔はできなかった。

満たされた感覚が永遠には続かないのはわかっていた。けれど、くつろぐ時間などこのところめったになく、貴重なひとときを逃すつもりはなかった。ひとりきりで、誰にも見られずにのんびりと過ごす時間。だからこそ、静かな夜明けの乗馬がこれほど貴重に感じられるのだ。この時刻に乗馬をはじめた当初は、活動的な紳士に出くわすにちがいないと思っていた。けれど、深夜過ぎのポートワインと葉巻はそうとう心惹かれるものらしい。

最初の二日はマナーを守って、馬番に付き添いを頼んだ。けれど、屋敷のようすがわかってからは、ひとりの乗馬を楽しんでいた。早朝の一時間だけの自由を思うぞんぶん味わうのだ。そのときだけは、陰気なミス・スミスではなく、レディ・アントニア・ヒリアードに戻れた。

家から見えないところまで来ると、眼鏡をはずして、ポケットに入れた。とたんに、周囲の色が鮮明になる。かぐわしい空気を胸いっぱいに吸いこんで、森の中の広い小道で馬を走らせた。

けれど、その解放感も束の間のものだと覚悟しておくべきだった。

角を曲がるといきなり、大きな葦毛《あしげ》の馬が現われた。その馬に乗って待ち伏せしていたのは、地味なお目付け役を破滅させる悪魔。今朝、その悪魔は田舎で過ごす紳士そのもののいでたちだった。淡い褐色の上着とズボン、顔が映るほどぴかぴかに磨きあげられた黒のブーツ。アントニアは胃がぎゅっと縮まった。こみ上げてくる怒りと興奮に吐き気を覚えながら、手綱を引いて馬を止めた。葦毛の馬との距離はほんの数メートルしかなかった。

「ミス・スミス、これほど嬉しい偶然があるとは」小賢しい笑みを浮かべて、ラネローが挨拶代わりに帽子を持ちあげた。つややかな髪に陽《ひ》が差して、黒い目の輝きと競いあっていた。心から欲している女を見るような目で、じっと見つめられた。そうしながら、ラネローは帽子を粋な角度に戻した。アントニアは怒りにまかせて睨みつけた。

ゆうべ、ラネローはキャッシーに取りいっていた。食事のあいだも、この集まりが上流社会に知れわたるきっかけになった食後の金を賭けてのゲームのあいだも。厳しく注意したのが、キャッシーの反撥心《はんぱつしん》をかえって煽ってしまったようで、ラネローとのことに関しては、お目付け役のことばなど聞くつもりはないと、キャッシーは態度で示してきた。やはり、余計なことをするべきではなかったのだ。

白状すれば、キャッシーといちゃつくラネローを見て、嫉妬した。厳めしいお目付け役であろうと、女ならばそれは当然のこと。けれど、それ以上に心を占めているのは、キャッシーが幸福になれるかどうかだ。ラネローといっしょにいてもキャッシーにいいことはひとつもない、それだけは確信していた。

「ラネロー侯爵」抑えた声で言った。「わたしを追ってきたのね」

「まさか、そんなことはしないよ」憎らしい宿敵はさらりと言った。

アントニアは眼鏡をはずしていたのを思いだした。ぎょっとして胸の鼓動が速くなるのを感じながら、ポケットの中を探った。「そんな嘘をわたしが信じると思っているの？」

ラネローがシカを狩るライオンにも似た目つきで見つめてきた。ロンドンでもそれと同じ光る目で見られたのを思いだした。ただし、サリーで数日過ごしたせいで、その効果がどれほど絶大かは、いまのいままで忘れていた。「わざわざ追ってきたわけではないよ。そもそも、きみの行先ははっきりしていたからね。昨日、馬番のひとりと長いおしゃべりをして、きみの朝の乗馬について詳しく教えてもらった。そのせいで、あの馬番の懐もずいぶん温まったはずだ」

道理をわきまえた紳士なら誰もがそうすると言いたげに、ラネローの口調は淡々としていた。「召使を買収したら、厄介なことになるわ」棘のある口調で応じながらも、アントニアはまだ必死で眼鏡を探していた。

「でも、袖の下を渡しただけのかいはあった」ポケットを探る手にラネローの視線を感じた。

「いまさら顔を隠そうとしても無駄だよ、アントニア」

とたんに、ロンドンでラネローに抱かれたときのことがよみがえった。同時に、妄想も浮かんできた。官能的な唇でむさぼるように口づけられて、長身の引きしまった体が自分の体にぴたりと押しつけられる——そんなとんでもないことを考えているのが恥ずかしくて、思わず体に力が入った。頬がちりちりして、真っ赤に染まっていくのがわかった。

「なぜ、あなたはこんなところにいるの？」硬い口調で尋ねながら、震える手をポケットから出して、手綱を握りしめた。栗毛の馬が乗り手の動揺を感じて、不安げにいななきながら足踏みした。

ラネローは周囲に目をやった。顔が得意げに輝いていた。「馬に乗るにはうってつけのすばらしい朝だからね」

ラネローが〝乗る〟ということばをわざとらしく強調したのは、アントニアも気づいたが、それは無視した。ラネローといっしょにいるとたいてい、怒りが不安をおおい隠す。といっても、怒ろうが不安になろうが、ラネローといっしょにいて体が反応してしまうのは変わりなかった。「もうゲームはたくさんよ」

黒い目でまっすぐ見つめられた。好奇心と情欲をたたえた光る目に、全身の血が沸きたった。ラネローの顔の痣はほとんど消えているけれど、それでも、その面立ちに粋で危険な男の雰囲気がくわわっていた。数あるラネローの魅力にいちいち反応してしまうのが、不愉快でたまらない。けれど、この世に生きているかぎり、それは避けようがなかった。

「きみだってゲームをしているじゃないか、アントニア」

「ゲームなんてしていないわ……」不安げに息を吸ってから、ラネローに正体を見破られるわけがないと気づいた。注意を怠ったせいで、思った以上のことを知られてしまったけれど、すべてを知られることは絶対にない。

「ゲーム以外に、この仮面劇をどう呼ぶんだ？　きみは若くて美しいのに、老婆みたいな格好をしているんだから」

ラネローが馬を近づけてきた。アントニアの馬がまた不安げに足踏みした。「きみは男に触れられたことなどないかのようにふるまっているが、この腕の中ではあれほど生き生きしていた。これまで誰に口づけをされたんだ？　きみに口づけた男は、ぼくがはじめてでないのはまちがいない」

アントニアは顔が焼けてしまいそうだった。火がつきそうなほど頬が熱くなっていた。それでも、どうにかして闘争心を奮い立たせた。ここまでは、ラネローにすっかり主導権を握られていたけれど。「あなたの邪な誘惑には、どんな女性だって屈するわ」

ラネローがやわらかな声で笑った。「そんな馬鹿な」

「お願い、ロンドンへ帰って」そんなことを頼んでも無駄なのはわかっていた。以前にも〝近寄らないで〟と言ったのに、まるで効果がなかったのだから。

「望んだだけで馬が手に入るなら、貧乏人だって馬に乗る」ラネローの口調がますます滑らかになっていた。「はっきり言わせてもらうが、きみより、きみが付き添っているお嬢さまのほうがはるかに人当たりがいい。昨日、顔を合わせたときにも、とても愛想がよかったよ。男というのはうぬぼれた生き物だ。もしかしたら、ぼくはミス・デマレストのお目付け役ではなく、ミス・デマレストのほうに愛情を注ぐべきかもしれない」

手綱を握るアントニアの手がぴくりと震えて、馬がまた足踏みした。「わたしを脅しているのね」

ラネローは相変わらずこちらを見つめて、余裕たっぷりの笑みを浮かべた。「だとしたら、どうするんだ？　また火かき棒で殴りかかるのか？」

「ええ、この手に拳銃がなければ」

ラネローが目を伏せると、長い睫が頰に影を作った。「わかっているだろう？　それでもぼくはきみにもう一度口づけたい」

「もう一度わたしに触れたら、今度こそ死んでもらうわ」低く震える声で言った。ラネローに腹が立っていた。自分にも腹が立っていた。どれほど努力しても、ラネローへの危険な好奇心を捨てきれずにいるなんて。

忌々しいことに、ラネローがまた声をあげて笑った。「教えてくれるかな？　その脅しをどうやって実行に移すつもりなんだ？　たしか前回は、最後までやってのけられなかったような……」

悔しいけれど、それは事実だった。事実を指摘すれば、子どもっぽく反論してくると、ラネローは高をくくっているらしい。ここで反論したら、心の動揺を見せることになる。ラネローには勝手に高をくくらせておけばいい。地獄で凍りつくまで永遠に。

「あなたのせいで、爽やかな朝が台無しだわ、ラネロー侯爵」冷ややかに言い放つと、馬のわき腹を蹴った。馬が森の中の小道を疾走する。馬におおいかぶさるように、アントニアは頭を低くした。頰を焦がす涙を風がぬぐい去ってくれるのを願いながら。

7

逃げていく獲物を追いかけたくてうずうずしながら、ラネローは森の中を疾走していくアントニアを見つめた。意外なほど高価で、よく似合っている乗馬服は、アントニアがふだん着ている服に比べて、はるかに体の線があらわになっていた。どれほど美しい体をしているかがはっきりわかった。先週の熱く激しいひとときに、束の間この手で触れた体が、どれほどすばらしいかが。

さまざまなことが明らかになった一夜以来、アントニアは守りをがっちり固めていた。あの夜に、美しい体を奪うべきだったのだ。あのときならば、いまほど尊大ではなかったのだから。

奪っていれば、果てしない欲求不満を抱くこともなかったはず。

アントニアへの思いが行き場を失っているせいなのか、ほかの女にはまるで興味が湧かなかった。どの女もつまらなくて、単純で、落としがいがないと感じてしまう。

それに比べて、アントニアには会うたびにますます興味をかき立てられる。野暮ったいお目付け役の女が華々しい女騎手だと、誰が思うだろう? あの栗毛は神経質な馬だ。それなのに、アントニアは馬を易々と御して、若々しい女戦士のように走り去った。

アントニアのことは、このまま行かせたほうがいい。今日の目標は達成した。優位に立って、アントニアの心の盾の弱点を暴けた。これから何をされるのかと、不安がらせておくのだ。そうして自分はペラム邸に戻り、ゆうべと同様、デマレストの娘との親交を深める。あの令嬢はロンドンで会ったときよりはるかに友好的だ。あと少しおだてれば、この屋敷にいるうちにベッドをともにできるだろう。おそらく、今週末には。

逃げるように馬を駆って深い森の中に入っていったのだから、アントニアは付き添い女の役目をしばらくは果たせない。となれば、カッサンドラ・デマレストを落とす絶好のチャンスだ。

深い森……。

だめだ、復讐はあとまわしだ。いまこのときを逃したら、せんさく好きな人々の目の届かない場所で、興味をそそるアントニアをものにできなくなる。

果てしない期待が全身に押しよせて、ラネローは馬のわき腹を蹴った。

ラネローは易々とアントニアに追いついた。乗っている馬も大きければ、脚も速く、おまけに、アントニアのように片鞍乗りをしているわけではなかった。

アントニアは粋なビーバーの毛皮の帽子に半ば隠れた目で、青い稲妻のような一瞥《いちべつ》をくわえてくると、さらに馬に拍車をかけた。ふたりそろって蹄《ひづめ》の音を響かせて、開けた場所に飛びだした。その一瞬を逃さずに、ラネローは片手を伸ばして、アントニアの馬の手綱をぐいとつかんだ。馬が前脚で空を蹴り、急停止した。アントニアを誘惑するつもりだが、そのためにはるかかなたまで追いかけっこをするつもりはなかった。アントニアの馬に声をかけて、落ち着かせた。動物と女が相手なら、この手はいつでも魔法の力を発揮する。といっても、これまでのところ、放蕩者としての伝説的な魅力も、目の前にいる女にはさしたる効果を発揮していなかった。

いや、これまでのところずっとというわけではない……。

「わたしにかまわないで」アントニアが息を切らして言いながら、乗馬鞭を上げた。

アントニアはいまにも火を噴きそうに怒っていた。誰かがその姿を見たら、ミス・スミスが物静かだとは二度と思わないだろう。まるで、厄介者に死刑を言い渡す女王のようだった。

ラネローは声をあげて笑った。わくわくして、全身の血がシャンパンのように沸きたった。ひとりの女に固執して、その女をなんとしても官能の頂まで押しあげたいなどと思ったのは、これがはじめてだった。女が悲鳴をあげるまで、その体を奪いたいとこれほど切望したことは、いままでなかった。

「殴らないでくれよ」

「どうして？」アントニアが噛みつきそうな勢いで言った。「あなたが怪我をするかもしれないから？」

ラネローはにやりとした。なんとも生意気な発言だ。このラネロー侯爵と同等に渡りあえると思っているらしい。そんな思いあがりを叩きつぶすのも、楽しみのひとつだった。いずれベッドの上でのしかかり、無条件の降伏に喘ぐ姿を見るのが、楽しみでしかたなかった。

「いいや、今度、痣ができて、その原因を尋ねられたら、正直に答えるつもりだからだよ」

激しい怒りで、アントニアの目が氷の光を発した。するとまた、いつも眼鏡に隠れているその目の美しさに、息を呑まずにいられなかった。大きくて、澄みきって、かすかに斜に構えて人を見る目。淡い色合いの髪より濃い色の濃密な睫。その睫に涙の跡を見てとると、不本意ながら、良心の呵責を覚えた。

動揺しているはずなのに、鋭く睨みつけてくるその目には、弱さなど微塵も感じられなかった。そこに浮かんでいるのは怒り。そしてまた、もっとわかりやすい女であれば、欲望と呼べそうな何かだった。

「その程度の危険なら喜んで冒《おか》すわ」アントニアがきっぱり言った。

「ぼくはごめんだな」そう言うと、アントニアの手袋をはめた手から乗馬鞭を奪いとった。

「きみはずいぶん暴力的なんだな、ちがうかい？」

とたんに、アントニアの頰が魅惑的な薄紅色に変わった。なぜ、最初は地味で冴《さ》えない女だなどと思ったんだ？　変装していても、アントニアが発する輝きに気づかないはずがないのに。惚れ惚れと見つめていると、髪や肌の色に見覚えがあるような気がした。けれど、ふとそう感じただけで、いつどこで見たのかはわからなかった。

「暴力をふるわざるを得ないときには」そう言うと、アントニアは馬の手綱を取りかえそうとしたが、ラネローはがっちり握って放さなかった。アントニアにできたのは、落ち着かない馬を一歩わきにずらすことだけだった。

「なんとも情熱的だな」わざと何気ないしぐさで、乗馬鞭を地面に落とした。「そんなことを言われたら、男なら誰だって、きみを押し倒したくなる。なにしろきみは炎のように燃えあがるんだから」

アントニアの水色の目から光が消えて、口元が引きしまった。どうやら侮辱されたと思ったらしい。ラネローの腹の中で怒りが渦を巻いた。どこの誰かは知らないが、情熱的な女としての自分を憎めとアントニアに教えこんだのだ。

アントニアが目をそらした。「お願いだから、わたしにかまわないで」沈んだ声だった。いまのいままで、アントニアを脅かして、主導権を握るつもりだった。けれど、がくりと肩を落とすアントニアを見たとたん、自分が求めているのは生気にあふれた女戦士で、易々と屈する悲しげな女ではないと気づいた。アントニアには最後まで闘ってほしかった。

いったいこの自分は誰を出しぬこうとしていたんだ？　なんとしてもアントニアのことを

ほしくなった。ふたりでいればいるほど、その思いは強くなるばかりだった。

自分が生来の紳士でないのはよくわかっているが、欲するものを得るために紳士ぶる術なら心得ていた。アントニアの馬の手綱から手を離して、低い声を使った。その声で囁けば、落ちない女はいなかった。「これほどすばらしい朝を、喧嘩をして過ごすのはもったいない。さあ、いっしょに行こう」

アントニアが身を固くして、不安げに見つめてきた。「もう戻らなければ」

「大丈夫だよ。朝はまだ早い」

アントニアがいつものように反抗的に顔をぐいと上げて見つめてきたが、そこには屈辱の影が残っていた。「いいわ、いっしょに散歩をするから、キャッシーには手を出さないと約束してちょうだい」

気骨のある女だ。きっと、アントニアは悪魔と取引するような気分なのだろう。その悪魔のことばなど信用できないと思っているはずなのに。

「今日はそうしよう」

「ここに滞在しているあいだは」

「そこまで譲歩しろと言うなら、きみの貞節を差しだしてもらうよ」

厳しく反論されるのは覚悟の上だった。だが、アントニアは唇をぴくりとさせて、ひとこと言っただけだった。「だめよ」

拳を叩きこみたくてたまらなかった。

「試すまでもないわ」アントニアは一秒ごとに、いつもの強い女に戻ろうとしていた。ラネローは放蕩者らしからぬ衝動を覚えた。アントニアの女としての自信を打ち砕いた男の顔に、拳を叩きこみたくてたまらなかった。

ああ、そんなことをしたのは男に決まっている。

そいつはアントニアに口づけのしかたを教えたやつなのか？

少なくとも、その点ではそいつは優秀だ。といっても、アントニアに天賦の才があったのはまちがいない。

馬が動いた。立ち止まって何もせずにいたせいでじれたのか、乗り手の緊張感が伝わって落ち着かなくなったのか。いずれにしても、ラネローは最高に魅力的な笑みを浮かべて言った。「馬を降りて歩こう」

アントニアは笑みを返してこなかった。「紳士らしくふるまうと約束するなら」

「もちろんだ」

アントニアが値踏みするように見つめてきた。そうして、ため息をついて言った。「少しだけよ」

少しで充分だ。勝ち誇ったように満面の笑みを浮かべたくなるのをこらえて、すばやく馬から降りた。「手を貸すよ」

アントニアは相変わらず、腹をすかせたクマの小屋に恐る恐る足を踏み入れるような顔をしていた。それでも、肩に手を置いてきた。宿敵の男の腕が腰にまわされると、かすかに顔をしかめた。

アントニアを抱きかかえた。何かされるのではないかと警戒しているのだろう、アントニアが体をこわばらせた。賢いドラゴン女だ。けれど、まだ行動に出るつもりはなかった。そうして、アントニアを馬から降ろすと、すぐに手を離した。ほんとうは情熱的な口づけをしたくてたまらなかったけれど。

「近くにきれいな小川があるわ」アントニアがわざとらしいほど冷静な口調で言うと、腕に手綱を巻きつけて、腰を屈め、草の上から乗馬鞭を拾った。

「ああ、そうだろうとも、きみは何日もこの敷地の中を探検したんだから」

意外にも、アントニアは素直に応じた。「田舎が恋しかったの。ロンドンは混みあっていて、汚いもの」

口調にはまだ硬さが残っていたが、いつもの敵意は消えていた。なぜ、アントニアが散歩をする気になったのかはわからない。とはいえ、計画に好都合な展開に、疑問を抱いている場合ではなかった。

森の中の踏み分け道をたどっていると、いつのまにかふたり並んで歩いていた。二頭の馬の蹄の音が落ち葉でくぐもって、心地いいリズムを刻んでいた。森の中にいても暖かい朝だった。ラネローは上着を脱いで、片方の肩にかけた。アントニアが鋭い目でちらりと見てきた。マナー違反だと責められるのか？　けれど、アントニアは何も言わなかった。踏み分け道は細く、ときどき腕が触れあった。はじめて腕が触れたときには、アントニアは熱湯を浴びたネコのように飛びあがったが、何もされないとわかると、気を緩めたようだった。

警戒心の強い女が気を緩めたのだから、それを利用しない手はなかった。どうしてもわがものにしたいと、果てしない欲望を抱きながらも、普段のアントニアからは考えられない行動が、やけに気になった。「きみは田舎育ちなのかな？」

アントニアがうなずきながら、道のほうに飛びだしている長い草を鞭で払った。大都会の舞踏室では、アントニアは生来の活力を封じこめているらしい。ここでは、ときを追うごとに真の自分に戻っている。本人もそれに気づいているのだろうか？

「ええ。といっても、ここよりはるかに田舎よ」

この田舎の邸宅で、アントニアはわが家にいるかのようにふるまっていた。それに、馬番の話では、気むずかしい馬を巧みに操るらしい。さらに、はじめて会ったときから、ラネローの称号にアントニアは怖気づくそぶりもなかった。

金で雇われたお目付け役にしては、不自然なことばかりだ。

どう考えても、高貴な淑女としか思えない。

だが、もしそのとおりならば、なぜ、カッサンドラ・デマレストのような気まぐれで軽率で甘やかされたお嬢さまのお目付け役などという、つまらない地位に甘んじているんだ？上流社会でのデマレストの地位はとりわけ高くはない。たしかアヴェソン伯爵のまたいとこか何かのはずだ。それを考えても、貴族の淑女がデマレストの財産のおこぼれにありつこうと、割りの合わない仕事を引きうけるはずがなかった。

アントニアが心を閉ざしてしまわないように、ラネローはいつのまにか自分のことも話していた。「ぼくも同じだよ。ハンプシアの海辺で育った。生家の古びた領主の館は、始末に負えない子どもたちと、それに輪をかけてどうしようもない大人たちでごったがえしていたよ」

子どもの頃のことはめったに話さなかった。話したところで幸せな思い出に浸れるわけではないのだから。

結婚という制度にまるで興味が持てないのも、生い立ちのせいだろう。両親は憎みあっていた。ラネロー自身も成長するにつれてどんどん父親が嫌いになり、自分の意見を持つ歳になると、浅はかで身勝手な母親にも軽蔑しか覚えなくなった。

生まれ育った家では、つねに変化する複雑な人間模様が渦巻いていた。大勢の子ども、愛人、召使、近しい親戚、遠い親戚、そして、おべっか使い。オスマン帝国の宮殿で日常茶飯事だった策略だらけの人間関係が、少年だったラネローをたっぷりいたぶった。それでも、十一歳までは、姉のエロイーズの愛情に包まれていた。父がエロイーズを永遠に追いだしてしまうまでは。

いや、おぞましい現実から目をそらして楽観的に生きている家族の胡散《うさん》臭い幸福など、こっちから願い下げだ。

アントニアがちらりと送ってきた視線に、秘めた好奇心が感じられた。

「わたしが想像していた生い立ちとはちがうわ」

離れているあいだに、アントニアもあれこれと思いをめぐらせていたらしい。そのことに、いまあらためて気づいた。思いをめぐらすといっても、地獄に落ちればいいと願っていただけかもしれない。それでも、たったいま耳にしたことばに、大きな喜びがこみあげてきた。アントニアの頭の中にラネロー侯爵という男が入りこんでいるとしたら、ベッドに入りこめる日もそう遠くないはずだった。「どんなふうに想像していたのかな?」

アントニアの唇に苦笑いが浮かんだ。「あなたは悪魔の落とし子としてこの世に生を受けたんじゃないか、と」

緊張がますます緩んでいた。アントニアが手を伸ばして、枝にぶらさがっている木の葉をつかんだ。その拍子に腕が触れあっても、びくりと飛びはねることはなかった。

シャツ越しに、アントニアの体の熱がひしひしと伝わってきた。欲望が波のように一気に押しよせてくる。すぐさま奪いたくなる衝動をどうにかこらえた。

まだだ……。

苛立ちなど微塵も感じさせないやわらかな声で笑った。「幼い頃は、どこにでもいる普通の少年だったよ」

「それはどうかしら」アントニアは乗馬鞭を小わきにはさむと、何気なく木の葉をちぎって、足元に散らした。「あなたはひとりで生きてきたのだろうと思っていたわ。でも、ちがったのね。きょうだいが大勢いたのだから」

ラネローは肩をすくめた。アントニアが望むなら、生い立ちについて喜んで話すつもりだった。あたり障りのないこの会話で、アントニアにまとわりついている恐怖が和らぐのなら。

「いや、いつだってひとりで生きてきたよ。混沌《こんとん》とした家族の中で正気を保つには、そうするしかなかったからね。父は三度結婚して、ぼくには正式なきょうだいが六人いる。母はふたりの愛人とのあいだにひとりずつ子どもを産んで、ぼくが八歳のときに馬車の事故で亡くなった。父も愛人に産ませた子どもを五人認知した。ほんとうはもっといるという噂もあった。田舎の村には、わが家の血を引いていそうな顔の子どもがたくさんいたからね。最初の継母には男の子の連れ子がふたりいて、二番目の継母は三人の女の子を連れてきた。ケドン邸はそれはもう広くて、軍隊だって泊まれるほどだったけど、それでも、チャロナー一族であふれかえっていた。イートン校に入学して、伏魔殿から逃れられたときはほっとしたよ」

アントニアが何も言わず、いつもとはちがう表情で見つめてきた。いつもの訝しげな顔ではない。それに、残念ながら、ラネローがひそかに期待していた打ち解けた表情でもなかった。

真剣に興味を抱いて、何かを推し量っている表情とでも言えばいいのか……。

ラネローはふいに足を止めた。そのせいで、馬の鼻が肩にぶつかった。「どうかしたかな？」

「家族のことなのに赤の他人のように話すのね」

ラネローは肩をすくめた。「あれだけ大勢いたんだ、動物園で暮らしているようなものだよ。大半の連中のことはよく知りもしなかった」

ああ、大半の連中は。でも、全員ではない。それゆえに、自分はいまここにいるのだから。それを思いだして、新たな復讐心が湧いてきた。アントニアのせいで、復讐に集中できずにいる自分を叱責した。それなのに、好奇心で輝くアントニアの瞳を見たとたんに、叱責のことばは遠のいて、やがて消えていった。

「いま、ご家族はどこに？」

「父は考えなしにあちこちに子どもを作ったが、どの子にも不自由はさせなかった。娘はそれなりの財産を分け与えられて、息子はそれなりにりっぱな仕事に就いている。下のほうのきょうだいはまだ学生だ。大半の姉や妹は結婚している。弟の中には軍人になった者もいれば、牧師になった者も、法曹界に入った者もいる」

「ごきょうだいとはよく顔を合わせるの？」

「何人かとは」そう言って、いったん口をつぐんだ。「ああ、ときどき。きょうだいがみな、それなりの社会的地位を得ていることに、きみは驚くんじゃないかな。家族の中では、まちがいなくぼくだけがはみ出し者だ。両親を除けばね」

アントニアが笑った。その笑い声はあまりにも温かく魅力的で、ラネローは心が癒《いや》された。

「それは驚きだわ」

「きみは？」ここまで話したのだから、好奇心を隠す必要はもうなかった。「きょうだいはいるのかな？」

それまでのびのびしていたアントニアに、ふいに緊張感が漂った。それに気づいて、ラネローはまたもやわけがわからなくなった。たったいま口にした質問が、アントニアの秘めた悲しみを刺激してしまったのか？〝余計なことに首を突っこまないで〟と言われるのかもしれない。だが、少しの間のあとで、アントニアが言った。「家族はいないわ」

「孤児なのか？」

上流階級の家に生まれたけれど、生家が落ちぶれたというなら筋が通る。そうにちがいないという思いがますます強くなった。

アントニアが口元を引きしめて、まっすぐ前を見つめると、馬を引いて、さきに歩きだした。沈黙の中に、語られない悲しみが満ちていた。

「きょうだいなら……ひとりいたわ」

アントニアの顔は見えなかったが、口調に長年の悲嘆が表われていた。ラネローはアントニアに追いついた。「男、女？　上に、それとも下に？」

「三つ上の兄よ」丈の高い草のせいで踏み分け道がますますせばまって、ふたりは寄り添うしかなかった。とたんに、アントニアを抱きしめたいという衝動に襲われて、ラネローはそれを必死にこらえるはめになった。

そんなふうにして、ようやく森を抜けると、陽光きらめく小川に出た。アントニアが立ち止まって、見つめてきた。緊張感を必死に隠そうとしているが、張りつめた気持ちがひしひしと伝わってきた。

「ほら、きれいな小川があると言ったとおりでしょう」その口調には、今日はもう謎だらけの過去を明かすつもりはないという決意が表われていた。

ラネローは周囲をざっと見た。ほんとうに美しい場所だった。それに、ここまでは誰も来そうにない。これほど易々と、アントニアを人目につかない場所に連れてこられるとは思ってもいなかった。これまではどれほど策を講じても、見抜かれてばかりいたのだから。

ラネローは手袋をつけた手を差しだした。「馬をつなぐよ」

アントニアが素直に応じた。ラネローは二頭の馬の手綱を片手に持ち、乗馬鞭も受けとると、鞍のあいだに押しこんだ。ようやく、アントニアに触れても警戒されなくなった。近くの木に二頭の馬をしっかりつなぐと、手袋をはずして、上着のポケットにしまった。じかにアントニアの肌を感じたかった。嵐が近づくように期待は高まるばかりで、鞍の上に上着をぞんざいに放った。

そうして、振りかえった。アントニアは小川のほとりに立っていた。帽子の下の横顔が見えた。無意識のうちに、高い額から気品のある鼻へ、ふっくらした唇と意志を感じさせる口元へと視線を這わせていた。そのまましばらく見つめながら、アントニアの持つ不可思議な力に抵抗できないのはなぜなのかと考えた。

もちろん、一度その体を奪ってしまえば、魅力も感じなくなるにちがいない。これまでの女はみなそうだったのだから。といっても、この追いかけっこにこれほど心惹かれるのは、相手がアントニアだからこそだと認めないわけにはいかなかった。

そしていま、ようやくふたりきりになれた。最初から決まっていたとおり、この追いかけっこにも自分は勝利する。すぐにでも、アントニアを押し倒したくてうずうずした。

お気楽な快楽ばかりの人生を生きてきて、これほど必死になったことはなかった。それゆえに、もうしばらくその感覚を味わうことにした。

優雅なしぐさで、アントニアが帽子を脱いで地面に置いた。いつもの地味な黒い服とは異なるいでたちを見ていると、胸がはずんだ。深緑色の乗馬服が美しい曲線を描く体を際立たせ、ひとつにまとめた金色の髪が明るい朝日に輝いていた。まとめ髪からこぼれ落ちた巻き毛が、やわらかな雰囲気をかもしだしている。淡い色の髪と黄金の輝きとくれば、天使と光の輪が思い浮かぶはずなのに、ミス・スミス——まずまちがいなく偽名だろう——はそこまで幻想的ではなかった。もっと純朴で、まぎれもなくこの世の存在。男なら誰でも、その美しい体でどんなことができるかを、教えたくてたまらなくなる。

視線を顔に戻した。顔は憂いを帯びて、口元に悲しみが漂っていた。もっと慎重に話をするべきだったのだ。アントニアの家族についてはは触れるべきではなかった。この次はけっしてそんなことはしない。

いや、〝この次〟があるのか? 体を奪ってしまえば、それで終わりのはずでは? 欲望を満たして、真の目的——デマレストの娘の破滅——を果たすための気力が湧いてくれば、それで充分のはずだった。

ところが、いま、目的のものが手の届くところにあるのに、それで充分だとは確信が持てなくなっていた。

滞在しているこの屋敷での集まりが、これまでに参加した数々の集まりと同じなら、客は邸宅のあちらこちらで思い思いに過ごしていて、自分がいないことにもミス・スミスがいないことにも気づいていないはずだ。となれば、あと数時間はふたりきりの時間を満喫できる。

そう考えると、胸が躍った。

茂った草がブーツの足音を消してくれた。ラネローはうしろからアントニアに歩みよると、細いウエストに腕をまわして、しっかり抱きよせた。

「ラネロー！」アントニアが驚いて、体をこわばらせた。興奮に震えるその一瞬、アントニアの腰が硬さを増す男の証にぴたりと重なる。けれど、次の瞬間には、アントニアが身をよじって抱擁から逃れ、くるりと振りむいた。「何をしているの？」

どうやら、甘言が足りなかったらしい。やさしく誘えばそれだけで、貞淑な女性がしなだれかかってくると期待するのは、あまりにも楽観的というものだ。しくじった。男と女のゲームを楽しみながらも、アントニアへの欲望でいよいよ全身が燃えあがりそうになっていた。

それでも、アントニアを怯えさせて、逃げられるなどという失敗を犯すつもりはなかった。だから、もう一度抱きしめたくなるのを、どうにかこらえた。「これからどんなことが起こるのか、知らなかったとは言わせないよ」

アントニアが顔をしかめた。困惑した表情もまた愛らしくて、いつも以上に若く見えた。ただし、眠っているアントニアを眺めて過ごしたあの甘いひととき――欲望を激しくかき立てるあのひとときだけはべつだった。「でも、あなたは約束したわ」

ラネローはそっけなく笑った。「ぼくが何も気づいていないと思っているのか？　きみがぼくをここに連れてきたのは、愛を交わすためだ」

アントニアの背筋がぴんと伸びた。硬い表情に拒絶が表われていた。「ちがうわ」

「いや、そうなんだよ」ラネローはきっぱり言って、一歩近づいた。「きみの願いに喜んで応じるよ。揺るぎない貞操観念を持った女性を、無理やりわがものにするふりだって喜んでする。それで、きみが良心の呵責を抱かずに済むなら」

アントニアの顔にまたもや打ちのめされたような表情が浮かんだ。それが見まちがいであることを願った。弱々しいアントニアなど見たくなかった。そんな姿を見ると、なぜか胸の奥に不可解な疼きを感じてしまう。

「わたしが体を差しだすと思っているの？」アントニアは打ちひしがれた声で言うと、一歩あとずさりした。「ほんとうにそんなつもりではなかったのに」

やめてくれ、この期に及んで、アントニアが罪悪感を抱いているなんて。思わず顔をしかめた。まさかしくじるとは思ってもいなかった。これからのひとときをアントニアの腕の中で過ごせないとは。

天下の遊び人も地に落ちたものだ。

「いや、きみはそのつもりだったんだよ」

アントニアが傷ついた目で見つめてきた。「でも、あなたは紳士らしくふるまうと誓ったわ」

ラネローはもう一歩アントニアに近づいた。「ぼくのことをずっと嘘つきだと思っていたんだろう？ それなのに、今朝にかぎって、なぜ信じたんだ？」

アントニアが弱々しく首を振って、あとずさりした。「わからない。やはり、わたしは愚かなんだわ」

「ふたりきりで過ごすのに同意したのだから、それが何を意味するかはわかっていたはずだ」

「いいえ」アントニアがまたあとずさりした。

「危ない！」ラネローはアントニアが川に落ちる寸前に、腕をつかんで、崩れやすい川岸からぐいと引きよせた。アントニアを抱くと、体の震えが伝わってきた。川に落ちそうになったから震えているのか？ それとも、抱きよせられたからなのか？

「わたしを家に帰して」抱擁から逃れる気力もないのか、アントニアはじっとしたまま、か細い声で言った。

「苦労してここまでたどり着いたのに、きみをひとりで帰すだって？ それはどうだろう」見つめてくる青い瞳はあまりにも澄んでいた。アントニアが不安げに唇を舐めた。薄紅色の舌先を見ただけで、ラネローの全身を欲望の炎が駆けぬけた。「いいえ、あなたの望みはかなわないわ」

ラネローは笑わずにいられなかった。アントニアを抱いたまま、うしろに下がった。「十分もあれば、きみを押し倒せる――それはきみだって知っているはずだ。いや、その気になれぱたった五分で」

傲慢なことばを口にしたのがまちがいだった。アントニアの目に怒りの炎が浮かび、即座に失敗したと気づいた。それでも、怒りのせいでアントニアの弱々しさ——ラネローが苦手とするもの——が一瞬にして消えていった。

アントニアの背筋が定規のようにぴんと伸びた。「そうね、力ずくでそうするつもりなら」

紳士としての良心に訴えかける作戦らしい。けれど、アントニアは知らないのだ、目の前にいる男が、良心などとうの昔になくしてしまったことを。「ずいぶん大胆なことを言うじゃないか」

アントニアが顎をぐいと上げて、睨みつけてきた。「ほんとうのことを言っただけよ」

「ならば、ほんとうかどうか試してみよう」

「あなたは自信過剰だわ。そんなところには微塵も惹かれない」

ラネローはにやりとした。歯向かってくるアントニアが好きでたまらなかった。歯向かうのをやめるアントニアのことも、もっと好きだった。「それなら、なぜ、きみはまだぼくの腕の中にいるのかな？」

「なぜって、あなたが放してくれないからよ」

これは失礼とでも言いたげに、ラネローは両手を広げて上げてみせた。「さあ、これで自由だ、マダム」

胸の中で吹き荒れる感情のせいで、アントニアの目が翳《かげ》っていた。怒り？　欲望？　だが、次の瞬間には、目を伏せて、心を決めたように口元を引きしめた。

この場に留《とど》まるのか？

走り去るのか？

期待と不安で体がこわばるのを感じながら、ラネローはアントニアを一心に見つめた。息詰まる一瞬の間が過ぎると、アントニアは公爵夫人も顔負けのいかにも傲慢なしぐさで、スカートをひるがえしながらすばやく横に一歩動いて、顔をまっすぐ上げた。そうして、生い茂る草をのんびりと食《は》んでいる栗毛の馬へ、つかつかと向かっていった。

くそっ！　この期に及んでもまだ、自分はアントニアを怒らせることしかできないのか？

8

アントニアは思わずよろけた。力強い手が肩に置かれて、くるりと振りむかされたのだ。

「やめてくれ、マイ・ラブ」ラネローが嚙みつくように言った。

アントニアはラネローを睨みつけた。あまりにも腹が立って、息まで荒くなっていた。認めたくはないけれど、息が上がっているのは興奮のせいでもあった。ラネローがおとなしく解放してくれるはずがないことぐらい、予想できたはずなのに。放蕩者の口約束は、いつものゲームの常套《じょうとう》手段に過ぎなかったのだ。爽快なこの朝を危険だらけの朝に変えてしまったゲームの。

いったいどうして、わたしはこんなところまで来たの？　引きかえそうと思えば、いつでも引きかえせたのに。けれど、抗いようのない唯一の餌をちらつかされて、それに惹かれてこんなところまでやってきた。ラネローのことをもっと知りたいという、果てしない誘惑。

噂話は山ほど聞いていたけれど、真のラネローについては何ひとつ知らなかった。

「ふたりきりでここに来たら、何が起きるかきみはわかっていた」

そうなの？　わたしはわかっていたの？　もはや存在しない貞節を、またも失うかもしれないとは、想像すらしていなかった。それでも、いま、ラネローのまなざしと引きしまった口元には、新緑のこの小川のほとりで、目の前にいる女をなんとしても奪ってみせるという固い意志が表われていた。

「家に戻るわ」冷たく言い放ちながら、決意がみなぎるラネローの目を、同じだけの決意を浮かべた目で見返した。

「いや、そうはいかない」

いつのまにか肩をそっと撫でられていた。乗馬服越しでも、手のぬくもりがはっきり伝わってきた。わたしはなんて優柔不断なの。抱きしめられているわけでもないのに、その手から逃れる気力も奮い起こせずにいるなんて。

「あなたはわたしより、わたしのことを知っている、そう言いたいのね」切り捨てるように言った。

「いくつかのことは、ああ、そのとおりだ」ラネローの長い指が頰をたどっていった。そんなことばを信じてはだめ、ラネローが嘘つきなのはお互いによくわかっているのだから。

「やめて」よろよろと身を引いて、頰に触れる手から逃れた。「わたしは安っぽく誘惑されたがっている浮ついた若い娘ではないわ」

ラネローが笑みを浮かべた。その笑みには非情さだけではない何かが感じられた。「だが、きみはここにいる。それに、なんとしてでも逃れようとはしていない。安っぽい誘惑が功を奏しているとしか思えない」

「あなたは自分の心を欺いているのよ、侯爵さま」きっぱり言うと、振りかえらずに馬へと走った。

またもやラネローのほうが速かった。怠惰な色男のくせに、その気になれば、獲物に飛びつくクサリヘビ並みにすばやく動けるのだ。

ラネローの腹立たしいほど無駄のない動きに、胸の鼓動が大きくなった。恐ろしいからなの？　それとも、危険な興奮のせい？　気づいたときには、ウエストをつかまれて、オークの木に背中を押しつけられていた。両手首を握られると、もう身動きできなかった。

ラネローの息も上がっていた。すばやく動いたせいではなく、欲望のせいだろう。たくましい体が熱を帯びている。これほど近くで、その肌から立ちのぼる清潔なムスクの香りを感じていたら、夢中にならずにいられない。

武器になりそうなものはないかと、必死に周囲を見まわした。手の届くところには何もなかった。ラネローが手を滑らせて、ふたりの体がさらに近づくようにした。これではもう身じろぎもできない。わたしが恐れているのは、力強い手で触れられること——アントニアはそう自分に言い聞かせた。真実はそれほど単純ではなく、さらには、それが正直な気持ちだとも思えなかったけれど。

「火かき棒はないよ。乗馬用の鞭もない。一本の枝も落ちていない。だから、ぼくを殴るのはあきらめたほうがいい」低く魅惑的な笑い声を聞いても、断じて反応しないようにした。ラネローにとってこれはただのお遊び。でも、わたしにとっては人生がかかった一大事。

「きみはどこにも行けないよ、ぼくを魅了するミス・スミス」

アントニアは顔を上げて、黒い目を見た。その目ははるか上にあった。ラネローはいつでもゆったり構えている。いかに長身かということにあらためて気づかされるのは、こんなふうにすぐそばにいるときだけだった。ラネローが一心に見つめてきた。とたんに、欲望を感じて肌が粟立った。

ラネローがさらに身を乗りだして、深々と息を吸った。まるで目の前にいる女の香りで全身を満たそうとしているかのように。そのしぐさがまた、驚くほど官能的だった。

十年のあいだ、わたしは頑《かたく》ななまでに貞淑な女性として生きてきた。それなのに、ラネロー侯爵はわたしの淫らな部分を目覚めさせた。もう抗いようがない。無垢で世間知らずだった十七歳のわたしが、嘘つきで魅惑的なジョニー・ベントンに抗えなかったように。

いいえ、ふたたび身を落とすようなことをしたら、これまでに受けたあらゆる仕打ちにふさわしい女だと証明することになる。

「あなたの言いなりにはならないわ」冷ややかに言い放ちながらも、耳の中では脈の音が響いて、肌は興奮で引きしまっていた。

「ああ、そうだろう」ラネローが穏やかに応じた。馬をなだめるときの口調そのものだった。その口調がどれほど憎らしくても、低く滑らかな声には心が癒される。落ち着きのない馬がおとなしくなるように。

どうにかして鋭く反論しなければ。こうやってことばの応酬を続けていれば、そのあいだだけは、体を奪われずに済む。けれど、ラネローがこれほど近くにいて、たくましい体が発する熱とまぎれもない欲望を感じていては、辛辣なことばなど思いつくはずもなく、口から漏れたのはいまにも泣きだしそうな低い声だけだった。

口元に勝ち誇った笑みを漂わせて、ラネローが頭を下げた。前回の口づけでは、ラネローは降伏を要求してきた。少なくとも、最初はそうだった。だから、今回もさらなる攻撃をしかけてくるにちがいない。そう覚悟したのに、その口づけはふたりを包む春の朝のように瑞々しかった。

目を閉じた。挑発するでもなく、かといって、拒むでもなく。やわらかく滑らかな口づけは、さらなるものを要求してはこなかった。甘く切ないその刹那、ふたりは過去や未来とは切り離されて、邪悪なものなどひとつもない黄金の光の中に浮かんでいた。

大きな波に揺られるように、緊張がほどけて、アントニアは木にもたれかかった。膝が震えていた。広い肩をつかむと、上質な麻のシャツ越しにたくましい体に秘められた力が伝わってきた。

いけないとわかっていても、ロンドンでの口づけを思いださずにいられなかった。あれはめまいがするほど情熱的で、夢を見ているかのようだった。

そして、いまのこの口づけは、これまでに経験したことのないもの。放蕩者の口づけなのに、天使の羽に触れられたかのように純粋で無垢なものを感じる。

けれど、ふいに口づけが終わった。ラネローがゆっくり顔を上げて、見つめてきた。黒い目は無防備で、これまでとはちがう思いをたたえていた。わたしが感じているのと同じだけの驚き。称賛。思いやりとも言えそうな何か。

「ラネロー……」低くつぶやくように名を呼んだ。

こんな口づけのあとで、何が言えるというの？ 奇跡の数秒間にラネローが無言で伝えてきたことに比べれば、どんなことばを口にしたところで冒瀆《ぼうとく》でしかない。

唾をごくりと呑みこんで、必死に現実に戻ろうとした。ラネロー侯爵が罪の化身であるという苦く危険な現実に。激しい口づけをしたら相手を傷つけてしまうと気遣う紳士でもなければ、花びらが触れるようにそっと唇を重ねてきた紳士でもない、そんな現実に。

抗う気力をかき集めながら、ラネローの顔を見つめていると、表情が変化するのがわかった。思いやりが消えていく。無防備な表情も跡形もなく消えていった。口づけに真の感情をこめてしまったのが苛立たしくてしかたがないのだろう——それがわかるぐらいには、すでにラネローのことを知っていた。そう簡単には心を開かない——それがラネローという男性だ。それなのに、たったいま交わした口づけは、ふたりのあいだに欲望以上のものがあることを、より深くより甘いものがあることを物語っていた。

けれど、より深く、より甘いつながりを、ラネローが認めるはずがなかった。

いまこのときだけは、ラネローの顔に浮かぶ熱い思いを否定できなかった。ふいに激しく口づけられて、舌が押しいってきた。くぐもった声で抗って、広い肩を押しやろうとする。けれど、たくましい体はびくともしなかった。陽光を受けて温まった大理石の巨柱を動かそうとしているも同然だった。

危機から逃れるチャンスを失った——そう気づいて、全身に恐怖がこみ上げた。それでも、抗いつづければどうにかなるかもしれない。まさか無理やり体を奪われるはずがない。ラネローはそこまで人でなしではないのだから。

ラネローの全身にみなぎる決意にぞっとして当然なのに、それどころか、血が熱くたぎっていた。ラネローの剝きだしの欲望を目の当たりにして、禁じられた興奮が押しよせてくる。頭の中で不実な声が囁いた。いま体を奪われたとしても、それはわたしにはどうにもならないこと。ラネローに押さえつけられて、逃れられないのだから。

救いようもないほど淫らな囁きを、頭から追いはらって、大きな体をもう一度押しのけようとした。けれど、これほどラネローが大きく思えたこともなければ、これほど自分が無力だと痛感したこともなかった。ラネローがさらに身を寄せてくる。少しでも体を離そうと、必死に身を縮めたけれど、そんなことをしても無駄だった。結局はオークの木に押しつけられて、息もろくに吸えなくなった。それとも、息苦しいのは激しい欲望のせい？

降伏へと、急な斜面をまっさかさまに落ちていくかのようだった。

気づいたときには、自ら舌と舌を絡ませて、滑らかな部分を、そしてまた、ざらつく表面を愛撫していた。ラネローの歯をひとつずつ舌でたどってから、やわらかな唇を確かめる。うっとりするような唇。ふっくらと弾力のある魅惑的な唇。その唇だけで、すっかり魅了されてしまうのはしかたがない。

頭の中に官能の靄が立ちこめていたけれど、いままさにラネローに甘く誘惑されていることに気づいた。ウエストを支えている力強い手が動くことはなかった。

ラネローが苦しげな声を漏らしながら頭を起こした。その顔を見れば、心底求められているのがわかった。けれど、黒い目を見ると、心に築いた壁の向こうに、より複雑な感情が隠れているのもわかった。

「どうしたの？」震える声で尋ねた。恐怖と苦悩で胸が締めつけられた。「何かまずいことでも？」

「いや、そんなことはない」ラネローの頬がぴくりと動いて、伏し目がちにしげしげと見つめられた。鋭く光る目と頬の傷痕のせいで、陰のある男の雰囲気を漂わせながらも、声は甘く魅惑的だった。「争うのはやめよう。ぼくたちはどちらも同じことを求めているのだから」

叩かれたように、アントニアは身をすくめた。驚いて、当惑して、束の間ラネローを見つめるしかなかった。「何を怒っているの？　わたしが何をしたの？」

「愚かなお嬢さまのような口をきいたのは、これがはじめてだな、アントニア。ゲームは楽しかったが、そろそろつけを払ってもらうよ」

「いやよ」アントニアは自分にも言い聞かせるようにきっぱり言いながら、手をわずかに丸めて爪を立て、いつでも反撃できるように身構えた。できることなら、平手打ちを食らわせたかった。だが、たくましい体と大きな木にはさまれていては、それもままならなかった。

ラネローのやわらかな笑い声が、麻薬のように全身に広がっていく。その声を聞くたびに、かならずそうなるのだ。引っかこうとしたけれど、さきに手をつかまれた。もがきながら膝を上げて蹴ろうとしても、易々と押さえこまれた。「だめだよ、マイ・スイート。きみはもうぼくにたっぷり痛手を負わせたんだから」

「まだ足りないわ」歯を食いしばって、ことばを絞りだすように言った。手も足も出ないのが悔しかった。「チャンスさえあれば、あなたの息の根を止めていたのに」

ふたりの体はぴたりと密着して、ラネローの股間で激しく脈打っているものが、下腹にはっきり感じられた。もしかしたらラネローは本気でわたしを欲しているのかもしれない——そんなふうに夢想したこともあった。それがいま、疑いようのない事実になっていた。

抵抗しようとしたけれど、つかまれた手をあっけなく体のわきに押さえつけられただけだった。ラネローがたくましい体をさらに押しつけてくると、空いているほうの手で乳房を包んだ。その手はあまりに巧みで、一瞬にして欲望をかき立てられた。屈辱を感じながらも、触れられた乳首が硬くなる。淫らな喘ぎが口から漏れそうになるのを、必死にこらえた。

「あきらめるんだ。勝ち目がないのはわかっているだろう」

アントニアは低い声でうなると、逃れる気力をもう一度奮い起こした。けれど、何をしたところで無駄だった。スカートがたくし上げられる。ストッキングに包まれたふくらはぎを、ひやりとした空気が舐めていった。さらには、あらわになった太もも。

これが現実だとはとうてい信じられず、頭がくらくらした。

こんなことが起こるわけがない。木に押しつけられたまま、乱暴に体を奪われるなんて。服を剝ぎとられながら、わたしがおとなしく立っているなんてあり得ない。

「やめて」喘ぎながら言うと、スカートをこれ以上たくし上げられまいと、震える手を下に伸ばした。「お願いだから、やめて」

「本心ではないだろう」ラネローがつぶやくように言って、邪魔な手をあっさり振りはらった。力強い手で太ももを撫でられたかと思うと、その手が脚のあいだに割りこんできた。

器用な指が下着の中にもぐりこみ、熱く濡れた部分を探りあてる。アントニアは激しいショックを受けて、息を呑んだ。同時に、不本意な快感も覚えた。ラネローが満足げに低い声を漏らした。興奮した獣のような声。抵抗しても無駄だった。ついに、激しく興奮していることを知られてしまったのだから。

いちばん敏感な部分を指で愛撫されると、切ない声をあげずにいられなかった。快感が全身を駆けめぐり、思わずラネローのシャツを握りしめた。

「それでいい」ラネローが励ますようにかすれた声で言った。

もう一度強く愛撫されると、欲望の渦に呑みこまれそうになる。目を閉じて、喘いだ。身を守ろうという思いがどんどん薄れていく。耳の中で響く声——〝なんとしても逃れなければ。いますぐに。ラネローに押し倒されて、体を差しだしてしまう前に〟という声も遠ざかっていく。

乳房を揉まれた。ラネローがどんな人なのか、この無謀な行為の果てに自分がどうなるのか、すべてわかっていながらも、探求する器用な指に腰を押しつけた。

もう一度唇が重なった。抵抗心を粉微塵にするほど情熱的で、下腹が重くなるほどの切望を抱かせる口づけ。思いやりのこもった口づけ——ラネローにとって不本意な口づけ——を払拭するための激しい口づけ。ほんの束の間、ラネローはわたしをこの世に無数にいる女性とはちがう、唯一の女性として扱った。けれど、いま、まぎれもない放蕩者が欲しているのは、熱くなった女の中でわれを忘れることだけ。終わればすぐに記憶のかなたに埋もれてしまう束の間の愉楽だけを求めていた。

そうと知りながらも、口づけに応えずにいられなかった。閉じた目の奥で火花が飛び散るのを感じながら、どこまでも情熱的に応じていた。荒れくるう欲望に攻めたてられ、頭がくらくらして、もう何もわからない。いま、ラネローを欲しているように、誰かを欲したことなどなかった。中に入ってきて、と体が叫んでいた。からっぽの体を満たして、と。

落ちていくような感覚に襲われた。気づいたときには、ラネローにゆっくり導かれて、茂る草の上に横たわっていた。ラネローが体にまたがってきたかと思うと、服が引き裂かれた。頭に靄がかかっていても、器用な手でためらいもなく引き裂かれたのがわかった。

アントニアはその手をつかんだ。「だめよ」

ラネローが身を乗りだして、首筋に顔を埋めてきた。「いや、いいんだよ」

「こんなことをしてもキャッシーは手に入らないわ」アントニアはあえて言った。草の上に横たわり、ラネローにのしかかられているときに、キャッシーの名を口にするのは罰当たりに思えたけれど。

ラネローが笑った。「キャッシーだって？　それは誰だ？」

「ラネロー……」

「ニコラスと呼んでくれ」

こんな状態でよそよそしくしたところで、どんな意味があるの？「ニコラス」

「さあ、言ってくれ、〝いいわ、ニコラス〟と」脈打つ首筋をたっぷり愛撫された。情熱的な愛撫にますます興奮がかき立てられる。

「だめよ、ニコラス」

ラネローが肘をついて体を起こすと、見つめてきた。その姿はまぶしいほどだった。金色の髪が乱れて、前髪が高い額にかかり、端整なのに厳格にも見える顔を和らげていた。伏し目がちの目が輝いて、香りだけを吸って生きているかのように、鼻孔がふくらんでいた。

アントニアはその顔を見つめて、あれほど甘く口づけてきた男性の面影を探した。そして、気づいた。欲望を抱きながらも、ラネローはまだ自分に苛立っているのだ。手からも口からもそんな思いが伝わってきた。欲望からも、魅惑的なことばからも。

ラネローは心からわたしを求めている。それでいて、何かを証明しようとしていた。一定の距離を保ちながら、目の前にいる女を堕落させてみせると決意しているの？

非の打ちどころのない外見の裏側に、深い苦悩が隠れているの？　ラネロー侯爵の魂の暗闇の中で、善良な男性がさまよい歩いている――そんなふうに思えてならないのは、ただの勘ちがいなの？　キャッシーと同じように、わたしもラネローにロマンティックな幻想を抱いているの？　どうしようもなく優柔不断なジョニー・ベントンを、白馬に乗った王子さまだと思いこんでいたように？

けれど、ラネローの燃える瞳を見つめていると、切望で胸が締めつけられた。求められているのをひしひしと感じた。性的欲望を満たしたいという願いの向こう側に、本質的で深遠な何かを求める気持ちが隠れているような気がしてならない。ラネロー自身も気づいていない何かがある、そんな気がしてならなかった。

だめよ、アントニア。放蕩者がどんな策略をめぐらすかは、いやというほど知っているはず。それなのに、十年前と同じように、いまもその罠にあっさり落ちてしまうの？

「認めるんだ、アントニア。負けを認めるんだ」

「ほんとうにわたしの負けなの？」ラネローの額にかかる気まぐれな髪を撫でつけたい――そんな衝動を抑えきれなかった。

「そのとおり」ラネローがきっぱり応じると、一瞬にして、伊達男の仮面が剝がれ落ちた。同時に、欲望を満たそうとしているだけではないのかもしれないという憶測も、一瞬で砕け散った。

額を撫でる手から逃れようと、ラネローが頭をぐいと起こした。そうしなければ、触れられたところが火傷してしまうとでも言いたげに。ふたりのあいだには敵意しかないはずなのに、それでもアントニアの胸にラネローの拒絶が突き刺さった。荒々しく唇が重なった。けれど、ラネローの唇はこわばっていた。上着がさらに引き裂かれる。薄いブラウス越しに乳房をつかまれた。

「待って」喘ぎながら言って、広い肩を押しやった。

意外にも、ラネローがそのことばにしたがって、頭を上げると、うつろな目で見つめてきた。ラネローがすべての感情を殻に閉じこめてしまう前に、黒い目に何かがよぎった。羞恥心とも呼べそうなものが。

「待つつもりはない」体の準備がすっかり整っているのを思い知らせるように、ラネローが腰を突きつけてきた。

とたんに、口の中がからからになる。たくましい体に押しいられる場面が頭に浮かんだせいだった。ラネローの苛立ちをこれほどはっきり感じながらも、体は相変わらず激しく求めていた。

「放して」どうにかラネローをなだめて止めなければ。必死にことばを探した。「こんなのはだめよ」

ラネローが歯を剝きだしてうなった。そこでようやく、その胸の中にあるのが束の間の怒りや苛立ちを通りこした憤怒《ふんぬ》だとわかった。激しい怒りは胸の奥底から湧いてきたものにちがいなかった。「だったら、何ならいいんだ？」

愛があれば……。

信じられない、わたしは本気でそんなことを考えていたの？　ラネロー侯爵とのあいだにあるのは、獣のような欲望だけなのに。ほかに何かあるなどと幻想を抱いているとしたら、それこそ大馬鹿者だ。

「さあ、どいて」きっぱりと言った。「これはあってはならないことよ」

体の上にまたがったまま、一瞬、ラネローが身をこわばらせた。端整な顔に浮かぶ思いは読めなかったけれど、たくましい体に満ちる緊迫感が、悲惨な結末を暗示していた。ふたたびのしかかられて、攻めたてられる――それを覚悟して、身構えた。今度こそ、ラネローの勝ち。認めたくはなかったけれど、それはまちがいなかった。

ところが、苛立った雄ライオンのようなうめき声を漏らしながら、ラネローが体を転がして離れた。背を向けて、草の上に座ったかと思うと、うなだれて、立てた膝に額をつけた。最後の抗議が功を奏した。それに驚くと同時に戸惑って、アントニアは草の上に横たわったまま、息を吸った。そうやって、荒ぶる血を鎮めようとした。

背を丸めたラネローの悲しげなうしろ姿と、不可思議な重い沈黙が胸に突き刺さる。普段のラネローは人間らしい弱さなど、持ちあわせていないかのようだった。けれど、いま、その姿はこの国でいちばん孤独な男そのものだった。

きっと、それが真の姿……。

幼い頃のことを話すラネローは、あくまでも冷静だった。貞節ということばの意味を知らない両親のもとに生まれて、大勢いたきょうだいとも親しい関係を築けなかったのだろう。冷静すぎる語り口が切なくて、同情せずにいられなかった。たしかによくある話かもしれない。それでも、なぜか、ラネローの秘めた孤独に心が揺さぶられた。

「ラネロー、こっちを向いて」小さな声で言った。無理やり体を奪おうとした男性を、なぜわたしは気遣っているの？

ことばではなくしぐさで慰めようと、広い背中の真ん中に震える手を置いた。ラネローの落胆がはっきり伝わってきた。

額を撫でる手から逃れたように、いままたラネローは身を引いて、ためらいがちに気遣う女の手から逃れた。

やはり、そうだったのだ。いまさら気づいたところで遅すぎるけれど、ようやくわかった。恥辱が苦みとなって口の中に広がっていく。手を引っこめた。やはり、ラネローが求めていたのは体だけ。ほかには何も欲していなかったのだ。

そして、この朝にこんなことがあったからには、これからはもう体も求めてこないはず。唇を嚙んで、こんなことで動揺するなんて馬鹿げていると自分に言い聞かせた。ラネローはなんの価値もない邪な放蕩者。そんな男性に無視されるなら、それこそ願ってもないこと。わたしに女としての魅力があるかどうか確かめて、追うほどの価値はないとラネローが判断したのなら、わたしはそれを喜ばなければならない。

けれど、とうてい喜べず、あまりに惨めで胸が締めつけられた。

「もう行ってくれ」ラネローが低い声で言った。相変わらず振りかえろうともしなかった。

「ラネロー……」アントニアは起きあがると、オークの木に背をつけて座った。いつ涙があふれてもおかしくないほど動揺していた。

ラネローの背中が厚い木片のようにこわばった。それでも、まだこちらを見ようとはしなかった。「勘弁してくれ、いまは何も言わずに消えてくれ」忍耐の限界に近づいている男の荒々しい口調だった。

困惑して、恐ろしくて、さらには、満たされない欲望にめまいを覚えながらも、アントニアはぎこちなく立ちあがった。いまにも倒れてしまいそうなほど、脚が頼りなかった。髪が肩にこぼれ落ちている。自分の体を見おろすと、恐怖で息が詰まった。スカーフがなくなって、上着の前が開き、ボタンの半分が引きちぎられている。ブラウスはしわくちゃで、とうてい人前に出られないほど破れていた。

こんな姿を見られたら、何をしていたかひと目で知られてしまう。実際の出来事以上のことを想像されるのはまちがいなかった。自分でさえ、それ以上のことが起きなかったのを奇跡のように感じているのだから。ここまで愚かな真似をしたのなら、いっそのこと、おとなしく横たわって、行きつくところまで行けばよかったのだ。

途切れがちに息をひとつ吸って、帽子を拾うと、頼りない脚で馬へ向かった。いつになく苦心して、鞍に体を引きあげる。ラネローはやはり背を向けたままだった。

アントニアはことばにならない叫びをあげると、不器用に馬を走らせて、森を駆けぬけた。

9

背後でアントニアが立ちあがり、ためらっていた。それに気づいても、ラネローは身じろぎもせずにいた。アントニアが何も言わなくても、その胸の内にある疑問と困惑が、雷鳴のように大きく響いていた。けれど、背を向けている男が不機嫌そうに黙りこんでいるのが疑問の答えだと考えたのだろう、アントニアは草地を駆けて、馬に乗ると、去っていった。

それでもまだ、ラネローは身じろぎもしなかった。馬の蹄の音が遠ざかり、完全に聞こえなくなって、ついにひとりきりになったと確信してはじめて、頭をさらにがくりと下げて、両手で抱え、低いうめき声をあげた。

ちくしょう、こんちくしょう！　できそこないの、とんでもなく呪われた大馬鹿者め！

傷がつくのもかまわずに、頭に思いきり爪を立てた。何をしたところで、自己嫌悪はおさまらなかった。

天下の放蕩者が、いったいぜんたい、どうしてしまったんだ？

アントニア・スミスを誘惑しようと忍耐強く策を講じた。召使を買収もすれば、たぶらかすために忌々しいサクラの木にものぼった。火かき棒で殴られても動じなかった。おまけに、サリーくんだりまで、アントニアを追ってきた。

そうして、アントニアが自ら体を差しだすように、巧みに仕向けた。口づけて、息もできないほど恍惚《こうこつ》とさせた。成功はもう目前だった。アントニアの体をわがものにして、そこからデマレストの娘の破滅へと道をつなげて、一瞬の、けれど、永遠に記憶に残る満足感を得るつもりだった。

複雑なことなどひとつもないはずだった。

それなのに、アントニアに輝く青い目で見つめられて、〝放して〟と頼まれた。

すると、呆れるほど愚鈍なこの自分は、ふいにくだらない高潔男になったような錯覚を抱いたのだ。

幼い頃から、女に同情したことなど一度もなかった。ベッドをともにした女はみな、大喜びで体を差しだしてきた。そのことをあとでどれほど後悔しようと。

それなのにアントニアのことは気の毒になった。いや、あのときの思いは気の毒などという単純なことばでは片づけられない。喉が締めつけられて、いきなり、なんとしてでも尊敬に値する男になりたいと願ったのだから。

アントニアを失望させたと思うと、苦しくてたまらなかった。

傷つけたと思うと。

いいや、ラネロー侯爵といえばまぎれもない放蕩者。放蕩者とは、女を傷つけて失望させるために生きているようなもの。

あの口づけが大きなまちがいだったのだ。

アントニアの欲望をかき立てた口づけではなく、もうひとつの口づけが。胸が苦しくなるほど切ない口づけが。

あの口づけのせいで、これまでとはまるで異なる世界に放りこまれた。穢れなくすべてを新たにはじめられる世界に。救い。やさしさ。あっというまに記憶のかなたに埋もれてしまう女たちからは得られなかった何か。

アントニア・スミスがこの世に無数にいる女のひとりではないのは、すでにわかっていた。永遠に記憶に刻まれる女性になるはずだった。

なんて忌々しい女なのか。

忌々しいことに、アントニアを見ていると気づかされる……。

いや、いったい何に気づかされるんだ？　この心に深く巣くっている孤独か？　まもなく終わる復讐劇のさきに、人生の目標がひとつもないことか？　自分には不釣り合いな善良な何かを求める気持ちか？

天下の放蕩者が、アントニア・スミスのような女を求めているだって？

もしも朝食をとっていたら、いまここですべてを足元に吐いているところだ。いったいなんなんだ？　このくだらない感傷は。

自分がどんな男か誤解されてはならないと、わざとアントニアを怯えさせるようなことをした。無情な獣だと思ってほしかった。どんな愛人が相手でも、あんなことはけっしてしなかった。これまで羞恥心など抱いたことがないのに、アントニアの唇を無理やり奪った荒々しい口づけを思いだすと、恥ずかしくてたまらなかった。

胸が痛くなるほどの思いやりをこめてアントニアが返してきた口づけのせいで、自分がいかにろくでもない男かを思い知らされた。そのせいで胸がむかむかした。

そうして、困惑と不本意な欲望で翳っている青い目を覗きこんだとたんに、あろうことか、これまでとはちがう男になりたいと心から願った。アントニアに見合う男になりたいと。

完全にどうかしている。いまのままですこぶる幸せだというのに。誰よりも自由を謳歌《おうか》している。望むものを手に入れて、満足したらあっさり切り捨てる。そんなふうにこれからも生きていけばいい。

アントニアはこの腕の中で、もう少しで降伏しそうになった。どれほど否定しても切望してやまない驚異的な口づけのあとでも、それまでの自分を貫きとおせていたら、アントニアを征服できたのだろうか？　そして、いまごろ、しなやかな体にいきり立つものを突きたてていたのだろうか？

だが、そうはならずに、アントニアを解放した。

自らすすんで手放したのだ。

二度とそんなことはしない。

アントニアには二度も逃げられた。あろうことか、二度とも、このラネロー侯爵自ら手を離したのだ。必死に追ったのに逃げられた――そんなふりをすることもできなかった。

意を決して、ラネローはすっくと立ちあがった。アントニア・スミスは束の間解放されただけだ。この駆け引きは生死と同じぐらい重要なものになっている。ラネローという男は卑劣な男。ああ、卑劣でいるのを望んでいるのだから、この次は相手が気の毒になって、心が揺らぐなどということがあってはならない。

そうだ、ドラゴンはこの自分だ。同情などしてたまるものか！


アントニアは足音を忍ばせて自室に入った。誰とも会わずに部屋までたどり着けた。ただし、馬番だけはべつだったけれど。どんなことがあったか、馬番はまったく気づいていない――いくらなんでも、そんなふうに無理やり自分を納得させるわけにはいかなかった。たとえ、馬番がラネローから金を受けとっていなかったとしても、たとえ、ラネローがわたしのことを聞きだしていなかったとしても、汚れて破れた服を見れば、何があったかは一目瞭然なのだから。馬に乗って出かけたときは、上流階級の淑女のようないでたちだった。それが、生け垣の中でのたうちまわったような姿で帰ってきた。なぜそうなったのかは想像力をふくらませなくても、すぐにわかるはずだった。

使用人の部屋でちょっとした噂になったとしても、その話が屋敷の客の耳に入らずにいれば、それでいい。お願い、噂話が広がりませんように。

それにしても、ラネローはあまりにもひどすぎる、わたしの人生をめちゃくちゃにするなんて。怒って当然なのはラネローではなく、わたしのほうだ。

川岸にひとり残してきたラネローの姿が頭に浮かんだ。背中に触れたときには怒りが伝わってきたと思ったけれど、実はちがっていたのかもしれない。

そう、あれは打ちのめされた男性のうしろ姿だった。

そう思うと、胸が鋭く痛んだ。ラネローを慰めて、励ましたいと願うなんて、わたしはどこまでお人好《よ》しなの？　ラネローの行為は、まぎれもない悪行なのに。

さきほど廊下を忍び足で歩いたときには、キャッシーの部屋の扉は閉まっていた。そう、誰もが目覚めて当然の時刻ではないのだ。川岸での出来事を思うと、まだ早朝だとは信じられなかった。て、いっぽう、幸運にも、ウサギ狩りをする紳士たちは屋敷の反対側の部屋をあてがわれていいっぽう、ご婦人たちはまだ部屋から出てきていなかった。

アントニアは髪をピンで留めながら、幸いにも難を逃れたと自分に言い聞かせた。すると、ベラが扉をノックして、いきなり部屋に飛びこんできた。

「来てください」ベラは息を切らして、このときばかりは、アントニアに批判的な目を向けるのを忘れていた。汚れて破れた乗馬服はすでに着替えていたけれど、ざっと見ただけでも、頬がいつになくほてって、目が潤んでいるのはわかるはずだった。

アントニアはヘアブラシを置いて、振りかえった。「どうしたの？　キャッシーに何かあったの？」

ベラがうなずいた。「はい、アントニアさま。キャッシーお嬢さまは重いご病気です」

病気ですって？　アントニアは罪悪感に息が詰まった。わたしがラネローに抱かれているときに、キャッシーが病気になっていたなんて……。そのふたつの事実にはなんの関係もないとわかっていても、キャッシーのそばにいなかった自分を責めずにいられなかった。「わたしが確かめたときには、気持ちよさそうに眠っていたのに」

「でも、いまは、ちっとも気持ちよさそうではありませんよ」ベラの口調に皮肉が混じった。「ほんとうにきちんとお確かめになったんですか？」

ベラが何かにつけて批判的な態度を取るのは毎度のことで、アントニアは気にも留めなかった。すぐさま部屋を出て、キャッシーの部屋に向かった。不安で胸の鼓動が速くなっていた。

カーテンが閉められた部屋の中は暗かった。わずかな間のあとに、暗さに目が慣れると、赤々と燃える暖炉の傍らの椅子に、キャッシーがうずくまっているのが見えた。白い薄地のネグリジェを着た体を、ショールですっぽり包んで、暖炉のすぐそばに座っている。それなのに、体が震えていた。

「キャッシー」アントニアはそっと声をかけて歩みよりながら、薄闇に目を凝らした。「どうしたの？」

「ものすごく具合が悪いの」キャッシーがそう言って、泣きだした。アントニアはすぐさま床に膝をついてしゃがむと、キャッシーの震える体を抱きよせた。

「体が燃えているみたいに熱いわ」アントニアはつい不安げな口調になって、ちらりとベラを見た。ベラもかなりうろたえているのがわかった。

「それなのに、ものすごく……寒い」歯が鳴るほどがたがた震えながら、キャッシーが苦しげに言った。「寒くてたまらない」

「ベッドに入りましょう」アントニアはキャッシーをゆっくり立たせると、ベラのほうを向いた。「ベラ、メイドにタオルと水を持ってこさせてちょうだい。体を冷やして、熱を下げなければ」

普段は対抗心を剝きだしにするベラも、いまだけは指示してくれる人が現われてほっとしているようだった。ぐったりしたキャッシーを寝乱れたベッドに寝かせながら、アントニアはベラの期待には応えられないかもしれないと不安になった。キャッシーがあまりにも唐突に具合が悪くなったのを考えれば、この病気はかなり毒性が強そうだ。そうだとしたら、できることは何もなかった。

それからの数日は、すべてを忘れて看病に明け暮れた。キャッシーの病気はますます悪化して、アントニアはほぼ不眠不休で付き添った。ベラに看病を代わってもらって、途切れ途切れにわずかな仮眠を取りはしたけれど、それ以外はずっと、ベッドに横たわるキャッシーにつきっきりで、熱い額を冷やし、脱水症状を起こさないように無理やりにでも水を飲ませ、キャッシーが気分が悪くて吐きそうなときには体を支え、とくに何もすることがないときには、やさしい口調で励ました。

滞在している屋敷全体が混乱に陥っていた。キャッシーがどんな病気にかかったにせよ、伝染病であることにまちがいはなかった。大半の滞在客が自室にこもり、数少ない健康な召使はてんてこまいだった。アントニアとベラが病気にならずに、キャッシーを看病できたのは不幸中の幸いだった。

村の医者が定期的にやってきては、性質の悪い熱病だと言った。そう言うだけで、治療と呼べそうなことはひとつもできなかった。村ではすでに何人もの死者が出ているとのことだった。

あるメイドから三人の村人が命を落とし、さらに多くの村人が瀕死の状態だと聞かされたときには、アントニアもさすがに不安でたまらなくなった。不安と疲れで、ラネロー侯爵のことはごくたまにしか思いださなかった。ラネローも病気にかかっているの？　殺しても死にそうにない男性が病に倒れるとは思えなかったけれど、実際のところはわからなかった。ラネローのことを知りたくて、ある日、勇気を奮い起こして、メイドにほかの滞在客はどうしているのかと尋ねた。けれど、若いメイドは数人分の召使の仕事をこなすのに手いっぱいで、大半の客が病で寝込んでいると言っただけだった。それぐらいのことは、アントニアもすでに知っていた。

もしかしたら、ラネローは屋敷を離れたのかもしれない。健康な客は伝染病が広がっていると知るやいなや、そそくさと帰っていったのだから。

もしかしたら、ラネローに会うことはもう二度とないのかもしれない。もしもキャッシーの快復に時間がかかったら、さもなければ、考えたくはないけれど、もし快復しなければ、わたしがロンドンに戻る理由はなくなる。ラネローにふたたび邪な誘惑をされることもない。人生からラネローが消えてくれるのなら、安堵するのが当然というもの。けれど、悲しいことに、何につけてもそう単純には考えられない性質だった。

疲労の靄の中でなんとか動きまわって、看病に明け暮れる日々が続くと、小川のほとりの火花散る出来事は記憶のかなたへ押しこめられた。あれは夢だったのかもしれない、そんなふうに感じるほどだった。自分ではなく、誰がべつの人の身に起きたことのよう。さもなければ、いつか見た芝居の一場面のようだ。キャッシーの命を救うための奮闘に比べれば、あのときの情熱や後悔など、蚊に刺されたほどの痛みでしかなかった。

アントニアがどれほど身を粉にして看病して、気を揉んでも、キャッシーはか細い息遣いでどうにか命をつないでいるだけだった。若くて、あれほど元気だったのに、あっというまに衰弱してしまうなんて……。原因もわからず、これといった治療法もない病のせいで、アントニアの胸の中は無力感と激しい怒りでいっぱいだった。一日、また一日と、時間はじりじりと過ぎていき、キャッシーはますます弱っていく。そんな日々の中で、不合理な現実への憤りだけが、アントニアの気力を支えていた。

ミスター・デマレストをパリから呼びもどすべきだろうか？　考えあぐねて、決断できずにいた。けれど、キャッシーの容態はいつ急変してもおかしくなく、そうなれば、デマレストが帰国する頃には、キャッシーの命は尽きてしまうだろう。ならば、わざわざ呼びもどさずに、ベラの手を借りて看病を続け、キャッシーの生命力と若さが病を克服するのを祈ったほうがよさそうだった。

そう、いつでも祈っていた。祈りのことばが意味を失ってしまうほど、何度も。

お願いです、神さま、キャッシーを死なせないでください。お願いです、キャッシーを助けて……。

けれど、どれほど祈っても、キャッシーはますます弱っていくばかりだった。きっと、神はわたしの祈りを聞き届けるつもりなどないのだ。わたしのように哀れで罪深い女の祈りなど。

ラネローは厩からペラム邸へつかつかと歩いて、使用人の出入り口から中に入った。そのほうが便利なのだ。それに、ラネローは形式を重んじる性質ではなかった。形式がなんの意味も持たないときには、とりわけ。

混沌とした家で暮らしていた子どもの頃には、使用人を家族と同等に感じていた。実のところ、有能な使用人はいかがわしいチャロナー一族より自分のほうがはるかにすぐれていると思っていたはずだ。といっても、有能な使用人がケドン邸で長く働くことはまずなかった。りっぱな貴族の家であれば、躾のなっていない大勢の子どもや、犬や愛人、何人もの居候などいないのだから。

そんな生家に比べれば、いま、廊下を歩いて裏階段へと向かっているペラム邸は、不気味なほど静かだった。この屋敷に滞在する客が相次いで熱病に倒れてから、五日が経っていた。健康な者はさっさと帰っていき、残されたのは病人と、看病する者だけ。それに、相変わらず健康そのもののラネロー侯爵だけだった。

やはり、自分は悪魔に守られているらしい。

二日前には、従者のモアカムが役目を果たせなくなった。そのときにも、しきたりにとらわれない育ちが役に立った。従者が病気で寝込んでいるあいだ、ラネローは身のまわりのことを自分ですることにした。といっても、モアカムが普段やっているようにはいかなかった。

ラネローは足元の汚れたブーツにちらりと目をやって、苦笑いを浮かべた。いつもならブーツは顔が映るほどぴかぴかに磨きあげられている。ご主人さまが汚れた靴を履いて、シャツの前を開き、上着も着ないでうろついているのを知ったら、モアカムは卒倒するにちがいない。

ラネローはモアカムを看病しようとした。だが、主人にそんなことをしてもらうのは恐れ多いと、モアカムはますます具合が悪くなってしまった。そこで、ラネローは看病をあきらめて、戸外の空気を吸って気を紛らわすことにしたのだ。いまも、森の中での爽快な乗馬を楽しんできたところで、これから階上の自室に戻って土埃を洗い流すつもりだった。

この屋敷の女主人も元気だったが、家族も客も病気になり、それだけで手いっぱいだった。ときどき顔を合わせると、今回の騒動でかなりまいっているようだった。さらには、ロンドンへでもどこへでも帰るようにと、かなりはっきり言われた。そうすれば召使の仕事が減るから、と。

そのことばをラネローは聞こえなかったふりをした。

といっても、常識から考えれば、病気にかからないうちにロンドンへ戻るべきだった。聞いたところでは、病に倒れたデマレストの娘が快復する兆しはなく、ならば、破滅もさせられないということになる。

運命が劇的な展開を見せて、デマレストの娘の純潔を守るとは……。

復讐が計画どおりに進まないことよりも、アントニアに会えないことがはるかに気になるのが、自分という男がいかに救いようがないかを物語っていた。良心の呵責など感じずに、アントニアをたぶらかすと決意したところまではよかった。だが、アントニアが昼も夜もお嬢さまのベッドに張りついていては、まるで手出しできなかった。

そうとも言い切れないと運命が味方してくれたように、背後の流し場から誰かが出てくる足音がした。振りかえるとそこには、水の入ったふたつのバケツを持ったアントニアがいた。

「アントニア……」生まれてはじめてことばに詰まって、それだけ言うのが精いっぱいだった。

「ラネロー侯爵」

アントニアも同じぐらい驚いているようで、ぎこちなく一歩あとずさりした。その拍子にバケツの水が跳ねて、埃だらけの石の床にこぼれた。アントニアは驚いているだけではなかった。顔は蒼白で、いつ倒れてもおかしくないほど疲れているようだった。不本意にも、またもや胸が疼いた。

考える間もなく、歩みよると、アントニアの手からバケツを奪った。「こんなものはメイドに運ばせればいい」

それを聞いて、アントニアが不快そうに口を引き結んだ。「メイドの大半が病気なのよ。そんなことも知らないなんて」そう言うと、いかにも見下すような視線を投げてきた。どうやら、最後に会ったとき以来、たっぷり時間をかけて、ラネロー侯爵は救いようのない悪党だと心に刻みつけてきたらしい。「こんなところで何をしているの?」

皮肉を言われても、アントニアに会えた喜びは消えなかった。そうだ、会いたくてたまらなかったのだ。魅惑的な口から飛びだす非難さえ懐かしかった。「ちょうど厩から戻ったところでね」

「そうではなくて、なぜ、まだこの屋敷にいるのかと訊いているの。健康そのものなのに、ここに留まっているのはあなただけよ」

ラネローは肩をすくめた。「きみだってここにいる」

残念ながら、それはどう考えても的外れの返事だった。アントニアの態度を和らげるために、そんなことばが口をついて出たのかもしれないが、それで手なずけられる相手ではなかった。

「あなたはロンドンに帰るべきよ」アントニアがきっぱり言った。「いまのこの屋敷ではあなたは邪魔者。それでなくても召使は山のように仕事を抱えているのだから」

ラネローは穏やかに笑った。うぬぼれた男ならいまのことばに傷ついているはずだ。だが、自分の無数の欠点の中に、虚栄心だけは含まれていなかった。「といっても、いまだけは、ぼくがいてよかったときみは思うだろうな。さて、このバケツは階上《うえ》まで運べばいいのかな?」

その必要はないとアントニアが断ろうかどうしようか迷っているのが、はっきりわかった。けれど、常識が勝ったらしい、小さくうなずいた。「ありがとう」

「どういたしまして」わざと丁寧に応じると、バケツを持って、使用人用の階段に向かった。

「屋敷の裏側をよく知っているのね」なんとなく批判的な口調だった。

「それを言うなら、きみもだろう」そう応じて、一歩わきによけると、アントニアをさきに歩かせて、絨毯も何も敷いていない木の階段をのぼっていった。

「わたしは使用人だもの」そのことばに怒りが混じっていないか考えたが、そんな感情は微塵も感じられなかった。「まさか、メイドのお尻を追いかけてここまで来たのではないでしょうね？　それでなくても、メイドは大忙しなのに」アントニアが淡々と言って、長い睫越しに冷ややかな視線を投げてきた。

今度こそ声をあげて笑わずにいられなかった。そのせいで、水がこぼれないようにバケツを持ち変えるはめになったけれど。「きみにはずいぶん嫌われているらしい」

このときばかりは、アントニアの表情が読めなかった。「ええ、嫌いよ」

そのことばはとうてい本心には聞こえなかったが、わざわざ指摘するのはやめておいた。アントニアが放蕩者のラネローに惹かれているのは、まちがいないのだから。

ああ、そうだ、互いに惹かれあっている。

それに、アントニアはいつ倒れても不思議はないほど疲れ果てている。いまこのときだって。

二階に上がったところで、大きな音がするのもかまわずにバケツを床に置いて、アントニアの腕をつかんだ。となれば、アントニアは身をよじって逃れようとするはずだった。なんといっても、前回は互いに鬱々とした気分で別れたのだから、野蛮で常識はずれな男と思われていても文句は言えなかった。流行病《はやりやまい》のせいで、この五日というもの、小川のほとりでのおこないを反省する時間はたっぷりあったが、粗野な男という印象をぬぐい去る機会は得られずにいた。

「きみはそうとう疲れている」心配しているというより、怒っているような口調になった。いや、心配でないわけではなかった。ただ、疲れ果てたアントニアを見るのが堪えられなかった。

「ええ、そのとおりよ」アントニアがやけにきっぱり言いながら、疲れてうつろな青い目で見あげてきた。

そこではじめて、いつもと何かがちがうことに気づいた。アントニアは眼鏡をかけていなかった。変装を見破るような者が、墓場まがいのこの家の中をうろついているはずがないと考えたのだろう。

着ているのはごわついた茶色の服。その上に染みのついたエプロンをつけていた。どういうわけか、そんな服装が生まれながらの気品を引きたたせていた。やはり、ミス・アントニア・スミスには本人が明かした以上の何かがある――直感がそう叫んでいた。「キャッシーには重いものを運ばせるメイドはいないのか？」胸に渦巻いている感情が、アントニアの体を心配するあまりの怒りだとは思いたくない。だが、それ以外に考えようがなかった。

見つめてくるアントニアの視線は揺るがなかった。〝あなたはまるでわかっていない〟とでも言いたげな視線だった。「もちろん、ミス・デマレストにはメイドがいるわ。ベラというそのメイドも、わたしと同じぐらい働いているわ」

なれなれしく呼ばないように、暗に注意されているのはわかった。けれど、それは無視した。いまはアントニアのことしか考えられなかった。「きちんと体を休めなければ、きみが病気になってしまう。見るからに疲れた顔をしているよ」

「ご心配ありがとう」アントニアが淡々と言って、一歩近づいてくると、バケツをひとつ持ちあげた。「ここからは自分で運べるわ」

ラネローはため息をついた。どんな女でも落とせる放蕩者のはずなのに、その魅力が失せてしまったのか……？　いつもなら、ことばだけで女を口説き落とせた。それなのに、アントニアが相手だと失敗続きだった。

アントニアを易々と遮って、もうひとつのバケツを手に取った。「ぼくが何を言わんとしているかはわかるだろう？」アントニアは抵抗することもなく、もうひとつのバケツをあきらめた。そんな素直さも、疲労困憊《こんぱい》している証拠だった。

アントニアが鋭い目で睨んできた。「ラネロー侯爵、心配するふりをして誘惑しようとしているのね。そこまでするとは驚きだわ」

アントニアの反撥心が戻ってきたと思うと、嬉しくてたまらなかった。アントニアは人生に夢も希望もないかのような顔をしていたのだから。打ちひしがれて、すべてをあきらめたような顔は見たくなかった。

「いや、心から心配しているよ」さらりと言って、階段をのぼりはじめた。「ぼくはそこまで非情じゃないからね」

うしろを見なくても、アントニアがついてきているのはわかった。「それはまた感動的だわ」

「きみには元気で生き生きしていてほしいんだ。そうすれば、きみとベッドをともにできるからね」うなるように言った。「それに、黙っていろとは言わないでくれよ。壮麗な墓みたいなこの家の中では、誰も聞き耳など立てていない。たとえ聞き耳を立てられる者がいたとしても、そういう者は仕事を山ほど抱えて、きみとぼくのあいだに何が起きているかなんて気にする暇もない」

「何も起きていないわ」アントニアが淡々と言った。「あなたにはチャンスがあったのに、それをみすみす逃したんですもの」

ラネローは驚いた。小川のほとりでの緊迫した出来事を、アントニアが気軽に口にすると は意外だった。放蕩者の自分のほうが、それについては気軽に話せる気分ではないのに。まったく、アントニアはどんな女なんだ？　見当もつかなかった。

「あのときはどうかしていたよ」ラネローはつぶやくように言いながら、質素な扉を肩で押しあけた。その扉を抜けると、ミス・デマレストの部屋に通じる廊下だった。「だが、あの一件できみに責められるとは思ってもいなかった。ああ、約束しよう、この次はけっしてチャンスを逃さない」

あんなことは二度と起きないと言い返されるのはわかっていた。ところが、アントニアは黙りこんだままだった。やはりいつもとはちがうのだ。そう思うと、またもや胸が疼いた。

「どこに置けばいい？」わざとぞんざいな口調で尋ねた。「きみの部屋かな？　それともキャッシーの？」

「あなたはなぜ……」アントニアが言いかけて、口をつぐむと、歩みでて、自分の部屋の扉を開けた。「ここでも使用人を買収したのね。あなたがこの国でいちばんのお金持ちでよかったわ。お金を撒き散らして、いくらでもずる賢いことができるんですもの」

怒っている口調ではなかった。ラネロー侯爵にはそもそも善行など期待していないと言いたげだった。むしろ、それが愛おしいと感じているかのような口調だ。

アントニアは何もわかっていないのか？　腹をすかせたトラを愛おしんでどうするんだ？

腹をすかせたトラのことは、恐れなければならないのに。

けれど、いまだけは、自分をトラだとは思えなかった。女に救いの手を差し伸べる男、それが自分だと感じていた。しかも、心から欲している女に。アントニアとともに過ごすわずかな時間がまもなく終わると思うと、この世にひとりきりで取り残されて、腹を立てている子どものような気分になった。

アントニアとともに過ごすだって？　勘弁してくれ、ここに拳銃はないのか？　女の眉の形を褒めたたえる詩を書くようになるぐらいなら、頭を撃ち抜いたほうがまだましだ。

アントニアのあとについて部屋に入ると、剝きだしの木の床にバケツを置いた。部屋にはアントニアの香りが満ちていた。とたんに、しなやかな体を腕に抱いたときの記憶がよみがえった。そこは小さな部屋で、ベッドが押しつけてある壁の上のほうに、おざなりの小窓がひとつついているだけだった。ロンドンでアントニアが使っている豪華な寝室に比べれば、まるで物置だ。狭くて、風が通らず、みすぼらしくて、質素だった。

それに散らかっていた。といっても、それはしかたのないことだ。この五日間、アントニアはキャッシーにつきっきりだったのだから。部屋の散らかりようが、どれほど必死に看病を続けているかを物語っていた。

狭いベッドの上に服が脱ぎ散らかしてあった。茶色や灰色、褪せた黒のドレス。その中に一枚だけ、真っ白なネグリジェがあった。くだらないとはわかっていても、それを着たアントニアの姿が目に浮かんで、胸が高鳴った。

アントニアとふたりきりになったら、今度こそためらわないと胸に誓っていた。そしていま、ふたりきりになった。だが、残念ながら、場所もタイミングも悪かった。目下のところ、この家はほとんど機能していない。それでも、ここでアントニアをわがものにしたら、手痛い代償が待っているのはまちがいなかった。

そして、ふたりの身分のちがいを考えれば、代償を払わされるのはアントニアのほうだ。

「ありがとう」アントニアが低い声で言うと、切なくなるほどうつろな目で見つめてきた。やめてくれ、まさか涙を流すんじゃないだろうな。泣かれでもしたら、平然とはしていられない。

「さあ、座るんだ」苛立たしげに言いながら、腕組みをして、アントニアを睨んだ。盗み聞きされるのを警戒して、声はひそめていた。「安心していい。何もしないから」

アントニアは反論する気力もないようで、ベッドにぐったりと座りこんだ。手持ちの服をすべて広げたかのような、くすんだ色ばかりのドレスの真ん中に。

腹の中で苛立ちが渦巻いた。その苛立ちに、欲望や好奇心、さらには、ふたりでいると不本意ながらかならず湧きあがってくる尊敬の念が混ざっていた。この自分が立ち去ったら、アントニアは即座にキャッシーのようすを見にいくのだろう。アントニアには少しでいいから体を休めてほしかった。それなのに、その気持ちをことばにする勇気が出なかった。アントニアの顔に浮かぶ悲しみと不安は、キャッシーを愛するがゆえのものだった。アントニアほど固い意志の持ち主なら、自分の命をなげうってでも、愛する者を救うにちがいない。

キャッシーはなんて幸せ者なのか……。

そんな思いをあわてて頭から消し去った。そうしなければ、頭の中に永遠に刻みこまれてしまいそうだった。愛など厄介なだけだ。愛など欲していない。ああ、欲したことなど一度もない。これまでの経験から、どんな愛の告白にも、裏には身勝手な要求が隠れているのはわかっている。そうと知りながらも、キャッシーに対するアントニアの尽きることのない献身が、胸の奥深くにある何かに響いた。

そんなことを考えていると、どうにも落ち着かなくなった。

「もう行くよ」ラネローはアントニアに背を向けて、扉のほうへ向かった。といっても、扉までは二歩もなかったけれど。

「ええ」アントニアはうつむいて、膝の上で握りしめた手を見つめていた。

10

ラネローは本気で部屋を出るつもりだった。そこは薄情な男がいる場所ではないのだから。キャッシーが隣の部屋にいては、アントニアを口説き落としてベッドに押し倒すわけにもいかない。それでなくても、狭い寝床の上で、アントニアにはじめての経験をさせる気にはなれなかった。

それなのに、足が床に貼りついてしまったかのようだった。

アントニアは見るからにはかなげだった。〝はかない〟などということばは、勇ましいミス・スミスとは無縁のはずなのに。優美な細い首に目が吸いよせられた。うなだれているアントニアの首には、信じられないほど豊かな淡い金色の髪がかかっていた。めずらしく髪を下ろしているのだ。いつものミス・スミスならば、そんなことはけっしてしないはずだが、その髪型がみごとなほど似合っていた。アントニアは背を丸めて、膝の上で華奢《きゃしゃ》な手をそわそわと組みあわせていた。その細い手を見ると、やはり切なくてたまらなくなった。

きっと食事もろくにとっていないのだろう。眠ってもいないはずだ。いや、キャッシーが病に倒れる前から、放蕩者のせいでよく眠れずにいたにちがいない。この自分はほんとうに見下げ果てた男としか言いようがない。アントニアを動揺させて鼻高々でいたとは。いまは、それを誇る気になどとうていなれなかった。

さあ、部屋を出ていかなければ。アントニアは疲れ果てて、大きな悩みを抱えている。ひとりになりたがっているのだ。

それなのに、勝手に足が引きかえしていた。気づいたときには、アントニアの隣に腰を下ろしていた。

「ラネロー？」アントニアが弱々しく言って、不安げな目でちらりと見てきた。

アントニアはいつになく頼りなく見えた。ミリセント・レストンの舞踏室で会ったドラゴンのようなお目付け役とはまるで別人だ。いま思えば、束の間とはいえ、お粗末な変装にすっかり騙されたのが滑稽に思えてならなかった。

「静かに」ラネローは気まずく感じながらも、穏やかに言った。

密通以外の目的で、女の寝室に入ることには慣れていなかった。けれど、いまは、アントニアを押し倒して、官能に溺れるつもりなどなかった。どれほどそうしたいと望んでいても。

このままアントニアへの渇望が止まらなければ、欲求不満で死んでしまうかもしれない。ふたりの距離が近すぎて、アントニアが緊張するのがわかった。また邪なことを考えているのだろうと、疑われているはずだった。そうだとしても、誰がアントニアを責められる？

大人になってからは、女を前にしてためらったことなどなかった。それなのに、いまは大いにためらいながら、片方の腕を伸ばして、細い肩を抱いた。アントニアがぎくりと身を固くして、不安げに顔を曇らせた。

「何を望んでいるの？」いつもほど鋭くはなかったが、それでもきっぱりした口調だった。なんて強い女性なんだ。そうだ、強すぎる。少しは気を緩めたほうがいい、さもないと、ぽきりと折れてしまう。

「ここはわたしの寝室で、すぐ隣にキャッシーがいる。キャッシーは病に臥《ふ》せっているけれど、耳が聞こえないわけではないわ」鬱々とした口調だった。「わたしがここであなたの思いどおりにさせると思っているなら、あなたはとんでもない愚か者よ」

「ミス・スミス、そこまで疑われているとは心外だな」ラネローは笑みを浮かべて言った。アントニアのこわばる体を自分の体にぴたりと引きよせた。とたんに、女らしいぬくもりが全身に伝わってきた。たしかに、アントニアに会いたいと思っていた。けれど、どれほど会いたくてたまらなかったか、いまようやく気づいた。「何もしないよ」

「あなたは嘘つきだわ」

「ああ、たいていは」アントニアの体から力が抜けていくのを感じながら、素直に応じた。「でも、いまだけはちがう」

「いまのわたしには口喧嘩する気力もないわ」アントニアがつぶやくように言って、身を寄せてきた。ふたりの体はまるでぴたりと寄り添うために作られているかのようだった。

「たしかにそうだ」ラネローは悲しげに言ってから、考えた。この世に女はごまんといるのに、なぜ、アントニアなんだ？　なぜ、アントニアだけが、この胸の奥底に埋もれていた高潔な騎士道精神に火をつける？「それに、きみが即座に降参したら、ちっともおもしろくない。もう一度、勝負できるようになるまで待つよ」

アントニアが肩に顔を埋めてくると、何日も呼吸していなかったかのように、ぎこちなく息を吸いこんだ。「あなたはほんとうに意地悪な悪魔ね」

「そのとおり」ラネローはやさしく言って、動こうとするアントニアの体にまわした手に力をこめた。放さないと言わんばかりに、さらに引きよせた。

また非難されるのは覚悟の上だった。けれど、アントニアは何も言わず、抱擁からも逃れようとしなかった。

部屋に暖炉はなかったが、五月初旬にしては暖かかった。アントニアの肩にまわした腕に、やわらかさとぬくもりが伝わってくる。アントニアの肌からは、草原の花とかすかな汗の匂いが立ちのぼっていた。その組みあわせがなぜか刺激的だった。

頭をめぐらせて、豊かでやわらかな髪に顎をつける。慰めるためだけに女に触れたことなど、いままで一度もなかった。幼い頃に姉のエロイーズにそうしたことを除けば。

「泣いているのか？」意外なほど心休まる長い沈黙のあとで、囁くように尋ねた。

「いいえ」アントニアが苦しげに答えて、シャツに包まれた肩にさらに顔を埋めてきた。アントニアの片腕が腰にまわされるのがわかった。もっと抱きよせてほしがっているかのように。ラネローならそうしてくれるとわかっているかのように。

女の涙に心を乱されたことも、これまでは一度もなかった。涙を流す女なら、うんざりするほど見てきた。女の武器として誰よりも涙を巧みに使った母親から、芸術的なほど美しく泣いてみせる女まで。

それなのに、アントニアがこらえきれずに涙を流していると思うと、何かを殴りたくなるほど心が揺さぶられた。

どうにかして、いつもの冷笑的な自分を目覚めさせなければ。ふたりの関係が終わる前に、いつもの自分を取りもどさなければ、アントニアは本気で泣くはめになる。

けれど、いつもの冷笑的な自分は、散らかったこの部屋に入ってこようとしなかった。

アントニアの顎の下に片手を滑りこませて、抵抗されるのを感じながらも、顔を上に向けさせた。「いま、嘘をついたのは誰かな?」

「この涙は……疲れているせい、それだけ」アントニアが弱々しく言った。「大丈夫よ。ほんとうに」

この期に及んでもまだ、アントニアは闘っていた。そんな姿に敬意を抱かずにいられなかった。といっても、すでに限界に近づいているのは、アントニア自身も気づいているにちがいない。痩せてやつれた姿を見れば、誰だってわかる。涙の跡のある蒼白のげっそりした顔を見ただけで。

「わかっているよ」そう言ってから、ラネローは顔をしかめて尋ねた。「キャッシーの容態はそんなに悪いのか？」

「ええ」アントニアが頬の涙をぬぐった。けれど、そこをまた新たな涙が伝い落ちた。

ラネローはデマレストの娘に同情などしたくなかった。なんとしてもベッドに連れこむつもりでいる以上、その娘については何も知りたくなかった。世間知らずのあのお嬢さまは復讐の道具。それ以上のものに思えるようになったら、無情ではいられなくなる。

けれど、アントニアがこれほど苦しんでいるのに、無情でいられるわけがなかった。〝若くてあれほど健康だったキャッシーなら、重い病を克服できる〟などと、月並みな気休めをわざわざ口に出す気になれなかった。賢いアントニアがそんなたわごとを信じるはずがないのだから。

「かわいそうに」

「なんとしてでもキャッシーを助けるわ。絶対に」アントニアがシャツを握りしめた。

「けっして死なせたりしない」

愛する人を救うとアントニアが固く決意しているのは、予想どおりだった。こんな女性がいつも傍らにいてくれたら、どんな気分だろう？　まるで見当がつかない――その事実に胸がずきりと痛んだ。

身を屈めて、アントニアの唇の端にそっと口づけた。その口づけは塩辛い涙の味だった。

「キャッシーを助けられるのは、きみしかいない。だから、少し休むんだ。それから、キャッシーのところへ行って、病に打ち勝つんだ」

アントニアのほてった顔にかかる巻き毛を、そっと撫でつけた。赤い目と赤い頬をしたアントニアは、怯えきっているように見えた。それもまた思ってもいないことだった。上流階級の美女を相手にして目が肥えている放蕩者が、そんなことにも気づかずにいたとは。

「わたしにとってキャッシーは妹のようなもの」アントニアがかすれた声で言った。「キャッシーがいなくなるなんて堪えられない。これまでにも……多くの人を失ったのに」

秘密を打ち明けるような口調だった。頭の中のどこか奥のほうで、いまこそ秘密を探りだせという声が響いた。それと同じ声が、いまこそ誘惑しろとせっついていた。アントニアの心の盾が崩れかけているのだから、この家に誰がいようと躊躇《ちゅうちょ》するな、と。たしかに、この部屋に入るのを誰にも見られなかった。それに、隣の部屋は静まりかえっている。いまなら邪魔が入ることはないはずだ。

けれど、頭の奥で響く声を無視した。それは思っていたより簡単だった。

自分が根っからのろくでなしなのはわかっている。けれど、この世でいちばんのろくでなしでも、この状況につけこんで女の体を奪えるはずがない。

「きみがいてキャッシーは幸せだよ」心からそう思った。

「なぜ、そんなにやさしいの？」口調にいつもの警戒心が表われていた。

「さあ、どうしてだろう」正直な気持ちだった。正直でいることに心が満たされた。それ自体がふたりの関係の多くを物語っていた。

アントニアが苦しげに笑って、それがやがて途切れ途切れのすすり泣きに変わっていった。

「それこそ、わたしたちね」

ラネローは相変わらず、アントニアの涙の跡が残る顔にかかった髪をそっと撫でつけていた。涙で長い睫が濡れて、唇が赤く腫れている。唇を奪いたくなるのを必死にこらえた。アントニアを見つめていると、心の中で何かが動いた。その感覚は放蕩者としてのいつもの衝動を押しとどめるほど圧倒的だった。そしてまた、美しい青い目をふたたび輝かせてやらなければという決意がこみ上げてきた。アントニアを元気づけるためのことばを、必死になって探した。

「すぐにまた、キャッシーはロンドンの舞踏会できみに追いかけっこをさせるよ」どうしても慰めたくて、そう言った。

アントニアのふっくらした唇がゆがんだ。そのことばになんの根拠もないのはわかっている、そう言いたげだった。「励ましてくれるのね」また泣きだしそうな顔をして、アントニアがぎこちなく息をひとつ吸った。「ほんとうにそのとおりになってほしいわ、ニコラス。

あなたの言うとおりになるように、祈っているわ」

アントニアがいまにも泣きだしそうな顔を胸に埋めてきた。震える手でシャツを握りしめられると、ラネローはショックで動けなくなった。名前で呼ぶように求めたわけでもないのに、アントニアがそう呼んだのは、これまでたった一度きり。火かき棒で殴ったあとで、その名がつい口から滑りでたときだけだ。そのときの純粋な復讐の天使と、いま目の前にいる打ちひしがれた女性が同一人物だとは、とうてい思えなかった。

といっても、芯の強さは変わらない。この胸に身をあずけて、いかにも悲しげに泣いていても、本質にある強い意志ははっきり伝わってきた。キャッシーが熱病で倒れて以来、たっぷり泣いて気を鎮めるのは、これがはじめてなのだろう。

肌に熱い涙を感じると、片方の手でアントニアのうなじを押さえて、引きよせずにはいられなかった。さらにもう一度、くだらない気休めをつぶやかずにはいられなかった。

そんなことをして役に立つのかどうかはわからない。悲しみの靄に包まれたアントニアに、そのことばが届いているのかもわからない。アントニアはひたすら身を寄せて、身も世もなく泣いていた。そんなアントニアを抱いていると、ラネローは誰かを殴りたいという衝動に駆られるばかりだった。

やがて、涙が止まった。

これまでは抗ってくるアントニアが好きだった。勝ち気で、次々と飛びだす気の利いたことばが大好きだった。そしていま、心から信頼しているように身を寄せてくるアントニアのことも、好きでたまらないと気づいた。

けれど、心から信頼できる相手などこの世にいるはずがなく、信頼したところで最後には裏切られるのが関の山だ。そしてまた、信頼されていると思いこみ、あとで裏切られれば、待っているのは失望だけだった。

信頼などというものがこの世にあるわけがない。

アントニアは長身の生き生きとした女性だ。身を縮めて小さくなっているお嬢さまとはまるでちがう。けれど、いまは、いかにもはかなげで、いつくずおれても不思議はないほど弱っている。ラネローはアントニアの肩にまわした腕に力をこめながらも、なんとしても守りたいという衝動にはなんの意味もないと自分に言い聞かせた。

それでもやはり、それが真実だとは思えなかった。

アントニアの乱れた髪に頰をこすりつけた。アントニアがおとなしく抱かれているとは意外だった。なんといっても、この自分がどんな男かよく知っているのだから。ああ、最初から知っていた。いつもの棘だらけの心の盾が消えているのは、アントニアにとってこの数日がどれほど苦悩に満ちていたかという証拠だった。

それを逆手に取るんだ――頭の奥でまた例の声が響いた。

ああ、この次は――その声に心の中で応じた。なぜ、いまではないのかと疑問を抱きながら。

アントニアを思いやっているのか？　そんなはずはなかった。何かを欲したら、考えるのは自分のことだけ、それがラネロー侯爵なのだから。

それなのに、体の関係を強いることなくアントニアを抱いていた。慰めるためだけに抱いていた。

アントニアが身を起こした。気づくと、ラネローは抱擁を解きたくないと願っていた。アントニアが震える手で頬の涙をぬぐった。少女のようなしぐさが愛おしかった。

「ありがとう。やさしくしてくれて」

ラネローは体を離して、顔をしかめた。「いや、やさしくなどないよ」

「普段はそうかもしれないけれど、今日だけはちがったわ」アントニアの唇がぴくりと動いて、いつもの皮肉っぽい笑みが浮かんだ。「心配しないで、誰にも言わないわ。誰かに話したところで、信じてもらえないでしょうし。天下の放蕩者のラネロー侯爵が、一時間も女性の寝室にいて、ボタンのひとつもはずさなかったなんて、誰も信じないわ」

「ずいぶん元気になったようだな」ラネローはそっけなく言った。

「ええ、元気が出たわ」アントニアが自分でも意外そうに応じた。とはいえ、抱擁と慰めのことばが功を奏したのか、思うぞんぶん泣いたせいですっきりしたのかは、わからなかった。

いずれにしても、さきほど階下で会ったときとはがらりと変わって、さほど打ちひしがれたようすではなくなっていた。

女たらしとしての腕が錆びついたのかもしれない、ラネローはふとそんなことを思った。寝室でラネロー侯爵とふたりきりでいたら、アントニアは射撃場に迷いこんだネコのようにびくついていなければならないはずなのに。

といっても、守りたいというくだらない衝動を抱かせる前から、アントニアはいっしょにいても怯えることはほとんどなかった。ラネロー侯爵のような放蕩者が言い寄っても、普通の女のような狼狽は見せなかった。

怯えることも知らないほど、アントニアは世間知らずなのか?

アントニアが小さくはなをすすって、ポケットの中を探った。ラネローはため息をついて、ハンカチを差しだした。「使うといい」

「ありがとう」相変わらず顔には皮肉っぽい笑みが浮かんでいて、その表情は涙の跡とちぐはぐだった。「やっぱりやさしいわ。あなたはもうすぐ頭の上に光の輪をつけた天使になるんじゃないかしら」

「それだけは勘弁してもらいたい。ぼくが何を求めているかはわかっているだろう」

金色のまっすぐな眉の下にある青い目は鋭かった。「わかってるつもりだったわ」

口達者なことで有名なラネローだったが、なんと言えばいいのかわからなかった。それに、自分は不道徳で冷淡だと言ったところで、無理に悪ぶっていると思われるのがおちだ。今日の言動を考えれば、そんなことばに説得力はなかった。

立ちあがった。まだ落ち着かなかった。これまでは取り乱したことなどないのに。人にどんな印象を与えているかと不安になったことも、一度もなかったのに。

「キャッシーのようすを見にいくわ」相変わらずアントニアに見つめられているのがわかった。

「ああ、そうするといい」

それでも、立ち去る気になれなかった。といっても、いま、アントニアをわがものにするつもりもなかった。正直に言えば、以前から無理やり奪うつもりはなかったのだ。アントニアが元気なときに、情熱的に自ら体を差しだしてほしかった。打ちひしがれて、不幸のどん底で苦しんでいる女をベッドに押し倒す趣味はないのだから。

「廊下を確かめるわ」アントニアがそう言って、立ちあがった。

「廊下……そうだな」

ラネローは混乱していた。もしかしたら、ついに謎の熱病にかかってしまったのかもしれない。何かがどうしようもなくまちがっていた。獲物として狙いをつけた女といっしょにいて、こんな行動を取っているとは信じられなかった。

アントニアがすぐそばを通ると、木綿のスカートがカサリと魅惑的な音をたてながら脚に触れた。これほど狭い部屋にふたりでいたら、体が触れあわないわけがなかった。

肌のすぐ内側で欲望が煮えたぎっていた。興奮で早くも体の一部が硬くなり、アントニアを抱きたくて手がちくちくするほどだった。励ますためではなく、ひとりの男が真に欲している女をわがものにするために。

アントニアが小さく扉を開けて、廊下を覗くと、すぐに扉を閉めて振りかえった。「誰もいないわ」

そのひとことでは納得できなかった。いっしょにこの部屋を出ると約束してくれなければ気が済まなかった。熱病のような渇望にすっかりからめとられていた。もしかしたら、ほんとうに熱病にかかったのか？　いつになく頭がくらくらしていた。

「今夜、会ってくれるね」切羽詰まった口調で言って、アントニアの手を取ると、唇に持っていった。手のひらに熱く口づける。手の震えが伝わってきた。

アントニアが顔をしかめて、困惑の表情を浮かべた。これまでに数えきれないほど目にしてきたその表情も魅惑的だった。不埒なラネロー侯爵を頑として拒むドラゴン女がよみがえろうとしていた。

問題は、頑なだろうと、はかなげだろうと、どちらのアントニアにも息が止まるほど魅了されてしまうことだった。

「それは無理だと、あなただってわかっているはずよ」アントニアの声がかすれていた。泣いたせいかもしれない。あるいは、欲望を抱いているせいなのか……。

「いいや、会えるさ」ことばだけでなく態度でも説得しようと、アントニアの手を握りしめた。「家の中がこれだけ混乱していたら、きみがどこに行こうと、誰も気にも留めない。それを言うなら、このときばかりは、ぼくの行動も誰も気にしやしない。そうだ、だから問題は何もない」

アントニアがつないだ手を引きぬくと、非難するような視線を送ってきた。ほんの少し前まで、まどろむ子ネコのようにぐったりと、この腕の中に身を任せていたのに、いまはまるで別人のようだった。「何も知らないふりをするのはやめてちょうだい、ラネロー。大問題になるかもしれないのは、あなただってよくわかっているはず。あなたが問題を起こそうとしているのよ」

なるほど、ドラゴン女がよみがえったらしい。だが、束の間とはいえ、アントニアはやさしく、柔順な部分を垣間見せた。ここでアントニアをひとりきりにさせたら、また柔順な女性がよみがえるのだろうか？

「勇気を出すんだ。ぼくたちは互いに強く惹かれあっている」

否定されるのを覚悟した。けれど、ここでもまた驚かされた。「感情のままに行動したら、それこそ破滅するわ」

一瞬、ラネローは口をつぐんで、そんな思いがアントニアのどこから湧いてきたのかと考えた。「湖の向こうに東屋がある。知っているだろう？」

「ええ」

「みんなが寝静まったら、そこで会おう」

アントニアが首を横に振った。そのしぐさに迷いはなかった。「キャッシーについていなけれぱならないわ」

「今夜はメイドに代わってもらえぱいい」

アントニアがあとずさりして、ベッドにぶつかった。部屋はウサギ小屋並みに狭かった。アントニアがそんな扱いを受けていると思うと、なぜか腹が立った。アントニアは絹のドレスとダイアモンドと大理石の広間が似合う淑女として生まれた。もしベッドをともにしたら、愛人になることにアントニアは同意するのだろうか？　そう考えただけで興奮して、火がついたように体が熱くなった。

アントニアがまた首を振って、体のわきで両方の手を握りしめた。「わたしは行かないわ」

ラネローは一歩でアントニアの目の前に立つと、うなじに片手を滑りこませた。さきほど手を離してからというもの、また触れたくてうずうずしていた。やわらかな髪に指をくすぐられた。青い目をまっすぐに見つめて、屈してしまいたいという思いが表われていないか確かめた。アントニアが常識を捨てて、欲望に屈したがっているのはわかっていた。「今夜だ、アントニア」

この期に及んでも、アントニアはなんとかして逃れるのだろう……。けれど、実際には、震えながら立ち尽くしているだけだった。ラネローは身を屈めて、やわらかな唇に口づけた。

口づけはいつものとおり芳醇だった。無言で同意するかのように、アントニアの唇がそっと口づけに応じた。

頭を上げると、美しい顔に切望がはっきり読みとれた。とたんに、全身の血が沸きたった。そうだ、アントニアも求めている。互いに同じだけの欲望を抱いている。けれど、アントニアはそんな経験ははじめてで、それが欲望だと気づいていないのだ。

ラネローはくるりとうしろを向いて、部屋を出た。

11

「トニー、大騒ぎするのはやめて」アントニアが体を拭こうとすると、キャッシーはさも不機嫌そうに身をよじった。

キャッシーがようやく回復しはじめたのは、アントニアが自室でラネローと奇跡とも思える時間を過ごした日の夜だった。ベッドの上でラネローに抱かれたのに、体を奪われなかったとは、いま考えても信じられない。あれほどやさしくされたのも、やはりいまだに信じられなかった。

〝やさしさ〟ということばは、ラネロー侯爵とは無縁だと思っていたのに。いいえ、そうではないと気づいていてもおかしくなかったのだ。ロンドンの寝室で、その気になればラネローはわたしを奪えた。小川のほとりでも、そして、この田舎の邸宅でも、その気になれば奪えたのだ。けれど、三度とも無理強いしなかった。それは、思いやりがあったからにほかならない。認めたくはないけれど、どのときもわたしは本気で抗っていたわけではないのだから。

約束の夜から三日が過ぎていた。その三日のあいだ、ラネローに会いたいという願望を抑えられたのは、自分でも意外だった。ラネローがそばにいなければ、分別を発揮するのもそうむずかしいことではないのだ。

もちろん、東屋には行っていない。どうやらわたしは救いようのない愚か者ではなかったらしい。ラネローに口づけられると、何も考えられなくなってしまうのは事実ではあるけれど。あの口づけ。いまでも目を閉じれば、要求を突きつけるようにしっかりと手に触れたラネローの唇の感触がよみがえってくる。そしてまた、唇に甘く口づけられたことも。

ラネローは信じられないほど矛盾したいくつもの面を持っている。だから、わたしは混乱してしまうのだ。

それでも、ラネローと離れていると、自分の進むべき道がはっきりわかった。いままた、上流社会の掟《おきて》を破るような危険な真似はできない。アントニア・スミスとしての人生に息が詰まりそうになるのはしょっちゅうだけれど、それでも、その人生が安全なのはまちがいなかった。

キャッシーが急激に快復したおかげで、苦渋の決断を下さずに済んだ。それを思いだして、アントニアは知らず知らずのうちに笑みを浮かべていた。キャッシーがこちらを見て、意味のあることばをはっきり話したときの、驚きと感謝の念が胸によみがえる。といっても、むずかしい話をしたわけではない。〝水がほしい〟と言っただけ。けれど、それまで熱病で汗びっしょりになってうなされていたのに、快復の兆しが見えた二日後には、キャッシーは早くも意味のあることばを話したのだった。

それからはようやく、眠っているキャッシーを眺めても、胸が苦しくなることはなくなった。顔はやつれているけれど、澄んだ目をしたキャッシーが朝に目覚めるたびに、アントニアは感謝の祈りを捧《ささ》げたくなった。

そして、三日後の今日、キャッシーは部屋に閉じこめられていることに苛立っていた。もちろん、以前のように自由に動きまわれるほど快復したわけではないけれど、文句を言えるぐらいには元気になったのだ。しかも、何度も何度も文句を並べるぐらい。そのせいで、アントニアは悲鳴をあげそうだった。献身的なベラでさえ、怒りっぽいお嬢さまに我慢しきれなくなっていた。

「陛下に行きたいわ」この一時間で、何度そのことばを聞かされただろう。キャッシーはそう言っては、しばらく激しく咳《せ》きこむのだ。それこそが、ベッドを離れるのはまだ早いという証拠なのに。

そんなキャッシーに堪えきれず、アントニアはフランネルの布を湯の中にぽちゃんと落とした。「今朝、こっそり立ちあがろうとして、わたしに助け起こされたのを憶えているでしょう?」

「でも、いまはあのときよりはるかに元気になったわ」キャッシーが不機嫌そうに言って、頭からネグリジェをかぶった。

「明日は階下に行けるかもしれないわね」アントニアは昨日と同じことを言った。

そうして、大きなため息をついて、キャッシーから離れた。もうへとへとだった。滞在している屋敷が通常の状態に戻ったわけではなく、これまでと同じようにベラと交代で、昼も夜も看病するほかなかった。といっても、ときが経つほどに、キャッシーの病気がぶり返すことはないと確信できた。これからキャッシーが気をつけなければならないのは、忠実なお目付け役のミス・スミスにカーテン留めで首を絞められることかもしれない――アントニアはふとそんなことを思ったりした。

「いますぐに行きたいの」

「階下に行っても誰もいないわ。元気な人たちはとっくに屋敷を離れて、残った人はみな、病気か回復中かで自室にこもっているのだから。階下に行っても、ここにいるのと同じぐらい退屈よ」

幸いにも、運がなかったひとりのメイドを除けば、ペラム邸で死者は出ていなかった。もちろん、村ではそういうわけにはいかなかったけれど、それでも、流行病は下火になっていた。

「どっちにしても、退屈なのね」キャッシーがベッドにごろりと横になって、ふくれっ面で天井を見つめた。「ねえ、いつロンドンに戻るの？　ここに来たのはまちがいだったわ。ラネローー侯爵も病気なの？」

アントニアはまたため息をつきたくなった。病気になって以来、キャッシーが放蕩者の求愛者のことを口にしたのは、これがはじめてだった。

「いいえ」

キャッシーは相変わらず天井を見つめていた。「だったら、ロンドンに戻ったのね」

「どうかしら」正直にそう答えると、ベッドから離れて、洗面器と布を片づけた。キャッシーと目を合わせたくなくて、わざとそうしたのだ。目が合えば、ラネローと自分がもはや憎みあっている敵同士ではないのを、知られてしまいそうだった。だからといって、いま、どんな関係なのかはわからなかったけれど。

「田舎にはもううんざりだわ」キャッシーが不機嫌そうに言いながら、体の下に敷いてあるシーツをぐいと引っぱった。

「明日、体調がもっとよくなったら、ここを出ましょう。短い旅ですもの、心配ないわ。レディ・ハンフリーもご自宅が病院のようなありさまで困っていらっしゃるわ」

キャッシーの顔がぱっと明るくなった。「ええ、そうしましょう、トニー」

アントニアはキャッシーからの賛同を得られそうにないことを、あえて口にした。「もしかしたら、バスコム・ヘイリーに戻ったほうがいいかもしれないわ。あなたは重病だったのよ、キャッシー。死んでしまうかもしれないと心配でたまらなかった。心配しすぎて、ほかのことは何も憶えていないほど」

キャッシーがお目付け役の心配を跳ねのけるように、苛立たしげに手を動かした。「わたしが死ぬはずがないわ。これから社交界の花になるんですもの」

「いいえ、その前にもとどおりの健康な体にならなければ。ダンスに夢中になるのはそれからよ」アントニアは釘を刺した。

予想どおり、キャッシーが素直に応じることはなかった。「もう行ってちょうだい、トニー。もうすぐベラが来るわ。あなたの小言は聞きたくない」

「本を読んであげようと思っていたの。いい暇つぶしになるでしょ？」

キャッシーがふくれっ面でそっぽを向いた。「本なら自分で読めるわ」

昨日も、そして今朝も、キャッシーのわがままを無視して、そばについていた。けれど、キャッシーが腹を立てるほど元気になったのなら、ほんの数時間だけ、ベラひとりに世話を任せても大丈夫かもしれない……。

この部屋にうんざりしているのは、キャッシーだけではなかった。といっても、ここは風通しがよく、明るくて、しつらえも贅沢《ぜいたく》だ。お目付け役に割りあてられた食器部屋並みに狭苦しい部屋とは大ちがいだった。

一瞬目を閉じた。ラネローのたくましい体のせいで、それでなくても狭い部屋がますます狭く思えたときのことが、頭に浮かんだからだ。そのときのことは考えないようにしていたけれど、そんなことができるはずがなかった。とりわけ、キャッシーが回復しはじめて、看病だけに気持ちを向けなくてもよくなってからは。

あのときに、ひとつだけはっきりしたことがあった。ラネローは予想どおりの堕落した悪人ではなかった。

そうよ、ただの堕落した悪人であるはずがない。さまざまな面を持っているのが、ラネローの魅力のひとつなのだから。

こうしてラネローに惹かれていると、いかにも若いお嬢さまらしくジョニーに夢中になったのは、いっときの気まぐれでしかなかったと痛感させられる。けれど、そのいっときの気まぐれで、人生をめちゃくちゃにしてしまったのだ。だとしたら、ラネローに惹かれたせいで、どんな災難が待ちうけているの?

「トニー、出ていってと言ってるのよ」アントニアが答えずにいると、キャッシーがもう一度言った。「わたしはひとりになりたいの。あなたとベラのせいで、ひとりの時間がまるでないんですもの」

「あなたが病に臥せっていたとき、わたしとベラがついていなかったら、あなたは一日だって生きていられなかったのよ」アントニアは少し嫌味をこめて言った。「少しは感謝なさい。かわいそうに、昨日、ベラは泣きながら部屋を出ていったわ」

根はやさしいキャッシーが、ばつの悪そうな顔をした。「ベラったら、ほんとうにおせっかいなんですもの。あれでは口うるさいおばあさんみたいだわ」

「あなたを愛しているからよ」

「そうかもしれないけれど……」キャッシーが申し訳なさそうにちらりと視線を送ってきた。口調からも苛立ちが消えていた。「ベッドの上で過ごすのに飽き飽きしているの。だから、たまにはひとりきりになったほうがいいのよ」

「そうなんでしょうね」アントニアはグラスに水を注いで、ベッドの傍らのテーブルに置いた。「でも、ベラに八つ当たりしてはだめよ。ほとんど寝ずにあなたを看病したのだから」

キャッシーが手を握ってきた。「わたしって意地悪なお嬢さまだわ」

アントニアはそのとおりと言いたげに唇を引き結んだが、口にしたのは慰めのことばだった。「わたしたちは三人とも、そろそろ限界なのよ」

キャッシーが手を強く握りしめてきた。「やさしくしないで、わたしは意地悪なんだから」

アントニアはキャッシーの目を見て、嘘偽りのない気持ちを口にした。「わたしはあなたにもあなたのお父さまにもお世話になったわ。何をしても返しきれないほどの恩がある。でも、あなたの世話をしているのは、愛しているからよ。ええ、気晴らしがしたいという気持ちもわからないでもない。でも、体が完全に快復していないのは、わたしのせいでも、ベラのせいでもないのよ」

キャッシーが頬を赤くして、目をそらした。「わかってるわ。ごめんなさい」

「それならよかった」アントニアは穏やかに言った。

キャッシーが視線を戻して、見つめてきた。「でも、トニー、正直なところ、あなただってこの部屋から出たいでしょう？　今夜ひと晩ぐらいなら、付き添っていなくても大丈夫よ。ベラが食事を運んできてくれて、そのあとは寝るだけですもの」

「しっかり休んでね」アントニアは少し明るい口調で言った。「夜の舞踏会に早く復帰するつもりなら、なおさらのこと」

「ええ、ぜひともそうしたいわ」キャッシーがグラスを手に取って、水を飲んだ。「舞踏会はとても楽しかったわ。もう出られないなんて考えたくもない」

アントニアは開いた窓へゆっくり向かった。キャッシーの部屋は、家のわきに広がる手入れの行き届いた庭に面していた。そこからは、ラネローを思いださせる遠くの東屋は見えなかった。月のない夜空に浮かぶ星を見あげた。深い藍色の空にひとつだけ輝く星を。その光景は美しく、穏やかで、心が休まった。すると、ふいに、病や不満とは無縁の新鮮な空気が吸いたくてたまらなくなった。

キャッシーの言うとおりだ。わたしは小言ばかり言っている。アントニアは振りかえった。キャッシーが値踏みするようにこちらを見ていた。その視線に戸惑いながらも、キャッシーの澄んだ青い目に浮かぶ思いを、自分は読みちがえていると無理やり思いこむことにした。

アントニアは扉へ向かった。「庭を散歩してくるわ、用があったら呼んでね」

「今夜はもう用はないわ」キャッシーがやけにきっぱりと言った。「もし何かあっても、ベラがいるから大丈夫よ」

アントニアはテラスに出た。そこはこの屋敷に到着したラネローと、はじめて顔を合わせた場所だった。いま着ているのは、かつて自分がアヴェソン卿の娘だったことを思いださせる数少ないドレスのひとつだった。青いモスリンのそのドレスには、あちこちに手をくわえたけれど、リボンを新しくしようと、ボタンをつけかえようと、どうしようもなく時代遅れのデザインは隠せなかった。さらには、お目付け役の慎《つつ》ましい収入ではとても買えない上等なドレスであることも隠せなかった。

疲れ果てているのに、神経が過敏になって眠れなかった。それを思えば、外を散歩するのはいいことだった。それに、ミス・スミスとしての緊張を強いられる役目から、ほんの束の間でも解放されて、アントニア・ヒリアードに戻りたかった。

澄んだ夜空を見あげた。日中は晴れ渡っていた。といっても、キャッシーの部屋の窓から外を見ただけだったけれど。いまは、夜のとばりが下りる直前の幻想的な時刻。テラスのわきの茂った生け垣の中で、サヨナキドリがさえずっている。それだけで、あとは静まりかえっていた。

何かが起こりそうな予感がして、体がわなないた。

湖の向こうにある東屋へと、足が勝手に向かいはじめた。その東屋なら、ここにやってきたばかりの頃、長い散歩をぞんぶんに楽しんだときに見かけていた。

夕闇が夜の闇へと変わる中、木立を抜ける細い道を進んで、遠くに見える白い小さな東屋を目指した。古代エジプト風とも、古代ギリシア風とも言えそうな東屋は、湖岸からやや離れたところに立っていて、人目につかない隠れ家そのものだった。

ラネローは密会にうってつけの場所を選んだというわけだ。

あるいは、道徳的な観点からは最悪の場所を。

そう考えて、アントニアは苦笑いせずにいられなかった。ラネローの頭の中に道徳心が入りこむ隙などないのだから。

東屋のわきを通って入口へと向かいながら、静かな湖に目をやった。漣《さざなみ》ひとつない湖面に夜空が映り、星が瞬いていた。

「こんばんは、アントニア」

東屋に視線を戻した。低い階段からラネローがこちらを見ていたが、驚きはしなかった。そこにラネローがいるのが、魅惑的な夢の一部のように思えた。もしかしたら、あまりにも疲れて、頭がぼうっとしているせいで、何ひとつ現実とは思えないのかもしれない。

「ラネロー侯爵」囁くように言った。湖を渡ってきたそよ風が、結った髪をふわりと揺らした。

「ニコラスだ」やはり囁くような口調だった。ラネローはポーチのコリント式の柱に寄りかかって、胸の前でゆったりと腕を組んでいた。

「ニコラス」その名で呼ぶのが譲歩のしるしなのは、互いにわかっていた。

星明かりを受けて、ラネローの白いシャツが光っていた。マナーどおりに、クラバットや上着を身に着けることはないの？　そんな疑問が頭をよぎる。といっても、それ以外の細かいことにも気づいた。ラネローを見るまでもなく、気づいていた。その姿は頭の中に刻まれているのだから。端整な顔、ゆったりしたしぐさ、邪な心。

そして、何よりも……。

「来ると思っていたよ」ラネローの口調は落ち着いて、堂々としていた。

闇のせいで、視覚以外の感覚が鋭くなっていた。風に揺れる木々のざわめき。背後の湖の湿った匂い。ひんやりとした宵の風の感触。これから起きることを予感して、肌がほてっていた

「三日も待ちぼうけを食わされたのに？」

「いくらだって待てるさ」ラネローがよどみなく応じた。

アントニアは唇を噛んだ。ここに来ればラネローに会えると、わたしは本気で思っていたの？　ラネローがここにいるということは、今夜こそ愛を交わすという意味なの？　心のど

こかで、その答えは〝イエス〟だと感じていた。

「逃げだすつもりかな?」ラネローがさりげない口調で尋ねた。相手が同意しようが、拒絶しようが、気にしないとでも言いたげに。とはいえ、あたりが闇に包まれていても、ラネローの胸が期待ではちきれそうになっているのがわかった。

「逃げたほうがいいのでしょうね」

ラネローが背筋を伸ばすと、ゆっくりと階段のいちばん下の段まで下りてきた。わたしが驚いた鳥のように逃げだすと思っているらしい。身を守る本能をほんのわずかにでも持ちあわせた女性なら、そうするはずなのだから。

ラネローは不可思議なほど落ち着きはらっていた。低い声には人を説き伏せる力があり、同時に、ビロードのようにやわらかい深みがあった。「さあ、どうする?」

「人をいたぶるのはやめて」アントニアはきっぱり言った。

「きみは夕方の散歩に出てきただけのふりをしているみたいだな」

まさにそう自分に言い聞かせたのだった。といっても、それが真実だとは思えなかったけれど。

この東屋にやってきたのは、ラネローが待っているのを知っていたからだ。頭の中では、そのことにはっきり気づいていた。けれど、ラネローに対しては、そこまで正直にはなれなかった。「あなたがここにいるとは思わなかったわ」

目が闇にだいぶ慣れてきた。ラネローが笑うと、真っ白な歯が見えた。「いや、ぼくがここにいるのを知っていたはずだ」

いまさら見栄を張ってどうなるの？　わたしがラネローに対して抵抗する術を持ちあわせていないのは、まもなく明らかになるのだから。いいえ、それはもうラネローも知っているはず。

「ええ、知っていたわ」相手に聞こえないほどか細い声で答えた。

それでも、そのことばが挑戦状のようにふたりのあいだに横たわった。

すばやく抱きかかえられるの？　そんな思いが頭をよぎると、息もできないほど興奮した。数メートル離れていても、ラネローの切羽詰まった思いが手に取るようにわかった。沈黙が緊迫感を増していく。何かが起きるのを感じとったかのように、風も止まった。

なぜ、ラネローはまだわたしに触れていないの？　わたしが抗わないのは、お互いにわかっているのに。

ラネローが星の瞬く空を見あげたかと思うと、すぐにまっすぐに見つめてきた。闇を通して、黒い目の奥の燃える炎を感じた。

「だったら、なぜ？」その質問が刃《やいば》のように夜を切り裂いた。

あまりにも唐突な質問で、アントニアは喘ぐように笑わずにいられなかった。「あなたがためらっているなんて信じられない。はじめて会ったときから、あなたはわたしをベッドに押し倒そうと企んでいたのに」

ラネローが動いて、ブーツが地面にこすれる音が響いた。といっても、近づいてきたわけではなかった。「そして、きみは鋼《はがね》の決意で抵抗した」

「いつもそうだったとは言えないわ」アントニアは渋々認めた。

「ああ、たしかにきみは屈した。意に反して屈したんだ」

「そう、いまここにいるのも、意に反しているわ」そう言って、ドレスをぎゅっと握った。そのドレスを選んだのも、ラネローに会えると心のどこかで思っていたからだ。だから、アントニア・スミスではなく、アントニア・ヒリアードのドレスを着てきた。ラネローには正体を知られていないけれど、今夜、わたしはほんとうの自分としてラネローと愛を交わす。

「ああ、そうなんだろうね」

ひやりとした感覚が全身を駆けぬけた。希望を打ち砕かれたような感覚が。「気が変わったの？」

「いや。気持ちはいつだって、きみだけに向いているよ」

そのことばは本心に聞こえた。そのことばを信じたかった。「少なくとも、あなたはわたしにそう思わせたいのよね」苛立たしげに応じた。

「きみがほしくてたまらないのはほんとうだよ」

ラネローに一歩近づいた。「わたしに口づけたくないの？」切羽詰まった気持ちが口調に表われていた。「わたしはいまここにいる。ここにはふたりきり。わたしたちを止める人はいないわ」

「ぼくがのぼせあがっていると思っているんだな」

「ええ」

ラネローが穏やかな声で笑った。「そうかもしれない。それなのに、どうしてきみはここにいるんだ?」

とっさに思った——何かくだらないことを言って、ラネローを満足させようか。そうすれば、おしゃべりをやめて、口づけてくれるはず……。けれど、やはり本心を口にした。

「キャッシーよ」

「キャッシー?」わけがわからないと言いたげな口調だった。

どう言ったらわかってもらえるだろうと考えた。なぜラネローにわかってもらおうとしているのかということも考えた。「キャッシーは命を落としてもおかしくなかった」

「ああ、そのとおりだ」ラネローがさらに何か言ってくるのを期待した。けれど、ラネローは口をつぐんで、謎を明かせと無言で催促した。これほど相手の気持ちがわかるのは危険極まりなかった。けれど、その親密感を叩き壊すだけの勇気はなかった。

「キャッシーが病気になって、人生がいかにはかないものか思い知らされたわ。ほしいものは、手に入るときに、しっかりつかまなければならない、そう気づかされたの」

「つまり、きみがほしいのはぼくだ、と？」

ラネローの作戦ならお見通しだった。わたしのプライドを剝ぎとるつもりなのだ。さもなければ、わたしがすべてをゆだねてくるという幻想を抱いているか。

アントニアは挑発的に顎をぐいと上げた。そうして、足元に引かれているはずの大きな一線をひとつ飛び越えた。遠い昔の中世に戻ったかのように、戦士としての血が全身でたぎっていた。けれど、堂々とした見かけとは裏腹に、胃が縮まるほどの不安を抱えていた。「ええ、わたしはあなたを欲しているわ」

「ついに白状したな」ラネローが息を呑んだ。ほとんど聞きとれないぐらいかすかに。

緊迫した沈黙の中で立ち尽くしていると、ラネローが階段の最後の一段を下りて、目の前に立った。切望する胸の鼓動がひとつひとつ感じられるほどゆっくりと、ラネローの手がうなじに滑りこんできて、目が合うように顔を上に向かされた。

「震えているね」ラネローがやさしく言った。

「ええ、そうよ。怖くてたまらないんですもの。でも、恐れより、切望のほうがはるかに強いわ」

幻想的な星の瞬きのせいで、ラネローの笑みがやさしく見えた。けれど、そのやさしさがほんものだと思ってはならない。たとえ愛人になることに同意したとしても、ラネローの本質を見て見ぬふりをするわけにはいかない。ラネローは肉を食らう獣と同じ。それを忘れたら、わたしは命を投げだしたも同然だ。

「嬉しいことを言ってくれるな」

ラネローの美しく情熱的な唇が、即座に自分の唇に押しつけられても不思議はなかった。そうして、あらゆる道理が一瞬で消え去っても。アントニアはなけなしの正気をかき集めた。

「待って……その前に……」

口ごもって、不安げに唇を舐めた。わたしはジョニーの前でもこれほどどぎまぎしていたの？ そんなはずはなかった。あのときは、愛のためなら何を犠牲にしてもかまわないと、誤った決意に燃えていたのだから。

いまは、そこまで愚かではない。

「ルールを決めるのかな、美しいアントニア？」ラネローが小さな声で言って、首に顔を埋めてきた。とたんに、どうにか保っていたなけなしの理性が崩れていった。アントニアは身震いした。ラネローに触れられていなくても、頭の中でふたつのことを考えるのはたいへんだった。

「ええ……そうよ」かすれたため息をつきながら答えた。

もう少し体を離したかった。そんなことがほんとうにできるかどうか自信はなかったけれど。これまでラネローの腕に抱かれたのは三度だけ。それなのに、その感触がこれほど肌に馴染んでいるのはなぜなの？

「どういうルールかあててみよう」頬が触れあった。「このことは秘密にするというルール、そうだろう?」

頬が軽く触れただけなのだから、何も感じなくていいはずだった。けれど、もちろん感じずにいられない。体が触れあうたびにラネローをますますほしくなる。身も心もうっとりして、頭の中に興奮の靄が立ちこめ、いますぐにラネローの好きなようにしてほしいと願ってしまう。そう、いまもそんなふうになりかけている。けれど、身を守る術のひとつやふたつを講じずに、十年間の貞節を捨てるわけにはいかなかった。

「そうよ」

「ぼくを信じてくれるのかな? ぼくがきみの決めたルールにしたがうと」ラネローの息遣いを鎖骨に感じた。そこでようやく、早くもドレスの襟元が開かれて、あらわになった肩を愛撫されているのに気づいた。新たな官能の漣が全身に広がって、脚の付け根の秘した場所が湿っていく。ラネローのせいで正気を失ってしまいそうだった。いまの話はふたりのあいだに数メートルの距離があるときにはじめるべきだった。触れられて、心がクリームのようにとろけてからではなく。

「あなたを信じるしかないわ」苦しげな口調になった。脚の付け根の疼きがますます強くなる。「それ以外に、わたしに何ができるの?」

「哀れなジャンヌ・ダルクというわけだ。そんな危険な賭けをするとは」軽い口調でからかわれると、またもや全身に快感の震えが走った。

いまにも崩れそうな決意を支えに、どうにか言った。「わたしとの関係を利用して、キャッシーを手に入れるのは許さない。たとえ、あなたがわたしの大胆な行為を世間に公表したとしても」

「そんな卑劣な真似をすると思われているとは、マイ・スイート・ミス・スミス。ぼくをそこまでの策略家だと思っているのか？」

「ええ」そのことばがため息交じりになったのは、首にそっと歯を立てられたからだった。やけに空疎に思える下腹の感覚をまぎらわそうと、脚をもじもじ動かした。けれど、太ももの内側が軽くこすれただけで、ますます欲望に火がついた。早くルールを決めなければ。ラネローに抱かれたら、恍惚として何もわからなくなってしまう。

「賢い女だ」歯を立てていた場所に、今度は唇が触れた。「それなのに、きみはまだここにいる」ラネローの手がわき腹をさすり、乳房ぎりぎりのところで引きかえすのをくり返していた。ドレス越しでも、触れられたところに火がついたようだった。

「わたしは賢くないわ」どうにか考えをまとめようとした。脚の付け根が熱を帯び、触れてほしくて乳房が疼いていては、そう簡単にはいかなかったけれど。

「約束する、これはキャッシーとのこととはいっさい関係ない」

「ありがとう」つぶやくように応じたが、ラネローのことばには続きがあった。

「ただし、何があろうと、キャッシーに対する興味は消えない」

アントニアは身を固くした。わたしのプライドはどこに行ってしまったの？　ラネローがほかの女性を追うのをやめないと言っている以上、わたしはここから即座に立ち去るべきなのに。けれど、意志の力はすでに欲望に打ち負かされていた。「キャッシーを傷つけるのは許さないわ」

「せいぜいがんばるといい」冷ややかなことばは、ゆったりした手の動きとはまるでちがっていた。その手が切望に張りつめている乳房のすぐそばにあった。「ルールはこれですべてかな？」

すべてなの？　官能の海の中で、とらえどころのない思いをどうにかつかまえた。「子どもができないようにしてもらうわ」

ラネローが身を引くと、じらすような愛撫がふいに途切れた。闇の中で、ラネローの鋭い視線を感じた。「わかった」

「返事はそれだけ？」頭に靄がかかっていても、驚かずにいられなかった。「たったひとことなの？」

「いや、できるだけのことはする。絶対にそうはならないとは断言できないからな」ラネローの両手にウエストを押さえられた。期待がふくらんで、空気まで震えているかのようだった。「ほかには？　もしかしたら、契約書が必要かな？」

「あなたにとっては、これもゲームなのね」苦々しい口調で言って、ラネローの腕をつかんだ。堅苦しいルールを放蕩者が守るはずがない。けれど、欲望に燃えるこのときだけは、ルールにすがるしかなかった。

ラネローが身を寄せながら、かすれた声で囁いた。「もうゲームではなくなっているよ」

12

ラネローは薄いドレス越しにアントニアの腰をつかんで、ぐいと引きよせた。興奮した女の香りに、頭がくらくらした。有無を言わさず、腰を突きだして、どれほど求めているかアントニアに教えた。逃れようとしても無駄だ、と。けっして放さないということを。

荒々しく唇を重ねると、アントニアがくぐもった声で抗った。腕をつかんでいるアントニアの手に力がこもり、薄い麻のシャツに包まれた肌に爪が食いこんだ。その痛みのせいで、体の中で吹き荒れる情熱の嵐がいっそう激しくなった。

容赦なく唇を開かせて、口の中を舌でまさぐる。歯を立て、舐めて、味わった。アントニアのことを誰よりも経験豊かな愛人のように扱っていた。

やめるんだ――頭の中で声が響いた。アントニアは何も知らない無垢な乙女なのだから。甘い口づけでなだめすかして、うっとりさせなければ。けれど、欲望は抑えがきかないほど高まっていた。自制心には自信があるのに、欲望をコントロールできなかった。

自分も欲していると言ったにもかかわらず、アントニアは拒むように身を固くして、震えながら立ち尽くしていた。ラネローは腰をつかむ手にさらに力をこめた。アントニアは自らライオンのねぐらに入ってきたも同然だ。いまこそむさぼり食わなければ、かえってアントニアに後悔させることになる。

なんの反応も示さなくても、アントニアは芳醇だった。これほど芳醇な女に口づけたことはなかった。頭の奥で響く声がさらに大きくなる。アントニアは男を知らない純粋な女性だ。気遣わなければ怯えさせてしまう、と。

残念ながら、すでに怯えさせている。

生まれてはじめて自制心を失いかけていた。それほどアントニアを欲していた。胸と胸がぴたりと合わさるほど、しなやかな体を引きよせる。服がどうしようもなく邪魔だった。やめなければ。いますぐに。

唐突に、アントニアの腕がうなじにまわされた。アントニアが苦しげな声を漏らして、情熱をこめて口づけを返してきた。舌が押しいってきたかと思うと、あっというまにふたりの舌が絡みあい、目もくらむほどのダンスを踊った。男としての満足感にうめきながら、ラネローはあらためて細い腰をつかんで引きよせると、股間でいきり立つものを押しつけた。アントニアの体がドレスに包まれていても、頭が吹き飛ぶほどの快感が押しよせた。

これまでの口づけも情熱的だった。だが、この口づけは……天地がひっくり返ったかのようだ。渦巻く川に投げこまれたかのよう、そして、空高く放り投げられたかのようだった。

アントニアがごまんといる女とはちがうのは、最初からわかっていた。けれど、いまのこの激しい情熱は、有名な放蕩者のラネロー侯爵を未知の領域へ放りこむ前触れだった。

未練たらしく唇を離した。ほんのひとかけらの理性がまだ残っていた。これほど夢中になっていても、この場で体を奪うわけにはいかなかった。アントニアにとってははじめての経験なのだから。華奢な体をさっと抱きかかえると、階段をすばやくのぼっていった。じっとしていられないのか、アントニアが体に触れて、首に口づけてきた。火花が散る欲望に身を震わせて、喘いでいた。

東屋の中はさらに暗かった。一瞬、どうしても明かりがほしくなった。いまこそアントニアの目を覗きこんで、欲望にわれを忘れているのか確かめたかった。そう、この自分と同じように。

だが、確かめるのはこの次だ……。

力強く抱きしめて、もう一度口づける。鼓動が雷鳴となって鳴り響き、五感はアントニアの香りと味で満ちていた。こんな状態で今夜を生きて乗りきれるのか自信がなかった。だが、アントニアが激しい情熱を内に秘めていることは、はじめて会ったときに感じとった。強欲な女神。放蕩者にも負けない欲望を持つ女。それがアントニアだった。

予想に反して、ツキがあった。いや、この期に及んで何も予想などしていなかったが、東屋の壁際にはクッションのきいたベンチがぐるりと据えつけられていた。逸る気持ちを抑えきれず、ベンチの上に乱暴にアントニアを下ろして、のしかかりながら、スカートをぐいと引きあげた。

気遣わなければと叫ぶ声が、一気に金切り声になる。全身でうねる血があらゆる音を呑みこんだ。気遣いも、手順も、長年無視しつづけていた良心の叫びも。これほど長いことアントニアを待ったのだ。永遠とも思えるほど長かった。そうして、ようやくつかまえた。いまこそわがものにできるのだ。

アントニアはじっと横たわってはいなかった。目の前にいる男の服を引っぱって脱がそうとしたかと思うと、わき腹をさすり、その手を腰へと滑らせた。

ラネローも手をせわしなく動かしていた。すらりとしたももから、滑らかな絹のような割れ目へと。驚いたことに、その間に触れたのは熱を帯びた素肌だけだった。大胆にも、アントニアは下着を着けていなかった。信じられない。邪魔な下着は引き裂かれて床に落ちるだけと、最初から着けてこなかったのだ。

そうだ、アントニアはまちがいなく大胆だ。欲望を剝きだしにした長い脚で、腰をからめとられた。情熱的な女の匂いにめまいがする。しなやかな体そのものが男を求めていた。ラネローはアントニアの欲望の匂いを胸いっぱいに吸いこんだ。

「待ってくれ……」シャツを引きあげて脱ぎながら、苦しげに言った。

「いやよ」喘ぎながら、アントニアが身を寄せてきた。「もう待てない」

シャツをつかまれたかと思うと、ボタンを引きちぎられた。大きく上下する胸に、アントニアの手がぴたりと置かれた。ふっくらした唇が胸に押しつけられて、歯で刺激される。欲望の炎が赤々と燃えあがった。その歯が乳首をかすめると、ラネローはかすれたうめき声を漏らさずにいられなかった。

なんてことだ、このままでは殺されてしまう。

指を差しいれようと、熱く滑らかな場所を探った。そこは信じられないほど締まっていた。居心地のいいその場所に、いきり立つものが根元まで包まれると考えただけで、全身が熱を帯びてわななないた。アントニアが淫らな叫びを漏らしながら、体を押しつけてきた。もっと奪って、何もかも奪って、と。

ゆっくりと確かめるように、人差し指を差しいれる。第一関節まで、そして、さらに深く。アントニアの秘した場所に力が入り、欲望の熱い液体がほとばしった。

いままた、逸る気持ちをどうにかこらえた。アントニアを巧みに導いて、官能の極みへと引きあげなければならない。頭の中に靄がかかっていても、それだけは憶えていた。いきり立つものを押しこめる前に、手でしっかり準備を整えるのだ。けれど、すでに抑えがきかないところまで来ていた。アントニアの欲望の匂いにすっかり酔って、その酔いは次の日曜日まで醒《さ》めそうになかった。指が締めつけられる。アントニアが支離滅裂なことばを発しながら、胸に口づけの雨を降らせた。それこそが激しく求められている証拠だった。自分が何を言っているのかもよくわからなかった。

「止めてくれ」ラネローはうめくように言った。「ぼくを止めてくれ。このままではきみに痛い思いをさせてしまう」

「いやよ」アントニアが喘ぐように言いながら、我慢しきれずに身をくねらせて、体を押しつけてきた。ラネローは指をかすかに動かした。とたんに、しなやかな体がびくんと跳ねた。

「絶対にいや」

アントニアの手が髪に差しいれられたかと思うと、ぐいと引きよせられて、もう一度情熱的に口づけられた。これほど激しい女を相手にしたことがあるだろうか？　アントニアが息を吐くたびに、それはなまめかしい喘ぎになる。あまりにも強烈な欲望につられて、自制のたががはずれた。

秘した場所をふたたび撫でて、そこが引きしまるのを堪能してから、指を引きぬいた。アントニアには極上の経験をさせたかった。けれど、もはや欲求のままに行動するしかなかった。思うように動かない手で、ズボンの前を開く。そこに閉じこめてあるものを解き放ちたくてうずうずしていた。

だめだ、落ち着くんだ！　目の前にいるのは処女なのだから。自制しなければ、しなやかな体をまっぷたつに引き裂くことになる。

欲望を満たすこと以外、もう何も考えられなかった。アントニアの歯が肩に食いこんだ。

真の痛みが欲求をますます燃えあがらせる。頭の中が真っ暗になった。アントニアをわがものにしなければ。腰を引いて、歯を食いしばりながらも思いきり息を吸って、しなやかな脚のあいだに一気に押しいった。

なんの抵抗もなく、滑らかに深々と。いきり立つものをぴたりと包んだアントニアが、かすれた叫びをあげながら、背をそらせた。ラネローは目を閉じて、ついに望んでいた場所にたどり着いたのを実感しながら、あらゆる感覚が入り混じる蜜の中に溺れていった。

熱。欲望。達成。永遠にそのままでいようとするかのように、アントニアはすべてをしっかり受けとめていた。時間、世界。それまで存在していたすべてと、これから存在するもののすべてが、荘厳な交わりという輝かしい瞬間に溶けていった。

アントニアは完璧だ。夢見たとおりだった。やっとひとつになった。ああ、ついに。

渋々とラネローは目を開けた。その場は闇に包まれて、アントニアの顔もかすかにしか見えなかった。けれど、頭の中まで淫らな女の香りで満たされて、すっかりアントニアに酔っていた。背中にまわされたアントニアの腕に力が入ったかと思うと、いきり立つものが締めつけられた。アントニアが満足げにため息をついて、体をずらすと、さらに深く招きいれた。

楽園へと。

アントニアがまた体をずらして、膝を立て、すべてを包みこもうとした。ラネローは至福のときをひたすら堪能した。

いま動きださなければ、頭がどうかなってしまう。

苦しげにひとつ息を吸って、ゆっくり腰を引く。滑らかに濡れたアントニアの内側の感触がはっきり伝わってきた。これほどの快感はめったにない。緊迫した一瞬、動きを止め、それから、もう一度押しいった。

そこでもまた、ことばでは言い表わせない快感を堪能した。

アントニアも官能の世界の極みを確かめるように、ため息をついた。そうして、自然なしぐさで腰を傾けて、いきり立つものをさらに深々と受け止めた。ラネローの胸の鼓動があばらを叩くほど大きくなった。

目の前の世界がはじけて、大きな光の中に吸いこまれていく。同時に、すべての感覚が戻ってきた。体の中で煮えたぎっている血。アントニアを突いては引く体の動き。興奮をかき立てるかすれた喘ぎ声。死後の楽園を捨ててでも、いま、アントニアを恍惚の頂へと押しあげたかった。

締めつけられる。さらに締めつけられる。アントニアの内側の甘い変化をはっきり感じた。腕を伸ばして上体を起こすと、アントニアを見た。といっても、闇の中で顔の輪郭が青白く見えただけだった。

さらに体を起こした。そのせいで、アントニアが喘いで、腰をいっそう突きあげた。これほど求められているのだから、なんとしても真の絶頂に導かなければ。激しい欲望が湧きあがり、いきり立つものの付け根に力が入った。それでも、すべてを忘れて自分の欲求だけを満たしそうになるのを必死にこらえた。

まだだ。まだ、だめだ。

アントニアの内側が波打ちはじめた。だが、それだけで満足するわけにはいかない。アントニアには数千の火花となってはじけ散ってもらわなければ。これまでとはちがう女に生まれ変わって、その胸の中に、ラネローという男が一生刻みつけられるようにするのだ。ラネローという男の魔力の前では、何もできないと認めさせたかった。

リズムを変えながら、深く貫いた。そのたびに、一瞬、深みで動きを止める。

それでも、求めているものを、アントニアは差しだそうとしなかった。

激しく押しいる。ベンチの上でアントニアの体が滑って、ぐいと押しあげられるほどに。アントニアが喘いで、肩を思いきりつかんできた。しなやかな体の内側がさらに大きく波打つと、ラネローはすべてを忘れそうになった。それでも、アントニアはまだのぼりつめてはいなかった。

すらりとした脚の付け根に荒々しく触れた。アントニアがかすれた叫びをあげて、いきり立つものが熱い液体に包まれた。ラネローはもう一度腰を動かして、アントニアがわななくのを感じた。その体がわななくたびに、ラネローのほうがのぼりつめそうになる。危うく砕け散るところを、どうにか堪えた。顎が痛くなるほど歯を食いしばる。欲望が砲弾となって全身を貫いた。

主導権争いのゲームなど、もうどうでもよかった。望みはただひとつ。アントニアがほしい。それだけだった。

欲望にうめくと同時に、負けを認めるうめき声を漏らしながら、ラネローは思いきり突いて、高く、天高くへと舞いあがった。

恍惚の頂に近づいていく。かぎりなく近づいていく。

アントニアの苦しげな息遣いが、耳の中で渦巻いた。しなやかな体が震えているのは、悦びのせいなのか？　痛みのせいなのか？　それさえもうわからなかった。何がどうなろうと、止まらなかった。すべてを解き放てと、沸きたつ血が叫んでいた。

あと一歩だ。そう感じた瞬間、しなやかな体がわななきだした。アントニアのなまめかしい喘ぎが、甲高い叫びに変わる。官能の頂まであと一歩というその瞬間、ラネローは約束を思いだした。アントニアの中にすべてを注ぎこみたくてたまらなかった。もっとも原始的な方法で、アントニアをわがものにしたくてたまらなかった。

だが、アントニアはこの自分を信じてくれた。

歯を食いしばって、解き放ちそうになるのをこらえた。絶頂にわなないているアントニアに、子種を注ぎこんで応じたくなる圧倒的な衝動をこらえた。アントニアの体の震えが引いていくのを感じながら、ラネローはいきり立つものを引きぬくと、乱暴にたくし上げられたスカートの上で、自身を解き放った。

体を転がして、アントニアの隣に仰向けになった。すべてを使い果たして、息が上がっていた。やがて、呼吸が徐々にゆっくりになり、果てしない満足感が全身に満ちていった。男女の激しい交わりの匂いが立ちこめて、そこに湖の湿った匂いと、めったに人の来ない東屋の埃臭さがかすかに混ざっていた。

感じるのは悦びだけ。いま、ラネローの感覚は野性そのものだった。すべてを解き放って、光り輝く大海をたゆたっていた。

ほかのことは何も考えられない。この忘我の境地が天からの贈り物のように思えた。輝かしい歓喜の瞬間も天からの贈り物だった。

ゆっくりと、ラネローは官能の頂から現実へと舞い戻り、少しずつ頭が働きだした。

やはり現実とは異なる世界から戻ってきたように、アントニアが震えながら息を吸った。アントニアは何か言うだろうか？　何も言ってほしくないと心から願った。いまはまだ。この交わりはあまりにも完璧で、ことばは必要なかった。

ことばを発すれば、まちがいなく口論になる。

口論などしたくなかった。アントニアの奇跡のような体に押しいったときの感覚を記憶に刻みつけ、すべてをわがものにしたのを実感したかった。アントニアが全身全霊を傾けた交わりを、記憶に留めたかった。あれほど正直に欲望を剝きだしにする女には、これまでお目にかかったことがなかった。

何よりも、もう一度同じことをしたいと強く願った。

アントニアがわずかに体を動かして、苦しげな声を漏らした。ラネローの満たされた心に、罪悪感という名の針が突き刺さった。アントニアは痛がっているにちがいない。あろうことか、最後にはわれを忘れて、破城槌《づち》のようにいきり立つもので攻めたててしまったのだから。そんなことをしてしまうとは、真に恥じるべきだ。それなのに、世界を征服したような気分は消えなかった。

何百キロもの錘《おもり》がついているかのように、のろのろと腕を持ちあげると、アントニアの裸の腹の上に置いた。ドレスは乳房の下までたくし上げられていた。ドレスを脱がしもせずに体を奪うとは、この自分はどれほど野蛮なのか……。

といっても、幸福に溺れている野蛮人だ。アントニアのおかげで、これ以上ないほど満たされた。ここまで満たしてくれた女ははじめてだった。もちろん、これまでだって、女とベッドをともにするのは楽しかったが、些細《ささい》な不満が残るのは毎度のことだった。もっと何かがあるんじゃないかと、心の片隅に疑問が湧いてくることは。

それなのに、反抗的で気むずかしいオールドミスのアントニア・スミスが、その何かを経験させてくれるとは。

信じられない。

アントニアの不規則な息遣いが、腕に伝わってきた。畏怖の念も。だが、そう長くはアントニアを黙らせておけないだろう。情熱的な女がこのままおとなしくしているはずがなかった。

目を閉じて、アントニアの肩に額をつけた。大きく息を吸って、芳醇な香りで胸を満たす。その香りが愛おしかった。満たされた女の官能の匂いが混じる爽やかな香りが。

人生がいつでもこんなふうであればどれほどいいか……。

アントニアがためらいがちに髪を撫でてきて、それから、手を離した。ラネローはもっとと求めるように不明瞭な声を漏らした。すると、アントニアの手がまた髪に触れた。なんて情けない男なのか……。そう思ったが、髪を撫でられると、今夜起きたことの、ことばでは言い尽くせない大きな意味が伝わってくる気がした。

永遠とも思えるほど長いあいだ、ふたりはじっと横たわっていた。ラネローはうとうととまどろんでいる気分だった。傍らに横たわるアントニアの手が、うなじに滑りこんでくる。大切な人を守るかのように。エロイーズがいなくなってからというもの、誰かに守られたことなどなかった。

ここでこうして横たわっているのは、楽園にいるようだ。これほどの安らぎを感じることはまずなかった。心の平穏などとっくにあきらめていたのだから。壮麗な官能も含めてアントニアが与えてくれたあらゆる贈り物の中で、この安らぎが何よりも貴重に思えるとは意外だった。

流れに身を任せた。アントニアとの静かなひとときを堪能した。

そのときふと、官能の中で激しい欲望にからめとられて、あることを見落としていたのに気づいた。

反抗的で気むずかしいオールドミスのアントニア・スミスは処女ではなかった。

あまりにも意外で、にわかには信じられなかった。

自分以外の男がアントニアを抱いた。それはおそらく、だいぶ前のことなのだろう。あれほどの情熱と純粋な反応は、男とつねにベッドをともにしているわけではないのを示していた。

アントニアは処女ではなかった……。

アントニアをはじめて見たとき、この自分は誰よりも世事に通じていると自負していた。その傲慢さのせいで見誤ったのだ。

自分が何を感じているのかさえわからなかった。ああ、もちろん驚いている。アントニアが何層もの秘密を抱えているのは、最初からわかっていた。隠れた層がまだあったらしい。もしかしたら、その謎は永遠に解けないのかもしれない。

体を奪ってしまえば、謎など消えてなくなると思っていた。開いた脚のあいだにもぐりこめば、アントニアもどこにでもいる普通の女と変わらなくなる、と。そうだ、そうなるのを望んでいた。アントニアのせいで決意が揺らぎ、眠りを奪われ、さらには、欲してやまなくなる自分が腹立たしかった。

ところが、女らしいしなやかな体を一度味わったが最後、もっとほしくてたまらなくなった。いますぐに、服を剝ぎとりたくてたまらない。いきり立つものを押しこめるとき、アントニアがどんな表情を浮かべるのか見たくてうずうずした。美しい体の隅々にまで触れたい。自分が知っているあらゆる方法で悦ばせたかった。

純潔な乙女ではないとわかったせいで、ますます興味をかき立てられた。

今夜、アントニアの魔力から逃れられると期待していたとしたら、それは完全な誤算だったことになる。この一時間で、その魔力にさらにからめとられたのだから。

やはり何も言わずに、アントニアがうなじから手をそっと離した。そうして、スカートを下げると、起きあがって、窓枠に肘をついた。その動きを、ラネローはぼんやりと感じた。

静かに語りあう気分ではなかった。といっても、永遠に愉楽の記憶に浸っているわけにもいかない。ラネローは渋々と体を起こして座ると、壁に寄りかかった。

夜空が見える東屋の窓を背にして座っているアントニアを、星の光が照らしていた。アントニアが膝を胸の前に抱えた。闇の中に浮かぶ幻のように、月光色の髪が肩にふわりとかかっていた。

髪からいつピンを抜いたのかも憶えていなかった。欲望の虜になって、アントニアをわがものにしたという絶美の悦び以外、ほとんど何も憶えていなかった。これでは野獣と呼ばれてもしかたがない。

「あれは……。あんなに……」アントニアのかすれた声が途絶えた。

ラネローは目を閉じて、しなやかな体に押しいった瞬間の、甘美な感触を思いだした。

「ああ、ほんとうに」

「ロンドンじゅうの女性から、あなたが絶賛されるのも不思議はないわ」口調にミス・スミスならではの皮肉と不快感がかすかに漂っていた。

これまでの愛人のことなど話したくなかった。ああ、絶対に話したくない。早くも、アントニアにのしかかりたくなっていた。あれほど息を切らして自分自身を解き放ったのだから、体力が尽きているのはわかっていたが、それでも、すぐそばにいる妖婦のせいで股間にあるものがまた硬くなっていた。これほどひとりの女に熱くなったのは、十代の頃以来だ。アントニアがどんな魔力を持っているにせよ、その威力は計り知れなかった。

「こっちへ」物憂げに言った。「もっと近くに」

アントニアが横を向いて、窓の外の木立を見つめると、星の光が横顔をくっきりと照らしだした。高い額、まっすぐな鼻筋、繊細なのに、意志の強さを感じさせる口元。その瞬間、ふたたびラネローの頭を不穏な記憶がかすめた。どこかで見たことがある横顔だ。いや、よく似た顔を見たことがある。とはいえ、いまは、かすかな記憶をたどって、その出どころを突き止める気にはなれなかった。

アントニアの口角が下がるのがわかった。なぜだ？　たったいま、あれほどの光り輝く瞬間を経験したはずなのに……。

「アントニア？」答えずにいるアントニアに、もう一度声をかけた。

まさか、悲しんでいるのか？　そんな疑問を抱くこと自体、馬鹿げているのはわかっていた。この関係が終わるまでには、アントニアは悲痛な思いをするに決まっているのだから。キャッシーを破滅させるという計画をべつにしても、この自分はハッピーエンドでふたりの関係を締めくくれるような男ではなかった。

アントニアが闇の中でこちらを向いて、見つめてきた。忌々しいことに、近づいてこようとはしなかった。「これ以上ここにいたら、屋敷を抜けだしていることに気づかれてしまうわ」

なんだって？　わけがわからなかった。こっちはもう一度激しく交わりたくて、うずうずしているのに。

ラネローは真剣な表情でアントニアの腕をつかんだ。「まだ終わっていない」

「いいえ、もう終わりよ」聞きまちがいようのないきっぱりした口調だった。アントニアが腕を引きぬいて、ベンチの上で体を滑らせて離れていった。

てっきり、アントニアも光り輝く官能の世界を、もう一度探索したがっているとばかり思っていた。またもや、うぬぼれて、身勝手な妄想を抱いていたとは……。アントニアに関しては何を予想したところで、まちがいだらけだと、いいかげんに気づいてもいい頃だった。女に頼みごとをしたことなど、これまで一度もなかったのに、気づくと懇願していた。「絶対に誰にも見つからない。だから、いっしょにいてくれ」

張りつめたその一瞬、低い声で発せられた願いが宙に浮かんだ。まるで、あとゆうに一時間はいっしょにいてくれと頼んだかのように。永遠にいっしょにいてくれと頼んだかのように。

いったいぜんたい、どういうことだ？　永遠なんてことばは信じていないのに。

そのときはじめて、苦々しいその事実を悲しく感じた。

くそっ、体を奪ってしまえば、何もかもが単純になるはずだった。欲望が満たされて、ほんのわずかな楽しい思い出を胸に気持ちも落ち着き、何かにとり憑《つ》かれたような気分も消えうせて、ほっとひと息つけるはずだったのに。

それなのに、アントニアを抱いたせいで、溺れてもがき苦しむ男になってしまうとは。たったいま経験した至福の悦びのせいで、さらに果てしない悦びがあるはずだと期待するはめになった。そしていま、胸の中には困惑が渦巻いている。わかっているのは、アントニアを帰したくないということだけだった。

欲望を抱いていては、筋の通ったことなど考えられなかった。それでも、アントニアと離れれば、頭の靄も晴れるのかもしれない。けれど、問題は離れたくないことだ。

「ニコラス……」

アントニアがそれだけ言って、口をつぐんだ。名前で呼んだのを、相手にたっぷり味わわせるように。ラネローは思った――そうだ、アントニアにその名を叫ばせたい。ああ、ふたりが結ばれているときに。以前の愛人の記憶など、すべて消し去って、アントニアにはこの自分、ラネロー侯爵のことだけを考えさせたかった。

なんて身勝手な男なのか……。それはわかっていた。いますぐにここを離れれば、アントニアは無傷でいられるだろう。そうとわかっていても、アントニアから束の間の情事の相手のように扱われるのが、いやでたまらなかった。

「ここにいてくれ」穏やかな口調でもう一度言った。低い声で囁くそのことばに、放蕩者として過ごした長い月日で身に着けた手練手管のすべてを注ぎこんだ。

けれど、手練手管など無残に砕け散った。「だめよ」

いや、どうにかしてアントニアの気持ちを変えられるはずだ。抱きしめたくてたまらなかったが、その前に同意を得たかった。

「さっきは乱暴だった」真の思いに声がかすれていた。アントニアを堕落させようとしているのは事実だが、すべてを嘘で固める必要はなかった。「さっきしたことは言い訳のしようがない。それでも言わせてくれ、あれはきみに夢中になってしまったせいだ。今度はもっとやさしくするよ」

懇願などできるはずがないと思っていた。それなのに、いま、ひたすら謝っているとは。人に頭を下げたことなど一度もなかったのに。

アントニアが短く笑った。けれど、ちっともおかしそうではなかった。「何を言っているの、ニコラス。わたしがいやがることを、あなたはひとつもしていないわ」

どういうわけか、全身が安堵で満たされた。いつもなら、自信に満ちたラネロー侯爵が、誰かに何かを言われて安堵することなどけっしてないのに、アントニア・スミスといっしょにいると、何もかもがいつもどおりではなくなってしまう。

アントニアがいったん口をつぐんだ。次に話しはじめたときには、声が苦しげにかすれていた。「さっきの出来事は、少なくとも真の願いから起きたこと。あなたがやさしくしていたら、それは偽りになるわ」

語気を荒らげて反論したくなるのを、ラネローはこらえた。沸きたつ欲望の下に、思いやりがあった。互いに惹かれているという事実と、そして、そう、やさしさがあったのだ。体をむさぼりあったあとの、アントニアがそっと髪に触れてきたひとときは、黒曜石のようなこの心に深く刻まれた。そうだ、あれはやさしさに満ちたひとときだった。たしかに、アントニアの体を奪ったときは、果てしない欲望を抱いていた。だからといって、欲望がふたりのあいだにあるすべてではなかった。

「あわてて帰る必要はないよ。まだ夜は長い」ラネローは手を伸ばして、アントニアの顎を手でそっと包んだ。

細い体の震えが伝わってきた。見かけほど、落ち着いているわけではないらしい。ラネローは説き伏せる口調でさらに言った。「ぼくが欲望のままに行動する野獣ではないことを、きみに知ってもらいたい」

「欲望のままに行動する野獣のほうがまだましだわ」アントニアがため息交じりに言った。その口調は譲歩を感じさせた。「あなたはいつでも冷静だもの」

ラネローは笑みを浮かべた。アントニアはもう逃げだそうとはしていなかった。手に触れる頬は、滑らかでやわらかく、温かなシルクのようだ。いつのまにか、ラネローはその頬を撫でていた。「きみがそばにいないときはね」

「わたしだってそう」アントニアがつぶやいた。

「それはよかった」アントニアに身を寄せた。「なぜって、きみにはそれ以上のものを見せるつもりだからね」

「ニコラス……」

「しっ、静かに」

アントニアが分別臭いことを言うつもりなのはわかっていた。屋敷に戻って、務めを果たさなければならないとか、そんなことを。いや、もしかしたら、もう二度と会わないとか、そんなことを。

口論などしたくなかった。したいのは口づけだ。そして、見たいのはアントニアの裸身。それから、麗しい体の熱い深みにふたたびこの身を埋めたい。

ラネローという男は欲するものをなんとしても手に入れる。

だから、まずは口づけだ。

問題は、口づけただけで、すべてを見失ってしまうことだ。アントニアがほしくて全身が炎に包まれていては、計画どおりに誘惑できるはずがない。放蕩者のラネロー侯爵がこんなことになっているのを、アントニアは気づいているのか？　ふたりきりでいるだけで、いままで経験したことのない感覚を抱いているのを。

これまでのところ、アントニアから誘惑してきたことはなかった。ああ、そうしてくれたらどれほどいいか。英国一の伊達男が、厳めしいお目付け役の女に骨抜きにされるとは。

ラネローはアントニアの唇に甘く口づけた。それは、小川のほとりでの狼狽した口づけを思いださせた。これまで抱いたことのない感情が、全身を駆けめぐり、胸に突き刺さる。思わず、無理やりにでも主導権を握らなければと気が逸った。欲望で夢中になって、いつのまにか無防備になるわけにはいかなかった。

さっきは、アントニアのことを乱暴に扱ってしまった。いや、あのやり方は心から気に入っていた。アントニアもそれを望んでいたと言った。けれど、心の片隅の何かが、慈しみたいと切望していた。さっきは、燃えたつ官能の海にまっさかさまに飛びこんだも同然だった。今度は、じっくり時間をかけたかった。

アントニアの唇が震えたかと思うと、陽光を受けて目覚めた花のように開いた。その下唇に舌を這わす。さらに芳醇な口づけを堪能しようと、舌を深く差しいれた。アントニアがかすかなため息をついた。これほど近くにいなければ聞こえないほど、かすかなため息だった。

アントニアの唇がさらに開いて、口づけを深めようと、ためらいがちに舌を絡めてきた。目の前にいる男をついさっき、愉楽の天国へ放り投げたのを思えば、アントニアはためらいとは無縁のはずなのに。

揺るぎないその瞬間、興奮がかき立てられた。アントニアを心ゆくまで味わいたくなる。けれど、その衝動を必死にこらえた。美しい体を壁に押しつけて、脚をぐいと開かせたくなる衝動を。

渋々と唇を離した。興奮して息が荒くなっていた。アントニアも同じだ。しがみつくようにアントニアに肩をつかまれていた。

「やさしくするよ」苦しげに言った。

アントニアの顔にかすかな笑みが浮かんだ。これまではすっかり魅了されてしまったが、今度はアントニアを魅了させたかった。「わかっているわ」

驚いたことに、アントニアから口づけてきた。純粋で軽やかな口づけ。それでも、頭が吹き飛びそうなほど驚いた。こちらが仕向けないかぎり、アントニアのほうから体に触れてくることはめったにないのに。

「ニコラス、もう行かなければ」

口づけに呆然としていて、そのことばを理解するのに一瞬の間ができた。手をつかもうとしたが、すでにアントニアは立ちあがって、東屋の中央へと歩きだしていた。

「アントニア……」

「お願い、これ以上面倒なことにしないで」

その声は涙声に近かった。そのせいでまた胸が疼いた。

「明日会おう」切羽詰まった口調で言いながら立ちあがったが、歩みよりはしなかった。ズボンの前が開いているのに気づいて、あわてて閉めた。アントニアが発している緊迫感が、固い意志を表わしていた。「またここで」

体のわきに下ろした手を握りしめて、引きとめたくなる衝動と闘った。今夜のアントニアが与えてくれた以上のものを欲していたが、明日の約束があれば欲望を抑えられるはずだった。

ラネロー、おまえは救いようがないほど重症だ。

厄介ごとや面倒には絶対に巻きこまれたくない――そんないつもの思いが消えてなくなっ

ているのもまた、救いようがないという証拠だった。心に棘だらけの防壁を築いているアントニア・スミスは、厄介で面倒な女の典型だというのに。

「だめよ」そう言いながら、アントニアがあとずさりながら扉に向かった。このまま行かせてしまったら、もう二度と会えない――なぜか、そんな不可解な思いが胸に浮かんできた。

「お願い、無理を言わないで」

「いや、言わせてもらう」密輸品か何かのようにアントニアを奪って、秘密の隠れ家に一目散に駆けこみたかった。だが、唾をごくりと呑みこんで、そんなことはできないと自分に言い聞かせた。そんな場所はおとぎ話の中にしかないのだから。「明日、ここできみを待っている」

アントニアが首を振った。「やめて。お願いだからやめてちょうだい」声が震えていた。いまにも泣きそうになっているのだ。

「人に見つかるかどうかなんてことより、ぼくたちのあいだにあるもののほうがはるかに奥深い」

いまのことばは、ほんとうに自分の口から出たものなのか？　これが冷血で薄情なラネロー侯爵なのか？　いまの自分は冷血でもなければ、薄情でもない。アントニアが永遠にいなくなるわけではないと、確かめたくて必死になっているとは。

さらに情けないことに、この東屋での出来事がアントニアにとっても大きな意味があると確信したくてたまらなかった。アントニアが動揺しているのはまちがいないが、それでも、後悔ではないそれ以上のものを感じていると確信したかった。

「おやすみなさい、ニコラス」アントニアがつぶやくように言って、青白いスカートをひるがえした。

追おうと思えば追えた。つかまえてしまえば、アントニアも抗わないはずだった。

そうと知りながらも、行かせた。細い道を小走りで遠ざかっていく足音を聞きながら、ラネローはベンチに力なく座りこんだ。この世で最高の欲望を経験したベンチに。

13

アントニアは誰にも気づかれずに暗い自室にそっと入った。

震えながら、閉めた扉にぐったりと寄りかかる。体じゅう痣だらけだった。ほてった体の中を流れる血とともに、満足感がゆっくり広がっていく。ラネローの雄々しい香りが全身から立ちのぼっていた。脚の付け根が痛んだ。動くたびに感じる痛みが、今夜、十年のときを経て禁じられた扉を開いてしまったのを思いださせた。

わたしはいったい何を考えていたの？

いいえ、問題は何も考えていなかったこと。本能に支配されてしまった。目もくらむ絶頂感に、体がまだひりひりしている。肌がラネローの愛撫を求めていた。下腹の奥が寂しさに喘いでいる。その寂しさを癒せるのはラネローだけ。そう、ついさっき、ラネローがそうしてくれたように。光り輝く炎に包まれたひとときに、わたしはこれまでとはちがう女に生まれ変わった。

そのとおり、と嘲るような声が頭の中で響いた。これまでラネローが誘惑した多くの女のひとりになった。

困惑と欲望、そこに自責の念が入り混じって、息が詰まりそうになった。唇を噛んで、泣いてはいけない、と自分に言い聞かせる。十年前に人生がめちゃくちゃになったとき、涙はなんの役にも立たなかった。いまだって、泣いてもどうにもならない。けれど、どれほどこらえても涙がこみ上げて、ひと粒の涙が頰を伝い落ちた。ラネローにやさしく触れられて、まだちりちりしている頰を。

偽りのやさしさに満ちたラネローの感触……。

ラネローは大きかった。ジョニーよりはるかに。その大きさを受け止めるのに、どれほど脚の付け根が開かれたかは、はっきり憶えていた。ラネローは深々と入ってきて、ついにわがものにしたと宣言するかのようにいったん動きを止めた。すべてが打ち震えるような輝かしいその一瞬で、ラネローは鋼より強いつながりを築いた。何があろうと断ち切れないつながりを。

ふたりがしっかりつながったという確信が色褪せることはなく、今宵の交わりのひとつひとつを豊かにした。交わりが終わってからのあらゆることも。

今夜、ラネローのことばは真摯に胸に響いた。心の叫びにも感じられた。けれど、それはまやかし。わたしはラネローの欲望の餌食になっただけ。それなのに、ふたりの体がひとつになったとき、ラネローのことを自分の体の一部のように感じた。一生をかけて探しつづけてきた男性だと確信したのだ。

なんて馬鹿なことを。そんなのは愚かで感傷的なたわごとでしかない。

危険で感傷的なたわごと……。

恍惚の頂で揺れていたあの瞬間、自分の体に子種が注がれるのを覚悟した。炎に包まれたあの瞬間、何もかもラネローに捧げたくなった。

けれど、ラネローはわたしを守ってくれた。

身勝手な野獣にはあり得ない行動。

それに、東屋に留まるように強要もしなかった。ラネローはもう一度交わりたくてうずうずしていたはずなのに。すべてを超越した直感で、ラネローの欲望をつねに察知していた。

今夜以降、その直感はいよいよ危険なものになる。

小さく悪態をついて、アントニアは寄りかかっていた扉から離れると、ぎこちなく数歩足を進めた。歩きながらドレスを脱ぎすてる。破れて汚れたドレスは、あとで階下に持っていって、燃やしてしまおう。

服をすべて脱ぎすてて、ナイトテーブルの傍らに立った。息が上がっていた。震える手で蠟燭を灯して、洗面器に水を注ぐ。震えが止まらず、剝きだしの木の床に水がこぼれた。ラネローの香りも何もかも、体からぬぐい去りたかった。

何をしたところで、心の穢れは洗い流せないけれど。

恋煩《わずら》いの青二才のようにアントニアのことばかり考えてぼんやりと過ごしたりはしない。ラネローはそう心に決めていた。それなのに、満たされない欲求——あろうことか、アントニアをわがものにしてからのほうが欲求不満になるとは——を抱えながら一夜を明かした。そうして、翌日、ふたたび東屋へ向かった。

明るい朝日を浴びたその場所は、官能の神秘的な神殿には見えなかった。それどころか、夜の闇が隠していた打ち捨てられた雰囲気が、朝日のもとではっきり感じられた。階段をのぼり、アントニアを抱いて中に入ったことを思いだしながら、扉を抜けた。期待に胸が高鳴りはじめる。これほど早い時刻にアントニアがやってくるはずがないのはわかっていたけれど。

アントニアの幻影から逃れられなかった。やわらかな風に髪を撫でられただけで、しなやかな体の感触を思いだした。この香りも幻なのか？　埃っぽい大理石の床に、足跡が残っていた。いつのまにか、ブーツを履いた足でその足跡をたどっていた。

葉巻に火をつけながら、ゆっくりベンチに向かった。小さな染みで座面が変色していた。ふたりの情熱が、いくつかの焼け焦げとなってそこに残っていても不思議はなかった。少なくともそれぐらいは残っているはずだ。けれど、葉巻をくゆらせながらあたりを見まわしても、ここですべてが変わったことを示すものはひとつもなかった。

いや、変わったのは、この胸の内だ。あろうことか、あのアントニア・スミスのせいで。

ぐったりとため息をつきながら、ベンチに座り、脚を伸ばして、窓枠に頭をもたせかけた。今日もまたいい天気だった。五月にしてはずいぶん暖かい。あとでアントニアを説き伏せて、いっしょに湖で泳ぐのもよさそうだ。

濡れて光るしなやかな体が頭に浮かんで、欲望に血が渦巻いた。その体の一糸まとわぬ姿を、まだ見ていなかった。情けないことに、ゆうべはあまりにも気がせいていた。

アントニアの何かが、この胸の奥で冷たく凍りついていたものを溶かして、尊大なうぬぼれを打ち崩した。そのせいで厄介なことになるのは目に見えていた。ああ、あの快感は並外れていた。いまでも鮮明によみがえってくる。

葉巻を吸い終わると、新しい葉巻に火をつけた。明るい陽だまりの中でぼんやりしていると、心が鎮まって、悲鳴をあげていた欲望が、小さな囁きに変わっていった。少し眠ろうと、目を閉じる。なにしろ、ゆうべはほとんど眠れず、おまけに、その前にも明らかに体力を使い果たしたのだから。

目を開けたときには、日が翳っていた。窓の外をちらりと見て、驚いた。朝だったはずが、もう午後の半ばを過ぎていた。腹が鳴り、軽い朝食を済ませてから、何も食べていないのに気づいた。アントニアに会いたくてたまらず、食事のことなど頭からすっかり抜け落ちていたのだ。

アントニアはまだ来ない。眠っていても、来ればすぐにわかるはずだった。全神経がアントニアに向いているのだから、そばに来たら、その息遣いを感じるはずだった。

どうやら、アントニアは仕事をあとまわしにできずにいるらしい。

今夜は？

期待感がこみ上げて、またもやわけがわからなくなってしまうのは目に見えていた。

いったん屋敷に戻ったほうがいいだろう。台所をあさって、アントニアといっしょに食べられそうなものを持ってこよう。アントニアがここに来たら、欲望をぞんぶんに満たすまで、この東屋にこもることになるのだから。

とはいえ、いまのところ欲望をすべて満たすには、半年はかかりそうだった。

疲れた体の鈍い痛みを無視して、ラネローは立ちあがると、伸びをした。そうして、ゆっくり走りながら屋敷へ向かった。

台所には思ったより人がいた。屋敷が普段どおりになりつつある証拠だった。身勝手なラネローでも、さすがに、誰もが流行病で床に臥せっていればいいとは思わなかった。それでも、がっかりせずにいられなかった。ひっそりしていた屋敷が活気を取り戻せば、人に見つかる心配をせずにアントニアと会うわけにはいかなくなる。

ラネローが台所に入っても、メイドはもう慣れっこになっていた。最初は、メイドたちはラネローをよそ者として扱った。はるかに位の高い貴族として、よそよそしく接してきた。

けれど、ラネローはメイドといちゃつきながらも、けっして手を出さなかった。メイドを押し倒したいと思わないのが、われながら意外だった。中には、愛らしいメイドもいて、そのうちの何人かはその気を見せていたのだから。けれど、今回は、全力で誘惑しなければならない相手がすでにいた。

「はい、どうぞ、侯爵さま。昨日の夕食の残りのローストビーフと手作りのチェダーチーズです」ラネローのいちばんのお気に入りのメイドのメアリーが、白目の皿を差しだした。皿の上には肉とチーズにくわえて、パンやフルーツもたっぷり盛られていた。「いっしょにエールもお持ちください」

「ありがとう、メアリー。腹が減って死にそうだ」嬉しそうなメイドの視線を感じながら、ラネローは皿を受けとった。

「食欲旺盛な男の人はすてきです」

普段なら、そのことばにこめられた淫らな意味を追求するところだが、今日はそんな気分ではなかった。今日は、それよりもっと大切なことで頭がいっぱいだった。たとえば、いったいぜんたいアントニアはどこにいるのか、ということ。

それなりの思慮深さを持ちあわせていたせいで、カッサンドラ・デマレストの陰気なお目付け役について単刀直入に尋ねるわけにはいかず、遠まわしに話を持っていくしかなかった。まずは、病に臥せっているこの家の家族について尋ねて、次に病気の客のこと、そうして徐々にキャッシーの話に持っていった。

そんなことをしていると、正直で淫らな女との人目をはばからないつきあいが、はるか遠い昔のことのように思えてきた。馬番を買収したときに、すでにアントニアの名誉を危険にさらしてしまったが、さらに名誉を汚すような真似をするわけにはいかない。欲望を抱えながら、遠くからアントニアを眺めていたときよりも、体を奪ったいまのほうが名誉を重んじているとは、不可思議でならなかった。

残念ながら、今日はまだ、欲望を抱えながら、遠くから眺めているも同然だった。

ラネローはエールをひと口ごくりと飲むと、メアリーをちらりと見た。「愛らしいミス・デマレストはどうしているかな？　ずいぶん回復したのだろうか？」

「そのはずですよ、侯爵さま」パンをこねていたもうひとりのメイドのジーンが、横から答えた。「朝一番にパンも食べずに発《た》たれましたからね。まあ、そのおかげで、急な出発でも、あたしたちはあわてずに済みました。それにしても、あのお嬢さまの付き添いのやさしいミス・スミスが、なんだかずいぶんあわててましたよ。一時間出発を遅らせれば、レディ・ハンフリーが起きてきて、別れの挨拶もできたはずなのに。でも、またお客さまが帰ったからって、奥さまが気になさるとも思えませんけど。なにしろ珍妙なハウス・パーティーになってしまいましたからね、ほんとうに」

緊迫した間ができた。ラネローは気づくと、驚きを隠せずにジーンのことを見つめていた。

どうにかエールのジョッキを手に取って、ひと口飲んだものの、味はまったく感じなかった。

鳥は飛びたってしまった……。

ジョッキを置くと、どうにか平静を装って言った。「あのお嬢さまは危篤なのかと思っていたよ」

「でも、快復されたんです。といっても、哀れなお嬢さまは、今朝、馬車に乗せられるときも、ずいぶんやつれていらっしゃいました。ナイジェルがお嬢さまを抱っこして階段を下りたんです。ご自分では歩けませんでしたからね」

「ええ、こう言っちゃなんですが、羽根のように軽かったですよ」台所の隅で食事用の銀の蓋を磨いていたナイジェルが言った。

「ミス・デマレストはそれはもう美しいお嬢さまだ」ラネローはジョッキを持ちあげて、カッサンドラ・デマレストに乾杯した。同時に、この自分からまんまと逃れたミス・スミスにも。

アントニアのやつめ……。

「きっと、ロンドンへ戻ったんだろうね」わざとさりげない口調で尋ねた。何気ないそのことばは、自分の耳にもさして興味がなさそうに響いた。不信に思う召使もいなかった。

「さあ、どうでしょう」ナイジェルが銀の蓋に映る自分の顔を見ながら言った。「もしかしたら、そうかもしません。さもなけりゃ、お国に帰られたか」

冗談じゃない！

バスコム・ヘイリーに逃げられたら、計画——両方の女に対する計画——は延期だ。来年まで持ち越すはめになる。

ほんとうなら、キャッシーに逃げられたことのほうに怒りを感じるべきだった。それなのに、激しい怒りの靄の向こうに見えるのは、こちらを見つめるアントニアの瞳だけだった。その体の中に押しいっているときに見た、謎めいた光をたたえる瞳だけだった。逃してなるものか。ふたりの関係が終わっていないことは、アントニアだってわかっている。それなのに、嘘をついて……。

体が震えるほどの屈辱を感じながらも、はっとした。今日会おうという自分のことばに、アントニアは同意しなかった。

この自分はアントニアが会いにくると勝手に思いこんでいたのだ。またもやうぬぼれて、大切なことを見誤った。大きくなるばかりの怒りを抑えて言った。「そろそろぼくも帰ることにしよう」

そうだ、そうしなければ。モアカムはまだ本調子ではないが、昨日から仕事に復帰している。荷を載せた馬車はモアカムに任せて、自分は馬を駆ってすばやくロンドンに戻るのだ。まずはロンドンに戻って、バスコム・ヘイリーのことを考えるのはそれからだ。

なんとしてもアントニアに追いついてやる。そう決意して、ラネローは台所を出ると、一段抜かしで階段を駆けのぼり、自室へ向かった。追いかけっこに胸が躍っていた。

アントニアが夜明けに旅立って縁を切ったつもりでいるとしたら、これから心底驚くことになる。

14

煌々《こうこう》と明かりが灯る宿屋の前で、ラネローは悪態をつきながら馬を降りた。夏のような陽気だったのに、夜になってぐっと冷えこんで、風が吹きすさんでいた。これでは五月ではなく、二月に逆戻りだ。アントニアと湖で泳ぐという果たせなかった願いが、ふと頭に浮かんできて鼻を鳴らした。

にこりともせずに、寒さに震えている馬番に馬の手綱を渡すと、血のめぐりをよくしようと手袋をはめた手をこすりながら、宿屋についている酒場に大股で入った。ここまで馬を駆ってきたのは、頑なな意志だけに支えられてのことだった。常識から考えれば、休まなければならない。嵐に巻きこまれる前に、一夜の宿を取るべきだった。雲をつかむような追いかけっこをしているとなれば、なおさらのこと。アントニアがほんとうにロンドンに戻ったのかどうかもわからない。たとえ戻ったとしても、夜の夜中に訪ねていけるはずがなかった。木をよじのぼって部屋に忍びこめないように、アントニアはすでに手段を講じているはずだった。

ここのところ、哀れなほど常識はずれなことばかりしていた。

そのせいで、可能なかぎり馬を止めずにここまでやってきたのだ。だが、寒さで体が凍え、腹が減ってどうしようもなくなった。馬もそうとう疲れていた。馬の体を温めて、餌をやらなければならない。ここからロンドンまでの最後の二十五キロを走りぬける前に。

酒場の客はまばらだった。夜も遅く、寒いせいもあって、近所の人は自宅の暖炉の前を離れないのだろう。そこにいるのは、こんな荒れた天気の中を旅するラネローのような変人ぐらいのものだった。

炉辺の椅子にどすんと腰を下ろすと、サーロインステーキとローストポテト、エールを注文した。まばらな客がひとりとして視線を寄こさないのがありがたかった。ぽっちゃりしたウエイトレスが意味深長な視線を送ってきたが、それは無視した。

女にまつわる厄介ごとはもうたくさんだ。

すぐにエールが運ばれてきた。ごくりとひと口飲んで、喉の埃を洗い流し、背後の黒い木の壁に頭をもたせかけた。何をしていても、気づくとアントニアのことを考えているのが不快でたまらなかった。

ゆうべ、あんなことがあったのに、なぜアントニアは去ったんだ？　ふたりで官能の極みにのぼりつめたのだから、アントニアだってこの情事の虜になっているはずだ。こっちは何かがはじまったと思ったが、どうやら、アントニアは何かが終わると思ったらしい。

だとしたら、思い知らせてやらなければならない。

これまではじっくり時間をかけてきた。無理強いせずに、選択の余地を与えてきた。だが、アントニアが逃げだしたせいで、ゲームのルールは一変した。逃げたことと、アントニアの腕の中で見つけた至上の愉楽のせいで。

かならずつかまえてやる。ああ、すぐにでも。

目を開けると、少し離れたテーブルに突っ伏している男が見えた。ひとりで飲んでいるその男も、きちんとした身なりの旅行者だった。

男の頭の形と黒っぽい巻き毛になんとなく見覚えがあった。だが、この場で、ちょっとした顔見知りとおしゃべりする気などさらさらなかった。だから、目をそらそうとしたが、遅かった。突っ伏していた男が顔を上げて、まっすぐにこっちを見た。

ジョニー・ベントン……。

なんとまあ、意外な男に会ったものだ。その気取り屋の噂を最後に聞いたのがいつだったかも思いだせないほどだった。

イートン校に通っていたわずかな期間、ベントンは一学年下にいた。また、ラネローがオックスフォード大学で過ごした年の社交シーズンでは、ベントンは社交界の人気者だった。なにしろ、自分を詩人だと思いこんでいるような男なのだ。たしかに、有名な詩人のバイロンより男前なのはまちがいないが、悲しいことに詩の才能は足元にも及ばず、そんなベントンはロンドンじゅうの、さらには、おそらくロンドンの外でも女を傷心させていた。そうだ、当時は英国一の色男と言われていた。陶器にはその横顔が描かれて、英国美術家協会《ロイヤル・アカデミー》に掲げられた肖像画は騒動を巻きおこした。その後、ベントンがバイロンをはじめとする有名な詩人の足跡をたどって大陸に渡ったと、風の噂に聞いたことがあった。

軟弱な色男に気づかなかったふりをして、ラネローは目の前のエールを見つめた。だが、独特の色をした髪と肌を持つラネローに気づかない者はいなかった。

「グレシャム？　きみなのか、そうだろう？　まさか、こんなところで会うとは、わが目を疑ったよ」

軟弱な色男が近づいてくるのに気づいて、ラネローは胃がぞわぞわした。ブランデーを手にしたベントンは、家で主人を出迎える犬のように大喜びしていた。

「いまはラネローだ」冷ややかに応じた。父の若かりし頃の称号がグレシャム伯爵だったことから、学生時代はそう呼ばれていたのだ。グレシャムという呼び名そのものが、ベントンとどれほど疎遠だったかを物語っていた。

ベントンは顔をしかめた。「父上は亡くなったのか？　それはお気の毒に」

「八年前に」ラネローは冷ややかに言った。交友を温めるふりさえしたくなかった。

「ぼくはイタリアにいたからな」勧められてもいないのに、ベントンが向かいの椅子に腰を下ろした。「一週間前に戻ってきたところだ」

どうやら、礼儀はトスカナにすべて忘れてきたらしい。いや、トスカナだかどこだか知らないが、その男がこそこそ渡り歩いてきた場所に。ラネローは椅子の背に寄りかかって、エールを飲むと、向かいに座る軟弱者を見た。

ベントンはだいぶ……見劣りがする。

ふわりとした黒っぽい巻き毛とローマ人のような横顔は昔のままで、たしかにいまでも端整な顔立ちと言えるかもしれない。だが、長年の美食とワインと気楽なイタリア暮らしのせいなのか、だいぶ肉付きがよくなっていた。社交界の新聞やそれなりの数の女性詩人が褒めたたえた輝く黒い目は、どんよりして落ちくぼんでいた。

もしや、麻薬や酒に溺れているのか？ ちらりとそんなことを思った。その腰抜け男に最後に会ってから、ゆうに十年は経っているはずだが、そいつの姿はゆうに二十は老けて見えた。

「家に帰るところなんだな？」ラネローは顔をしかめた。「だが、家はデヴォンじゃなかったか？」

「ああ。でも、いまは南に向かっているんだ」判読しづらい表情で、ベントンが何かを考えるようにブランデーを見つめた。一瞬、その顔が女々しい詩人と重なった。十年前に社交界を席巻《せっけん》した色男の顔と。「用事があって……最北のノーサンバーランドまで行ってきた」

気まずい沈黙ができた。いったいぜんたい、こののろまはどういうつもりなんだ？ 愛犬がたったいま死んでしまったとでも言いたげにふるまっているとは。

「もう一杯やるか？」ウエイトレスが目の前に皿いっぱいの料理を置くと、ラネローはしかたなく尋ねた。

ベントンは相変わらず考えこむように、からのグラスを見つめていた。「ボトルで持ってきてくれ」

ウエイトレスはさきほどラネローを見たときと同じ色っぽい目つきでベントンを見た。けれど、ベントンは話に夢中で、顔を上げようともしなかった。ウエイトレスは尻を振って去っていくと、すぐに戻ってきて、テーブルの上にブランデーのボトルを乱暴に置いた。ベントンが震える手でグラスを満たした。あわてて注いだせいで、テーブルにブランデーがこぼれた。

どうしようもなく居心地が悪かったが、ラネローは食べはじめた。とっとと食事を済ませて、ここを出よう。ベントンが酒場を出るそぶりはなく、おまけに、少し話をしただけで、ベントンから早く逃れたくてたまらなくなった。ベントンがグラスの中身を飲み干して、もう一杯注いだ。震える手で、ブランデーが盛大にこぼれるのもかまわずに。

「酔っぱらってるぞ」ラネローは穏やかに言った。

ベントンが頭を振って、涙をぽろりと流すと、ラネローは背筋が寒くなった。「いや、まだだ。だが、今日は酔うぞ」ラネローがなんと答えようか考えていると、ベントンがうつろな目で見つめてきた。「きみは信じているか？」

ラネローはエールを飲み干すと、どうやってベントンから逃れようか考えた。「何を？　神か？　王か？　ローマ教皇か？　忌々しいカンタベリー大主教か？」

腹立ちまぎれの皮肉も、ベントンには通じなかった。「女だよ。きみの心を永遠に虜にしたひとりの乙女。真に愛する人。心の友。わかるだろう？」

「いや」ラネローはぶっきらぼうに応じた。

地獄にはまった気分だった。自分はもうしばらくここにいられるほど、腹が減っているのだろうか？

「ぼくは信じている。ああ、心から」ベントンがひと息にブランデーをあおると、さきほどよりはいくらか器用な手つきでグラスをまた満たした。

「それはおめでとうと言わせてもらうよ」ベントンが結婚を考えているのだとしても、その結婚に胸躍らせているようには見えなかった。

「それがそうじゃないんだ」ベントンがグラスを握りしめたかと思うと、火床に投げつけた。

グラスが割れる音に、何事かといくつかの顔がこっちを向いた。

ラネローは歯ぎしりした。もうたくさんだ、〝ここから出ていけ〟とぼんくらのベントンに言ってやりたい。学生の頃からジョニー・ベントンが大嫌いだったのは、こんなふうに大げさでわざとらしいことをするからだ。それでも、芝居がかったこの言動の裏に、真の落胆があるのはまちがいなかった。

「その女はおまえと結婚するんじゃないのか?」ベントンの絶望が伝わってきて、つい尋ねた。冷血な放蕩者のラネロー侯爵でも、尋ねずにいられなかった。

ベントンがぎらつく目で見つめてきた。「彼女は死んだんだ」

それは……。

かけることばが見つからなかった。ベントンとは親友でもなんでもないが、悲しみのどん底にある男を、このまま放ってはおけなかった。「それはお気の毒に」なんの慰めにもならないと知りながらも、そう言った。

ベントンの目に涙があふれた。泣いている本人はばつが悪いなどと思っていないのだろうが、ラネローのほうはいたたまれなかった。「彼女は一生忘れられない人だ。彼女の名はこの胸に刻まれている。きみにもそんな経験があるだろう?」

「とんでもない」ラネローは心底ぞっとしながらも、頭の中でまた例の声が響いた。アントニアの中に身を埋めたときに抱いた、どこまでも深い感情を思いだせ、と。そのことばが嘲るように耳に響いたが、聞こえないふりをした。

「だったら、きみのほうこそ気の毒だ」ベントンがもう一度ブランデーを注いだが、グラスを持ちあげようとはしなかった。

ラネローは反論したくてうずうずしたが、どうにかこらえた。ベントンのような落ちぶれた男が、りっぱな侯爵を哀れむとは図々《ずうずう》しいにもほどがある。腹立ちまぎれにステーキにかぶりついた。こんなことならロンドンまで一気に行ってしまえばよかった。

ベントンがグラスに語りかけるように言った。「この十年というもの、異国で暮らしてきたが、彼女のことはかたときも頭を離れなかった。かつて、彼女を裏切るようなことをしてしまったが、その罪を償うために祖国に戻ってきたんだ。彼女はまだ独り身でいると信じていた。ひどいことをしてしまったけれど、それでも結婚を申しこめば、承諾してくれると信じていた」

ベントンは何をしたんだ？　喉まで出かかるその疑問を、どうにか呑みこんだ。関係のないことに首を突っこんでどうする？　おまけに、救いようがないほど陳腐な話じゃないか。お涙ちょうだいの辛気臭い話のせいで、食欲が失せた。ラネローはうなりながら、食べかけの食事をわきに押しやった。

それでも、ぼんくら男のひとり語りは終わらなかった。「ノーサンバーランドの陰鬱な大邸宅に馬で乗りつけて、彼女に会いたいと頼んだ。すると、現われたのは彼女の兄だった。それにはほっとしたよ。もし父親が出てきたら、猟銃で追いはらわれていただろうから。ぼくは彼女の兄に向かって、栄誉ある申し出を口にした。だが、返ってきたことばは、彼女はこの世を去ったというものだった。ぼくと別れた直後に亡くなった、と」

ベントンが泣きながら顔を上げた。堪忍袋の緒が切れそうになっているラネローでも、即座にその場を立ち去るわけにはいかなくなった。どれほどそうしたいと願っていても。ベントンの勝手な打ち明け話を、なんとかしてやめさせられないかと考えた。けれど、疲労と、混沌としたアントニアとの関係に動揺しているせいで、何も言う気になれなかった。

ベントンが絶望に声を震わせながら、話を続けた。「心から愛する人が十年も前に亡くなっていたなんて。筆舌に尽くしがたい仕打ちをしてしまった彼女に、どうやって償えばいいんだ？」

〝筆舌に尽くしがたい〟などという大げさなことばを耳にして、ラネローは顔をしかめた。酔っているにしてもほどがある。このよた者は普通に話ができないのか？「元気を出せ、友よ」

ベントンが唇を震わせて、テーブルを見つめた。そうやって涙をこらえているらしい。

「きみにはとうてい理解できないだろうな。真にひとりの人を愛した者にしか、この気持ちは理解できない」

「ああ、そうなんだろう」

ベントンは自分だけの世界に浸りきり、気のない返事にも気づかなかった。「グレシャム、彼女のことを知っていれば、きみだってわかるよ。ぼくたちが出会ったとき、彼女は十七歳で、あれほどすばらしい女性はこの世にひとりきりだった。すらりと背が高く、淡いブロンドの輝く髪。瞳は早朝の空のように真っ青で、肌は白いバラの花びらのよう。唇は薄紅の花弁。愛の女神ヴィーナスでさえうらやむほどの姿形。チェロの音にも負けない低く甘い声。賢く、思慮深く、機知に富み、勇敢で、気高く、快活で、女戦士顔負けに馬を乗りこなす。そして、ぼくを愛し、愛のためにすべてをなげうった。ぼくは彼女を欺いたというのに」

まさか……。

不吉な予感が全身を駆けぬけて、鉛の錘となってからっぽの胃に居座った。ベントンが語る女は、吐き気がするほど誰かにそっくりだった。

いや、そんなはずはない。寝ても覚めてもアントニアのことが頭から離れなくて、ついあらゆることと結びつけてしまうのだ。ベントンがアントニアのことを話しているわけがない。そんな偶然があるわけがない。

そうだ、ベントンをこれほど泣かせている女は、もういないのだ。十年前にこの世を去ったのだから。

それでも……。

いや、まさか……。だが、アントニアは処女ではなかった。過去に、少なくともひとりの恋人がいたのはまちがいない。そんなわけはないという思いと、アントニアのかつての恋人が、いま目の前にいる惨めたらしいイタチ野郎かもしれないという万にひとつの可能性が、胸の中でせめぎあった。

忌々しいベントンが口にしたのとまさに同じ青い瞳を持つ女が、この世に何人いるだろう？　独特な青い目と、月光のような髪を持つ女がどれだけいる？　生き生きとしたアントニアが目の前に立っているかのように、ベントンはその姿を正確にことばに表わした。

何を馬鹿なことを考えているんだ！　自分はすっかりアントニアの虜になって、そのせいでくだらない妄想をふくらませているのだ。

けれど、無理やりそう思いこんで、この話を終わらせるわけにはいかなかった。ベントンが口にした女の年齢に十を足せば、いまのアントニアの歳になる。醜聞を恐れるあまり、アントニアが地味でみすぼらしいドレスに身を包み、色つきの眼鏡をかけて、控えめなお目付け役を演じているとしたら筋が通る。見る者が見れば、アントニアに貴族の血が流れているのはわかるはずだけれど。

それに、デマレスト家で特別な扱いを受けているのも、説明がつく。アントニアの寝室は貴族の淑女の部屋そのものだ。いくら、キャッシーに気に入られているとはいえ、メイドよりわずかに格上の使用人にあれほどの贅沢をさせるわけがない。

アントニアがベントンの恋人だった？　とても信じられない。信じたくなかった。ベントンのようなウジ虫野郎に、アントニアはあまりにももったいない。

ベントンがしゃくりあげるように息を吸ったかと思うと、テーブルに突っ伏して、これ見よがしにめそめそ泣きだした。ラネローはますます不快になった。ウエイトレスがベントンに駆けよって、あれこれ慰めたが、ベントンはそのことばも耳に入らないようだった。

軟弱者の震える肩を見て、ラネローは顔をしかめた。そうしながらも、頭の中では知ったばかりの事実をせわしなく考えていた。アントニアはベントンのこの世を去った恋人なのか?

ちがうに決まっている。ベントンのかつての恋人には兄がいるらしいが、アントニアに家族はいない。アントニアのほかにもこの英国のどこかに、男の心にけっして癒《い》えない深い傷をつけられる女がいるのだろう。アントニアのほかにも、長身で淡い金髪で、空色の目をした女がいるというわけだ。

好き勝手に広がっていく空想の扉をどうにか閉じて、めそめそと泣いているベントンから視線を引きはがし、ほとんど手つかずのまま冷えた料理に目を移した。胸の中では、ベントンの謎の愛人はアントニアだという声が響いていた。同時に、頭の中では、そんなはずはないという声が響いていた。

自分が知るアントニアなら、この男のとてつもないナルシストぶりに辟易《へきえき》するはずだ。アントニアは誰よりも賢く、疑《うたぐ》り深く、人の真の姿を見抜く目を持っている。少なくとも、この世の男の真の姿を見抜く目を。

だが、ベントンとの情事から、その観察力が養われたとしたら?

ベントンが何かしらひどいことをしたのはまちがいなかった。十年前のベントンは、誰もが息を呑むほどの美青年だった。十七歳のアントニアは世間を知らなかったにちがいない。

端整な顔をしているだけで中身はからっぽの男の手に落ちたお嬢さまなら、世の中にごまんといる。

このろくでなしが、アントニアの人生をめちゃくちゃにしたのか？

ラネローはテーブルの上で拳を握りしめた。殴りかかりたくてたまらず、口の中に錆《さび》の味が広がった。ウジ虫野郎を二度と立ちあがれないほど叩きのめしたかった。

落ち着くんだ、ベントンの話がアントニアのことだと決まったわけではない。腹をすかせた魚がハエに飛びつくように、結論に飛びついてはならない。

そう胸に言い聞かせながらも、いま頭に浮かんでいる憶測は正しいと直感していた。直感がまちがっていることはまずなかった。

卑劣なベントンなど、地獄の底で焼かれるがいい！　こんなウジ虫が、どんな権利があってアントニアに触れたのか。

激しい怒りがこみ上げて、ラネローは目を閉じると、荒々しい憤怒の海に身を沈めた。ベントンはアントニアを知っていた。恍惚の極みにのぼりつめたアントニアのかすれた喘ぎを、このろくでなしは耳にした。いきり立つものを締めつける麗しい体を、このろくでなしは感じたのだ。

ベントンに抱かれているアントニアが頭に浮かぶと、もう怒りを抑えられなかった。ベントンの身勝手な欲望の餌食になった無垢で無防備なアントニア。

ベントンには堪えがたい痛みをたっぷり味わいながら死んでいってもらう。ラネローは軟弱なこの遊び人を殺す喜びをぞんぶんに味わいたかった。

けれど、すすり泣く臆病者をねめつけながらも、決闘を申しこむ気にはなれなかった。

そうだ、まずはきちんと確かめなければならない。といっても、誰が聞いているかわからない酒場で、アントニアの名を口に出すわけにはいかなかった。それに、アントニアのほんとうの苗字《みょうじ》はありふれたものではないかもしれない。ずいぶん前から、スミスという苗字は偽名ではないかと疑っていた。

「ああ、愛する人よ、愛しい人よ」ベントンが頭を抱えるようにして、もごもごと言った。

ラネローはその声を聞かないようにして、湧きあがってくる疑念の渦を鎮めようとした。

アントニアはベントンの恋人だったのか？　いや、そんなのはただの妄想だ。

「愛しい、愛らしいアントニア……」

いま、ベントンはなんと言った？

冗談じゃない。空耳に決まっている。

空耳でなかったとしても、位の高い貴族にアントニアという名の淑女は大勢いるはずだ。

だから、いま耳にしたことばだけでは確たる証拠にはならない。それでも、直感は相変わらず、ベントンが話しているのは、このラネロー侯爵のアントニアに決まっていると叫んでいた。

そう、ラネロー侯爵のアントニアはもしかしたら、ベントンのアントニアだったのかもしれない。許しがたいことに。

ふいに八方ふさがりに思えて、息が詰まった。いますぐに、ここを出なければ。どうしようもなく向こう見ずなことをしでかしてしまう前に。たとえば、このろくでなしを殺してしまう前に。ベントンが遠い昔に別れて、この世を去ったと言われている愛人はアントニアだと決めてかかるのは、常軌を逸している。けれど、アントニアのことを考えずには、息も吸えない。そのせいで頭がどうかしてしまったのだ。外の空気を吸えば、すっきりするかもしれない。

ラネローはすっくと立ちあがって、テーブルにひと握りのコインを投げた。コインが乾いた音を立ててテーブルに落ちても、ベントンは顔も上げずに、自己憐憫《れんびん》に浸っていた。

腹の中で何かを殴りつけたいという衝動が渦巻き、頭の中で答えが知りたくてたまらない無数の疑問がくるくるまわっているのを感じながら、ラネローはつかつかと凍える夜に出ていくと、馬番にぶっきらぼうな口調で馬を連れてくるように命じた。

15

ロンドンに戻って二週間。アントニアはキャッシーの行動を制限することに成功していた。公園での静かな散歩と、自宅でのごく少人数の集まりだけにするように。といっても、かろうじて成功しているというのが実情だった。体調が完全にもとどおりになったわけではないのに、舞踏会に返り咲くというキャッシーの決意は固く、話しあう態度すら見せなかった。サマセットに戻って療養したほうがいいと、アントニアは幾度となく説得しようとしたが、キャッシーはどうしても最初の社交シーズンを逃したくないようで、それを考えると、ロンドンに残るほうが精神的には安定しそうだった。

そうして今夜、メリウェザー家の舞踏会へ出かけることに、アントニアは同意させられた。とはいえ、もし気分が悪くなったら、すぐに帰宅するという約束は取りつけたけれど。ロンドンを離れたくてたまらないのは、キャッシーの体のためだけではない。それは自分でもよくわかっていた。キャッシーのためだけのふりをしていたら、この世でいちばんの偽善者になりかねない。

ラネローにいったんこの身を差しだせば、沸きたつ血も冷めるだろうと思いこんでいた。けれど結局は、十年前に打ち負かしたはずの、ふしだらな悪魔を目覚めさせただけだった。その悪魔のせいで苦しむことになり、夜も眠れず、周囲の人の目に堪えられなくなっていた。

今夜こそ、ラネローと顔を合わせるかもしれない。この家の中にも、少なくともひとりはラネローの密偵がいるのだから、今夜の予定をラネローは知っているはず。召使をひとり残らず馘《くび》にしようかとも考えたが、それでは誠実な召使が割りを食う。いずれにしても、ラネローには人を魅了する力があり、もちろん買収するための金にも困らない。それに、この家のやり方に慣れた召使がいてくれたほうが都合がいいのも事実だった。

サリーから戻ると、アントニアもキャッシーもいかがわしい侯爵についてはひとことも口にしなかった。キャッシーが早く快復するようにと、ラネロー侯爵から花とメッセージが届いたが、ほかにも見舞いの花束はいくつも届いていて、その花束だけが話題になることはなかった。

人でごったがえすメリウェザー家の舞踏室に、キャッシーとともに足を踏み入れながら、アントニアはそこに集う人々をすばやく見ていった。輝く金色の髪をした長身の男性がいないかと。これもキャッシーのため、そう自分に言い聞かせたけれど、それが嘘なのはよくわかっていた。

ラネローの姿がないとわかると、締めつけられていた胸がすっと楽になった。あれほど目立つ男性を見逃すわけがなかった。

どうやら祈りが通じたらしい。今夜はラネローに会いませんようにと何度も祈ったのだ。淫らな心は相変わらずラネローに会いたがっていたけれど、東屋での情熱的な出来事から時間が経ち、あのときどれほどの危険を冒したかを理解するだけの冷静さを取りもどしていた。

その夜はじめて、心からの笑みを浮かべて、キャッシーを見た。「ずいぶん混んでいるわ」白いシルクのドレスをまとったキャッシーは、誰もが目を奪われるほど美しかった。天使のようだ。早くも男性の視線が集まっている。キャッシーの気持ちをラネロー侯爵から離すことができれば、ここにいる紳士の多くが、うってつけの花婿候補になるはずだった。

「今夜はすてきな舞踏会になりそうね」キャッシーが笑みを返してきた。

一瞬、アントニアはキャッシーの目に宿る興奮に見とれた。これほど生き生きとして希望に満ちているとは、なんてすばらしいんだろう。キャッシーがいつまでもこんなふうに幸せでいられますように。口には出さなかったけれど、心の中で思わずそう祈っていた。乙女の夢を誰かにめちゃくちゃにされませんように。わたしの夢はめちゃくちゃにされてしまったけれど。

「どうかしたの、トニー？」

そう言われて、アントニアは涙があふれそうになっているのに気づいた。いけない、感情をきちんと制御しなければ。危うく見世物になるところだった。サリーを離れてからというもの、すぐに感傷的になってしまう。

「いいえ、なんでもないわ」声のかすれは隠しようがなかった。気をつけなければ、キャッシーに疑われる。ペラム邸で何かとんでもないことが起きたのではないか、と。「あなたの美しさに感激していただけよ」

キャッシーはどこまでも愛らしくお礼を言うと、すぐに友人に囲まれた。この二週間で、そこにいる友人の大半を家に招いていた。といっても、ありがたいことにその中にラネロー侯爵はいない。ラネローはキャッシーをもてあそぶに決まっているのだから。

アントニアはキャッシーのあとをとぼとぼとついていった。いっぽうで、キャッシーは混雑した舞踏会場を、美しい白鳥のように滑らかに歩いていた。アントニアは社交界にデビューした経験はない。結婚相手を探す社交の場にデビューする前に、社会の規律を破ってしまったのだから。それはわかっていても、ときには、光り輝いて朗らかに笑っている若い淑女が羨ましくなった。

自業自得というものよ。だから、このまま目立たず生きていればいいの。

うなだれていた頭を上げて、くだらないことをぐずぐず考えずに、いまの自分が属している地味な世界で生きなさい、と自分を叱責した。壁際に並んだ椅子におとなしく腰かけていなさい、と。人生でたった一度だけ、それも、星が瞬くほどのほんの束の間、わたしは欲するものを追いかけた。けれど、それはもう過去のこと。

ほかのお目付け役の女性たちが顔を上げて、思っていた以上に温かく迎えてくれた。けれどすぐに、その女性たちが聞きたがっているのは、ハウス・パーティーの噂話だとわかった。お目付け役としての人生は無味乾燥だ。噂話だけが唯一の刺激なのだ。

目を閉じて、明るい音楽で頭の中を満たした。男性の腕に包まれて、舞踏室の中をくるくるとまわっている自分の姿を思い浮かべる。空想の中のダンスの相手がラネローそっくりでも、人に咎められることはなかった。

目を開けると、空想の世界から現われたかのようにラネローの姿が見えた。この屋敷の女主人の手を取って、深々とお辞儀している。女主人のほうは、社交界にデビューしたてのお嬢さまのように頰を染めて、くすくす笑っていた。アントニアは息が詰まった。胸の鼓動があばらを叩くほど大きくなった。

いけないと知りながらも、ほんの一瞬、ラネローの圧倒的な存在感にうっとりせずにいられなかった。たくましい体、輝く金色の髪、大理石の彫像のような完璧な横顔。もしも身を落とさなければならないのなら、せめて、誰もが息を呑んで、星さえ瞬くのを忘れてしまうほど見目麗しい男性に抱かれたかった。ラネローはジョニーよりもはるかに雄々しく力強く、それが女心をかき立てた。

視線を感じたかのようにラネローが顔を上げて、まっすぐ目を見つめてきた。胸の鼓動がまたびくんと跳びはねた。これだけ離れていても、黒曜石の瞳に射抜かれた。そのまなざしだけでラネローに抱かれているかのような錯覚を抱いてしまう。そしてまた、哀れで愚かな女は、無言の欲望が伝わってくるような気がしている。

唇を嚙んだ。頰がほてっていた。それでもありがたいことに、地味なお目付け役の女性が、束の間、男性に見とれていたことには誰も気づいていなかった。緊迫した空気を和らげようと、膝の上で握りあわせた手に目を落とした。下腹のあたりに熱く重く溜《た》まっている欲望が、顔に表われていないのを心から願いながら。

何よりも恐れているのは、誰かがラネローと同じように、わたしの反応を敏感に察知すること。

息詰まる一瞬の間のあとで、またちらりとラネローのほうに目をやると、満足げな笑みが見えた。なんてことだろう、わたしの頭の中に灼熱《しやくねつ》の場面が浮かんでいると、ラネローは思っているのだ。

なんて忌々しいの……。

キャッシーはソームズ卿とダンスをしていたけれど、視線は舞踏室の入口に向けられていた。次の瞬間には、ダンスのパートナーの肩越しに、ラネローに華やかな笑みを送った。それに気づいたラネローが深くお辞儀した。

アントニアは心がずしりと重くなった。キャッシーは相変わらず悪名高い放蕩者に興味津々らしい。それも無理はない。ラネローはあまりにも魅力的。わたしだって、それをいや

しばらくのあいだ忘れていたその感覚が、いままたよみがえってきた。いったいぜんたい、わたしはなぜラネローとかかわってしまったの？　わたしはなんて愚かなの……。

キャッシーとラネローの熱い視線が交わるたびに、胃が縮むほどの失意に襲われた。しばらくのあいだ忘れていたその感覚が、いままたよみがえってきた。いったいぜんたい、わたしはなぜラネローとかかわってしまったの？　わたしはなんて愚かなの……。

そのとき、ラネローが期待感を漂わせながら、嘲《あざけ》るような視線を送ってきた。それで、さきほどの疑問の答えがわかった。ラネローがちらりと視線を送ってきただけで、わたしはペラム邸での出来事をありありと思いだしている。分別も、意志の力も、自分を守らなければという本能もすべて忘れて、ラネローの腕に飛びこむことになったあの燃える欲望を。

ラネローとかかわることになったのは、欲望を抑えられなかったから。

ラネローの物憂げな微笑《ほほえ》みに惑わされて災難を背負いこんだ女の長い列に、わたしもくわわった。そう考えて、ぞっとした。これからもその列には、続々と女がくわわることになる。

それなのに、堕落した放蕩者と同じ部屋にいるだけで、胸がときめいてしまう。血が騒ぐのをどうにもできずにいるなんて。ラネローに触れてほしくて、肌がちりちりする。ひと目見たときから、ラネローがほしくなった。そして、体を許したいまでも、この場に座りながら、灼熱の欲望で身が焦げそうになっている。

軽快なカドリーユの曲が終わると、ソームズ卿はキャッシーをエスコートして友人の輪にふたたびくわわり、さらにキャッシーに話しかけていた。アントニアは鋭い目で、その若い伯爵を見た。ソームズ伯爵はキャッシーの結婚相手にふさわしい。歳は二十代。不道徳な噂は聞いたことがない。ラネローに比べれば未熟ではある。といっても、残念ながら、この部屋にいる男性の大半はそうだけれど。

胸がざわつくのを感じながら、アントニアはキャッシーに付き添ってこれまでに出席したパーティーを思い浮かべた。キャッシーはいままで、その伯爵を気に入ったそぶりを見せていただろうか？　そのことにはまるで注意を払っていなかった。キャッシーに言い寄るラネロー——そして、わたしを追いまわすラネロー——にばかり気を取られていたからだ。

ワルツがはじまった。ワルツを娘に禁じるというミスター・デマレストのルールを、ラネローは守るつもりでいるらしい。ラネローは舞踏会場の中をゆったり歩いていた。いったい、どの淑女をダンスの相手に選ぶのだろう？　アントニアは思わず首を伸ばした。

サリーに行く前は、ラネローはキャッシーとのダンスにかなりこだわっていた。どうやら、事情が変わったらしい。ダンスどころか、キャッシーとまだひとことも口をきいていないのだから。

ほかの女性に興味が移ったの？　キャッシーに手を出すのはやめにしたの？　にわかには信じられないほど、喜ばしいことだった。

わけがわからないまま、アントニアはラネローを見つめた。深海を泳ぐサメのように、客のあいだを滑らかに歩いている放蕩者を。

ラネローが徐々に近づいてくると、アントニアはそれまで見えなかった細かいことにも気づいた。じっと見ずにいられなかった。ラネローの姿を見たくてたまらなかったのだ。あの東屋から逃げだしたときからずっと。

ラネローの金色の髪がわずかに伸びて、無造作にかき上げたように少し乱れていた。全身に生気と決意がみなぎっているのに、なぜか顔は疲れて見える。

元気づけたい——ふいに湧いてきたそんな衝動を必死に抑えつけた。元気づける必要などない。サメは非情な生き物なのだから。自分のテリトリーに入ってきた小さな魚を片っ端から食い荒らすのだ。

ダンスの相手に選ばれるのは誰だろうと、アントニアは一心に見つめていたが、ラネローは歩いているだけだった。いったい、何をしているの？　テラスに出るつもりなの？

ラネローが歩いたあとには、女性の群れが残された。舞踏会にやってきたのに、ダンスに誘われずに眺めているだけの女性たちが。

信じられない。そんな馬鹿な……。

ラネローが近づいてくると、アントニアは驚きながら、必死に否定した。ラネローが一歩足を踏みだすたびに、鉄の意志が伝わってくるようだった。

まさか、そんなわけがない。

わたしをダンスの相手に選んだら醜聞が立つのは、ラネローだってよくわかっている。たしかにラネローは無分別で身勝手かもしれない。それでも、世間知らずでもなければ、意地悪でもないはずだった。

周囲にちらりと目をやったが、お目付け役の女性たちはラネローが近づいてくるのに気づいていなかった。もしラネローが正気の沙汰とは思えない計画を実行に移したら、ここにいるお目付け役の女性全員がそれを知ることになる。いいえ、それどころか、人でごったがえすこの舞踏室にいる者全員に知られてしまう。そうして、噂はこの舞踏室から、上流社会全体に広まって、わたしはつまはじきにされる。カッサンドラ・デマレストに付き添っている女について、誰もがあれこれせんさくするだろう。もしかしたら変装も見抜かれて、正体がばれてしまうかもしれない。

破滅が迫りつつあった。

恐ろしくて脈が速くなる。逃げなければ……。アントニアはよろけながら立ちあがった。

けれど、遅かった。

ラネローが伏し目がちににやりとして、深々と頭を下げた。貴族に雇われた使用人を相手にするのではなく、貴族の淑女を相手にするかのように。

「ミス・スミス、ワルツを踊っていただけますか?」

16

近づくにつれて、ラネローはアントニアの美しい顔が恐怖に引きつるのがわかった。例の野暮ったいドレスを着ていても、誰よりも見目麗しいと感じずにいられなかった。

「あっちへ行って」押し殺した声でアントニアが言った。色つきの眼鏡の奥の目が落ち着きなく動いて、目の前にいる男を誰にも気づかれずに避ける方法を探していた。

「ミス・スミス？」声をひそめずに応じた。アントニアに挑むのは、いつだって刺激的だった。

「やめて。わたしは何も聞かないわ」アントニアがやはり押し殺した声で言うと、わきによけようとした。

けれど、そうはさせなかった。まわりにたくさんの椅子が置かれ、その大半に人が座っているとなれば、そうするのはむずかしいことではなかった。年嵩《としかさ》のご婦人たちがついに、ちょっとしたいざこざが起きているのに気づいた。その女性たちの顔には、驚きとあからさまな好奇心が浮かんでいた。

「おとなしくダンスに応じたほうが、注目を集めなくて済むよ」ラネローは低い声でそう言うと、抵抗しても無駄だと言わんばかりにアントニアの腕をつかんだ。

この二週間、アントニアに会いたくてたまらなかった。流行病にも似た苦しくしつこい渇望を抱えこんでいたのだ。そして、いま、腕に触れただけで、胸の鼓動が激しくなる。数枚の布越しでも、アントニアの力と生気が感じられた。その力と生気があるからこそ、アントニアとひとつになると世界が一変するのだ。

ああ、ラネロー侯爵ほどの放蕩者でも。

「あなたがすぐに立ち去ってくれたほうが、注目を集めずに済むわ」アントニアが歯を食いしばったまま、低い声で言った。アントニアが必死に考えて、賢明な決断を下したのがわかった。こうして向きあっているだけでも、悪い噂になる、と。

たしかにそのとおりだった。

「と言われても、立ち去る気はない」ラネローは平然と応じると、部屋の中央に集まっている男女のほうへつかつかと歩きだした。無様に引きずられていくわけにはいかないと考えたのか、アントニアも何も言わずについてきた。

腕をつかんでいる手の上にアントニアの手が置かれ、爪が食いこむほど強く握りしめられた。アントニアが黒いレースの手袋をはめていたおかげで、ほんとうに爪が食いこむことはなかったけれど。その手がシャツを握りしめたときのことを思いだして、全身がわなないた。

あの夜は、ドレスを脱がすような悠長なことをしただけで、アントニアは怒りだしたはずだった。

「あなたなんて大嫌い」アントニアがそのことばどおりの口調で言い放った。

「いや、そうじゃない」有無を言わさず、アントニアの体をまわして、向きあった。「さあ、踊ろう。愛らしいお人形さんになるか、醜聞の種になるかはきみしだいだ」

「あなたなんて地獄に落ちればいいのよ」アントニアの腕が怒りで震えていた。わざと〝お人形さん〟ということばを使って、アントニアを挑発したのだった。

「それはとっくに覚悟しているよ、スイート・アントニア」この状況であっけらかんとした笑みを見せれば、どれほどおとなしい人形も激怒するのはまちがいなかった。

ワルツがはじまると、ラネローはアントニアをリードして優雅に踊りだした。興奮で血が沸きたっていた。周囲では、好奇の声が不協和音となって広がっていた。

「みんな、あなたがわたしをからかっていると思っているわ」アントニアが抑揚のない口調で言いながらも、完璧なワルツのステップを踏んだ。リードに楽々とついてくるとは、感動せずにいられなかった。とはいえ、考えてみれば、アントニアが天使のように踊るのはあたりまえだった。

「好きなように思わせておけばいいさ」

目がまわるほどすばやくアントニアを回転させると、肩に置かれた手に力が入った。またべつの記憶がよみがえってきて、体がわなないた。いきり立つものを思いきり突きたてたときに、肩をぎゅっと握られたときのことが。アントニアが去ってからというもの、あの灼熱の交わりのあらゆることが、幾度となく頭に浮かんできた。そしていま、こうしていっしょにいると、さらに鮮明によみがえり、欲望に体が震えるほどだった。

サリーを離れてからは憂鬱で、不安で、落ち着かなかった。アントニアとの思い出の中で生きていたも同然だった。アントニアがいないのは、じわじわと首を絞められるようなもの。そして、アントニアをこの腕で抱いた瞬間、ふたたび息を吹き返した。そんな気分だった。

「真実ではなく、いいかげんなことをあれこれ憶測されるわ。みんなでわたしを冗談の種にするのよ」アントニアが厳しい口調で言いかえしてきた。

「真実とは何かな、ぼくのレディ・ミステリー?」ラネローはよどみなく尋ねながら、またすばやくターンした。

敵意を剥きだしにしながらも、アントニアのステップは滑らかだった。口論をしていても、動きはぴたりと調和していた。片腕で細いウエストをしっかり支え、体を密着させた。アントニアの魅惑的なぬくもりに全身が包まれて、爽やかな香りに鼻をくすぐられる。その香りを胸いっぱいに吸いこむと、こうなる運命だったのだという不可思議な思いが、音楽とともにどんどん高まっていった。

「何を企んでいるの?」アントニアがそう言いながら、苛立たしげにまわりをちらりと見た。

その場にいる誰もがこちらを見ていた。どの顔にも皮肉っぽい笑みが浮かんでいる。怒ってもしかたがないとわかっていても、胃が張り裂けそうなほどの怒りが湧いてきた。ここにいるひとりよがりの連中より、アントニアのほうが百万倍も価値がある。悔しいが、ラネロー侯爵の百万倍の価値がアントニアにはある。

この舞踏会場に足を踏み入れた瞬間に、野暮ったいドレスに身を包んだアントニアに即座に気づいた。とたんに、胸が激しくざわついた。上流階級の気取り屋たちが、社交界デビューしたお嬢さまたちを一級のダイアモンドと呼んでいるが、ラネローにしてみれば、アントニアこそほんものの宝石で、ほかはみな張りぼてのまがいものだった。

ふたりの関係が終わる前に、アントニアをかならず光り輝かせてみせる。

「陰気臭いオールドミスの群れの中にいるのは、きみにはふさわしくない」

腹を立てたのか、アントニアの顔が赤くなり、背筋がぴんと伸びた。眼鏡をかけていても、動揺と苛立ちが顔に表われていた。切なくなるほど若々しい顔に。「いいえ、それがふさわしいのよ」アントニアがきっぱり言った。

唇を重ねて口をふさぎたくてたまらなくなる。唇を開かせて、さらなるものを請わせたい。抗いがたいそんな衝動をどうにかこらえた。いくら放蕩者でも、公衆の面前で淑女に口づけるなどという突飛な行動には出られなかった。

「きみはシルクとルビーを身に着けているべきだ。そうして、氷のような青い目で一瞥しただけで、ここにいる者全員を虜にするんだ」

辛辣なことばで切りかえす隙をアントニアに与えず、ラネローはターンをくり返した。ぴったりくっついていなければ、アントニアは放りだされてしまう。アントニアがぎこちなく息を吸って、ぴんと伸ばした背中から少しだけ力を抜いた。ラネローは視界の隅に、好奇心を剝きだしにしてこちらを見ているキャッシーをとらえた。

キャッシーに向かって、得意満面の笑みを浮かべてみせた。ああ、そうだ、得意になっている。求めてやまない女性とワルツを踊っているのだから。驚いたことに、キャッシーも意味深長な笑みを浮かべた。これまでに幾度となく目にした花婿探しをしているお嬢さまならではの上品な笑みではなく、何か言いたげににやりと笑ったのだ。

「お願い、やめて」すばやいターンのせいで、アントニアが肩にしがみつきながら言った。

「あなたはわたしを笑い物にしているのよ」

「ぼくはきみとダンスがしたいんだ」ラネローは頑として言ったが、アントニアの声が哀れなほど震えているのに気づいた。つないだ手に力をこめると、どちらも手袋をはめているのに、肌のぬくもりがはっきり伝わってきた。

「あなたとダンスなんてしたくないわ」アントニアがあらためて抗議した。邪魔な眼鏡の奥で、水色の目が怒りに燃えている。いま、アントニアは貴族に雇われたお目付け役ではなかった。流行のドレスに身を包んだ淑女のようにふるまっていた。

「ダンスはできないのに、体は許せるのかな?」わざと意地悪な質問をした。

アントニアの顔から血の気が引いて、ぞっとしたように周囲にすばやく目をやった。「そんな話を持ちださないで」アントニアが必死に声をひそめて言った。「ここでは話さないで」

ラネローはいかにも楽しそうに、そのことばを無視した。ほかのカップルとは離れていて、話を聞かれる心配はなかった。「もう一度体を許してくれるんだろう?」

心底驚いたようにアントニアが見つめてきた。「だめ」

アントニアに微笑みかけた。アントニアが心底驚いているはずがなかった。一度はその体を抱いたのだから。ほんの束の間とはいえ、それでも、あれはこれまでで最高に熱烈な交わりだった。「だめじゃない」

もう一度抱けるかもしれない――そう思っただけで興奮して、ステップをまちがえた。アントニアがつまずいて、やわらかな乳房が胸にあたる。息が止まりそうになった。思わず、腕をアントニアの背にまわして、その体を抱きしめた。とたんに、胸の鼓動が跳びはねた。

「ラネロー!」アントニアが転ばないようにしがみつきながら、喘ぐように言った。と同時に、次の瞬間には、身を起こそうとして、それまで触れていなかった部分に体が触れた。顔をはっと上げて、呆然と見つめてきた。

興奮しているのを、アントニアに知られてしまった。今日、ひと目見た瞬間から、アントニアがほしくてたまらなかったのを。体に触れてからは、鉄の棒のように硬くなっていた。

開いたフレンチドアを切望するようにちらりと見た。その扉を抜ければ庭に出られる。暗い歩道と人目につかない東屋が点在する庭に。ほんの二、三歩、歩を進めれば、アントニアと夜の闇にまぎれられるのだ。

たったの二歩で……。

望みどおりに行動すればいい――そう囁くように、扉からやわらかな風がふわりと入ってきた。アントニアをここから連れだして、奔放な愉楽を楽しめ、と。

禁じられた甘い誘いがどれほど魅惑的でも、そのとおりに行動するわけにはいかない。まさか、いまさら紳士としての自分を取りもどさなければならないとは。アントニアのせいで、女を知らない少年のように興奮しているとは。それを世間に公言するような真似をして、アントニアを辱めるわけにはいかなかった。

そのとき、アントニアがしっかり立って、体がほんの少し離れた。もう一度抱きしめたい――ラネローは心からそう思った。そうできないのは地獄の苦しみだ。それでも、いまは我慢するしかない。

これが死ぬほどの欲望を抱くということか……。

股間で屹立《きつりつ》しているもののほうに、アントニアがちらりと視線を送ってから、唇を噛み、一瞬、愛らしく頬を染めた。「ダンスをしたのがまちがいのもとだわ」このときだけは、敵意はすっかり消えていた悲しげに笑いながら言うしかなかった。「自分を抑えきれなかった」これこそが真実だった。「きみといると気持ちを抑えきれなくなる」それもまた真実だ。

「やめて、ラネロー」アントニアがきっぱり言って、目を上げると、まっすぐ見つめてきた。

「サリーでは、ニコラスと呼んでくれた」

「わたしは破滅するまでに、あなたをいろいろなふうに呼ぶことになるでしょうね」口調には苦悩がにじみでていた。「お願い、ただのお目付け役のままでいさせて。あなたはもう目的を果たしたのだから」

「目的？　いったいどんな目的だ？」

アントニアが不服そうに唇を閉じて、また舞踏室の中をすばやく見まわした。相変わらず、好奇心剝きだしの視線だらけで、音楽が流れていても、嘲笑的なくすくす笑いが響いていた。

「あなたの策略にわたしがまんまと引っかかることよ」

ラネローは顔をしかめながら、細い腰をしっかり支えて、ターンをくり返した。「それは事実とはちがう」

「いいえ、そのとおりなの」アントニアがぐいと顔を上げると、ラネローはまたもや胸の疼きを感じた。

悔しいことに、まもなくワルツが終わろうとしていた。手に負えない体を、どうにかして落ち着かせる。音楽が終われば、アントニアに触れられなくなる。少なくとも今夜は。社交界の集まりをこそこそと渡り歩くのは性に合わなかった。なんとかして、アントニアともう一曲踊れないものか……。だが、一曲だけでも醜聞の種になりかねなかった。

「ふたりきりになりたい」誰よりも堂々とした口ぶりで言ったつもりなのに、渦巻く感情が抑えきれずに、切羽詰まった口調になった。この腕に抱かれて、アントニアが優美に舞うたびに、ふたりきりになりたくてたまらなくなる。人知れず愛撫するように、アントニアの背を手でそっとさすった。

「ラネロー……」

アントニアが口ごもって、息を呑んだ。緊迫した一瞬、離れたくないと願っているかのように、手を握りしめられた。アントニアの声は低く、そのことばを聞こうと、ラネローは身を屈めた。とたんに、爽やかで魅惑的な香りに包まれた。酒など一滴も飲んでいないのに、最高級のブランデーを味わっている気分だった。

ぎこちない口調でアントニアが言った。「ニコラス、わたしとあなたは……たしかにそうなった。そのことを……悔やんではいないわ。でも、もう一度同じことをくり返すわけにはいかない」

「そんなことはない」

「あなたはわたしをいとも簡単に破滅させられるのよ」アントニアのまなざしは焼きごてのように熱かった。「サリーでの出来事を、万が一にも人に知られたら、わたしは路頭に迷うことになるわ」

「路頭になど迷わないよ」ラネローはきっぱり言った。「きみはぼくのベッドの中にいればいい」

「でも、それはいつまで？」アントニアが落胆した口調で尋ねてきた。

これまで誘惑しては捨ててきた無数の女とアントニアはちがう、と胸の中の何かが叫ぼうとしていた。ぽいと捨てる気などない、と。それなのに、ひねくれた誠実さが邪魔をして、簡単には約束できなかった。

アントニアは返事を待っていなかった。「あなたの邪悪な心がわたしに興味を抱いただけ。お願い、わずかでも良心があるなら、わたしにかまわないで。キャッシーにかまわないで」

悔しくて胃がざわついた。そこまで言われる筋合いはなかった。アントニア・スミスはなんと憎らしいことを言うのか。ラネロー侯爵の心には底なしのエゴがあると決めつけるとは。

憎いと思いながらも、アントニアを放す気になれなかった。

「かまわずになどいられない」ワルツの最終楽章に合わせて、くるりとターンする。あと数秒で、アントニアと離れなければならないのが不快でたまらなかった。

「お願い……」

アントニアは人に懇願するのではなく、何かを命じる地位に生まれた。そう思うと、またもや悔しさが腹に突き刺さった。この調子では、ふたりの関係が終わるまでに、アントニアに地獄の底に送られるかもしれない。

「ほんとうのぼくはきみが思い描いているより多少はましだよ。だから、小言を少し控えてくれるかな」ラネローは心底がっかりしながら言った。

そのことばを訝るようにアントニアが口を引き結んだ。くだらない変装をしていても、その姿は怒れる女神そのものだった。「そうね、少し努力しただけで、少しはましな男性になれるはずよ、ニコラス。正しいことをすると決意すればいいだけ」

ワルツの終わりを告げる音が響いても、ラネローはアントニアの頑なことばに反論したくてたまらなかった。けれど、黙っていた。アントニアの揺るぎないまなざしで心の中を見透かされている気分だった。アントニアはそうやって荒涼とした心を見透かして、ますます軽蔑するのだろう。

ワルツが終わると、ラネローが手を離した。渋々とそうしたのが、アントニアにもはっきり伝わってきた。ラネローが離れたがっていないのを、周囲の人に気づかれませんように——アントニアは心からそう願った。舞踏室の中は相変わらず、忍び笑いと好奇心でざわついていた。誰もがラネロー侯爵と冴えないダンスパートナーを見つめていた。

ラネローが冷笑的な笑みを浮かべて、腕を差しだした。アントニアは肘のあたりに手を置いて、顔をまっすぐ上げて動揺をひた隠しにした。堂々としている以外に、この場をどうやって切りぬけろというの？　戸惑っているのを知られたら、上流階級のヤマネコたちにあっというまにずたずたにされてしまう。

十年のあいだ判で押したような生活を送ってきた。それなのに、この数週間は破滅の崖っぷちを、よろよろと歩いている気分だった。あまりの変化に頭がついていかなかった。

驚いたことに、そして、ほっとしたことに、ラネローにエスコートされて向かったのは、お目付け役の女たちが待つ場所ではなく、キャッシーとその友人のいるところだった。ふいに不安になった。わたしがラネローとダンスをしたことを、キャッシーはどう思っているのだろう？　いいえ、そもそもダンスをしたこと自体、どう思っているの？

ダンスを踊ったのは、十代の頃にブレイドン・パークでときたま開かれたパーティー以来だった。駆け落ちしたあとは、ダンスとは無縁の生活だった。ダンスがどれほど好きだったかを、いまのいままで忘れていた。ラネローに突飛な見世物にされて腹が立っていながらも、明るい音楽に合わせてワルツを踊ると心が浮きたった。

「トニー、あなたのダンスをはじめて見たわ」キャッシーがいつになくにこやかに言った。けれど、ほかの五人からは好奇心と悪意に満ちた目で見られた。アントニアは無理に笑顔を作ったものの、愛を交わしてからはじめてラネローに触れたせいで、自信がぐらついて、どうにも落ち着かなかった。ラネローの腕から手を離して、わきによける。そうやって、ふたりのあいだにいくらか距離を置いた。それなのに、手を離したとたんに寂しくなって、そんな自分にぞっとした。あの東屋でふたりのあいだに結ばれた絆《きずな》は、ときを追うごとに強まっていくようだった。

「ラネロー侯爵はご友人と賭けをなさったの。いちばん厳めしいお目付け役をダンスに誘えるかという賭けを」軽い口調で言えて、ほっと胸を撫でおろした。いくつになっても男というのはいたずらをしたがるもの――誰もがそう思ってくれたのか、笑い声が響いた。

ラネローが睨んできた。その目は多くを語っていた。アントニアは反論されるのを覚悟した。

「そこまではっきり暴露されるとは夢にも思っていなかったよ、ミス・スミス」ラネローが手を取って、お辞儀をした。手袋をはめた手に口づけられるの？とたんに、手がこわばるほどそうしてほしくなった。けれど、期待ははずれた。ラネローはおとなしく引きさがり、手に口づけるようなことはしなかった。

アントニアは密かに安堵のため息をついた。ラネローは話を合わせてくれるらしい。ラネローの手にわずかに力が入って、黒い目がきらりと光った。それは欲望の光だった。

ラネローがキャッシーに話しかけた。「ミス・デマレスト、おかげんはいかがですか？病のせいでせっかくのサリー滞在が台無しでしたね」

ラネローはやはりキャッシーの手を取って、深々とお辞儀した。けれど、どう見てもわたしにそうしたときと同じ気持ちがこもっているとは思えない――アントニアはそんなことを考えている自分が愚かに思えた。

そう、どうしようもなく愚かだった。

キャッシーとラネローがいつものように親しげに話しはじめた。ほんとうなら、それを阻止しなければならなかった。けれど、ダンスのせいでこれほど心乱れていては、気力を奮いたたすこともできなかった。胸の鼓動が大きく速くなっていて、膝からはいまにも力が抜けそうだ。注目を浴びたせいではなく、悪名高い放蕩者に触れられたせいだった。欲望という底なし沼にじわじわと沈んでいくかのよう。ジョニーに抱いた感情など、ラネローに対する痛切で果てしない欲望とは比べものにならなかった。

ラネローに体を許したとき、わたしはあらゆるものから解放された気分で、すっかり無分別になった。一世一代の賭けをしたも同然。けれど、賭けが終わったら、博打打《ばくち》ちは身ぐるみはがれて帰途に着くと相場が決まっている。あのときは、このさきラネローとどう接するかなど考えてもいなかった。身分がちがうだけで、ほかにはなんの問題もないふりをしていられるのだろうか、などとは考えてもみなかった。

これほどラネローがそばにいると、どんなふうに体を奪われたか思いださずにいられなかった。心地よく響く低い声を聞いていると、ラネローがすべてを解き放ったときのかすれたうめき声が耳によみがえる。錯覚とは知りながらも、雄々しい香りで五感が満ちていく。野生の動物がつがうように、あの夜、ラネローはわたしと交わって、身も心も奪っていったのだ。

サリーであんなことが起きる前から、ラネローとのことは一筋縄ではいかなかった。それが、いまや親密な関係になって、わたしはいよいよ屈しようとしている。

それでも、ラネローがキャッシーやその友人と親しげに話しているのを見ると、ワルツを踊ったぐらい大したことではないように思えてくる。この女は自分のものだ――ラネローがそう宣言したわけではないのだから。考えてみれば、女性の好みにうるさいと言われているラネロー侯爵が、地味なお目付け役を追いかけるとは、誰も思いやしない。

でも、ラネローが軽はずみなことをしたせいで、わたしをもっとじっくり見ようという人が現われないともかぎらない。それに、ラネローに変装を見破られたのだから、ほかにも観察力がある人に見破られても不思議はない。そう考えて、アントニアは不安げに舞踏会場を見まわした。けれど、もう誰の視線もこちらに向いていなかった。ひそひそ声の噂話も途絶えて、たったいま起きたことは厳格すぎるお目付け役を驚かせるためのちょっとしたいたずらということで、誰もが納得したようだった。たしかに、わたしは笑い物になった。けれど、厳めしい女とダンスを踊ったラネローも、みんなから笑われたのだ。

ラネローがキャッシーとダンスをしてから、山ほどの称賛のことばを口にしてその場を去っていった。ちらりと視線を投げてくることさえしなかったのは、アントニアもわかっていた。それでも気づいていた。はっきり感じていた。わたしの一挙手一投足をラネローはすべて見ている。

キャッシーはソームズ卿と食事へ向かった。その機に乗じて、アントニアはしばらく場を離れることにした。友人といっしょなら、キャッシーは安全だ。それに、今夜のラネローはこれまでとちがって、キャッシーにあからさまに迫るような真似はしなかった。

化粧室は舞踏会場の上階の長い廊下のさきにあった。客はみな食事をしていて、化粧室ではひとりになれた。そうして、舞踏会場に戻ろうと廊下を歩いていると、背後から力強い腕がウエストにまわされた。

「やめて!」アントニアは驚いて声をあげたが、襲撃者に引きずられるようにして、個室に連れこまれた。即座に扉が乱暴に閉じた。

「アントニア、どうしても会いたかった」

「ニコラス、今夜はもう噂の種はたっぷり撒いたはずよ」そう言いながらも、禁じられた興奮に脈が跳ねた。

襲撃者はもちろんラネローだった。ラネローを除けば、陰気なミス・スミスにほんの束の間でも興味を示す男性などいないのだから。これまでラネローには幾度となく体に触れられた。触れられただけで、理性を失ってしまうのはわかっていた。

思わずうしろに下がろうとしたけれど、背中が扉にぶつかっただけだった。そこは図書室で、明かりは象嵌《ぞうがん》細工のりっぱな机の上にあるランプだけ。当然、部屋の中は薄暗かった。

ラネローが一本の指で顎に触れてきた。魅惑的な口元にかすかな笑みが浮かんでいる。アントニアは偽りのぬくもりが全身に広がっていくのを感じた。一瞬、胸の鼓動さえ打つのを忘れた。ラネローの雄々しい美しさを目の当たりにして、抵抗心が崩れ落ちていく。これでは手も足も出なかった。

「ぼくの目的はきみを惑わすことではないよ」

信じられないと言いたげに、アントニアは眉を上げた。「そうかしら？」

こうなるのを察知するべきだった。ダンスを踊ったときに、ラネローの欲望にはっきり気づいたのだから。とはいえ、いくらラネローでも、年に一度の有名な舞踏会のさなかに、メリウェザー邸の上品な図書室で淫らなことをするわけにはいかないとわかっているはずだった。

いくらラネローでもそこまで無鉄砲ではないはず……。

「そうだよ」ラネローが真剣な面持ちで、一心に見つめてきた。何かどうしても話しておきたいことでもあるの？　アントニアはそんな不可思議な感覚を抱いた。

そして、不安に襲われた。といっても、醜聞が立つのが不安なわけではなかった。自分でも気づかないうちに、両手をラネローの腕にさりげなく置いていた。ウエストには相変わらずラネローの腕がまわされていた。

「どうしたの？」

・ラネローの暗い顔を見つめた。明らかにいつもとちがっていた。細い頬が引きつって、声がかすれていた。

「ジョニー・ベントンが現われた」

17

アントニアの体がぐらりと揺れると、ラネローはウエストをつかむ手に力をこめた。いまのいままで、アントニアのかつての恋人がベントンだとは確信できずにいた。けれど、疑念は一瞬にして確信に変わった。アントニアの口から苦しげな声が漏れて、顔から血の気が引いた。唇まで真っ白だった。

緊迫したその瞬間、アントニアが気を失うのかと思った。けれど、アントニアは強かった。張りつめた一瞬の間のあとで、虚勢を張るように、顔をまっすぐに上げた。それでも、声のかすれと震えは隠せなかった。「知っているのね」

それは質問ではなかった。

「推測したんだ」怒りはもちろんのこと、それにくわえて、アントニアの苦悩を癒せない自分がふがいなくて、胸が締めつけられた。

いま、この手に触れているアントニアが、ガラスの刃のように脆く感じられた。はじめて会ったときの、強烈な記憶がふいによみがえってくる。高飛車なアントニアをひれ伏させてみせると誓ったときのことが。けれど、いま、目の前でアントニアのプライドが粉々に砕け散ると、そんなことをした自分はこの世で最低の生き物だと痛感した。アントニアの生々しい苦悩を目の当たりにして、ラネローはベントンの生皮を剥いでやりたくなった。

さきほどからずっと、無粋な眼鏡の奥にある美しい目に見つめられていた。このときばかりは、その目がはっきり見えないのがありがたかった。

「どうして？」ひとこと言うのも苦しくてたまらないように、アントニアがことばを絞りだした。

「酒場でベントンに会ったんだ。あいつはきみのことを話していた」

「なんてこと」アントニアが身震いして、殴られたように体を折った。「その前からあなたは知っていたの……？」

「いや」即座に答えた。「ベントンの話を聞くまで知らなかった」

「でも、聞いたからには、もちろん知っているのね」アントニアが弱々しく言いながら、ふいに背筋を伸ばした。唇は相変わらず真っ白で、顔にも血の気がなかった。「あなたほど経験豊富な男性なら、処女を相手にしたのではないことはわかるはず」

「アントニア、やめるんだ」アントニアがこれほど落胆して、おまけに、恥辱にさいなまれていると思うと堪えられなかった。ふいに荒々しく腕を上げ、眼鏡を奪いとって、机の上に投げた。「きみにかつて恋人がいたとしても、そんなことは気にしない」

「本気でそう言っているのかもしれないけれど、この世で気にしないのはあなただけよ」アントニアが辛そうに言った。裏切りと悲しみに美しい目がうつろになっていた。「ということは、ジョニーは酒場でわたしの名を口にしたのね」

いつもの気骨はどうしたと、肩をつかんで揺すりたくなる。けれど、その衝動を必死にこらえた。いったい、どういうことなんだ？　なぜ、アントニアは怒らない？　これほど苦しむアントニアを見ていられなかった。「サリーから馬を駆ってロンドンへ戻る途中で酒場に入った。そこにベントンがいたんだ。たとえ、ほかの人に話を聞かれていたとしても、あいつが言っているのがきみのことだとは絶対にわからない。ただ、あいつはきみのことが忘れられないと言っていた」

「なんとも、おやさしいこと」アントニアが皮肉を口にしても、胸の中で渦巻く恥辱は隠せなかった。「あなたとジョニーは情報を交換しあったのでしょうね。ジョニーは十年前のことを、あなたは最新の情報を」

ラネローはわざわざ反論する気にもなれなかった。「あいつはきみがこの世を去ったと思いこんでいる」

「そう、あの人が知っている女性はもうこの世にいないわ」アントニアが見ず知らずの他人を見るような目つきで見つめてきた。手に触れるしなやかな体は布の人形のようにぐったりしていた。それがますます堪えられなかった。十一歳のときに姉の人生が崩壊するのを目の当たりにしたが、それを除けば、これまで経験したあらゆることの中で、何よりも堪えられなかった。

「いいや、その女性は死んでいない」きっぱり言った。弱々しい無意味なことばではなく、火花散る返事がほしくてたまらなかった。「その女性はこれまで会った誰よりも生き生きしている」

アントニアは何も聞こえていないようだった。「あなたはすべてを知っているの？」そう言うと、目を閉じて、震えながら息を吸った。「ならば、大笑いしたのでしょうね」

ラネローはアントニアの肩に置いた手に力をこめた。その体はあまりにも頼りなく、いつばらばらになっても不思議はないほどだった。「すべてではない。きみがどこの誰なのかはわからないままだ」

そのことばで、アントニアのいつもとはちがう自制心にひびが入った。アントニアが唇を震わせながら、目を開けた。その目は涙で濡れていた。「だからどうだというの？　あなたは何よりも重要な事実を知っているわ。わたしが無節操な女だということを」

「マイ・ダーリン」うなるように言って、アントニアを抱きよせると、片手でうなじを押さえて、肩に顔を埋めさせた。あまりにも辛くて胃がよじれそうだった。これほど苦しむアントニアを目の当たりにすると、身が引き裂かれそうだ。これまで必死に打ち消してきたアントニアを守りたいという思いが、うねる波のように押しよせてくる。自分を卑下《ひげ》するアントニアのことばを聞くぐらいなら、いっそのことわが身を切り裂いたほうがましだった。「やめてくれ」

束の間、アントニアは抱擁から逃れようとした。けれど、まもなく、途切れ途切れに息を吐きながら、体の力を抜いた。そうして、腰に腕をまわしてくると、男物の上着に顔を埋めて泣きだした。

この自分の強さだけが、無情な世界を拒絶できる――ラネローはそう信じて、アントニアをしかと抱きしめた。自分が身代わりになって、痛みを引きうけたいと心から願った。アントニアの盾になりたいと。

だが、そんなことができるはずがない。これまで星の数ほどの女性をもてあそんでおきながら、いまさら救世主面などできるわけがなかった。

一瞬の間に、アントニアが抱擁を逃れて、震える手で涙をぬぐった。「この舞踏会でジョニーと鉢合わせしたら、すべてが水の泡になるわ」そう言うと、ぎこちなくあとずさりして、机に寄りかかった。「ジョニーには、わたしは死んだと思わせておかなくては」

そのとおりだった。即刻、この屋敷を離れたほうがいい。そうだ、ベントンと顔を合わせる前に。これほど取り乱したアントニアの姿を人に見られる前に。ラネローにできるのはそれだけだった。

頭の中が現実に切り替わった。「キャッシーを呼んできて、きみたちの馬車を屋敷の裏につけよう」

「そんなことをしたら、余計にあれこれせんさくされてしまうわ」アントニアが不安げに言った。視線はラネローを通りこして、宙を泳いでいた。

「きみたちがいないことに誰かが気づいたとしても、キャッシーが病みあがりだからだと思うよ」

アントニアは相変わらず落胆した顔をしていたが、もう泣いてはいなかった。どうせなら、泣いていたほうがよかった。涙を流せば、震えるほどの惨めさが少しは晴れるはずだった。

アントニアが顔をまっすぐに上げた。プライドを取りもどしたのだ。お目付け役という地位には不似合いなプライドには、いつも驚かされてばかりだった。いや、これまでに判明したことを考えれば、不似合いなどということは断じてない。地位にふさわしいプライドだ。ああ、近い将来、アントニアが何者なのか突き止めてみせる。

「ラネロー侯爵、面倒をかけて、ほんとうにごめんなさい。わたしを助ける義理など、あなたにはないのに」

ラネローは一瞬、冷ややかに笑った。この件ではふたりで力を合わせるしかないのは、アントニアもわかっているはずだった。「よそよそしいことを言うなよ」

ラネローは大股でデスクのうしろにまわると、引き出しを探って、目的のものを見つけた。インク壺にペン先を浸してから、ペンをアントニアに差しだすと、机の上を滑らせるようにして紙も渡した。「キャッシーに化粧室へ来るように伝えるんだ。そこだけが安全な場所だ。といっても、救いようがないほど軟弱なベントンなら、女性用の個室を使っても不思議はないが」

意外にも、アントニアがくぐもった笑い声を漏らした。「ほんとうにジョニーは情けないわ。まるで頼りにならないもの」それから、真剣な顔で言った。「二度とジョニーには会いたくない」

計画どおりにことが進めば、アントニアがあのろくでなしに会うことは二度とない。たとえ、会いたかったとしても。そんなことを考えながら、もう一度ペンを差しだした。「さあ、書くんだ。詳しい作戦は明日、ふたりで考えよう」

アントニアが眉を上げた。あらゆることに難癖をつけるお目付け役がよみがえったようで、ラネローは心底ほっとした。アントニアにはいつでも気丈でいてほしかった。アントニアが嘆き悲しむ顔を見ると、誰かを殺してやりたくなる。

「ふたりで考えるの？」アントニアがペンを受けとって、紙に向かった。その筆跡はすっきりとして、力強かった。

「そうだ。きみとぼくで」アントニアがサインをするのを待った。ラネローはつい切羽詰まった低い声になった。アントニアといっしょにいたいという願望が全身で渦巻いていた。かならずやアントニアを守ってみせるなどと、馬鹿げた妄想を抱いていた。そうだ、馬鹿げている。自分のような悪党が淑女の身を守れるはずがないのに。「明日、会えるね?」

眉間にかすかにしわを寄せて、アントニアが見つめてきた。「ニコラス……」

抵抗ではなく、不安が表われた口調だった。これまでの世界が大きな音を立てて崩れ、身を隠す場所がなくなった、そんな気分でいるのだろう。

「きみがひとりで立ちむかうなんて、考えただけでも堪えられない。手助けさせてくれ」

「あなたが望んでいるのはそれだけではないでしょう」いつもの用心深い口調でアントニアが言った。

この自分は何を望んでいるんだ? その答えは日ごとに複雑になっていた。最初は欲望を満たしたいだけだと思っていた。それがいまは……。

「ああ、そうだ。きみだってそうだろう」アントニアがいかに無防備かを知っていると言いたげに、細い腕をそっと握った。アントニアは身を固くしたものの、手を振りはらおうとはしなかった。「恐怖に駆られているから、きみは来るんじゃない。求めているから来るんだ。離れていられないから来るんだ」

アントニアの目が悩ましげに翳った。「わたしがこれほど弱っていては拒めるはずがない——あなたはそう思っているのね」

アントニアの頬を手で包むと、口づけたくなった。けれど、その衝動と必死に闘った。ベントンのことも、醜聞のことも忘れてしまうほど激しい口づけをしたかった。できることなら、即座に抱きあげて、醜聞も過去の痛みも何もない場所に連れ去りたかった。「正午に屋敷の裏の小屋で会おう」

そのことばを聞き終わらないうちに、アントニアは首を横に振っていた。「人に見られるわ。それに、キャッシーになんと言えばいいの？」

「言い訳などいくらだって思いつくだろう」いつのまにか、アントニアを見つめながら微笑んでいた。涙で頬がべたついて、目が赤く腫れていても、神々しいほど美しかった。「あのワルツが賭けだなんて出まかせを、きみはとっさに思いついたんだ。キャッシーのような世間知らずのお嬢さまを納得させられる言い訳をでっちあげることなどわけもない」

「キャッシーは世間知らずのお嬢さまではないわ」アントニアがすぐさま反論した。けれど、次の瞬間には口ごもって、唇を噛んだ。青白い顔に真剣な表情が浮かんでいる。口にできない欲望について考えているどころか、死刑宣告でもされたかのような顔だった。胃が重くなるほど緊迫した間のあとで、アントニアが小さくうなずいた。「もっと遅い時間のほうがいいわ。六時に、聖ヒルダ教会の墓地で。その教会は屋敷の近く――」

ラネローは胸が躍るほどほっとした。「場所なら知っているよ」

「もし行けなければ……」

「いいや、きみは来る」

「そうね」

ラネローは激しく情熱的にアントニアの唇を奪った。ためらいもなく、アントニアが口づけを返してくる。口づけは涙と欲望の味がした。ラネローが望んでいるあらゆる味がした。

口づけがいよいよ熱を帯びる前に、唇を引きはがした。そうするのは、死ぬほど苦しかったけれど。いまだってアントニアと離れたくない。けれど、このままいっしょにいられないのは百も承知だった。

だから、明日……。

アントニアの手を取って、最後にもう一度だけ手に口づけた。「化粧室でキャッシーを待っているんだ、いいね」

アントニアがうなずいて、ちらりとも振りかえらずに、静かに図書室から出ていった。ラネローも部屋を出ると、召使を見つけて一枚の硬貨を握らせ、カッサンドラ・デマレスト嬢にメモ書きを渡すように頼んだ。それから、べつの召使に馬車を裏門で待たせておくように命じた。

ラネロー侯爵のようないかがわしい放蕩者が、女性の名誉を守ろうとしているとは笑止千万。

これからもそうしようなどとは思うんじゃないぞ――そう自分に言い聞かす。そんなことをしたところで、計画を実行に移す前に、アントニアを失意のどん底に突き落とすのが関の山だ。

教会の墓地は人っ子ひとりいなかった。アントニアは門を抜けて静かに墓地に入った。黒いフードつきのマントのおかげで、人が行きかう通りでも、顔を見られる心配はなかった。灰色の寒い夕刻で、荒れ果てた墓地を散歩しようなどと考える人はいるはずがない。最後に一度だけ性の快楽を垣間見るという不埒な計画に、天気まで味方していた。これではまるでこそ泥のよう。アントニア・スミスとしての人生に戻る前に、一夜の愉楽をこっそり手に入れるつもりなのだから。

今夜かぎりでバスコム・ヘイリーへ戻り、ミスター・デマレストに必要とされるかぎりそこで生きる。もう必要ないと言われたら、その地方の隠遁《いんとん》した淑女の話し相手になるか、出自のたしかなお目付け役を望む中流階級の家で雇ってもらうか……。いずれにしても、どうにかして働き口を探すつもりだった。頽廃《たいはい》的な侯爵はもちろんのこと、上流社会とは無縁の場所で。

昨夜は眠れずに、寝返りばかりをくり返した。制限だらけではあるけれど、安全で小さな世界にすぐに戻れるのかと不安だった。ラネローと会うような危険を冒していいものかということも、迷いに迷った。ジョニーが戻ってきて、いつ正体が明らかになってもおかしくない。そんな不吉な瞬間が目前に迫っている、いまこのときに。

そうしてついに、あれこれ思い悩むのに堪えられなくなり、心に影を落とす不吉な予感にも堪えられなくって、ベッドから起きだして、デマレストに手紙をしたためた。ジョニーがロンドンに舞い戻ってきたことを伝える手紙だった。デマレストがキャッシーにひとこと指示すれば、いっしょにロンドンを離れられる。すぐに返事が来なければ、ひとりでロンドンを出る手はずを整えるつもりだった。

これからは、善良に生きていく。淫らな一夜はこれが最後。

もしかしたら、そんな思いがあったから、図書室でのラネローの甘い誘いにあれほどすぐに屈したのかもしれない。それとも、ラネローが白馬にまたがった騎士のように救いの手を差し伸べてくれたせいなの？　といっても、ラネローがそんなことをするとは、いまだに信じられなかったけれど。

ジョニーのことを知っているとラネローから聞かされたときは、どこかの穴にもぐりこんで、永遠に身を隠していたくなった。わたしをたぶらかした男性とラネローが話をしたと知って、吐き気を覚えた。てっきり軽蔑されると思ったのに、ラネローは偽善者ぶらなかった。即座に味方になってくれたのだから、感動せずにいられなかった。そのせいで、抱きよせられると、ついに胸の内をあらわにしてしまった。自分が犯した恥ずべき過ちを思うと涙が止まらなかった。そんなわたしをラネローはひたすら抱いていてくれた。

ほんの束の間とはいえ、この世にひとりぼっちではないと感じさせてくれた。ラネロー侯爵という勇敢な強い味方がいると。

いまにも崩れてしまいそうなほど弱っていたわたしを、精いっぱい励ましてくれた。そのせいで、ラネローへの見方が一変して、拒絶できなくなった。自分自身の真の気持ちも拒絶できなくなった。ラネローが名誉を守ってくれると心から信じられた。わたしの名誉だけでなく、キャッシーの名誉も。

いま、こうしてわたしがここにいるのは、ラネローが守ってくれるから。やさしくしてくれるから。

嘘はやめなさい、アントニア。いま、こうしてここにいるのは、ラネローを求めているから、ずっと求めてきたから……。

三十分も早く来るのは、危険極まりなかった。外にいる時間が長くなればなるほど、人に見られて、顔を憶えられる危険も増すのだから。けれど、何もせずに家にいて、運命のときをひたすら待っているのは堪えられなかった。

ここに来るといつでも心が落ち着いた。いまもそうなってほしい。そんなことを願いながら、寂しい墓地を見わたした。デマレスト邸からこの緑の楽園まで、よく短い散歩をしていた。ラネローとかかわるようになってからは、ますます頻繁にここへ通うようになっていた。

サマセットの田舎の静けさが恋しかった。著名な建築家クリストファー・レン卿の手による小さなこの教会の裏手の墓地は、ロンドンの片隅にひっそりと佇《たたず》む避難場所のようなものだった。そう、ここではめったに人に会わない。日曜日でも、主に職人が通うこの教会では、墓に長居する者はまずいなかった。わたしはこれからここでラネローに会う。となれば、荒れたこの墓地はもはや聖域とは言えなくなる。まもなく田舎に帰るのだから、そんなことを気にする必要もないけれど。

ゆっくり歩いて、石のベンチに腰を下ろした。ベンチはサクラの木の下にあった。ラネローがサクラの木をのぼって部屋に入ってきたときのことが思いだされた。あのときになぜラネローがわたしとベッドをともにしなかったのかは、いまだにわからない。わたしの抵抗心は紙のように薄っぺらで、それは互いにわかっていた。あのときラネローは欲望を抑えたのだ。本人は天下の放蕩者と悪ぶっているけれど、実は善良な男性なのかもしれない……。そんな思いが湧いてくるのを止められなかった。

その思いは、女たらしに屈するときに、わたしの内にひそむ淫らな女が囁く嘘。

「アントニア」

背後から低く響く声で呼ばれて、はっとした。振りむくと、ラネローが木に寄りかかって立っていた。上目遣いにまっすぐ見つめられると、肌が粟立った。

「意外そうな口ぶりね」ぐらつく脚で立ちあがった。

「きみは不安そうな口ぶりだ」

無意識のうちに、手袋をはめた手をそわそわと握りあわせていた。ぎこちなく息を吸って、手を体のわきに下ろした。「そのとおりよ」

途切れがちな会話の奥に、欲望が渦巻いていた。いますぐに、ラネローの胸に飛びこんで、官能の楽園に連れていってと頼みたくなる。自分の何かがおかしいことには、ずっと前に気づいていた。安全で、善良で、分別のある男性に心惹かれたことは一度もない。危険な男性だけに、胸が高鳴るのだ。

この胸の中にある心は罪で真っ黒。

けれど、ラネロー侯爵ことニコラス・チャロナーは罪を抱えているはずなのに、誰よりも美しい。浅黒い肌に映える金色の巻き毛。表情豊かでありながら、秘めたものを感じさせる端整な顔。野心と邪な思いに光る黒い目。そして、自嘲的なユーモアのセンスは、自身を守るための盾なのだろう。

ラネローが胸の前で腕を組んだ。優美な弧を描く帽子のつばが、端整な顔に影を落としている。身に着けているのはくるぶしまで届きそうな厚手の外套だった。「ずいぶん早いんだな」

アントニアは震えるようにうなずいた。ふたりの距離に心がますます乱れた。ラネローは即座に抱きしめて、何も考えずに済むようにしてくれるはず――そんなふうに思っていたのだ。ラネローに触れられると、礼儀や道徳などどうでもよくなる。それに、常識も。

「あなたも早いわ」

ラネローの引きしまった口元に皮肉っぽい笑みが浮かんだ。「責めるなら、激しい欲望を責めてくれ」

といっても、そんな欲望を抱いている口ぶりではなかった。慎重に狙いを定めているような口ぶり。アントニアは思わず一歩あとずさりしてから、その行動が動揺を表わしていると気づいた。ラネローの顔にさらに意味深長な笑みが浮かび、いっそう魅惑的になった。

「きみに食らいつくつもりはないよ」つぶやくように言った。「いや、少なくとも、きみをベッドに寝かしつけるまでは」

アントニアは頬が熱くなった。そのことばが何を意味するのかは、はっきりわかっていた。自分と同じ階級の淑女の多くは、わからないはずなのに。恐れと興奮で、全身がまたわなないた。震える手を胸にあてる。鼓動があまりにも激しくて、いまにも心臓が胸から飛びだしそうだった。

欲望と疑念の美酒に酔っている。そんな気分だった。

ラネローが目の前にやってきたかと思うと、うなじにするりと手が滑りこんできた。情熱的な手で触られただけで、肌が焼けそうになる。「今日は眼鏡をかけていないんだね」

体がラネローを求めていた。「わたしがどんな顔をしているか、もうあなたは知っているわ」

はじめて見るように、ラネローが見つめてきた。「きみがどれほど美しいかなら知っているよ」

「ニコラス……」欲望で光る目で見つめられては、蚊の鳴くような声で応じるのが精いっぱいだった。抱擁に身を任せた。たとえ命を落としても、いますぐに口づけたかった。「からかわないで」

「あまりにも美しくて、息を吸うのも忘れそうだ」

「わたしにも息を吸うのを忘れさせてほしいわ」ほのめかすように言った。これからラネローはわたしに何もかも忘れさせるつもりなのだ。にもかかわらず、繊細なガラス細工のようにわたしを扱っているなんて。

嬉しそうに笑うラネローの目尻のしわがまた魅力的だった。「ずいぶん大胆な要求をするようになったんだな」

アントニアは苛立たしげな声を漏らすと、口づけをせがむように背伸びした。目もくらむその一瞬、ラネローの温かな息と、滑らかで引きしまった唇を感じた。束の間、舌が触れあう。アントニアはため息をつきながら、さらに身をあずけた。けれど、驚いたことに、ラネローが唇を離した。

アントニアは顔をしかめた。「どうして?」

いたずらっ子のように笑うラネローに、苔《こけ》むした大きな墓石のうしろに連れていかれた。その墓もまた、ここにある大半の墓と同じように、ひび割れて、誰に顧みられることもなく置き去りにされていた。ラネローに押されて、よろけながら冷たく湿った大理石に寄りかかった。

「まったくきみって人は。ぼくは洗練された紳士としてふるまおうとしているのに」

「なぜ、そんなことをするの？」囁くように問いかけながら、たくましい肩に手を置こうとした。

けれど、手首をつかまれて、手の甲にキスされた。ラネローの唇が軽く触れただけで、欲望に体が震えた。ラネローが切羽詰まった口調で、声をひそめて言った。まるで、盗み聞きされるのを心配しているかのように。「ここも安全じゃない。馬車を待たせてある。きみはどのぐらい留まれるんだ？」

そのことばが稲妻となって体に突き刺さった。なぜなら、ラネローにどれほど請われても、〝留まる〟ことなどできないから。これはあわただしいほんの一夜の情事でしかない。

震える声で応じた。「キャッシーはメリウェザー家に泊まるの。今夜はレディ・ノーサン主催の音楽会に出て、明日の朝、パリーの店でヴェネチア風の朝食をとることになっているわ」幸運にも、キャッシーはスザンナ・メリウェザーとすぐに親しくなった。アントニアが体調が悪くて外出に付き添えないと言うと、メリウェザー夫人がその役目を買って出てくれたのだった。

「メイドは？」

「キャッシーのメイドはいっしょに出かけたわ。ほかの召使にはひと晩、休みを与えた。わたしが身のまわりのことを自分でできるのを、召使たちは知っているから」そう言いながらも、アントニアはいま、どれほど危険な橋を渡っているかよくわかっていた。仕事熱心なメイドが世話を焼こうと手ぐすね引いて待っているかもしれない。さもなければ、キャッシーに急に呼ばれるかもしれない。けれど、数々の危険を冒してでも、ラネローの魔法を最後にもう一度堪能したかった。その誘惑はあまりにも強く、抵抗できなかった。

ラネローの唇が弧を描き、嬉しそうな笑みが浮かんだ。「ということは、明日までいっしょにいられるんだね」

ラネローの目に熾火《おきび》のような明るい光が浮かんだ。アントニアは現実を忘れてはならないと自分に言い聞かせた。ラネローは移り気な欲望を抱いているだけで、この情事にとくに深い意味を見いだしているわけではない。それに、きっと、公然と歯向かう女を支配したいだけ。わたしは星の数ほどいるほかの女と変わらない。

どれほどそう思おうとしても、無分別で愚かな心はその思いを無視した。

無分別で愚かな心は、これからの数時間がラネローにとっても、大きな意味があると信じて疑わなかった。昨日の舞踏会でラネローが破滅から救ってくれたときに、心の盾は木っ端みじんに砕け散った。無防備でいるのが不快でたまらないのに、それでもすべてをラネローにゆだねていた。なぜなら、たとえ人生を棒に振ったとしても、ラネローは無限の性の悦びを味わわせてくれるから。

これほどの欲望を抱くのははじめてだった。このさき、これほどの欲望を抱くことは二度とない。今夜、心に深い傷が残る。ジョニーの甘言と端整な顔に惑わされて、いかにも世間知らずのお嬢さまらしく身を捧げたときよりも、はるかに深い傷が。ペラム邸での天地が反転するようなあのひとときよりも、はるかに深い傷が。

「アントニア?」ラネローの親指が手袋の上から手の甲をせかすように撫でていた。「気持ちが変わったのなら、解放するよ。ゆうべはしつこく迫ってしまった」

顔に感じるラネローのまなざしはあまりにもやさしかった。ラネローはわたしの過去を知っている――それを思いだすと、恥辱が湧きあがってきたけれど、それを必死に押しもどした。とはいえ、ラネローの顔に非難などこれっぽっちも浮かんでいなかった。浮かんでいるのは、たくましいその胸に包まれて涙を流した女へのいたわりだけ。いたわりと、欲望だけだった。

立ち去るのも、留まるのも、わたししだい。疑念と自己嫌悪が薄れていった。いずれは、そのふたつが戻ってきて、胸に突き刺さるにちがいない。それでも、ラネローとの最後の一夜を邪魔させるつもりはなかった。

「あなたは無理強いなどしていないわ」アントニアは静かに言った。

光る黒曜石の瞳がすばやくこちらに向けられた。「ということは、きみの魂を盗む悪魔のように、きみをさらっていく必要はないんだね?」

アントニアは微笑まなかった。「そうしたいの?」

ラネローが首を横に振って、ふいに陰のある表情を浮かべた。「いや。きみには自分の意志を大切にしてほしい。もう一度、きみの意志で」

「ええ、いまは自分の意志で行動しているわ」冗談めかして言おうとしたけれど、そんな口調で話せるわけがなかった。息をひとつ吸うたびに、世界の終わりが近づいてくるのだから。

「よかった」ラネローがやはり静かに言って、また唇を重ねてきた。口づけは切望と興奮の味がした。ラネローが唇を離すと、また顔に陰が差した。その表情は何を意味するの? けれど、答えを得る前に、その表情は消えていた。「きみはサリーから逃げだした」

相手がラネローでなければ、あの東屋のある場所から大急ぎで逃げだしたせいで、相手を傷つけたにちがいないと思うところだった。けれど、ラネロー侯爵の心に傷を残せる女はいない。そうと知りながらも、ラネローのすっきりした顎に触れずにいられなかった。「わたしは怯えたウサギのように逃げだした。そう、ほんとうに怖かったから」

ラネローが片手を上げたかと思うと、顎に触れている手を握られた。「きみにかぎって、そんなことはない。何があろうと怖がったりしないのだから」

アントニアはうつろな笑い声をあげた。「いいえ、何もかもが怖いわ」唾をごくりと呑みこんで、あえて正直に言うことにした。「何よりも、あなたが怖くてたまらない」

ラネローが顔をしかめた。「やめてくれ、怖がってなどほしくない」

「あなたといっしょにいて、胸に湧きあがってくる感情が怖くてしかたがない。わたしには誰よりも、女性として正しい道を歩かなければならない理由があるのに」

「きみは愛に生きるために生まれた女性だ」火花散る一瞬、そのことばが鞘《さや》から抜かれた剣のようにふたりの頭上に浮いていた。

「わたしは破滅するために生きている女よ」アントニアは苦々しい口調で言った。

知りあった当時は、ラネローのことを思いやりのかけらもない男性だと思った。けれど、いま、真剣なその顔にはまぎれもない思いやりが浮かんでいた。「そんなことはない」静かな口調だった。「きみの罪はそこまで大きくない」

「あなたに何がわかるの……」弱々しく応じるしかなかった。

「いや、よくわかる」ラネローが身を屈めて、心に染みる甘い口づけをした。「さあ、行こう」

ラネローが体を離し、マントのフードを直して、顔を隠してくれた。思いやりに満ちたその行為に胸が締めつけられた。

それでも、自分の心を欺くわけにはいかなかった。ラネローはいつだって、相手より自分を優先させてきた。これまでに、誰かを真剣に愛したことなどあるはずがない。家族の話をしたときも、愛情は微塵も感じられなかった。それなのに、ときどき、なぜかラネローが善良な男性に思えてしまう。純然たる事実を無視して、そうであってほしいと心から願っているからなの？

ラネローに手を取られ、シャクの葉とキンポウゲに埋もれかけた墓碑のあいだを抜けて、門へ向かった。狭い裏通りに、特徴のない馬車が待っていた。ラネローはどこまでも慎重だった。またもやふたりのあいだの距離をあけるのがむずかしくなる。いいえ、ラネローは密通の達人。逢瀬《おうせ》を秘密にするのが第二の天性になっている。皮肉めかしたその思いも、熱い感情を消し去りはしなかった。

ラネローはふたりの異なる男性のよう。悪名高い放蕩者のラネロー侯爵そのものかと思えば、淫らな女であることを世間に知られないようにわたしのマントのフードを直してくれるニコラスになる。

ラネローが無言のまま馬車の扉を開けた。アントニアは胸の鼓動が激しくなるのを感じながら、馬車に乗りこんだ。そこはもうラネローの領域。そこから出るときには、わたしは別人になる。それはまちがいなかった。

続いてラネローが馬車に乗りこんで、天井を叩いた。馬車が動きだすと同時に、クッションのきいた座席に座っているアントニアの隣に、ラネローも腰を下ろした。座席は狭く、太ももが触れあった。とたんに欲望に火がついて、頭がくらくらした。

抱きしめられるのを待った。

けれど、ラネローは動かなかった。

しばらくすると、アントニアはフードをはずして、ラネローのほうを向いた。見つめられているのはわかったけれど、黒い目に浮かぶ思いは読めなかった。いつもの自信満々の魅惑的なまなざしでもなければ、東屋で見つめてきたときのように欲望にぎらついてもいなかった。

やけに長く感じられる息詰まるひととき、ふたりは見つめあった。互いに敵の力量を推し量った。

アントニアは自分が動いたとは気づかなかった。ラネローが動いたことにも気づかなかった。それなのに、ふいにふたりの体がぴたりと重なって、唇が押しつけられた。激しく、熱く。楽園に通じる扉を大きく揺さぶるように。

18

強い雨が馬車の屋根に打ちつけて、雷鳴が響いた。その音と激しい胸の鼓動が競いあってい た。揺れる馬車の薄暗い車内がこの世のすべてになり、自分と比類ない女性のあいだで欲望の業火《ごうか》が燃えていた。時間が揺らめく無限の世界に溶けていく。いまこのときにしがみついていたいのに、それは許されなかった。無限の世界へと足を踏み入れると同時に、欲望で打ち震える手から、ときはするりと逃げだした。

ラネローは渋々と顔を上げて、アントニアを見つめた。暗がりの中でも、頬が染まり、唇が赤くぽってりと腫れているのがわかった。息も詰まるほどの緊迫感が、ふたりのあいだで渦巻いた。

ゆっくりと、あまりにもゆっくりとアントニアが目を開けた。その顔に夢見心地の表情が浮かぶ。それはラネローも同じだった。たった一度の口づけだけで、新たな世界に連れ去られた、そんな気分でいるのだから。

息が上がるのを感じながら、ラネローはアントニアのマントを押しのけると、ドレスの胸元に片手を滑りこませた。淡い色の薄いドレスは、淫らなほど胸元が開いていた。そのドレスを脱がせるのは、心躍る贈り物を開けるのと同じだった。豊かな乳房を手で包むと、アントニアがかすれた喘ぎを漏らした。

硬くなった乳首を親指ではじいた。アントニアがまばたきして、唇を開いた。白い歯とその奥の甘い暗がりがちらりと見えた。

「きみがほしい」囁いた。小さな声は馬車の音にかき消されそうだった。

乳房を包む手に力をこめながら、唇を重ね、舌で探る。アントニアがうめいて、夢中でうなじに手を差しいれてくると、その拍子に帽子が脱げて足元に落ちた。たっぷりと味わわずにいられなかった。アントニアの首にも情熱的に唇を押しあてた。

アントニアがぎこちない手つきで、外套を押しのけて、シャツを引っぱった。華奢な手が背中に触れると、それだけで快感が全身を駆けぬけた。アントニアは馬車に乗ったあとに、手袋をはずしたらしい。欲望で何も見えなくなっていたのか、まるで気づかずにいた。

低い声を漏らしながら、さまよう細い手をつかんで、ズボンの前に押しつけた。とたんに、いきり立つものがさらに大きく硬くなって、アントニアが息を呑んだ。ラネローは目を閉じて、熱い官能の海に呑みこまれていった。サリーから帰ってきてからというもの、あらゆる細胞がアントニアを欲していた。そして、今夜ついに、堪えがたい欲望を満たせるのだ。

「ああ、それだ」硬くなったものがアントニアの手に包まれて、撫でられると、かすれ声で応じた。

片手をアントニアの腰から下に滑りこませて、スカート越しにやわらかな丸みを握りしめた。熱く濡れた場所の近くに手を留めておくのは、拷問にも似た苦痛だったが、なんとしても自制しなければならなかった。そこに触れてしまったら、即座に、この馬車の中でアントニアを奪うことになるのだから。

前回の失敗を経て、飢えたライオンのように襲いかかってはならないと胸に誓ったのだ。猛然と突進するのではなく、快楽のすべてをひとつひとつ探索すると。サリーの東屋ではすっかり理性を失って、欲望のままに突っ走った。激しい交わりの中で、繊細さはひとつ残らず欲望に呑みこまれた。今夜こそ、光り輝く瞬間のすべてを記憶に刻みつけるつもりだった。

「ニコラス」アントニアが囁きながら、唇を喉へと這わせた。いきり立つものを愛撫する手に、徐々に力がこもっていく。ラネローは固い決意が揺らいでいくのを感じた。

「なんだい……?」

顎に、そして、耳にアントニアの唇を感じた。蝶《ちょう》が舞うように唇が触れる。幻のような口づけがこれほど煽情《せんじょう》的でなければ、もっとしっかり口づけてほしいと言っているところだった。

「ニコラス、ここまでよ」アントニアが愛らしく、ちょっとからかうように言った。「馬車はもう動いていないわ」

「いまのぼくに馬車のことを気にかけろといっても無理だよ」低い声で言いながら、アントニアのウエストに腕をまわすと、その体を座席に押しつけた。

戸惑いが浮かぶ甘いまなざしで見つめられると、ますます欲望で血が沸きたった。「御者が扉を開けたら、顔を真っ赤にするわ」

「御者は扉を開けるような無作法なことはしない」そう言って、アントニアの首に顔を埋めた。麗しく、芳醇で、女らしく、爽やかな香りに包まれた。いったい、なんの香りなのか……。といっても、そこに混じるアントニア自身の香りはわかったけれど。「きみはどんな香水をつけているんだい？」

「あなたにそうされると、嬉しくてたまらない」アントニアはもっとかわいがってほしいとねだるネコのようだった。ドラゴン並みに手強《てごわ》いお目付け役のことがふいに頭に浮かんだ。厳めしい外見の下に、これほど官能的な女が隠れていたとは。

「で、香水は？」

「香水なんてつけていないわ」アントニアの手がまたシャツの中に滑りこんできて、背中を撫ではじめた。

「そんなわけがない。きみはいつだってこの香りがするんだから」

アントニアが笑い声を漏らした。「石鹸かしら？　ラベンダーの香りであなたが興奮するとは思えないけれど」男の興奮を確かめるように、アントニアが腰を押しつけてきた。うなりたくなるのをこらえた。こっちがどれほど興奮しているか、アントニアはわかっていないらしい。そうでなければ、からかうはずがなかった。「ミス・スミス、ふざけるのはやめてくれ。もう目的の場所に着いたんだから」

「だったら、起きあがってもいいかしら。どこに着いたのか見てみたいわ」アントニアが息を切らせながら言った。

「謎めいた場所ではないよ。ぼくの家の裏手の路地だ」

魅惑的な夢の世界にいたはずのアントニアが、ふいに目を覚ますと、驚いて見つめてきた。

「あなたの家に入るわけにはいかないわ、ニコラス。あなただってそれはわかっているでしょう」

ラネローは体を起こして座ると、抵抗されるのを感じながらアントニアのことも起こした。

「この家はどこよりも安全だよ」

「でも、召使は？」アントニアが不安げに言った。「召使には目も耳も口もあるのよ」

アントニアの上気した顔を縁取る金色の髪を、ラネローは撫でた。アントニアはたっぷり口づけられて、ずいぶん困っているような顔をしていた。相反する思いを抱いているのが、かえって魅惑的だった。つい感情がこみ上げて、喉が詰まりそうになる。心地いいだけではない感情。アントニアを守りたいという思いと、称賛の念と、大量の欲望が入り混じった感情だった。

圧倒的な欲望は大歓迎だ。なにしろ、その欲望がどれほど奔放な夢にも出てこなかったほどの快楽へと導いてくれるのだから。けれど、いま感じているのは、単なる欲望を超えた何か。底知れぬ深みの縁で、体がぐらぐらと揺れている気分だった。

「召使にはひと晩の暇を出した。御者のボブは、主人が淑女といっしょにいるのを知っているが、その淑女がどこの誰なのかは知りもしない。いずれにしても、ボブは貝のように口が堅い」

ほっとしたことに、アントニアの顔から緊張感が抜けていった。「ありがとう」低い声でお礼を言われた。

アントニアの体越しに手を伸ばして、窓の目隠しを開けた。外はしのつく雨が降り、一面銀色の幕を張ったかのようだ。数メートルさきの裏門さえぼやけていた。「これでは、家まで走らなければならないな」

「もしかしたら、このまま馬車の中にいたほうがいいのかもしれないわ」

ちらりと笑みを浮かべて、アントニアを見た。「ぼくの計画ではもっと広い場所が必要なんだ、美しい人」

アントニアが好奇心を顔に浮かべたかと思うと、すぐに目を伏せた。「そんな……」か細い声だった。

ラネローは床に落ちた帽子を拾って、かぶった。アントニアの服は淫らに乱れて、身なりを整えるように言ったところで無駄だった。

アントニアの両手をそっと持ちあげて、ドレスの胸元をもとに戻した。それだけでも手間取った。欲望に震えているのはアントニアだけではなかった。アントニアのマントの大きなボタンを留める。高貴な女性が着るマントで、お目付け役の仕事着ではなかった。とたんに、好奇心がまたむくむくと頭をもたげる。だが、質問はあとまわしだ。あとまわしにできないほどの欲望を抱いているのだから。

最後にマントのフードをかぶせた。「用意はいいね?」

「ええ」

青い瞳の中で燃えている炎は見まちがいようがなかった。アントニアがたったいま口にした返事は、雨の中を走る用意はできているという意味だけではなかった。体を差しだす覚悟はできているという意味でもあった。そう思うと、とたんに鼓動が暴れ馬のようなギャロップを刻んだ。

馬車の扉を開けて、踏み段を足で蹴りだして、嵐の中に出た。容赦なく降る氷のような雨に、首や顔を叩かれた。

それでも、求めてやまなかった女を抱けると思うと純粋な喜びがこみ上げて、笑わずにいられなかった。振りむいて、両腕を広げた。「さあ、飛びおりるんだ!」

アントニアは馬車の戸口で立ち止まると、両手を差しだしている長身の男性を見つめた。最新流行の帽子が二度と使い物にならなくなるほど激しい雨が打ちつけて、黒い大きな外套の襟も肩もずぶ濡れだった。水溜まりに立っているせいで、ぴかぴかだったブーツが泥水に浸っていた。

「アントニア！　さあ、受けとめるから」

ラネローの声は力強く、固い意志がみなぎっていた。わたしの心をずたずたに引き裂く放蕩者とは思えない口調。といっても、ラネローに心を引き裂かれるのはまちがいなかった。これまでにもいろいろなことがあった。それでも、いまこの瞬間ですべてが決まる――そんな確信にも似た思いを抱いた。この瞬間、わたしは運命を風にあずけるのだ。

ラネローが辛抱強く待っていた。そもそも辛抱強いほうではないのに。そのまなざしは真摯だった。そもそも真摯な性質ではないのに。

土砂降りの雨越しに、アントニアは笑みを送った。ラネローが純粋な笑顔で応じた。すると、自分が若返ったような気がして、自信が湧いてきた。この十年のあいだ、これほど自分が若々しく、自信を感じたことはなかった。

小さく祈りのことばをつぶやきながら、雨の匂いを確かめるようにひとつ大きく息を吸って、ラネローの腕に飛びこんだ。

力強い両腕でしっかり受けとめられて、そのまま抱えあげられた。豪雨に少しでも抵抗しようとするかのように、大きな外套に体が包まれた。たくましくてハンサムな長身の男性に抱きあげられているせいで、ついロマンティックな気分になって、頭がぼうっとしてしまう。そうならないように必死に抗っても、無駄だった。この十年間、乙女の夢とは無縁の生活を送ってきた。乙女らしい夢を見て、破滅に追いやられそうになったとき以来そうしてきたのだ。それなのに、その夢はそう簡単には断ち切れなかったらしい。

「人魚をつかまえたぞ」ラネローが屈託なく笑いながら、大股で門へ向かった。その前を御者がはねを上げながら走って、門を開けた。次の瞬間には、背後で門が閉まる音がした。そこはもうラネローとふたりきりの世界だった。

「溺れた人魚だわ」アントニアはラネローの首にしがみついて、たくましい胸に顔を埋めた。

楽園の香りがすると、ラネローに言われたことがあった。けれど、ラネローの香りはそれ以上だ。洗濯したてのシャツのような清潔な香り。空から降ってきたばかりの雨の匂い。その雨が罪を洗い流してくれるのを祈らずにいられなかった。

ラネローにしっかり抱きかかえられて、雨に濡れた庭を通って大きな白い家に向かっていると、自分が無垢な乙女のように思えた。嵐から救出されて、安全で平和な楽園へと連れていかれる気分だった。

わたしが花嫁になることなんてけっしてないのに、夫に抱えられて、家に入る花嫁の気分だった……。

ラネローにしがみついている腕に力をこめて、ぴたりと身を寄せた。冷たい雨に打たれて、体が震えていた。それなのに、ラネローはどこまでも温かかった。雨や風を遮ってくれる避難場所。不愉快な良心の呵責からの避難場所。

これは一夜かぎりの情事――そう心に誓った。サマセットでの非の打ちどころのない偽りの貞淑な人生に戻る前の、過去も未来もない一夜かぎりの情事。何があろうとこれだけは誰にも渡さない。そう、何があろうと。神が邪魔しようと、悪魔が邪魔しようと。世間にも邪魔させない。この胸の中にある無防備な心にも。

明確な意図を感じさせる足取りで、ラネローが家の中に入った。期待感に全身が打ち震えた。嵐の夕刻の家の中は薄暗く、謎めいていた。黒と白のタイル張りの廊下と、そこに並ぶ何枚もの閉じた扉がぼんやりと見えた。りっぱな玄関の間。窓に打ちつける強い雨が、白い大理石の床に映っていた。

ラネローが階段をのぼりはじめた。ゆるやかな弧を描く階段は、暗い広大な庭に面していた。ラネローのことばどおり、召使の姿はどこにもなかった。

「わがねぐらへようこそ」ラネローがつぶやくように言って、肩で扉を押しあけた。

そのことばが冗談だとわかっていても、淫らな予感に体がわなないた。部屋の中は薄暗く、冷え冷えとしていた。数本の蠟燭が闇をかろうじて押しもどしていた。

「なんて浅はかなことをしてしまったんだ」悔しそうにラネローが言った。「きみの体は冷えきっている。馬車の中でしばらく待って、ボブに傘を持ってこさせればよかった」

「いいえ、わたしは大丈夫よ」かすれた声で応じた。ラネローのほうこそずぶ濡れだ。わたしのマントも湿っているけれど、男物の大きな外套に包まれていたおかげで、ずぶ濡れにはならなかった。

四柱式の広いベッドに連れていかれた。マントを脱がされて、切なくなるほどそっとベッドに下ろされた。厚いマットレスにふわりと体を受けとめられて、うなじに枕がやさしく触れた。

ラネローが濡れそぼった外套を脱ぎすてて、ベッドに上がってくると、目の前にひざまずいて、緊迫した真剣な表情で見つめてきた。燃えたつ欲望を即座にあらわにするものと思っていたのに。その欲望で胸にくすぶるあらゆる不安が焼きはらわれると思っていたのに。それなのに、ラネローにやさしくされると、これが一夜かぎりの情事でなければいいと願わずにいられなくなった。

「美しいドレスだ」ラネローが囁くように言いながら、惚れ惚れと見つめてきた。そのまなざしが向けられた場所すべてが、燃えあがるほど熱を帯びた。

「昔のドレスよ」

淡いバラ色のドレスは、目も当てられないほど時代遅れだが、袖を通したのは今日がはじめてだった。ジョニーと駆け落ちしたときに旅行鞄《かばん》に詰めこんだのに、一度も着る機会がなかったのだ。なぜ、いまだにそんなドレスを捨てずにいるの？　これまでにも幾度となくそう自問した。美しくて高価なドレスは、厳格なミス・スミスがアントニア・ヒリアードという過去の自分を捨てきれずにいる証拠なのに。

ラネローと会うために身支度を整えようとして、自然にそのドレスに手が伸びたのだった。それはジョニー・ベントンの青臭い恋人のドレスでもなければ、キャッシーの野暮ったいお目付け役のドレスでもなかった。そのドレスに過去はない。今日、アントニアは過去のない女になりたかった。

ラネローの顔にかすかな笑みのようなものが浮かんだ。「きみがアントニア・スミスになる前のドレスだね」

はっとして、アントニアはラネローの目を見た。とはいえ、ラネローがすでに世間知らずのお嬢さまの哀れな物語のすべてを推測していても不思議はなかった。「そうよ」

ラネローの声がかすれるほど低くなった。「どうしてもきみを見たいんだ」

緊迫した一瞬、激しい感情に空気まで震えた。胸に湧きあがる思いは山をも動かしそうなほど強かった。「だったら、ドレスを脱がせて、ニコラス」つぶやくように言った。

その名がすらすらと口に出てきた。ラネローの頬をそっと撫でる。そうやって、胸の中で花開いたやさしさを伝えたかった。

静かに口づけられた。奪うような激しい口づけではない。サリーの小川のほとりで唇を重ねたときと同じ、心がとろけそうになる口づけ。愛する女にするような口づけだった。アントニアはこみ上げてくる涙を押しもどした。けっして心を許さないようにしているのに、これほどあっさり支配されてしまうなんて。

ラネローが切羽詰まったようすでドレスを脱がせた。その手が欲望に震えていることに気づかなければ、なぜ、そんなに焦っているのかと戸惑うところだった。ぼんやりと夢うつつで、気づいたときには薄っぺらなシュミーズ姿になっていた。薄紅色のバラが刺繍《ししゅう》された白いシルクのシュミーズも、向こう見ずなレディ・アントニア・ヒリアードの遺物だった。いつのまにか、髪が淫らに肩にこぼれ落ちていた。

「待って」知らず知らずのうちに、か細い声で言っていた。ラネローの胸に手のひらをつけると、荒い息遣いが伝わってきた。

「やめてくれ、じらさないでくれ」ラネローが苦しげに言った。

「わたしもあなたを見たいの」小さな声で言いながら、ラネローのシャツをつかんで、たくましい体をぐいと引きよせた。「このいでたちは、公爵夫人の園遊会にでも出るつもりなの？」

ラネローが自嘲気味に笑った。それがまた魅惑的だった。ふいに手をつかまれて、ズボンの前に押しあてられた。「これでは公爵夫人を驚かせてしまう」

「抜け目がない公爵夫人なら、あなたと個人的に話したいと誘ってくるはずよ」欲望に打ち震えながら、アントニアはズボンの前を手さぐりすると、その中に手を滑りこませた。ラネローは胃が縮むほど緊張しているはずだった。

ついに、脈打つ硬いものを握った。興奮して、胸の鼓動が雷鳴のように打ち響く。

「きみのせいで、何もかもわからなくなりそうだ」ラネローが苦しげに言いながら、腰をくねらせた。

アントニアはさらに手に力をこめた。大きさにも熱にも感動せずにいられなかった。まるで、自然の強大な力を手の中におさめたかのようだった。「哀れな公爵夫人はことの重大さに気づいていないようだわ」

見るからに渋々と、ラネローは股間に触れている手を引き離すと、その手に口づけた。

「ぼくの美しいレディはいつからそんな意地悪を言うようになったんだ？」

「放蕩者の魔法にかかってからよ」ラネローの欲望は見まちがいようがなかった。それを確信すると、さらなる欲望といっしょに自信も湧いてきた。膝を立てて、ラネローのクラバットをすばやくはずした。「さあ、上着を脱いで。それとも、わたしが？」

小気味いいほど即座にラネローが上着を脱いで、床に投げ捨てた。シャツをぐいと引きあげて、頭から脱ぐ。深みのある金色の髪が乱れた。まるで寝乱れた天使のよう。といっても、邪なこの侯爵の心にいるのは天使ではなく悪魔のほうだ。

たくましい胸を見つめていると、感動と燃える期待感に口の中がからからになった。金色の毛で彩られた広い胸から目を離せなかった。思わず唇を舐めて、胸の内を表わすそのしぐさを、ラネローにじっと見つめられているのに気づいた。

「ズボンを脱いで」必死に欲望をこらえているせいで、声がざらついた。そんなふうに命令したら、反論されるはず。ところが、ラネローは即座にベッドから下りると、ぶざまなほどあわてて靴を脱ぎ、ズボンも脱ぎすてた。

胸が破裂しそうなほど鼓動が大きくなった。全裸のラネローを前にして、ことばを失った。これほど美しい男性がこの世にいるなんて……。ベッドをともにするという粗野な現実とそぐわないほど美しかった。

ラネローの体の一部——ついさきほどまで触れていた場所——に目が吸いよせられた。信じられないほど大きかった。これではまっぷたつに引き裂かれてしまう。すでに鋼のように硬くなって、準備が整っている。それなのに、さらに大きくなるのがわかって、目を丸くせずにいられなかった。東屋であれほど強く激しく奪われたのも不思議はなかった。視線を上げて、ラネローの目を見た。勝ち誇ったような得意げな顔をしているにちがいない、そう思いながら。

けれど、ラネローは揺るぎないまなざしで顔を見つめてきただけだった。どうにかして肺に空気を送りこもうとしているかのように、肩が大きく上下している。すぐにでも飛びかかりたいのを必死にこらえているのか、体のわきに下ろした手を握りしめては、開いていた。

アントニアははっとした。ラネローは勝利に酔いしれてはいない。それどころか、抑えきれない欲望にすっかりからめとられている。わたしはなす術もなく欲望という名の魔法に翻弄されているけれど、ラネローもそうだったのだ。

惜しげもなく欲望をあらわにしたラネローを見ていると、その手を握りしめたくなった。体を重ねて、その重みを確かめたくなる。ラネローとの交わりがどれほど激しいかは、もう知っていた。そしていま、それをもう一度知りたくてうずうずしていた。シルクのシュミーズの下の乳房が張った。繊細な布が疼く乳首に触れると、もじもじと体を動かさずにいられなかった。

それでも、ラネローはまだ触れてこなかった。その場に立って、みごとな裸身をさらしているだけ。それとも、息もできないほどはらはらしながら、わたしに襲いかかられるのを待っているの？

「アントニア、頼む……」苦しげな口調だった。

わたしがラネローを苦しめているの？　それに気づいて、アントニアは唇を噛んだ。期待感に胃がぎゅっと縮まる。脚の付け根が熱く湿った。ぎこちなく息をひとつ吸って、震える手でシュミーズをつかむと、体を隠していた最後の布をぎこちなく引きあげて、取りはらった。

ラネローの顔に浮かぶ表情が欲望で鋭くなった。その表情はあまりにも生々しく、ラネローと同じぐらい切羽詰まっていなければ、ひるんでいるところだった。そう、今夜、危険を冒してでもラネローといっしょに過ごしたいという思いを抑えきれなかったのは、これほど恋い焦がれていたから。これほど求めあっていたから。身も焦げるほど深く結ばれたいからだった。

目もくらむ激しい感情が、全身に押しよせた。肩にかかる髪をうしろに払うと、大きく息を吸った。乳房に触れてと求めるように。

唾を呑みこんで、渇いた喉を湿らせた。もう一度唾を呑みこんで、いまこそ口にすべきことばを絞りだした。

「ニコラス、わたしをあなたのものにして」

19

アントニアに低い声で誘われると、自制心は一瞬にして灰と化した。ラネローは数歩でベッドへ向かい、アントニアにのしかかった。腰を両手でつかんで、しなやかな首にも肩にも、キスの雨を降らせた。窓を叩く雨より激しい口づけの嵐。そう、嵐はこの身の中でも吹き荒れている。これまでどんな女もなしえなかったほど激しく、アントニアに欲望を刺激されていた。

何日もの眠れない夜に、アントニアの裸身を思い描いて過ごした。けれど、実物はどんな空想も超えていた。どれほどの妄想も実物の前では色を失った。アントニアは光り輝いている。成熟して滑らかな弧を描く体。蠟燭の揺れる炎に映しだされるぬくもりに満ちた艶やかな肌。何もかもが愉悦の楽園を約束していた。

願っていた以上に長い時間を、アントニアの乳首の色を想像して過ごした。淡い桜色なのか？　濃いバラ色なのか？　それとも、煉瓦《れんが》色なのか？　けれど、実際には、真夏のラズベリーに似た豊かな赤色だった。やわらかな白い肌とは対照的につんと硬くなった乳首を見れば、どんな男でもこの世に生を受けたことに感謝したくなるはずだった。

夢中で愛撫していると、アントニアが抗うようなしぐさを見せた。だが、笑みを浮かべているのだから、激しい愛撫を本気でいやがっているはずがなかった。全身の血が沸きたっていたが、このままではアントニアを押しつぶしてしまうと気づいた。心に巣くう貪欲な獣をどうにか制して顔を上げ、アントニアを見つめた。愛らしい頬が赤く染まり、荒々しい口づけのせいで唇がぽってりと腫れていた。

一糸まとわぬ姿で不安げな目をしているアントニアを見て、それまで経験したことのない痛みを覚えた。そんな感情を抱きながら女とベッドをともにするのははじめてだった。体には大いに自信があるが、今夜、目の前にいる女性はそれ以上のものを求めてくるにちがいない。この自分が与えられるかどうかわからないものを。

情けないほど震える手で、硬くなった片方の乳首に触れてから、反対の乳首にも触れた。アントニアが満足げな声を漏らすと同時に、淡い色合いの乳首が濃い紅色に変わった。その乳房がどれほど敏感かはよくわかっていた。そしていま、真珠のように硬くなった乳首に触れられて、アントニアは身を震わせている。それを目の当たりにすると、興奮の波が全身を駆けめぐった。さらには、困りものの欲望も。

情熱に突き動かされているのは、自分でもはっきりわかった。もちろん、アントニアの体がほしくてたまらなかった。それでいて、ときが経てば経つほど、認めたくない思いも強まっていく。アントニアの中に名状しがたい貴重なものを求めているのだ。アントニアの強さ。信頼。天からの贈り物にも似た快活で情熱的な心。

「きれいだ」囁いて、震える乳首に口づけた。

背をそらせたアントニアに肩を強くつかまれた。性の悦びに浸りながら、ラネローは乳首をくわえて吸った。舌で円を描いてたっぷり味わった。

アントニアの脚の付け根のふわりとした縮れ毛に、片手を差しいれて、確かめるようにじらすように愛撫する。乳首にそっと歯を立てる。アントニアが切ない喘ぎ声で応じた。

思うぞんぶん触れていると、至上の満足感がこみ上げてくる。アントニアはダンスに応じてくれた。そしていま、この腕の中にいる。それがまだ信じられなかった。やわらかな乳房をそっと噛んでから、ラネローは顔を上げた。

前回は闇の中で交わった。今夜は愛らしい顔に浮かぶ思いのすべてを、目に焼きつけるつもりだった。

「やめないで」アントニアがかすれ声で懇願しながら、体をこすりつけてきた。もっと触れてと言わんばかりに脚を開いた。

「やめられるわけがない」こんなふうにしなやかな体に触れているのは、日向ぼっこをしているように心地いい。これまでの人生はあまりにも冷え冷えしていた。空想の世界に絶えず登場した乳房に、たっぷりと口づけた。「ぼくがきみをどれほど欲しているか、きみにはわからないだろうな」

「あなたはもうわたしを自分のものにしたわ」アントニアの囁き声が耳に響いた。

それが真実であれば、どれほどいいだろう……。この期に及んでも、わがものにしたとは思えずにいた。それを考えると、まちがいなく自分のものだと宣言して、このままどこにも行かせたくなくなる。いまだけは、所有欲はどんな理屈にも屈しなかった。激しい欲望に理屈は燃えあがって灰となり、ここにいるのは本能を剝きだしにしたひとりの男でしかなかった。欲望を満たすことしか頭にないひとりの男そのものだった。

濡れたひだに指を滑らせた。アントニアが苦しげに喘いで、体を大きく震わせた。いちばん感じる場所を指で探りあてると、またもやしなやかな体が激しく波打った。熱く濡れたシルクに触れているようだった。わざとゆっくりと、アントニアの欲望をかき立てていく。秘した場所を指でたどり、乳房に口づけの雨を降らせながら。

アントニアに頭をつかまれて、ぐいと引きよせられた。細い指に髪が絡んだ。アントニアの息遣いが途切れがちになると、ラネローはようやくさきに進むことにした。平らでやわらかな腹に唇を這わせて、両手ですらりとした太ももをつかみ、一気に開かせた。

胃がよじれるほどの興奮を覚えた。

秘した場所を一心に見つめた。そこはふっくらと薄紅色に輝いていた。興奮の香りが色濃く立ちのぼり、頭がくらくらする。いや、くらくらするのは、切望する胸が激しい鼓動を刻んでいるせいなのか……。

そこにたっぷり口づけて、潮っぽい欲望の味を確かめた。それだけで、アントニアは官能の階段を駆けのぼり、いまにも身を震わせて叫びそうになっていた。女の反応をこれほど敏感に察知したのははじめてだった。愛撫とアントニアの喘ぎ声が、豊かな音楽のように調和していた。

舌を這わせてから、一本の指を差しいれて、同時にまた舌を這わせた。苦しげに喘ぎながら、アントニアが指を締めつける。そんなアントニアといっしょにいると、肉欲は新たな領域へと向かっていった。これほど興奮していなければ、おぞましいと感じるほどの領域に。

指をさらに深々と差しいれると、アントニアと現実の絆が切れる瞬間がはっきりわかった。

ああ、それでいい……。

すすり泣くような官能の喘ぎは、この世でいちばん甘美な声だった。それでも、ラネローはやめなかった。アントニアのせいで正気を失いそうになったのだから、お返しはたっぷりさせてもらう。この世が砕け散るほどの恍惚感を抱かせてみせる。美しい体の隅々にまで、ニコラスという名が刻まれた女に生まれ変わらせてみせる。

アントニアは自分のものだ。アントニアのすべてを自分のものする。

ああ、そうせずにいられない。抑えきれない欲望がどこから生まれてきたのかはわからない。けれど、快感に溺れそうないま、その疑問の答えを考えてはいられなかった。

アントニアの体はまだわなないていた。それでも、もう一度恍惚の極みに押しあげた。髪に絡まる指に力が入って、強く引っぱられる。アントニアを味わい尽くさなければ。歯と舌と唇を使って、最高のクライマックスを経験させるのだ。

驚くほどすばやくアントニアがのぼりつめて、身をこわばらせた。こんなに感じやすいとは……。胸が締めつけられるほどの驚嘆がこみ上げてきた。アントニアを自分のものにするという妄想には、長いあいだ苦しめられてきた。けれど、その妄想をはるかに超えた現実に、めまいを覚えた。

もう一度、境界を超えさせたかった。恍惚とさせて、すっかり酔わせたかった。全身の血がニコラスの名を歌うようにさせるのだ。アントニアの中に入りたいという欲望は抑えがたかった。だが、豪華な料理が次々とテーブルに並んでいくように、アントニアのすべてが目の前に広がっていくのは、それだけで達成感があった。

「ニコラス……」ひび割れた声でアントニアが言うと、髪に埋めていた手から力が抜け、ゆったりと髪を撫でた。「ニコラス、待って」

ふっくらした唇からこぼれる〝ニコラス〟ということばが音楽のようだった。けれど、この一夜が終わるまでに、その名を叫ばせてみせる。もう一度、秘した場所にたっぷり舌を這わせて、濡れたやわらかなひだを確かめた。このときを長いこと夢見てきたのだ。そそくさとすべてを済ますわけにはいかなかった。サリーでは致命的なミスを犯して、アントニアに去られたのだから。

「ニコラス……」ため息交じりに名を呼ばれた。同時に、ラネローはもう一度味わった。ジャコウにも似た香りをたっぷりと。髪に差しこまれた手にまたぎゅっと力が入る。「ニコラス、お願い、やめて」

渋々とラネローは顔を上げた。アントニアの顔には熱っぽい切羽詰まった表情が浮かんでいた。

「気に入らないのかな?」

声がしわがれていた。アントニアの芳醇な香りが舌にまとわりついていた。もっと味わいたかった。ずっとそうしていたかった。

「もちろん気に入っているわ」アントニアがじれったそうに答えた。体をずらしてベッドのヘッドボードに寄りかかると、苦しげに息をした。そのたびに美しい乳房が揺れていた。

「それはわかっているでしょう」

「ならば、なぜ止める?」

アントニアの脚が肩にかかっていた。熱くなったアントニアの香りは、ワインより男を酔わせた。その味が唇にまとわりついている。それはあまりにも美味だった。

「なぜって……」探るように見つめると、アントニアが息を呑んで、目を伏せた。「それはわかっているでしょう」

説得するように、ラネローは低い声で言った。「何を望んでいるのか言ってくれ。はっきり言ってくれ」

アントニアが頰を染めて、消え入りそうな声で言った。「じらすのはもうやめて」

にやりとせずにいられなかった。「もう少し具体的に言ってくれると助かるよ」

アントニアが顔をまっすぐに上げて、長い睫越しに苛立たしげな視線を投げてきた。「わたしが望んでいるのは……」

「望んでいるのは？」

「意地悪ね」アントニアがすねたように言いながら、欲望だらけのまなざしで睨んできた。そのことばはあまりにも煽情的だった。なにしろ、目の前で全裸で横たわり、ぎこちない息遣いに豊かな乳房を揺らしながら、秘した場所を惜しみなくさらしているのだから。

ラネローはさらににやりとした。「答えになっていないよ」

「わたしにプライドを捨てさせるのね」ぎらつく空色の目でまた睨まれた。「中に入ってきて。すべてを満たすほど深々と。罪の意識も後悔も感じられなくなるほど。おもちゃのように扱うのはもうやめて。いま、わたしとあなたは対等なのよ」

アントニア……。

なんてことだ……。じらしたいという気持ちが、一瞬にして炎に包まれて消えていった。そうして、アントニアのことばだけが胸に深々と刻まれた。

たったいま耳にした正直な気持ちを必死に受けいれようとした。すると、アントニアがやはり低い声で話を続けた。「この部屋の外の世界を、あなたの力で消し去ってほしい。わたしの中に激しく押しいって、あなただけを感じさせてほしい。わたしが知っているのはあなただけ、考えているのはあなたのことだけ、そうなりたいの」

アントニアが口ごもって、黙りこんだ。息遣いがますます速く、不規則になっていた。炎のように熱い視線を感じた。美しい顔にさまざまな思いが浮かんでいた。

不安。ああ、当然だ。正直な気持ちをことばにしたのだから、無防備に感じているのはまちがいない。

恐れ。勇気。挑戦。

そして、何よりも欲望。

ラネローはゆっくり体を起こした。そうしながらも、アントニアを見つめる目は揺るがなかった。心に築いた脆い防壁は、いまや跡形もなく崩れ落ちた。アントニアを制しようと努力を重ねてきたつもりでいるとは、なんという皮肉だろう。その結果、最後に勝利するのはアントニアだと気づかされるとは。

どんな女も比べものにならないほど、アントニアのことがほしかった。さらに悪いことに、これまで抱いたことのないさまざまな感情を、アントニアに引きだされた。そして、致命的で魅惑的な絆を断ち切る方法が見つからずにいる。

「ぼくはきみにふさわしい男ではない」嘘偽りのない気持ちを口にした。

ときが経つごとに、ふたりの関係は肉欲だけの安全地帯から遠く離れていく。アントニアがどれほど並外れた女性かということは、ずっと前からわかっていた。そして、気づいたときには、けっして逃れられないほど深いくさびを心に打ちこまれていた。

アントニアが濃い金色の睫をしばたたかせた。口元に不可思議な笑みが浮かんだ。「あなたを驚かせたのかしら?」

「いや……」そう言いかけて、はっとした。アントニアの率直なことばに、体面を保つための嘘で応じるのはふさわしくない。ラネローは両手をベッドについて、身を乗りだした。胸を打ち破りそうなほど鼓動が大きくなっていた。「そのとおりだ」

アントニアが首をかしげて、目を覗きこんできた。青い瞳はどこまでも澄みきって、心まで見通せそうだった。アントニアにふさわしい男ではない——そのことばは真実だった。だが、心の奥底では、ふさわしい男になりたいと願っているのが、大きな問題だった。

「キスして、ニコラス」

もちろん、そのことばにしたがった。情熱と欲望のすべてをこめて。

唇を離して顔を上げると、興奮で輝く水色の目が見えた。アントニアがベッドの上で体をずらして、下にもぐりこんでくると、かすれた声で言った。「さあ、ニコラス」

ついに、そのときが来た……。

一瞬を永遠にも感じながら、ラネローは腰を持ちあげて、ゆっくりとアントニアの中に入った。とたんに、故郷に戻ったような感覚に襲われた。荒々しい世界の中で、そこだけが真に自分が属する場所であるかのように。

アントニアが緊張して身を震わせながらも、奥へと招きいれた。この結びつきには大きな意味がある――ラネローがそう感じているように、アントニアもそれに気づいているのだろう。そうでなければ、これほど緊迫した表情を浮かべているはずがなかった。

激しく交わりたい。そんな思いが、トランペットが吹き鳴らされるように頭の中に響いていた。それでも、さらに押しいりはしなかった。

アントニアを奪うんだ。すべてをわがものにするんだ。

そんな声が頭の中でこだましていても、残照のようなやさしさが、欲望と混じりあった思いやりが、ラネローを押しとどめた。たっぷり時間をかけて、アントニアの悦びを確かめる。肉欲の下に、目の前にいる女性を慈しみたいという思いがひそんでいた。アントニアの心と美を大切にしたいという思いが。

アントニアが震えながらため息をついて、もっと奪ってほしいと言いたげに腰をずらした。アントニアの両手がうなじに差しいれられる。「ニコラス、ゲームはもうやめて」

名前を呼ばれると、またもや魂まで貫かれた。アントニアがこれほど易々と大きな力を発揮するとは……。「いや……自制しようとしているだけだ」つぶやくように応じるのが精いっぱいだった。

「そんなことはしなくていいのよ」アントニアがきっぱり言って、じれったそうに背をそらせた。とたんに、脈が速く大きくなった。アントニアにもじもじと動かれでもしたら、いっぺんにのぼりつめてしまう。

歯を食いしばって、アントニアの長い脚を腰に巻きつけた。角度が変わると、いきり立つものの先端が締めつけられた。思わず口から漏れそうになるうめき声を噛み殺す。そうして、思いきり突きたてずにいる理由を、必死に思いだそうとした。「気遣っているんだ」

ああ、そうしたい……。

束の間の明確な思いが、欲望の深紅の霧を切り裂いた。そうだ、アントニアを気遣いたい。単にベッドをともにする相手としてではなく、この腕の中で光り輝かせたい。

不都合なその思いを、心の中に封じこめた。アントニアが夢中になっているいまこのときなら、その思いを封じこめるのもそうむずかしくはなかった。

ラネロー侯爵にあるまじき嘆かわしい告白を、アントニアは聞いていたのか？　愚かなことばを、なんとしても忘れてもらわなければ。そのことばの響きを、欲望という沼に沈めてしまうのだ。けれど、何をしたところでどうにもならなかった。アントニアの体に触れるたびに、尊敬の念を抱かずにいられないのが、不都合な真実を物語っていた。

そうだ、どうしても、アントニアを気遣いたい。

当惑させる感情を必死に振りはらいながら、いきり立つものをじわじわと押しこめた。アントニアは炉のように熱く、欲望でしたたるほど濡れていた。苦しげに息を吸いながら、爪が食いこむほど肩をつかんできた。けれど、その痛みなどどうということもなかった。一気に押しいってはならないという激しい苦悩に比べれば。アントニアをじらして、官能の世界に放りこむという苦行に比べれば。

といっても、いましていることは〝じらす〟などという陳腐なことばでは表現しきれなかった。この交わりは、星が軌道からはじけ飛ぶほどの一大事だった。

アントニアが喘いで、さらに肩に爪を食いこませてきた。怒ったトラと正々堂々と闘って勝利しなければ、この一夜で血みどろになるのはまちがいなかった。

ああ、そうだ、アントニアはトラだ。トラのような女だからこそ、惹かれたのだ。

体が悲鳴をあげるのを感じながら、さらにじわりと押しいった。苦痛と快感に、アントニアの口から低い声が漏れた。その声が荒ぶる血をさらにかき立てる。

また少しだけ奥へと進んだ。とたんに、視界が狭まって、トンネルを覗いているような感覚を抱いた。見えるのはアントニアだけ。うっすらと汗ばんだ肌が輝いている。苦しげに息を吸うたびに、乳房が揺れていた。肩をつかむ手が必死で何かを懇願するように、開いては閉じていた。

欲望を満たせずにじりじりしているのだろう、アントニアが脚で腰を締めつけてきた。そうされながらも自制するのは、拷問にも似た苦悩だが、それでもなんとかやり遂げた。

「お願い……」ひび割れた声でアントニアが言った。「もっと……」

あからさまに求められて、体がわななくほどの欲望が押しよせた。もう限界だ。目の奥で赤い光が炸裂《さくれつ》するのを感じながら、最後にもう一度身を震わせて自制心を発揮した。欲望の旋風に屈する前に一度だけ。

心の奥深くからことばが湧いてくる。まさか、女に対してこの自分が口にするとは思いもしなかったことばが。いまにも欲望に溺れてわれを忘れそうになりながらも、最後の一瞬に、アントニアを官能の頂に押しやりたいと切望している理由がわかった。

「ぼくのものだと言ってくれ」苦しげな声は、他人の声のように耳に響いた。「頼む、アントニア、きみはぼくのものだと言ってくれ」

アントニアにはそのことばが聞こえていないらしい。官能の渦にすっかり巻かれているのだ。アントニアは苦しげに喘ぎながら、枕に載せた頭を大きく振って、目をぎゅっと閉じていた。その姿を見ると、拷問にかけている気分になった。

ラネローは膝立ちになると、アントニアの腰に手をあてて、ぐいと引きよせた。アントニアがもだえて、しなやかな体を押しつけてくる。男のなけなしの自制心を試すかのように。

「言ってくれ」やはりしわがれた声で、もう一度言った。

「ニコラス……」アントニアが涙声にも似た声で応じた。肩から離れた手で、今度は張りつめた腕をつかまれた。

「言ってくれ……」

アントニアが目を開けて、見つめてきた。その目はうつろだった。「わたしは……」

「言ってくれ、アントニア」うなるように言いながら、わずかに腰を突きだした。アントニアが体に力をこめて、さらに求めてきた。ほんのわずかな動きでも、頭の中で火花が散って、大音響が鳴り響く。

「わたしは……」

激しい欲望にとらえられて、アントニアの顔がこわばっていた。切望と満たされない思いで。ラネローはいましていることが、アントニアの体の限界を試しているのを知っていた。爪がナイフのように肌に突き刺さった。

「言ってくれ」どれほどプライドが高かろうと、決意が固かろうと、まもなく自制できなくなるのは目に見えていた。

「わたしは……」

アントニアの秘した場所が波打って、欲望の業火に放りこまれる。その瞬間、無益な闘いに敗れたのを悟った。低くうなりながら、すべてを深々と埋める。腰を思いきり突きだすと同時に、根元までアントニアに包まれた。

二度と放さないと言うかのように、アントニアがすべてを包みこんだ。

アントニアが苦しげに息を吸って、体をくねらせる。ラネローの胸に、小石のように硬くなった乳首が甘くこすれた。アントニアの囁くような声がした。「わたしはあなたのもの」

震えるそのことばが、肌に刻まれていく。ラネローは詰めていた息を一気に吐きだして、目を閉じると、勝利を味わおうとした。

けれど、勝利の喜びなどどこにもなかった。

この闘いに勝利などしていなかった。なぜなら、アントニアのことばが耳に響くと同時に、心が引き裂かれたから。

アントニアがラネローという男のものならば、そのラネローもアントニアのもの。それは未来永劫《えいごう》変わらない。

20

アントニアはラネローの汗で濡れた背中にしがみついた。ラネローが震えるほど緊張しているのがわかった。同時に、脈打つ大きなものに自分が貫かれているのもはっきり感じていた。力強くたくましい体にのしかかられて、身動きが取れなかった。ラネローはぴくりとも動かない。まるで、目の前にいる女に無理やり言わせたたどたどしいことばのせいで、石に変わってしまったかのようだった。

けれど、まもなく、胸躍ると同時に恐ろしくもある激しさで動きだした。いきり立つものを深々と何度も突きたててきた。マットレスに体が沈み、ベッドが軋《きし》む。ラネローはまるで、永遠にひとつになろうとしているかのよう。燃えさかる炎で無限の欲望を鍛えているかのようだった。荒々しく奪われると、それに応じて、体の内にある荒々しさも解き放たれた。ピアノ線のように張りつめて、身をわななかせ、ラネローの肩に爪を立てる。激しく突かれるたびに、熱い欲望が竜巻となって天へと伸びていく。

猛然と攻めたてられると、一瞬にして現実から切り離されて、自分の口から漏れる叫び声を聞きながら、燃えさかる楽園へと放りこまれた。のぼりつめて、体がばらばらになりそうだった。それだけで、あとはもう何もわからなかった。黒い炎に鞭打たれていること以外、何ひとつ。

燃えさかる永遠の中で、ラネローに抱かれ、至高の官能に身を震わせた。ラネローに腰をつかまれていた。痣になってもおかしくないほどしっかりと。そうやって、周囲で飛び散る火花から守ってくれているのだ。アントニアはまばゆい光に目を閉じて、すべてをゆだねた。

荒れくるう激しい欲望の嵐に打たれて、ラネローがこらえきれずにすべてを解き放った。低い声でうなりながら、筋がくっきり浮きあがるほど首をうしろにそらせて、精を注ぎこむ。アントニアの内側で熱い液体がほとばしり、その場所を満たしていった。

目もくらむ恍惚感がゆっくり遠のいても、まばゆい光は残ったままだった。漂うように現実が戻ってくると、ラネローにのしかかられて、ろくに息もできないほどベッドに押しつけられているのがわかった。頬が涙でべとついて、無上の快楽の余韻に、秘した場所が震えていた。

これほどの至福を経験しておきながら、これからわたしはラネローなしでどうやって生きていくの？

ラネローはアントニアのしなやかな肩に顔を埋めた。満たされた欲望のなまめかしい香りに包まれる。脈が大波のように打っていた。ビロードの夢の世界が手招きしていた。

これまで生きてきて、最高の心地よさだった。

あまりにも心地よくて、このひとときを壊したくなかった。

星々のあいだをいつまでもさまよっていた。広い宇宙で迷子になった探検家のように。いままで自分を性の達人だと思っていた。男女の交わりと快楽なら知り尽くしている、と。だが、それは大まちがいだった。今夜まで、そのことにまったく気づいていなかったとは……。

それでもようやく、混乱した現実のひとつが頭の中に入りこみ、アントニアを押しつぶしそうになっていることに気づいた。アントニアは女性にしては長身で力強く、この自分にぴったりの体をしているが、それでも、大きな男にのしかかられたら重いに決まっている。すぐに下りなければと身構えた。といっても、アントニアに自分自身を埋めて、やわらかく包まれているのはあまりにも心地よかった。

「だめよ」体を動かそうとすると、アントニアが物憂げに言った。

背中を撫でられた。丸く円を描くように。その手が止まっては、また動きだすたびに、胸の鼓動がスキップする。悔しいことに、相変わらず鼓動までアントニアに操られていた。山火事にも似た欲望は、ちろちろと燃える小さな炎になったというのに。

「きみから下りなければ」そう言いながらも、動けなかった。動いたら、夢うつつのひとときが粉々になってしまうかもしれない。もし自分がネコならば、喉を鳴らしているはずだった。

「まだこのままでいて」

ため息をついて、いまは反論しないことにした。ふたりで穏やかな海に浮かんでいるかのような、この無言のやりとりを台無しにしたくなかった。

自分の心を偽っているのはわかっていた。夢の中で生きるアヘン中毒者のように、過酷な現実から目をそらしているのは。けれど、そうとわかっていても、ここにこうして横たわりながら感じている穏やかな幸福感を、捨て去る気にはなれなかった。長いあいだ求めてやまなかった女性、そして、抗うこともなくついにその身を明け渡してくれた女性とともに、横たわっているのだから。アントニアはすべてをゆだねてきた。髪も、肌も、香りも。

時間も、やるべきことも、黄金の靄の中に埋もれていた。体が徐々に鎮まっていくのを感じながら、ラネローは幸福な夢の中を漂った。

わずかに残った力をふりしぼって横を向くと、アントニアの首に物憂げにキスをした。そうやってもう少し夢の世界にしがみついてから、ようやくことばを絞りだした。「気遣えなかった」

切ないほどやさしく背中を撫でていた手が止まり、アントニアが苦しげに息を吸った。重い体にのしかかられているせいなのか？　それとも、いまのことばのせいなのか？

束の間の沈黙のあとで、また背中を撫でられた。そうしながらアントニアが意外なほど落ち着いた口調で言った。「それはわたしたちの力ではどうにもならないわ」

ラネローはラベンダーの香りがするやわらかな髪に顔を埋めたまま、眉間にしわを寄せた。アントニアの返事にはいつになくあきらめが漂っていた。どんな顔で言ったのか確かめなければ。ことばだけでは何もわからない。

渋々と重い体を転がして、アントニアから下りた。体が離れたとたんに、悲しくて息が詰まりそうになった。ほんの束の間とはいえ、人生は完璧だった。至福の楽園にいつまでもしがみついていたかった。

片肘をついて、手のひらに頭を載せた。「サリーできみに約束した。子どもができないようにする、と」

アントニアがかすかに顔をしかめながら、枕の上へと体をずらして、顔にかかる髪を払いのけた。荒々しく交わったのだから、体が痛むのだろう。そう、アントニアを手荒に扱ってしまった。容赦などしなかった。けれど、その顔をさらによく見ると、罪悪感ではなく、男としての満足感が胸にこみ上げてきた。アントニアは寝乱れて至福の悦びを得た女神のようだった。

アントニアが目に憂慮の色を浮かべながらも、澄んだ瞳でまっすぐ見つめてきた。「あなたもわたしも何も考えられなかったわ」

やけに落ち着いた物言いに、戸惑った。信じられなかった。不注意なことをしてしまったのだから、怒りを買っても当然だった。そう、不注意なことをしたと、この放蕩者でさえ自分に腹が立っているのだから。「いずれ、そのつけがまわってくるかもしれない」やさしく見つめながら言った。

アントニアが顔を曇らせると、悔しいことに、シーツを引きあげて裸身を隠した。「でも……妊娠はしなかった……ジョニーといっしょにいたときも」消え入りそうな声だった。

当然のことながら、ベントンの名が出たとたん、ふたりのあいだに目に見えない大きな亀裂ができた。

何か言わなければと気がせいた。咎めるのではなく、何かちがうことを。アントニアのような淑女が、ベントンごとき屑《くず》人間になぜ夢中になったのかと責めるのではなく。

緊迫した間のあとで、アントニアが言った。「わたしはきっと子どもができない体なのね」

いや、子種がないのはベントンのほうだ。

だが、そんなことが言えるはずもなく、胃がよじれるほどの怒りを抱えているしかなかった。ベントンを嘲る権利が、自分にあるのか？　アントニアに触れた罪であのろくでなしを殺したいと願うのは、偽善以外の何ものでもなかった。

緊迫した沈黙の中で、軽々しく口にできない疑問だけが増えていった。

けれど、最後には、頭の中で叫びつづける好奇心に堪えられなくなった。同じように、アントニアに触れずにいられなくなった。手を取って、握りしめる。すると、頭の中でわめきたてる獣が鎮まった。その獣がわめくとおりに、アントニアを問い詰めることなどしたくなかった。

ひとつ息を吸ってから、尋ねた。アントニアが処女ではないとわかってからというもの、答えを知りたくてたまらなかったことを。

「ベントンのことを話してくれるかな？」


アントニアはこのときを恐れていた。いずれこのときがやってくると覚悟していたけれど。遠い昔の苦悩がふたたび全身に満ちていく。若さゆえに犯した罪に思いを馳《は》せるとかならず、恥ずかしくてたまらなくなる。怒ったヘビがとぐろを巻くように胃がよじれるのだ。今夜は永遠に記憶に刻まれる至福の官能を得るための夜だった。罪深い過去を打ち明けるための夜ではなかった。

破滅の物語は胸の中にしっかり鍵をかけてしまっておこう。世間知らずのお嬢さまだったわたしの身に何が起きたのか、人に話したことは一度もなかった。不品行な欲望を持つことで有名な男性を相手に、打ち明け話などできるはずがなかった。

いまのこの情事だけを考えていてほしい——ラネローにはそう言おう。過去を説明する義務など、わたしにはない、と。あなたのような放蕩者には、愛人の過去の密通をせんさくする権利などない、と。

高慢なラネローの鼻をへし折ろうと、アントニアは口を開いた。けれど、出てきたことばは思っていることとちがっていた。「ジョニーとわたしの兄はオックスフォードでいっしょだった。それで、わたしが十七の夏に、ジョニーが家に遊びにきたの」

「ベントンは最初からきみの美しさに気づいた、そうだったんだろう？」口調に怒りが表われていた。ラネローはわたしに怒っているの？　それともジョニーに？　けれど、つないでいる手からは、驚くほどのやさしさが伝わってきた。そのやさしさが憎かった。やさしくされればされるほど、切なくなるのだから。

「たしかに、ジョニーは言い寄ってきたわ」感情をこめずに言った。

ラネローがつないでいた手を離した。とたんに、手のぬくもりが恋しくなる。ああ、わたしはなんて哀れなの。

ラネローがまた横向きに寝そべると、話をじっくり聞こうと、さきほどと同じように肘を立てて、その手に頭を載せた。そうして、不快そうに口元を引きしめた。「賭けてもいい、あのろくでなしは国会議事堂の書類並みに山ほどの詩を書いたんだろう」

自嘲するようにアントニアは言った。「それに、ブライトンの宮殿にある書類並みに。詩の中でわたしのあらゆるところを褒めたたえた。わたしがいちばん気に入ったのは、左の眉を賛美する田園詩だったわ」

くだらない冗談を言っても、ラネローの表情が晴れることはなかった。「あいつは愚か者だが、趣味が悪いとは言えない。きみは値がつけられないほど貴重な真珠なのだから。不思議でならないのは、きみほどの女性が、あの腰抜けの魔の手にあっさり落ちたことだ」

値がつけられないほど貴重な真珠ですって？　そのことばに驚いても、顔には出さないようにした。けれど、ラネローが唇をそっと重ねてくると、気持ちを顔に出さずにはいられなかった。どういうわけか、羽根のように軽い口づけから、無限の信頼が伝わってきた。ラネローは模範的な道義心など持ちあわせていないのだから、信頼するのは馬鹿げている。そうとわかっていても、ジョニーに体を許したせいでラネローに軽蔑されるかもしれないと、これまでずっと怯えていたのだ。

切望の波に呑みこまれるのを感じながら、シーツを握りしめた。ラネローの前では肉体的な欲望に抗えない。それは最初からわかっていた。ラネローは美しく、光り輝いている。体の中に赤い血が流れている女性なら、誰でも惹かれて当然。けれど、ときが経てば経つほど、端整な外見の内にあるさらに危険な魅力に抗えなくなっていた。気まぐれなやさしさとユーモア、そして、ラネロー自身も気づかずにいる深遠な孤独感に。

やさしく口づけられて、不快な告白を続ける勇気が湧いてきた。暗い思い出を冷静に語ろうと、淡々とした口調になった。「端整な顔の若い男性が家にいることに、わたしはわくわくしたわ。そのときまで、人とはあまりかかわらず、判で押したような暮らしをしていたから。ジョニーはわたしが惹かれたはじめての男性だった」

「ベントンは女をわくわくさせるのが得意だった」ラネローの鋭い目が、怒りにいっそう黒く輝いた。「そして、もちろん、きみはいまだにあのごろつきに恋をしていると思いこんでいる」

その声はさも不愉快そうにがさついていた。同時に、確信に満ちていた。

21

「馬鹿なことを言わないで」アントニアは腹が立って、凝った浮彫がされたヘッドボードに触れる背中までこわばった。ぎこちなく、裸の胸の前でシーツを握りしめる。ジョニーのことを話すのは、裸身をさらす気分だった。肉体的にも精神的にも。どこまでも無防備になる自分がいやでたまらなかった。

ラネローが眉をひそめて、訝しげな視線を送ってきた。「だが、当時、きみはあいつを愛していると思っていたはずだ」

「あのときは理性を失っていたわ」アントニアはきっぱり言った。

「そんなふうに言い訳するのか?」ラネローにじっと見つめられた。肌のきめまで確かめられている気分になった。

沈黙が長引くと、いたたまれない雰囲気が漂った。ラネローがすぐそばに横たわり、鋭い視線を投げてくる。不愉快でたまらないのか、長身の体がこわばっていた。もしそこにいるのがラネロー侯爵ではなく、べつの男性ならば、嫉妬しているのだろうと思うところだった。

けれど、ラネローがそこまでわたしに執着するわけがない。寂しいけれど、それはよくわかっていた。

気を取りなおして、過去の罪を告白しようと心を決めた。といっても、自信はなかった。唇を嚙み、目を伏せて、自分の手を見つめた。シーツにひだを寄せては、平らに伸ばしている手を。そうして、ぎこちなくひとつ息を吸って、話しはじめた。

「当時のわたしは退屈していたわ。広い世界を知らずに生きていくのを恐れていて、未知の世界に興味津々だった。そんなとき、ジョニーが天から遣わされた使者のように目の前に現われた。そのせいで、ジョニーには何かがあると思いこんでしまったの。ちょっと斜に構えてこの世を眺めているだけではない、と。たくさんの詩を書いている人なら、崇高な魂を持っているにちがいない、そんなふうに思いこんだわ」自嘲する苦々しい口調になった。「当時のわたしは、崇高な魂を持った男性を愛したいと夢見ていた。その頃、まわりにいた男の人たちが話すことといえば、農作業とキツネ狩りのことだけだったから」

「ロマンティストだったんだな」

そのことばに皮肉は感じられなかったけれど、アントニアは顔をしかめた。「そのせいで、いまはロマンティックな夢など見ない女になったわ」

けれど、悲しいことに、それは真実とはほど遠かった。

十年前にあれほど惨めな思いをしたのに、胸に抱いている夢は少女の頃からほとんど変わっていない。いまだに不変の愛という幻想を抱いているのだから。りっぱな紳士の妻になれるはずもないのに。誰もが寝静まった夜に見る夢は、輝く鎧に身を包んだ騎士が不毛な人生から救いだしてくれて、胸躍る人生を歩むというもの。ジョニーといっしょなら得られると、ほんの束の間、信じていたような人生を。

「きみほど賢い女なら、ベントンの真の姿を見抜けたはずだ」ラネローは〝ベントン〟という名を吐き捨てるように言った。まるで、腐ったものを口にしてしまったかのように。「見てくれ以外は、どうしようもなくくだらない男だ」

ラネローの怒りに満ちたことばを聞いていると、ジョニー・ベントンを憎む理由はいくらでもあるように思えた。けれど、憎しみなど取るに足りないこと。不名誉なことをしでかして、自分自身を辱め、家族を苦しめたことに比べれば。

「ジョニーはわたしを虜にしたわ。月光に照らされたコロセウムを、夜明けのナポリの海を、ギリシアの神殿を見せてくれると約束してくれた」

「それに、あいつのベッドも」ラネローがさつく声で言って、眉間に深いしわを寄せた。

アントニアは唇をゆがめて苦笑いするしかなかった。「肉体的な欲望はさほどでもなかったのよ。駆け落ちする前に口づけてきたけれど、わたしを確実に自分のものにするまで、怯えさせないように注意していたのね、きっと」

「あいつに無理やり体を奪われたのか？」ラネローが激しい怒りを顔に浮かべて、鞭のように鋭いことばを投げてきた。

「まさか、そんなことはないわ」アントニアはラネローの手に自分の手を重ねた。ラネローはジョニー・ベントンを二度と立ちあがれなくなるまで殴りつけてやると言わんばかりに、シーツを握りしめていた。

「ちがうのよ、ニコラス。そうじゃないの」

「だが、それに近いことがあった」ラネローの口調は鋭かった。ラネローは鋭い目に凶暴な光が浮かんでいた。

世間知らずのお嬢さまに対して、ジョニーは罪深いことをいくつもした。けれど、無理やり体を奪いはしなかった。「ジョニーに求められているのは、最初からわかっていたわ。わたしはそこまで無垢じゃなかった。十七歳の純真なお嬢さまだったのは事実だけれど。ジョニーはわたしを傷つけはしなかった。そう、体を傷つけるようなことはなかったわ。いまだに信じられないけれど、体を奪う前にジョニーは結婚してくれると、わたしは思いこんでいたの。貞節に関して、わたしは昔ながらの考えを持っていたから、それまで男性を知らなかった。ただ……さっき言ったような異国の地を見せてくれるという約束のほうが、ジョニーの恋人になることより、はるかに胸が高鳴った。そういった場所についてジョニーから聞かされると、憧れずにはいられなかった」

「あいつはきみが聞きたがっていることだけを話したんだ」ラネローが苦々しげに言うと、激しい怒りに重ねた手を握りしめた。

「ええ、そのとおりよ。わたしは上っ面を見ていただけで、その裏に何があるかなんて考えもしなかった。美しい顔をしていれば、内面も美しいにちがいない、そんなふうに思っていたの」ことばの端々に、若かりし頃の愚かな自分を嘲る気持ちが表われていた。

「きみは自分に厳しすぎる」ラネローがぴしゃりと言った。「あの臆病者がどんなふうに言い寄ったかは、簡単に想像がつくよ」

アントニアはラネローから手を離すと、その手でまたシーツをもてあそんだ。「もちろんそうでしょうね。あなたも放蕩者だもの」

ラネローが嚙みつくように言った。「ああ、ぼくの魂が美しいとは誰も思っていないのはわかっている」

以前なら、そのことばに同意していたかもしれない。けれど、この数日でよくわからなくなっていた。ラネローは醜聞が立たないように気遣ってくれた。果てしない官能の世界を見せようと、真剣に気を配ってくれた。そしていま、わたしの代わりに憤っている。本人は気づいていなくても、すべてが英雄的な行為だった。

「わたしは無知で愚かだったの」後悔の念で声がかすれた。「冒険をして意気揚々と戻ってくるつもりでいた。有名な詩人の妻となり、美しい詩の源になるという冒険を」

「それでも、まだわからない。なぜ、やつはきみと結婚しなかったんだ？」そわそわとシーツをいじっている手を、ラネローにそっと握られた。そこでもまたやさしさが伝わってきた。

けれど、感謝のことばを口にしたら、ラネローはそれを皮肉るにちがいない。ラネローのおかげで、手をそわそわと動かさなくても済むようになった。それでも、ラネローの顔に浮かぶ怒りは増すばかりだった。「十年前のジョニーはまだ子どもだったのよ。だからといって、ジョニーのしたことの言い訳にはならないわ。それでも、最初から邪なことを計画するほどジョニーが冷淡だったとも思えない」ラネローは口をつぐんでいたけれど、言いたいことがあるのを我慢しているはずだった。〝ラネロー侯爵ほど冷淡ではないと言うのか？〟――そう言いたいのを我慢しているのだ。

〝ニコラス、あなたは自分で思っているよりはるかにいい人よ〟――愚かな心が叫んでいた。

「そう、ジョニーはわざと邪なことをしたわけではないの。身勝手で、弱かっただけ。端整な顔をしていれば、ほしいものはなんでも手に入ると思いこんでいただけ」

アントニアはいったん口をつぐんだ。十年という月日が流れても、人生最大の恥辱について考えただけで身を縮めずにいられなかった。それでも、ラネローに手を握られていると、気持ちが落ち着いた。長年の恥辱に声は震えていたけれど。「ジョニーがわたしと結婚しなかったのは、ほんのわずかな道義心があったからよ。だって、ジョニーはすでに結婚していたんですもの」

ラネローがびくんと背筋を伸ばして、つないでいる手に力をこめた。「とんでもない男だ。手の施しようのない大馬鹿者だ」

「まさかそんなことをする人がいるなんて思いもしなかったわ」精いっぱい平然と言おうとした。けれど、自分の愚かさを白日の下にさらすのがどれほど辛いか、ラネローはわかっているはずだった。「ジョニーはオックスフォードに行く前に、ある女優と深い仲になって、子どもを作ったの。その女優がどうやってジョニーに結婚を承諾させたのかはわからない。もしかしたら、誰かに頼んで脅したのかもしれない。端整な顔を傷つけると脅されたら、それだけでジョニーは何も言えなくなるでしょうから」

いったんことばを切って、乾いた唇を湿らせた。ジョニーの嘘に気づかなかった愚かな自分を思うと、いまでも、暗い穴の中にもぐりこんで身を縮めていたくなる。「その女優とのあいだにできた子どもがどんなふうに暮らしているのかは知らないわ。ジョニーに訊いても、知らないの一点張りだったから」

ラネローがうなるような低い声を漏らすと、ふいに手を離して、ベッドを下りた。アントニアは心乱れる告白の最中でも、ラネローの堂々とした態度にうっとりせずにいられなかった。ラネローには惚れ惚れと眺めたくなる野生の動物に似た何かがあった。

マホガニーの食器台へと、一糸まとわぬ姿で悠然と歩いていくラネローから目が離せなかった。広い背中に爪の傷跡があるのに気づくと、興奮して体が震えた。孤独な十年のあいだ、熱い欲望とは完全に無縁だった。いいことなのか悪いことなのかはわからないけれど、ラネローがいたからこそ、情熱を取りもどせたのだ。それがあまりにも嬉しくて、ふたりで分かちあった時間を後悔などできなかった。

「いつそれを知ったんだ？」荒ぶる感情を抑えながら、ラネローが盆の上に置かれた赤ワインのデカンターを持ちあげた。

胸を隠しているシーツをもう一度引きあげて、いまさらあと戻りはできないと自分に言い聞かせた。哀れなこの物語を最後まで話すだけの気力がある、と。その物語の結末がどれほど悲痛なものであろうと。

「ひと月もしないうちに、父が居場所を突き止めて、ヴィチェンツァにやってきたわ。そこでわたしとジョニーは赤貧の暮らしをしていたの」十年も前の話なのに、恥ずかしくて息も満足に吸えなくなった。ラネローがふたつのグラスに赤ワインを注ぐのを霞《かす》む目で見つめながら、どうにか息を吸って、話を続けた。「月光のローマも、ナポリの海も見られなかった。親友の妹と駆け落ちする前に資金を用意しなければならないとは、ジョニーは思いもしなかったというわけ」

ラネローは自分のグラスを食器台に置いて、もうひとつのグラスを持ってきた。差しだされたグラスを、アントニアはぼんやり見つめた。気づくと、ラネローに手を取られて、グラスの脚を握らされていた。手が震えて、ワインがこぼれそうになる。大きく息を吸って、気を鎮めた。ラネローは自分のグラスのほうに戻っていった。

「なんて役立たずな間抜けだ」ラネローが腹立たしげに口を引き結んだ。けれど、黒い目には哀れな令嬢に対する真の同情が浮かんでいた。

鼓動を胸を叩くほど大きくなった。わたしは同情に値しない。けれど、胸に巣くう悲しみと怒りをラネローが理解してくれたと思うと、心ならずも嬉しくなった。誰かが味方をしてくれるとは思ってもいなかった。ましてや、端整な顔の放蕩者が味方してくれるとは。ラネローがまるで非難してこないことが、果てしなく大きな意味を持っている。そんなふうに感じている自分が恐ろしかった。

「ロマンティックな夢が破れて、わたしよりジョニーのほうががっかりしていたわ」さきほどと同じように、皮肉をこめながら冗談めかして言った。けれど、さきほどと同じように、冗談にはまるで聞こえなかった。「わたしはもともと現実的なほうだったの。いえ、外国で貧乏な暮らしを強いられて、自分は現実的なのだと実感したわ。ジョニーに愛人の競りに連れていかれて、もっとも高値をつけた男性に売られなかっただけでも幸運だった。といっても、父がわたしたちの借金を肩代わりしてくれなければ、そうなっていても不思議はなかったけれど」

ラネローがベッドのわきにやってきて、ワインをごくりと飲んだ。アントニアはワインが喉に詰まりそうで飲めなかった。そうして、ラネローを見あげた。ラネローが頬を引きつらせながら、深遠な黒い目で見つめてきた。

「父上はきみを連れもどそうとしたんだね？」

苦々しい笑いが口から漏れた。「いま、ロマンティストなのは誰かしら？　そうじゃないの。父はわたしを穢れたふしだら女と罵倒して、死んでいたほうがどれほどよかったかと言ったわ」そのときのことを話すのは、剃刀で身を切られるようだった。「たしかに、家族や近しい人たちのあいだでは、わたしは文字どおり死んだことになっていた。いとこといっしょにフランスに滞在していて熱病にかかったと、父は周囲の人に説明していたの。そうして、わたしを勘当したわ。そのついでに、わたしの色男の恋人は結婚していると教えてくれた」

「だが、その色男はいまだにきみを愛しているらしい」ラネローの口調から嫌悪感がしたたっているようだった。「きみの実家を訪ねて、兄上からきみは死んだと聞かされたと言っていた」

ジョニーがいかに女々しいかはよくわかっていた。だから、いまさら驚きもしなければ、怒りも感じなかった。いかにも芸術家気取りのジョニーらしい。わたしの人生はここまでめちゃくちゃになったのに、それでも十年のあいだ恋い焦がれていたとは。

「相変わらず悲劇のヒーローを演じているのね」意図しなくても、冷たく言い放つ口調になった。「ジョニーがわたしにしたことを、真に愛する人にできる男性など、この世にいないわ」

関節が白くなるほど、ラネローがグラスを握りしめた。「だが、きみはあいつを愛しているんだろう？」

どういうわけか、アントニアは以前からラネローが愛に無関心だとは思えずにいた。ラネローの目をまっすぐ見つめて、きっぱり言った。「わたしはジョニー・ベントンを愛していない。十年前も愛していなかった。愛していると思いこんでいただけ。激しい情熱に突き動かされている自分に酔っていただけよ」自己嫌悪に声が低くなっていた。「ジョニーといっしょに家を出るなんて、愚かな真似をしたものだわ。家を出て数日後には、まちがいだったと気づいた。それに、両親に心から後悔しているのを伝えて、正しく生きると約束して、関係を修復しなかったのもまちがいだった」

ラネローがワインを見つめながら、眉間にしわを寄せた。「だが、きみはまだ子どもと言ってもいいほどだった」

「でも、何をすべきか、すべきではないかの判断ができるぐらいには大人だったわ」苦しげに言った。「それでも、父は醜聞が立たないようにしてくれた。娘のことはけっして口外しなかった。十年のあいだ、わたしの過ちがひそひそ声で囁かれたこともなかった。すべてをもみ消すのは、容易ではないわ。近くに住む人たちも、家族も親戚も、わたしが生きているとは思ってもいない。そもそも、わたしは学校に通っていなかったの。勉強は家庭教師に教わっていたから。それに、ロンドンだって行ったことがなかった。そう、ニューキャッスルまでだって、出かけたことがなかったんですもの」

ラネローが気持ちを推し量るように見つめてきた。「きみが窒息しそうだったのも無理はない。生き生きした賢い女性が、世捨て人のような暮らしを強いられるとは、それこそ拷問だ」

「あなたはずいぶん進歩的なのね」皮肉めかして言ってから、驚いた。またもや、ラネローの何気ないことばに困惑させられた。まさか、天下の放蕩者が、女性の権利を主張するとは思ってもいなかった。

「ぼくには姉妹が何人もいたんだ。女性の行動をあまりにも厳しく制限したら、どんな問題が起きるかよくわかっている。もし、きみの父上にわずかでも思慮分別があったら、きみのようにまばゆいほど生き生きしたお嬢さまには、もっと広い世界が必要だと気づいていたはずだ」

ラネローが即座に味方してくれたことに、胸が高鳴った。ラネローはかつてのわたしが無分別な行動に走った原因を突き止めて、〝まばゆいほど生き生きしたお嬢さま〟と言ってくれた。「ありがとう」

ラネローにそっと頬を撫でられると、その感触がつま先にまで広がっていった。「どういたしまして、マイ・ダーリン」

これまでにも一度だけ、ラネローから〝マイ・ダーリン〟と呼ばれたことがあった。メリウェザー邸の舞踏会でジョニーと鉢合わせしないように策を講じてくれたときに。それでも、愛のこもるそのことばに、体が震えるほどの切望を覚えた。幸福感にしろ、感謝にしろ、抵抗にしろ、さらなる感情が湧きあがってくる前に、ラネローがさらに言った。「周囲の人にも知らせるつもりがないなら、なぜ、父上はきみをイタリアまで追っていったんだ？」

「反乱を起こしたわたしを罰するためよ」そのことばを口にするのは辛かった。唾を呑みこんで、詰まりそうになる喉の痛みを和らげた。家族に追放された心の痛みは、十年経っても癒えなかった。「父は無鉄砲なあばずれを娘にしておくつもりなどなかった」

「だから、きみをデマレストにあずけたのか？」ラネローのことばには非難が色濃く漂っていた。

アントニアは肩をすくめた。ヴィチェンツァのみすぼらしい部屋に父が荒々しく乗りこんできたおぞましい日を思いだしても、あきらめ以外の感情はひとつも湧いてこなかった。二度と家族のもとに戻るのは許さないと父は固く心を決めて、それを直接伝えるために、わざわざイタリアじゅうを捜し歩いて、娘を見つけたのだった。無鉄砲な行動が許されることもなければ、ブレイドン・パークに戻ることも金輪際許されないのを、娘の胸にはっきり刻みつけたかったのだ。

父は娘の理解力を完全に見くびっていた。アントニアは父の考えを即座に理解したのだから。父が荒々しく部屋に入ってきて、足元にある土くれよりも娘のほうがはるかに穢れているとばかりに一方的に話しはじめると、アントニアは自分の愚かな行動のせいで、家族との絆が永遠に断たれたのを悟ったのだった。ジョニーが人知れず結婚していたと聞かされた瞬間、そのことばは果てしない冒険の終焉《しゅうえん》を告げる鐘の音のように、胸の中で冷ややかにこだました。

みすぼらしい部屋の中を見まわす父の顔に浮かんだ嫌悪感は、一生忘れられない。父が部屋に入ってきたとき、わたしは身支度もそこそこに、ジョニーのシャツを繕《つくろ》おうとしていた。ジョニーを見苦しい姿で外出させたくなかったからだ。ジョニーはといえば、たわんだベッドにだらしなく横たわっていた。まもなく太陽が空のてっぺんにのぼる時刻だったのに。

「父はわたしにいくらかのお金を投げつけて、知り合いにはいっさい連絡するなと言ったわ。それに……」そのときの苦しみがよみがえって、もう一度唾を呑みこんだ。「それに、もし家族に近づくようなことがあれば、自らの手で撃ち殺すとも」

同情心からだろう、ラネローが顔を赤くしてベッドに座ると、手を握ってきた。そのぬくもりが全身に染みわたり、氷のような悲しみとせめぎあった。「だが、そんなことをしたら娘であるきみはどうなる?」

「父にしてみれば、そんなことはどうでもよかったんでしょうね」

ラネローは顔をしかめた。「だが、きみの母上は? 兄上は? そのふたりはそこまで厳格ではなかったはずでは」

「わたしは父のプライドをずたずたにしてしまった。どれほど時間をかけても、家族の一員に戻れるはずがない」悲しげに微笑んで、ラネローの手を握りかえした。その手に触れていると、どういうわけか、心の古傷が癒された。「ゴドフリー・デマレストがいなければ、わたしはどうなっていたことか」

ふいに緊迫した沈黙ができた。ラネローの顔にこれまでに見たことのない表情がよぎった。そこにはもう同情もやさしさもなかった。胸に冷たく突き刺さる表情。確信はなかったけれど、まぎれもない憎しみを見たような気がした。

その瞬間のラネローはさきほど愛を交わした男性とは別人だった。見ず知らずの人。厳めしい赤の他人だった。

「ニコラス？」つないだ手に力をこめながら、不安げに声をかけた。

「なんだい？」そのときにはもう、ラネローは情熱的な恋人の顔に戻っていた。

「なんでもない」憎しみの表情は気のせいだったの？　つないだ手を離して、哀れな物語の結末を語る気力を奮い起こした。「ジョニーといっしょにいられなくなって、イタリアにいるわけにもいかなくなった。それで、英国に戻ることにしたの」

帰国の旅を思いだすと、背筋に寒気が走った。心に深い傷を負い、これからどうすればいいのかもわからず、お金もほとんどなかった。ヴィチェンツァを離れたとたんに、無鉄砲な行動がもたらした結果をいやというほど思い知らされた。ジョニーといっしょに家を出たときには、大胆で勇敢なことをしていると自分に言い聞かせた。けれど、父に勘当されると、ただの愚かなあばずれでしかないと身に染みてわかった。面倒を見てくれる男性の情けにすがるしかない女だ、と。

今度こそ、ラネローの顔に激しい怒りが浮かんだ。「あのろくでなしのベントンは、最後まできみを守るべきだった」

「父がジョニーを脅したのよ。英国に足を踏み入れたら破滅させてやると」

「そんなことを言い訳にはさせない。あのウジ虫を撃ち殺してやる」

守ってくれる人がいるのがどんなものなのか、いまのいままで忘れていた。「ありがとう」

ラネローが戸惑った顔をした。「何が?」

こみ上げてくる感情に喉が詰まった。ラネローに理解してもらえて、無数の心の傷が癒えたと言ってしまったら、自分がどれほど無防備かがはっきりしてしまう。「それは……その……話を聞いてくれたから。こうなったのも自業自得だと言わないでくれたから。それに……味方をしてくれたから」

「そんなのは礼を言われるほどのことでもない」ラネローが苦々しげに言って、手を取ると、手のひらにすばやく口づけた。

「過去の出来事は変えられないわ」悲しげな口調になった。それでも、ラネローの舌が手のひらをかすめると、全身の血が熱を帯びた。「あれ以来二度と会うことなく、父は死んでしまったんですもの」

「ならば、きみは家に戻れる、そうだろう?」

アントニアは首を振った。「戻らないと約束したのよ。わたしは一家の面汚し。そうなの、世間に知られていようといまいと、それはまぎれもない事実。わたしが駆け落ちしてまもなく、母が亡くなったわ。いまは兄が家を継いでいる。兄は身勝手な妹を迎えいれるより、家名を守りたいはず。それに、この十年間、わたしがどこで何をしていたか、兄は知りもしない。もしわたしが戻ったら、山ほどの疑問が湧きあがるわ」

「疑問には答えれば済む」ラネローがやけにむきになって言った。「きみの兄上は妹が生きていることすら知らないかもしれない」

「それをわたしが自問しなかったと思うの? わたしがもう一度兄に会いたいと思っていないとでも? でも、わたしは絶対に許されないことをしてしまった。ひとりで生きていかなければならないのよ」こみ上げてくる涙をまばたきして押しもどすと、顔をまっすぐ上げて、冷静な口調で言った。「わたしはデマレスト家にお世話になっているわ。ドーヴァー海峡を渡る船の上で、ミスター・デマレストに会って、即座に救いの手を差し伸べてもらえたのはほんとうに幸運だった。ミスター・デマレストはわたしにとって命の恩人よ」

帰国の船で遠縁の親戚であるゴドフリー・デマレストに会ったのは、まったくの偶然だった。デマレストはパリの愛人たちへの定期的な訪問から戻るところだったのだ。それまでデマレストとはごくたまに顔を合わせる程度だったのに、すぐにわたしに気づいてくれた。わたしがヒリアード家の特徴的な顔立ちをしていたせいではあるけれど。

そのときのデマレストの親切な申し出が、その場の思いつきではないとは言い切れなかった。また、その親切に報いるためだけに、自分がデマレストの娘と屋敷に長年仕えていると偽善者ぶるつもりもなかった。けれど、デマレストはその軽率さ――わたしをしょっちゅう悩ませる軽率さ――ゆえに、若い令嬢の恥ずべき行為をさらりと受け流したのだろう。広い屋敷の部屋のひとつをわたしに与えることぐらい、デマレストにとってはどうということもなく、また、そうすることで、弱きを助ける勇敢な紳士という役目を楽しんでいた。

いずれにしても、デマレストに助けられたのはまちがいない。危険で暗雲立ちこめる人生から救われたのだ。それを忘れるわけにはいかなかった。

ラネローがつないだ手を見つめていた。長い睫が頰に影を落としている。ラネローの親指でそっと肌に触れられると、それだけで欲望がかき立てられた。けれど、ラネローの顔に浮かぶ表情は読めなかった。

ラネローが黙っているのは緊張しているせいなの？　それとも、それはわたしの勘ちがい？　わたしの代わりに怒ってくれているのはまちがいない。そう、ラネローが抱いているのは怒りなのだろう。

これからラネローはジョニーとわたしの父を罵《ののし》るにちがいない。といっても、当のわたしは破滅したのは自業自得だと、もうずいぶん前に受けいれていた。そう、わたしは自分の犯した罪にふさわしい罰を受け、それでも、幸運にも最悪の事態に陥ることを免れた。もしかしたら、貧しさのあまり、最後には体を売るはめになっていても不思議はなかったのだ。そう考えて、身震いしたくなった。イタリアでの一件のあと、人生は荒涼たるものになった。数週間の苦しいあの旅で、わたしは大人になった。成長して、自身の致命的な弱さに気づいたのだ。

それなのに、ラネローのベッドに転がりこまずにいられなかったなんて。端整な顔を前にすると、いまでも理性は灰と化してしまう。失望が胃の中でとぐろを巻くのを感じながらも、嵐の海で命綱にすがるように、ラネローの手をしっかり握っているしかなかった。

ラネローが顔を上げた。声はやさしく、黒い目は信じられないほど深みのある光を発していた。「ワインを飲んだほうがいい」

「でも……」

「ひと口でもいいから」ラネローが自分のグラスを差しだした。アントニアはそのグラスに数度口をつけた。意外にも、赤いワインは詰まる喉を温めながら滑らかに流れていった。

ラネローがワイングラスをベッドサイドのテーブルに置くと、手を伸ばして、親指でそっと頬に触れてきた。そうされてはじめて、アントニアは頬が濡れているのに気づいた。あれほど泣かないようにしていたのに。痛々しい思い出と、さらには、ラネローがあくまでも味方してくれたせいで、いつのまにか涙がこぼれていたらしい。

ラネローが身を屈めて、そっと唇を重ねてきた。情熱的な口づけではなく、慰めるような口づけ。といっても、思いやりの向こうに、情熱の炎が揺らいでいるのがわかった。片手でうなじをやさしく押さえられて、唇の際を舌でなぞられると、口を開かずにいられなかった。ラネローは赤ワインと……まぎれもないラネローの味がした。手にしていたワイングラスは、ゆったりしたしぐさでラネローに取りあげられて、もうひとつのグラスの隣に置かれた。

「ジョニーのことは、いままで誰にも話したことがない」アントニアは正直に言った。意外にも、話したおかげで心が軽くなっていた。といっても、それで犯した罪が消えたわけではないけれど。「すべてを話したことはなかったわ」

「話してくれて嬉しいよ」また口づけされた。ぬくもりが伝わってくると、傷ついた心が癒された。

目を閉じた。もう一度涙がこみあげてくる。なぜ、奔放な放蕩者のせいで、胸が張り裂けそうになっているの？　ラネローはわたしを愛しているそぶりさえ見せていないのに。少なくとも、ジョニーは愛を確信させてくれた。

それなのに、ラネローに口づけされると、心をこじ開けられた気分になった。

でも、今夜を最後に、奇跡のような口づけは思い出になる。ラネローの腕に抱かれることは二度とない。そんなことに堪えられるとは思えなかった。口づけ以上に、その抱擁に恋い焦がれているのだから。ラネローの手、声、知性、笑い声。そして、自分の体の中に感じるラネローの雄々しい体。

ラネローのもとを去ったら、死ぬまでわたしはからっぽのまま――そんな不吉な予感が胸をよぎった。

その瞬間、浅はかで自分のことしか頭にないジョニーと、目の前にいる男性が似ても似つかないことに気づいた。ラネローはわたしが乙女だった頃に夢見た恋人で、大人になったいまも夢見ている恋人。

わたしが一生をかけて待っていた恋人。それがラネロー……。

アントニアは心からの情熱をこめて口づけを返した。両手をそっと滑らせて、ラネローの首に抱きついた。

ラネローが顔を起こしたときには、ふたりとも息が上がっていた。触れられた乳房が張っていた。もう一度奪ってほしくてたまらない。それほど一瞬のうちに欲望をかき立てられていた。

「あなたのこと以外は、すべて忘れさせて」囁くように言った。ふたりの唇はいまにも触れあいそうなほど近かった。いまでも口づけが続いていると錯覚しそうなほど、すぐそばにあった。欲望の炎に包まれて、アントニアは目を閉じた。いいえ、欲望だけではない。ほんものの恋人同士が分かちあう絆――それを感じずにはいられなかった。

「ああ、そうしよう」ラネローにシーツを剝ぎとられ、揺るぎない目で見つめられた。ラネローが傍らに横たわる。ゆったりと寝そべるギリシア神話の神のように。

美しく力強く雄々しいギリシア神。

ラネローの唇に嬉しそうな笑みが浮かんだ。足かせをはずされたような興奮が、全身を駆けめぐった。ラネローの目が期待感で光った。アントニアはちらりと下を見た。ラネローのもうひとつの部分にも期待感が表われていた。

その視線を感じたのか、ラネローの笑みが邪なものに変わった。「いつだって、きみがほしくてたまらない」

切なくて、胸がどきりとした。そういうことばを聞くのは堪えられなかった。ふたりに残されたのは今夜だけ。危険な悦びの世界にすっかり溺れてしまう前に、現実に戻らなければならない。

全身を包んでいく淫らな幸福感を断ち切るために、ことばを必死に探した。「いまはそう言っているけれど、わたしが去ればあなたはほっとするはずよ。あなたはこれまでだって、ベッドをともにした女性から逃れられてほっとしたはず。あなたのベッドにもぐりこむという目的をかなえた女性から逃れられて」

そんなことを言ったところで、そう簡単に雰囲気を変えられるはずがなかった。ラネローがにやりと笑った。「きみはいじめられたいらしいな」

ラネローの力強い手に乳房が包まれた。アントニアは視線をちらりと下に移して、白い肌とそれに触れる浅黒くほっそりした手を見た。とたんに、興奮の漣が全身に広がる。いまのいままで、ふたりの距離を広げて、心の盾を築かなければと思っていたのに、その気持ちが一気に薄れていく。ふたりで過ごす時間はあまりにも残り少なかった。

乳首に口づけられた。ラネローの口に乳首が吸いこまれ、先端を舌で刺激され、それから、そっと噛まれた。あまりの快感に、思わず脚の付け根に力が入る。ラネローは千通りもの触れ方を知っていた。そうして、触れられるたびに、わたしは欲望で身を震わせる。ラネローの雄々しい体の前では、なす術もなかった。意志も何もかも、ラネローの意のままに操られていた。

今日だけは、ふたりの意志は同じ場所へ向かっている。官能の世界へと。

拷問台のようにも思えるベッドに横たわり、アントニアはたっぷりじらされて、早く奪ってほしいという欲望だけをつのらせていた。なまめかしい声を漏らして、せがむように腰をずらす。過去の悲しい記憶をどうしても消し去りたかった。ラネローの情熱がどうしても必要だった。

ラネローが……必要だった。

乳房から顔を上げたラネローが不思議なほど真剣に見つめてきた。「それに、きみはまちがっている。この家に女性を連れてきたことはないよ」

夏の嵐のように欲望が渦を巻いているのだから、筋の通った話などできるはずがなかった。

乳首を吸われ、反対の乳房を手で揉まれると、ことばは喘ぎに変わった。四方八方から攻められていた。官能という鞭でとことんまで痛めつけられている気分だった。

「いや……」

ラネローは話に興味がないらしい。これ以上、乳首を愛撫されたら、わたしも話す気を失ってしまう。けれど、ラネローのさきほどのことばに胸が高鳴っていた。いいえ、あれはきっと空耳……。

「女性をここに連れてきたことはないとあなたは言ったわ」それでも強いて言った。

「そんなことを言ったかな?」

じりじりするほどゆっくりと、ラネローが片手を下へ滑らせて、とりわけ熱くなっている場所に触れた。アントニアは身をよじって、苦しげな声を漏らすしかなかった。抵抗と快感のうめきを。親指が濡れたひだに忍びこみ、ゆっくり円を描いた。

「あなたは……そう言ったわ」欲望の高まりを感じて、喘ぎながらたくましい肩を握りしめる。目の奥で火花が散った。「ニコラス……」

「なんだい?」ラネローの声音にも高まる興奮が表われていた。「きみはほんとうに話がしたいのか?」

苦しげに笑うしかなかった。「いいえ」

「何……なんの話?」

いちばん感じる場所から指が離れると、落胆せずにいられなかった。ラネローが両手をベッドについて、上体を持ちあげると、見つめてきた。黒い目が欲望にぎらついていた。

「この家はぼくの聖域だ。理性を失った女性はここには入れない」

アントニアは震える手で、ラネローの額にかかる濃い金色の髪を撫でつけた。「かわいそうに」皮肉をたっぷりこめて言った。「あなたの恋人はみな理性を失うのね」

ラネローが指先に軽く何度も口づけてきた。唇が指に触れるたびに、脈が跳びはねる。

「ああ、かならず」

「ということは、わたしもそうなるのね」

ラネローの口元にまた笑みが浮かんだ。「おそらく」

「そうとわかっていて、なぜ、わたしをここに連れてきたの？」

「理性も失えば、せんさく好きでもあるんだな」

「ええ、そうよ」

「きみはこれまでの愛人とはちがう」

アントニアはラネローの髪をつかむと、ぎゅっと引っぱった。「わたしは愛人ではないわ」

「この状態を見て、誰がそのことばを信じるかな？」ラネローの笑みがますます物言いたげなものに変わった。「顔が赤くなっているよ」

「怒っているからよ」

なだめるように熱い口づけをされた。「興奮しているせいだよ」

「あなたはほんとうにうぬぼれているわ」そう言いながらも、口づけされてますます息が荒くなっていた。それでなくても、冷静ではなかったのに。

それに、ふたりがこれほど酔っているのは、口づけのせいだけではなかった。不本意な感情に胸が締めつけられた。ラネローはこの家に女性を連れてきたことはない。少なくともその点では、わたしは一夜かぎりの相手ではないということだ。

「これまでの愛人より、きみはずっとおしゃべりだ」唇を一心に見つめながらそう言うラネローの声はかすれていた。

「かわいそうな女性たちは、きっと、あなたのうぬぼれの強さに閉口したことでしょうね」

「まあ、何かの強さや大きさにことばを失ったのはたしかだな」ラネローは短く笑ったけれど、その胸の内は隠せなかった。

甘い前戯が終わろうとしていた。まもなく、ラネローが押しいってくる。そう思うとわくわくして、肌まで張りつめた。

「きみはほんとうに話がしたいのかな?」ラネローが囁くように言った。「何か……ほかにしたいことは?」

〝何か〟ということばが淫らな罪へのいざないに聞こえた。身も心もすっかり燃えあがって、何もかもが甘い罪への誘惑に思えた。もう何をしたところで、どうしようもなかった。

ラネローの髪をそっと引っぱった。「邪な人ね、ニコラス・チャロナー」

まぎれもなく雄々しいしぐさで、ラネローがいきり立つものを下腹に押しつけてきた。

「マイ・ダーリン、ぼくがどれほど邪か、きみはまだ半分もわかっていないよ」

22

ラネローは浅い眠りから目覚めた。食器台の上の蠟燭が燃え尽きようとしていた。部屋の中は何かを予感させるように静まりかえっていた。不穏な何かを。そのとき、また音がした。庭で鳴くヒバリの声だった。新しい一日がはじまろうとしていた。

ラネローは仰向きに寝そべっていた。傍らには、温かくしなやかな女性が体を丸めて眠っている。やわらかな髪が裸の胸をくすぐった。腹の上に置かれた細い腕の重みを感じた。アントニアはすぐそばにいた。この自分は眠っていながらも、アントニアを遠くに行かせまいとしていたのだろうか?

これまでこの部屋のベッドで誰かと眠ったことはなかった。それでも、自分がどこにいるのか、誰といっしょにいるのかははっきりわかった。

アントニア……。

甘く愛らしいアントニア。

過去にあれほどの苦悩を経験していたとは……。情熱的であるがゆえに計り知れない苦悩を背負うことになったのだ。そう思うと、胃がぎゅっと縮まった。アントニアの話を聞いていると、ベントンをぶちのめしたくなった。狭量な父親を鞭打って、会ったこともないアントニアの兄の顔に拳を叩きこみたくなる。

即座に行動を起こして、アントニアを窮状から救いだしたくなった。

ひとりの人を守りたいと願いながらも、それができない怒りと無力感なら、いやというほど知っていた。デマレストがエロイーズをめちゃくちゃにしたときに、いまと同じ無益な怒りに身悶《みもだ》えしたのだから。

けれど、どれほど怒りに燃えたところで、姉は救えない、それが過酷な現実だった。悲劇的なほど姉とよく似た状況のアントニアも救えなかった。この自分をこれほど惹きつけるアントニアが、愛する姉と同じように裏切られたとは、なんという皮肉だろう。

隣で眠る女に思いを馳せていると、それに気づいたかのように、アントニアが小さく満足げな声を漏らして、さらに身を寄せてきた。わき腹に乳房が押しつけられ、脚と脚が絡まった。

アントニアの眠たげな声だけで、あろうことか欲望を刺激された。股間にあるものが即座に反応して、ぴくりと動く。肉体的な欲望を無視することはめったになかったが、いまこのときだけは、すぐさまアントニアの脚を開かせて、その体の中にすべてを埋めてわれを忘れることなどできなかった。

だが、誘惑はあまりに強い。

それでも、アントニアの体をしっかり抱いただけで、薄暗い部屋の中にぼんやりと視線をさまよわせた。わずかな時間しか眠っていないせいで目がしょぼついて、欲望を満たした疲労感で体がだるかった。

悲痛な告白のあとで、アントニアの体をわがものにした。一瞬なのか数時間なのかわからなくなるほど、たっぷりとしなやかな体を探索して、欲望は灼熱の炎へと変わった。この一夜は驚きの連続だった。快楽の船を操っているのは自分だと思いこんでいたのに、目もくらむ未知の世界の鍵を握っているのは、実はアントニアのほうだったのだから。アントニアに抑制を粉々に打ち砕かれた。最後の瞬間に、またもやわれを忘れて、アントニアの中にすべてを注ぎこんだ。この女を自分ひとりのものにしたい、そんな究極の本能を体は憶えていたらしい。

向こう見ずな行為のせいで、子どもができないといいのだが……。とはいえ、桁はずれの性の悦びをどうしたら後悔できるというのか。アントニアとともに経験した世界は、新鮮で驚きに満ちていた。

同時に、恐ろしくもある……。

あのときは、至上の饗宴《きょうえん》を心ゆくまで味わって、アントニアの上から体を転がして、傍らに寝そべった。そうして、残された時間がいかに貴重か知りながらも、夢も見ない深い眠りに落ちたのだった。

過去にこれほどの満足感を抱かせてくれた女はいなかった。ほかの女とここまで力尽きるほど交わったことはなかった。これまでの愛人の中に、感情をおおう硬い殻にひびを入れた者はいなかった。

アントニアとのことは、ただの男女の交わりではなかった。はじめて抱いた感覚の中で、それが何よりも心を苛《さいな》んだ。

アントニアの腕がほんの数センチ動いた。滑らかな肌が腹にこすれただけで、血が熱を帯びた。アントニアをそっと目覚めさせて、もう一度激しく交わりたい——頭のどこかでそんなことを願っていた。アントニアは朝までいっしょにいられると言っていたが、もしかしたらそれは、まだ日も明けやらぬ早朝に、こっそりデマレスト邸に戻ることを意味するのかもしれないと思っていた。アントニアがこのベッドを抜けだして、あの人でなしの家にこっそり戻ると思うと、不快でたまらなかった。

もしかしたら、デマレストはすでにアントニアに言い寄ったのかもしれない。そう考えただけで、激しい怒りが湧いてくる。デマレストは欲望だらけの男で、アントニアの美にとっくに気づいているはずだ。いや、あんな男でも娘の面倒を見てくれる便利な女性を、即座にベッドに押し倒すのは賢明ではないと考えたのだろうか？　さもなければ、アントニアが有力な家の出であるがゆえに、礼節を重んじることにしたのか？　ああ、アントニアの出自はいまだ不明だが、有力な家の出であるのはまちがいない。アントニアが貴族の家に生まれたのを暗示させる事柄が、すでに充分すぎるほどあった。

すやすやと眠っているアントニアの顔は、穏やかで美しかった。かすかに開いた唇に口づけたくなる。いますぐにその体を奪いたくて全身の血がうなっていた。それでも、いまは我慢しなければ。

アントニアを眺めていられるだけでも、最高の贅沢なのだから。横を向いて眠っているアントニアの頬に、深い金色の扇を広げたような睫が影を作っていた。欲望が湧いてくるのを感じながら、美しい顔をじっくり眺めた。すっきりした頬。ふっくらした薄紅色の唇。肌は熟れたモモにそっくりだ。といっても、かすかに擦り傷があるモモ。伸びはじめたひげがこすれたのだろう、肌が赤くなっていた。

満足感の漣が全身に広がるのを感じながらも、自分がどれほど野蛮な男か痛感した。アントニアに傷をつけたのだから。しなやかな体のあちこちに歯を立てた跡と、ひげでこすれた跡がついているはずだった。首にも乳房にも太ももにも。その体を味わったときのことが頭によみがえり、全身に悦びがあふれた。アントニアは芳醇だった。もう一度味わいたくてたまらない。

だが、いまはまだ……。といっても、温かな陽だまりのような幸福感に包まれながら、ふたりで横たわっているこのときも、刻々と別れが近づいているのは痛いほどわかっていた。

ひとりの女に留まっていてほしいなどと願うのは、これまでにない不穏な経験だ。いつもなら、いったんベッドをともにしたら、もう次の愛人がほしくてたまらなくなる。そして、それと同じことが延々とくり返される。

だが、アントニアとはいつまでもいっしょにいたい。

わき腹に触れていた手が静かに動いて、腹の真ん中で止まった。アントニアがまた低いため息を漏らしたかと思うと、さらにぴたりと身を寄せてきた。

何かを求めるような手の感触に、ラネローは身を固くした。妖婦に苦しめられてばかりだった。アントニアの顔がわき腹に触れて、息遣いを肌にはっきり感じた。不思議なことに、その感触は不安定な軌道を描くアントニアの手と同じぐらい刺激的だった。

束の間、ふたりとも身じろぎもせずに横たわっていた。それから、ゆっくりと、あまりにもゆっくりと、アントニアの手が下に向かった。さらに下に。ラネローは胸を上下させながら苦しげに息を吸うのが精いっぱいだった。穏やかなひとときが、あっというまに欲望の炎に包まれた。

股間で疼いているもののすぐそばに、アントニアの手があった。

「からかうのはやめてくれ」うなるように言いながら、アントニアの豊かで乱れた髪に手を埋めた。

アントニアが低い声でくすくす笑うと、わき腹に歯を立てた。そこがかっと熱くなり、ラネローはびくりとした。「わたしが目覚めているのを知っていたのね」

「ああ、もちろんだ」といっても、たったいま知ったばかりだった。アントニアのあてもなくさまっている手が、偶然にしては的確な場所ばかりに触れていると、やっと気づいたのだ。

「嘘つき」

歯を立てた場所に、アントニアが口づけると、ラネローはまたもや官能の波に身を震わせた。とはいえ、すぐにそれより激しい衝撃が待っていた。アントニアが手を数センチ動かして、股間で脈打っているものに触れたのだ。

「やめてくれ……」詰まる喉から声を絞りだして抵抗しながらも、片手をアントニアの髪に埋めて、反対の手でシーツを握りしめた。

「それも嘘ね」アントニアがつぶやくように言って、いきり立つものを一定のリズムで締めつけた。とたんに、視界に火花が散った。

目を閉じて、手足を伸ばして、アントニアの髪から手を離した。「もうきみの言いなりだ」また小さな笑い声が響いた。自信に満ちた笑い声がますます欲望を刺激する。いや、アントニアが息をしているという事実だけで、欲望が湧いてくる。アントニアのせいで救いようのない好色男になった気分だった。

悔しいことに、アントニアは鼓動が止まるほどの愛撫を、ほんの数回くり返しただけで手を止めると、上体を起こして膝をついた。目の前に見える乳房に、ラネローは息を呑んだ。

白く滑らかな乳房の片方を手で包む。それはあまりにもやわらかかった。アントニアが苦しげに息を吸いこんだ。ラネローは親指で乳首をもてあそんだ。すると、またもや苦しげな息遣いが聞こえた。神々しいほど美しい乳房だった。すでに永遠とも思えるほど長いこと、その乳房を口で探索していた。けれど、いくら時間をかけても、まだ足りなかった。

アントニアを堪能したと思えるときなど来るのだろうか？　残念ながら、永遠に来そうになかった。

アントニアが身を屈めて、胸にそっと歯を立て、舌を這わせて、激しい口づけの雨を降らせた。そのとたんに、信仰とは無縁の人生を送っているのに、感謝の祈りを捧げたくなった。神の恵みとも言えそうな計り知れない至福のときを過ごせる男ではないのはわかっていたが、それでも、光り輝くひとときが手に入るあいだは、心から楽しむつもりだった。

乳首を吸われた。同時に、神のことも何もかも、思考はばらばらに砕け散った。豊かな髪に指を絡ませる。アントニアの頭が動くたびに、愉悦が押しよせるのを実感した。

そんなふうに愛撫が続いて、ラネローはようやく気づいた。その夜、放蕩者にされたことすべてを、アントニアは記憶にしっかり留めていたのだ。自分の行動すべてに、アントニアが気持ちを集中していたのかと思うと、これまでに抱いたことのない感情がこみ上げて、胸が熱くなった。いま、アントニアはこの夜に憶えたあらゆることを実践して、男を悦ばそうとしていた。

さもなければ、苦しめようとしているのか。

全身をじっくり味わわれた。ラネローはなまめかしい沈黙に堪えたが、アントニアの舌がへそに触れると、ついに長いうめき声を漏らした。

「気に入らないの？」アントニアが小さな声で尋ねながら、顔を上げて見つめてきた。哀れみではなく、好奇心の浮かぶ目で。

それと同じ表情なら見たことがあった。ネズミをもてあそぶ農場のネコそっくりだ。いま目の前にいる魅惑的な女が、メリウェザー邸の図書室で、この腕に包まれて悲しみに泣き濡れた女だとは、とうてい思えなかった。悲痛な姿を思いだして、なんとしてもアントニアを守らなければという思いを新たにした。だが、その思いも熱を帯びるばかりの股間を鎮めてはくれなかった。

「もちろん、とびきり気に入っているよ」欲望で頭がふらついて、いきり立つものがこれほど疼いていては、ろくに話もできなかった。

「よかった」生まれながらの上品なしぐさでアントニアが体を起こすと、ラネローの鼓動がまたもやあばらに響くほど大きくなった。アントニアが口元に勝利の笑みを浮かべながら、またがってきた。

その姿はこれまで見たものの中で、最高に美しかった。淡い色の髪が細い肩をふわりとおおって、乳房は男を誘うように張りだしている。しなやかな長い脚は男の腰をがっちりはさんでいた。

視線を下に移して、ももの付け根の色濃いブロンドの縮れた毛を見た。アントニアの濃密な香りを胸いっぱいに吸いこむと、その三角の密林の奥にある秘境を探索するまで自分は生きていられるのだろうかと不安になった。いま、感じているのが痛みなのか、快感なのか、両方がとろりと混じりあったものなのかわからなくなる。目を閉じても、アントニアの裸身と熱っぽいしぐさが瞼《まぶた》の裏に焼きついて、頭が破裂しそうだった。

どうにか冷静になろうとすると、腹に力が入って、石のように硬くなった。といっても、腹よりもう少し下にあるもののほうがはるかに硬かったけれど。

どこまでも刺激的なアントニアが遠ざかった。アントニアをいちばん求めている部分から離れていった。太ももの上にまたがられると、ラネローは黒い苦悶《くもん》に呑みこまれた。アントニアはいきり立つものを即座に受けいれるつもりはないらしい。

少なくとも、いましばらくは。

目を閉じて、このぐらいのことには堪えられる、と自分に言い聞かせた。堪えてみせる、と。

本気でそう思えたらどれほどいいか……。いつアントニアを押し倒して、のしかかることになってもおかしくなかった。シーツを握りしめると、布が裂ける音がした。歯を食いしばり、さかりのついた獣のようにアントニアを奪いたくなる衝動と闘った。

じりじりするほどゆっくりと、なけなしの自制心を取りもどした。だが、それも束の間、いきり立つものがアントニアの手に包まれると、目の奥に火花が散って、また自分を見失った。途切れがちなうめき声が口から漏れて、なんとかして言おうとした。これ以上そこに触れられたら、堪えられなくなる、と。

目を開けた。アントニアが感情の読みとれない表情で、こちらを見ていた。欲望で霞む目で見返すと、信じられないことにアントニアが身を屈め、豊かな淡い金色の髪が腹に触れた。

まさか、そんな……。

高まる期待感にことばを失って、じっと待っているしかなかった。震える手で銀色がかった髪をよけて、アントニアを見つめた。

アントニアはためらっていた。

股間で欲望の塊と化しているものの付け根が破裂しそうになる。そこまであと数センチのところで止まっているアントニアの頭を、押さえつけたくなる。だが、そんなことをしてはならないと自分に言い聞かせながら、豊かな髪に手を埋めると、空気を求めて喘いだ。いまにも窒息しそうに苦しかった。もう少しだけ頭を下げてくれと懇願しそうになる。やわらかく湿った薄紅色の唇で、官能の世界へいざなってくれ、と。

アントニアが頭を下げた。いきり立つものの先端がやわらかな口に包まれた。

ラネローが大きく息を吸ったのは、アントニアにもわかった。次の瞬間には、その場が静まりかえった。何が起きるのかと、ラネローは息をひそめているの？　身を震わせながら、じっとしているのだから。ラネローはこれを望んでいるの？　それとも、こんなことは望んでいないの？　その答えはわからなかった。けれど、ラネローを味わいたいという衝動には、もう抗えなかった。

いきり立つものの先端を唇でぴたりと包む。ラネローの豊かな香りが五感に満ちていくのを感じながら、ためらいがちにすすった。

ラネローの体が震えた。

悦んでいるの？　それとも、不快でたまらないの？

もう一度すすると、ラネローが苦しげなうめき声を漏らした。髪をぎゅっとつかまれる。舌をすばやく動かして、ゆっくり、そしてたっぷり舐めると、下腹が燃えるように熱くなった。舌にひときわ濃厚な味が広がった。温かくて、雄々しくて、少し塩っぽい味。

勇気が湧いてきて、さらに深く口にふくんだ。ラネローが身をわななかせて、苦しげに息をした。喉に何かが引っかかって、満足に息が吸えずにいるかのように。またもや、男性の肌に浮く汗と興奮の濃厚な香りを感じた。

動きを止めた。ここでやめておいたほうがいいの？　わたしにできるの？　こんなふうに男性の欲望をかき立てるなんて。けれど、愛撫のせいで抵抗できなくなっているラネローを見ると、胸が熱くなるほど嬉しくなった。

「アントニア、続けてくれ」苦しくてろくに話もできないかのように、ラネローが歯を食いしばったまま言った。

アントニアは顔を上げた。枕の上でラネローが首をうしろにそらせていた。首の筋が張りつめている。顔には欲望のせいで緊迫した表情が浮かんでいた。それを見たとたんに、刺すような歓喜が全身を駆けめぐった。ラネローは望んでいる。苦しげな懇願が真の思いを表わしているなら、“望んでいる”ということばでは足りないほどだった。

ときが経つごとに愛おしくてたまらなくなるのを感じながら、もう一度ラネローを口にふくんだ。寄せては引く愛の行為を真似て、頭を引いては、深く沈めた。

大きく硬いものが口の中を滑る感覚が心地よかった。根元をしっかり握りしめる。ラネローの命の源を握りしめている気分だった。この究極とも言える親密な行為が、ふたりのあいだにわずかに残っていた壁を粉々に打ち砕いた。どこよりも雄々しい部分を味わって、ラネローを完全に自分のものにしたのだった。

それは直感だけに導かれた行為だった。直感と、ラネローに秘した場所に口づけられたときの驚嘆のひとときに導かれた行為。かつて、ジョニーにもこれを求められたけれど、そのときは拒絶した。それなのに、ラネローを口にふくむと、つま先にまで興奮が伝わっていく。

どうすれば恍惚の極みに引きあげられるのかわからないまま、口と手でためらいがちなリズムを刻んだ。けれど、すぐにわかった。ラネローの激しい息遣いが、明白な合図だった。髪をつかんでは緩める手の動きも、まぎれもないヒントだった。

想像していたよりはるかにすばやく口と手を動かすと、極上の恍惚感を抱かせるリズムがわかった。満足げに低い声をひとつ漏らして、ラネローを忘我の境地に放り投げることだけに気持ちを集中した。

ラネローが苦しげにうなって、いまにもはじけそうなほど体をこわばらせた。アントニアは顔を上げた。ラネローの顔は骨が透けて見えそうなほど張りつめていた。

「ああ、なんてことを……まぎれもない妖婦だ」ラネローががさついた声で言った。

アントニアは妖艶な笑みを浮かべると、いきり立つものの付け根にある丸みをそっと握って、心からのやさしさをこめて、滑らかな先端に口づけた。いましていることに、肉体的な興奮以上のものを感じていた。こうすることで、すべてをラネローに捧げていた。

先端からぽってりと丸い滴が染みでた。ラネローが見つめているのを知りながら、滴をそっと舐める。ラネローの途切れがちなうめきが耳に響いた。その瞬間、雄々しいものを味わいながら、男らしい顔を見つめ、ラネローを官能の世界へ導いているのが嬉しくてたまらなくなった。その喜びが、ラネローの欲望の炎をさらに燃えあがらせるのだとはっきりわかった。

ラネローの雄々しさを体の中に感じたくて、我慢できなくなる。膝をついて、たくましい体にまたがると、滑らかな動きで一気に身を沈めた。鮮烈な幸福感に、思わずため息が漏れた。すべてがラネローで満たされていく。体も魂も。

力強い手に乳房が包まれて、感じやすい乳首を親指で刺激されると、興奮に打ち震えた。すでに経験済みのわななきが、下腹と太ももに広がっていく。それでも、のぼりつめるつもりはなかった。その瞬間は最後の最後に取っておくのだ。

歓喜の瞬間がどんどん近づいてくる。けれど、唇を嚙んで、動かないように堪えた。熱い序曲をできるだけ長く味わいたかった。

ラネローが大きくのけぞった。アントニアは歯を食いしばって堪えた。なんとしても、ふたりでその場に留まっていたかった。けれど、忍耐は早くも尽きかけていた。くぐもった声をあげながら、ついに腰を浮かせた。この上なく硬く大きくなったものが体の内側を滑っていく。それは稲妻で射抜かれたように衝撃的だった。即座に腰を沈めると、生まれてはじめて完全な人間になれたような気がした。

なんてこと、このさきふたたび、完全な人間になったと感じる瞬間があるのかしら？

いいえ、これからのことなど考えない。いまだけは。そう、いま、心から欲しているのは官能と、ラネローとひとつになる感覚だけ。その感覚がほんの束の間のものだとしても。

激しく動きはじめた。恍惚感に包まれてすべてを忘れてしまいたい。そんな願いがラネローにも伝わったらしい。乳房を包む手に力がこもり、ますます官能の極みが近づいてくる。

その状態が長く続くはずがなかった。ものすごい速さで天へとのぼっていく。あっというまに世界が破裂して、炸裂する光の中に投げだされた。歓喜の頂点で骨までとろけたその瞬間、ラネローが低くうめいて、すべてを解き放った。なす術もなく朱色の闇に落ちていく。そこにあるのは、すべてを注ぎこんでひとつになった体と、官能にわななく自分自身だけだった。

やがて、身震いしながら現実へと戻ると、いつのまにか、ラネローの広い胸の上にぐったり横たわっていた。いつ涙を流したのだろう？　頬が濡れていた。窓の向こうでは、空が白みはじめて、朝が近づこうとしていた。無理やりひとつ息を吸って、束の間の愚行が壮麗なフィナーレで幕を閉じたのを実感した。

そう思ったところで、なんの慰めにもならなかったけれど。

23

ラネローはアントニアにのしかかられてベッドに横たわり、激しい鼓動が徐々に鎮まっていくのを感じていた。高揚感、力、そして、希望が全身を駆けめぐっていた。悪魔と闘い、怪物を打ち倒し、ペガサスを操って疾風にも乗れるほどの力がみなぎっていた。

早朝の薄明かりが窓から射しこんで、蠟燭は溶けて消えていた。いままさに夜が終わろうとしていた。

奇跡の一夜が。

アントニアがかすかに動いた。これから何を言うつもりなのかは、聞かなくてもわかっていた。そうだ、そのことばは聞きたくない。無言で拒むように、アントニアの背中に置いた手に力をこめた。

「朝だわ」アントニアがつぶやくように言いながら、こちらを向いて、濡れた頰を胸の上に休めた。相手を信じきっていればこそのしぐさだった。この腕の中にいれば安全だと、このままここにいたいと願っているかのような。ああ、アントニアにはここにいてほしい。そんな不都合な思いが頭に浮かんでくる。となれば、動揺して当然なのに、動揺もできないほど疲れきっていた。

「召使は夜まで戻ってこない。主人にどんな朝食を用意していったのか確かめてみよう」けれど、ほんとうに言いたいのは、そんなことではなかった。〃ここにいっしょにいてくれ〃ということばが、喉まで出かかっていた。

「わかっているでしょう、それはできないわ」アントニアがまた動くと、やわらかな髪が肌をくすぐった。しなやかな体に腕をまわして、抱きしめる。束の間、抵抗したものの、アントニアはすぐにおとなしくなった。

「いいや、できるよ」きっぱり言った。

返事はなかった。ほっとして、ひとつ息を吸うと、満たされた欲望の匂いと夜明けの冷たい空気を味わった。暖炉に火を熾《おこ》さなければ。そうとわかっていても、このまま抱きあっていたかった。

力強い男のはずだったのに、ここまで腑《ふ》抜けになるのか？ 美しいドラゴン女のせいで、プライドは塵《ちり》と化した。放蕩者の風上にも置けないと知りながらも、これまでで最高の幸福を感じずにはいられなかった。

アントニアがまた動いた。今回はどうにか抱擁から逃れて、体を起こすと、ヘッドボードに寄りかかった。そうして、シーツを胸まで引きあげた。なんと忌々しいシーツなのか……。

ラネローも同じようにヘッドボードに寄りかかって、片手でアントニアのふっくらした頰に触れた。「泣いていたんだね」

アントニアが苦しげに笑った。「恥ずかしいわ」

胸が痛くなるほど愛おしくなる。「そんなことはない」

「いいえ、そうよ」

アントニアが乱れた髪をうしろに払った。顔に硬い表情が浮かぶのを見て、ラネローは胃がずしりと重くなった。アントニアの声もいままでとはちがっていた。生き生きとした恋人のかすかにかすれた囁き声ではない。カッサンドラ・デマレストの口やかましいお目付け役の口調に戻っていた。そんなふうに話してほしくなかった。そんなお目付け役とはかかわるつもりはないのだから。

「わたしはいつも朝の散歩をするの。だから、朝食の前に家へ戻れば怪しまれない。それより遅くなるわけにはいかないわ」

「怪しみたいやつには、怪しませておけばいい」アントニアの胸の谷間を手でたどって、邪魔なシーツをさりげなく下ろした。「帰らないでくれ」

「いいえ、帰らなければ」

「なぜ？」

アントニアが顔を曇らせた。「理由は無数にあるわ。でも、いちばんの理由は、悪評が立ったらキャッシーにもミスター・デマレストにも迷惑をかけてしまうから。ふたりにはお世話になっているんですもの、迷惑などかけられないわ」

デマレストへの感謝のことばなど聞きたくもなかった。姉の代わりに復讐を果たしたら、デマレストとその娘を打ちのめすことになる。そればかりか、アントニアも打ちのめすことになるのだ。そんなことは思いだしたくもなかった。

不快な思いを頭の奥に押しやった。ゴドフリー・デマレストへの復讐は重要だが、いますべきはアントニアをここに留めておくこと。ふたつの願いは両立しないと、頭の中で嘲る声が響いていたが、聞こえないふりをした。ラネロー侯爵はいままで、両立しないことを無理やり両立させて生きてきたのだから。ああ、厳めしいお目付け役のミス・スミスを、どうにかか口説いてベッドに連れこんだ、そうだろう？　そして、これまでの人生で最高の一夜を過ごした、そうじゃないか？

アントニアの乳房を手で包み、乳首にそっと口づけて、唇に触れる乳首が硬くなるのを楽しんだ。アントニアはどこまでも敏感だった。顔を上げて、欲望の炎が揺らめく青い目を見つめた。「今度はいつ会える？　今夜？」

意外にも、アントニアが身を固くして、美しい目を翳らせた。満たされた体に不吉な予感が広がっていく。何かがおかしかった。罪人のようにこっそりベッドを抜けだすというアントニアの計画以外の何かがあるような気がしてならなかった。

「あなたはわかってくれると思っていたわ」アントニアが低い声で言った。

ラネローは乳房から手を離した。不吉な予感を抱いているからには、気持ちを集中させなければならなかった。「何を？」

アントニアが唾を呑みこんで、うつむくと、またシーツを引きあげた。それが緊張しているしるしなのは、よくわかっていた。だが、なぜ、それほど緊張しているんだ？

「これがわたしたちのすべてよ」

そのことばを聞くと同時に、背筋をぴんと伸ばして、アントニアを睨みつけた。「いったいどういう意味だ？」

「わたしはロンドンにはいられない。ジョニーが戻ってきたなら、もうこの街にはいられないわ」青い目に涙があふれた。少なくとも、アントニアがそんなくだらないことを、真剣に悩んでいるのだけはよくわかった。「だから、サマセットに帰ることにしたの。少なくとも、しばらくのあいだは。そうなれば、ミスター・デマレストにお払い箱にされるかもしれない。わたしではもう、キャッシーのお目付け役は務まらないのだから」

「こんな一夜のあとで、ぼくがきみを手放すと思ってるのか？」ラネローはアントニアの脚にまたがって、悲しげな顔を見つめた。気づくと、細い肩をつかんでいた。「きみの才能はなおざりにされてきた」

アントニアが勇敢にもまっすぐに見つめてきた。激しい怒りがはっきり表われている顔を、真正面から見つめてきた。「このロンドンでは、わたしの才能など使いものにならないと誰もが言うでしょうね」

なぜか全身に痛みが走った気がして、両方の手に力が入った。「ふたりでしたことを後悔していないと言ってくれ」

アントニアが唇を噛んだ。「なぜ、そんなことを気にするの？　あなたにとってわたしは星の数ほどいる女のひとりでしかないわ」

光り輝く一夜を過ごしたばかりなのに、アントニアの痛烈なことばを聞くのは辛かった。「きみはそれだけじゃない。ここへ来たことを後悔していないと言ってくれ」

答えがないと、胸の鼓動が止まりそうなほど落胆した。すばらしい一夜が、おぞましい悪夢に変わっていく。ほんの十分前までは、幸福感に酔いしれていたのに、なぜこんなことになったんだ？　アントニアのせいでこの身がまっぷたつに引き裂かれそうになっている、そんな気分だった。

しかも、ロンドンを去るというアントニアのことばだけで……。

そうだ、予感は当たっていた。アントニアは危険な女。どうしようもなく危険な女だった。

「さあ、言ってくれ」もう一度声をかけた。そのことばが自分の耳に響くほどには懇願した口調になっていないのを、祈るしかなかった。

それでも、アントニアは答えず、顔を見つめてくるだけだった。まるですべての謎の答えはもう出ているとでも言いたげに。

ついに、アントニアが震える声で答えた。「ええ、後悔なんてしていないわ。あれほどの官能を経験できたんですもの」唇がゆがんで、皮肉っぽい笑みが浮かんだ。「あなたが有名なのも当然ね」

そのことばに怒りがこみ上げた。「ふたりのあいだに起きたことを茶化さないでくれ」

外国のことばを聞いたかのように、アントニアが見つめてきた。「ふたつの体が合わさった、ただそれだけのことよ、ニコラス」

ラネローはアントニアを睨みつけた。「馬鹿なことを言うな。それだけしか感じなかったふりをするのもやめるんだ。きみにはここにいてほしい。いままで……」

そこで口をつぐんだ。深遠な思いに戸惑っていた。いまここで、そんな深い思いをことばにできるのか？　一歩下がって、安全な場所に留まるしかなかった。「きみが与えてくれた以上のものがほしい」

アントニアが口を引き結んだ。落胆しているのか？　それとも怒っているのか？　恥じているのか？　まるでわからなかった。アントニアとひとつになったときには、何があろうと離れないと実感した。それほどふたりは完璧に調和していた。だが、話をしていると、どれほどのことばを口にしても、ふたりのあいだに橋もかけられないほど深い溝ができるだけだった。

「今度ばかりは、あなたは欲するものを手に入れられない」アントニアの口調はきっぱりしていた。まるでラネローのことばも望みも取るに足りないものだと思っているかのように。「わたしは姿を消さなければならないの。さもないと、途方もない醜聞の渦中に放りこまれかねない。そんな危険は冒せないわ。キャッシーのためにも。兄のためにも。ミスター・デマレストのためにも」

女といっしょにいて戸惑うことなどまずなかった。それなのに、アントニアといると戸惑ってばかりだった。そして、いまほど戸惑ったことはなかった。アントニアはまちがいなくこの自分を欲している。それはわかっていた。ラネローという男のために、名誉を危険にさらしたのだから。そうでなければ、なぜ、いま、ここにいる？　ゆうべ、すべてを明け渡したのが、その場かぎりの気まぐれであるはずがなかった。

それなのに、永遠に去ると心を決めているとは。

なんとかして決意を変えられないかと、必死に考えた。「身ごもっていたらどうするんだ？」

アントニアが冷ややかに眉を上げた。「さあ、どうかしら？　そうなったとして、あなたに何かできるの？」

ときが経てば経つほど、アントニアが遠ざかっていく。それが不快でたまらなかった。それなのに、いまここで自分の心を切り裂いて、血だらけの残骸をアントニアに踏みつけにされること以外、何をすればいいのかわからなかった。

「子どものためにさまざまなことができる」

「わたしがひとりでなんとかするわ」アントニアが頑として言った。

わが子を身ごもって、アントニアの美しい体が丸みを帯びる——そんな魅惑的なイメージが頭に浮かんできたが、それを頭から追いはらった。自分の子ども時代はまさに悪夢だった。父も母も子育ての最悪の見本だ。そんな環境で育ったのだから、この世でいちばんどうしようもない父親になるに決まっている。それに、もし子どもができていたら、それこそアントニアの名誉は挽回のしようがないほど地に堕ちる。

そうとわかっていても、妊娠してさらに光り輝くアントニアの姿が、頭にまとわりついて離れなかった。

「子どもはきみだけのものじゃない、そうだろう?」この話が無用の心配であるのを願いながらも、できるだけ冷静に言った。アントニアの愚かな自立心に異を唱えれば、激しく抵抗されるのはまちがいなかった。

アントニアはひとりきりでどうやって子どもを育てるつもりなんだ? プライドが誤った道を歩ませるはずだった。

「いいえ、わたしだけのものよ」アントニアが顎をぐいと上げた。それははじめて会ったときのアントニアそのものだった。そのときは強気なところに興味をそそられたが、いまはそれだけではない。

いや、少なくとも、それだけではないと思っている。

ラネローはアントニアの髪に片手を差しいれて、顔を上に向かせると、いきなり唇を奪った。アントニアが応じてくるように、昨夜、雨あられと降らせた情熱的な口づけを真似た。けれど、アントニアは身を固くして、唇を頑ななまでに閉じていた。

アントニアが身をくねらせて口づけから逃れると、睨みつけてきた。「こんなことをしてどうなるの、ニコラス？　もう終わりなのよ」

忌々しいほど迷いのない口調だった。「そんなことを言うな」うなるように言うと、豊かな髪に差しいれた手に力をこめて、アントニアの赤くなった唇を見つめた。

また乱暴なことをしてしまった。これでは鞭打たれて当然だ。なのに、なぜ、アントニアはどこまでも冷静なんだ？　こっちは二度と会えないと思うだけで、この部屋の家具をひとつ残らず叩き壊したくなるのに。

アントニアの表情から険しさが消えた。じっと見つめられると、戸惑う心の隅々まで見透かされている気分になった。そうして、気づいた――アントニアの苦しげな息遣いは、いまにもすすり泣きに変わりそうになっている。なぜ、この自分はアントニアがどこまでも冷静だと決めてかかったのか……。

「ほかにわたしにしてほしいことは？」アントニアが苦しげに言った。「ロンドンに残って、あなたの愛人になれ、と？」

「ああ」

そんなことができるわけがないのはわかっていた。アントニアが首を振って拒む前からわかっていた。それでも、いっしょにいてほしかった。

なんてことだ、ほんとうは……それ以上のことを望んでいるとは。

「愛人になどならないわ」

胸の奥深くから湧いてきたことばを即座に口にした。「信じてくれ。きみを女王のように扱う。ああ、誓ってそうするよ」

ひとこと発するたびに、アントニアの苦悩はふくらんでいるようだった。「だめよ……」

「不自由な思いはけっしてさせない。その後の生活のための資金も用意する。最後には、きみは自分の力で生きていけるんだ。今夜のようなきらきらして魅惑的な女性として。他人の子どもの面倒を見る陰気なお目付け役としてではなく」

「それで、わたしたちに子どもができたらどうなるの？」

愛人になってほしいという申し出を、アントニアが真剣に考えていないのはわかっていた。それでも説得を続けた。「すべてを書類にしよう。住まい。手当。馬車。馬。養育費。ぼくの両親が愛人に産ませた子どもたちはみな、きちんとした仕事に就いて、成功している」

女性にこんな申し出をしたことなどなかった。そんな取り決めが必要になるほど長いあいだともに過ごしたいと思えるような女が現われるとは、夢にも思っていなかった。けれど、アントニアに対する興味は、いつもの束の間の幻想とはちがっていた。アントニアが相手なら、想像もしなかった深みにはまりこんでもかまわなかった。欲望を満たすための数週間の関係以上のものを欲していた。

数年はこの腕に抱きつづけたい、そんなふうに思える女を見つけたわけだ。

切羽詰まった思いは、世界を一変させるほどの力があった。

声を低くして、穏やかに説得することにした。これまで天下の放蕩者として卑しむべき人生を生きてきたが、今回ばかりは女を落とすゲームではなかった。まぎれもなく本気で、必死になっていた。アントニアは新たな世界の扉を開いてくれた。いまになって、その扉をアントニアにぴしゃりと閉められて、これまでの冷ややかな世界にひとり取り残されたら、生きていけるはずがない。厳然たる事実には、もう気づいていた――アントニアがいなければ、この世は氷に閉ざされてしまう。

冷たく、無意味で、不毛な世界。

アントニアの硬い表情が和らぐことはなかった。「それでも、あなたのきょうだいが婚外子であることに変わりはないわ」

「そのとおりだ、マイ・ダーリン。不注意なことをしてしまった。きみはすでに身ごもっていても不思議はない」

愛情のこもる呼び名に、アントニアが顔をしかめた。そんな呼び名は甘言で相手を釣るためのものでしかないと考えているのだろう。その思いが手に取るようにわかった。

いいや、相手を釣るためのものではなく、本気なのだ。たしかに、いままで何千回とそのことばを軽々しく口にしてきた。だが、相手がアントニアなら、それは薄っぺらで無意味な呼び名ではなく、まぎれもない真実だ。

「運命はそこまで残酷ではないかもしれないわ」アントニアが弱々しく言ってから、運命に挑むように顔をぐいと上げた。「あなたが手に入れた女のひとりとして、わたしの名を英国じゅうに知れ渡らせる気はさらさらないわ。囲われ女になって、家族や友人を辱《はずかし》めるつもりはない」

「だから、嘘で塗りかためた人生を歩むのか？」さきほどの怒りがよみがえってきた。今日を境に、アントニアは自分がどれほどのものを犠牲にしているか思い知るはずだった。「それより、情熱の炎に身を投じたほうがましだと思わないか？　なぜなら、きみはいずれにしても焼かれるのだから。ひとりきりのベッドで、毎夜、恋い焦がれることになる。今日の決断を後悔して生きることになるんだ」

「ええ、そうかもしれない」アントニアのまなざしは冷ややかなままだった。たおやかで官能的な女性はどこに行ったんだ？「それでも、しばらくのあいだ放蕩者の愛人になると決めて、すべてを捨てたら、もっと後悔するわ」

「ぼくがきみを手放すと思っているなら大まちがいだよ」ラネローはアントニアの顎を撫でた。

アントニアに哀れむように見つめられて、胸が張り裂けそうになった。「何をしたところで、わたしをつなぎとめてはおけないわ」

いや、それはちがう。何かしら手段があるはずだ。誰も予想もつかず、次の治世まで語り継がれるような手段が。

声がかすれた。長い距離を全力疾走したかのように胸が激しく打っていた。どういうわけか、息もろくに吸えなかった。

「ならば、結婚すればいい」

24

あまりにも驚いて、アントニアは口をぽかんと開けているしかなかった。手の感覚がなくなって、シーツが下がっていく。耳鳴りがした。

〝ならば、結婚すればいい〟

ラネローはあまりにも気軽に、人生を一変させるようなことを言った。

つい、〝そうね〟と言いそうになったけれど、そのことばを呑みこんだ。尊大で自堕落な男性と結婚したら、それこそ悲劇を招くだけだった。

耳鳴りがどんどん大きくなっていく。視界が暗くなり、ラネローの顔が霞んで、不明瞭になる。

「何か言ってくれ」混乱した頭の中にそのことばが響いた。

胸が鋭く痛んで、息を止めていたことに気づいた。目をしばたたかせて、大きく息を吸う。

それでも、妄想の国に放りこまれたような気分は消えなかった。

ラネローが純粋に結婚を申しこんでくるはずがない。そんなことはあり得ない。

ショックが薄れると、怒りが湧いてきた。まぎれもない激しい怒り。天下の放蕩者はわたしをからかっているのだ。図々しいにもほどがある。

ヘッドボードに寄りかかっていた背中をぴんと伸ばして、盾のようにシーツを握りしめた。もし服を着ていたら、ひとことも言わずに、部屋を飛びだしているところだ。けれど、さすがに裸で歩く勇気はなかった。

「わたしのことをどこまで愚かだと思っているの?」嚙みつくように言った。

ラネローが顔をしかめて、片手を伸ばして顔に触れてきた。「そんなことは思っていない」

触れられて嬉しいなどとは思いたくなかった。そうよ、今日を最後に、二度と触れられることはないのだから——冷ややかにそう自分に言い聞かせた。その事実に全身を射抜かれたかのような痛みが走っても、顔には出さなかった。

「十七のわたしは愚かにも、これと同じ策略にまんまと引っかかったんだわ」苦々しげな口調になった。「それを思えば、罠をしかけてきたあなたを責められない」

「アントニア、何を言っているんだ?」ラネローは呆然としているようだった。大した役者だ。「結婚が最良の解決策じゃないか。きみは醜聞にまみれることもなくここにいられて、ぼくは堂々ときみとベッドをともにできる」

ラネローの笑止千万な申し出に傷ついて、ひるみながらも、皮肉をこめて言った。「そうね、あなたはもちろん、わたしに飽きるまで結婚を続ける。そうして、ある日突然、わたしに飽きて、結婚を申しこんだこともきれいさっぱり忘れるんだわ。わたしの父は五年前にこの世を去ったから、あなたにわたしと別れるように迫ることもない。その点は安心ね、大仰な茶番をくり返さずに済むのだから」

ラネローが怒りにまかせてすばやくベッドから下りて、目の前に顔を突きだしたかと思うと、両腕を伸ばしてヘッドボードを握った。アントニアは力強い腕にとらえられているような格好になった。「ぼくがきみを騙すと思っているのか？　ほんとうに？　あんな一夜を過ごしたのに？」

ずば抜けて長身の怒れる男性に睨まれて、アントニアは身を縮めた。ラネローはひと睨みで相手を焼き尽くしそうなほど鋭い目をしていた。それでも、アントニアはなけなしの勇気をかき集めた。「放蕩者は結婚を餌に誘惑するものよ」

「といっても、きみのことならもうとっくに誘惑している」滑らかな口調でも、怒りが端々に表われていた。

アントニアは悔しくて、顔が熱くなった。石に刻まれた彫刻のように、唇がこわばっていた。「あなたがわたしと結婚したがるわけがないわ。わたしが何者なのか知りもしないのに」

ラネローの頬が引きつって、目が冷たい光を放った。「ならば、教えてくれ」

いまさら素性を隠していてもなんの意味もない。そうとわかっていても、本名を明かす気になれなかった。この十年のあいだ、慎重に築きあげてきたものすべてを壊してしまうのはいやだった「教えないわ」

「教えないだって？　自分が何者なのか言わないつもりなのか？」

アントニアは唾を呑みこんだ。「そうよ、あなたと結婚する気などないのだから」

落胆のようにも思える何かが、ラネローの顔をよぎった。いいえ、落胆であるはずがない。ラネローが抱いているのは欲望だけなのだから。その欲望を満たしたがっている女性が、この街には山ほどいる。いま、ラネローはわたしに夢中だとしても、心はすぐに離れてしまうに決まっていた。

かつてわたしはロマンティックな偽りの夢を見て、大きな代償を払った。いまは、そのときよりは成長している。自分のような女にもハッピーエンドが訪れると信じるほど、愚かではない。そしてまた、放蕩を重ねるろくでなしが誠実な夫に変身すると考えるほど、愚かでもなかった。

たとえ、ラネローが正気の沙汰とは思えない求婚を真剣に口にしたとしても……。

ラネローはさらに何か言ってくるにちがいない。わたしの素性をしつこく聞きだそうとするか、さもなければ、ここに留まるよう巧みに説得するのかもしれない。問題は、触れられただけで抗えなくなってしまうこと。性的な魅力を武器に同意を求めたら、ラネローが勝利するのはまちがいなかった。

予想に反して、ラネローは険しい表情を浮かべて、顔をそむけた。「わかった、いいだろう」

冷たく言い放たれて、アントニアは身をすくめた。ラネローがそんな口調で話すのを、これまで聞いたことがなかった。真冬の木枯らしのように冷たかった。

ラネローがゆっくりと食器台へ向かった。朝日はまだ顔を出していなかったけれど、窓から早朝の光が射しこんで、その姿がはっきり見えた。全身に緊張感がみなぎっている。それは心が傷ついたせい……。そうは思いたくなくても、それ以外に考えられなかった。

怒りを感じさせる荒々しいしぐさで、ラネローがブランデーをグラスに注ぎ、ひと息に飲み干した。そうして、マホガニーの食器台にぴたりと両手をつけてうつむいた。不快な現実に堪えているかのように、がっくりとうなだれた。

アントニアは感情の嵐に震えながら、張りつめたたくましい背中を見つめた。いつのまにか、広い肩を、引きしまった腰を、長く力強い脚をむさぼるように見ていた。

まばたきして、涙を押しもどした。官能の一夜を過ごしたばかりだった。あれほどの悦びを経験できる女性は、この世でほんのひと握りだけ。そんなふうに思えるほどの官能の一夜を。それだけで満足しなければ。ラネローの誘いを受けいれたときから、それは覚悟していたはず。さらなるものを望むのは強欲すぎる。

強欲で危険すぎる。

ラネローはわたしのものではない。昨夜はあれほど近くにラネローを感じていたとしても。

ふたりの魂はふたつでひとつ、そんなふうに感じたとしても。性的な悦びに有頂天になって、そんなふうに感じただけ――そう自分に言い聞かせた。それを信じたくなくて、心がどれほど痛もうと。

痛む心など人生の指針にはならない。痛む心は、ラネローの滑稽で非現実的な申し出に応じろと叫んでいる。痛む心は、ラネローは真剣に結婚したがっていると叫んでいた。

ほんとうにそうなの？

とたんに、皮肉な答えが頭に浮かんで、むしろ安堵した。

ラネローという男性は、真剣でもなければ、誠実でもない。ひと月もしないうちに飽きるに決まっている。たとえ、いま、ラネローに司祭の前に引きずられていったとしても、この物語がおとぎ話と同じ結末を迎えることはない。

ラネローのもとに留まっても、心の痛み以外には何も得られない。そうよ、心の痛みならもう山ほど抱えている。さあ、立ちあがって、服を着て、ここを出ていくの。

ぎこちなく体にシーツを巻きつけながら、ベッドを出た。服が床に散らばっていた。どうしようもなく淫らな一夜を過ごした証拠だった。肩越しにちらりとうしろに目をやった。けれど、ラネローは食器台に手をついて身じろぎもせずにうつむいているままだった。ラネローは怒っていて、わたしはそれがいやでたまらない。人生でもっとも華々しい一夜を、こんなふうに終わらせたくなかった。

わたしはラネローのすべてを見誤っていた。欲するものを得たら、それだけであっさり解放してくれる——そんなふうに思いこんでいたなんて。情熱的な一夜で、ラネローが欲していたものを手に入れたのはまちがいなかった。究極の性の悦びだけでなく、生意気な女を完全に屈服させたのだから。

目が霞んだ。まばたきをした。泣いてはだめ。これまでラネローが一夜の歓喜のあとで星の数ほどの女を泣かせてきたとしても、そんな女のひとりになるつもりはなかった。

「何をしているんだ?」振りかえりもせずに、ラネローが冷ややかな口調で尋ねた。

悲しくてたまらないのを気づかれたくなくて、涙声を呑みこんだ。いまのわたしに残っているのはプライドだけ。プライドがあったからこそ、悲惨な結末を迎えた駆け落ちにも堪えぬいた。プライドがあったからこそ、イタリアからの帰途に男性の淫らな視線にさらされても堪えられた。惨めな十年間に心が折れなかったのも、プライドのおかげ。いまも、プライドだけが頼りだった。

「服を着ているのよ」どうにかして冷静な口調で言った。長年、真の自分を隠してきたのだから。一夜にして、それができなくなるはずがなかった。

ラネローがちらりと振りむいた。黒い目は氷のように冷たかった。「何を馬鹿なことを」

冷たい目で睨まれると、背筋に寒気が走って、動けなくなった。片方の手でシュミーズを、反対の手でシーツを握りしめたまま震えているしかなかった。「言ったはずよ、もう行かなければならない、と」

弱々しい物言いになっていないことを、心から願った。自分があまりにも頼りなかった。ラネローにすべてを剝ぎとられて、世間知らずの少女に戻ったかのよう。といっても、ラネローに二度と会えないという苦しみは、ジョニーに裏切られた心の痛みより、はるかに大きかった。二度と会えず、しかも憎みあって別れることは。

ラネローが苛立たしげに片手を突きだした。「きみがどんな姿かは知っている」

アントニアは顔が赤くなるのを感じながら、体の前でシーツを握りしめた。「ええ、そうでしょうね」そんなことばはなんの意味もないけれど、弱々しく言うしかなかった。

ラネローがすばやく近づいてきた。堂々と胸を張り、体が震えるほどの怒りをみなぎらせていた。何も身に着けていないことなど、気にもしていないらしい。「ならば、これも必要ない」

荒々しくシーツが剝ぎとられて、アントニアは一糸まとわぬ姿になった。「ニコラス、やめて」喘ぐように言って、思わずシュミーズを胸にあてた。

「くそっ……」ラネローが乱れた髪を手でさらにくしゃくしゃにして、くるりと背を向けると、窓のほうを向いた。

背を向けられると、悲しくてたまらなくなる……。そんな弱気な自分が不快だった。こんな愚かなことをしているのは、ラネローのせいではなかった。そう、わたしが愚かなのだ。

背をまっすぐに伸ばしてラネローを睨みつけるには、意志の力を総動員しなければならなかった。それでも、シュミーズを手放す勇気はなかった。「あなたが怒っているのはわかっているわ」

「それはまた、すばらしい洞察力だな、マダム」ラネローが噛みつくように言って、こちらを向いた。

憎悪のこもる目で睨みつけられた。けれど、ラネローの顔をじっくり見ると、怒りの下に戸惑いが隠れていた。互いに同じぐらい戸惑っているのだ。のみで削ったような頬に赤みが差して、小刻みに震えている。それが胸の内を表わしていた。

ラネローはわたしと結婚できる。

そんなことばが頭の中で小さく響いた。けれど、それを無視した。わたしはラネローと結婚できないのだから。ふたりのあいだにあるのは欲望だけ。それははっきりしている、ラネローにとっては、ただそれだけのこと。

でも、わたしにとっては……。

壁にぶつかったように、その考えを打ち消した。そうよ、わたしだって肉体的な欲望以外は何も感じていない。ただ、背教的な放蕩者とちがって、単なる性欲をそれ以上のものと勘ちがいしそうになっているだけ。

けれど、単なる性欲だとしたら、なぜ心が引き裂かれるように痛むの？　世界を一変させるほど強い感情が存在しているとしか思えない。深遠で、ときを超越した、人生が変わるほどの何かがあるとしか。

いいえ、わたしは自分の心を欺いている。ラネローとわたしは性的に惹かれあった、それだけのこと。会えなくなれば忘れてしまう。苛立たしい痒《かゆ》みも、ひとしきり掻《か》けば忘れてしまうのだから。

皮肉ばかりを叫んでいる心の声も、そんな愚かな考えをわざわざ否定しなかった。

「喧嘩別れはしたくないわ」〝別れ〟ということばを口にして、声がひび割れた。

「別れると決めたのは、ぼくのほうじゃない」ラネローがぴしゃりと言った。

アントニアは胸を張って立っていた。ほんとうは、部屋の片隅でうずくまって、迷子の子どものように泣いていたかったけれど。「あなたにはけっして迷惑はかけないわ」弱々しい声で言った。

激しい感情がラネローの顔をよぎったが、すぐに尊大な表情の下に埋もれていった。問題は、昨夜の出来事でラネローがどんな男性かはっきりして、何をどう言ったところで納得させられるはずがないことだった。ラネローに嫌われたくない。それ以上に、ラネローを傷つけて、罪悪感を抱きたくなかった。そう、傷つけてしまうのが何よりも怖い。以前なら、放蕩者の感情豊かな心を、ひとりの女が傷つけられるとは思いもしなかったはず。それを言うなら、放蕩者がこれほど感情豊かだとは思いもしなかったはずだった。

魅惑的で策略的な遊び人の胸の奥に、善良な心が隠れていた。その善良な男性が表に現われたことは、おそらくこれまで一度もない。けれど、ラネローの中にまぎれもなくそんな部分が存在するのを、わたしははっきり感じている。

腹立たしげな声を漏らして、ラネローが身を屈め、ドレスを拾いあげて、さも不快そうにベッドの上に放り投げた。「ほら」

ラネローはすぐそばにいる女を無視することにしたのだろう、部屋に誰もいないかのように服を着はじめた。無言のまま怒りを発するラネローを、アントニアはしばらく見つめていたが、やがてシュミーズを着た。

振りおろされるナイフのような緊迫した静寂をひしひしと感じながら、いそいでドレスを着ると、マントをまとった。バラ色のシルクはしわだらけで、コルセットも着けていなかった。おろした髪は乱れたまま。家に戻ったときに、好奇の目を向けてくる召使に出くわさないように祈るしかなかった。家に帰る途中で、髪はぞんざいにでもいいから結わなければ。いまは手が震えてそれさえできそうになかった。

ラネローのほうを見た。もう目に涙はなかった。胸に広がる絶望は、涙でどうなるものでもないのだから。

ラネローはきちんと服を着ていた。けれど、アントニアの脳裏に焼きついた長身でたくましい裸身が消えることはなかった。胸から腹へと徐々に狭まっていく金色の毛をはっきり憶えていた。硬く引きしまったわき腹に口づけたときの感触もはっきり憶えている。いきり立つものの味も、すべてを解き放つラネローの口から漏れた声も、すべてが明確に記憶に刻まれていた。

二度と会うことはなくても、ふたりは断ち切りようのない絆で結ばれていた。

ラネローが真剣なまなざしで見つめかえしてきた。そのまなざしに切望が浮かんでいるとは思いたくなかった。この別れをわたしほどラネローが長く引きずることはない。それでも、感情を押し殺した険しい顔を見つめていると、そうとは思えなくなる。いまのラネローは、昨夜、激しい情熱を分かちあったときより、十は歳を取って見えた。

不安でたまらず、唇を舐めた。ラネローの視線が揺らいで、唇に注がれた。愚弄のことばを投げつけられるのを覚悟した。けれど、ラネローは帽子を拾いあげると、つかつかと扉へ向かい、これ見よがしに扉を開けた。アントニアは全身を貫かれたような痛みを覚えた。

出ていってくれ——ラネローが態度でそう示しているのはまちがいようがなかった。そして、それはわたしの望みでもある。それなのに、扉までのほんの数歩がなぜこれほど苦しいの？

背筋をぴんと伸ばして、深く息を吸った。これまでにも、想像を絶する事態に直面して、それを乗りきってきた。いまだって切りぬけられる。

たとえ、いま、死に瀕しているような気分でいるとしても。

それでも、怒りに燃えるラネローのほうへ一歩踏みだすと、足は煉瓦よりも重かった。ほんとうなら、これ以上口論にならないように、すばやく駆けぬけたかった。卑怯なやり方かもしれないけれど、いつ倒れてもおかしくないほど限界ぎりぎりで、もう一度正面から立ちむかえるはずがなかった。

それに、もちろん、ラネローの傍らを通りぬければ、もう二度と会えない。そんな思いにも堪えられなかった。だから、扉まであと少しというところで、不安に震えながらためらった。

ラネローの顔はいつになく無表情だった。怒りの炎を浮かべた黒い目だけがぎらついている。それを見たら、背筋が寒くなるほど恐ろしくなってもいいはずだった。けれど、その目に浮かぶ激しい怒りの奥に、深い悲しみが感じられた。

触れてはならないと知りながらも、気づいたときには、震える手をたくましい腕へと伸ばしていた。シャツ越しでも、腕に触れた瞬間、手が火傷しそうなほど熱くなる。ラネローはわたしの永遠の恋人——手の感触がそれを物語っていた。

体に稲妻が走ったかのように、ラネローがびくんとした。けれど、身震いしただけで、その場を一歩も動かなかった。

アントニアはあまりにも悲しくて、胸が締めつけられた。ラネローのもとを去ろうとしているだけなのに、なぜ、許されざる罪を犯している気分になるの？　そもそもラネローのもとに来たことが、許されざる罪なのに。

それでも、あえて言った。「さようなら、ニコラス」

顔をしかめたラネローに手をつかまれた。「きみがどこへ行こうと追っていく」

驚いて、アントニアは手を引っこめた。ふいに恐ろしくなった。まさか醜聞が立つようなことを、ラネローがするはずがない……。ましてや、ほんの束の間のこの情事でそこまでするわけがない。いくら放蕩者でも、そんな不品行なことをするとは思えなかった。

ラネローの体に触れたショックと、切羽詰まった思いで声が震えた。「いままでの話を聞いていなかったの？」

ラネローが口を真一文字に引き結んだ。「ひとこと漏らさず聞いていたよ、マダム」次の瞬間には、ラネローに無理やり部屋から出されて、階段に連れていかれた。抵抗する気力ももうなかった。「きみを家までひとりで歩いて帰らせるわけにはいかない」

「でも、あなたに送ってもらったら……」そう言いながらも、愚かで情けない心ははずんでいた。この悲しい朝に、あとほんの少しだけふたりでいられる……。

ラネローの口調は相変わらず冷ややかだった。「これほど朝早ければ、人に見られることはない」

アントニアは身を縮めた。ラネローの口調は鞭のようだった。できることなら抗いたかった。ひとりで帰れると言いたかったのに、そこまで強い女にはなれなかった。

ラネローの顔を見た。拒絶されるのはわかっていると言いたげな表情が浮かんでいた。アントニアは小さくうなずいて、歩きだした。

「ありがとう」

貸し馬車はすぐに見つかった。それに乗りこんだラネローの隣で、アントニアが不可解な沈黙を頑なに守っていた。

何を考えているんだ？　ラネローはそう尋ねたくなるのをぐっとこらえた。考えなおせと言いたくなるのを。結婚を申しこんだのは、生まれてはじめてだった。妻になってほしいと頼んだその女性から、あれほど無残に拒否されて、内心では深く傷ついていた。

このところ、プライドはずたずたにされてばかりで、これ以上深追いするのを拒んでいた。愛人として、あるいは妻として、自分のもとに留まってほしいと頼んで、あっさり断られたのだから。

そうだ、こんな性悪女など、どうなったってかまうものか！

けれど、窺うようにちらりと隣に目をやって、アントニアが古ぼけた馬車の中で震えているのがわかると、さらに苦しめる気にはなれなかった。できることなら、抱きしめて、〝大丈夫、すべてはうまくいく〟と慰めたかった。

とはいえ、現実には、何ひとつうまくいきそうになかった。

もしも子どもができていたらどうする？

そうであればいいのにと願うほど、いまの自分は邪だった。そうであれば、アントニアだって結婚の申しこみを即座に断りはしないはず。

いや、恥辱から救ってほしいと懇願するのがどんなものか、味わわせてやろう。

といっても、心の奥では、アントニアがそんな懇願をするはずがないのはわかっていた。この世でいちばん気高い女性なのだから。ゆえに、けっして愛人にはならない。たとえ、相手が真剣に手を差しのべたいと考えていても。

まもなく公園に着くという頃、家を出てからはじめて、アントニアが口を開いた。「馬車を停《と》めてちょうだい。公園から家まで歩けば、誰にも疑われないわ」

「家まで送るよ」ラネローは頑として譲らなかった。頭の片隅では、アントニアがひとりで帰ると決めているなら、そうさせればいいという声が響いていたけれど。

アントニアがこちらを向いて、見つめてきた。フードに半ば隠れた顔は青白く、真剣な表情が浮かんでいた。「その必要はないわ」

ラネローは口元を引きしめた。「いや、そうしなければならない」

「それがお望みなら、ご勝手に」アントニアの口調は冷ややかだった。

「ほんとうに望んでいることとはちがうよ」きっぱり言いながら、膝の上で拳を握りしめた。

「ごめんなさい」アントニアが弱々しく言った。

驚いたことに、握りしめた拳の片方がアントニアの手に包まれた。触れられることは二度とないと思っていたのに。怒りがアントニアから身を守る術だと考えていたのに。

どちらも大きな勘ちがいだったらしい……。

衝動を抑える暇もなく、気づくと手を握りかえしていた。アントニアに触れられると、悲しみで乱れる心が癒された。

フードに隠れてアントニアの顔は見えなかったけれど、体の震えは伝わってきた。自分と同じぐらいアントニアも悲しんでいれば、いくらかでも満足感が得られるはずだと、いままで思いこんでいた。

けれど、そうはならなかった。

馬車の天井を鋭く叩いた。馬車が大きく揺れて停まると、アントニアの手を握ったまま馬車を降りた。御者に数枚の硬貨を渡し、芝地を歩いて、カーゾン・ストリートへ向かった。ひんやりした朝の空気が顔に触れ、緑濃い木立の中で鳥がさえずっていた。一日の喧騒がはじまる前の、爽やかなロンドン。乗馬道に数頭の馬が見えたが、かなり遠く、馬上の人の姿は見分けられなかった。となれば、向こうからもこちらを見分けられるはずがなかった。そぞろ歩く者はひとりもなく、通りには、朝早い呼び売り商人が数人いるだけだった。

アントニアはずっとうつむいていた。その姿を見ても、カッサンドラ・デマレストの野暮ったいお目付け役だとわかる者はいないはずだった。顔は蒼白でも、今朝のアントニアは官能的な天使そのものだった。

ハイドパークのわきを抜けて、デマレスト邸に徐々に近づいていく。すると、気が進まないようにアントニアの歩みが遅くなった。それほどいっしょにいたいのなら、なぜそう言わない？　いまここで、気が変わったとアントニアが言いだしても、揚げ足を取るつもりなどさらさらなかった。

カーゾン・ストリートに入る手前のマロニエの木の下で立ち止まった。家まで送っていきたかったが、そうするわけにはいかなかった。

アントニアがこちらを向いた。てっきり、そっけない別れの挨拶をされるのだろうと思ったが、じっと見つめられた。まるで、顔の造作ひとつひとつを記憶に刻みつけているかのように。

なんてことだ、これでは生きたまま皮を剝がれているようなもの。もう行ってくれと言いたかった。これ以上苦しめないでくれ、と。自分の人生にラネロー侯爵の出番はないと、アントニアは固く心に決めている。ならば、さっさと立ち去って、新たなすばらしい人生を歩みはじめればいい。哀れな男にはひとり勝手に傷を舐めさせておこう――そう言わんばかりに立ち去ればいい。それなのに、そうしないのはなぜなんだ？

「キスして、ニコラス」アントニアが囁いた。

「勘弁してくれ」歯を食いしばって言った。思わずアントニアの肩をつかんだが、目を覚ませと言わんばかりに華奢な体を揺すりたくなるのを、かろうじて我慢した。いったいアントニアはなんのつもりなんだ？　ふたりがいっしょにいるべきなのは、アントニアもわかっているはずだった。

美しい目に涙が光った。「お願い。忘れられない……」

心臓が止まりそうになる。

何を忘れられないんだ？

わけがわからず、体がこわばった。いつのまにか息も止めていた。

この自分を忘れられないのか？

アントニアが苦しげに息をひとつ吸って、低くかすれた声で言った。「あなたの口づけが忘れられない。これだけがこの世のすべて――そう言わんばかりの口づけが。あんなふうに口づけられると、この世で最高にすばらしい女性になったような気がするわ」

激しい落胆が全身に広がった。といっても、忘れられないだの、愛しているだのと、甘ったるいことを言ってほしかったわけではない。愛など危険なだけで、なんの価値もないのだから。誰の愛もほしくない。とりわけ、振りむきもせずに立ち去るつもりでいる女の愛など。

これまでに、無数の女に愛していると言われた。愛人から愛を告白され、結局は激しい癇《かん》癪《しゃく》でふたりの関係を締めくくる。そんなお決まりの騒動ばかりをくり返してきた。けれど、アントニアがいまここで騒動を起こすわけがなかった。

それに、愛を告白されることもない。忌々しいことに。

「そんな気分になるのは、口づけたときだけなのか？」鋭い口調で尋ねた。「放蕩者としての腕がそうとう錆びついたらしい」

アントニアの頬にかすかに赤みが差した。「口づけされたときだけではないけれど……」美しい顔にはにかんだ笑みが浮かんだ。「でも、いまは、口づけだけで満足しなければならないわ」

だが、こっちはアントニアをなんとかして留まらせなければ、何をしたところで満足できない。ああ、いいだろう、口づけをしよう。そうして、アントニアにこれから何を手放そうとしているのか、しっかり教えてやるのだ。別れるのはまちがいだと認めるまで口づけてやる。

ラネローはためらわなかった。アントニアに考えなおす隙を与えずに、すばやく堂々と細い体を抱いて即座に唇を奪った。

アントニアがやわらかな吐息を漏らすと、その機を逃さずに、開いた唇に舌を差しいれて、心ゆくまで味わった。芳醇な味わいが骨にまで染みわたった。

しっかり自制して、アントニアを恍惚とさせるつもりでいた。それなのに、アントニアが背をそらせ、背中に腕をまわしてきて、唇を大きく開いたとたんに、自制のたがが完全にはずれた。

アントニアを屈服させようと何をしたところで無駄だと、はじめからわかっているべきだった。欲望はあまりにも強いのだから。主導権争いという名のゲームをはじめたときから、一度も勝てずにいるのだから。いまもまた、非の打ちどころのない黒いビロードの世界に沈んでいく。アントニアとその体が発する熱と、淫らな唇だけの世界へと。

アントニアはなぜ、その世界を捨て去れるんだ？　どう考えても、そんなのは愚行でしかないのに。

目を閉じて、アントニアの頭からフードを取り去り、肩にこぼれ落ちる乱れ髪に手を差しいれた。アントニアが生きる源であるかのように口づけた。できるだけ長く、激しく。いまこのときだけは、アントニアはまぎれもなく自分のものだ。どうしても離れなければならないときが来るまで、放すつもりはなかった。

けれど、ついにアントニアが身を引いた。ゆっくり渋々と、それでいて鉄の意志を胸に。

「だめだ……」プライドなど、もうどうでもよかった。

「行かなければ」ひび割れた声で言いながらも、アントニアは背を向けはせず、手を上げて顔に触れてくると、何かを探すように一心に見つめてきた。ラネローはくるおしいほどの切望で胸がいっぱいになった。

「だったら、行けばいい」がさついた声で言いながら、アントニアの体からそっと手を離した。

こんなことにはもう堪えられない。口づければいくらかでも主導権を握れるかもしれないなどと考えたとは、お笑い種《ぐさ》だ。それどころか、主人に腹を蹴られた犬の気分になるに決まっていたのに。

「さようなら、ニコラス」囁くように言って、アントニアが背を向けようとした。

「いや、まだだ」アントニアの腕をつかんだ。

そうだ、こんなふうに行かせてなるものか。この世に生きるどんな男でも、このまま行かせるはずがない。家に連れもどして、閉じこめておくのだ。そうして、認めさせる。この自分が求めているのと同じように、アントニアもラネロー侯爵を求めていると。

美しい顔に浮かんでいた激しい情熱が薄らいで、青い目が不安げに光った。「遅くなってしまうわ」

「もう一度口づけてくれ」そう言ったものの、アントニアが立ち去るつもりなのはわかっていた。これほど強い意志を持つ女性には、お目にかかったことがないのだから。その意志には、不本意ながら感嘆せずにいられない。そんな自分が呪わしかった。

「口づけるとわたしが何も考えられなくなるのは知っているでしょう。だから、もう……」

「アントニア?」

どこか遠くの世界から男の声が割りこんできた。そんなふうに感じるほど、ラネローはアントニアとの攻防に夢中になっていた。

「なんなんだ?」身をよじって、声のしたほうを向いた。そこには見知った姿があった。

アントニアが体をこわばらせて、大理石の彫刻のようにその場に立ち尽くした。

アントニアを引きとめすぎた。いや、そもそも、自宅から出すべきではなかった。あそこにいれば安全だったのに、ここでは守りようがない。できることなら、いますぐに抱きあげて、朝露に濡れた芝地を駆け去りたかった。

邪魔者はアントニアだけを見つめていた。亡霊でも見たかのような顔をして、苦しげに言った。「きみは死んだはずでは……」

ゆっくりと、まるで断頭台にのぼるかのように、アントニアが男を見た。

「ジョニー」アントニアの抑揚のない声が響いた。

25

ジョニー・ベントンのもとを去ってから十年の月日が流れているにもかかわらず、アントニアは即座にその顔がわかった。十年前の非の打ちどころのない美男子ではなかったけれど、それでもやはり目を奪われるほど端整な顔だった。その顔を見たとたんに、胸の鼓動が速くなった。といっても、嬉しくて胸が高鳴ったのではなく、恐怖のせいだった。そしてまた、ぶつけようのない怒りのせいでもあった。これほど策を講じてきたのに、易々と見つかってしまうなんて。

「アントニア……」

ジョニーは動くこともできずに名を呼ぶだけだった。そうして、自分の目が信じられないと言いたげに見つめてくるだけ。英国一の放蕩者がそばにいることさえ気づいていないらしい。それに、その放蕩者のベッドで、わたしが一夜を明かしたことにも気づいていない。

人ちがいのふりをしよう——麻痺した頭にそんな考えが浮かんだ。ジョニーとは十年ぶりで、しかも、兄からわたしは死んだと聞かされているはずなのだから。

けれど、ジョニーの必死の形相を見て、嘘では切りぬけられないと悟った。ジョニーと同じように、わたしもこの十年で顔が様変わりしたわけではない。ましてや、今朝は変装をしていなかった。いまさら手遅れだとわかっていても、寝室に置いてきたいつもの地味なドレスとレースの帽子、そして何より、色つきの眼鏡がほしくてたまらなかった。

恐ろしい白昼夢を見ている気分だった。ラネローと別れるだけでも、身を裂かれるほど辛いのに、そんなときに、人生をめちゃくちゃにした男性と立ちむかわなければならないなんて。

ジョニーは相変わらず呆然としているようだった。何かにつけて芝居がかっているとはいえ、いまだけは、ほんとうに呆然としているらしい。十七のときは、大げさな言動にうっとりして、ジョニーといっしょにいれば波乱に富んだ人生を送れると思った。父が娘にふさわしいと考える伝統的な人生とは、比べものにならない人生を。けれど、いまとなっては、芝居がかった言動は腹立たしいだけだった。

ジョニーが堰《せき》を切ったように話しだした。「きみを捜してブレイドン・パークへ行って、兄上であるアヴェソン卿に会った。そうして、きみはフランスで亡くなったと聞かされた。そのことばを耳にすると同時に、ぼくの人生は終わりを告げた。この十年間、ぼくはきみが戻ってくるのを待ちつづけた。どうしても償いたかったからだ。ようやく勇気を出して故国に戻ってみると、わかったのは遅すぎたということだけだった」そこで大きく息を吸った。

「でも、いま、きみはここにいる。曙《あけぼの》の女神のように夜明けを歩いている」大げさなことばに、アントニアはぞっとした。

ジョニーの神話好きは相変わらずらしい。かつての恋人を黙らせるにはなんと言えばいいの？　アントニアは必死に考えた。わたしのことは秘密にしておくように説得するためのことばを探さなくては。もしもジョニーが騒ぎたてて、レディ・アントニア・ヒリアードは海の向こうで亡くなったのではなく、ロンドンで生きていると世間に知られたら、デマレスト家にも大きな迷惑をかけてしまう。それに兄のヘンリーにも。

ジョニーが顔をしかめた。「アントニア、なんとか言ってくれ。手厳しい非難でもかまわないから」

アントニアは息を呑んで、ラネローから一歩離れた。傍らで堂々と立っているラネローは、怒りの沈黙を漂わせていた。「あなたを叱りつけるつもりなどないわ」うんざりしたように言った。

けれど、それがまちがいだった。ジョニーの顔がふいに明るくなった。「ならば、許してくれるんだね？　激しい情熱がぼくを忌まわしい悪行に走らせた。それを許してくれるなら、ぼくの申し出についても考えてくれるね」

「申し出？」ここではないどこかへ行ってしまいたいと願いながら、アントニアはぼんやり尋ねた。

「そうだ」おぞましいことに、ジョニーがひざまずいた。「妻は死んだ。だから、十年前に言うべきだったことを言えるようになったんだ」

ジョニーがいったんことばを切った。けれど、アントニアはあまりにもぞっとして、口をはさむこともできなかった。落ち着きのない低い声でジョニーが話を続けた。「アントニア・ヒリアード、ぼくの美しく愛おしい人、結婚してほしい」

ラネローがさも不快そうに話に割りこんだ。「立て、この間抜けめが。とんでもなく馬鹿な真似をしているのがわからないのか」

ジョニーが夢から覚めたような顔をした。当惑して、目をぱちくりさせ、アントニアから視線をそらすとその連れを見た。

「ラネロー？」そう言って、顔をしかめた。死んだはずの恋人に会ったことにあまりにも驚いて、その恋人が誰といっしょにいるかということまで気がまわらずにいたらしい。

「そうだ」ラネローが真っ白な歯を食いしばったまま言った。そうして、前に歩みでると、やさ男のジョニーがふらつくのもかまわずに、荒々しく引っぱって立たせた。

「乱暴はやめて」アントニアはジョニーをかばった。心の中では、かつての恋人を足蹴にしたくてたまらなかったけれど。それに、目下の恋人のことも。

「腰抜け男の肩を持つのか？」ラネローがネズミをいたぶる猟犬のように、ジョニーの体を揺さぶった。

目の前にいるふたりの男性の異なる点は？　そう誰かに尋ねられたら、いまなら苦もなく答えられる。ジョニーはラネローに胸ぐらをつかまれて、抵抗もできずに、地面から足が浮くほど持ちあげられていた。いっぽうで、ラネローは力強く、すべては自分の思いどおりになると自信満々だった。

わたしはなんて愚かなの？　ラネローに守られてわくわくしたなんて。いまはそんなふうにはまるで感じない。男性の虚栄心に苛立つばかりだった。

「手を放して」厳しい口調で言った。

なくした一ポンド金貨を見つけたと思ったのに、実は六ペンス硬貨だった――ジョニーはそんな表情を浮かべていた。おまけに顔面蒼白で、がたがた震えている。これほど悲惨な状況でも、その顔はやはり美しかった。

「きみにとってこの男はなんなんだ？　まさか……きみは身を売ったわけじゃないだろうな？」

アントニアは歯を食いしばった。「あなたにそんな質問をされる筋合いはないわ。わたしを父の家から連れだして、妻と子どもがいるのを隠して、生涯の献身を誓ったあなたには」

「子どもなどいなかった。あれは嘘だったんだ」ジョニーが即座に応えた。「あの女の罠にはめられて、結婚させられたんだ」

「あなたをわざわざ罠にはめるなんて、その女性にはご苦労さまと言いたいわ」アントニアは相変わらず厳しい口調で言った。「ラネロー、手を放してと言ったはずよ」

「そこの木にこいつを吊るしてやる」ラネローがやはり苦々しげに言った。

「わたしも同じ気持ちよ。でも、あなたはそんなことはしない」きっぱり応じた。

ラネローに恐怖を感じても不思議はないのに、どういうわけかそんな感情は微塵も湧いてこなかった。ラネローはまちがいなく激怒しているが、まもなく分別を取りもどすはずだった。そもそも、ジョニーほど興奮しやすい性質ではないのだから。それに、身勝手な欲望に突き動かされて生きてきたにもかかわらず、自己陶酔する性質でもない。ラネロー侯爵は自分が何をしているかよくわかっている。浅はかなジョニー・ベントンには真似さえできないことだけれど。

張りつめた静寂が流れた。けれど、まもなく、さも不快そうに、ラネローはジョニーをわきに放った。

「何をするんだ」ジョニーが不格好によろめいた。面目を潰されたと感じているにちがいない。怒りに息を荒らげながら、ジョニーがラネローを睨みつけた。といっても、手の届くところへ歩みよらなかったのは賢明だった。

十年前に気づくべきだったことが、いまははっきりわかった。たとえ世間知らずのお嬢さまでも、ジョニーがいかに軟弱かぐらいは気づくべきだった。それに、ジョニーにとって人生最大の目的は、称賛の的になることだということにも。

もしかしたら、十年前にも気づいていたのかもしれない。けれど、愛していると思いこんでいて、相手のそんな気質がどんな災難を招くかがわかっていなかっただけなのだろう。

さも腹立たしげに、ジョニーが服のしわを伸ばした。不機嫌そうに口をとがらせた顔は、ハンサムなニジマスのようだった。かつての恋人がラネロー侯爵に投げた視線は、不機嫌な子どものようだった。そう、ジョニーはまさに子どもなのだ。それもまた十年前と変わっていなかった。

ジョニーと別れてから、わたしは大人になった。けれど、ジョニーは駄々っ子の美少年のまま。苛立ちで光る目と端整な顔と優美な体は、たしかに美しい。そうでないとは口が裂けても言えなかった。

「アントニア、きみがぼくをいまでも愛しているのはわかっているよ……」

あまりにも馬鹿馬鹿しくて笑わずにいられなかった。「愛しているわけがない、あたりまえでしょう」

一歩近づいてきたジョニーに腕をつかまれた。「プライドが許さないから、そう言っているだけだ。さもなければ、女性らしい慎みがそう言わせるのか。きみのこの十年間なら想像がつくよ。苦しい思いをさせてしまったね。悲惨な暮らしの中できみがしたことについて、ぼくはとやかく言うつもりはない」

ラネローがふいに手を突きだして、ジョニーの手を払いのけてくれた。「もう一度さわったら、ただじゃおかない。ああ、アントニアに制止されようと」

ラネローの声が怒りで震えていた。冷静になるようにと睨みつけると、睨みかえされた。ラネローがいっしょにいてくれて助かったのは事実だ。ひとりでジョニーと相対するなど、考えただけでもぞっとした。

ジョニーは勇敢ではないけれど、賢くも一歩下がった。「きみをデヴォンに連れていく。そうして、ぼくといっしょになるんだ。そうだ、ずっといっしょにいるべきだったんだから」

アントニアは非現実的な感覚を、頭の中から振りはらった。「ジョニー、もう十年も経っているのよ」

ジョニーが手を差しだそうとした。けれど、憎悪に燃える目でラネローに睨みつけられると、手を引っこめた。「その十年のあいだ、ぼくはきみを愛しつづけてきた。さあ、過去は水に流そう。堕落した不幸な暮らしからきみを救いたいんだ」

あまりにも滑稽で、またもや笑わずにいられなかった。「とんでもない妄想を抱いているようね」

ジョニーが顔をしかめた。「嘘などつかなくていいんだよ」

「この愚か者めが、アントニアにはおまえなど必要ない」ラネローが鋭く言って、すぐ隣に立った。

アントニアは説き伏せるように言った。「ジョニー、わたしは死んだことにしておいたほうがいいの。あなたのためにも……」

「いいや、そんなことはない」きっぱりした口調だった。

「もう長い月日が過ぎたのよ。いまのわたしはあなたの知っている少女ではないわ」

「おまえのような男にアントニアはもったいなさすぎる。ああ、昔もいまもそれは変わらない」ラネローが口をはさんだ。

アントニアはラネローを睨みつけた。「話を混ぜかえさないで」

「そんなつもりはない」ラネローが威厳に満ちた目で見つめてきた。眉を上げ、蔑むように唇をかすかにとがらせていた。「この犬っころを追いはらおう」

「ラネロー侯爵、そのことばはあんまりだ」ジョニーが相変わらず距離を保ったまま言った。「この淑女は身を落として、きみとベッドをともにしたかもしれないが、それもすでに過ぎ去ったこと。ぼくが純真なアントニアを取りもどさせてみせる」

渋々と、アントニアはラネローからジョニーへと視線を移した。ジョニーは邪ではなかった。愚かで、自分本位で、ひとりよがりなだけ。それでも、ラネローの言うとおりだった。どういうわけか、いまだにわたしのことを愛していると思いこんでいた。

アントニアは穏やかな口調で話すことにした。同時に、悲しげな口調になった。幻想でしかなかったとはいえ、かつてふたりのあいだに存在したものを思うと、悲しかった。「ジョニー、あなたの申し出どおりにはけっしてならないわ」深く息を吸った。「わたしが生きていることは、人に知られてはならないの。万が一にもすべてが明るみに出たら、どれほどの醜聞になることか」

「ぼくはきみと結婚したいんだ」ジョニーが頑なに言い張った。「そうすれば、きみは中傷されなくて済む」

「わたしはあなたと結婚などしたくないわ」

「ぼくと結婚するより、ラネローとの汚らわしい関係に甘んじるのか？　まさか、きみがそんなことをするわけがない。真のきみは高潔な女性なのだから」

頬がかっと熱くなった。ジョニーのことばはまるで的はずれだった。わたしはひとりの放蕩者の腕の中で、一夜を過ごしただけなのだから。「ジョニー、もう終わりなのよ。あなたが結婚していると父から教えられたときに、終わったの。わたしのことは忘れてちょうだい」

「一生忘れない。きみがいまでもぼくを愛しているのはまちがいないのだから」

「愛していないわ」それこそまちがいなかった。

悲惨な出来事からは何年も前に立ち直ったと自分に言い聞かせてきた。ジョニーの端整な顔と優雅な物腰にのぼせあがっただけで、それ以上の感情はなく、自分の淫らなおこないは許される、と言い聞かせてきたのだ。そしていま、ジョニーを前にして、心に抱いてきたその思いは正しかったと確信した。ジョニーを見ても、愛も欲望も感じなかった。

ラネローに比べれば、ジョニーは未熟以外の何ものでもなかった。

ジョニーに反論される前に話を続けた。「この十年間、罪の意識にさいなまれながら生きてきたわけではないのよ。良家でそれなりの地位を与えられているのだから」唾をごくりと呑みこんで、できるだけ真剣に言った。「ジョニー、もしわたしの素性が人に知られたら、あなたと別れたあとに、わたしに救いの手を差し伸べてくれた人たちが傷つくことになるのよ」

口外しないとジョニーが約束しないのならば、精神的に脅しをかけるしかない。といっても、かつてのジョニーは酔うと饒舌《じょうぜつ》になった。それがいまも変わっていないのは、ラネローと酒場で会ったときの会話が物語っていた。「紳士として約束してちょうだい。わたしに会ったことはけっして口外しないと」

ジョニーが血相を変えて、ラネローをちらりと見た。「こんな時間にラネローのような評判の悪い男といっしょにいながら、きみはその男の愛人ではないと言う。それをぼくが鵜《う》呑みにすると思っているのか？　冗談じゃない。きみはたったいまラネローのベッドから這いでてきたような姿だ。昔のぼくならいざ知らず、いまはそこまで青臭くはないよ、マイ・レディ」

「このレディに多少なりとも敬意を示さなければ、その青臭い頭をぶちのめしてやる」ラネローが鋭い口調で言って、すぐうしろに立った。アントニアはいつ崩れ落ちるかわからない山のふもとに立っている気分だった。

「そのレディに興味がないと言っているわりには、自分のもののように話しているじゃないか」ジョニーが嚙みつくように言った。ジョニーにしてはずいぶん豪胆な物言いだった。とはいえ、十年も会わずにいた女性に結婚を申しこむという向こう見ずな行為のほうが豪胆と言えなくもなかったけれど。

「もうたくさんだ」ラネローが前に歩みでて、ジョニーに詰めよろうとした。

「やめて、ふたりとも！」ふいにこの騒動に嫌気が差した。キャッシーの陰気なお目付け役としての人生は退屈だと思っていたけれど、いまはつまらないその生活が楽園に思えた。「喧嘩はやめてちょうだい。一本の骨を取りあう犬じゃあるまいし。あなたたちの品位にかかわるわ」

ラネローとジョニーが呆然と見つめてきた。荷馬車馬が立ちあがって、議会で演説でもしたかのように。

「アントニア？」ジョニーがすっかりうろたえて言った。ラネローは何も言わなかった。けれど、顔からは攻撃的な表情が消えていった。

「何も聞きたくない。もう行くわ。どうぞ、ふたりで心ゆくまで殺しあいでもなんでもしてちょうだい」そう言うと、かつての恋人を睨みつけた。「ジョニー、あなたがこの世でたったひとりの男性でも、わたしは結婚などしない。この求婚についてほんの少しでも冷静になって考えたら、わたしに断られたことを感謝するはずよ」

次にラネローを見ると、身勝手な怒りが引いていった。それでも、自信満々の口調で言った。「ラネロー侯爵、ここまで送ってくださってありがとう。では、ごきげんよう」

スカートをひるがえして、ふたりの男性をその場に残して立ち去った。このときばかりは、この世の男性はひとり残らず地獄に落ちればいいと心から願っていた。

26

ラネローはもう一杯ブランデーを飲み干すと、書斎の火の消えた暖炉に繊細なクリスタルグラスを投げつけようとした。けれど、すんでのところで思いとどまった。そんなことをしたら、あの忌々しいベントンと同じになる。そんなことをしたら、胃が縮むような惨めさをはっきり表に出すことになる。アントニアが邪なラネロー侯爵のいない人生へと走り去っていくのを見つめていたときに、こみ上げてきた惨めさを。

そうだ、自分は邪な男だ。非情な侯爵がひとりぽつんと取り残されて、怒りを感じているとは。

ああ、怒っている。怒りを感じていたくてたまらなかった。そうすれば、胸を引き裂かれるほどの苦痛を忘れられるのだから。

アントニアなど知るものか。地獄にでもどこにでも落ちるがいい。

といっても、地獄の苦しみを味わっているのは、束の間、放蕩者の人生を光り輝く世界に変えたアントニアではなく、身勝手で不注意な放蕩者のほうだった。

自分を貶《おとし》める呼び方が、屈辱的なほど空《むな》しく思えた。

アントニアには近づくなとろくでなしのベントンに忠告してから、とぼとぼと自宅に戻ったのだった。埋めなければならない時間と、声が届くところに召使がひとりもいない時間が、無限にあるような気がした。計画では今日もアントニアと過ごすつもりだったのだ。だが、アントニアは去っていった。忌々しいことに、二度と会わないつもりで。

一日じゅううろうろと歩きまわって過ごした暗くがらんとしたこの部屋が、これからの暗くがらんとした人生を予言しているかのようだった。拳を握りしめて、マホガニーの食器台を叩く。デカンターが揺れて、甲高い音を立てた。

憎らしい妖婦め。あの妖婦はあれほどの官能の悦びが、どれほど貴重かわからないのか？どれほどめずらしいものかを。

そんな女のせいでこれほど苦しまなければならないとは……。満たされない思いが、体の疼きに変わっていた。アントニアを罵倒したところで、激しい切望が消えてなくなりはしなかった。

甘美で謎めいたレディ・アントニア・ヒリアードは、アヴェソン伯爵の娘だった。

ベントンがそれを口にしたとき、アントニアはあまりにも動転していて、そのことばを聞きのがした。もちろん、ラネローはしっかり聞いていて、アントニアの歯が鳴るほどその体を揺さぶりたくなったのだった。

いったいぜんたいなんだって、英国でも屈指の貴族の家の出の淑女が、カッサンドラ・デマレストのような軽率なお嬢さまの子守りをしているんだ？

父親に勘当されたとしても、親戚や友人に頼れたはずだ。若気のいたりの無分別が噂にならないように、協力してくれる人がいたはずだ。上流社会で相応な地位に留めておくのが当然だと考えてくれる人だっていたはずだ。ウジ虫野郎のデマレストが避難場所を与えたとはいえ、その見返りに、アントニアはおもしろみも何もないくだらない仕事を押しつけられた。

ラネローは名門貴族をすべて知っているわけではなかった。とはいえ、ヒリアード家といえば名門中の名門で、ノルマン人の英国征服にまでさかのぼる由緒ある家柄だった。はるか遠くノーサンバーランドの地にある広大な領地では、ヒリアード家は王ほどの権力を有している。

それを思えば、結婚を申しこんで、断られたのも不思議はなかった。ラネロー侯爵ごときでは結婚相手にならない、とアントニアは考えたのかもしれない。

自身の起こした不祥事でいくらかの名誉を失ったとしても、ほんとうならアントニア・ヒリアードはすでに結婚して、何人もの子どもに囲まれていてもおかしくない。アントニアが自分以外の男と結婚する？　その男とベッドをともにして、子どもを身ごもる？　そう考えただけで、吐き気がした。

ヒリアード家は財力やプライドはもとより、北欧系の端整な顔立ちでも有名だった。うかつだった！　瞳や肌や髪の色から、アントニアが何者なのか即座に気づくべきだったのだ。淡い金色の髪と水色の目が血筋を表わしていた。この世を去るまで政界で大きな権力を握っていたアントニアの父親は、かなり大柄だった。気品漂うバイキング。まさにそんな雰囲気だったのだ。

それに、アントニアの兄のことも知っている。同じ頃にオックスフォードにいたのだから。といっても、歳はひとつ下で、もちろん親しかったわけではない。若きマスケル子爵で、アヴェソン家の跡取りでもあったヘンリーは勉学にいそしむタイプで、ラネローやその仲間のような自堕落な学生とは縁がなかった。

亡きアヴェソン卿は何よりも規律を重んじる人物で、娘をためらいもなく勘当するのも、容易に想像できた。だが、ヘンリーは昔からそういう類の男ではなかった。物静かで、寛大で、自身の考えをしっかり持っていた。学者のように広い視野でものごとを眺め、すべてを支配しようとする暴君ではなかった。ゆえに、たったひとりの妹が低い地位に甘んじているのを、見て見ぬふりをするとは考えられなかった。

執事が手紙を持って部屋に入ってきた。召使は半時間ほど前に戻ってきていた。執事がお辞儀をした。主人が暗い部屋の中をそわそわと歩きまわっていることに驚いていたとしても、何も言わないだけの分別があった。執事が出ていくと、ラネローは暗い室内を歩いて机へ向かい、ランプをつけた。いつもどおりの分厚い手紙の束。あちこちの地所からの報告。アントニアを手に入れそこなったという苦悩を胸に抱えて生きていく術を身に着けたら、そういった手紙の封を切る気にもなれるかもしれない。

数通の招待状。わざわざ開けて読む気にもなれない。

アイルランドから届いた一通の手紙……。

その手紙を思わず握りしめた。弟の良心をなだめるために、姉が書いた偽りの手紙を読む勇気はなかった。今夜だけは。

あくまでも客観的に、自分の人生を見つめなおした。アントニアに捨てられた。アントニアは二度と戻らない。アントニアのいまの人生を破壊する醜聞を流しでもしないかぎりは。ともに過ごした長い一夜に築いた絆を、危険にさらさないかぎりは。

これまでは、自分は非情な男だと思っていた。だが、そこまで非情ではなかったらしい。アントニアはまんまと逃げだした。その現実を受けいれて生きるしかない。たとえ、けっして逃さないという思いで胃がよじれていても。

となれば、いまの自分に何が残されているのか？

今日という日のこのときにエロイーズの手紙が届いたのが、天からの啓示かもしれない。あるいは、地獄からの。

この社交シーズンは復讐のはじまりになるはずだった。けれど、復讐の決意はアントニアを追い求めることで揺らいでしまった。

だが、もはやそうではない。

いまこそ、ゴドフリー・デマレストに対して正義の鉄槌を下すべきだ。心から欲する女に拒まれたからと、自己憐憫の海でのたうちまわってたまるものか。それに、心の隅に忍びこむカッサンドラ・デマレストへの同情心で、復讐を思いとどまるなどということがあってはならない。たしかに、父親の罪にその娘は無関係かもしれない。それでも、復讐の道具としてうってつけなのだから、逃すわけにはいかなかった。

アントニアに捨てられて、完膚なきまで叩きのめされた？　いや、そんなことはない。むしろ、その事実があるからこそ、さらに強くなった。口に出したことはなかったが、二十年前にエロイーズが恋人に裏切られたときに、姉のために神聖な誓いを立てたのだ。それなのに、愚かな妄想に貴重な数週間を費やしてしまうとは。束の間の肉体的な快楽とは比べものにならないほど深淵《しんえん》なものを、女が与えてくれるかもしれない、そんな幻想を追い求めた。だが、いま、はっきり気づいた。この世の唯一の真実は、なんとしてでもデマレストに償わせなければならないということだけ。エロイーズの苦しみの代償を払わせなければならないということだけだった。

昨夜、アントニアに抱かれて生まれ変わり、新たな男となって、救われたような気がした。だが、一夜明けてみると、以前と変わらない悪党だと悟った。いや、少なくとも、アントニアに二度と会わないという覚悟を固めて、悪党に戻らなければならない。目的のためなら手段を選ばない非情な男になって、なんとしてもやり遂げるのだ。

そうだ、復讐の鬼になる。鉄の意志の持ち主になる。石の心を抱く男になる。ああ、決意は揺るがない。そういう男であれば、カッサンドラ・デマレストにどれほど非情なことをしようと、そのせいでアントニア・ヒリアードがどれほど苦しもうと、気にも留めない。なんとしても姉のエロイーズに代わって復讐を遂げると胸に誓ったのだから。

手にした手紙が宿敵であるかのように握りつぶした。カッサンドラを誘惑したら、どれほどのものを犠牲にするかは、いやというほどわかっていた。これまでだってずっとわかっていた。娘を介してゴドフリー・デマレストを叩きつぶせば、アントニアと和解する見込みは永遠になくなるのだから。

いや、すでに和解の見込みなど無に等しい。何をしたところで仲直りなどできるはずがない。アントニアは立ち去った。永遠に戻らない。

そのあとに残されたのは、姉にいくらかの心の平穏をもたらす復讐だけだった。

翌日のカッサンドラの居場所を突き止めるのは簡単だった。放蕩者として名を馳せているにもかかわらず、ラネローは上流階級のあらゆる集まりに招待されていた。その夜も、カッサンドラが出席しそうな集まりが二、三あり、また、望みの薄い集まりなら五つ以上あった。三つ目の舞踏会で、標的のお嬢さまを見つけた。メリウェザー家で開かれた舞踏会だった。

無意識のうちに、アントニアの姿を探していた。といっても、アントニアがいるかもしれないなどと期待するのは大馬鹿者だ。ベントンと出くわすかもしれないのだから、来ているはずがない。激しい落胆が全身を貫いた。だが、落胆とは無縁の男になったのだからと、即座に自分に言い聞かせた。

心がずしりと重くなるのを無視して、デマレストの娘に気持ちを集中した。その娘のお目付け役に熱を上げて、無駄にした時間を取りもどさなければ。

残念ながら、天下の放蕩者の魔力も失せてしまったらしい。これまでほったらかしておいたにもかかわらず、ダンスを二曲踊ることには成功した。だが、ふたりきりになる機会はなかった。カッサンドラはつねに社交界にデビューしたてのお嬢さまたちといっしょで、さらに多くの独身男がその輪にくわわっていた。ラネローは獲物を狙ってうろつきまわるオオカミさながらに、襲いかかる隙がなく、苛立つばかりだった。

続く二晩も似たような状況だった。信じられないことに、アントニアが用心深く見張っているときと同じぐらい、カッサンドラとふたりきりになれなかった。

だが、チャンスはまだまだある。テムズ川のほとりの大邸宅でシェリダンが開いた園遊会。それはほぼ一日じゅう続く、社交シーズンの中でもっとも人気のある集まりだった。

ラネローは人でごったがえすにぎやかな園遊会に到着すると、即座にカッサンドラの姿を確かめた。案の上、あらゆる集まりに顔を出すメリウェザー家の人々といっしょに、カッサンドラはそのパーティーにも出席していた。その日の計画は、袖の下をたっぷり渡した召使の協力を得た、いとも単純なものだった。自分のことをその宴に出席する亡霊のように感じながらも、手はずはきちんと整えた。すべてを作戦どおりに進めるつもりだった。

いくつもある広い庭のあちこちに、大勢の客が散らばっているのだから、カッサンドラを友人から引き離すのは、造作もないはずだ。いや、引き離すだけでなく、白昼にハンプシアまで馬車で旅をする。カッサンドラをいっとき連れ去るというこの計画は、可能なかぎり効果的に進めるつもりだった。つまり、放蕩者である自分がかかわっていることが人々に知れるように。

愛娘が取りかえしのつかないほど道を踏みはずしたとデマレストが知ったら、大いに悲嘆に暮れるに決まっている。それを想像して、気分を盛りあげようとした。けれど、正義をどぶに捨てて、復讐のためだけに生きてきた悪党であっても、罪のない令嬢の名誉を地に落とすことに喜びなど感じられるはずがなく、胸に抱いているのは義務感だけだった。

「トニー？」両側にツバキが生い茂る細い小道を、カッサンドラが小走りでやってきた。その小道は邪な計画にうってつけだった。そこは薄暗い一画で、めったに人が来ないのだ。晴れた日のことで、園遊会に招かれた客は芝生をのんびり散歩するか、有名な迷路でくだらないゲームに興じているかのどちらかだった。

ラネローは高い植え込みの陰から歩みでると、駆け足で通りすぎようとするカッサンドラの腕をつかんだ。「キャッシー、ミス・スミスはいないよ」

カッサンドラが心底驚いて見つめてきた。同時に、そのうしろにある伸び放題の植え込みから、買収した召使が現われた。「でも、メモにはトニーが会いたがっていると書いてあったわ。いますぐに会いたいと」

「ああ、ぼくがきみをミス・スミスのところに連れていくことになっているんだ。ミス・スミスは人目を避けているからね」気取られないように細心の注意を払いながら、細い腕を握る手に徐々に力をこめていった。といっても、カッサンドラに疑っているようすはまったくなかった。

哀れで愚かなお嬢さまだ。

「ミスター・ベントンのせいなの？」低く切羽詰まった口調で尋ねてきた。「そうでないといいけれど」

「話はミス・スミスから聞いたほうがいい」安心させるように言った。カッサンドラが即座にベントンのことを持ちだしたのは驚きだった。といっても、アントニアの不名誉な過去を、カッサンドラが知っているのは驚きでもなんでもなかったが。そんなことを考えながら、外套のポケットから紙と鉛筆を取りだした。「メリウェザー夫人には緊急の用件で自宅に帰ったと伝えておいたほうがいいだろう」カッサンドラを破滅させる前に、誰かが助けにきてはたまらない。

「ええ、そうね。メリウェザー夫人を心配させたくないわ。ほんとうに親切にしてくださっているもの」

カッサンドラが大きな青い目で見つめてきた。疑うことを知らない純粋な目で見つめられると、胸の奥で良心が悲鳴をあげた。けれど、その悲鳴を無視して、小さな紙片と鉛筆を差しだした。

カッサンドラが短い伝言を書いているあいだ、ラネローはこれから起こることに多少なりとも期待感を抱こうとした。作戦がいよいよ成功するかもしれないのだから、息もできないほどわくわくしてもいいはずだった。

四日のあいだ、荒れくるう混乱した感情をどうにか抑えつけようともがき苦しんだ。そうしてついに、よみがえったプライドと大量の酒の力を借りて、それに成功した。いま、心は分厚い氷の壁で囲われている。何があろうと揺るがない極寒の灰色の氷の世界に、しっかり閉じこめてあった。

そのとおり。だから、何も感じない。

罪悪感も、アントニアへの切望も、作戦が成功するという勝利の喜びも何も感じない。

いまの自分はぜんまい仕掛けの非情な機械。ぜんまいが止まるまで、動きつづけるのだ。姉の仇《かたき》を取れるなら、動揺を知らない機械でいられるのはありがたい。すべての感覚が麻痺しているほうが、この世ははるかに渡りやすい。いまなら、手を切り落としても、痛みも何

ラネローはそこに書かれた伝言にすばやく目を通すと、紙をたたみ、待っている召使に手渡した。

「メリウェザー夫人に」ひとことで話は通じた。

召使がお辞儀をして、目にも留まらぬ速さで去っていった。ラネローがその男のポケットに注ぎこんだ硬貨を考えれば、召使の背中に羽が生えて飛んでいったとしても不思議はなかった。

「さあ、行こう」柔順なお嬢さまが走らなければついてこられないほどすばやく、近くの門へ向かった。門の向こうは高い塀にはさまれた路地で、そこから川沿いの道まで歩くつもりだった。

「かわいそうなトニー。この世はなんて不合理なの」カッサンドラが息を切らせながら言った。事情を知らない相手に話している口調だった。「こっそりサマセットに戻って、身を隠すつもりなんだわ。ほんとうなら、ロンドンから出ていかなければならないのは卑劣なジョニー・ベントンのほうなのに」

「たしかに」ラネローは苦々しげに応じながら、歩調をさらに速めた。アントニア・ヒリアードについて悠長におしゃべりする気などさらさらなかった。

「いっそのことあなたがミスター・ベントンのことを撃ってくれたらいいのに」カッサンド

ラが駆け足で追ってきながら言った。

何も感じないはずのラネローも、さすがにそのことばには引っかかった。ふいに足を止めて、振りかえった。「いま、なんと？」

カッサンドラも立ち止まり、澄んだ目に意外なほど真剣な思いを浮かべて、見つめてきた。

「ミスター・ベントンと決闘して、あなたに勝ってほしい。卑劣なことをしたミスター・ベントンに、トニーは味方してくれる人もなく、ひとりで立ちむかっているんですもの」いったんことばを切って、顔をしかめた。「いえ、もちろんわたしは味方よ。でも、わたしでは紳士に決闘を申しこめないわ」

カッサンドラの物言いがおかしくて、思わず吹きだした。路地に通じる門を開けながら言った。「きみはずいぶん威勢のいいお嬢さまだな」

カッサンドラがその場を一歩も動かずに、何かを考える目つきで見つめてきた。ばつが悪くなるほど一心に見つめられた。「わたしは愛する人のためなら闘うわ。トニーだってそうよ」

「それはまたりっぱな心がけだ」当てこすりにも聞こえる最後のことばを無視して、ラネローはさらりと言った。

じりじりしながら、カッサンドラの腕をつかんで、路地のほうへ向かわせた。路地のさきの通りに、俊足の二頭の馬に引かせた小型の馬車と御者を待たせてあるのだ。そして、いま、この計画の中でもっとも危険な箇所に差しかかっていた。シェリダン邸の裏の路地で誰かに姿を見られないともかぎらない。けれど、路地までは馬車を入れられなかった。

路地を抜けると、カッサンドラが頭をめぐらせて通りを見た。「トニーはどこ?」

ラネローは前に歩みでて、カッサンドラの視線を遮った。いや、誰にもカッサンドラの姿を見られないようにした。「さっき言ったとおりだ。ぼくがきみをミス・スミスのところへ連れていく」

口からすらすらと出てきた大嘘を、カッサンドラはなんの疑いもなく信じた。ラネローは手を貸してカッサンドラを馬車に乗せると、隣に飛び乗って、手綱を握った。馬車の傍らに立っていた御者のボブがわきによける。蹄と車輪の音を響かせながら、馬車が走りだした。

アントニアは自室で荷造りをしていた。すると、扉がせわしなくノックされた。

荷造りの邪魔が入っても、驚きはしなかった。この四日間というもの、召使から質問攻めにされていたのだ。アントニアがロンドンを離れ、キャッシーは残りの社交シーズンをメリウェザー家の人々とともに過ごす——そう知らされて、召使は動揺していた。ロンドンで雇った召使は明日で解雇され、サマセットから連れてきた召使はこの家を閉めて、バスコム・ヘイリーに戻ることになった。キャッシーとともにロンドンに残るのはベラだけだった。いましていることを〝荷造り〟と呼ぶのは、少々大げさだった。アントニアは部屋の真ん中で立ち尽くし、胸の中で悲しみがますますふくらんでいくのを感じていた。こうするのが正しいのはまちがいなかった。ラネローのもとを去るのが正しいのは。わたしは愛人にはなれない。ラネローの妻という人生も、生きながら地獄を味わうことになる。そうとわかっていても、ラネローがいないと、この身の中の大切な何かが切りとられた気がして、日常的な作業をこなすための体力も気力も湧いてこなかった。

床の上で口を開けているバッグをぼんやり見つめた。けれど、見えているのは、この体の中で果てたラネローの真剣な表情だけだった。その表情が……いいえ、あの夜のことすべてが脳裏に刻まれるなど、堪えられるわけがなかった。けれど、生きているかぎり忘れられない。そんな不吉な予感を抱いていた。そうして、記憶に刻まれているかぎり、ラネローを切望して生きることになる。

またノックの音が響いた。扉の取っ手ががたがた鳴るほど大きな音だった。深いため息をついて、アントニアは手にしていたショールをバッグの中に落とすと、重い足取りで扉へ向かった。すべての時間が悲しみの灰色の靄に包まれていた。百歳の老女になった気分だ。些細なことで何度も邪魔されることに、そろそろ堪えられなくなっていた。

扉を開けると、意外にも、そこにいたのはベラだった。組んだ手をもじもじと動かして、遠くから走ってきたかのように息が上がっていた。

「ベラ」アントニアは驚いて声をかけた。「ここで何をしているの？」

勢いよく部屋に入ってきたベラに押しのけられて、アントニアは壁にぶつかった。

「キャッシーお嬢さまが……」ベラが喘ぐように言った。「どうにかしないと……」

不吉な予感に胸が苦しくなった。「どうしたの？　また病に倒れたの？」

流行病がぶり返したの？　キャッシーがあまりにすばやく回復したせいで、最近まで死の淵をさまよっていたのをつい忘れそうになっていた。

ベラが衣装だんすにぐったり寄りかかった。心配になって、アントニアはいそいでグラスに水を注いだ。グラスを差しだすと、ベラがすぐさま手に取って、ひと息に水を飲み干した。

「いったいどうしたの？」血まで凍りそうなほど不安だった。

ベラが顔を上げると、目には涙が光っていた。「お嬢さまが連れていかれたんです。誰に言えばいいのかわからなくて。ああ、どうしよう、たいへんなことになる。かわいそうなキャッシーお嬢さま」

ベラの手がぶるぶる震えていて、アントニアはグラスを押さえた。「誰に連れていかれたの？」

ベラが睨んできた。少なくとも、敵意だけは相変わらずだった。「誰だと思います？　悪辣なラネロー侯爵ですよ」

切望しつづけた男性の名が矢となって、引き裂かれた心にずぶりと刺さった。そんなふうに感じているのを隠す間もなく、よろよろと一歩あとずさりしながら、震える手を胸にあてていた。

「ラネロー侯爵？」口ごもりながら言った。「まさか。何かのまちがいだわ」

「あの侯爵は最初からキャッシーお嬢さまを狙ってました。あの汚らわしい人でなしは。そして、たったいま、お嬢さまを連れ去ったんです」

そんな……。まさか。そうではないと言って、ニコラス。

けれど、胃がずしりと重くなり、喉が締めつけられて、それが事実だとわかった。もちろん、いま聞かされたことが現実に起きたのだ。

邪なこの行動は、ラネローを拒絶したわたしに対するあてつけなの？ ラネローがそこまで子どもじみているとは思えなかった。

それとも、わたしは愚かにもまんまと騙されていたの？ 最初からラネローの狙いはキャッシーだったの？

「どこに連れていかれたの？」あわてて尋ねた。

「見当もつきません。わたしはシェリダン邸の外で待ってたんです。万が一、お嬢さまが困ったことになったときのために、そこで待機してたんです」ベラの目が怒りで鋭くなった。

「あなたとは意見のちがいはあるけれど、それでも、あなたはお嬢さまをタカの目で見張ってた。でも、今日の午後はあなたはいないから、わたしがお嬢さまの身を守ってたんです」

キャッシーは守られていなかった。胸に巣くっていた罪悪感に新たな罪悪感が重なって、アントニアはいまにもへたりこみそうになった。

呆然とベラを見つめながらも、この出来事が意味することを必死に考えた。ラネローはキャッシーと結婚するつもりなの？　ほんの数日前に、わたしに結婚を申しこんだのに？そのときのことを思いだして、焼けるような苦悩がこみ上げてきたが、即座にそれを胸の奥へ押しもどした。あの求婚は策略だったのだ。そうに決まっている。わたしよりキャッシーのほうが妻としてははるかにふさわしい。裕福で、若くて、愛らしく、不面目な恥辱にまみれていないのだから。そう、いまのところは。

それでも、ラネローがキャッシーと結婚するつもりでいるとは思えなかった。この期に及んでも、まだそうは思えずにいた。ラネローは一夜の欲望を満たしたいだけ――そんな不吉な予感がぬぐい去れない。その結果、キャッシーがどうなろうと気にもしないはず。

そう、真のラネローを知る前ならば、そんなおぞましいことをしかねない男性だと思うところだった。けれど、暗く情熱的な夜にこの身を抱いた男性は、それよりはるかにすばらしい人だった。

それとも、それもわたしの幻想なの？

幻想と認めるのは苦しくてたまらなかった。ラネローが犯そうとしている大罪は、どれほどの理由があっても許されない。部屋の片隅でうずくまって、混乱した怒りに悲鳴をあげたくなった。けれど、その衝動を必死にこらえた。

なんて人なの、ニコラス。あなたほど不実な嘘つきは地獄に落ちればいいのよ。

わたしはふたりの男性に体を許し、ふたりともに裏切られた。

でも、いまはそんな感傷に浸っている場合ではない。ばらばらに引き裂かれた心を拾い集めるのはあとでいい。ラネローが近くにいるのが危険なのは、はじめからわかっていた。けれど、どれほど危険かに、いまようやく気づいた。

二心ある卑劣な極悪人……。

「ベラ、何を見たのか教えてちょうだい」きっぱりした口調で言った。

威厳の漂う口調に、ベラが即座に応じた。それはほかならぬレディ・アントニア・ヒリアードの口調だった。背筋を伸ばしたいまのわたしの姿を見たら、内心ではくずおれそうになっているとは、誰も思わないはず。「わたしはシェリダン邸の前にいたんです。通りをはさんで向かい側に。すると、ラネロー侯爵がキャッシーお嬢さまといっしょにわきの路地から出てくるのが見えました。でも、声をかけたり、人を呼んだりする間もなく、お嬢さまは馬車に乗せられて、あっというまに馬車は走っていってしまいました。悪魔にでも追われてるみたいに」

「もしかしたら、ラネローはキャッシーを馬車での遠乗りに誘っただけかもしれないわ」アントニアはそう言いながらも、不吉な予感を抱いていた。ベラの疑念が正しいにちがいないという予感を。

「でも、そんなふうには見えませんでした」その口調は、これまでアントニアをねちねちといじめてきた意地悪女のものではなかった。とんでもない災難に直面して途方に暮れている者の口調だった。「どうしましょう……？」

この四日間の無力感が吹き飛んだ。アントニアは即座に心を決めて、部屋の奥へ向かい、バッグの中を探った。

手がマホガニーの箱を探りあてた。その中には小ぶりの拳銃が入っている。十六歳の誕生日に父から贈られた拳銃。それは伯爵である父が、娘の勇気と独立心を誇りに感じていた頃の遺物だった。「わたしがなんとかするわ」

27

ラネローは混雑した通りで馬車をすばやく進めていった。その速度なら、カッサンドラは馬車から飛びおりようなどという気を起こさないはずだった。カッサンドラはずっと黙りこんだままだった。馬車を飛ばしながら、ほかの馬車の前に割りこんだり、追い抜かしたりをくり返しているのだから、緊張するのも無理はなかった。ラネローの集中を乱して、ふたりそろって石の敷かれた道に投げだされるのは、カッサンドラも望んでいないはずだった。

まもなくロンドンを出るというときでも、ラネローは危険なほどの速度をゆるめなかった。体の中の何かがその速度を欲していた。できるだけ速く、できるだけ遠くまで行けたら、災難から逃れられる——そんな奇妙な妄想を抱いていた。

何もない場所に飛んでいきたい。ほんとうにそうできれば、どれほどいいか……。

「アントニアのところへ連れていくのではないのね？」カッサンドラが淡々と言った。

「何か……？」

目は道を見据えていた。風の音と馬車の軋む音がしていても、もちろん、カッサンドラの声は聞こえていた。けれど、その話題はできるだけあとまわしにしたかった。

「アントニアのところへ連れていくのではないんだわ」

ダンスを踊ったときの軽率なお嬢さまの口調ではなかった。アントニアのことなど考えたくなかったが、幾度となく聞かされたことを思いださずにいられなかった。カッサンドラは見かけよりずっと賢い……。

だが、残念ながら、このラネロー侯爵より賢いはずはない。それに、これだけロンドンから離れれば、カッサンドラはこちらの言いなりだ。このお嬢さまを救おうと、アントニアや周囲の人がどれほど知恵を絞っても、もう遅い。

ならば、胸躍るほど嬉しくなってもいいはずだ。たいして手間取ることもなく計画が成功したとは。これほどの悪だくみなのだから、天が味方してくれるはずもない。きっと、悪辣なラネロー侯爵の運を握っているのは悪魔なのだろう。

といっても、それはいまにはじまったことではなかった。

すでに人気のない場所にいた。道の両側に深い堀がうがたれて、その向こうに草原が広がっている。たとえ、カッサンドラが逃げだしても、易々とつかまえられるはずだった。

馬車を停めて、カッサンドラのほうを向いた。そのお嬢さまが愚かな真似をしないように、腕をつかんだ。「ああ、きみをさらったんだ」

金切り声で抗議されるにちがいない、と覚悟していた。ところが、カッサンドラは震えてもいなかった。見下すようにまっすぐ見返してきただけだった。「わたしと結婚したいの？それなら、父にそう申し出ればいいわ。父はあっさり許可するはずよ。何はともかく、あなたは高貴な家柄ですもの」

ラネローは呆れたように笑った。「とんでもない。結婚する気などさらさらない。きみの人生をめちゃくちゃにしたいだけだ」

カッサンドラが冷静に興味を示した。その態度に感心せずにいられなかった。「どうして？」

ラネローは顔をしかめた。まさか、自分のしていることを説明するはめになるとは思いもしなかった。さらに意外なことに、驚くほど冷静な十八歳の令嬢に、主導権を握られつつあった。たったいま岩の下から這いでてきた男を見るような目つきで、見つめてくるお嬢さまに。

「ぼくは放蕩者だ」

カッサンドラが口を引き結んだ。「ええ、そのとおりよ。でも、わたしを求めてはいない」

ラネローはまじまじとカッサンドラを見た。実のところ、そこまでしっかり見たのははじめてだった。カッサンドラは興奮してもいなければ、怯えてもいなかった。

そうではなく……落胆しているようだった。

「この社交シーズンのあいだ、きみをずっと追っていた」なぜこっちが戸惑っているんだ？

ついさっきまで、この世を牛耳っている気分だったのに。

「そうね」もどかしそうな口調だった。「でも、あなたが求めているのはトニーだわ」

意表を突かれてびくんと体が震えると、馬が足踏みして、頭を振りあげた。馬をなだめながら、胸の中で当惑が渦巻くのを感じた。

「きみのお目付け役の？」くだらないと言いたげな口調を保った。

カッサンドラの口調は相変わらず落ち着いていた。「そうよ、わたしに付き添ってくれている女性。レディ・アントニア・ヒリアードよ。それはもう知っているでしょう。あなたのことを蠟燭の明かりのように照らす女性。あなたがどこかべつのところでまやかしの恋にふけっていながらも、その目をそらせずにいる女性」

「きみを手に入れるために、あのお目付け役を利用したんだよ」賢いこのお嬢さまが、そんなことばを信じないのはもうわかっていた。信じるわけがない。カッサンドラの言うとおりなのだから。この自分が興味を抱いているこの世でただひとりの女性は、放蕩者の一夜を情熱の炎に変えて、四日前に去っていった女性だった。

カッサンドラがそんな嘘は通じないと言いたげに眉を上げた。「いいえ、それはちがうわ」口調が険しくなった。「こんな愚かな悪ふざけをしたら、あなたとアントニアは永遠に結ばれなくなる。それはあなたもよくわかっているはず。いったいぜんたい、何を考えているの、ラネロー侯爵？」

「アントニアには拒まれた」心を包んでいた氷にひびが入った。どうにかしてひびをふさがなければ。このままずっと氷に包まれていたいのだから。何かを感じるなんてごめんだ。切望などもう感じたくもない。アントニアを失ったことなど考えたくもない。哀れで純粋なエロイーズの仇討だけを考えていたかった。

それができないのなら、何ひとつ考えたくなかった。

「この悪ふざけをこのまま続けたら、たしかにそうなるでしょうね」カッサンドラが真剣に言った。「アントニアとあなたはほんとうにお似合いよ。それに、あなたならアントニアにもう一度正当な地位を与えられるわ」

驚いて、ラネローはカッサンドラを見つめた。ふいに、これまでカッサンドラと会ったときのことが、異なる意味を持っていたのに気づいた。たしかにこれまで、そのお嬢さまは気があるそぶりを見せなかった。いや、そんなそぶりを見せたとしても、夫には不適切な相手だと、アントニアにけちをつけさせるためだったのだ。「なんてことだ、きみは縁結びをしてたのか」

カッサンドラは恥ずかしそうに頰を染めることもなかった。「わたしはただ……あなたがアントニアにうってつけのお相手だと思っただけ。アントニアは長いあいだひとり寂しく生きてきたわ。でも、あなたといっしょなら……生き生きする」

くそっ、アントニアがどうしたら生き生きするかなんてことは聞きたくもなかった。そんな話をしたら、無数の記憶がよみがえる。ラネローは目を閉じて、無意識のうちに、カッサンドラの腕を握る手に力をこめていた。逃げだすのではないかと心配だったからではなく、カッサンドラのことばの真実を否定したくて体に力が入ったのだった。

「だが、アントニアは拒んだ」こわばる唇からどうにかことばを絞りだした。胸の中では声にならない悲鳴が響いていた。心を囲っていた大きな氷の塊が音を立てて崩れ、ラネロー侯爵の人生という名の陰鬱な海に沈んでいった。

「いますぐにわたしを自宅に送り届ければ、あなたが何をしたか、アントニアに知られずに済むかもしれないわ」

なんと、被害者のはずのお嬢さまが、哀れな罪人を窮地から救う方法を口にしているとは。さらに悪いことに、頭のどこかでそのことばにしたがいたいと願っていた。

いや、何を言われても、考えなおすことはない。たとえ、いまからカッサンドラを無事に家へ送り届けたとしても、アントニアが去っていくのは変わりないのだから。この自分がなんとしても忠誠を尽くさなければならないのは、姉だけだ。だから、最後まで計画どおりに進める。はじめて鞍をつけられた野生馬のように、胸の中で良心が跳びはねていても。

あえて嘘をついた。「ぼくがきみのお目付け役に興味を持っているなんて、勘ちがいもいいところだ」

カッサンドラの顔に見下すような表情が浮かんだ。「そこまで言うなら、そうなのでしょうね」

ラネローは顔をしかめた。「きみは怯えて当然だ。ああ、ぶるぶる震えていたっておかしくない」

「逃げようと思えば逃げられるわ」冷ややかな口調だった。「見たところ、わたしを止めるために、あなたは腹心の部下を山ほど連れてきているわけではなさそうだもの」

ラネローは物言いたげに、周囲にすばやく目をやった。村は数キロうしろにひとつ。数キロさきにひとつ。いずれにしても、カッサンドラが逃げこめるほど近くはなかった。

「逃げてどこへ行く？　きみは金も持っていない。履いている靴は、百メートルも歩けば壊れてしまう。守ってくれる人もいない。言っておくが、田舎の暴徒といっしょにいるより、ぼくといっしょにいたほうが安全だ」

カッサンドラが口を引き結んだ。「あなたに強姦《ごうかん》されないかぎりは」

カッサンドラは威勢のいいことを言っているけれど、ほんとうは怯えているのだ。それがわかると、自分がどうしようもない不埒者に思えた。だが、その気持ちを頭から追いはらった。昆虫の羽根を抜いて、子ネコの尻尾に火をつけるような不埒者の気分になったけれど。

それでも、少なくともひとつだけは、カッサンドラを安心させられることが言える。誘拐の計画を立てたときには、心底怯えさせて、苦しめてやると心に誓った。けれど、この数週間で、そこまで芝居じみたことをする気が失せていた。「強姦などしない」

「わたしが自らすすんで体を差しだすと思っているのね」カッサンドラがぴしゃりと言った。「あなたはどこまでもうぬぼれているわ」

意に反して、笑みを浮かべていた。「きみだって、綿菓子のように甘くてやわなお嬢さまだと思われているにしては、ずいぶん辛辣なことを言うじゃないか」

カッサンドラが顎をぐいと上げた。「わたしは見かけよりずっと強いのよ」

ラネローは相変わらず微笑んでいた。そのお嬢さまのことが好きになりはじめていた。だが、それこそとんでもない大難だ。いや、カッサンドラの真の姿は無意味に笑っている軽薄なお嬢さまで、作戦の成功はもう目前だ。

「それはよかった」ラネローは淡々と言った。「約束しよう、きみはロンドンを離れたときと同じように純潔のまま、その街に帰れる。だが、ぼくが何もしなくても、ふたりで一夜を過ごせば、きみの名誉は地に落ちる」

カッサンドラは安堵したようには見えなかった。戸惑っているらしい。「わからないわ。それなら、なぜ……」

カッサンドラが唇を噛んで、顔をそむけたが、すぐにまっすぐ見つめてきた。その勇敢さに目を留めずにいられたら、どれほど楽か……。カッサンドラは必死に冷静な口調を保っているらしい。「わたしをベッドに連れこむつもりもなく、結婚する気もないなら、なぜ、こんな馬鹿げたことをしているの？」

カッサンドラが父親に抱いている幻想をぶち壊してやろう。この復讐劇はそもそも卑劣なその父親のせいなのだから。そう考えて、ラネローは手綱を握りしめた。「きみの父親のせいだ」

カッサンドラがますます困惑した顔をした。「お父さまはパリにいるのよ」

「二十年前、きみの父親はわが家に客としてやってきた」

そこで口を閉じると、ことばを探した。うら若き令嬢に父親の犯した罪を話すのは、考えていたよりはるかに辛かった。それでも、話さなければ。話せば、復讐の決意がますます揺るぎないものになる。ふいにアントニアのことを思いだして胸が締めつけられた。エロイーズと同じように放蕩者から受けた卑劣な扱いを話すアントニアのことを。「きみの父親はぼくの姉を誘惑して、身ごもらせて、捨てたんだ」

そんな話は信じない――カッサンドラの顔にそう書いてあった。「嘘よ」

「ほんとうだ」

カッサンドラが首を振った。「父は放蕩者かもしれないけれど、良家のお嬢さまを傷つけたりしないわ」

苦い記憶がよみがえって、ラネローは口を引き結んだ。「ならば、こう言えば納得するのか？　姉のエロイーズはぼくの父と愛人のあいだにできた子どもだ」

カッサンドラの口元が引きしまった。「お父さまが愛らしい顔が大好きなのはよく知っているわ。でも、バスコム・ヘイリーのメイドにも、村の娘にも手を出したことはない。客として招かれて、その家のお嬢さまを誘惑なんてするはずがない。たとえ、愛人の子であろうとなかろうと」

ラネローは冷ややかに肩をすくめた。エロイーズの災難を信じようが信じまいが、カッサンドラの運命はすでに決まっているのだ。「きっと、若い頃とはやり方を変えたんだろう。もしかしたら、少しは知恵がついて、堕落行為の追求は家から離れたところだけにして、のっぴきならない状況に陥らないように気を配ることにしたんだろう。といっても、きみの父親はエロイーズにしたことで、のっぴきならない状況に陥ったわけではなかった。大いに困ったことになったのは、姉だけだ。きみの父親はまんまと罪を逃れた」昔の怒りが腹の中でとぐろを巻くと、思わず口を閉じた。「だが、それも今日までだ」

「そんな話は信じないわ」頑とした口調だったが、見つめてくる視線には不安が混ざっていた。自身の確固たる物言いが、カッサンドラの父親に対する信頼を打ち砕いたのだ――ラネローははっきりそう感じた。

「勝手にすればいいさ。信じようが信じまいが、どっちにしても変わりはない」

カッサンドラの顔にさらなる動揺が浮かんだ。「いいえ、そんなことはないわ。あなたはわたしの父が最低の男だと言っているのよ。証拠もなしにそんな話をして、わたしに信じろと迫るなんて」

「証拠はぼくがきみにこんなことをしていることだ。だが、さっきも言ったとおり、信じようと信じまいと自由だよ」

もしかしたら、信じろと無理強いしなかったせいで、最後にはカッサンドラも信じる気になったのかもしれない。その顔に激しい落胆が表われた。つい同情したくなるのを、ラネローは必死にこらえた。同情するなど笑止千万だ。自分がカッサンドラにしている仕打ちにしろ、卑劣な父親の真実にしろ、同情とは無縁なのだから。けれど実際には、復讐心はいまにも切れそうな糸で宙にぶらさがっている、そんなありさまだった。

「その話がほんとうなら、お気の毒だと思うわ」キャッシーの声が震えていた。「あなたのお姉さまがあまりにもかわいそう。赤ちゃんはどうしたの?」

「女の子が生まれたが、死産だった」

「そんな……」カッサンドラが自分の膝に目を落として、その上に置いた手を関節が白くなるほど強く握りしめた。

次々に質問されるのを覚悟した。そのおぞましい出来事で、自分の父親がしたことを否定してくるのだろうと。ところが、カッサンドラは黙ったままだった。ついに、恐怖が勇気を呑みこんだのか?

「キャッシー?」

わずかな間のあとに、カッサンドラが顔を上げると、大きな青い目に涙があふれそうになっていた。悲嘆にくれる若き女神。けれど、性的な欲望が湧いてくることはなく、それにはほっとすると同時に、不安にもなった。ほんとうなら、体を奪ってやるというぐらいの意気込みを持つべきだ。それなのに、胸にこみ上げてくるのは、そっと抱いて、心配はいらないと慰めたいという思いだけ。これではまるで、やさしい叔父さんだ。

「その女の子はわたしの姉になるはずだったのに」カッサンドラが喉を詰まらせながら言った。

ラネローは顔をしかめた。「たしかに。そして、きみの父親に凌辱《りょうじょく》されたのは、ぼくの姉だ。姉はこの二十年間、アイルランドの修道院でひっそり暮らしている」

「それでもまだ、あなたの話をすべて信じていいのかわからない」けれど、ラネローには
カッサンドラが話を信じたのがわかった。震える手で、カッサンドラが涙をぬぐった。「でも、その話がほんとうなら、父は許しがたい悪人だわ」声が力強くなっていた。「だけど、それはわたしの罪ではない」

また良心が疼いて、ラネローは顔をしかめた。「愛する者が破滅するのを目の当たりにするのがどんな気持ちか、きみの父親に教えなければならない」

カッサンドラの視線が鋭くなった。「お姉さまから復讐を頼まれたの？」

「いや」

「だったら、お姉さまが復讐を望んでいると、どうしてわかるの？」切羽詰まった口調だっ

た。「お姉さまはべつの女性が凌辱されるのを望んでいるはずがない。何もしていない女性がそんな悲惨な目にあうのを望むはずがないわ」

ラネローは口元を引きしめた。「姉のために誰かが仇討をするのは当然だ」

驚いたことに、腕にカッサンドラの手が置かれた。拒絶しようと体に力をこめたが、その手は腕をしっかりつかんでいた。

何をいまさらと言いたげに、ラネローはカッサンドラを見た。「当然だ」

「そんな弟がいて、お姉さまは幸せね」

疑念が喉元までこみ上げてきた。「おべっかを使えば、解放してもらえると思ったら大まちがいだ」

「そんなことは思っていないわ」カッサンドラは正直な気持ちを口にしているようだった。正直すぎる気持ちを。いや、胸の中に策略を隠しているにちがいない。けれど、どんな策略なのかは見当もつかなかった。「あなたの決意は固いのね」

「ああ、決意は固い」きっぱり言ったものの、自分の耳にもそのことばは空しく響いた。

「わたしを破滅させても、何ひとつ変わらないのはあなただって知っている。何をしたところで、亡くなった赤ちゃんも、お姉さまが失った月日も戻ってこないわ」

なんと、今度は理詰めで揺さぶりをかけてくるとは……。「きみの父親は苦しむことになる。それで充分だ」

腕を握る手にカッサンドラが力をこめた。「こんなやり方で復讐したら、アントニアはあなたをけっして許さないわ」

カッサンドラが大げさに腕を握ってこなければ、説得されるところだった。怒りが黒い大波となって押しよせて、良心の囁きを一掃した。その怒りは、アントニアが結婚を拒んで、束の間のお遊びだったと言いたげに振りむきもせずに去っていったときから、心に巣くっている怒りと同じだった。

「アントニアがどう思おうと、そんなことはどうでもいい」馬車を走らせようと、手綱を上げた。「ハンプシアまではまだ数時間はかかる」

カッサンドラが賢くも腕から手を離した。そうでなければ、その手を荒々しく振りはらうところだった。視界の隅にカッサンドラの顔が見えた。その顔に落胆の表情が浮かぶのが。

「あなたは愚かだわ、ラネロー侯爵」冷ややかな口調だった。「せっかく幸せになれるのに、そのチャンスをどぶに捨てるなんて」

ラネローは口を結ぶと、馬に鞭をくれて、馬車を走らせた。小生意気なお嬢さまの意見に、わざわざ応じる気にはなれなかった。

けれど、海へとどれほどすばやく馬車を飛ばしても、頭の中でこだまする低い声からは逃れられなかった。カッサンドラのことばはまぎれもなく正しいという声からは。

ラネローは目の前の道を見つめた。エロイーズのことを話したせいで、二十年前の激しい悲しみが一気によみがえってきた。すべてを思いださずにいられなかった。

姉のエロイーズとふたりでデマレストに会いにいき、面会を拒まれて自宅へと馬車で戻ったときのこと。その馬車の中で、幼く無力で何もできない自分を呪った。ケドン邸へ戻るやいなや、待っていた仕打ち。父はエロイーズを容赦なく打ちつけた。そのときのことを思いだすと、いまだに吐き気がする。その後、何年ものあいだ、エロイーズの怯えた悲鳴が響く悪夢を見ることになった。

エロイーズは何週間も部屋に閉じこめられて、厳しく見張られた。監視の目をかいくぐって、ラネローはときどき姉と話をしたが、そのたびに、生気を失った哀れな姉の姿に悲しくなるばかりだった。生き生きとして、いつも笑っていた姉が、暗くうつろな目をした青白い亡霊のような姿になってしまうとは……。日を追うごとに怒りがつのった。優柔不断なデマレストへの怒りはもちろん、父に対する怒りも。そもそも父のことは好きでもなければ、尊敬もしていなかった。そうして、それ以降、父を憎むようになったのだった。

ロンドンのデマレスト邸への苦悩の旅から数カ月後、エロイーズは女の子を産んだが、死産だった。父の暴力で赤ん坊は死んだのだ――当時もいまも、その思いは変わらない。

姉のエロイーズも数日間、死の淵をさまよった。ラネローはなんとかして姉の部屋にもぐりこもうとしたが、けっして入れてもらえなかった。それならせめてと、赤ん坊が埋葬された場所を見つけようとしたが、それさえ教えてもらえなかった。当時は十一歳で、大人に対抗する術など持ちあわせていなかった。あの数週間に感じたふがいなさと怒りは、あまりにも苦かった。いまでもその苦みをはっきり憶えていた。

エロイーズは亡くなった赤ん坊が待つ世界へ旅立った――誰かにそう言われるのを覚悟していたが、そうはならなかった。まだ生きている――それだけは教えてもらえた。そうして、エロイーズの体がいくらか快復すると、父から言いわたされた――姉はこの家を永遠に出て、アイルランドの修道院にこもって一生を過ごす。ゆえに、いっさい連絡は取れない、と。

幼いラネローは父にもはっきりわかるほど侮蔑をこめてお辞儀をして、即座に部屋を出ると、すぐさま馬を盗んで、姉を救いにいった。

父は堕落した放蕩者だったが、賢かった。ラネローは屋敷の番人の目をどうにかして盗んだものの、大きな道に出たところで、ふたりの屈強な召使が待ち伏せていた。足をばたつかせ、全力で抵抗したが、あっさりケドン邸に連れもどされて、七日のあいだ地下室で過ごすはめになった。八日目に解放されたときにはもう、エロイーズを追うのは不可能だった。どれほど策をめぐらせても、エロイーズの居場所はわからなかった。

次の学期に、ラネローはアイルランドを捜しまわるという無茶な計画を立てて、イートン校を抜けだした。そのときは、アイルランド行きの船が出る港町フィッシュガードまではたどり着けたものの、そこで父と父の手下につかまり、やはり自宅に連れもどされて拘禁された。強情な若きグレシャム伯爵こと当時のラネローは、もうイートン校へは戻らず、どんな娯楽に興じることもなかった。そうして、オックスフォード大学に入ると、当然のように飲み歩き、放蕩のかぎりを尽くした。それはいまでも変わっていない。

ケドン邸でエロイーズの名が誰かの口にのぼることは二度となかった。その娘が起こした不祥事は、チャロナー家の歴史に一点の染みとして残りはしたが、その歴史からエロイーズは完全に葬り去られたのだ。

ケドン邸に幽閉されているあいだも、ラネローは姉の居場所を突き止めるための闘いを続けた。そうして、ついに修道院からの手紙を見つけたが、その頃には、エロイーズはフランスの修道院本部に移されていた。その後の七年間、ヨーロッパでは戦火が吹き荒れた。戦争が途絶えたわずかな期間に、姉と連絡を取ろうと試みたが、成功しなかった。

ワーテルローの戦いから一年後、染みだらけの手紙がラネローのロンドンでの常宿に届いた。その手紙を読んで、エロイーズが戦火をかいくぐって生き延び、自分の犯した罪を悔い改めて、アイルランドに戻ったことを知った。

エロイーズは強要されてアイルランドに戻るよりほかなかったのだ、とラネローは確信した。

そうして、すぐに返事を書いた。かならず家に連れもどす、と。けれど、エロイーズからの返事には、修道院で幸せに暮らしていると書かれているだけだった。ラネローが修道院を出るように説得する手紙を書くと、きっぱりとした断りの手紙が届いた。その話題は二度と持ちださないでほしい、と書いてあった。姉は自身の不祥事を恥じるあまり、修道院にこもっているのが自分にはふさわしいと考えているようだった。同じように、ラネローも姉の仇を取れずにいるのを恥じるあまり、エロイーズを修道院から連れだすべくアイルランドへ渡ることすらできずにいた。

以降、毎週、手紙が届くようになった。手紙には、修道院での些細な出来事や、ほかの修道女たちのことや、デマレストが現われる前の子どもの頃の思い出がつづられていた。どの手紙も記憶の中にあるエロイーズそのままのぬくもりとやさしさに満ちていた。

そんな手紙を受けとるたびに、心に小さな傷がひとつずつ増えていった。手紙を受けとるたびに、復讐を誓いながら、実際には何もできずにいるのを思い知らされた。なんの見返りも求めずに愛してくれたたったひとりの女性に対して、何もしてやれない。その失望感は大きかった。

そして、いままた、悔しいことに、失望を味わわされている。

深いため息をつきたくなるのをこらえて、馬車の速度を落とした。黙りこんでいたカッサンドラが身をこわばらせて、見つめてきた。その目には嫌悪感と恐怖が浮かんでいた。「何をするの？」

ラネローは馬車をUターンさせてロンドンの方向へ向けると、感情をこめずに言うことにした。まださほど遠くまで来てはいなかった。暗くなる前に、カッサンドラを送り届けられるはずだった。

「きみを家まで送っていく」

28

アントニアは馬の首にぴたりと身を寄せて、馬を疾走させた。愛馬のアキレスもアントニアがこれほど必死になっている理由を知っているかのように、いつもの気まぐれを発揮したりはしなかった。

胃の中で激しい罪悪感が渦巻いていた。ラネローには裏があると気づくべきだった。キャッシーを手籠《てご》めにするためにわたしに近づいたと、以前、はっきり言っていたのだから。なんてずる賢い人なの。

それに、いまでも信じられないけれど、許しがたい悪人でもある。

街道へと馬を駆りながら、なんとなく人の視線を感じていた。女性がロンドンの街中を馬に乗ってものすごい速度で駆けぬけているのだから、人目を引かないわけがなかった。それなのに変装もしていなかった。眼鏡をかけると視界がゆがんでしまうのだ。それに、顔を見られても、もうかまわない。キャッシーを連れもどしたら、即刻サマセットへ帰るのだから。

ラネローは馬車を飛ばして、邪魔の入らない場所へ行くつもりにちがいない。そうだとしたら、行き先はハンプシアにあるラネロー家の屋敷の可能性が高い。けれど、念には念を入れて、ベラと馬番頭のトーマスを、スコットランド目指して北へ向かわせた。ラネローがスコットランドでキャッシーと結婚しようと企んでいる場合に備えて。

とはいえ、ラネローの目的はキャッシーをそそのかして体を奪うことなのだろう――直感はそう言っていた。

この道のさきにほんとうにラネローがいるのかどうか……。それは祈るしかなかった。夜になる前に追いつければ、最大の悲劇を食い止められる。

ラネローがキャッシーとともに向かったさきが、どこであっても不思議はない――冷静に考えればそういうことになる。もしかしたら、キャッシーをロンドンのどこかに監禁したのかもしれない。あるいは、海を渡って、家族や友人の手の届かないところへすばやく連れだしたのかもしれない。

それでも、ロンドンのラネローの家にキャッシーがいないことだけはたしかだった。街を出る前にそこへ行ったのだ。そのせいで、貴重な時間を無駄にしてしまった。横柄な執事に〝主人はいない〟ときっぱり言われ、それでもあきらめきれずに、通りで待ち伏せて、家から出てきたメイドをつかまえた。一シリング渡すと、メイドは〝今日の午後はご主人さまは戻っていない〟とあっさり教えてくれた。

海の方角へ馬を走らせていると、鼻にも口にも目にも土埃が入ってきた。そんな不快感も無視して、愛馬のアキレスをすばやく駆った。

キャッシーが自らすすんでラネローについていったのではありませんように……。ラネローにちやほやされて、キャッシーはすっかり頭に血がのぼっていたようだ。けれど、駆け落ちとなれば抵抗するにちがいない。そう、以前のキャッシーならそうだ。でも、ロンドンでのこの社交シーズンでずいぶん変わってしまった。となると、すすんでついていった可能性もなきにしもあらずだった。

唇を引き結んで、心を決めた。キャッシーが自らの意志でついていったかどうかは関係ない。キャッシーが泣き叫ぼうが、なんとしても連れかえらなければ。ラネローの悪だくみを成功させてはならない。

わたしはラネローに完全に見くびられた。すっかり騙されたのが悔しくてたまらず、手綱を握る手に力が入った。心の痛みと怒りを必死に抑える。この大惨事で自分が果たした役割について、自責の念を抱くのはあとでいい。いまは感情を押し殺して、不埒な男からなんとしてもキャッシーを取りもどさなければ。

いま、馬を走らせている道は、ごくたまに馬車が通る程度だった。たいていは、がたごとと進む農夫の荷馬車か、すばやく通りすぎる乗合馬車だ。いまは行きかう人も少ないのんびりした時刻だが、あと一時間もすれば混みあってくるはずだった。

向こう側から小型の二輪馬車が近づいてきても、それにはほとんど目もくれず、馬車を引いている馬をちらりと見ただけだった。馬を見る目にかけては、父の血を受け継いでいた。とはいえ、ロンドンへ向かう馬車に興味はない。興味があるのは、ハンプシアの海岸へ向かう馬車だけだった。

すれちがいざまにようやく、追っていた馬車をとらえたことに気づいた。あまりにも驚いて、手綱をぐいと引くと、アキレスが跳ねて、不満げにいなないた。

それよりさきにラネローのほうは気づいていたらしい。粋で小ぶりな馬車を、いかにも慣れた手つきで停めた。そんな優雅な姿を見て、アントニアはラネローの首を絞めあげたくなった。

いまは、何を見ても、ラネローを殺したくなる。

荒れくるう怒りを抑えた。といっても、腹の中は煮えくりかえって、自分の心が傷つけられたように、ラネローを傷つけたくてたまらなかった。だめよ、冷静にならなければ。それ以上に、ここで相手を打ち負かさなければならなかった。

「レディ・アントニア」ラネローが呑気《のんき》な口調で言いながら、帽子を取って、お辞儀をした。がらんとした街道ではなく、ハイドパークでたまたま顔を合わせたかのように。「まさか、ここでお目にかかれるとは光栄だ」

レディ、アントニアですって？

ラネローはわたしが何者なのか知っている。その事実にうろたえずにいられなかったけれど、いまはそんなことはどうでもいい。わたしがミス・スミスだろうと、不始末を起こした貴族の令嬢レディ・アントニア・ヒリアードだろうと、ラネローの策略を未然に防がなければならないのは変わりなかった。

ラネローを無視して、馬車にぐったりと座っているキャッシーを見た。「無事なのね？」キャッシーがぎこちない笑みを浮かべた。安堵感と感謝の念が伝わってきた。「ええ」

束の間、アントニアは目を閉じた。「よかった」馬から降りて、手綱を腕に巻きつけた。

「きみはものすごい勢いで馬を走らせてきたんだな」ラネローがまたもや呑気な口調で言うと、アントニアは肌がぞわぞわするほどの怒りを覚えた。ラネローは今回の件を体裁よくごまかすつもりでいるらしい。「といっても、もちろんきみは馬の扱いに慣れている。由緒正しきアヴェソン家の令嬢だからな」

すべてを知っていることをひけらかして、優位に立つつもりなのだ。けれど、いまさらそんなことをしてももう遅い。今日からは、わたしにとってラネローは何者でもない。たとえ、ラネローが道端で血を流して倒れていても、踏みつけにして立ち去るまでだ。

二輪馬車のほうを見もせずに、鞍嚢《あんのう》に手を入れて、二丁の拳銃を取りだした。どちらにも、ロンドンを出る前に弾をこめておいた。

「メロドラマを演じるつもりでいるわけか」ラネローが淡々と言った。

ラネローには恐れているようすは微塵もなかった。それも意外ではない。これまでに、山ほどのことを見誤ってきたけれど、ラネローのプライドの高さを見誤ったことはなかった。

いまここで銃を撃てば、ラネローはひとことの弁解もできなくなる。

「馬車から降りて」ラネローに銃を向けながら、冷ややかに命じた。

「トニー、わたしを心配してくれるのは嬉しいけれど——」立ちあがろうとするキャッシーに、座っているようしぐさで伝えた。

「あなたじゃないわ。隣にいる卑劣な男に言っているのよ」

ラネローが皮肉めかした笑みを浮かべた。煩わしい子どものようなことはやめろとでも言いたげだった。「で、きみの言うことを聞かなければ、撃つとでも言いたいのか？　アントニア、撃つなら撃ってみるがいい」

アントニアは右手に持った銃の撃鉄を起こして、ラネローの頭にぴたりと狙いを定めた。

「あなたを殺しても、わたしを有罪にする法廷はこの国にないわ」

ラネローはびくともしなかった。「まさに蔑まれた女の行動そのものだな、マイ・ラブ」

キャッシーが鋭い目で見つめてきた。これでもう、ラネローと恋の戯れを楽しんだのを隠しようがなくなった。ラネローがいかにも自然に名前や〝マイ・ラブ〟と呼んだのだから。もちろん、その呼びかけには腹黒い策略が漂っていたけれど。

でも、それがなんだというの？　いまここで、わたしの罪を暴露したいなら、そうさせておけばいい。キャッシーの身に危険がないのなら、何がどうなろうと関係なかった。「降りて」もう一度命じた。

「さもないと？」

「さもないと、嘘つき男の顔が吹き飛ぶわ」冷ややかに言った。

ラネローを見ても、心は冷酷非情でなければならなかった。そうなりたいと真剣に望んでいた。そうなって当然なのだから。怒りではらわたが煮えくりかえり、喉まで詰まりそうになっている。それなのに、輝く黒い瞳と乱れた金色の髪の長身でたくましいラネローを見ていると、悲しみで胸が満ちていく。

騙されたのは腹立たしいけれど、そのせいで悲しいわけではない。

いままでにない殺伐とした思いがこみ上げて、全身の血が冷たい泥に変わってしまったようだった。ほんの束の間とはいえ、ラネローのおかげで、世界は鮮やかで生気に満ちたものになった。情熱とやさしさと笑いで満ちていた。

けれど、何もかもが偽りだった。

端整な外見の下に、どうしようもなく醜悪な心がひそんでいる。ラネローはこの世を闇に変えてしまう。

いまこの瞬間なら、良心のかすかな呵責すら感じずに、ラネローを撃てる。それもまた悲しかった。なぜなら、四日前には、その男性を愛していると確信していたのだから。

「きみはそんなことはしない」ラネローが自信たっぷりに言った。

アントニアは答える気にもならなかった。冷ややかな決意を胸に、ラネローの肩の上の浮彫がされた背もたれに照準を合わせて、引鉄《ひきがね》を引いた。繊細な浮彫に穴が開き、おがくずが飛び散った。

銃を撃った反動が全身に伝わって、耳の中で銃声がこだました。キャッシーが悲鳴をあげて、身を縮める。アキレスが頭を振っていないが、銃声に怯えないように調教してある馬が駆けだすことはなかった。馬車につながれた二頭の馬が鼻を鳴らして、後ろ肢《あし》で立ちあがる。けれど、ラネローのひと声でおとなしくなった。

ラネローは肩に力をこめただけで、その場を動かなかった。「撃ち損じたな」そう言いながら、またもやにやりとした。

「いまのは警告よ」アントニアは冷ややかに言った。「わたしは射撃が得意なの。あなたが言ったとおり、それもまたアヴェソン卿の娘だからこそ。それに、銃も二丁ある」

ラネローが口元を引きしめた。いま耳にしたことばが、ただのはったりではないと気づいたのだ。そんなラネローの心の動きが、手に取るようにわかった。

キャッシーが心底驚いて、目を丸くして見つめてきた。見ず知らずの相手を見つめるかのように。アントニアは安心させようと、かすかな笑みを浮かべたが、それでも、キャッシーの不安は鎮められなかった。「キャッシー、手綱を持って」

馬車から飛びおりるラネローにも、しっかり銃口を向けていた。それでいて、しなやかな身のこなしに息を呑み、こんな状況だというのに胸が高鳴った。これほど美しい外見の内側に悪がひそんでいるとは信じられない、そんな思いがまたもや脳裏をよぎった。

ラネローに狙いを定めたまま、アキレスを馬車のうしろにつないだ。それから、馬車に乗ると、キャッシーから手綱を受けとった。

「心配はないわ。このことは誰にも知られない」低い声で言った。

ラネローが目に鋭い光を浮かべて見つめてきた。以前なら、その顔に浮かんでいるのは称賛だと感じたはずだ。けれどいまは、自分の目がまるであてにならなかった。

苦痛が自制心を叩き壊そうとする。キャッシーを家に連れかえったら、失望と怒りに屈することになるのは目に見えていた。それでもまずは、自身のエデンの園から邪悪なヘビを追いはらわなければならない。

「ほんとうに撃つつもりなのか？」ラネローが尋ねてきた。けれど、撃たれようが撃たれまいがかまわないと言いたげな口調だった。

アントニアはラネローのほうをちらりと見た。「撃つべきでしょうね」それだけ言って、いったん口をつぐんだ。激しく乱れる胸の内を隠すのが、いよいよむずかしくなっていた。けれど、隠さなければならない。隠しとおしてみせる。「あなたがまたキャッシーに近づきでもしたら、そのときこそ撃つわ」

悪党が豪胆にも笑みを浮かべた。「きみには？　きみには近づいてもいいのかな？」

アントニアは口元を引きしめた。そうしなければ、叫んでしまいそうだった。「真っ黒なその心に銃弾を撃ちこまれたければどうぞご自由に、ラネロー侯爵さま」

最後にふたりきりで過ごしたときには、ラネローのことをニコラスと呼んだ。けれど、金輪際その名で呼ぶことはない。ラネローと二度と顔を合わせずにいられることを心の底から願った。

計画が完全な失敗に終わったというのに、ラネローは相変わらず堂々としていた。「ぼくのためにその馬を置いていってくれないか？　きみの望みはもうかなったんだから」

「あなたはまだ生きているわ。それだけでもありがたいと思いなさい。長い散歩をすれば、自分がどれほどの罪を犯したか、じっくり考えられるでしょう。さあ、もう歩きはじめたほうがいいわ。あと数時間もすれば陽が暮れるのだから」

「トニー、ラネロー侯爵がわたしを連れ去ったのは、わたしのお父さまが侯爵のお姉さまをひどい目にあわせたからなのよ」キャッシーがあわてて言った。

アントニアは炎に包まれた官能の一夜をともにした男性を、まっすぐ見据えたままでいた。「お姉さまの仇《かたき》を取るために、キャッシーを凌辱するつもりだったの？」

ラネローは答えなかった。賢いラネローであれば、キャッシーにどれほどかばわれても、言い訳はできないとわかっているにちがいない。

「侯爵のお姉さまは死産まで経験したの」キャッシーが言った。「あまりにもかわいそうだわ」

それでもアントニアはラネローの人を欺く顔を見据えて、非情な口調で言った。「それが事実なら、ラネロー侯爵とゴドフリー・デマレストは同じ穴のむじなということになる。ふたりとも自身の身勝手な欲求を邪魔する者を、片っ端から叩きつぶすのよ」

心が冷えきって麻痺しているはずなのに、ラネローの顔から血の気が引くのを見て、かすかな満足感を覚えた。反論されるのを覚悟したが、ラネローは何も言わなかった。

吐き気がこみ上げて、口の中に苦みが広がる。これ以上ラネローを見ていられなかった。手綱を振って、振りかえりもせずに、馬車を一気に走らせた。

ラネローは強い日差しに焼かれながらその場に立ち尽くして、みるみる遠ざかっていく馬車を見つめていた。アントニアが考えなおして戻ってきてくれるなどという甘い幻想は、これっぽっちも抱いていなかった。危うく眉間に銃弾を食らうところだったのも、よくわかっていた。

いや、どうせなら撃たれたかった。

撃たれていたら、自業自得の泥沼にはまりこんだことを実感しなくて済む。いまになってようやく、何をしでかしたのかはっきり気づいた。幸福をつかむためのあらゆる望みを、自ら叩きつぶしてしまったのだ。もう取りかえしがつかなかった。これから待ちうける空疎で長い年月を、自らが招いた痛恨にまみれて、身悶えしながら生きるのだ。

ああ、弾丸を撃ちこまれたほうがどれほど楽か……。

アントニア・ヒリアードほどすばらしい女性には会ったことがなかった。アントニアに匹敵する女性はこの世にいない。

そして、卑劣で役立たずで愚かな放蕩者は、その女性をこの腕の中に留めておけなかった。海風に吹かれた海岸の砂が、指のあいだからさらさらこぼれ落ちるように、アントニアを手放してしまった。

アントニアの本質を垣間見たのはまちがいなかった。これまでの女とはまるでちがう魅力を感じた。アントニアは怒り、反抗し、そして、大の男が何も考えられなくなるほど魅惑的だった。忌々しいことに、二十年来心を占めてきた復讐さえ忘れさせた。

最初から細心の注意を払って、アントニアに接するべきだったのだ。そうしなかったとは、なんと愚かなのか。時代遅れのドレスに身を包んだ地味な女が、運命の人だと気づかずにいたとは、なんと愚かなのか。

いままで、愛など信じていなかった。真実の愛など見たことがなかった。ところが、アントニアに完膚なきまでに自信を打ち砕かれて、プライドをずたずたにされて、この場に立っていると、愛がほんとうに存在すると気づいた。

数週間というもの、この自分は抵抗する術もなく、気もくるわんばかりにアントニア・ヒリアードを愛したのだ。もしかしたら、はじめて会った瞬間から愛ははじまっていたのかもしれない。怒った牧羊犬がオオカミに牙を剝くかのような態度のアントニアにはじめて会ったときから。そうして、その後は愛はつのるばかりだった。

ラネローという男にとってアントニアは最愛の人で、心の友で、半身で、運命なのだ。これほど感傷的で甘ったるいことばを使えるのは、この世に生きる意味を見いださせてくれた相手がいるからこそだ。その人のために胸は拍動し、太陽は輝くのだ。

自分が詩人でないのはよくわかっていた。ベントンのような三流詩人にもなれやしないのは。それでも、いま胸に湧きあがる感情は勘ちがいしようがなかった。

アントニアを愛している。

そして、アントニアに憎まれている。

光り輝く一夜に、アントニアはまぎれもない歓喜とともにすべてを与えてくれた。そして、この自分は神のような気分になった。それこそが、ふたりの関係が無数の女との情事とはかけ離れているという証。この世のすべてであることを物語っていた。

それなのに、アントニアはもう二度と会わないと心に決めている。

そう思うと、腹にナイフを突きたてられた気分だった。目を閉じて、ぎこちなく息を吸う。辛い現実が骨にまで染みていった。

二度とない。そうだ、二度とないのだ。

アントニアに会うことは二度とない。アントニアがこの腕の中で泣くことは二度とない。アントニアが満ちたりて、この腕に身をあずけてくることも、口づけてくることも二度とない。話しかけてくることも……。

偉大なる放蕩者のラネロー侯爵が、ひとりの女と話ができなくて嘆き悲しんでいるとは。胸の中の未完成で役に立たないものをアントニアは取りだして、新しい何かを埋めこんでいった。

アントニアは自分がよみがえらせた男とはかかわりたくないと思っている。ラネローにとってそれほど辛いことはなかった。

愛おしいアントニアは強く、揺るぎない。これまでラネロー侯爵という男は、無数の女を口説いて、道徳にそむかせるために生きてきたようなもの。女を子ども扱いして、宝石や甘言をおもちゃのようにちらつかせては、あっさり手なずけてきた。だが、贈り物や甘いことばをどれほど使ったところで、アントニアを取りもどせはしない。アントニアの決意は石よりも固く、その胸の中にあるのは、普通の女の濡れた藁《わら》のようなやわな心ではないのだ。

そして、それこそが、アントニアを愛するようになった理由のひとつだった。永遠に愛する理由のひとつだった。

ラネローは目を開けた。目の前に広がる景色は何ひとつ変わっていなかった。地獄が見えたような気がしたのは、からっぽの心のせいにちがいない。

馬車はとっくに視界から消えていた。馬車に乗ったふたりは、陽が暮れる前にロンドンに戻れるだろう。アントニアはキャッシーの名誉を傷ひとつないまま守れる。

復讐は失敗に終わった。それがこの世の道理というものだ。

愛は破れた。ラネローという男はアントニアにふさわしくないのだから。

この自分は今回のことも乗り越えて生きていくのだろう。そんなことを考えたところで、なんの慰めにもならないけれど。

歩くか、それとも堀の中でうずくまって、無の世界に包まれるのを待つか、選択肢はふたつしかない。そこで、足を一歩、また一歩と動かすことにした。

これから長い徒歩旅行が待ち構えていた。賢く愛おしいアントニアが言ったとおり、自身が犯した数々の罪についてじっくり考えるにはまたとない機会だった。

そしてまた、次に何をするか考えるまたとない機会でもあった。

だが、それは考えるまでもない。完全なる失敗のせいで、何をするかはすでに決まっていた。そう、こんな男にもあとひとつだけできることがある。アントニアのためにもうひとつだけやれることがあった。

それさえ済ませれば、この身に何が起ころうとどうでもよかった。

29

「ラネロー侯爵がしたことは、たしかに悪いことだわ」長いこと無言で馬車に揺られていたキャッシーがようやく口を開いて、低い声で言うと、見つめてきた。予想に反して、目に涙はなかった。顔は青ざめていたが、冷静だった。

アントニアは思わず手綱を握りしめた。キャッシーを取りもどしてから、鈍く脈打つ決意だけが支えだった。いまこのとき以外のことは何も考えられなかった。あまりにもショックで、どれほど悲惨なことが起きたのか理解できずにいる、そんな気分だった。

そんな気分はずっとは続かない。続くはずがない、そうでしょう？　けれど、ショック状態でいることに心から安堵していた。たとえ、短いあいだだけだとしても。

これからも人生は続いていく——理性がそう言っていた。これからも陰の存在として、デマレスト邸を管理する。そう、少なくともキャッシーが結婚して、ほかの仕事を探さなくてはならなくなるまでは。ありがたいことに、今日、こんなことがあったのに、キャッシーはなんの危害も受けずに無事でいる。ラネローなどさっさと地獄へ帰ればいい。これまでだって地獄で生きてきたようなものなのだから。

土埃まみれのこの街道で、この世が終わるわけではない。

そこで、ふと、キャッシーのことばにまだ答えていないことに気づいた。そうして、いかにもすべてを把握しているように言った。「そう、まぎれもなく悪いことよ」

またもや張りつめた沈黙が流れた。

キャッシーがスカートをいじりながら言った。「でも、侯爵はわたしをロンドンに帰そうとしていたのよ」

アントニアはびくりとして、そのせいで、一瞬、馬車が大きく揺らいだ。それでも、どうにか馬を御した。「いま、なんて？」

「あなたがわたしたちを見つけたとき、侯爵はわたしをロンドンに帰すところだったの」

たしかにラネローはハンプシアへ向かってはいなかった……。「だからといって、あなたを襲っていないということにはならないわ」

「侯爵はわたしに触れるつもりはなかったわ」

「口先だけよ」

「いいえ、あのことばは本心よ」キャッシーがいつものように口を真一文字に結んだ。

アントニアは驚いて眉を上げた。「あの人はとんでもないことをしたのよ」

「でも、理由があったわ」

「あんな人でなしをかばうより、大ごとになる前にわたしがあなたを見つけたことに感謝しなさい」アントニアはぴしゃりと言った。

「ものすごく腹が立って、人の話が聞けなくなってるのね」キャッシーが冷静に言った。

アントニアは顎に力を入れて、歯を食いしばった。「たしかにものすごく腹が立っているわ。馬車をUターンさせて、あの侯爵のきれいな顔に弾丸を撃ちこみたくてうずうずしているほど」

「ラネロー侯爵はあなたを愛しているのよ」

思わず口から苦々しい笑い声が漏れて、手綱を握る手に力がこもった。「馬鹿なことを言わないで」

「ラネロー侯爵とあなたは……お似合いだわ……」キャッシーはもごもごと言いながら、視線をそらした。まるで、何か恥ずかしいことを告白したかのように。

アントニアは手綱をぐいと引いて、馬を止めた。「なんと言ったの?」

キャッシーは戸惑っているようだった。邪な侯爵の魔の手から救ったときより、はるかに戸惑っているように見えた。「ラネロー侯爵はたくましくて、ハンサムで頭もいいわ。あなたとのあいだには通じあうものがある。あの侯爵ならあなたを幸せにしてくれるわ」

息詰まるほどの悲嘆を感じながらも、驚かずにいられなかった。「でも、ラネロー侯爵はあなたを誘惑していたのよ。あなたもまんざらでもなかったはず」

「わたしがそういうそぶりをしなければ、あなたがラネロー侯爵と話す理由がなくなるからよ」

アントニアはぐったりとため息をついた。キャッシーにも腹が立ち、思い描いたような男性ではなかったラネローにも腹が立った。そして何よりも、自分自身に腹が立っていた。あの悪党の名前を耳にしただけで、いまだに罪深い渇望が全身にあふれてくるなんて。

「キャッシー、どう言ったらわかってもらえるのかしら？　あの侯爵は遊び人よ。今日のことではっきりしたわ。正義とは無縁の男性。ラネロー侯爵は――」

「ラネロー侯爵は目を輝かせて、はずむような足取りで歩くのよ。あなたに向けるまなざしは、父の愛馬がお気に入りの牝馬《ひんば》を見るときと同じ」

こんな話をしているのに、アントニアはおかしくて笑わずにいられなかった。「それはまた、ずいぶんロマンティックだこと」

キャッシーが肩をすくめた。「ラネロー侯爵は刺激的な男性よ」

「とんでもないよた者よ」

「もしかしたら、だからこそ刺激的なのかもしれない。でも、トニー、あなたなら手なずけられるわ」

ひとことひとことがナイフのように胸に突き刺さった。もちろん、キャッシーはそれに気づいていなかった。そう、キャッシーは自分のお目付け役がどれほど愚かなことをしたか、知りもしないのだから。「馬鹿なことを言わないの。わたしはつまらないオールドミスよ。恋だの結婚だの、そんな歳はとっくに過ぎてるわ」

今度はキャッシーが笑う番だった。「馬鹿なことを言っているのはどっちかしら？　あなたはきれいよ。それに、昔の無分別な行動のつけはとっくに払い終わっているわ」キャッシーがやけに大人びた視線を送ってきた。「ラネロー侯爵はあなたのことを〝マイ・ラブ〟と呼んだのよ」

ラネローと軽率なその口を呪いたくなった。顔がかっと熱くなる。当惑ではなく怒りで頬が赤くなっている、キャッシーにはそう思ってほしかった。「あの侯爵はこの世のすべての女性をそう呼ぶのよ」

「でも、わたしのことはそんなふうに呼ばなかったわ」

アントニアは舌を鳴らして、馬を歩かせた。「ラネロー侯爵は虎視眈々とチャンスを待っていただけ」

キャッシーの声が低くなった。「トニー、わたしにすべてを話したくないのはわかるわ。それに、話さなければならない理由もない。でも、失望したラネロー侯爵がかわいそうよ」

失望。それはあまりにも皮肉な冗談としか思えなかった。その冗談で気がまぎれるどころか、ますます苦しくなるだけだった。そう、この悲痛な苦悩は、ある意味で失望とも言える。心臓がひとつ鼓動を打つたびに死にたくなる。永遠に続く漆黒の闇のトンネルを歩いている気分だった。未来に光などひとつも見えない。ラネローの邪な行動が、あらゆるものの輝きを奪ってしまったのだ。

夕闇が迫る頃、アントニアとキャッシーが乗った馬車は、デマレスト邸の裏の厩に着いた。アントニアは馬番にトーマスとベラのあとを追わせ、召使にラネローの馬車を返しておくように指示した。いっそのこと高価なその馬車に火をつけて燃やしてしまおうか——そんな思いがちらりと頭をよぎったが、さすがにそれはやめておいた。復讐心に燃える意地の悪い女神が、胸の中でそうしてしまえと叫んでいたけれど。

馬車の中で、ラネローの姉の話を、半ば強引にキャッシーから聞かされた。キャッシーは父親の遠い夏の悪行について、怒りと困惑を吐露した。

そんな話を信じたくなかった。何はともあれ、わたしが人生のどん底にいたときに、ゴドフリー・デマレストは救いの手を差しのべてくれた。それ以来、住む場所と仕事を与えてくれているのだから。

けれど、問題は、デマレストのことならよくわかっていて、ラネローの話どおりのことをしている姿を思い描けることだ。デマレストは軽率で、あとさき考えずに欲望のままに行動する。そして、どんなことであれ自分が招いた不都合を、誰かが尻ぬぐいしてくれるなら、それに越したことはないと考えている。十年前からデマレストの屋敷を管理してきたが、そうするようになってまもなく、屋敷の主人の粗があちこちに見つかった。

時間も労力も費やさずに済むなら、デマレストは誰よりもやさしい紳士になれる。けれど、責任を逃れるためなら誰よりも狡猾になり、そのせいで人に迷惑をかけようがまるで気にしない。恩義があるアントニアでさえ、デマレストが性的な衝動を満たすことしか頭にないのは認めざるを得ない。サマセットからしょっちゅういなくなるのは、酒池肉林の世界に身を浸すためだ。さすがに娘には放蕩三昧の暮らしを隠しているが、その方法もお世辞にも緻密とは言えず、父親が家を空けて放蕩にふけっていることは、キャッシーも気づいていた。

ゴドフリー・デマレストは二十年前にエロイーズを誘惑した。結婚して子どもを得たデマレストは、中年になったいまも無責任な放蕩者だ。ならば、若い頃はそうとう派手に遊んでいたにちがいない。

デマレストがエロイーズを誘惑して、紙屑のようにぽいと捨てたとは思いたくなかったが、それでも心の片隅では、ラネローが復讐心に駆られたのも無理はないと感じていた。

エロイーズの苦しみなら痛いほどわかった。わからないはずがない、わたしも若い男性の嘘のせいで人生を棒に振ったのだから。それでも、ハンプシアへ向かう土埃で煙る道で自分に言い聞かせたように、ゴドフリー・デマレストの悪行は、ラネローがキャッシーを誘拐したことの言い訳にはならない。

だから、わたしはラネローをけっして許さない。そしてまた、一度約束して――ことばでというより行動で約束したようなものだけれど、それでも約束に変わりない——裏切ったラネローを許せるはずがなかった。

わたしにとって、ラネローはすでに死んだも同然。

ええ、この胸の中の果てしない切望を抑えこめば、ラネローはそういうことになる。

でも、もし身ごもっていたら？

頭の隅にちらりと浮かんできた不穏な疑問を打ち消した。ジョニーとはひと月のあいだベッドをともにしたのに、わたしは身ごもらなかった。ラネロー侯爵に抱かれた一夜で、赤ん坊ができるはずがない。そんなことがあるはずがなかった。

キャッシーといっしょに庭を通って家に入った。「ブライドサンズ家の人たちとオペラに行く約束があるわ」ふたり並んで薄暗い廊下を階段へと向かいながら、キャッシーが気乗りしない口調で言った。

キャッシーがふさぎこんでいないことには、さほど驚きはしなかった。いっぽうで、アントニアのほうが気が滅入っていた。わが身が危険にさらされたわけでもないのに、自室にひとりでこもって、二度とそこから出たくない、そんな気分だった。それにひきかえキャッシーは、ラネローに連れ去られながらも気丈だった。

「体調がすぐれないと伝えておくわ。それに、メリウェザー夫人にも伝えておきましょう、家族の緊急事態は実は大したことではなかった、と。挨拶もせずにあなたがパーティーをあとにして、どれほどたいへんなことが起きたのかと心配されているでしょうから」

キャッシーがほっとしたように見つめてきた。「メリウェザー夫人のことをすっかり忘れていたわ」

「今回のことは誰の口にものぼらないようにしなければ」キャッシーの背が丸くなって、いつもは軽快な足取りが疲れで重くなっていた。「夕食はお部屋に用意させるわ。食事を済ませて、早く寝ましょう」

キャッシーがうなずいて、弱々しい口調で言った。「ありがとう。そうするわ」

「わたしもあなたの部屋でいっしょに過ごしましょうか?」アントニアは微笑んだ。「あなたはほんとうにりっぱよ、キャッシー」

キャッシーが驚いた顔をして、立ち止まった。「どうして? わたしがあなたとラネロー侯爵の仲をとりもとうなんて考えなければ、今日みたいなことは起きなかったのよ」

アントニアはキャッシーの肩に手を置いた。「ラネロー侯爵はあなたに会うはるか昔から、復讐を企んでいたはず。普通のお嬢さまなら、もう何時間も前に堪えきれずに泣き叫んでいるところだわ。あなたは勇敢で、賢い。わたしはそんなあなたが大好きよ」

「いいえ、勇敢なんかじゃなかった。怯えていたもの」キャッシーの目に涙があふれて、唇が震えた。「怯えているのを知られないほうがいいと思っただけ」

「それこそが勇気よ」

「ああ、トニー、ほんとうに怖かったの」キャッシーが涙声で言うと、胸に飛びこんできた。

アントニアは守ってみせると言わんばかりにその体を抱きしめた。同時に、キャッシーが声をあげて泣きだした。ラネローはまぎれもない悪人だ。これほどすばらしい若い女性を怯えさせるなんて。キャッシーが誘拐されたのを知ったときからつのらせてきた憎しみと怒りが、一気に全身を満たした。

ヘビのように狡猾な男を、誰かが苦しめてくれないものかと心から願った。そうよ、地獄の苦しみを味わわせてほしい。わたしがその場でそれを見ていることはなくても、ラネロー侯爵には一生の苦しみと悲嘆を味わいつづけてほしい。この世のすべての災いが振りかかればいい。

次々と不幸に襲いかかられれば、いくら邪悪な男でも今日の悪行を少しは悔い改めるはず。

そんなことはまず起きないと知りながらも、アントニアはラネローの心が折れるのを想像して、束の間の喜びを味わった。けれど、残念ながら、ラネローには折れるも何も、そもそも心がないらしい。それは今日の出来事ではっきりした。

「これはどうしたことだ？　わたしのお気に入りのお嬢さまふたりが、家の中の暗がりにひそんでいるとは」

アントニアは顔を上げた。同時に、ゴドフリー・デマレストのつねに楽しげな目を覗きこんでいた。デマレストがラネローの姉にしたことを知ったいま、世慣れた笑みがどこか不快に思えた。世話になったこの十年間、何かを真剣に受けとめるデマレストを見たことがなかった。以前はその明るさがすばらしいと思えたけれど、いまはジョニーやラネロー同様、デマレストも身勝手で、人を破滅に追いやってもなんとも思わない、ある意味で残酷な人だとわかった。となると、その笑みも浅はかで利己的な性質を表わしているとしか思えなかった。

「ミスター・デマレスト、おかえりなさいませ」アントニアはさりげなくキャッシーを背後に立たせた。キャッシーは緊張して身を固くしていたが、今日の災難がアントニアの口から父に漏れることがないのはわかっているはずだった。キャッシーにしろ、アントニアにしろ、評判の悪いラネロー侯爵に気を許したのを、デマレストに話したところでいいことは何もなかった。

「ただいま」デマレストがアントニアからキャッシーに視線を移した。「泣いているのか、キャッシー？　いったいどうしたんだ？」

「わたしがサマセットに戻るので、動揺しているんです」アントニアは即座に答えた。自然な口調で話すのはたいへんだった。この家の主人の顔に改めようのない邪悪さが浮かんではいないかと、まじまじと見つめたけれど、ラネロー同様、その顔には腐敗した心は表われていなかった。デマレストはこれまでと何ひとつ変わらなく見えた。中肉中背で、整った薄茶色の髪。人並みの顔に、輝く灰色の目。

ふいに、エロイーズのことを尋ねたくてたまらなくなった。もしかしたら、無垢な令嬢に手を出すことになったやむにやまれぬ事情があったのかもしれない。

けれど、ラネローの姉のことを持ちだしたら、その侯爵との関係も話さなければならなくなる。放蕩者の毒牙からキャッシーを守るという役目をはるかに超えた関係だったのを、知られてしまうかもしれない。自分がどれほど愚かなことをしたか、知られるわけにはいかなかった。正気の沙汰とは思えない危ういことをしてしまったのだから。しかも、そんなことをしたのはなんのため？　束の間でも気にかける価値もない男性のため。二度と立ちあがれないほどの傷を、わたしの心に残した裏切り者の男性のため。

「キャッシー、ほんとうに頼りないお嬢さまだな」デマレストが娘に、〝おいで〟と言うように両腕を広げた。

キャッシーはどれほどほったらかしにされようと、これまでずっと父親のことが大好きだった。けれど今回ばかりは、泣きながら父の腕の中に飛びこむ前に、わずかに躊躇した。アントニアはそれに気づいて、また胸が痛んだ。どれほど父を愛している娘でも、父が久しぶりに帰宅したぐらいで、束の間でも動けなくなるほど感極まるはずがなかった。

けれど、デマレストはいつものとおり、周囲の不具合にはまったく気づいていなかった。大きな声で笑いながら、娘を抱く腕に力をこめた。それから、アントニアにもついてくるように言って、三人で書斎へ向かった。書斎に入ると、いかにもデマレストらしく、パリでの出来事をおもしろおかしく語った。といっても、何人もの愛人とのもつれた男女関係については、慎重にはぶいているのはまちがいなかった。それから、山ほどの贅沢なプレゼントを開けていった。

デマレストはキャッシーに社交界での成果を詳しく話すように促した。最初のうちはぎこちなく不自然だったキャッシーも、父の温かさに徐々に心がほぐれていった。アントニアは楽しげな親子の会話にはくわわらなかった。厳めしいお目付け役を長年務めてきたのだから、そうしていても不自然ではなかった。

夕食が済んで、キャッシーが自室に戻っても、アントニアはデマレストにその場で待っているように言われた。疲れて、こめかみがずきずき痛んでいた。夜が深まるにつれて、気力を沸きたたせる怒りが徐々に薄れていた。そうして、疲れと悲しみだけが残り、早くひとりになりたくてたまらなかった。ひとりになれば、胸の中で騒ぎたてる悲しみと憎しみに、思うぞんぶん浸れるのだから。

でも、わたしはゴドフリー・デマレストに仕える身。さらに言えば、デマレストが誰にどれほどひどいことをしようと、返しきれないほどの恩義があるのは変わらない。そう長くは引きとめられないことを祈りながら、こみ上げてくる涙を必死にこらえた。

「書斎に行って、ブランデーでも飲もう」アントニアを通そうと、デマレストが食堂の扉を開けた。

フランスから帰る船の上で、ひとりぼっちで不安に駆られていたわたしに、デマレストは救いの手を差しのべ、以来、淑女として扱ってくれている。もちろん、欠点だらけの男性なのはまちがいない。軽率で、自分勝手で、究極の女たらし。それに、エロイーズに対する悪事を知った以上、軽蔑すべき男性だとはっきりした。それなのに、朗らかで人好きのするデマレストがそばにいると、冷ややかな態度を取りつづけられなかった。

それはきっと、相変わらずわたしは放蕩者に弱いという証拠なのだろう。

「戻ってきてくださってありがとうございます」暖炉の前の革張りの椅子に腰かけると、アントニアは言った。

親しい相手を前にして、傷ついた心がいくらか癒された。デマレストはたびたび家を空けるけれど、帰ってくるとかならず、食事をしたあとにくつろぎながら、一日の出来事を話すのだった。いまここで、エロイーズのことを尋ねてみようか……。そんな思いが脳裏をよぎった。尋ねたら、デマレストはどんな言い訳をするのだろう？　キャッシーを連れ去ったラネローと同じように、どんな言い訳も通らない。

そこで、もっとも急を要する事柄を話すことにした。「どうすればいいのかわかりませんでした。キャッシーをメリウェザー家にあずけることも考えましたけど、それにはまず、あなたの承認が必要でした。でも、あなたがお戻りになったなら、わたしがサマセットに戻っても、誰も何も言いません」

「手紙をもらって驚いたよ。だから、すぐにパリを発った。軟弱者のあのベントンが、よくもしゃあしゃあと英国に戻ってきたものだ」

「わたしの父に脅かされることはもうありませんから」アントニアは冷ややかな口調で言った。「ジョニーは華やかな社交界に戻りたいんでしょう。それに家族とも会いたかったはず。なんといっても、十年も国を離れていたんですから」そう言うと、ブランデーをすすった。酒が喉を温めながら滑りおちていくのを、やけにはっきり感じた。夜がふけるにつれて、体が冷えてどうしようもなかった。まるで、体から命が染みだしているかのようだった。忌々しいラネロー。あんな人のために、なぜこれほど苦しまなければならないの？

「ベントンと会ったのか？」

「公園で偶然会いました」恍惚感に酔いしれてラネローのベッドを離れたのは、ほんの四日前のことなの？　それなのに、そのときとはまるで別人になった気分だった。「ジョニーはわたしに気づきました」

「きみはわが家に来たときと同じように、若々しいからね。といっても、さらに美しくなっているが」

アントニアは眼鏡をかけた顔をしかめた。デマレストにお世辞を言われたことはなかった。

「妻が亡くなったから、結婚したい――ジョニーにそう言われました」

「もちろん、あんな男は悪魔にくれてやったんだろうな」

「あまりにも驚いて、そこまで厳しいことは言えませんでした。でも、ええ、もちろん断りました。ジョニーは何ひとつ変わっていませんでしたから」話を続けるのはひと苦労だった。ぼうっとして、頭がまるで働かなかった。

「あいつは噂を広めるだろうか？」

「駆け落ちの件が広まれば、ジョニーの名誉も地に落ちます。だから、口をつぐんでいるでしょう。それでもやはり、キャッシーの付き添いは誰かほかの人に任せたほうがよさそうです。あなたはロンドンでお過ごしになるのですよね？」

「しばらくは」

「よかった。わたしは明日、サマセットへ発ちます」

デマレストが立ちあがって、炉棚に片腕を載せると、見つめてきた。「アントニア、実はおりいって話したいことがある」いつになく真剣な口調だった。「長いあいだ考えていたことだ」

お願い、やめて。今日だけはやめて。不吉な予感で胃がずしりと重くなった。思わずブランデーグラスを握りしめた。ラネローの裏切りにも対処しきれていないのに、そんなときに、住む家もなくなるなんて残酷すぎる。といっても、キャッシーが社交界にデビューして花婿を探すようになれば、いつ解雇されても不思議はなかった。

でも、これほど早くそのときが来るなんて……。

デマレストが暖炉の火を見つめた。「おそらくキャッシーは何人もの男性から結婚を申しこまれることになるだろう」

「ええ、美しく、明るく、裕福ですから。キャッシーを妻にした男性は幸運です」

「有力な候補者は？」

アントニアは肩をすくめた。「ソームズ卿はすばらしいお相手に思えます。キャッシーも気に入っているようですし」そこでいったんことばを切って、あえて不快な名を口にした。喉に詰まりそうになるその名前を、無理やり吐きだした。「ラネロー侯爵もキャッシーにご執心です」

そう言っても、デマレストの顔には罪悪感らしきものは浮かばなかった。エロイーズについては、ラネローやキャッシーから教わったことしか知らないけれど、その女性と目の前にいる洗練された紳士が男女の関係だったとは、どうしても思えなかった。いずれにしても、デマレストが良心の呵責を抱きやすい性質でないのははっきりしていた。

「その男のことは手厳しく追いはらったんだろうな。ラネロー侯爵がキャッシーのまわりをうろついているという噂は聞いたことがある。そろそろあの男も大人になるべきだ。たしか、歳も三十を過ぎているはずだ」

「キャッシーは自分のことをよくわかっていますわ」

また間ができて、やがてデマレストが何気なく言った。「キャッシーが結婚したら、どうするつもりだ？」

その話題をできるかぎりあとまわしにしたかったけれど、いつまでもそうしてはいられなかった。「キャッシーは嫁ぎ先にもわたしを連れていきたいと言っています。でも、夫となる人がそれに同意するとは思えません」唾をごくりと呑みこんで、あえて図々しい提案をした。「ミスター・デマレスト、あなたは頻繁に家をお空けになっていますね。そこで、ご相談なのですが、わたしに屋敷の管理を任せていただけないでしょうか？」

デマレストが首を横に振ると、アントニアはがっかりした。ブランデーグラスを握る手に力が入ったけれど、どうにか平静を装おうとした。デマレストはすでに感謝してもしきれないほどのことをしてくれた。わたしが哀れだからと、永遠に屋敷に置いておく義務などないのだ。

「デマレストの口調はいつになく厳粛だった。「キャッシーが結婚したあとも、きみを家に置いておくのは不自然だ」

アントニアは向かいの椅子とのあいだにあるテーブルにグラスを置いた。手が激しく震えていて、グラスからブランデーがこぼれた。「そうですね」顔をまっすぐに上げながらも、ほかのことはともかく、この家を出て生きていく勇気があるのだろうかと自問した。「これまでの恩義は忘れません。それにキャッシーの世話をするのはほんとうに幸せでした。どこかで働けるように、推薦状を書いていただけますか？」ほかの屋敷で働きだしたら、単なる召使として扱われるのはまちがいなかった。わたしはそれに堪えられるの?

わたしがこれほどショックを受けていることに、デマレストは気づいていないらしい……。

「それがきみの望みなら」

アントニアは眉間にしわを寄せた。「そうするよりほかありませんから」

デマレストがやさしく穏やかに言った。「私がきみに結婚を申しこむこともできる」

30

アントニアは心乱れて自室に戻った。この数日は何もかもが混乱するばかりの波乱続きだった。さらに、たったいま、デマレストから結婚を申しこまれて、怒りと不信感が胸の中で入り乱れていた。旋風に呑みこまれて身悶えしている気分。身も心もばらばらに引き裂かれて百人のちがう人間になって、その中の誰ひとりとしてまるで理解できない、そんな気分だった。

冴えないお目付け役の女。情熱的な恋人。ジョニーからの求婚を拒んだ女性。キャッシーを助け、銃を撃つと言ってラネローを脅した女戦士。

そんな何人もの自分の中に、ゴドフリー・デマレストの未来の妻がくわわるの?

胃がむかむかして、鏡台の前の椅子にぐったりと腰を下ろした。激しい嵐の中を百キロも歩いたかのように、全身が痛んでいた。途方に暮れて、鏡をぼんやり見つめた。頬がほてっているのに、それでも、顔色が悪かった。暗くうつろな目をしていた。

とても現実とは思えないけれど、わずか数日のあいだに、三人の男性から結婚を申しこまれた。自分には妻になる資格などないと、長年思いこんでいたのに。

といっても、もちろん、真剣に考えているのは、デマレストからの求婚だけだ。驚いて何も言えずにいるわたしに、デマレストは妻となって、これからも屋敷を管理してほしいと言った。基本的にはこれまでと何も変わらないが、駆け落ちのせいで失った地位を取りもどせる、と。となれば、わたしにとって、それこそ願ってもないことだ。

デマレストはフランスからの船で偶然会ったときから、こうするつもりだったの？　そうとは思えない。これまでの経験からすると、デマレストがさきを見据えて行動することなどまずないのだから。エロイーズ・チャロナーの悲惨な物語が、その証拠だ。デマレストは自分の都合を何よりも優先させる。そして、屋敷の仕事をこれまでどおりわたしに任せれば、それこそ好都合。デマレストの胸の中にそんな思いがあるのはまちがいなかった。

わたしにとっても好都合なの？

これまでのような放蕩生活をやめるそぶりは微塵もなかったけれど、デマレストは子どもがほしいというようなことを言った。はっきり言ったわけではなく、遠まわしな言い方だった。わたしが望むならベッドをともにするが、夫の権利を強硬に行使しようとは思わない、と。

ふと気づくと、マホガニーの鏡台の縁を握りしめていた。たしかに、子どもがほしい。家族がほしい。そして、ここが自分の居場所と思える家庭がほしい。気まぐれな慈善行為のおかげで手に入れた家庭ではなく。

ほしいものを手に入れるために、不誠実な夫を受けいれるの？

デマレストがエロイーズ・チャロナーにしたことを大目に見るの？

本気でゴドフリー・デマレストを夫にするの？

目を閉じて、ラネローの腕の中で経験した至上の悦びを、どうにかして忘れようとした。その悦びを思いだすと、裏切りもよみがえってくる。裏切られた苦しみは体が激しく震えるほどで、暗い穴の中にもぐりこんでうずくまっていたくなる。

だめよ、ラネローのことなど頭からも心からも消し去るの。欲望も嘘も、罪深い官能の世界も、息が詰まるほどの怒りも何もかも。そうして、これから進むべき道を頭で考える。心に決めさせてはだめ。心はまちがったことばかりしているのだから。

もしかしたら、デマレストといっしょになれば幸せになれるかもしれない。長所も欠点も、デマレストのことなら熟知している。罪悪感を微塵も抱かず、怠惰で自己中心的でないときならば、デマレストにもいいところがあるのだ。

デマレストもわたしも互いに激しい欲望など期待していない。わたしはバスコム・ヘイリーが故郷で、キャッシーのことを妹だと思っている。娘だと思うことだって、苦もなくできるはず。

デマレストの申し出を受けいれる以外に、わたしにどんな道が残されているというの？

大きな過ちを犯しておきながら、自分で人生を選べるとはなんという幸せ者か——多くの人がそう言うはず。厳格な道徳心は、路頭に迷ってのたれ死ぬべきだと主張していた。けれど、いま、裕福な男性の妻におさまるという人生が手招きしているのだ。

手を伸ばして、それをつかみとりさえすればいい……。

朝食のあとで話がしたい——アントニアがそう言っても、デマレストに驚いたようすはなかった。デマレスト家を解雇されるとなったら、選ぶべき道はひとつしかないとわかっているのだろう。

アントニアは書斎に入った。机についていたデマレストが立ちあがって、出迎えた。招きいれるそのしぐさは、すでにアントニアが自分のものであるかのようだった。結婚の申しこみは受けいれられると確信しているのはまちがいなかった。

昨夜は疲れ果てていたのに、一睡もできなかった。涙を流すこともなかった。古い木の実の殻にも負けないほどからっぽの心を抱いて、ロンドンにのぼる朝日を見つめた。ほんの束の間、ラネローはどこにいるのかと考えて、その思いをあわてて頭から追いはらった。ひと晩じゅう、どうにかしてラネローのことを考えないようにしていたのだ。けれど、切望する心と脚の付け根の疼きは、卑しい男にわが身を捧げたことをいやでも思いださせた。

それでも、泣きはしなかった。涙さえ出ないほどの苦しみだから。ジョニーと別れたときには、涙が止まらなかった。ラネローの裏切りは、想像を絶するほどの苦悩だった。もしデマレストと結婚するつもりなら、夫となる人のことを考えなければ。けれど、デマレストのにこやかな顔をいくら思い描こうとしても、その顔に緊迫感の漂う鋭角的な男性の顔が重なってしまう。別れなければ、破滅に追いやられると決まっている男性の顔が。ラネローの何もかもが偽り。とりわけ記憶の中のあらゆることが。ほんとうはやさしさも情熱もなく、あるのは嘘と企みだけ。

そうとわかっていても、ラネローとの思い出をどうしても消し去れなかった。いいえ、それでも消し去るの。どれほど時間がかかろうと。何も感じなくなるには、自ら心を切り刻まなければならないとしても。

デマレストに手を取られて、昨夜座った椅子に連れていかれた。「今朝はずいぶん元気になったようだな、マイ・ディア」

アントニアは苦笑いしたくなるのをこらえた。いまの自分が醜い老婆のような顔をしているのはわかっていた。一睡もできずに思い悩んでいたのだから、蒼白で疲れ果てた顔をしているはずだった。鏡に映した目は、うつろで落ちくぼんでいた。それにくわえて、こめかみが相変わらずずきずきと痛んでいた。

ふたりで椅子に腰を下ろした。話がしたいと申し出ておきながら、いざとなると、結婚の話題を切りだせなかった。デマレストといっしょにいて、これほど気まずい沈黙を経験したことはなかった。この沈黙に大きな意味があるの？　そう思いたくない。といっても、結婚を承諾したら、当然のことながら、サマセットの屋敷で大半の時間をデマレスト抜きで過ごすことになる。この十年間そうしてきたように。

なんという皮肉だろう、この期に及んで、最初の恋人とよく似た欠点を持つ男性との結婚を考えているなんて。ジョニーと同じく、デマレストはわざと邪なことをするような人ではない。ただ、自分勝手で、自身の行動が人にどんな影響を及ぼすかまで考えられないだけ。考えようによっては、最悪の男性だけれど、それでもやはり憎めない。要するに、甘やかされた子どものままなのだ。ジョニーがそうであるように。

「ゆうべの申し出を考えてくれたね？」痺れを切らしたのか、デマレストが言った。

アントニアは膝の上で両手を組みあわせて、その手を見つめた。意外にも、手は震えていなかった。デマレストがエロイーズに何をしたか知っているにもかかわらず、すでに心は決まっていた。選ぶべき道はひとつしかないも同然。その道を歩むしかなかった。

「はい、それはもちろん」

そのことばにためらいを感じたのだろう、デマレストの口調がさらに深みを増してやさしくなった。フランスからの船で偶然会ったときにも、やさしい口調で話しかけられた。それを思いだして、デマレストにどれほどの恩義があるか、あらためて痛感した。そう、デマレストがどれほどの罪を犯してきたにせよ。「昨夜の申し出がロマンティックでないことはよくわかっているよ」

アントニアはうつむいたまま微笑んだ。「あなたもわたしも、ロマンティックなことを求める歳ではありません」

けれど、そのことばとは裏腹に、ラネローに抱かれたときの果てしなくロマンティックな記憶が、大波のように頭を満たした。その記憶を頭の隅の暗がりに必死に押しこめながら、すすり泣くようにぎこちなくひとつ息を吸った。冷静という名の鎧がいまにも崩れ落ちそうだ。それでも、決めたことをやり遂げなければ。ほかに道はないのだから。

デマレストの視線をひしひしと感じた。「心は決まったんだね?」

組みあわせた両手を、肌に指が食いこむほど握りしめた。さあ、答えるのよ。けれど、必死に自分にそう言い聞かせても、ことばが出てこなかった。

勇気を出して。さあ、堂々と。

顔を上げて、デマレストを見た。愛してはいないけれど、人生に希望を与えてくれる男性を。ラネローやジョニーと同じように、デマレストも許されない罪を犯した。それでも、わたしに対してはつねに親切で寛大だった。ほんとうなら、エロイーズの人生をめちゃくちゃにした男性を、軽蔑するべきだった。けれど、安心して暮らせる場所を求める気持ちはあまりにも強く、デマレストの犯した罪から目をそらさずにいられなかった。

「ミスター・デマレスト……」弱々しい声で言った。

「ゴドフリーと呼んでくれ」無言で説得するかのように、握りしめている手にデマレストが触れてきた。「これまでも、そう呼ぶように何度も言ってきた。なんといっても、きみは家族だ。そして、いま、できれば……いや、心から……それ以上の存在になってほしいと思っている」

アントニアはデマレストの顔を見つめて、気づいた。貧困や奴隷のような仕事からわたしを救うためだけに、求婚したわけではないのだ。デマレストの目には、真の慈しみが浮かび、重ねた手からは切なる思いが伝わってきた。デマレストはいやいやながら、わたしと結婚するわけではない。

ぎこちなく息を吸った。「ゴドフリー……」

ふいに扉がノックされて、執事が一枚のカードが載ったトレイを持って部屋に入ってきた。

「アヴェソン卿がお会いしたいとおっしゃっております、ご主人さま」

デマレストがぱっと顔を上げて、重ねていた手を即座に離した。「どういうことだ、イームズ。邪魔はしないように言っておいたはずだ。誰にも邪魔をさせるな、と」そこまで言って、怪訝《けげん》な顔をした。「誰が来たと言った？」

アヴェソン卿……。

アントニアは椅子の肘掛けをつかんだ。あまりにも驚いて、鼓動が胸を叩いた。デマレストとはちがい、名前を尋ねかえす必要はなかった。その名ははっきり聞こえていた。

兄がここに来た……。

十年のあいだいっさい連絡がなかったのに。こんなときにいきなり現われるなんて。この数日は災難が次々と降りかかり、いま、兄のヘンリーに立ちむかう気力を奮いたたせられるはずがない。もう限界だ。ガラスのように粉々に砕けてしまいそうだった。

執事は自分のことばがどれほど大きな意味を持っていたのか、気づいていないようだった。

「アヴェソン卿でございます。誰も部屋に入れないようにとのことでしたが、アヴェソン卿がどうしてもお目にかかりたいとおっしゃられて」

アントニアは震える脚で立ちあがった。これから何が起こるのか怖くてたまらず、全身の血が凍りついた。そう、ここは隠れたほうがいい。「兄がわたしを見つけるはずがありません」

「アントニア、ここは私の家だ。きみの身に危険が及ぶことはない」デマレストが立ちあがった。その顔に浮かぶ思いやりに満ちた表情を見て、アントニアは即座に結婚を承諾したくなった。けれど、それをことばにする前に、デマレストがあくまでも冷静な執事を見た。

「アヴェソン卿をここへ」

「かしこまりました」執事がお辞儀をして、部屋を出ていった。

アントニアは喉が詰まりそうなほどの羞恥心を感じた。十年という歳月が消え去って、不埒なことをして父からあばずれと罵られた十七歳の自分に戻っていた。「わたしは……会えません」

「いや、会えるよ」即座に扉に向かおうとすると、デマレストに腕をつかまれた。デマレストの口調は、あとさき考えずにイタリアへ向かった若い娘をなだめるような口調だった。

「行かせてください。お願いです」デマレストから逃れようと身をよじったが、もう遅かった。扉のほうに体を向けると、そこには兄のヘンリーが立っていて、こちらを見つめていた。呆然としながらも、さも不快そうな顔をして。

「アントニア……」

ヘンリーも驚いているのはまちがいなかった。アントニアは助けを求めてデマレストを見た。けれど、苦悩に満ちた再会を余儀なくさせたのはデマレスト本人だった。

消えそうな勇気を必死にかき集めながら、深く息を吸うと、デマレストから離れた。昨日は愛する人を撃つところだった。それを考えれば、今日、兄に会う勇気ぐらいはあるはず。わたしの中にいる怯えた少女は、ここから消えてしまいたいと願っているとしても……。デマレストはこの世でいちばん強い男性というわけではないけれど、兄がわたしをふしだらな女と罵倒して、ここから追いだして路頭に迷わせるのを許すはずがなかった。

「アヴェソン卿」弱々しく声をかけながら、膝を折ってお辞儀をした。それから、顔をまっすぐ上げて、胸を張った。

ヘンリーは部屋の入口に立ち尽くしていた。顔からはすっかり血の気が引いていた。「アントニア……」

ヘンリーはデマレストには目もくれず、妹の顔を一心に見つめていた。アントニアは驚いた。毎日鏡で見ている自分の目とそっくりの青い目に、涙が浮かんでいた。

まがいものの勇気が戸惑いへと変わっていった。兄の態度は予想とはまるでちがっていた。

「ヘンリー?」よそよそしい呼び名で挨拶するのが、ふいに不似合いな気がして、ためらいがちに言った。

胸の中で恥辱が渦巻くのを感じながらも、兄のことを一心に見つめるしかなかった。どれほど会いたかったことか。寂しかった子どもの頃には、いつでも兄だけが頼りだった。

長いこと会っていなかったのに、まるで昨日までいっしょにいたかのような親しみを覚えた。アントニアが家を出たとき、兄のヘンリーはまだ二十歳のひょろりと背が高い青年だった。けれど、この十年で、だいぶ肉付きがよくなっていた。いかにもヒリアード家の血を引く者らしく、長身で優雅で、バイキングのような金髪。娘を冷酷に勘当した父によく似ていた。その姿に不吉なものを感じて、アントニアは背筋が寒くなった。

けれど、父ならこれほど呆然とした顔をして、目に涙を浮かべたりしないはず。自分の人生から娘を永遠に追放したときでさえ、そんな顔はしなかったのだから。

「父上から……おまえは死んだと聞かされた」ヘンリーがかすれた声で言った。「なんてことだ、それを鵜呑みにしていたなんて」

「わたしは死んでいないわ」アントニアはぼんやりとつぶやくように言った。

頭の中が水っぽいオートミールになってしまったかのようだった。何がなんだかわからない。兄の顔をむさぼるように見て、そこに浮かんでいるはずの侮蔑を探した。イタリアで父にきっぱり言われたのだ、母も兄もわたしとは今後いっさいかかわるつもりはない、と。

「ここへ何をしにきたんだ？」背後からデマレストが尋ねた。その声にアントニアはぎくりとした。デマレストが部屋にいるのをすっかり忘れていた。

ヘンリーは相変わらず目を見開いていた。人生から永遠に姿を消したはずの妹に会って、夢を見ていると思っているかのように。アントニアに向けた視線は一瞬たりとも揺らがなかった。「ジョニー・ベントンが手紙で、ロンドンでおまえに会ったと伝えてきた。その手紙を読むやいなや、取るものも取りあえず馬を飛ばしてきたんだ」

兄が土埃にまみれて、どことなく疲れた雰囲気を漂わせていることに、アントニアはようやく気づいた。目のまわりにくまができ、ひげが伸びて、風に吹かれた髪が乱れている。ヘンリーがこの家にやってきたことにあまりにも驚いて、いまのいままでそういった細かいことに気づかなかったのだ。

「でも、わたしがここにいると、なぜわかったの？」

ジョニーは公園からわたしのあとをつけたの？　そんなはずはなかった。そんなことをしようものなら、ラネローが止めるに決まっている。ジョニーにわかったのは、せいぜいわたしがどちらの方向に向かったかぐらいだ。

またもやジョニー・ベントンに裏切られた。わたしと会ったことは秘密にしてほしいとあれほど頼んだのに。ほんとうなら、腹が立ってもいいはずだった。けれど、ラネローの裏切りと、ヘンリーの不意打ちのような登場のほうがはるかにショックで、かつての恋人にさらに失望させられたことぐらいでは、怒りは湧いてこなかった。

「いや、知らなかった」どうやらヘンリーもわたしと同じぐらい驚いているらしい。「おまえを捜すのに、ゴドフリーに協力してもらおうと思ったんだ。この街には知りあいはもうほとんどいない。でも、ゴドフリーなら顔が広い。頼みごとをするのにぴったりだと思ったんだよ」

「アントニアはずっと私といっしょにいた」デマレストが言った。「非情な父親が、愛娘を一文無しのままほっぽりだしてからずっと」

けれど、アントニアもヘンリーもそのことばがまったく耳に入らなかった。不可思議で緊迫したこの再会で、次にどうするか推し量るかのように、相手をじっと見つめていた。

「なぜ、わたしを捜そうと思ったの？」硬く冷ややかな口調になった。「レディ・アントニア・ヒリアードがこれからも死んだままでいるように、わたしに誓わせるため？　十年前、わたしはお父さまと約束したわ。お兄さまにもお母さまにもけっして連絡しないと」

妹の冷たいことばを耳にして、ヘンリーはさらに蒼白になり、悲しげな表情を浮かべた。

「おまえに嫌われてもしかたがない。ほんとうに悪かったと思っている」

〝悪かった〟ですって……？

そのことばに殴られたような衝撃を受けた。兄はわたしに謝らなければならないことは何ひとつしていない。ジョニーと駆け落ちしたのは、兄のせいではないのだから。

デマレストの心配そうな視線をなんとなく感じた。けれど、兄を見つめたまま、ショックで口もきけずにいた。兄が何を望んでいるのか、どうしても知りたかった。いまのいままで、兄は絶縁状を叩きつけるためにやってきたのだと思いこんでいた。けれど、その確信が揺らぎはじめていた。

何も言わずにいると、兄が不安げな顔をした。「おまえがイタリアで熱病にかかって死んだと聞かされて、それを鵜呑みにしてしまったのを許してほしい。それを聞かされたときに、あまりにも都合がよすぎると気づくべきだった。これでも科学者の端くれだ。明確な証拠を探すべきだった」

万が一にも兄と再会したら、怒りと軽蔑をぶつけられるにちがいないと思っていた。けれど、兄の口調に妹への嫌悪感は微塵もなかった。それどころか、これまで会えずにいたのを悔しがっているかのようだ。この十年間、わたしが兄を恋しがっていたように、兄もわたしを恋しがっていたの？

ヘンリーの思いを読みとろうと、その顔を一心に見つめた。父によく似た顔でも、目にはやさしさがあふれている。口もちがっていた。父は不完全なこの世をつねに批判しているかのように口を引き結んでいたが、兄はそうではなかった。いまようやく頭が働きだすと、その顔に罪悪感と悲しみが満ちているのがわかった。妹への非難はこれっぽっちも表われていなかった。

体のわきに下ろした手を握りしめた。疑問が次々に浮かんできた。この十年間、わたしは兄のことを誤解していたの？　わたしは父の命令をあれほどあっさり受けいれるべきではなかったの？　父が亡くなったときに、勇気を出して兄に手紙を書くべきだったの？　そう、ほんとうはそうしたくてたまらなかった。母ばかりか、父もこの世からいなくなった悲しみを分かちあうだけでいいから、と。

「ヘンリー、わたしは憎まれていると思っていたわ」か細い声で言って、体の震えを止めようと、両腕で自分の胸を抱くようにした。

「まさか、そんなわけがない」ヘンリーが意を決したのか、一歩近づいてきた。すると、その体が震えているのがわかった。声にも強い思いがこもっていた。「この十年間、おまえが死んだと思って、嘆き悲しんできた。十年前の出来事で、自分を責めつづけてきた。ベントンを家に連れてきた自分がいけなかったのだ、と。あのろくでなしが何をするつもりか気づいていたら、即座に家から叩きだして、妹には絶対に近づけないようにしていたはずなのに」

ためらいがちに、ヘンリーが腕に手を置いてきた。目の前にいるのが、触れたとたんに煙になって消えてしまう魔法のお姫さまか何かだと思っているかのようなしぐさだった。ヘンリーの顔は真剣で、激しい感情に声が震えていた。「おまえが生きているとわかって、どれほど嬉しいか、ことばでは言い表わせないよ」

アントニアは兄に触れられて動揺しながらも、その場を動かずにいた。近づきもしなければ、あとずさりもしなかった。長いあいだ音信不通だったのに、これほどすぐさま無条件に受けいれてもらえるとは、現実とは思えない。とうてい信じられなかった。「ほんとうに？」

「あたりまえじゃないか」嬉しいことに、ヘンリーが満面の笑みを浮かべた。そうして、同じことばをもう一度きっぱりとくり返した。「あたりまえじゃないか！」

アントニアはこみ上げてくる熱い涙をまばたきして押しもどした。夢のようだった。といっても、家族と和解するという夢はとうの昔にあきらめていた。人生は何が起きるかわからない。それでも、兄がわたしを見つけて、愚かな妹が犯した罪を許してくれるとは想像すらしていなかった。

「ほんとうに？」震える声でまた尋ねた。

「ほんとうだよ」ヘンリーがにっこり笑って言った。それが真の笑顔なのはまちがいなかった。胸が痛くなるほど懐かしい笑みを浮かべた兄は、疲れているはずなのに十歳は若く見えた。束の間、目の前にいるヘンリーが大人の男性ではなく、故郷でいっしょに育った少年に戻っていた。

どちらがさきに動いたのかはわからない。気づいたときには、ヘンリーに抱きしめられ、アントニアも兄を抱きしめていた。もう充分に涙を流したと自分に言い聞かせていたのに、しゃくりあげるように泣かずにいられなかった。これまでの悲しみと恐怖と後悔が、思いもかけなかった幸福と入り混じり、心の中の最後の防壁が崩れ落ちた。十年間、わたしはこの世でひとりぼっちだと思って生きてきた。けれど、いま、わかった。わたしはずっと兄に愛されていたのだ。

「でも、やっぱり信じられないわ」ようやく抱擁を解くと、喉を詰まらせながら言った。両手で目をぬぐう。それでも涙は止まらなかった。

「ぼくもだよ」ヘンリーの腕を背中に感じながら、ふたりでデマレストのほうを向いた。デマレストは兄と妹の再会の邪魔をしないように、窓辺で外を見つめていた。「妹の面倒を見てくれてありがとう。といっても、なぜそのことを知らせてくれなかったのか、見当もつかないが」

「秘密にすると誓わされたからだよ」デマレストが振りむいて、かすかな笑みを浮かべながら、兄と妹をしげしげと見た。「それに、無礼を承知で言わせてもらえば、亡きアヴェソン卿はそれはもう独善的な堅物だった。勘当した娘を許すはずがなかった」

「父は最後まで真実を話さなかった。死の床にあっても」ヘンリーがアントニアの背中にまわした腕に力をこめて、かすかな怒りを感じさせる口調で言った。「あのろくでなしのベントンにも、わずかな良心があったんだろう、アントニアは生きていると伝えてきた。その手紙を読んだときに、家族から見放された妹がどれほど苦しい生活を強いられているかと考えて、ぞっとしたよ」

「いや、親戚の中には、アントニアを見放さなかった者もいたんだよ」デマレストがやや得意げに言った。

「どれほど感謝してもしきれません」アントニアはそう言いながらも、自分と同じように放蕩者とかかわったエロイーズ・チャロナーは、はるかに過酷な人生を歩まされていると思わずにいられなかった。

デマレストがどんな気分でいるのか、よくわからなかった。兄と妹の再会を喜んでくれているように見えるが、なんとなくよそよそしくもあった。ヘンリーが現われたことで、結婚の申しこみの返事は保留になり、即座には望みどおりにものごとを進められなくなった。たぶん、そんなふうに感じているのだろう。

デマレストが戸棚へ向かい、三つのグラスにブランデーを注いだ。「時刻はまだ早いが、これが必要だな」

アントニアはぎこちなくグラスを受けとった。ずいぶん前に、家族のもとへ帰るという望みはきれいさっぱり捨てていた。すでに母はこの世を去り、仲直りはできない。父が娘を許すことは永遠にない。それはよくわかっていた。

それでも、兄がここにいる。それ以上に、わたしは兄から憎まれていなかった。

思いもかけない事実に頭がくらくらした。

ヘンリーが背中にまわした腕を離して、向きあった。「家に戻ってきてほしい」

アントニアは怪訝な顔をした。耳にしたことばが信じられなかった。「戻ってもいいの？　お父さまが必死になって避けようとした醜聞が立つわ」

ためらう気持ちとは裏腹に、ブレイドン・パークに戻れると思うと、嬉しくて胸が高鳴った。愛する故郷へ、レディ・アントニア・ヒリアードとしての暮らしに戻れると思うと。

もう変装などしなくていい。もう過去を隠さなくていい。

ラネローの裏切りを乗り越えて、新たなスタートが切れる。けれど、ラネローの残酷な仕打ちと救いようのない邪さで、心は深く傷ついていた。ヘンリーに愛情たっぷりに迎えいれられるという奇跡が起きても、その傷は永遠に癒えないはずだった。

それでも、ロンドンから逃れて、ブレイドン・パークに戻れるのが希望の灯《ともしび》に思えた。故郷に思いを馳せると、夏の夜に穏やかな音楽を耳にしたように心が休まった。そしていま、その故郷で穏やかに暮らせることになって、感謝の涙がこぼれそうだった。

いくらラネローでも、ノーサンバーランドまでは追いかけてこないはず。

何を考えているの？　どこだろうと、ラネローが追ってくることはもうない。それにもちろん、追ってきてほしいとも思わない。ラネローは大嘘つきなのだから。軽蔑して憎んで当然の男性なのだから。

「万が一、醜聞が立っても、いっしょに切り抜ければいい」ヘンリーがなんの心配もないかのように言って、ブランデーを飲んだ。「ようやく見つけた妹を、いくつかのおしゃべりな口に邪魔されて、あきらめたりしないよ」

ヘンリーが自信たっぷりに言っても、実際にはそう簡単にいかないはずだった。過去の不始末が、このさきの人生についてまわるのは目に見えていた。「ジョニーが言いふらすかもしれないわ」

「いや、それはまずない」デマレストがブランデーをすすりながら言った。「いくら愚かな男でも、そんなことをしたら、自分の名誉も穢すことになるのはわかるはずだ」

「勝手に言いふらさせておけばいい」ヘンリーがきっぱり言った。「ごろつきのベントンに、これからの人生を決めさせることはない」

アントニアはヘンリーが昔とはずいぶん変わっているのに気づいた。大人になって、真の強さを身に着けていた。昔は兄よりも、妹のほうが両親に逆らって、自分のやり方を押しとおそうとしたものだった。いっぽう、ヘンリーは本の虫で、周囲のことはほとんど気にかけず、もめごとを避けて、ひとりで図書室にこもっていた。そのヘンリーがいま、決然とした表情で、乾杯するように妹に向かってグラスを掲げていた。それは、求めるものを手に入れるために闘うのを、ヘンリーが学んだ証拠だった。

アントニアは堂々とした兄を見習って、勇気を奮い起こそうとした。けれど、この数日の心引き裂かれる出来事で、すっかり弱っていた。情熱と怒りと危険と苦悩の嵐に翻弄されながらも、どうにかこうにか生きながらえた。そして、いま、目の前に新たな人生が広がっている。いいえ、新たな人生ではなく、二度と戻れないとあきらめていたかつての人生が。

いろいろなことが次々に押しよせて頭が働かず、まだ真の幸福を実感できずにいた。それでも、兄に許されたのが嬉しくて、胸がほのかに温かくなっていた。長い月日ではじめて、身の振り方についてほんものの選択肢が与えられた。それが信じられなかった。それ以上に、また家族の一員に戻れたのが信じられない。アントニア・ヒリアードとしてノーサンバーランドに戻れば、引き裂かれた心もつなぎあわせられるはず……。

31

希望に満ちた新たなスタートを約束するように、その日の夜明けはどこまでも澄みわたり、爽やかだった。

嘘だ。そんなものは嘘っぱちだとラネローは知っていた。顔を上げて、空を仰ぐ。アントニアの目と同じ淡い青色の、雲ひとつない空が広がっていた。

青い目の記憶が鋭いナイフのように胸に突き刺さり、苦しくてたまらず、束の間目を閉じた。そうして目を開けると、頭上を二羽の白鳥が飛んでいった。これほど苦しいのに、その光景に感動せずにいられなかった。

死ぬにはもってこいの日。

この地上から、ジョニー・ベントンを消し去るにはもってこいの日。

背後では、ソープが小声で医者に話しかけていた。開けた場所の離れたところで、ベントンが拳銃を確かめている。ラネローが二頭の堂々たる葦毛の馬に引かせた粋な馬車で到着したときにも、ベントンは顔を上げようともしなかった。

なんとも残念なことだ。細心の注意を払って、身支度を整えてきたというのに。敵と向きあうときには、さっそうとしていたかった。新調した濃い青色の上品な上着。その下には、象牙色の二頭の龍《りゅう》が刺繍されたお気に入りのチョッキ。モアカムに命じて、ひげも念入りに剃《そ》らせた。危うく喉を掻っ切られて、命を落としそうになるほど……。

いや、縁起でもない冗談はやめにしよう。

昨日は思ったよりあっさりと、ベントンの居場所を突き止められた。放浪者気取りのベントンだが、予想どおりパルトニー・ホテルに泊まっていた。決闘の口実を作るのも簡単だった。ベントンのチョッキが野暮ったいと、文句をつけたのだ。たしかにそれは事実だった。ウジ虫野郎のベントンは趣味が悪いのに、伊達男を気取っているのだ。

決闘なら、短気だった若い頃に何度か経験していた。真の殺しあいに発展することはなかったが、右腕には銃弾がかすめた傷跡がある。腕を撃たれて以来、射撃の練習を怠らなかった。ロンドンの紳士としてのたしなみ程度の銃の腕前は保っていた。そして、いま、これまでの人生を振りかえって、いかに無駄なことに多くの時間を費やしてきたかを実感した。だが、この美しい朝にしていることには意味がある。

自分に嘘をつこうとしても無駄だった。何が起ころうと、二度とアントニアは戻ってこない。この自分はこれまでにふたりの女性を心から愛して、そのふたりともが離れていった。エロイーズのための復讐は永遠に果たせないのだろう。だが、今日、アントニアの身に降りかかった悲劇を埋めあわせてみせる。

ベントンが近づいてきた。ベントンの介添人には見覚えがあったが、すぐには名前を思いだせなかった。その介添人とソープが傍らで歩みよって、決闘に関する取り決めと、流血沙汰なしでこの喧嘩をおさめられないか話しあった。

ラネローはベントンの謝罪を受けいれる気などさらさらなかった。たとえ、ベントンが決闘相手に何か謝罪しなければならないことがあるとしても。ベントンが謝らなければならないのは、アントニアに対してだ。だが、アントニアはその男の言い訳も、くだらない結婚の申しこみも拒絶するはずだった。

アントニアの気高い心が、愛おしくてたまらない。二日前に銃を突きつけられたときのことが頭によみがえった。古参の兵士のように、拳銃を握るアントニアの手はしっかりしていた。そんなことができるほど勇敢な女性が、アントニアのほかにいるとは思えなかった。いままでずっと、恋に落ちるのを待っていた。そして、そんな災いが実際にこの身に降りかかってみると、少なくともひとつのことだけは断言できた。自分はすべてをなげうつ価値のある女性を選んだのだ、と。

だが、残念ながら、ラネロー侯爵という男はアントニアにはふさわしくない。とはいえ、この腕にアントニアを抱いたときのことは、死ぬまで忘れないはずだった。

「きみが女の美徳の守護神だとは思ってもいなかったよ、ラネロー」ベントンが傲慢な口調で言った。

ラネローはベントンの怒りを煽ろうと、わざと眉を上げてみせた。「美徳だって？　そんなものは関係ない。おまえのいでたちが悪趣味だから、撃ち殺してやるんだよ」

ベントンの肩に力が入って、体のわきに下ろした手が握りしめられた。ラネローの横柄な顔を殴りつけてやると言わんばかりだった。「何があったにせよ、それはあのレディとぼくの問題だ」

ラネローは喉が詰まるほどの怒りを感じた。恥知らずのベントンの首を絞めあげてやりたくなるのを必死にこらえた。「もしレディがかかわっているとしても、そのレディの名を口にしない程度には、おまえが紳士であることを願うよ」

ベントンが見下すように口をゆがめた。抑えようのない怒りを感じながらも、ラネローはベントンに感心すると同時に、驚かずにいられなかった。まさか、ウジ虫のようなその男にこれほどの気骨があるとは思ってもいなかった。腰抜け男はおいおい泣いて、がたがた震えるにちがいない、ラネローはそう思っていたのだ。

けれど、ベントンは怯えているというより、怒っているようだった。もしかしたら、かつてアントニアが夢中になったのも、さほど見当ちがいではなかったのかもしれない。ベントンの怒りのもとが嫉妬であるにせよ、そうでないにせよ、ハイドパークで会ったときよりははるかに気骨があった。そのことに、内心、喜ばずにいられなかった。すすり泣く弱虫を撃ったところで、この胸の中に棲《す》む鬼が満足するとは思えなかった。

介添人がそばにやってきて、和解の最後の試みがなされた。ラネローはその手順が自分とはまったく関係のないところでおこなわれているような錯覚を抱いた。舞台の上でくり広げられている芝居を見ているかのようだ。けれど、次の瞬間には、決闘のルールどおりに体が動いて、ベントンとの距離を広げた。振りかえる。ベントンが銃を上げながら、憎しみに満ちた目で見返してきた。

なるほど、この男がアントニアのはじめての恋人になったのも、あり得ないことではなかったのかもしれない。

一瞬、ラネローは上を見て、これが空を見る最後になるのかもしれないと思った。どこまでも青い空。澄みきった青。アントニアの目と同じ色。

鋭い銃声。周囲の木々から、甲高い声を上げながら飛びたつ鳥。わき腹の焼けるような痛み。その三つの意味がつながらないまま、ラネローはよろめいた。

そうか、撃たれたのだ……。

まさか、ベントンに銃を撃つ根性があったとは。

目の前が真っ黒になり、巨大な太鼓の音のように、心臓の鼓動が全身に響いていた。体が大きく揺れて、いまにも倒れそうになる。だが、このまま倒れるわけにはいかない。倒れたら、ベントンを撃てないのだから。

失敗だらけの人生の、もうひとつの失敗。

いや、ここでしくじるわけにはいかない。これだけは成功させて、死んでいくのだ。そうしたら、悪魔にどこへ連れていかれようと、文句は言わないつもりだった。

果てしなく続く長いトンネルを歩いている気分だった。ソープが駆けよってくるのがわかった。ソープが低い声で早口で何か言っていた。けれど、耳の中で響く轟音《ごうおん》のせいで、何を言っているのかはわからなかった。

ソープを振りはらう力をかき集めた。「やめろ」それだけ言うのが精いっぱいだった。これだけはやれる。やってみせる。

ベントンがまっすぐこちらを見つめて、立ち尽くしていた。ゆっくりと、どうしようもなくゆっくりと、ラネローは腕を上げた。ふいに銃がどうしようもなく重くなった。体ががたがた震えて、世界が恐ろしいほど近づいては、遠ざかっていく。焼けるような痛みがなければ、安いジンで酔っぱらったのかと思うところだった。

銃の狙いを定めようとした。決闘の相手をまっすぐ見つめる。アントニアを誘惑して裏切り、その十年後にもうひとりの放蕩者のベッドへと向かわせる人生を歩ませた男を。

ベントンがアントニアにどれほどひどいことをしたか知ったときから、その男を心から憎んできた。憎しみの大きさこそが、アントニアという女性が自分にとってどれほど意味があるかを物語っているはずだった。

だが、ラネロー侯爵は己を欺いて生きるのが性分だ。

いや、もはやそうではない。

ベントンがその場で銃弾を待っていた。死を待っているのだ。ラネローは歯を食いしばって、必死に狙いを定めた。

殺してやると誓ったベントンを銃身越しに見つめながら、厳然たる真実を否定できなかった。

この自分以上に、ジョニー・ベントンのほうが悪人だとは言えない。

実のところ、自分とベントンはひと皮剝けばそっくり同じ。どちらも邪悪な男だ。

それでも、ベントンを撃ってみせる。いますぐに。けれど、その男の命を奪う権利などないのはわかっていた。

「ラネロー、頼む、医者に診てもらおう」背後でソープが必死に説得していたが、その声はますます長くなる暗いトンネルの向こうで響いているかのようだった。現実の世界がどんどん遠ざかっていく。

ここで死んでたまるか――そう思わなければ。といっても、死ぬこと以上に悔やまれるのは、アントニアに愛していると伝えなかったことだ。いまさら伝えてもどうにもならないのはわかっているが、一度、そう、たった一度だけでも、アントニアもふたりのあいだにあるものがただの低俗な欲望だけではないと感じたはずなのだから。

そうだ、アントニアとのあいだには低俗なものなどひとつもなかった。姉のためにアントニアを裏切ったこと以外は。

人生は忌まわしいほど複雑だ。ほんとうなら、そんな人生から抜けだせて、ほっとしてもいいはずだ。

体がぐらりと揺れて、ソープが近づいてくるのを感じた。足音が聞こえたというより、体で感じた。「手出しは無用だ」ラネローはもう一度言った。

まっすぐに立っていられないほど、痛みが強くなっていた。それでも、最後にひとつだけはっきりさせなければ。

死ぬ前に、ひとつだけすべきことがある。ラネローはまっすぐベントンを見据えた。非情な現実に、その男の顔が蒼白になっていた。

銃を上げて、束の間、めまいの波がおさまるのを待つ。

そして、空《くう》に向けて引鉄《ひきがね》を引いた。

銃声が不気味にこだまして、一気に広がる闇が光をかき消した。

アントニアは廊下で、ヘンリーが部屋から出てくるのを待っていた。これからふたりでノーサンバーランドへ帰るのだ。昨日は、馬を駆ってロンドンへやってきたヘンリーがさらに疲れ果てるまで、ふたりで話をした。故郷へ戻ることに関して、不安がぬぐいきれずにいいるアントニアに、ヘンリーはすべてうまくいくと励ました。北へ向かう長旅のあいだに話しあって、レディ・アントニア・ヒリアードがなぜふたたび現われたのか、もっともらしい理由を作りあげればいい、と。

今朝、キャッシーはメリウェザー家の人々と買い物に行く約束をしていた。そんなふうに社交界でのつきあいを続けることにした裏の理由を知っているのは、アントニアとキャッシーだけだった。キャッシーが園遊会から姿を消したのが、万が一にも噂になったとしても、いつもと変わらず人前に出ていれば、噂を打ち消すことになる。

朝食の席で、キャッシーはおとなしく、少しぶっきらぼうだった。エロイーズに降りかかった悲劇が心を離れず、父に対していつになくそっけなかったが、デマレストのほうはそれに気づいているようすはなかった。アントニアの旅立ちのせいで、キャッシーは寂しがり、不安になっていた。兄と妹のあいだの深い溝が埋まったことは喜んでくれた。けれど、ノーサンバーランドははるかかなた。アントニアが厳しく用心深いお目付け役をふたたび演じることがないのは明らかだった。

アントニアは自分が旅立つせいでキャッシーが寂しがっていると思うと、切なかった。それでも、そのお嬢さまの世話を親しいメリウェザー家の人々に頼めて、肩の荷が下りたとも感じていた。このところ、気持ちがどうにも落ち着かず、すっかりまいっていたのだ。怒りっぽいキャッシーの相手をするのもそろそろ限界だった。

いずれキャッシーに会いたくてたまらなくなるのは目に見えていたけれど、今日は疲れ果てて、まるで元気が出なかった。とにかく、一刻も早くロンドンから離れたかった。自由が天国のように目の前に浮いている――そんな気分だった。

ヘンリーが階段を足早に下りてきた。仲のいい兄と妹にこれほど早く戻れて、思いがけず心が休まった。十年ものあいだ離ればなれで生きてきたとは思えないほどだった。十年前に最後に兄の姿を見たのが、つい昨日のことのように感じられた。

デマレストがヘンリーのあとからゆっくり階段を下りてきた。兄が妹の地位を復活させたのを、デマレストも喜んでいた。けれど、その胸の中にあるのはそれだけではなかった。何よりも自分を最優先させる男性は、結婚の申しこみの返事をもらえずに、じりじりしているはずだ。デマレストを長く待たせるわけにはいかない。それでも、人生の分岐点に立ち、進む道を決める前に、生まれ育った家をこの目で見て、ふたたびレディ・アントニア・ヒリアードになりたかった。

ヘンリーからはブレイドン・パークの女主人になってほしいと言われた。その申し出に、父は墓の中で地団駄を踏んでいるにちがいない。

ヘンリーとともに屋敷を管理するのは、サマセットでしていたことと大差ないはず。ただし、レディ・アントニア・ヒリアードとして誰からも一目置かれるのは、大きなちがいだ。いま、わたしは誰にも頼らずに生きていけるようになった。なんの考えもなしにわたしの心を傷つける大嘘つきの放蕩者とかかわることは二度とない。

デマレストはヘンリーにしばらくロンドンに滞在するよう勧めた。長旅の疲れを癒して、アントニアが暮らしている家で、兄と妹の親交を深めたほうがいい、と。けれど、ヘンリーは以前から都会が大嫌いで、アントニアもブレイドン・パークに早く戻りたくてたまらなかった。それで、しかたなくデマレストは旅用の馬車を貸してくれたのだろう——アントニアは薄々そう感じていた。それに、ヘンリーに新しい服も貸してくれた。ヘンリーは妹を見つけようと気がせいて、必要な旅支度もせずにロンドンへやってきたのだった。

故郷の屋敷がどうなっているのか想像せずにいられなかった。若い頃のヘンリーは学問に没頭しがちで、現実的なことには無頓着だった。それを思うと、かえってやる気がかき立てられた。サマセットで制限の多い立場でありながら、満足感を得られたのは、デマレストが領主として無頓着で、領地を不在にするときに、全権を任せてもらえたからだ。といっても、もちろん、デマレストは領主としてはもとより、それ以外のあらゆることに無頓着だった。いっぽう、ヘンリーは無頓着というより、むしろほかのことに気持ちが向いているだけだった。となれば、ブレイドン・パークをよりよい場所にするために、アントニアが女主人として思いきり采配をふるえるはずだった。

どこかで誰かの役に立ちたい——その思いが強かった。

人生でどんな選択をするにせよ、愛ゆえに結婚することはけっしてない。情熱のせいで心は深く傷ついた。何も要求しないけれど、それでも、それなりに魅力的なはるか年上の男性との、平穏で落ち着いた人生。キャッシーの継母になれるという事実が、デマレストとの結婚を受けいれようと考えた大きな理由のひとつでもあった。

けれど、裕福な女性になったいま、結婚などしなくても生きていける。

いずれにしても、ロンドンに戻る自分の姿は想像もできなかった。田舎で心穏やかに暮らしたほうがいい。この街では、いつジョニーと出くわして厄介なことになってもおかしくない。そうでなくても、キャッシー・デマレストのお目付け役が、実はレディ・アントニア・ヒリアードだと誰かに気づかれるかもしれない。

この十年間、運命に翻弄されてきた。けれど、いま、夢にも見なかった新しい人生が手招きしている。あまりにもすばらしすぎて、現実とは思えないほどだった。

そう、あまりにもすばらしすぎて信じられない。

けれど、そんなことはどうでもいい。先週の苦悩と幻想の悦びを乗り越えて、前進しなければ。デマレストの言うとおり、このさきの人生は刺激的でもなければ、ロマンティックでもないのかもしれない。けれど、平穏なのはまちがいない。

「用意はいいかな?」ヘンリーが訊いてきた。

「ええ」泣きそうになるのをこらえて応じた。泣くなんて滑稽だ。ラネローと別れたからといって泣いてたまるものですか。そもそもラネローはわたしのものではないのだから。

ほんの束の間でも嘆き悲しむ価値もない男性、それがラネロー——そのことが現実でも、心は変わらなかった。心はラネローがいないのを嘆き悲しむと決めていた。同時に、憎んでもいた。あんな人は地獄の業火に焼かれればいい。たとえ、地獄で苦しむラネローが哀れでたまらず、涙を流すことになったとしても。

矛盾した感情の沼にはまっている自分がいやでたまらなかった。爽やかで広々としたノーサンバーランドに早く行きたい。全身に痛みが走るほど強くそう願った。自分がいるべき場所に戻ったら、混乱することも、悲しむこともなくなるはず。

音も立てずに丁寧に、従者が玄関の扉を開いた。アントニアは堂々と顔を上げた。新たな人生が待っている。ラネロー侯爵など勝手に地獄で苦しんでいればいい。

デマレストが物言いたげに、手袋をはめた手を握ってくると、小さな声で言った。「私の申し出を忘れないでくれよ」

「ええ、忘れません」アントニアも同じように小さな声で応じた。

デマレストから結婚を申しこまれたことは、ヘンリーにもキャッシーにも話していなかった。デマレストとの結婚を、ヘンリーはどう思うだろうか？　ヘンリーはようやく妹を見つけたのだから、妹には兄のことだけに気持ちを向けてほしいと思っているはず。少なくとも、しばらくのあいだは。

べつの召使が馬車の扉を開けた。すでに妻であるかのように、デマレストに腕を取られた。

それに気づかずにいるのは、浮世離れしたヘンリーぐらいのものだった。アントニアはデマレストに連れられて外に出た。

馬車に乗りこもうとしたそのとき、通りを走ってくる人影が見えた。

意外にも、それはキャッシーだった。といっても、その姿はロンドンでのお高くとまったお嬢さまではなかった。田舎で頬を真っ赤にして元気いっぱいに過ごしているときのキャッシーだ。迷子の子ウシや逃げたニワトリを追いかけて、ブロッコリーの畑から鳥を追いはらおうと腕を振りまわしているキャッシーを見ているかのようだった。

「アントニア！」キャッシーの少しうしろに、必死に追いかけてくるメイドのベラの姿があった。何もない草原を駆けているかのように、ロンドンの通りを突っ走っていた。「アントニア、待って！」

キャッシーは別れの挨拶をしにきたにちがいない。そう思うと嬉しくて、複雑な思いが渦巻く胸が温かくなった。デマレスト――いえ、ゴドフリーと呼ばなければ――が、おてんばな娘を見ながら、やさしく微笑んだ。ヘンリーは不思議そうにキャッシーを見つめた。全速力で走っているせいで、波打つ金色の髪をおおう帽子がずれて、顔が真っ赤になっている。そんな姿もまた愛らしかった。

キャッシーが息の上がった胸を震える手で押さえて、早口で言った。「アントニア、決闘があったの。ラネロー侯爵が撃たれたわ。とても危険な状態よ」

危険な状態……？

アントニアが身を守るために自分についていた嘘——新しい人生だけを見つめるという嘘——が、一瞬にして消えてなくなった。

同時に、引き裂かれた心があらわになった。

「なんですって？」口ごもりながら、デマレストの腕を振りはらった。

キャッシーが前屈みになって、苦しげに息をしながら、途切れ途切れに答えた。「ベントンが撃ったの。今朝。リッチモンドで」

頭の中で轟音が鳴り響くのを感じながらも、呆然とつぶやいた。「ジョニーがラネローを撃った？」

まさか、そんなわけがない。ジョニーがラネローを撃つなんて……。

非情なのはラネローのほうだ。それに比べて、ジョニーはパンのように弱々しい。わけがわからなかった。決闘は違法で、重罪だ。万が一、どちらかが死んだら、生き残ったほうは殺人の罪に問われる。

デマレストが腕を握ってきた。「いったいどういうことだ？　あんな与太者がどうなろうと関係ないだろう。あいつはキャッシーを追いかけていて、きみはあいつにきっぱり言ったんじゃなかったのか？　その汚らわしい目をどこかべつのところに向けろ、と」

アントニアはデマレストの手を振りはらうと、呆然とキャッシーを見つめた。「何かのまちがいだわ」

キャッシーの呼吸が、ようやく少しずつ落ち着きはじめていた。いったいどれほどの距離を走ってきたのだろう? ラネロー侯爵が死の淵に立っていると聞かされたときのキャッシーの反応は、人々の好奇心をかき立てたにちがいない。けれど、そんなことはどうでもよかった。耳の中では〝危険な状態〟ということばが警鐘のようにこだましていた。

悪夢を見ているかのように、おぞましい場面が頭に浮かんできた。苦しげに叫びながら、血の海に横たわるラネロー。アントニアは目を閉じて、こみ上げてくる吐き気をどうにかこらえた。ラネローが死ぬはずがない。わたしはラネローに銃を突きつけて脅したけれど、そのときでさえ、一発の銃弾で野生の動物のようなその命を奪えるとは思ってもいなかった。それなのに、たった一発の銃弾でこんなことになってしまったの? わたしのかつての女々しい恋人が放った銃弾で? 地球が軸を失って、くるくるとまわりながらあてどもなく宇宙をさまよいはじめた。

キャッシーが脈絡もなく早口でまくしたてた。「スザンナのお兄様がクラブで聞いたの。ベントンのチョッキのことでふたりは口論になったらしいわ。ベントンは捕まらないように、大陸に逃げた。ラネローは家にいて、今日が峠だそうよ」

ヘンリーが怪訝な顔をして、実験室で揮発性の薬品を測るような目つきで、アントニアとキャッシーを交互に見た。「それがぼくの妹とどんな関係があるんだ? たしかに興味深い噂話だ。だが、ロンドンの街中を駆けてきて、話すほどのことではないだろう」

キャッシーが見つめてきた。「あなたに憎まれていると信じたまま、ラネローを死なせてはならないわ」

「でも、憎んでいるのよ」アントニアはきっぱりと言いながらも、ラネローの命といっしょに自分の命も尽きていくかのように感じていた。

キャッシーが決然と口を引き結んだ。「それなら、ラネローが死んでもかまわないのね」

「それは……。そうは言っていない」めまいがして、思わずキャッシーの手をつかむと、握りしめた。恐ろしい流砂に呑みこまれていく気分だった。これが現実だとは思えなかった。ラネローが死ぬわけがない。死なせるわけにはいかない。

無意識のうちにキャッシーの手を離して、すぐにでも走りだせる馬車へ向かった。ヘンリーがあわててあとを追ってきた。苦しくてたまらなかったけれど、兄の怒りと当惑に満ちたことばが聞こえた。

「いったいどういうことなんだ、アントニア？　この十年間、キャッシーのお目付け役を務めてきたんだろう？　それなのに、これではまるで放蕩者と親しい関係だったみたいじゃないか。ノーサンバーランドにまで淫らな噂が流れてくるほどの、とんでもない放蕩者と。ぼくとその侯爵は同時期にオックスフォードにいた。当時でさえ、その男は密林のトラのようにめちゃくちゃなことをしていた」

「アントニア、どういうことなのか説明しなさい」ヘンリーの横でデマレストが言った。これほど心乱れていなければ、男性からの厳しい非難にひるんでいるはずだった。けれど、実際には、そのことばもほとんど耳に入らなかった。頭の中にあるのは、〝危険な状態〟というおぞましいことばだけだった。

「ラネローのところへ行くわ」自分に言い聞かせるようにつぶやくと、震える手を馬車の戸口についた。

「何を馬鹿なことを」背後でデマレストがぴしゃりと言った。「まさか、独身男の家にひとりで行く気ではないだろうな。ましてやラネローのような堕落した男の家へ。あいつはとんでもなく不埒なやつだ」

アントニアは振りむいて答えようとしたが、キャッシーが父親を睨みつけるのを見て、口をつぐんだ。一瞬、キャッシーが十八歳とは思えないほど大人びて見えた。いつもより大人びて、賢く、揺るぎない意志を持っているかのようだった。

「お父さま、偽善者ぶるのはやめて」鋭い口調で言った。

「カッサンドラ・メアリー・デマレスト！」デマレストが大きな声で言った。

「エロイーズ・チャロナーに何があったか、知っているのよ」キャッシーのそこまで冷ややかな口調を、アントニアは聞いたことがなかった。

「なんの話かさっぱりわからん」デマレストが怒鳴った。けれど、顔をまだらに赤くして、うしろに下がった。あたかも、昔の悲劇で自分が演じた役から下りるかのように。エロイーズを破滅させたのはほんとうにデマレストなのかと、アントニアの胸にかすかな疑念が残っていたとしても、いまこのとき、真実が明らかになったも同然だった。

「嘘だわ」キャッシーが相変わらず厳しい口調で言った。けれど、アントニアのほうを向くと、口調を和らげた。「トニー、いそいで」

社会の決まりや常識を考えれば、いますぐにヘンリーといっしょにロンドンを離れて、ラネローのことなど二度と考えるべきではなかった。ラネローには恩義も何もない。それに、この二日間というもの、憎んでいると思いこんでいた。

けれど、ほんとうはそうではなかった。

その事実は、頭上にある空や、足元にある揺るぎない大地と同じように、たしかなものだった。この体の中に長いことあったのに、気づかずにいた事実だった。

そして、いまようやく気づいた。

わたしはラネロー侯爵を愛している。ラネローがどんな罪を犯そうと関係ない。この気持ちは何があっても変わらない。

ラネローにこの身を捧げたのは、十年のあいだ貞節を守りつづけて、ふいに欲望を満たしたくなったからではない。ラネローをほかの誰よりも愛していたから、そうしたのだ。

ラネローを死なせるわけにはいかない。名誉も、義務も、恐れも、ラネローに会いにいくわたしを止められない。

「ヘンリー、ごめんなさい」胸の鼓動が激しくなるほどうろたえながら、すばやく言った。「出発を延期しなければならないわ。いいえ、わたしのことは放っておいて、ひとりで帰って」

「ひとりで帰るつもりはない」ヘンリーの顔に苦しげな表情が浮かんだ。

キャッシーの言うようにラネローが死の淵をさまよっているなら、兄を説得している時間はなかった。けれど、どう話したところで、兄が理解してくれるはずがない。一度破滅した妹がようやく名誉を挽回できるというのに、また自ら破滅の道を選ぼうとしているのを、兄が理解できるわけがなかった。今度こそ永久に破滅するのだから。

「状況がわかったら、伝言を送ります」あるいは、悲嘆に暮れて引きかえしてくるだけか……。けれど、それを口に出して言いたくなかった。愛する人が死ぬかもしれないとは思いたくない。わたしをベッドに誘いこんだラネローなら、なんだってできるはず。わたしのための愚かな決闘を生き延びることだって。くだらないことが原因で喧嘩になって、その相手がたまたまジョニーだったなどということがあるはずがない。

ラネローは愚か者だ。けれど、ラネローはわたしの愚か者。絶対に死なせはしない。

デマレストが苦虫を噛みつぶしたような顔で睨んできた。デマレストと結婚したら、想像したとおりの、互いにとって利益のある結婚になったのだろうか？　ふいにわからなくなった。といっても、その結婚がいかに都合がよくても、いまとなってはもう、デマレストの妻になることなどあり得ない。胸の鼓動がひとつ打つたびにラネローの名が全身に響き渡っているのに、ほかの男性と結婚できるわけがなかった。

「アントニア、冷静になるんだ」デマレストが切羽詰まった口調で言った。「たとえ、あの悪党が助かったとしても、ベッドに連れこまれて、これまでの女と同じようにぽいと捨てられるだけだ」

「そんなことはどうでもいいわ」アントニアはきっぱり言った。

「いや、冷静に――」

「そんなのはどうでもいい」もう一度言って、御者席で好奇心に目をらんらんとさせて話を聞いているトーマスをちらりと見た。

「トーマス、グローヴナースクエアまで連れていって。できるだけ早く」

「かしこまりました」トーマスはそう言うと、アントニアに向けて帽子を傾けた。

アントニアは馬車に飛び乗ると、乱暴に扉を閉めて、動きだす馬車の中で身を縮めた。馬鹿げているとわかっていても、いま、会いにいけばラネローは死なない、そんな確信を抱いていた。

気づくと、低い声で何度もつぶやいていた。祈りのことばをくり返していた。わたしから愛する人を奪うなどという残酷なことを神がするわけがない。たったいま、わたしはラネローがいなければ生きていけないと気づいたばかりなのだから。

背後で叫ぶ声がした。その声にも耳を傾けようとしなかった。

けれど、馬車が急停車した。

だめよ、やめて、お願いだから。

現実を打ち消すように、胸の鼓動が大きくなった。いまのわたしは誰にも止められない。

デマレストは馬車を貸さないつもりなのかもしれない。もしそうなら、貸し馬車を見つけるだけ。いざとなったら歩いてでも行ってみせる。

そうよ、ラネローを死と闘わせるために、わたしはロンドンの街を這ってでも行ってみせる。

いまこの瞬間だけは、ラネローがこれからの人生を誰と過ごそうがかまわなかった。ラネローが死ななければ、ほかのことがどうなろうとかまわない。ラネローがこの世のどこかで、歩いて、話して、笑っていれば、それでいい。ラネローがこの世からいなくなるという恐ろしい出来事に比べれば、ほかの女を追いかけようが、大したことではなかった。

膝の上で両手を握りしめると同時に、扉が開いて、ヘンリーが飛び乗ってきて、隣に腰を下ろした。口まで出かかっていた抗議のことばが消えてなくなった。「何をしているの?」わけがわからずに尋ねた。

ヘンリーが勢いよく扉を閉めて、天井を叩いた。アントニアの激しい不安に応えるかのように、馬車が猛スピードで走りはじめた。

「このままだと、おまえはとんでもなく厄介なことになるぞ」ヘンリーがにっこり笑いながら、慰めるように手を取った。「まったく、ぼくの妹はいつも何かに追われているようだな」

32

厳しく問い詰められるにちがいない、アントニアはそう覚悟した。けれど、ありがたいことに、ヘンリーは黙っていた。馬車は混雑した通りを無謀な速度で走りぬけ、こんな状況でなければ、アントニアは恐ろしくなったはずだった。けれど、いまは、それすらほとんど頭になかった。頭の中にあるのは、どうしてもラネローに会いたいという願いだけ。謝って、生きていてほしいと伝えたかった。

窓の外の混みあった通りをぼんやり見つめた。けれど、見えているのは血と闇と絶望に彩られた心の中の光景だけだった。

そしてまた、堪えがたく果てしない喪失感。

キャッシーの話はほんとうなの？　そんな疑念が心の片隅にあった。けれど、馬車がグローヴナースクエアに着くと同時に、疑念は消し飛んだ。ラネロー邸の外には、往来の音を弱めるために藁が厚く敷きつめられて、家と歩道を隔てる黒い手すりに野次馬が群がっていた。

ラネロー侯爵が死の床にあるという知らせはあっというまに広がって、アントニアが乗った馬車がラネロー邸に近づいているあいだにも、野次馬の数は増えるいっぽうだった。けれど、そこに集まった人々は静かだった。まるで、放蕩者の貴族に敬意を表しているかのように。

デマレスト家の馬車が停まって、上流社会の中でもとりわけ地位が高いふたりが馬車を降りると、そのふたりを知らない庶民の野次馬もざわめいた。アントニアはうつむいて、特徴のある顔が帽子で隠れるようにした。無言で励ますように、ヘンリーが腕を組んできたかと思うと、苦もなく道をあけさせて、ふたりの屈強な召使が立っている浅い階段へ向かった。

好奇心で目をらんらんとさせた野次馬や、主人のプライバシーを守ろうと決意している召使を相手にしなければならないとは、アントニアは思ってもいなかった。ラネローの怪我が公になっているのを覚悟しておくべきだった。前回ここへ来たときとはちがい、いまやラネロー邸が注目の的になっていることに気づいているべきだった。

頼りになるヘンリーがいてくれてよかった、と心から思った。兄が記憶の中にある若く頼りない青年から、りっぱな紳士に成長したことをここでもまた思い知らされた。ヘンリーの静かな威厳と全身に漂う気品、そして、召使に制止されるのは許さないという固い意志のおかげで、どんな妨害にもあわずに済んだ。アントニアはヘンリーに連れられて、名を名乗ることもなく、すばやくラネロー邸に入った。

大理石の玄関の間に入って、扉が閉まると同時に、恐ろしくてたまらず、体が震えて口もきけなくなった。扉が閉まる鈍い音が荘厳で不吉な調べのように耳に響き、壁際から見おろしている彫刻は、霊廟《れいびょう》を彩る飾りのようだった。

前回ここに来たときの切なく、幸福な記憶がよみがえって、胃が縮まるのを感じながら、ひとつ息を吸って気を落ち着けた。ラネローと分かちあったものが、美化された欲望だと思いこんでいたなんて。わたしはなんて頑固で、真実が見えない愚か者なの？　あのときだって、放蕩者をあともどりできないほど愛してしまったことに気づいて当然だったのに。

驚いたことに、ソープ卿に出迎えられた。てっきり、執事が現われると思っていた。キャッシーが連れ去られた日に、この家に入れてくれなかった横柄な執事が。ソープ卿は思慮深い紳士――アントニアはこれまでもそんな印象を抱いていて、実のところ、なぜその紳士がラネローの友人なのか、不思議に思っていたのだった。そう、わたしは長いこと、純然たる証拠から頑なに目をそらしてきた。ラネローがただの身勝手な放蕩者ではないという証拠から。

いま身に着けているのはキャッシーに借りた旅用のドレスで、普段よりはずいぶん華やかないでたちだった。いまのわたしを見ても、カッサンドラ・デマレスト嬢の陰険なお目付け役だとは誰も気づかないはず。これまでに、あちこちの舞踏会でソープ卿の姿を見かけていた。何人もの令嬢とダンスをして、楽しげに話している姿を。

ソープ卿がヘンリーに微笑みかけた。「アヴェソン卿、ずいぶん久しぶりだな」

ヘンリーが帽子を脱いで、お辞儀をした。「ソープ卿、オックスフォードにいた頃以来だ」

「きみは勉強に没頭していたからな。それでも、ぼくを憶えていてくれたとは」

アントニアは苛立たしげにため息をつきたくなるのをこらえた。ラネローが死に瀕しているのに、丁寧に挨拶している場合ではなかった。

「アントニア、ソープ卿を紹介するよ」ヘンリーがこちらを向いた。「ソープ卿、これはぼくの妹のレディ・アントニア・ヒリアードだ」

アントニアは無意識のうちに膝を折ってお辞儀をすると、片手を差しだしていた。ソープ卿が頭を下げて、ちらりと顔を覗きこんだ。見覚えのある顔だと思ったのだろう、必死に記憶をたぐっているのが手に取るようにわかった。ソープ卿が思いだそうが、思いだすまいが、そんなことはどうでもよかったけれど、ヘンリーのために初対面を装った。

「それで、どんなご用件かな？」形式ばった挨拶を済ませると、ソープ卿が尋ねた。

「それは――」アントニアはすぐさま答えようとしたが、ヘンリーに遮られた。

「妹はラネロー侯爵と長年の友人でね。侯爵が撃たれたという噂を耳にして、どんな具合なのか心配して訪ねてきたんだ」

アントニアはソープ卿の顔を見つめた。ふいに希望が湧いてきて、胸の鼓動が速くなった。もしかしたら、奇跡的に回復していると言われるのかもしれない。ラネローの命は風前の灯だという噂は大げさだ、と。けれど、ソープ卿の穏やかな顔が曇ると、胸が締めつけられるほど苦しくなった。

「銃弾は取りだしたんだが、意識が戻らない。残念ながら、医者は悲観的だ」

だめ！　お願い、そんなことを言わないで！

アントニアはよろめいて、目の前が真っ暗になった。嘘よ。そんなはずがない。けれど、次の瞬間には現実に戻って、いつのまにかヘンリーの腕をつかんでいた。くるくるまわっていた目の前の光景が徐々にゆっくりになるのを感じながら、ぎこちなく息を吸った。ヘンリーとソープ卿が驚いた顔で見つめてきた。

「申し訳ないが、レディ・アントニア、いったいどうして――」ソープ卿のことばが途切れた。

悲しみに暮れていても、ソープ卿が不審がっているのはわかった。ラネローとかかわりのある女性といえば、まずまちがいなくふしだらな女と決まっている。けれど、レディ・アントニア・ヒリアードは高貴な家の令嬢で、儀礼的な訪問のように兄とともにこの家にやってきたのだから。

「どうしてもラネロー侯爵に会いたいの」ヘンリーに向かって低い声で言うと、兄の腕から手を離して、どうにか自力で立った。いまはへなへなと座りこんでいる場合ではない。最悪の事態が待っているかもしれないのだから。

「医者から面会謝絶だと言われていてね」ソープ卿が申し訳なさそうな表情を浮かべて、一歩近づいてきた。「連絡先を教えてもらえれば、かならず知らせが行くようにするよ」

ラネローが死んだという知らせが……？

はっきり言われなくても、そのことばが鮮明に心に響いた。こらえきれずに涙声を漏らしながら、アントニアはソープ卿を押しのけると、階段へと走った。

「レディ・アントニア！」ソープ卿の大きな声が追いかけてきた。

「行かせてやってくれ」ヘンリーが言った。

アントニアはすばやく振りむいた。兄がソープ卿の腕をつかんでいた。なぜ、味方してくれたのかはわからなかったけれど、心から感謝した。

不安で胸がいっぱいでも、ラネローに会わずには帰れない。スカートの裾をぐいと上げて、階段を駆けあがった。この家の中をよく知っているのが、何を意味するのかはっきり自覚しながらも、寝室へ向かった。

息が上がっているのは、階段を駆けあがったせいではなく、不安でたまらなかったからだ。アントニアは寝室の扉をそっと開けた。外は明るい陽光に満ちているのに、その部屋は暗い夜のままだった。分厚い金襴のカーテンがぴたりと閉められて、一筋の陽の光も差しこんでいなかった。食器台の上のランプは最小限にまで明かりを落として、鈍い光に、ずらりと並ぶ恐ろしげな瓶入りの水薬が照らされていた。暖炉では火が燃えている。空気がよどんで、錆び臭い血の匂いがかすかに漂っていた。

動いたら予期せぬ悲劇が起こりそうな気がして、アントニアはそっと部屋の中に入った。ラネローのベッドの傍らに、髪の薄い中年の男性が座っていた。その男性が振りむいて、激しい落胆の表情を浮かべた。

「失礼ですが、マダム、面会をさせないようにと言われています」男性が立ちあがった。

その男性は執事か従者にちがいない。偉ぶっている医者に比べれば、追いはらうのはさほどむずかしくなさそうだった。「ふたりきりにしてちょうだい」アントニアは冷ややかに言った。

「ご主人さまのことはわたしが見ているわ」

男性はびっくりした顔をした。「ですが、マダム……」

男性の顔を見れば、ラネローのことを本気で心配しているのがわかった。アントニアは口調を和らげた。「ラネロー卿のことはきちんと見ていると約束するわ。少しでも変わったことがあれば、すぐに呼ぶから」

男性はアントニアを見て、ベッドで横たわる主人を見て、またアントニアに視線を戻した。〝わかった〟と言いたげな表情がその顔に浮かんだ。何がわかったの？　一瞬、そんな疑問が頭をかすめた。けれど、次の瞬間には疑問も消えていた。頭の中はラネローのことでいっぱいだった。

男性がお辞儀をした。「部屋の前の廊下にいます」

ラネローを看取《みと》ろうとしていた召使を追いはらった――そう思うと、めまいがするほどほっとして、体が震えて膝の力が抜けた。倒れてしまわないように椅子の背に手をついた。

「どうも……ありがとう」つぶやくように言った。

「どういたしまして、マイ・レディ。モアカムと申します。なんなりとお申しつけください。私はご主人さまの従者です」

アントニアはうなずいた。恐怖と悲しみに押しつぶされそうで、声も出なかった。モアカムが部屋を出ていくまで、椅子の背を握って震えていた。といっても、従者が部屋を出ていったことにさえ、ほとんど気づいていなかった。薄暗い明かりに照らされて横たわるラネローしか見えなかった。

背筋をまっすぐ伸ばした。胸が重く感じられる。震える手で帽子をはずして、椅子の上に落とした。足音を忍ばせて大きなベッドにゆっくり歩みよる。そのベッドこそ、貴重な一夜に愉悦の楽園を堪能した場所だった。

あれからたった一週間しか経っていないの？　二十歳も歳を取った気分なのに……。

万が一にも、ラネローがこの世を去ったら、わたしは自分が若いとはけっして思えなくなる。

ベッドの上に、ラネローが仰向けに横たわっていた。上掛けが腰のあたりで折りかえしてある。明るい金色の髪は汗で濡れ、黒っぽく見えた。胸から腹にかけて、真っ白な包帯が何重にも巻かれていた。腕は体のわきにまっすぐに下ろされて、手はベッドの上で広がっていた。

そんなラネローを見て、アントニアは心臓が止まりそうになった。目の前が暗くなり、体が揺れて、苦しげな声が口から漏れた。

なんてこと、ここへ来るのが遅すぎた……。

そのとき、ラネローの胸がかすかに上下しているのに気づいた。ラネローがじっとして動かないのは息を引きとったからではなく、意識を失っているせいだった。アントニアはふたたび息を吸って、痛む胸を空気で満たした。

まぎれもない愛を胸に、アントニアはひとつひとつ確かめながら見ていった。高い鼻、くっきりした頬、目の下のくま、痛みに青ざめた唇、そして何よりも、陛下の彫刻のように身じろぎもせずに横たわるその体。

きれいに整えられてしわひとつないベッドに横たわっているなんて、ラネローらしくない。なにしろ、じっとしているような男性ではないのだから。人生をとことんまで楽しんで、行く先々で活気に満ちた騒動を引きおこす。

このままラネローを逝かせるわけにはいかない。医者がなんと言おうと関係ない。医者の意見などまちがっている。そう、まちがっているに決まっている。わたしの最愛の人の命を、ジョニー・ベントンごときが奪えるわけがない。

震えながらため息をひとつついて、ひざまずくと、ぴくりとも動かないラネローの手に触れた。手はあまりにも冷たかった。思わず、血がにじむほど唇を噛んでいた。

「ニコラス？」小声で呼びかけた。眠っているだけだと思いたかった。けれど、ほんとうはわかっていた。この世とその向こう側の世界との境をさまよっているのだと。

決闘のことを聞かされてからというもの、吐き気がするほど恐ろしかった。けれど、なんの反応も示さないラネローといっしょに、物音ひとつしない部屋の中にいると、恐怖が絶望へと変わっていく。

ラネローの手に頬を押しつけると、涙があふれてきた。「ニコラス、ああ、ニコラス……」

顔を上げて、ラネローの顔を見つめた。目覚めているときにはけっして見られない無表情な顔を。声をかけても聞こえない場所にラネローは行ってしまった……。それはわかっていても、必死に問いかけずにいられなかった。「なぜ、こんなことになったの？　ジョニーはあなたの時間を一瞬でも費やす価値などない相手なのに。ジョニーなんてどうでもいい。何度もあなたにそう言ったのに」

返事は沈黙だけだった。そのとき、頭の片隅に何かがひらめいた。ラネローのやつれた険しい顔を見つめると、ある思いが全身に押しよせた。

ニコラス、あなたは馬鹿よ。心得ちがいの勇敢な大馬鹿者よ。

不幸な決断へといたる道筋を、ラネローに一から説明されたかのように、ジョニーとの決闘の理由がわかった。まるでわけがわからなかったはずが、ふいにすっかり筋が通った。

決闘のことを聞かされたときには、嫉妬のせいだと思ったが、実はそうではなかったのだ。ラネローだってもちろん、わたしにとって最初の恋人がいまはもうなんの意味もないことはわかっている。ラネローは誰よりもわたしを知っていて、わたしがもうジョニーを愛していないことも知っていた。

ライバルを排除するために決闘したわけではない。賢いラネローが、ジョニーを恋敵と見なすはずがなかった。そしてまた、賢いラネローなら、キャッシーを誘拐しておきながら、遠い昔にわたしが駆け落ちした相手を撃ち殺せば、ふたたびわたしを魅了できるなどと考えるはずがなかった。

ジョニーを撃ち殺したところで、ラネローは求めているものを手に入れられない。

ラネローを見つめていると、あることが頭に浮かんできた。愛する姉の仇討のために、キャッシーを連れ去ったことが。

そんなことをしたのは、永遠に失ってしまった女性のために、それだけがラネローのできることだったから。

ラネローの罪はすべて、正義を貫きたいという騎士気取りの思いから発したものなの？分別もなくジョニーと決闘したのは、気高い目的をなんとしても果たそうとしたからなの？

愚かにもジョニーと決闘をして、わたしの穢された名誉をいくらかでも回復させようとしたの？

「ニコラス、なんてことを……」つぶやくように言った。涙で目が霞み、もう何も見えなかった。

ラネローのしたことは、あまりにもロマンティックだ。ほんとうにわたしが考えているとおりなの？　ニコラス・チャロナーは気性の激しい堕落者。浅はかで、冷淡で、人がどうなろうとかまわないはずではなかったの？

けれど、そのことばはどれも、真のラネローを表わしてはいなかった。本人は評判どおりに生きているつもりだったのかもしれないけれど、嵐のようなラネローとの関係の中で、わたしは偽りの姿以上のものを目にした。あの一夜――いま、ラネローが死の淵をさまよっているこの部屋で、ふたりで過ごした一夜に、ラネローは無数の感情をあらわにした。

頭の中で響く疑念が大きくなり、やがて確信に変わった。決闘は絶望の果ての自己破壊にほかならない。向こう見ずな決闘には、キャッシーを連れ去ったときと同じ、犠牲的な精神が色濃く漂っていた。

ラネローは愛する人のために行動した。

ラネローが愛する人とは……。

まさか……。

ラネローがわたしを愛するはずがない。たとえ、ジョニーとの決闘が、思いのほかわたしがラネローに好かれていることを示しているとしても、それが愛だとはかぎらない。

無数の思いが入り混じる頭の中で、新たな視点で事実をつなぎあわせていった。見えていなかったもの、考えもしなかったことだらけだった。

ラネローはあれほど決意していたにもかかわらず、キャッシーの拉致を最後までやり遂げられなかった。それに、ジョニーを殺しもしなかった。

ラネローが真の自分を隠して、はるかに非情な男性を装っていることは、もうずいぶん前に気づいていた。もしもほんとうに噂どおりの冷酷非情な放蕩者なら、サクラの木をよじ登って寝室に忍びこんだ夜に、わたしをベッドに押し倒していたはず。体を奪って、それをねたにわたしを脅して、キャッシーを手に入れていたはず。

けれど、ラネローはそんなことをしなかった。あの夜のことを思いだすと、切なくて胸が締めつけられる。あの夜のラネローは、どこまでもやさしい騎士そのものだった。

たしかに、ラネローは欠点もあれば、ときにまちがったこともする。キャッシーに対するもくろみ——それにわたしに対するもくろみ——は、どうしようもなく邪悪なものだった。けれど、やはり完全な悪党を演じきれなかったのだ。

もしかしたら、いい人なのかもしれない——これまでもそんな思いがたびたび頭をかすめていた。そして、いま、はっきり気づいた。ラネロー侯爵の中には姿を現わしたがらない英雄が隠れている。その英雄にわたしは恋をした。ラネローは邪悪な放蕩者だと、何度も自分自身に言い聞かせていたのに。

思っていたより、わたしの心は賢かったらしい。

アントニアは無理やり息をひとつ吸って、それと同時に、ラネローに深く傷つけられたことをきれいさっぱり水に流した。そのことを本人に伝えられますようにと、ひたすら祈った。

「ニコラス、あなたはとんでもなく愚かだわ」そうつぶやきながら、ラネローのだらりとした手を取って、涙で濡れた頰に押しつけた。喉が詰まって、何か言うのも苦しかった。

ラネローは答えてくれない。その事実に胸が潰れそうになる。もう手の届かないところに行ってしまったの？　ここへ来るのが遅すぎたのだ。そんなおぞましい確信が、胸に芽生えていった。ラネローが息を引きとるまで、このままずっとついているつもりだった。

けれど、そんなことに堪えられるはずがない。頭を垂れて、泣きながら、ぐったりした手に何度も何度も口づける。口づけで愛する人をよみがえらせようとするかのように。ラネローが目を開けてくれるなら、このさきの人生がどうなろうとかまわなかった。

「死なないで。お願い、死なないで。わたしを置いていかないで」こみ上げてくる感情が抑えきれなかった。「あなたが望むことはなんでもするわ。愛人になるわ。それがあなたの望みなら。ええ、愛人になったのを、世間に知られたってかまわない。あなたがいなければ生きていけない。わたしを生きかえらせてくれたのは、あなたなのだから」

いったん口をつぐんで、どうにか息を吸った。そしてまたことばをかけた。ラネローに聞こえていないのはわかっていたけれど。ことばはわたし自身のため。ラネローを警戒して、心の防壁を必死に築いていたときには、けっして言えなかったことばかり。けれど、心の防壁はラネローに触れられたとたんに崩れ落ちた。ラネローはそうなると知っていたのだ。女たらしの放蕩者は。

神さま、お願いです、ラネローが生きて、もう一度わたしに触れられるようにしてください。

感情が昂《たか》ぶって、声が震えていた。「あなたの勝ちよ。とうの昔にあなたが勝っていたの。素直に負けを認めるわ。もう抗わない。もう拒まない」

それでもやはり、ラネローはぴくりとも動かなかった。血の気の引いた顔は穏やかでさえあった。穏やかな顔など似合わない。わたしの愛する人は穏やかな男性ではないのだから。

最後の希望の光が消えていくような気がした。激しい痛みに胸を貫かれた。

ラネローの傍らで、わたしも少しずつ死んでいく。心の大部分が、ラネローとともにこの世から消えようとしている。わたしが必死で目をそむけてきたつむじ曲がりで、情熱的すぎる部分が。そんな部分があったせいで、わたしは光と炎の女性に変貌を遂げた。その部分がまずラネローを愛した。いま、その愛は体の隅々にまで行き渡っている。

体を起こして、ラネローに口づけた。なんの反応もないのが堪えられなかった。ラネローはいつだって、口づけに応じてくれたのに。

何よりも苦しい究極の告白が、止めようのない波となって口から飛びだした。「愛しているの、ニコラス。これからも永遠に愛しつづけるわ。わたしの命が尽きるその日まで、この胸の中にはあなたがいる」そうして、最後に囁いた。「あなたに神のお恵みがありますように、マイ・ダーリン。あなたが永遠に神に守られますように」

それでも、返事はなかった。

アントニアはラネローの肩に顔を埋めた。心が千切れていく。いまできるのは、ひたすら涙を流すことだけだった。

アントニアの必死の願いがラネローの心に焼きついた。それなのに、まるで力が出ず、石のようにじっと横たわっているしかなかった。アントニアがこの自分を愛しているかのように、すがりついて泣いているのに。

アントニアがこの自分を愛している……?

ロンドンの街中でのにぎやかな夜からの帰途のように、闇を抜けては、また闇に入るということをくり返していた。家にいるのか、騒々しい酒場に戻ったのかもよくわからない。それでも、アントニアに手を握られているのはわかった。〝死なないで〟ということばに表われた苦悩も、はっきり聞きとれた。

また火かき棒で殴られたのか? 美しく、激しいドラゴン女に。

次の瞬間には、闇の中に転がり落ちていた。つきまとう不可思議な闇は、森閑とはしていなかった。これまでにかかわった人々がひしめいていた。無秩序な家族。非難の視線を投げてくるエロイーズ。意外にも勇敢なお嬢さまだったキャシー。

　そして、もちろん、アントニア。情熱的で、生き生きとしたアントニア。

この自分が愛した女性。このラネローという男を憎んでいる女性。

その女性が、〝わたしを置いていかないで〟と懇願しているとは、どういうことだ? ほんの数日前には、ラネロー侯爵など生きていようが、死んでいようが、関係ないという態度を取っていたのに。

アントニアはこの自分を愛している……。

放蕩を重ねたこれまでの人生で、無数の女が愛を口にするのを耳にしてきた。だが、そのことばの真実が心に染みわたったのは、これがはじめてだ。相手と同じ素直で真摯な心で、愛の誓いを返したいと願ったのは、これがはじめてだった。

最愛の女性であるアントニアはどこまでも寛大だ。ラネローという男には不相応なほど寛大だ。どんな男にも不相応なほど、すばらしく、愛らしく、善良だ。だが、放蕩者のラネロー侯爵を相手に、その寛大さを発揮したところで、アントニアにはいいことなどひとつもないはずだった。

ラネローという男は、良心のかけらもない悪党なのだから。

徐々に意識がはっきりして、さまざまな感覚が一気に戻ってきた。アントニアの涙に濡れた顔。苦しげな泣き声。アントニアの唇が触れたところがちりちりしていた。わき腹の激痛。焼けた鉄の棒で突き刺されたかのようだ。どうにか腕を上げようとした。わずかに上げただけで、傷が引っぱられ、苦しげな低いうめき声が口から漏れた。アントニアがびくんと身を起こした。とたんに、いままで触れていたやわらかな体が恋しくなる。「ニコラス？」

アントニアが動いたのがわかった。ベッドがほんの少し揺れただけで、激痛が全身を駆けめぐる。けれど、アントニアがそばにいてくれるなら、痛みなど気にならない。

喉を詰まらせながら、アントニアが言った。「お医者さまを呼んでくるわ」

やめてくれ、大ぼら吹きの医者など必要ない。必要なのはアントニアだ。何よりも、愛していると言ってほしかった。そうすれば、さきほど耳にしたはずのそのことばが、痛みのせいで混濁した夢を見ていたからではないとはっきりする。

ありがたいことに、ことばにならない抗議にアントニアは気づいたようで、その場に留まった。

ナラの大木を片手で持ちあげている――そんな気分で、ゆっくり目を開けた。暗がりの中に、美しい顔がぼんやり見えた。頬が濡れ、泣いたせいで目が腫れている。これほど美しいものを目にするのははじめてだった。

「きれいだ……」こわばった唇からことばを絞りだした。

アントニアが何を勘ちがいしたのか、立ちあがって、視界から消えていった。体にまったく力が入らず、アントニアのほうに顔を向けることもできなかった。くそっ、抱きしめたくてたまらないのに、小指も動かせずにいるとは。口からまたうめき声が漏れた。といっても、今度は痛みのせいではなく、悔しかったからだった。

部屋の片隅でグラスがぶつかる音がして、アントニアが戻ってくると、慎重にうなじに手を差しいれてきた。唇に水の入ったグラスが触れる。頭がほんの少し動いただけで、激痛に襲われたが、それを必死にこらえた。水が口からこぼれると、屈辱に胃が縮まった。こんな姿をアントニアに見せたくなかった。

「ニコラス、お願い、死なないで」アントニアが途切れがちに言いながら、口元をシーツでぬぐってくれた。

「どうやって……」

アントニアの目が愛の光をたたえているように輝くと、わき腹の痛みがわずかに引いていった。まるで、アントニアが魔法を使ったかのようだった。「立ちはだかる怪物を倒して、ここまでたどり着いたのよ、マイ・ダーリン」

マイ・ダーリンだって?

「ぼくは……」いったん口をつぐんで、息を吸った。とたんに傷が痛んで、後悔した。「死なない……」

「あなたが死んだら、わたしは地獄の底まで追っていくわ」きっぱりしたそのことばを聞いて、アントニアに撃たれそうになったときのことを思いだした。

そんな記憶を後生大事に抱えこんでいるとは、この自分はどこまでひねくれているのか……。そう思っても、やはり大切なことに変わりなかった。自分が選んだのは、負けん気の強い女性だ。その女性との人生は、のんびりしたものではないかもしれない。だが、刺激的なのはまちがいない。甘ったるいお嬢さまは、ラネロー侯爵夫人にふさわしくない。男勝りのアントニアと結婚して、腕白小僧の王国を作るのだ。そう考えると、脚にも腕にも力が湧いてきた。ついさっきまで、屍衣《しい》に包まれるのを待つばかりだったのに。

渇いた唇にさらに水が注がれた。冷たい水が心地よく、むさぼるように飲んだ。体はサハラ砂漠にも負けないほど渇いている。なんてことだ、体の上で太りすぎのゾウがワルツを踊っているみたいな気分でいるとは。以前撃たれたときには、これほどの痛みはなかったのに。

それでも、強いてことばを発した。「愛……」

薄暗くても、アントニアが頬を染めるのがわかった。染まった頬がほんのり色づいたモモのようだった。食べてしまいたいほど愛らしい。

「あなたはそれで目を覚ましたのね、そうでしょう?」

さきほどアントニアが言ったことばをもう一度聞きたくてたまらない。それを目で伝えようとした。アントニアが恥ずかしそうにいったん目を伏せてから、まっすぐ見つめてきた。

「愛しているわ、ニコラス・チャロナー」そのことばはためらいもなく、よどみなくはっきりと、アントニアの口から出てきた。

ラネローは目を閉じて、こみ上げてくる激しい感情をこらえた。目頭が熱くなり、喉が締めつけられる。こんなことがあるのか? ラネロー侯爵が泣くことなどあり得ない。

手を握られた。「ニコラス、誓って言うわ、あなたが死ぬのは、わたしがこの手であなたを撃つときよ」

それでこそ、わが愛する人だ!

それでも、まだ気になることがあった。「許して……」

アントニアがつないだ手に力をこめた。とたんに、体にも心にも力がみなぎって、百倍は強くなった気がした。

「キャッシーをさらったことなら許すわ。理由はよくわかっているから。もちろん、あれは大きなまちがいだった。でも、償いようがないほどの悪事ではないわ」

普段どおりの体であれば、声をあげて笑っているところだった。まちがいだっただって?

ああ、たしかにそうかもしれない。この自分が追い求めていた無分別で危険な仇討を、アントニアがちょっとしたまちがいと考えてくれるとは。

「きみは撃たない……」信じられないほどすばやく体が快方に向かっているのがわかった。少しずつ長いことばが話せるようになっていた。

アントニアの口元にかすかな笑みが浮かんだ。「撃たないわ、少なくとも今日は」

「油断できない……」

アントニアが肩をすくめた。「わたしはあなたを死なせるわけにはいかないの」

「死なない」そう言って、しばらく口をつぐんだ。わき腹の痛みはめまいがするほど強くなっていた。「生きる」

めまいのせいで視界がゆがんでいた。ほんの少し長いことばを発しただけで、体力を使い果たした。最後のことばはかすれた囁きにしかならなかった。「きみと……いっしょに」

「そうよ」

アントニアがつないだ手の甲にしっかり口づけてきた。さらに、身を乗りだして、唇にも。唇がかすかに触れあっただけなのに、胸の鼓動が跳びはねた。

頭が激しく痛んでいても、さきほど口にした最後のことばを、アントニアがどんな意味に受けとったのか考えずにいられなかった。この胸の内にあるものより、はるかに希薄な関係をアントニアは思い描いているのかもしれない。

冗談じゃない！

アントニアをわがものにしたら、いずれ後悔させることになるのかもしれない。だからといって、手放す気にはなれない。アントニアは逃げだすチャンスがあったのに、そうしなかったのだから。

いまにも消えそうな気力をどうにか振り絞った。永遠に放さないと、伝えなければならなかった。

「妻として……」

アントニアは自堕落な放蕩者を、尊敬すべき夫に生まれ変わらせる。ラネローはそれが待ちきれなかった。

「ニコラス……」手をつないだまま、アントニアがか細い声で応じた。「ほんとうの自分を取りもどしたときに後悔するような約束をしないで」

アントニアはわかっていないのか？　これこそがラネローという男の真の姿なのを。不調和なシンフォニーのような痛みをこらえながら、アントニアの手を握りしめた。といっても、実際には指にわずかに力が入っただけだった。それでも、心をこめてしっかり握ったつもりだった。

「結婚して……」冷汗が吹きでた。わき腹に激痛が走る。何匹もの小鬼に三叉《みつまた》で突かれているかのようだ。目が霞んでいく。それでも、どうにかして愛する人の顔を見つめようとした。

ラネロー侯爵は世間では勇敢な男性で通っているが、いままでは、そんなことはどうでもいいと思っていた。けれど、この瞬間、何よりもそのとおりになりたいと願った。話を続けるには、ありったけの勇気をかき集めなければならなかった。

「きみを……愛してる」わき腹に激痛が走った。シンバルとトランペットと大太鼓がいっせいに鳴り響いたかのようだった。「ぼくと……結婚してくれ」

真っ暗な闇がみるみる広がって、目の前に押しよせてくる。それにはもう抗えなかった。闇に呑みこまれる寸前に、アントニアの声が聞こえた。耳の中で脈の音がこだまして、雷鳴にも似た激痛を感じながらも、それでも、その声が聞こえた。

「ええ、ニコラス、あなたと結婚します」

よかった……。

その思いはことばになっていないはずだった。それでも、わかっていると言うように、アントニアが手を握りしめてきた。死の淵から戻れたのは、愛する人が引きとめてくれたからだ。必要とあらば、アントニアは悲鳴をあげる哀れな男を引きずってでも、この世に連れもどしていたはずだった。

アントニアこそ、自分がこの世に生きるよすがだ。

エピローグ

一八二七年十二月　コネマラ

修道院の面会室は、灰色の御影石《みかげいし》でできた建物の外観と同じぐらいうら寂しかった。人を歓迎する雰囲気をかろうじてかもしだしているのは、みすぼらしい小さな暖炉でちろちろと燃えている火だけ。その火が真冬の寒さを和らげているとは、お世辞にも言えなかった。心を和ませる花もなければ、クッションもない。唯一の飾りは、扉の上にかかる質素な十字架像だけだった。

アントニアは震えながら、壁際に並ぶオークの椅子に腰かけて、石床の部屋の中をうろうろと歩いている夫を見つめた。不機嫌なトラのように同じ場所を行ったり来たりしている夫を。

ラネローは苛立ってぴりぴりしていた。今日は朝からずっとそんな調子だった。いいえ、それよりもっと前から。修道院を訪ねようと、アントニアが説得してからというもの、ずっと落ち着かなかった。ゆうべは激しく愛しあった。東屋ではじめて愛を交わしたときに負けないほど激しかった。そうして、淫らなわたしは、夫の果てしない欲望に、体の芯まで興奮したのだった。

「ここにいる連中は、面会を許さないつもりなんだ」ラネローが苦々しげに言いながら、部屋の奥の格子つきの小さな窓のそばで立ち止まった。曇った日のことで、鈍く冷たい光が不機嫌な顔を照らした。

「ここは俗世界とのかかわりをいっさい禁じている修道院ではないのよ。お姉さまは面会を許されているわ」これまでに何度も言ったことを、いままた落ち着いた口調でくり返した。「お姉さまのお手紙にも、どうぞ来てくださいと書かれていたわ」

ラネローが不満げに口を引き結び、たくましい胸の前で腕組みをして、窓の外を見つめた。

「ならば、なぜエロイーズは出てこないんだ？」

動揺してじりじりしている夫を見て、アントニアは笑みを浮かべずにいられなかった。つねに落ち着きはらって、自分のことしか頭になく、人のことなどどうでもいい、ひとりよがりの男性——かつて、そんな第一印象を抱いたとは不思議でならなかった。それはうわべだけの印象で、真の姿とはかけ離れていた。

結婚して半年が経ち、むしろ情に厚いほうだとはっきりわかった。親しくつきあう相手はそう多くないけれど、一度親密になれば、ラネローは相手にどこまでも尽くす。そして、それが弱点にもなる。はじめて愛していると言われたときには、わたしはまだわかっていなかった。そのことばは、全身全霊を捧げるという意味だったのだ。

ラネローの熱く燃える愛に包まれると、生きている喜びがこみ上げてくる。はじめて結婚を申しこまれたときに拒んだとは、なんという皮肉だろう。あのときは誠実な申し出だとは思えなかった。けれど、ラネローに熱烈に愛されて、それゆえに、これほど大切にされている女性はこの世にふたりといないと実感できる。

「約束の時間より早く着いたのよ」実際、四十五分も前に着いたのだった。

その修道院はコネマラの海岸沿いの、人里離れた峡谷に立っていた。それなりの宿があるいちばん近い町からでも、一時間半もかかる。亡きラネロー侯爵は娘を俗世界の誘惑がけっして届かないところへ送りこむと、ずいぶん固く決意していたらしい。

今日、ここへ来るあいだ、ラネローがいつ馬車から降りて、自分で手綱を握ると言いだすかと、アントニアはひやひやした。馬車をゆっくり走らせる御者に、ラネローは苛立っていたのだ。といっても、道はでこぼこで、あちこちにぬかるみがあり、おまけに馬でも苦労するほどの険しい道を通らなければならなかった。

振りむいたラネローの顔を見ると、アントニアはもう微笑んでいられなくなった。その顔にはいくつもの入り混じった感情が浮かんでいた。希望。恐れ。自己嫌悪。切望。不安。力強い男性が不安になることなどめったにないのに。「ここへ来てよかったんだろうか？」

「もちろんよ」自信満々に言った。エロイーズの破滅と勘当が、ラネローの人生観に大きな影響を及ぼしたのはまちがいない。だからこそ、過去と和解しなければならないのだ。ラネローが意識を取りもどした数日後に、ふたりは特別な許可を得て結婚した。アントニアがラネローの家を訪ねたことが、醜聞になるのを避けるためでもあった。結婚して以来、誰よりも幸せな暮らしを送っている。それでもやはり、エロイーズの悲劇がラネローの良心を蝕んでいた。

以前なら、ラネローに良心があると想像しただけで、大笑いしたはずだった。

またラネローがうろうろと歩きはじめた。アントニアは膝の上に置いた手を合わせて祈った。今日のこの面会が幸せな結末を迎えますように。

といっても、この数日は、もうひとつの幸せについて考えていた。片方の手を少しだけずらして、下腹にあてると、そこにいるはずのわが子に無言で歓迎の挨拶をした。身ごもっていることは、まだラネローに話していなかった。

話したら、冬のさなかの長旅が延期になるか、さもなければ、ラネローひとりが旅立ったにちがいない。アントニアとしては、夫ひとりでこの緊迫した再会に臨ませたくなかった。

長旅に関しては何も心配していなかった。なにしろ、馬並みに丈夫なのだから。けれど、ラネローは子どもを溺愛するあまり、過保護な親になりそうだった。妻が妊娠していると知ったら、アイリッシュ海を渡る旅を禁じるに決まっていた。

部屋の中をそわそわと歩きまわる夫を見つめながら、妊娠を告げたら、なんと言われるだろうかと考えた。もちろん喜んでほしい。けれど、ラネローが育った悲惨な家庭を思えば、かならずしも喜んでくれるとはかぎらない。それに、喜んでくれたとしても、身ごもっていながら過酷な旅をした妻に、腹を立てるにちがいない。

結婚してからの半年は楽しいことばかりだった。もちろん官能的でもあった。といっても、そうなるのは結婚する前からわかっていたけれど。夫が精力絶倫なのはまちがいないのだから。銃で撃たれた怪我が完治する前から、ラネローは家の中のありとあらゆる場所で求めてきた。当初はそのせいで傷の治りが遅くなりはしないかと心配したけれど、実際には、驚くべき速さで回復した。

そしてまた、ともに過ごしたこの半年で、意外なことが数えきれないほどあった。強い意志を持つ夫と妻が激しく衝突しながら、どんなふうにいっしょに暮らしていくのかを模索した。それまで、愛を交わしたときを除けば、ふたりで過ごしたことはほとんどないと気づいたのは、結婚後だった。けれど、数々の衝突のあとにはかならず、さらに熱烈な和解が待っていた。

全身が燃えあがりそうなベッドでの和解を思いだして、アントニアは思わず笑みを浮かべてから、神聖なこの場所で淫らなことを考えている自分を叱った。

アヴェソン卿の妹がどこからともなく現われて、すぐさまラネロー侯爵と結婚したときには、たしかに噂になった。大半が悪意のある噂だ。それでも、長いあいだイタリアに滞在していて、ようやく帰国したレディ・アントニア・ヒリアードと、古参のお目付け役のミス・スミスが同一人物だと見抜いた者はひとりもいなかった。

誰に脅かされることもなく、広々とした領主の邸宅でラネローの腕に抱かれていると、悪意ある噂が広がろうが、そんなことはどうでもよくなった。この世のどんな女性よりも幸せなのだから。その幸福をあれこれ噂する人たちは、好奇心と悪意と嫉妬を抱えているにちがいない。

兄のヘンリーはラネローとの結婚を即座に許してくれた。ヘンリーは世間の人から学者なので変わっているのはしかたがないと思われていて、なおかつ、誰に対しても批判的な目を向けることはまずなかった。夏の終わりは、ラネローとともに実家であるブレイドン・パークで過ごした。そこで、夫と兄が友情を育んでいくのを目の当たりにして、感動すら覚えた。

とはいえ、ノーサンバーランドに戻るのは、甘く切ない気分だった。十年ぶりで、さらに結婚もしたことから、かつて暮らしていた家が自分の属する場所にはもう思えなかった。子どもの頃の思い出の地に、もう一度足を運ぶのは楽しかったけれど、どうしてもそこで暮らしたいとは思わなかった。

ブレイドン・パークはすでに過去のもの。未来はラネローがすべて。それに、晩春か初夏に生まれる赤ちゃん。できれば、子どもはひとりではなくもっとほしい。ラネロー侯爵家の領地にある崖の上に立つ大きな館が、笑い声で満たしてほしいと訴えているようだった。その屋敷が幸福な家族を真に欲しているとわかるぐらいには、すでにケドン邸を自分のもののように感じていた。

扉が開いて、背の高い女性がきびきびとした足取りで部屋に入ってきた。ラネローはどんな表情を浮かべるのだろう？　それが気になって、アントニアはエロイーズのほうをほとんど見られなかった。すぐにでも夫の味方ができるように立ちあがった。といっても、なぜ味方しなければならないのかは、わからなかったけれど。

一瞬、ラネローが悲しげな目をした。けれど、すぐにエロイーズに微笑みかけた。果てしなくやさしい笑みを見て、アントニアは胸が激しく高鳴った。そこで、あらためて気づかされた――ラネロー侯爵がカッサンドラ・デマレストを破滅に追いやると心に誓ったときに、比類ないその男性と自分の運命が交わることが決まったのだ、と。

夫は姉に対して、他人行儀なよそよそしい態度を取るの？　けれど、ラネローは即座に姉に歩みよって、まぎれもない愛情をこめて手を握りしめた。「エロイーズ、この日をどれほど待ち望んでいたことか」そう言って、頰にキスをした。

「わたしもよ」エロイーズの落ち着いた声が、耳に心地よく響いた。生まれながらの気品あるしぐさで、弟の手からするりと手を離すと、アントニアのほうを向いた。

たとえ紹介されなくても、その修道女が誰なのかはすぐにわかったにちがいない。エロイーズの黒い目も、美しく上品な顔立ちもラネローとそっくりだった。髪を布でおおい、ゆったりした服を着ていても、若かりし日のエロイーズ・チャロナーが光り輝くほど美しかったのは容易に想像がついた。三十代後半のいまでも、やはり息を呑まずにいられないほど美しいのだから。

その顔にラネローと同じ魅力的な笑みが浮かんだ。「あなたが新しいレディ・ラネローね」

アントニアは膝を折ってお辞儀した。「はい、シスター・エロイーズ。アントニアと呼んでください」

「ありがとう。でも、わたしはシスター・メアリー・テレーズと呼ばれているの。この二十年間、わたしをエロイーズと呼びつづけているのはニコラスだけ」

当然のように、エロイーズの視線が弟に戻った。「ありがとう、あなたの奥さまを紹介しにきてくれて」そう言うと、壁際の硬い椅子を指さした。ラネローのいかにも貴族的なふるまいは、その家族に脈々と受け継がれているもののようだった。「すべて聞かせてちょうだい。あなたからの手紙では、知りたいことが増えるばかりだわ」

危険で自堕落な最愛の夫が、ふいに気弱な少年に見えた。アントニアは微笑みたくなるのをこらえながら、椅子に腰を下ろした。一瞬ためらったものの、ラネローも隣に座った。

まずはきょうだいや親戚のことなど、子どもの頃の思い出話に花が咲き、そこから屋敷の話題になり、結婚してからの生活の変化へと話は移っていった。チャロナー一族に関して、半年間のあいだにラネローから聞きだしたことより、その日の午後だけでより多くのことがわかった。ラネローが不適切な部分を省きながら、結婚へと至ったいきさつを話すのを聞いて、アントニアは微笑みたくなるのをこらえた。

修練女がお茶を運んできた。昼下がりが夕暮れへと向かっていった。それにつれて、部屋の中も薄暗くなった。ラネローが切羽詰まったように姉の手を握った。「ぼくたちといっしょに行こう、エロイーズ。そうして、いっしょに暮らそう。アントニアも賛成してくれている。いや、べつのほうがよければ、家を用意するよ」

わけがわからないと言いたげに、エロイーズが眉間にしわを寄せた。「あなたのところにしばらく滞在するということ？」

「いや、もちろん、ずっといっしょに暮らすんだよ」

エロイーズの顔に戸惑いが浮かんだ。「なぜ、わたしがここを離れなければならないの？」

「ここで苦しい思いをしているんだろう」

エロイーズがつないだ手を引っこめようとしたが、ラネローは放さなかった。アントニアは気づいた――エロイーズは肌に直接触れられるのが不快なのかもしれない。宗教上の規律のせいだろう。そこではじめて、エロイーズの落ち着いた態度に亀裂が入り、口調にも戸惑いが表われた。「十一年間、いまの暮らしにどれほど満足しているか、手紙に書いてきたはずよ」

「人里離れた場所に押しこめられている姉のことを、ぼくにあきらめさせようとしていたんだろう」

驚いたことに、エロイーズがおかしそうに笑いだした。「ニコラス、あなたはいまでもロマンティストなのね。そう、たしかにあなたは勇敢で、情熱的な少年だったわ。愛する人を守ろうと心に決めているようなところがあった。そんなところがすばらしいと思っていたし、大人になってもそれだけは失ってほしくないと思っていたわ」

姉の弟に対するこの見解を、ラネローはどう感じているの？ アントニアは夫をちらりと見た。エロイーズから見たラネローの性質は、妻の見解とほぼ一致していた。けれど、ラネローの騎士道精神を非難できるはずがなかった。ラネローはわたしのためなら命を捨てる、それはわかっている。実際、もう少しで命を失うところだったのだ。

ラネローがエロイーズを睨みつけた。「もう嘘などつかなくていいんだよ、エロイーズ」

「わたしは誓いを立てたのよ」

「ここに監禁されて無理やり、そうだろう？ ならば、ここを出ていくのも許されるはずだ」

エロイーズの顔には相変わらず笑みが浮かんでいた。「無理やり誓わされたのではないの。自分の意志で誓ったのよ。なぜって、十八のときにわが身に降りかかった出来事で、わたしの運命は決まったのだから」今度こそ、エロイーズは弟の手から自分の手を引きぬいた。アントニアはそれが何かを象徴している気がした。ふたりのあいだに越えられない隔たりがあるのを。

「でも、父上に無理やり修道院に入れられたはずだ」ラネローは希望を打ち砕かれたような顔をしていた。

無言で励まそうと、アントニアはラネローの手を握った。すぐにラネローが手を握りかえしてきた。それはこの会話がいかに苦しいものかを物語っていた。ラネローはこれまでずっと、エロイーズは囚《とら》われの身だと思って生きてきた。それが勘ちがいだったとわかって、大きなショックを受けているはずだった。といっても、もちろん、姉が不幸であってほしいと願ってきたわけではない。それはアントニアもよく知っていた。

「そうね、ここに来た当初は悲しかったわ。悲しくて、自分を恥じていた。自分がどれほどの罪を犯したかわかっていたから」エロイーズはいったんことばを切ってから、はじめて後悔がにじむ口調で言った。「わたしが誤ったことをしたせいで、お腹《なか》の赤ちゃんは死んでしまった。二十年間、わたしは慈悲を求めて神に祈り、自分の犯した罪の償いをしてきたわ」

一瞬、エロイーズの赤ちゃんが小さな亡霊となって、静まりかえった部屋に浮かんでいるかに思えた。エロイーズの顔は蒼白で、見るからに悲しげだった。ラネローはあまりにも落胆して、身を震わせていた。アントニアは夫とつないでいる手に力をこめた。

「くそったれのデマレストのせいだ」ラネローが歯を食いしばったまま、ことばを絞りだした。

アントニアは夫の手を握りしめて、神聖な場所で罰当たりなことばを口にしないように無言で伝えた。結婚して以来、キャッシーにもデマレストにも会っていなかった。どんな世界であれ、エロイーズを破滅させたデマレストは罰せられるべきだ。けれど、実際には、デマレストはこれまでどおりの人生を送っている。もしかしたら、アントニアに救いの手を差し伸べたことで、罪を償ったのかもしれない。

いずれまたキャッシーと親しくつきあえるはず――アントニアはその希望を捨てていなかった。手紙は定期的にやりとりしているけれど、アントニアがキャッシーをケドン邸に招待したときには、デマレストが許可しなかった。

業を煮やしたキャッシーは、勇気を出して、父にエロイーズとのことを尋ねた。けれど、デマレストはふいに口を閉ざして、その件についてはいっさい応じなかったばかりか、キャッシーに奇妙な妄想を吹きこんだと、アントニアとその夫を非難した。ゴドフリー・デマレストが不意打ちを食らったときにどんな反応を示すかなら、アントニアもよくわかっていた。そう、人のせいにするのも、いかにもデマレストらしかった。

父との冷えた関係を修復する自信がない――キャッシーは手紙でそう打ち明けてきた。結局のところ、それで正義がなされたのかもしれない。娘からの無条件の愛を失って、ゴドフリー・デマレストは自身の悪行の報いを、いくらかは受けたと言えなくもなかった。

エロイーズが落ち着きをまとった。まるで外套をまとうかのように。「あの人のことはとうの昔に許したわ」

「ぼくは許していない」ラネローがきっぱり言った。「ああ、絶対に許さない」

遠くで鐘が鳴った。あらゆるしぐさに気品が漂うエロイーズが、すっくと立ちあがった。シスター・メアリー・テレーズには内に秘めた強さがあった。だからこそ、自身が置かれた状況を、文句ひとつ言わずに受けいれられたのだろう。

エロイーズが弟をちらりと見た。そのまなざしには愛と不屈の意志が表われていた。それがチャロナー家の人々の特徴なのは、アントニアもとっくに気づいていた。「残念だわ、あなたが誤解していたせいで、ここまではるばる訪ねてくることになったのも、ほんの短い時間しか会えないのも。夕べの祈りの準備をしなければならないの。でも、あなたたちもすぐにここを発ったほうがいいわ。さもないと、暗くなってから危険な道を通るはめになる。それはお勧めできないわ」

ラネローとアントニアも立ちあがった。「お会いできて光栄でした」そう言うアントニアの隣で、ラネローが緊迫した表情を浮かべていた。

怒っているの？　落胆しているの？　それとも、驚いているの？

エロイーズが明るい笑みを浮かべると、アントニアはその美しさにあらためて圧倒された。「このあたりに宿を取って泊まるつもりなら、ぜひ明日もいらしてちょうだい。わたしたちの農場を見せたいわ。わたしはいくつか新しい試みをしているの。きっと、あなたたちにも楽しんでもらえるはずよ」

ラネローが息を吸うと、アントニアはどんなことばがその口から飛びだすのかと身構えた。もしこの面会が物別れに終わったら、わたしは自分を責めずにはいられなくなる。ラネローには姉の悲痛な運命に対して感じている責任を、捨て去ってほしかった。

ラネローが落ち着いた口調で、しかも、まぎれもなく思いやりをこめて言った。「喜んで、明日もまた来るよ」

アントニアは詰めていた息を吐いた。どうやらうまくいきそうだ。

エロイーズが満足げにお辞儀をした。「では、明日の十時でどうかしら？　どうぞミサに参加して、六時課の質素な食事もいっしょにいただきましょう」

修道院をあとにする古びた馬車の中で、ラネローは黙りこんでいた。アントニアは黙想する夫の邪魔をしなかった。二十年ぶりに愛する姉に会ったのだから、さまざまな思いが胸に去来しているはず。その中でもいちばん折り合いをつけづらいのは、多くの誤解があったことだろう。

修道院が視界から完全に消えると、ラネローがようやく苦しげなため息をついて、こちらを向いた。切なくなるほど悲しげに、体を引きよせられて、馬車の揺れに負けないほどしっかり抱きしめられた。アントニアは目を閉じて、夫の腰に腕をまわした。ラネローへの愛と、その心の傷を癒したいという強い願いで、胸がいっぱいになった。

馬車が長い距離を進むあいだ、ふたりは無言で会話をするように抱きあったままでいた。身も震えるほどの緊張感が、ラネローの体からゆっくり抜けていく。アントニアは夫の背中にまわした腕に力をこめた。不変の愛からラネローは力を得る、そう信じて疑わなかった。

しばらくすると、首のわきにラネローの唇を感じた。とたんに、肌に小さな漣が立った。

「きみがほしい」耳に心地いい囁き声がすると、期待感で全身がざわついた。

それでも、ラネローの背中にまわした腕を渋々とゆるめて、体をわずかに離した。クリフデンで借りた古びた馬車の中は薄暗かったが、ラネローの顔に欲望が浮かんでいるのはわかった。この半年間で、その表情が何を意味するのかはっきりわかるようになっていた。

唇が震えるのを感じながら言った。「宿に戻ったら……」

欲望でラネローの目がぎらついていた。「いや、いまここで」

強い意志が表われた揺るぎない口調を耳にして、アントニアの全身を興奮が駆けぬけた。

「でも、ここは馬車の中よ」

ラネローの口元に邪な笑みが浮かんだ。「これまでは、馬車の中では淫らなことをしなかったかもしれないが」

アントニアは頬を赤く染めた。「いいえ、そういうこともあったわ。領地の森の中を走る馬車で。あのときは首の筋をちがえたわ」

軽い冗談ぐらいでは、強烈な欲望は消えなかった。「それでも、きみは文句を言わなかった、そうだろう？」

同意を得たかのように、ラネローがスカートを少しだけめくった。ストッキングに包まれた脚に熱い手が触れると、興奮がまたもや全身を駆けめぐった。ガーターベルトの上の素肌へと向かうその手を、アントニアはそっと押さえた。「ということは、あなたは馬車の中で愛を交わしたのを思いだしたのね」

「馬車といっても二輪馬車だ。いま乗っているような四輪馬車ではなく」

「あらゆる場所でわたしを押し倒そうという魂胆なのね、旦那さま？」

ラネローが首筋に軽いキスの雨を降らせながら、くぐもった声で言った。「男にはひとつぐらいは趣味が必要だよ」

アントニアは苦笑いしそうになるのをこらえた。「夢中になっても危険がないものにしてね」

「いかにも妻らしい忠告だな、マイ・ラブ」

押さえていた手がするりと動いて、脚から下着へと向かっていった。忌々しいことに、そこでふいに動かなくなった。いちばん触れてほしいところのすぐそばで。この半年で、ラネローは妻をじらすことが趣味になったらしい。

「これでは手のつけられないおてんば娘になって、クリフデンに着くことになるわ」アントニアのほうも夫をからかってじらすのを楽しんでいた。

「きみはいつだって手のつけられないおてんば娘だろう?」ラネローがそう言いながら、にやりとした。

アントニアは眉を上げた。「とってもおもしろい冗談だわ」

「きみが膝の上にまたがってくれたら、さらに冗談が冴えるはずなんだがな」

「さぞかし冴えるでしょうね」かぶっていた帽子を脱いで、態度で同意した。なぜなら、ラネローを求めていたから。非情な外の世界から、夫を守りたかった。ラネローが言うとおり、それがいかにも妻らしいおこないだから。

道は穴だらけで、曲がりくねり、馬車のスプリングはゆうに三十年は使いつづけているようだった。ラネローの膝の上にまたがろうとすると、体がぐらりと揺れて、倒れそうになる。小さく悪態をついて、たくましい肩をつかむと、ラネローにまたがって、擦りきれた座席の上に膝を載せた。ラネローが腰を抱いてくれたけれど、それでも体がぐらついた。

ラネローが身を寄せて口づけてくると、ぐらつく体のことなど気にならなくなった。口づけは欲望の味がした。それ以上に、この数時間の荒れくるう感情の味がした。けれど、驚きはしなかった。ラネローのやけに明るい態度は、やはりうわべだけだったのだ。

愛が大きな波のように全身を満たしていた。この体でラネローの心の傷を癒してみせる。

夫の心が浮きたつなら、魂を捧げてもかまわない。最愛の人のためならなんでもするつもりだった。

愛のすべてをこめて、口づけを返した。すると、ラネローの唇に魔法の世界へといざなわれた。ラネローとその感触だけの世界に。ところが、そのとき、馬車が大きな穴の上を通って、ラネローの膝の上から落ちそうになった。

息を切らせながら笑って、たくましい肩をさらに強く握りしめた。「これはずいぶん危険な趣味だわ」

「愛はいつだって危険だよ」ラネローが囁くように言うと、女性を夢見心地にさせる絶妙な力の入れ具合で乳房に触れた。

身ごもったせいで、乳房はいっそう敏感になっていた。羊毛と麻の服を重ねているのに、乳首が小石のように硬くなる。脚の付け根がじわりと湿って、お尻をもぞもぞと動かさずにいられなかった。

ラネローがうめいて、また口づけてきた。「つかまっているんだぞ」

アントニアはふたりの胸が触れあうほど前屈みになった。ふたりを隔てている服が、堪えがたいほど邪魔だった。それほどすばやく欲望をかき立てられていた。巧みな指が下着の隙間に滑りこみ、たっぷりと撫でられる。淫らな声をあげそうになるのをこらえて、アントニアは目を閉じた。

ラネローがズボンの前を乱暴に開いた。体をずらされると、硬いものと秘した場所がぴたりと重なった。腰をわずかに浮かせて、ひとつになる瞬間を遅らせた。

彼が首に顔を埋めてくると、熱く湿った息遣いを肌に感じた。馬車の揺れに負けないように体に力をこめて、腰を落とした。

ふたりがひとつになる——それは感動的だった。その感覚は愛を交わすたびに、より意味深いものへと変わっていく。ラネローが苦しげに名を呼んで、動きはじめた。ラネローはのんびりしてもいなければ、やさしくもない。もちろん、わたしだって、そうしてほしいとは望んでもいない。アイルランドの海岸沿いの荒れ地を行く馬車の中で、こんなふうにひとつになると、ひとりの女としての自分を実感して、なおかつ、解放された気分になった。

馬車の揺れのせいで、ラネローの動きはぎこちなかった。けれど、そんなことは気にならなかった。男物の外套を握りしめて、奔放に体をはずませる。言うことを聞かない馬に乗っているかのよう。刺激的で、向こう見ずで、危険。

それこそがわたしの夫。

のぼりつめて、はじけると同時に、下腹の内側が熱い液体で満たされた。ラネローが途切れがちなため息をついた。その手で痛いほど腰をつかまれていた。体の内側でラネローをぴたりと包みこむ。愛の滴を一滴残らず搾りとろうとするかのように。

ひとつになったたまま、余韻に身をわななかせていると、ラネローの体からゆっくり力が抜けていくのがわかった。目を閉じて、たくましい胸にもたれかかる。苦しげに息をする胸の動きを感じた。

「愛しているわ」囁きながら、心からの愛をこめて、ラネローの胸に手をあてた。

頭のてっぺんにキスされた。ラネローが満足げなため息をついて、座席の角に背をつけた。アントニアは自然とその体にもたれかかっていた。果てしない愉悦と、果てしない愛を実感しながら。

ほんの一年前までは、一生ひとりきりで生きていくと思いこんでいたなんて……。運命はわたしに曲がりくねった道を歩ませた。悲運と苦難ばかりの道を。それでも、その道をたどるしかないと覚悟していたのだ。

ラネローはわたしの心。いまも、そして、これからも。

徐々に落ち着いていくラネローの息遣いを感じながら、力強い抱擁に身を任せ、男女の交わりのジャコウの香りを胸いっぱいに吸いこんだ。頭のてっぺんにラネローの顎を感じた。肉体が満たされたせいで眠くなり、うつらうつらした。長旅で疲労困憊していたのだ。いままでのところ、つわりはなかったけれど、その予兆は感じていた。それに、エロイーズとラネローの再会が気になって、夜もぐっすりとは眠れずにいた。そうして、祈っていた。今日というとりわけ重要な一日が終わるときには、ラネローの心が穏やかになっていますように、と。

「いつになったら、話してくれるんだい？」馬車の軋みにかき消されそうなほど小さな声でラネローが言った。

「なあに……？」体を丸くして、ラネローにぴたりと寄り添った。夜が近づいて、真冬の空気はいよいよ冷えていたけれど、たくましい体は温かかった。

妻を抱いたまま、ラネローが片方の手を伸ばしてブラインドを開けた。そうして、なんとなくからかっているような口調で言った。「ぼくがなんと言ったか聞こえただろう」

アントニアは眠くてたまらなかった。それでも、ゆっくり体を起こして、夕刻の薄日に照らされた夫の顔を見た。「なんと言ったの？」不機嫌そうに尋ねたけれど、ラネローがなんと言ったかは、もちろんわかっていた。

ふたりの真剣な視線が絡みあった。「赤ん坊のことだよ、もちろん」

アントニアは思わず体に力が入った。「知っているのね」さらりと言って、ラネローの胸に片手をあてた。揺れる馬車の中で倒れてしまわないため。そして、いまこの瞬間にこそ、ラネローに触れていなければならなかったからだった。この体の中に息づいている新たな命の秘密が、秘密ではなくなるこの瞬間に。

ラネローがにやりとした。「マイ・ダーリン、きみとは半年も同じベッドで寝ているんだ。気づかないわけがない。あと半年もしたら、息子か娘に名前をつけることになるんだろうな」

その口調に怒りは感じられず、アントニアは心からほっとした。でも、ほんとうに喜んでいるの？　お願い、子どもができて、ラネローが幸福を感じていますように。

ラネローのシャツを握りしめて、不安げな口調で言った。「知っていたなら、なぜ、この旅にわたしを連れてきたの？」

「ああ、それは大問題だ」何かひらめいたように、黒い瞳がきらりと光った。「待っているように言ったら、きみは屋敷でおとなしくしていたのかな？」

「わたしは夫にしたがうと誓ったのよ」

ラネローが鼻で笑った。「その誓いを真剣に守ろうとしているきみの姿は、ほとんど見たことがない」

「どうしても待っているようにと言われたら、そうしていたわ」

ラネローが訝しげに眉を上げた。それを見て、アントニアは一瞬、口を閉じたものの、すぐに話を続けた。「いいえ、どうしてもそうするように言われたら、もしかしたらそのことばにしたがっていたかもしれない」

「ほんとうに？」

「いいえ」アントニアは素直に認めて、弁解がましく円を描くようにラネローの胸を撫でた。力強い鼓動が手のひらに伝わってきた。「気にしているの？」

ラネローがおもしろがっているような口調で言った。「赤ん坊のことかな？　それとも、きみがいっしょにアイルランドに来たこと？」

「どちらも」アントニアは言いなおした。「両方よ」

「ちっとも」

嬉しくてたまらなくなった。思わず唇に笑みが浮かんだけれど、さらにラネローに身を寄せはしなかった。「じゃあ、あなたは喜んでいるのね？」

「もちろんだ」妻を誤解させないように、ラネローはさらに言った。「両方とも、喜んでいるよ。何もかもに。中でもとりわけ、自分がきみと結婚するほどすばらしい先見の明を持っていたことにね、レディ・ラネロー」

アントニアは幸せだった。同じぐらい幸せそうに、ラネローの黒い目も輝いていた。切なくなるほどやさしく、ラネローが顎の下に手を滑りこませてきた。ガラスのように脆く、鋼のように強いものに触れている、と言わんばかりに。その触れ方がここにいる女性が自分のすべてだと宣言していた。

「ほんとうに嬉しいわ」真の気持ちを口にして、声がかすれた。「さあ、何かわたしを怒らせるようなことを言ってちょうだい。さもないと、迷子の子牛のように泣き叫んでしまうから」

やさしく咎めるように頰を撫でられた。「きみを見ていると、ことばを忘れてしまう。きみを怒らせることばなんて、ひとつも見つからないよ、愛するアントニア」

アントニアは驚いたように、大げさに目を丸くした。「なんてこと、信じられないわ」

「信じてほしいな」ラネローの口づけからは、敬意さえ伝わってきた。それが胸に染みて、アントニアはこみ上げてくる涙を必死に押しもどした。ラネローの声がどこまでも深みを増し、聞きとるには気持ちを集中しなければならなかった。「実のところ、ひとつだけどうしても言っておきたいことがある、愛しのアントニア」

涙で霞む目でラネローの輝く目を覗きこんだ。胸の中は愛で満ちていた。あふれでてしまいそうなほど豊かな愛で。「何かしら?」小さな声で尋ねた。

「きみを愛しているんだ。これからもずっと」

この世の宝石のすべてより、きみのほうがはるかに大切だ——ラネローの笑みには、そんな思いがこもっていた。こらえていた涙が頬を伝うのを感じながらも、アントニアはどうにか微笑んだ。

「わたしのすばらしいニコラス、あなたといればこの世は完璧よ」

訳者あとがき

お待たせいたしました。アナ・キャンベルならではのダークな愛を描いたヒストリカルロマンス第六弾『黒い悦びに包まれて』をお届けします。

今回もダークなのは相変わらずですが、復讐を企むのはヒロインではなくヒーローというのが、やや趣が異なります。そしてまた、ヒロインの過去の過ちも読み応えたっぷりです。

舞台は一八二七年のロンドン。放蕩者として名を馳せるラネロー侯爵ニコラス・チャロナーは、めずらしく舞踏会に姿を現わしました。それは、社交界にデビューしたての令嬢カッサンドラ・デマレストを誘惑するため。ところが、そのお嬢さまには見るからに手強いお目付け役のミス・スミスがついていて、簡単には誘惑できそうにありません。

ラネローがカッサンドラを誘惑することにしたのは、二十年前のある出来事の復讐のためでした。二十年前、ラネローの姉エロイーズは道楽者のゴドフリー・デマレストに手籠めにされ、身ごもらされて、紙屑のように捨てられたのです。その件で父親の怒りを買ったエロイーズは、アイルランドの僻地の修道院に送られ、以来、俗世界とはかかわりを持たずに生きています。やさしい姉をそんな身に追いやったデマレストのことを、ラネローは許せず、いつか姉に代わって復讐を果たすと心に決めて、チャンスをうかがっていたのでした。けれど、狡猾なデマレストはなかなか尻尾を出さず、今年、デマレストの娘カッサンドラが社交界にデビューしたことで、ラネローにもようやく復讐の機会がめぐってきました。カッサンドラを誘惑して、スキャンダルまみれにすれば、その父親であるデマレストが苦しむのはまちがいありません。

そんなラネローでしたが、カッサンドラの傍らにつきそっているミス・スミスをひと目見たとたんに、復讐のことは頭から抜け落ちてしまいます。高貴な貴族を相手にしてもひるまず、辛辣なことばをずばずばと口にするその女性に、心ならずも惹かれてしまったのです。いっぽう、ミス・スミスことアントニア・スミス・ヒリアードは、実は高貴な家の生まれでした。けれど、十七歳のときに放蕩者に誘惑され、イタリアに駆け落ちするという大スキャンダルを起こし、そのせいで厳格な父に勘当されて、以降、十年間、出自も過去もひた隠しにして、遠縁にあたるカッサンドラの世話をして生きてきたのでした。そういう経験を持つアントニアですから、放蕩者には充分に警戒していたはずが、いけないと知りつつもラネローの魅力の虜になってしまいます。

そんなわけで、カッサンドラが貴族の田舎の館に招待され、それにつきそってロンドンを離れることになると、アントニアは安堵します。そのままロンドンにいたら、感情を抑えきれずに、ラネローと深い関係になりかねない。そうなれば、大スキャンダルとなり、それこそ住む家もきちんとした仕事も失って、路頭に迷うことになります。ロンドンを離れて、田舎でのんびりと過ごしていたのも束の間、その屋敷にラネローがやってきます。それとほぼときを同じくして、その地に流行病が広がり、カッサンドラが倒れ、死の淵をさまよいます。アントニアは看病に明け暮れる日々を過ごし、そのときばかりはラネローのことで思い悩む余裕もありませんでした。看病のかいあって、やがて、カッサンドラが快方に向かうと、人の命の危うさを実感したアントニアは、いま一度だけ、自分の気持ちに正直になろうと心に決めて、ラネローに抱かれて一夜を過ごします。

ちょうどその頃、貴族の令嬢として道を踏みはずす原因となった人物、放蕩者のジョニー・ベントンが外国から英国に舞いもどったのでした。しかも、いまさらアントニアと本気で結婚する気でいたのです。アントニアは心底ぞっとして、同時に、激しい不安に駆られます。ベントンの登場で、万が一にもかつてのスキャンダルが世に知られることになれば、十年のあいだ素性を偽って築いてきた平穏な暮らしも、手の届かないものになりかねません。

アントニアのそんな苦悩を知り、また、姉の敵討ちも果たせずに自己嫌悪に陥ったラネローは、自分に唯一できることとして、ベントンをこの世から、いや、せめて英国から排除しようとある勝負に出ます。愛するアントニアを守れるなら、命も惜しくはないと……。

復讐と生まれてはじめて見つけた真実の愛――そのはざまで揺れ動くラネローの思いは、読み応え満点です。

また、ラネローが復讐のためにカッサンドラを誘惑するつもりだったのを知ったアントニアの、複雑な心情もしっかり描かれています。裏切られたと感じながらも、それでもラネローへの愛を捨てきれない、そんな乙女心は読んでいて切なくなります。

同時に、〝これほど愛されるのなら、平穏な人生など捨ててもかまわない〟――そう思わせてくれる力強い愛が散りばめられた究極のロマンス、それが本書だと言っても過言ではありません。

ヒロインとヒーローの愛憎劇にくわえて、本書でもまた脇役に注目したくなります。まずは、ラネローの復讐の標的となるカッサンドラ。ラネローは放蕩者とはいえ、女性なら誰もがうっとりするほどの容姿の持ち主。当然のことながら、女を口説くことにかけては誰にも引けは取らないと、自他ともに認める男性です。社交界にデビューしたてで、一見、世間知らずのうぶなお嬢さまに見えるカッサンドラですから、ラネローの誘惑にあっというまに屈してしまうのかと思いきや、実は意外な面も持ち合わせていて……。

もうひとりはジョニー・ベントン。アントニアの人生をめちゃくちゃにした放蕩者ですから、悪役ではあるのですが、なぜか憎めません。これまでのアナ・キャンベル作品に登場した悪役は、悪魔の落とし子と言ってもいいほど邪悪な人物が多かったのを思えば、ベントンは異色かもしれません。といっても、身勝手で子供っぽくて、ナルシストですから、身のまわりにひとりはいてほしいと思えるような男性ではありませんが。

もうひとり、実際の出番は少ないけれど、アントニアとラネローの話によく出てくるのが、カッサンドラの父親であるデマレストです。アントニアにとっては、遠縁にあたり、夢破れて途方に暮れていた十七歳のときに、救いの手を差しのべてくれた人物。ところが、ラネローにとっては、姉を破滅させたどれほど憎んでも憎み切れない相手。これもまた、ある意味で異色の脇役です。

人の二面性や複雑な人間関係に翻弄されながらも、それを乗り越えて、真実の愛を成就させる上質なロマンス。本書はそんなふうにも言えそうです。情熱的な主人公になったつもりで、心ゆくまで楽しんでいただければ幸いです。

二〇一四年五月

23 ザ・ミステリ・コレクション

黒《くろ》い悦《よろこ》びに包《つつ》まれて

著者　アナ・キャンベル

訳者　森嶋《もりしま》マリ

発行所　株式会社　二見書房
東京都千代田区三崎町2-18-11
電話　03(3515)2311［営業］
03(3515)2313［編集］
振替　00170-4-2639

印刷　株式会社　堀内印刷所
製本　株式会社　村上製本所

落丁・乱丁本はお取り替えいたします。
定価は、カバーに表示してあります。

ISBN978-4-576-14078-0
http://www.futami.co.jp/

罪深き愛のゆくえ
アナ・キャンベル
森嶋マリ［訳］
高級娼婦をやめてまっとうな人生を送りたいと願う美女ソレイヤ。ある日、公爵のもとから忽然と姿をくらまして…。若く孤独な公爵との壮絶な愛の物語！

囚われの愛ゆえに
アナ・キャンベル
森嶋マリ［訳］
何者かに突然拉致された美しき未亡人グレース。非情な叔父によって不当に監禁されている若き侯爵の愛人として連れてこられたと知り、必死で抵抗するのだが……

その心にふれたくて
アナ・キャンベル
森嶋マリ［訳］
遺産を狙う冷酷な継兄らによって軟禁された伯爵令嬢カリスは、ある晩、屋敷から逃げだすが、宿屋の厩で身を潜めていたところを美貌の男性に見つかってしまい……

誘惑は愛のために
アナ・キャンベル
森嶋マリ［訳］
やり手外交官であるエリス伯爵は、ロンドン滞在中の相手として国一番の情婦と名高いオリヴィアと破格の条件で愛人契約を結ぶが……せつない大人のラブロマンス！

危険な愛のいざない
アナ・キャンベル
森嶋マリ［訳］
故郷の領主との取引のため、悪名高い放蕩者アッシュクロフト伯爵の愛人となったダイアナ。しかし実際の伯爵は噂と違う誠実な青年で、心惹かれてしまった彼女は…

仮面のなかの微笑み
イーヴリン・プライス
石原未奈子［訳］
仮面を着けた女ピアニストとプライド高き美貌の公爵。ふたりが出会ったのはあやしげなロンドンの娼館で……。初代〈米アマゾン・ブレイクスルー小説賞〉受賞の注目作！

密会はお望みのとおりに

クリスティーナ・ブルック

村山美雪［訳］

夫が急死し、若き未亡人となったジェイン。今後は再婚せず、ひっそりと過ごすつもりだった。が、ある事情から、悪名高き貴族に契約結婚を申し出ることになって？

約束のワルツをあなたと

クリスティーナ・ブルック

小林さゆり［訳］

愛と結婚をめぐり紳士淑女の思惑が行き交うロンドン社交界。比類なき美女と顔と心に傷を持つ若伯爵の恋のゆくえは――。新鋭作家が描くリージェンシー・ラブ！

罪つくりな囁《ささや》きを

コートニー・ミラン

横山ルミ子［訳］

貿易商として成功をおさめたアッシュは、かつての恨みをはらそうと、傲慢な老公爵のもとに向かう。しかし、そこで公爵の娘マーガレットに惹かれてしまい……。

その愛はみだらに

コートニー・ミラン

横山ルミ子［訳］

男性の貞節を説いた著書が話題となり、一躍時の人となった哲学者マーク。静かな時間を求めて向かった小さな田舎町で謎めいた未亡人ジェシカと知り合うが……。

恋の訪れは魔法のように

キャサリン・コールター

栗木さつき［訳］

放蕩伯爵と美貌を隠すワケアリのおてんば娘。父親同士の約束で結婚させられたふたりが恋の魔法《マジック》にかけられて……待望のヒストリカル三部作、マジック・シリーズ第一弾！

星降る夜のくちづけ

キャサリン・コールター

西尾まゆ子［訳］

婚約者の裏切りにあい、伊達男ながらすっかり女性不信になった伯爵と、天真爛漫なカリブ美人。衝突する彼らが恋の魔法《マジック》にかかる…!? マジック・シリーズ第二弾！

二見文庫　ザ・ミステリ・コレクション

罪深き夜の館で
シャロン・ペイジ
鈴木美朋［訳］

失踪した親友デルの行方を探るため、秘密クラブに潜入した若き未亡人ジェインは、そこで思いがけずデルの兄に再会するが…。全米絶賛のセンシュアル・ロマンス

赤い薔薇は背徳の香り
シャロン・ペイジ
鈴木美朋［訳］

不幸が重なり、娼館に売られた子爵令嬢のアン。さらに〝事件〟を起こしてロンドンを追われた彼女は、若くして戦争で失明したマーチ公爵の愛人となるが……

許されぬ愛の続きを
シャロン・ペイジ
鈴木美朋［訳］

伯爵令嬢マデリーンと調馬頭のジャックは惹かれあいながらも、身分違いの恋と想いを抑えていた。そんな折、ある事件が起き……全米絶賛のセンシュアル・ロマンス

戯れの夜に惑わされ
リズ・カーライル
川副智子［訳］

女性をもてあそぶ放蕩貴族を標的する女義賊〝ブラック・エンジェル〟。名うての男たちを惑わすその正体は若き未亡人シドニー。でも今回は、なぜかいつもと勝手が違って……？

その夢からさめても
トレイシー・アン・ウォレン
久野郁子［訳］
［バイロン・シリーズ］

大叔母のもとに向かう途中、メグは吹雪に見舞われ近くの屋敷を訪ねる。そこで彼女は戦争で心身ともに傷ついたケイド卿と出会い思わぬ約束をすることに……!?

ふたりきりの花園で
トレイシー・アン・ウォレン
久野郁子［訳］
［バイロン・シリーズ］

知的で聡明ながらも婚期を逃がした内気な娘グレース。そんな彼女のまえに、社交界でも人気の貴族が現われ、熱心に求婚される。だが彼にはある秘密があって…

二見文庫　ザ・ミステリ・コレクション

あなたに恋すればこそ
トレイシー・アン・ウォレン
久野郁子［訳］
〔バイロン・シリーズ〕
許婚の公爵に正式にプロポーズされたクレア。だが、彼にとって〝義務〟としての結婚でしかないと知り、公爵夫人にふさわしからぬ振る舞いで婚約破棄を企てるが…
この夜が明けるまでは
トレイシー・アン・ウォレン
久野郁子［訳］
〔バイロン・シリーズ〕
婚約者の死から立ち直れずにいた公爵令嬢マロリー。兄のように慕う伯爵アダムからの励ましに心癒されるが、ある夜、ひょんなことからふたりの関係は一変して……!?
すみれの香りに魅せられて
トレイシー・アン・ウォレン
久野郁子［訳］
〔バイロン・シリーズ〕
許されない愛に身を焦がし、人知れず逢瀬を重ねるふたり——天才数学者のもとで働く女中のセバスチャン。心優しい主人に惹かれていくが、彼女には明かせぬ秘密が…
英国レディの恋の作法
キャンディス・キャンプ
山田香里［訳］
〔ウィローメア・シリーズ〕
一八二四年、ロンドン。両親を亡くし、祖父を訪ねてアメリカからやってきたマリーは泥棒に襲われるも、ある紳士に助けられる。お礼を申し出るマリーに彼が求めたのは彼女の唇で…
英国紳士のキスの魔法
キャンディス・キャンプ
山田香里［訳］
〔ウィローメア・シリーズ〕
若くして未亡人となったイヴは友人に頼まれ、ある姉妹の付き添い婦人を務めることになるが、雇い主である伯爵の弟に惹かれてしまい……!? 好評シリーズ第二弾！
英国レディの恋のため息
キャンディス・キャンプ
山田香里［訳］
〔ウィローメア・シリーズ〕
ステュークスベリー伯爵と幼なじみの公爵令嬢ヴィヴィアン。水と油のように正反対の性格で、昔から反発するばかりのふたりだが、じつは互いに気になる存在で…!?

微笑みはいつもそばに
リンゼイ・サンズ
武藤崇恵［訳］
〔マディソン姉妹シリーズ〕

不幸な結婚生活を送っていたクリスティアナ。そんな折、夫の伯爵が書斎で謎の死を遂げる。とある事情で伯爵の死を隠すが、その晩の舞踏会に死んだはずの伯爵が現われ⁉

いたずらなキスのあとで
リンゼイ・サンズ
武藤崇恵［訳］
〔マディソン姉妹シリーズ〕

父の借金返済のため婿探しをするシュゼット。ダニエルという理想の男性に出会うも、彼には秘密が…『微笑みはいつもそばに』に続くマディソン姉妹シリーズ第二弾！

鐘の音《ね》は恋のはじまり
ジル・バーネット
寺尾まち子［訳］

スコットランドの魔女ジョイは英国で一人暮らしをすることに。さあ〝移動の術〟で英国へ——、呪文を間違えたジョイが着いた先はベルモア公爵の胸のなかで…⁉

星空に夢を浮かべて
ジル・バーネット
寺尾まち子［訳］

舞踏会でひとりぼっちのリティに声をかけてくれたのは十一歳の頃からの想い人、ダウン伯爵で…『鐘の音は恋のはじまり』続編。コミカルでハートウォーミングな傑作ヒストリカル

恋のかけひきにご用心
アリッサ・ジョンソン
阿尾正子［訳］

存在すら忘れられていた被後見人の娘と会うため、スコットランドに夜中に到着したギデオン。ところが泥棒と勘違いされてしまい…実力派作家のキュートな本邦初翻訳作品

永遠《とわ》のキスへの招待状
カレン・ホーキンス
高橋佳奈子［訳］

舞踏会でのとある〝事件〟が原因で距離を置いていたシンとローズ。そんなふたりが六年ぶりに再会し…⁉ 軽やかなユーモアとウィットに富んだヒストリカル・ラブ

二見文庫 ザ・ミステリ・コレクション

虚像淫楽

山田風太郎ベストコレクション

山田風太郎

角川文庫
16326

目次

眼中の悪魔

兄さん、突然旅に出かけるので、この手紙を遺《のこ》して置く。或《ある》いは、二度と帰って来ないかも知れない。――こういうと、兄さんは驚くより腹を立てるだろう。ほんとうに、長い間の兄さんの御苦労のおかげで、大学を出たのが一昨年、やっと医者になったばかりで、突如としてこういう忘恩的な失踪《しっそう》をしなくてはならぬとは、兄さんに対して実に胸が痛い。

どうして僕がそういう心理にまで追いつめられたか、そのいきさつは或《あ》る恐ろしい事件と絡んでいる。これは何人にも永遠の秘密としておく決心であったが、事ここに及んでなお兄さんにも黙ったまま旅に出てしまうことは僕の良心が許さない。――その事件を想い出すことさえ厭《いや》だ。まして筆にあらわすなど悪寒《おかん》を催すほど恐ろしい。これを読んだら或いは兄さんも僕のこの挙に一つの必然性らしいもののあることを認めてくれるだろう。

委曲《いきょく》をつくして書いたら、夜を徹してもなお足らぬだろう。それは、今の僕には耐えられぬ。心は乱れているが、自然科学の学問に訓練された頭を死物狂いに呼び戻し、一つの研究を纏《まと》めるようなつもりで簡単に書く。

まず話は四年前、つまり僕がまだ大学三年生に在学していた当時に遡《さかのぼ》る。

その年の夏の或る夜ふけ、例の浮世絵の研究会が果てて、会の主催者片倉氏と新宿裏通りを歩いている途中、僕は一人の酔漢に脅迫されている少女を救った。その武勇伝は当時兄さんにも話したように思うから、或いは御記憶かも知れない。

兄さんには黙っていたが、その武勇伝には実は後日譚《ごじったん》があった。——そして、その後日譚の、噫《ああ》、何という恐ろしい展開と結末!

そのことがあってから半月ばかりの後、友に誘われて観に行った新宿のムーラン・ルウジュの舞台の上に、僕はその娘を見出《みいだ》して驚いた。僕達の座席は、舞台の真下のところだ。その少女は、主役でも何でもない、大勢出て来るレヴュー の踊子の一人に過ぎなかったが、ふと僕と視線が合って、眼を見開き、ほほえんだ。

それから間もなく、大学の演劇同好会員で色々な劇団とも交渉のあるその時の友人の紹介で、僕はその少女と舞台以外の場所で逢《あ》う機会を持った。兄さんに対する最初の秘密の始まったのはその日からだ。つまり吾々《われわれ》は恋に陥ったのだった。

その娘は珠江《たまえ》といった。その名のようにすがすがしい美しさは、レヴューの踊子とも思われなかった。それも道理だ。彼女の生家はもと下谷《したや》の相当大きな染物店で、彼女も女学校四年まで行っている。それがなぜ中途で退学しなくてはならなかったかというと、第一の原因は父親が脳溢血《のういっけつ》にかかって半身不随となったこと、並びにその結果むしょうに気が弱くなって、恥も外聞もなく昔囲っていた妾《めかけ》の子を、商売上の後継者として呼び入れたことによる。

彼女の運命に決定的な悪影響を与えたのはむしろこの第二の原因たる腹違いの兄だった。暗い環境に育ったこの兄は、徹底的な怠け者で、気違いじみた放蕩《ほうとう》者で、病的な嘘つきで、たった二年ほどの間に波が砂の小城を崩すように蕩尽《とうじん》し、はては商家に一番大切な信用というものさえめちゃくちゃにして、とうとう父親も匙《さじ》を投げ、再び追い出されてしまったが、あとに失われたものは二度ともとへ戻るべくもなかった。

この話を聞きながら、僕が驚いたのは、この夏珠江を脅迫していた酔いどれは、余人《よじん》にあらずこの血続きの兄だったということだった。打ち倒した妹の血をすする与太者の兄！　眩《まぶ》しい脚光の外へ一歩出れば、可哀そうな娘の背後には、不吉な影がつきまとっている。ありふれたことだが、僕の恋の第一転機はこの同情であった。

しかしこの娘に感心したのは、その潔《きよ》らかな美貌《びぼう》よりもその落ちついた心の動き方だった。もの静かで、男の僕より現実家だった。或いはそういう気性が殊更《ことさら》に医学生である僕に愛情をさし向けたのかも知れない。知り合ったのは、彼女が劇団に入って間もなくのことであったが、若《も》し仮《か》すに時日を以《もっ》てすれば、その容姿、その聡明《そうめい》、彼女は必ずや舞台の花形になったに違いない。しかし事実はそうゆかなかった。娘の賢明さは、彼女を別の運命に向けた。

僕の情熱は、この少女の性質に時どき水に触れるような不満を覚えることもあったが、しかし僕はよく耐えた。当時そういう恋愛があったとは、兄さんでさえ気がつかなかったろう。それだけに僕の愛情は深く生命の底までも沁《し》みこんだ。――想えば、噫《ああ》、何という美しく愉《たの》しい半年であったろう！

大学を出て、僕が今の病院の医局に勤務するようになってから、兄さんは親切にも再三ならず僕の結婚の相手を探してくれた。その度に僕がニベもなく拒絶するのに、兄さんは半分正気で半分冗談めいて「何だ、お前、恋人でもあるのじゃないか」と言ったことがある。そのとき僕はこれまた茶化《ちゃか》したような微笑を浮かべて「うん、失恋のしたてなんだ。だからちょっと結婚する気にはなれないね」と答えた。しかし実際は半失恋であった。僕は女を深く憎みながら未《いま》だ深く愛し、女もまた僕を愛してくれているという想像を失ってはいなかった。そうして、二人は別れながらなお交際を保っていた。

この不思議な言葉の意味を次に述べよう。

珠江と知り合ってから半年後、つまり翌年の春、僕は何の気もなく彼女をあの浮世絵研究会の片倉氏に紹介した。前年の夏、新宿の裏通りで一緒に救ってやった娘だと説明すると「君、なかなか油断がならんね」と笑ったが、――油断がならぬのは、実は片倉氏の方であった！　僕が学生中にふとした偶然から畠違《はたけ》いの浮世絵なるものに心酔しはじめたのを知って、苦しい汗の中から学資を出してくれる兄さんは、しばしば不満足の意を現わされた。学業には決して影響を与えさせないというのが僕の心の中の盾《たて》であったが、兄さんの不安は意外な方面で的中した。つまり僕は浮世絵で知り合った片倉氏に恋人を奪われてしまったのだ。

当時、片倉氏は三十を少し越したくらいだったが、既に親ゆずりの家具製造会社の社長で、しかしその仕事よりも浮世絵道楽に寧日《ねいじつ》もない結構な御身分だった。また豪放な実業家タイプでもなかった。怠惰性肥胖《ひはん》症とでもいうのか、肥満はしていたが、極めて色つやが悪く、蒼《あお》ぶくれた薄い皮膚は妙なことに研《と》ぎたての剃刀《かみそり》を思わせ、柔かい声はあたかも女性のようであった。未だ独身ではあったが、大分前一度妻を迎えたことはあったそうだ。離婚の真の原因は、おそらく彼の或る偏《かたよ》った神経質な性格にあったものと思う。女に対して好みの細かい片倉氏の趣味に、この踊子の姿態と感情がぴたりと適合した。

これに対する珠江の立場は、どうであったか。当時、例の不良の異母兄が大きな詐欺《さぎ》的行為を働いて司直《しちょく》の手が迫ろうとし、捨てながらなお捨て切れぬ父親は、病床でそれを知って苦悩していた。不幸な息子を救うには、多額な金が必要だった。父親の病状は俄《にわ》かに悪化してきた。これは珠江が僕に訴えたことで、僕もそれを信じて共に苦しんだ。

しかし、この理由で、彼女が片倉氏のさしのべた手を受けようとするのを知るに及んで、僕は氷に打たれたように蒼白《そうはく》になった。僕は一度、兄さんに凡《すべ》てを告白してその助けを求めようと考えたが、その緊急巨額の金は兄さんにも到底始末のつかないのは明白であった。万事は窮した。人知れず虚脱状態に陥った僕をあとに、その年の暮、珠江は片倉氏の新夫人となってしまった。最後の日、深い蒼い眼でじっと僕を見つめて「橘《たちばな》さん、あたし、あなたをいつまでも愛しています」というありきたりの言葉を残したまま。――

卒業試験の準備を口実に、その結婚式には僕はゆかなかった。

兄さん、ここまでが悲劇のまえがきだ。

僕は、珠江のこの行為がすべて父と兄に対する犠牲的心情にのみ満たされているものとは信じなかった。そこまで孝女となるには、珠江は余りに怜悧《れいり》であり過ぎる。これは皮肉ではない。彼女は無軌道な異母兄の償いに自分の運命を羊と共に祭壇に捧《ささ》げるほど愚かではない。ただ、僕が憎んだのは、女が僕に対する弁解のよりどころをすべて兄と父とに帰したということだ。僕はそのとき女よりも女の偽善に裏切られたように感じた。——しかし、ほんとうのところは、これはインテリめいた甘い自己欺瞞《ぎまん》に過ぎなかったろう。人間は戦争という大量の殺戮《さつりく》をやりながら、あらゆる国家が正義の旗じるしとそれに対する理論の裏づけをせずにはいられない。僕の赤裸々の本能も、要するに、惚《ほ》れた女を失ったという動物的な憤怒《ふんぬ》に過ぎなかったのかも知れない。しかし、それが全部の理由でないにしても、珠江のこの口実はなお僕をして金縛りにさせるに充分な鉄壁であった。僕は地に膝《ひざ》を屈した。大地に自ら頭をうち砕くほど理性を失う僕ではなかったが、生命の芯《しん》をひき抜かれたような心を抱いて、その翌年、僕は辛うじて医科を卒業し、今の病院に入った。

その年の五月だ。銀座で、久しぶりに片倉氏に逢った。

「ほほう、遂《つい》に背広になったね、おめでとう橘君。しかし学校を出ても、いやそれだからなおさら広重《ひろしげ》を忘れるというテはないだろう。ひとつも会へ顔を見せんじゃあないか」と彼は言った。そしてにやにや笑いながら「どうだ、閑《ひま》ならこれからうちへ来ないか。暁斎《きょうさい》に国直《くになお》のいいものを少し手に入れたから君に是非見て貰《もら》いたいし、——それに、家内も大歓迎するぜ」と言った。

その笑顔には、確かに意地悪さがあった。しかし、それは大して深刻なものではなく、いたずらッ児のような誇りと茶目ッ気が揺れているに過ぎなかった。これは、後に片倉氏の日記を読んでみても分ることだが、彼は僕達の恋愛を知らないことはなかったが、それほど重大にも考えていなかったことは明白だ。広い世間に偶然接触した一人の学生と一人の小娘との青くさい仄《ほの》かな恋愛ごっこ、――せいぜいそのくらいに思っていたのだろう。その誘いを僕はことわった。惨《みじ》めな表情が掠《かす》めるのを意識して、一層惨めな気持になった。それですべてが終れば、僕の失恋は、なるほど当座の本人の心情はなかなか深刻がっていても結局片倉氏の考えた程度のものに過ぎなかったろう。「それ以来、彼女には二度と逢わない」などと末語に余韻をふくませた例の老人めいた「初恋」と題する自叙伝的小説の材料となるにとどまっていたかも知れない。しかし、僕は再び彼女と逢うようになった。そして世の中の無数の失恋は、そういう歯ぎれの悪いことの方が、案外ずっと多いのではなかろうか。もっともその再会が僕の経験したような、恐ろしい結末を見ることは稀《まれ》であろうが。――

つまり、僕はそれからまた一月ほどたった或《あ》る日、再び街頭で偶然片倉氏に逢って、今度はその誘いに乗ってしまったのだ。その心理は、俗にいう未練の一語に尽きる。やっぱり僕は女を偽善などという道学的見地のみから、徹底的に軽蔑《けいべつ》しきってはいなかったのだ。

片倉氏の邸宅は、御茶《おちゃ》ノ水《みず》の聖橋《ひじりばし》近くにあった。石の門から玄関まで十間《けん》以上もある。その玄関に出迎えた珠江夫人を見て、僕は心臓が凝縮《ぎようしゆく》するような感じがしたが、夫人の方は顔もあからめなかった。

「ようこそ、いらっしゃいませ」

落ちついた微笑の瞳《ひとみ》で見上げられた時、僕は一種の妖気《ようき》を感じたくらいだ。
家のうしろに蒼い外濠《そとぼり》の水がながれている。庭を隔ててそれを見下す二階の一室で晩餐《ばんさん》をとりながら、片倉氏は始終上機嫌であった。僕は何だか浮動している波の上にでも腰をおろしているような気持だった。卓上にひろげられた国直の小柴《こしば》権八の柱絵や娼家全図の錦絵《にしきえ》なども、ウヮの空だった。ともすれば話のトンチンカンになりがちな僕を救って機智に富んだ言葉をはさみながら、女中や婆やへの指図に手抜かりのない夫人の姿は、完全に踊子の昔をとどめず、実に見事な変貌ぶりであった。

彼女は半年ほど前のことなど、けろりと忘れ果てた顔つきをしていた。勿論《もちろん》僕も触れたりはしなかった。ただ一度、片倉氏が電話に立った時、僕は万感をこめて「奥さん、御幸福ですか」と言った。「え、おかげさまで」と答えたまま、夫人は静かに窓際へ寄ったが、ふとふりむいて、「でも、橘さん、またちょくちょくいらして下さいね」と言った。その深い蒼い瞳が、最後の日を想い起させた。一瞬に時間が逆流したような昏迷《こんめい》を感じて、ぼんやり見つめていた僕は、柔かい夕の光を受けた夫人の片頰の輪郭に懶《ものう》くかすんだ白い靄《もや》を認めて、思わず「奥さん、あなたは」と叫んだ。

そのとき片倉氏が帰って来たが、そうでなくとも、僕は次の言葉を発しはしなかったろう。僕は夫人が妊娠していることを直感したのだ。結婚の経験のない僕がこの方面の観察力に鋭敏なのは、病院で妊婦をしばしば診《み》るためと思われる。

未だなお消えなかったこのひとに対する夢が完全に醒《さ》めて、実感的な片倉夫人の姿が、浮かび上がった。寂しさと共に、僕はなぜか妙なよろこびを感じた。

夜更《ふ》けて辞して去ると、その宵の不安定な苦しさが甘い魅惑となって甦《よみがえ》った。

その日以来、僕は週に一度は片倉家を訪ねるようになった。最初のうちの自虐的な痛みが、次に女に唾《つば》をひッかけられるような快感に変り、その立ち騒ぐ波のような感情さえも、しとやかな珠江夫人のもてなしに柔かに鎮められていった。思うに夫人の妊娠を直感した時の寂しさと奇妙なよろこびの念は、二人の間に最終的な城壁を意識したからに相違ない。寂しさに不思議はないとして、それがなぜうれしいのか。壁がある以上、自らの心に何の動揺もなく、再び訪ねてくることが出来るというその予感のせいであったに違いない。——しかし、兄さん、愛する女が他人の子を身ごもったとて、一体それがこちらの愛情の本質にそれほどコペルニカス的な変化を与え得る理由があるだろうか？ 世にこのことがまたとない重大なことがらに考えられているのは、あれは忠義や左側通行と同様、秩序維持の手段としての人工的な道徳に、皆麻痺《まひ》しているからではないか。——少くとも、僕はそのときの安心は、やはり甘い自己欺瞞《ぎまん》に過ぎなかったように思われる。

当時、僕は二十六歳、夫人は二十四歳であったが、それにもかかわらず既に完全に夫人の方が「おとな」になっていたのは、半年の家庭生活の経験によるものであろう。次第に僕が、弟が姉に対するように夫人に対していた。

そして夫人もまた僕の訪問を決して不快に思わず、また単なる夫の道楽の弟子のみとも見ず、未だなお一種の感情を以《もっ》て迎えていることを僕は信ずるようになった。半失恋と言ったのは、即ちこの意味だ。二人で黙って対座しているとき、自分をじっと見つめている美しい瞳は、僕に全く根拠のない遠いひとつの夢を抱かせた。漠《ばく》たる期待、――しかしそれが何を意味したか。兄さん、僕は無意識の底をながれる人間心理の恐ろしさに戦慄《せんりつ》する。片倉氏は真に妻を愛していた。こわいほど繊細な半面を持っている人だけに、その愛は狂熱的であった。何でもない妻への片言隻句《へんげんせきく》からそれを感じとって、僕は嫉妬《しっと》した。兄さん、笑ってはいけない。自然の心理から言えば、この嫉妬は夫と同様の権利がある。

そのうちに僕は、例の夫人の異母兄がまた再三ならずこの屋敷を訪ねて、金品をねだって去ってゆくことを知った。実際、僕自身もその右眼の端にほくろのある男の姿を玄関で見たこともある。酒ぶとりにふとって、眼の光は兇悪《きょうあく》にきらめくこともあったが、足はもつれ、弛緩《しかん》した皮膚はその下に筋肉ではなく腐敗ガスが充満しているようにぶよぶよしていた。

これが一点の陰影となっているのみで、片倉家には静かな愉《たの》しい日がながれた。

その雰囲気につつまれて僕も、――いや、そうではない。若い僕がいつまでもこういう不自然なセンチメンタリズムに耽溺《たんでき》して、満足していられるものではない。一体己は何をしているのだ。犬のように珠江夫人の足もとに尾を振って、このまま老いてゆくのか、いや、その犬でさえも食物を食う前には嗅《か》いでみるではないか。疑惑はあらゆる高等動物の本能である。僕は夜半考えることが多くなった。一体、夫人は何の意図あってあういう眼で己を見るのか。

勿論、夫人は何ごとも僕にささやきはしなかった。しかしその眼は何かしら無限の感情を湛《たた》えているように思われた。「橘さん、あたし、あなたをいつまでも愛しています」そのかなしい声を思い出させる瞳であった。未練の糸にひかされてふらふら迷い入って来た僕は、いまやこの魔の双眸《そうぼう》の囚虜《とりこ》であった。

その疑惑は、僕の心の流れに或る一時期が過ぎたことを意味する。

序曲は終ったのだ。

その年の末に夫人は一女児を分娩《ぶんべん》した。しかも一カ月の早産児で、すぐに死んでしまった。もののけのように暗い影が、片倉家に忍び寄って来たのは、それから間もなくのことである。

そのもののけの正体を、僕が朦朧《もうろう》と感づいたのはその翌年——つまり去年の五月のことだが、それまでこの得体の知れぬ影に如何《いか》に片倉氏がおののいたか、それはここにある彼の日記をひもといて見れば明らかだ。

三月二十七日づけのところに、こういう記述が見える。

『きょう、帰宅して出迎えた妻を抱こうとしたら、その刹那《せつな》、妻の全身を異様な慄《ふる》えが走った。瞳孔《どうこう》が大きくなって、何とも言えぬ恐怖の表情である。「おい、どうした」というと、「ああ、あなた」と言って縋《すが》りついたが、再び尋ねても「何でもありませんの」と首を振るだけである。——しかし、あれは一体何のための恐怖か、己の経験によると、こういうことはこれで三度目である』

後に片倉家の婆やの語るところによると、片倉氏は機嫌のよいとき、帰宅時しばしば玄関で夫人に接吻《せっぷん》する習慣があったそうだ。浮世絵を愛する反面、ハイカラな人であったから、そういうこともあったろう。

この前後にも数個所、夫人の不可解な挙動に対する疑問の表白が散見する。

『四月九日。また定《さだ》来る。金強請《かねゆすり》。玄関で応対している妻の声がだんだんカン高くなるので己が出て行って見ると、振向いた妻の顔が、それまでの不快の表情から急に憐《あわ》れみを請う表情に変った。そのとき酒気を帯びた定はいきなり妻の袂《たもと》をひいて何か囁《ささや》いた。低い声であったが己には聞えた。「お珠、いいか、あれを言うぞ」あいつはこう言った。そのときの妻のぽっと赤くなりまた真《ま》っ蒼《さお》になった顔色を己は忘れない。「あれとは何だ」定を去らしてから詰問したが、妻は頑強に語らない。何か言ったが一時のがれのウソであることは分りきっている。己は定に言いがかりをつけられるような弱味はない。でも妻が何かしたのか、――あれとは何であるか』

いうまでもなく、定とは定吉という例の異母兄である。

『四月二十日。――久しぶりで社に出る。まひるごろ、変に気分が悪くなったので、電話で知らせておいて帰宅した。門に近づくと、玄関の前に出迎えて待っている珠江が眼に映った。しかし己の前方を歩いてゆくもう一人の後姿を認めた。また定だ。しかしその定に妻は笑顔を向けている。己はあれが、あの兄に対してあんなよろこばしげな顔を見せていたのをかつて知らぬ。如何に無頼でも兄は兄だから、笑顔で迎えるに差支えはないが、それでも己に大きなウソをついていることになる。それにあの笑顔は決して肉親の兄に対するようなものではない。そしてまた定を飛越えて己に対する表情でもなかった。その証拠には、やっと己に気がつくと、驚愕《きょうがく》と狼狽《ろうばい》の色がありありと浮かんだ』

このころから、日記には加速度的に陰鬱《いんうつ》な波が立っている。一言で言えば、それは妻の貞操を疑い、その不実の真相をつきとめようとする夫の苦悶《くもん》である。大袈裟《おおげさ》に言えば、僕はこの日記を読みながら、トルストイのクロイツェル・ソナタを想い出した。噫《ああ》、この日記を、その書かれている当時に覗《のぞ》きこむことが出来たら、どんなに僕は快楽を感じたろう!

それでも片倉氏が疑う夫人の不貞の相手とは、果して誰であったか。この日記を読めば当然の帰結でもあるが、実はまた奇怪な妄想でもある。――夫人の異母兄だ。

しかし、五月二日に『あの定は、果して珠江の真の兄であろうか? 己はあれの過去を思わずにはいられない』という文章が見える。ここまで疑惑を掘り下げて来れば、その妄想も決して単なる妄想として嗤《わら》い去るわけにはゆくまい。

しかし、読んでいても僕がにがい笑いを浮かべずにいられなかったのは、その文章のすぐ次に続いている僕自身に関する短評だ。これはこの時の片倉氏の内心の葛藤《かっとう》とは直接関係はないが、序《ついで》だから写して見よう。『――現にあれは結婚前に橘とも恋愛みたいな関係にあったらしい。勿論、橘は思慮の深い純情な青年だ。今更あれは心配ないが、それ以前にだって環境上何があったか知れたものではない。無論、それは承知の上であったが、近頃になって、あれの過去を考えることが苦痛になって来た』

僕が、純情な青年とは！　未《いま》だ何も気がつかなかったが、当時片倉氏と夫人との間に暗い靄《もや》がたちこめはじめているのを感じて、僕はぼんやりと一種の快感を感じていたのだ。それは、あの漠たる期待が、どういう形でか現実にあらわれそうな予感の喜悦であったのだろう。

この片倉氏の苦悶に、はじめて僕が触れたのは、五月下旬の或《あ》る日曜日の午後のことだ。もう梅雨に入ったのであろうか、その日も朝から薄暗い細雨にけむっていたのが、しばらくぱっと霽《は》れて、美しい日の光が庭の樹々をかがやかせたときがあった。僕は片倉氏らと縁側の籐椅子《とういす》に腰をかけて雑談していた。「おお、きれいだ、見たまえ」と突然片倉氏は、池辺の葵《あおい》と水の中に咲いているあやめに遠く視線を投げながら言った。「あの色は、しかしどうしても日本のものじゃあないね」

しかし、その傍にいた夫人の顔にはとまどいの表情があらわれた。夫が何をさして言っているのかわからないらしかった。

「ええ、何か、こう、仏蘭西《フランス》的な色あいですね」と、僕は相槌《あいづち》を打ちながら、夫人に注意を促した。「奥さん、あのあやめと葵の花ですよ」

夫人はまるで近視者のように両眼をひそめた。怪訝《けげん》と困惑の顔つきになった。「まあ、そんなにきれい？　あたし、どうしたのかしら、あの花の色は向うの塀と同じように見えるけど、光線の加減かしら？」

夫人は、位置を動いた。しかし、どこにいようと、あの塀の灰色と見紛《みまご》うことがあろうか。冷やかな日の光が露を盛って、紅と紫の色彩は赫耀《かくよう》とゆれているではないか。

「はてな、奥さん、あなた、——色盲の気味がありましたか?」と僕は首をかしげた。

「いいえ、女学校ではそうじゃありませんでした。出てからも、そんなことは気がつきませんでしたけど、——」

そのとき女中に呼ばれて夫人が去ってから僕は額を拳《こぶし》でたたきながら笑い出した。

「やっぱり光線のせいでしょう。女の色盲なんてごく稀《まれ》ですからね。あれは遺伝ですが、女には殆《ほとん》ど劣性として、症状にあらわれることはありませんからね。稀にあらわれるとしても、それには少くともお父さんが色盲であることが必要です。しかし、お父さんは、——たしか染物屋さんだったでしょう? 色盲で、無事染物をやり通せるわけがありませんからね」

「僕も、さきごろまでそんなことは気がつかなかった」と片倉氏は、卓上の灰皿をじっと見つめながら考えこんでいた。しばらくしてから低い声で言った。「しかし、妙なことがあるのだよ」

「何ですか」

「色盲だけじゃあない。あれは時々眼が見えなくなることがある。——しかも明るいまっぴるまにだよ。——そう思われることがあるのだよ」

「そんなことはないでしょう。現によく見えているじゃあありませんか」

「そうだ。だから見えないフリをしているのじゃあないかと考えることもあるのだ」

ひとりごとのように呟《つぶや》く片倉氏の額に、にがい翳《かげ》が浮かんだ。僕はこのごろ夫人との間に妙なちぐはぐのあるのを感じていたから、その微妙な表情に注目した。

「また、見えないのを、かくしているんじゃあないかと思われるフシもある。無論、どういう理由があるのかわからんがね。——橘君」

片倉氏は突然顔をあげて僕を見た。その結膜に薄い血の糸が走っていた。

「家庭内の恥をうちあけるようだが、君を信用する。不快なことだが、あれは最近、僕に対して何かかくしていることがあるらしい。正直なことを言わん。今の眼でもそうだ。僕に見えるのか見えないのか、僕も調べてみたが、その結果が何だか信じられないのだ。それでだね、僕はひとつこれから、庭を歩いているから、君があれの視力を検査して見てはくれまいか？」

驚きのあまり、僕のマッチを擦《す》ろうとする手が、とまった。そのまま庭へ降りてゆく片倉氏の後姿を、僕は不安の眼色で見送っていた。一分もたたないうちに、僕の不安の念に何か異なる感情が微《かす》かに溶けこんだ。今思うにそれは、片倉氏夫妻の間の暗い靄《もや》が、たしかに実体あるものであったということを知った満足の念であったのだ。しかし、そのときはそれを自覚しなかったから、この実体を如何に利用すべきかは、未だ僕にはわからなかった。

とにかく僕は、鞄《かばん》の中にいつも入れている内科診療の袖珍本《しゅうちんぼん》をとり出して、机の上に置いた。夫人が帰って来た。

「あら、たくは？」「庭に」と僕は答えてから、書物の頁《ページ》をめくって言った。

「どうも医学の言葉は日本語より外国語の方が難しくないですね。どうです、この字は、湿性囉音《らおん》、肺壊疽《えそ》、縦隔竇肋膜炎《かくとうろくまくえん》、――ちょっと離れると、ただ黒い四角の羅列ですな。――奥さん、そこからこいつが読めますかね」

卓の向うでコーヒーを注いでいた夫人は、ちょっとのび上って「読めますわ」と美しい声で言った。日が翳《かげ》って、急にあたりが薄暗くなった。「肺鬱血像《うっけつ》。特徴ハ索条又斑点《はんてん》ヲナセル其影像ノ一様ナル事ト、肺門部ヨリ周囲ニ向ッテ其影像ノ漸減スル事ナリ。――」

その日、辞去するとき、僕は「神に誓って」と笑いながら片倉氏に耳うちして言った。

「奥さんの視力は、常人以上ですよ……」

しかし、破局は急速に近づいていた。それから十日あまりたった或る日、また訪問した僕はすぐに、片倉氏がめっきりと憔悴《しょうすい》し、夫人の瞼《まぶた》が赤く泣き腫《は》れているように見えるのを、認めたのだった。

僕に話しかける以外は、二人がお互いに言葉を交わすこともなく、座談はとぎれがちであった。

「僕は一体人間は何のために生れて来たのかわからなくなった。――いや、この年になって愚かな疑問だがね」

片倉氏が沈痛な面もちで、こんなことを呟いたことがある。

「人間は、ただ苦しむために生れて来たのだろうか？」

「そうでしょうね」と僕は冷然として言った。

この刹那《せつな》、僕の心を、珠江を奪われた時の苦しみ、そしてそれ以来の落寞《らくばく》感が矢の如く走ったのだ。その幻の征矢《そや》は片倉氏の胸に向っていた（あなたが、何をいうのだ？）という感情であった。「しかし、君には確実な生甲斐《いきがい》がある。少くとも、人の生命を助けるという職業は、生きてゆく上に力強い支柱となるだろう」

「いや、その人の生命を助けるということが問題ですね。僕はそのことが確実な善行であるということに、このごろ疑問を抱いて来たのです。つまり、人の生命が、それほど尊重すべきものであるか否か、——殆《ほとん》どすべてこの世の人間は有害無益な存在ではあるまいか。いわゆる君子とは無益無害な人に過ぎないのではないか。無論、誰を標準にして、無益か有害かというと、これは話は別ですが」

僕は、鋭い、にがい微笑を浮かべて片倉氏を見た。

「ただ、漠然と周囲を見廻《みまわ》してみても、こういう人間ばかりであることに気がつくじゃありませんか、——あの人間がいなかったらどんなに自分は幸福であったろう！」

「君は真理をいう」

と片倉氏は無論僕の表情に気がつかず、彼もまた鋭い、にがいものを顔にはしらせた。

しかしこれは微笑とさえならず、ただ筋肉の蠕動《ぜんどう》に過ぎなかった。

「全く、この世には、ひとに害をなすためにのみ生れて来たような男がある」

席にいたたまれないように夫人が去った。

しかし、片倉氏のこの言葉は誰を指していたのか。一体何ごとが起きたのであるか。それは、この前日の日記と照合してみれば明瞭《めいりょう》である。

『六月八日。——外出から帰って来ると、玄関で争う物音がする。一歩入って、己は遂《つい》に恐ろしい光景を見てしまった。妻が白い喉《のど》くびをのけぞらしている。それを抱いているのはこともあろうにその兄の定ではないか。己を見て、手を離したが、にやにや笑って別にあわてる様子もなかった。あいつは、妻の頸《くび》に手をかけんばかりにして言った。おい、きょうはキスしてくれないのかね。妻の顔色は死人のように変っていた。己の顔も真《ま》っ蒼《さお》になっていた。二人とも口もきけなかった。定はすこし気味が悪くなったと見えて、強がりの笑い顔を浮かべていたが、金も貰《もら》わずこそこそと帰って行った。それを追って殴りつけようにも、己は全身が動かなかった。ややあって妻は己の胸の中に泣きくずれて来たが、突きのけられて、恐ろしい音をたてて壁にぶつかり、転がった。その位置を動きもせず、己は嗄《しゃが》れた声でいった。おい、定はほんとにお前の兄なのか。そうですわ、と妻は泣きながら叫んだ。ふん、お前達兄妹は、日本にはザラにない作法を知っているのだね。妻はこのとき顔をあげて己を見た。発狂前のようなうつろな瞳《ひとみ》であった。ぼんやりした声で、いった。あたし、大分前から頭がヘンなのかも知れません。まるで悪夢を見ているようです。己は、憎しみの涙が浮かぶのを感じた。悪夢を見ているようなのはこちらだよ。頭がヘンになりそうなのはこちらだよ。いや、お前も正気とは思われぬ。だから、己は一切お前を信じない、――売女《ばいた》』

もう充分だろう。こういうことがあったのだ。勿論《もちろん》、僕は知らなかった。だからその日の座談に、つづけて片倉氏が「そういう有害無益な人間は、この世から消失させた方が善行かも知れないね」とぼやけた声で呟いても、その深い意味はわからなかった。無論片倉氏の方も僕にわからないつもりで言ったのだろう。

僕が片倉氏の魂の深淵《しんえん》の何ものか、――或《あ》るいはそのとき当の本人すらも未《いま》だ意識しない怪物の胎芽《たいが》、――をふと覗《のぞ》きこんで、はっとしたのは、それからあとのことであった。

「だから、医者はやっぱり善行だ」と片倉氏ははじめて鋭い微笑をかすめさせてつづけた。「病院のベッドの上で、そういう奴を公然と往生させることが出来る」

「しかし、こちらだってやはり有害無益な動物の一匹に過ぎないのですからね。自分にくらべてなおそれほどの意欲を起させる極悪非道の奴が、運よく自分の手術台に来て載ってくれるかどうかということが問題です。垂死《すいし》の病人ならともかく、全然健康な人間を殺すとなると、医者を以《もっ》てしてもゴマかすことは難しい」

片倉氏が卓上の林檎《りんご》に手をのばしたので、僕は何気なく果物ナイフをさし出した。その時だ、僕が恐ろしい或物に気づいたのは！　僕は勿論ナイフの刃の方をつまんでいた。そして柄の先から片倉氏の身体までは、確かに十糎《センチ》の間隔があった。それにもかかわらず、片倉氏はその瞬間にぴくんと全身を痙攣《けいれん》させた。眼球がとび出すように見えた。

「ああ、ありがとう」と片倉氏はすぐに平静にかえった。

僕はしばらくその顔を見つめていた。霧の底に腕をのばして、もやもやと血にまみれた胎児の粘塊に触れたような恐怖を感じた。

(この人は、尖《とが》ったものに驚愕《きょうがく》した。以前から片倉氏が尖鋭《せんえい》恐怖症の所有者であったという記憶はない。それにさっきから、考えて見れば少し平生《へいぜい》の道楽話とは変った話題にその思考が粘着している。ひょっとすると、この人の心の底には、今非常に危険な考えが蠢《うごめ》いているのではあるまいか?)

兄さん、そのとき片倉氏の心奥にふるったこの恐るべきメスを、僕は今こそ自分の心理そのものの解剖の具とすることが出来る。なぜ、そういう臆測《おくそく》が僕の胸に落ちて来たのか。僕はそれを待っていたのではあるまいか。少くとも片倉氏の悲劇を待ちつづけていたのではなかろうか。

そうだ、僕の潜在意識は急速に頭をもたげつつあった。どういう原因でか、己の恋人の掠奪者《りやくだつ》は不幸になりかかっている。己はこれを何とかして大きな破局に追いこんでしまいたい。それでは片倉氏の危険な想念の対象は誰であろう。珠江夫人であろうか。いやいや片倉氏はさっき「ひとに害をするために生まれて来たような男がある」と言ったようだ。勿論己ではないらしい。それなら誰であろうとかまわない。

如何《いか》なる健康な精神の保持者でも、しばしば病的意志の発作は経験する。ただその度ごとに反対動機があらわれて、これを抑制するだけだ。その抑制以前に、片倉氏の胸底に沈澱《ちんでん》する意志が、行為に向って流れてゆくように溝をつくらなくてはならない。無論、はっきりとその意志を見究めているわけではない。しかし暗示をかけておくのに、何の損害が己に及ぶことがあろう。

「自然死以外の死は、どうしたって不自然です」と僕は言った。「せめて、不自然を人に認めさせるとも、絶対証拠のない殺人を考えなくてはなりません」

殺人という言葉を耳にすると同時に、片倉氏の視線が外れたのを認めた。

「鋭器、鈍器、飛道具、——いずれもその創痕《そうこん》から、もとの兇器《きょうき》の性質、用法、ひいては使用者の体格、性格を推定させることになるでしょう。絞殺、扼殺《やくさつ》、これまた頸《くび》に特有の痕跡が残ります。凍死させるには時間がかかる。人間一匹を焼き殺すには火の使用法が大掛りとなり過ぎる。……」

「毒殺はどうだね？　全然証拠の残らないような毒薬はないものかね？」

「それには被害者が知らずに飲めるようなものでなくてはいけませんね。硫酸なんてまずこの点で落第です。青酸、猫イラズ、亜砒酸《あひさん》、メチールなどは世間一般に使われているところから見て——特に最後の二つのものなどは、この点比較的可能性があるのでしょうが、屍体《したい》に証拠を残さないというわけにはゆきません。死因は勿論、解剖して見ればそれを飲ませられた時刻まで推定されることがある。それかといって、その入手が異常に困難な、珍しい薬では、その入手経路そのもので捜査の糸をたぐられるでしょう」

「色々の手段を、複雑に混用したら、どうだろう」

「駄目ですよ。絞め殺した屍体を汽車のレールに載せて頸を切断させてみたって、別々の痕跡が残るだけで、手数の数だけ嫌疑の可能性を深くするようなものです。とにかく、他殺とはっきりわかる手段は危険です。――ただ一つ、証拠の残らない殺人は」

ここで僕は、絶対に罰せられない第一の犯罪を犯したことになる。

「ごくありふれたことで、しかも過失死と区別のつかない方法ですね」

それから一時間ほどして僕は席を立った。

何か考えていた片倉氏は「ちょっと、そこまで送ろう」と言って、聖橋の上まで一緒に歩いて来た。

暗い夕霧の底に、掘割の水が鈍くひかっていた。

「橘君、君にききたいことがあるんだが」と片倉氏はのろのろと足を止めた。「うちの家内だね、あれの結婚前のことは、君もよく知っているはずだ。どうだろう、ああいう職業だったのだが、男沙汰《ざた》の方はどの程度だったろう?」

僕は片倉氏の意図がわからず、棒立ちになったが、たちまち頬がかっとあつくなるのを感じた。

「保証します。きれいなものでした」

語気が憤然としているのに、心の中で(やはり純情なものだな)と嘲笑《あざわら》うものがあった。

しかし、片倉氏は次の想念に心を奪われていて、僕の勢いにそれほどの感銘も受けとらない様子だった。

「君は、あの定吉という人間を知っているだろう、あれの腹違いの兄だという、――しかし、あれは一体、父親の血だけでもつながっているものだろうか？」

何も知らぬ僕は、さすがに愕然とした。

「奥さんからは、そう聞いています」

「君はそれを保証できるか？」

「保証はできません」僕は少し腹だたしくなってきた。

「しかしあなたは、どうしてそんな妙なことをお考えになるのです？」

「それが妙なことではないのだよ」片倉氏の声は沈痛であった。「全く血を分けていると
は思われないフシがあるのだ」

「何ですか。大変な悪事でも、しかけて来たのですか？」

僕は少し不安になった。

「いや」と言ったが、片倉氏の瞳に憎悪の蒼《あお》い焔《ほのお》がゆらめいた。「お願いがある。御苦労
だが、君にひとつ、その確実な調査をして貰いたい。見ず知らずの他人には頼みたくない
のだ」

別れてから、霧のなかに、僕は長い間佇立《ちょりつ》していた。昏迷《こんめい》する瞼《まぶた》の裏に、暗い憎しみに
燃える片倉氏の両眼だけが残っていた。僕は思考をまとめるのに努力した。

まず第一に、先刻の片倉氏の危険な潜在意識の対象が定吉であるらしいと考えた。

なぜ、今更それほどあの男を憎むのか。

片倉氏は夫人の男沙汰を尋ねた。明らかにその貞操観念に疑惑を抱いているのである。

そしてあの男は夫人の兄ではないらしいと言う！

錯雑する観念のなかから、大体こういうあら糸を抜き出して来て、僕はふるえ上った。信じられないことだ。それを片倉氏が信ずるには、何かよほどのことがあったに相違ない。最近のあの夫妻の間のもやもやは、この奇怪な疑惑に由来していたものであろうか。

しかし、これには何か「眼」がからんでいる。時々見えないフリをするという、夫人の眼！

僕は霧を透して円い蒼い夜空を仰いだ。中天に赤い月がかかって、傍に楕円形《だえん》の白い薄雲が漂っていた。そのとたんに、僕はひょいと或《あ》ることに気がついた。

「ああそうか」と思わず声に出して言った。

「そうだ、あれかも知れない」

しらずしらず僕はにやにや笑いを頬に浮かべていた。

――もしこれが一時間前であったら、或《ある》いは僕は片倉家へ駈《か》け戻って行ったかも知れない。

しかし僕は、ほんの先刻あの定吉のことを耳にした。今気づいたことと、それとは一見何らの関連がないように思われる。別の悲劇が進行しつつあるのだ。「黙して、そのまま悲劇を進行せしめよ」と何者かが叫んだ。――僕はここで、絶対に証拠のない第二の犯罪を犯したことになる。「復讐《ふくしゅう》」という観念が、はっきりと稲妻のように頭をきらめき過ぎていたのは、実にこのときであった。

兄さん、朽《く》ちた吊橋《つりばし》を渡る人を黙って見ていた人間は、殺人者であろうか。少くとも法律の縄はかかるまい。そしてまた良心の刑罰も！——兄さん、人間の心なんて、実に遅鈍なものだ。そのひとつのあらわれは「喉《のど》もと過ぐれば熱さを忘れる」というあの忘却作用だ。そしてまた別のひとつのあらわれは、結果は同じ殺人でも、自分の手が血にまみれるのでなかったら、罪の意識は千倍にも稀薄《きはく》になるというこのバカげた現象だ。薄膜一枚に強烈な麻痺《まひ》剤が塗られている。人殺しとまではゆかなくとも、いわゆる「冷たい世間」にその例を、兄さんも無数に見て知っているだろう。僕はこの良心の麻痺作用に頼った。吊橋を渡る人を黙って見ていたのは、僕の医学的知識であった。仁術《じんじゅつ》とさえ言われるそれをこう使うことは、——この場合は使用しないことが使用することになるのだが、——明らかに卑怯《ひきょう》には相違ない。しかし、若い日に生命の脊髄《せきずい》をひき抜かれ、未来にすべての第一義的なものを見失ったと信ずる医者が、その魂の殺戮《さつりく》者に復讐するのにその知識を利用するのは極めて無理のない話ではあるまいか。

さて、そこで片倉氏の依頼に対する僕の返答が問題になる。片倉氏は定吉に対し、未《いま》だ眠れる殺意を抱いている。それが眠っているという証拠は、僕と殺人問答を交わしてすぐ後に、定吉に対し自分が不穏な心理にあることを、僕の前に曝露《ばくろ》した事実でわかる。無論その間には一時間以上もの隔たりがあった。そしてまた片倉氏は、その聴取者たる僕があまで徹底した推理を用意する心的経験を経て来たとは、ゆめにも思い及ばなかったであろう。しかし、明確に殺人を考慮しているなら、決してあんな不用意を表示しないにきまっている。いまだ意識の表層には、他の幾多の想念が油のように浮かんでいて、その不用意を自覚せしめなかったのだ。己はその深部の殺意を表面にひき出さなくてはならない。あの依頼に対する返答をして、殺人の賦活素《ふかつそ》たらしめなくてはならない。

態度はきまった。するともの哀しい珠江夫人の白い面輪《おもわ》が眼に浮んで来た。——あのひとはどうなるのか。一体己はあのひとをどうしようというのか？　その面輪はあの何ごとか語りかけるような深い蒼い瞳《ひとみ》で、じっと僕を見つめていた。

「いや」

と僕を刺すような嘲笑《ちょうしょう》を片頬に刻んだ。少くとも、僕の想定する悲劇の彼方《かなた》に待ち受けているもの、——それの明確な形を考えるのを僕は不快に感じたのだった。自ら掻《か》き立てた心の波が、蒼い瞳にうちかぶさって隠した。いや、彼女もまた悲劇の飛沫は浴びなくてはならない。それにあの瞳は、己に何を語ろうとしていたのか。小富豪に嫁して物質の満足を楽しみ、古い恋人を身近にひざまずかせて心の満足を愉《たの》しもうとする手管《てくだ》ではないのか。ふん、それは己が純情無垢《むく》な恋の奴隷に過ぎぬ場合のみに許される。背信と、そしてその背信を毫《ごう》も悔いぬ事実において、彼女は人間としての審《さば》きを受けなくてはならない。兄さん、しかし、僕はここでまた自己欺瞞《ぎまん》のあやまちを繰返したのだ。ああ、呪わしい論理の遊戯！

片倉氏が未だはっきりと定吉殺しを考えていなかったことは、この日前後の日記に、そのような表白が見当らないのでわかる。ちょうどその晩に、自ら何の深い意味も知らぬ様子でかえって定吉に殺される悪夢を見たことを書いている。少くとも片倉氏は、その夢を被害観念のあらわれだくらいに判断したであろう。しかし僕は、無意識の慾望《よくぼう》が逆の姿をとってあらわれたものとこれを判断する。

このアシカビの如き殺意が、遂《つい》に、急速に意識表面に噴出して来たのは、それから一週後六月十五日以後のことである。

『きょう、橘があの調査の結果を持って来てくれた。それによると、定の母親はもと吉原《よしわら》の酌婦で、あれの父親に囲われた頃は、既に定は、生れていたそうである。父親は自分の胤《たね》だと信じているので、周囲も別にそれを疑ってはいなかったが、その真実をと要求されてみれば、母親が母親だから誰も確答はできないという。――定は珠江の兄でも何でもないのだ！　あれの情夫なのだ』

ちなみに、その母親はもう鬼籍の人であった。

この事実は、僕が下谷の某病院に勤務している友人に嘱《しょく》して、そこの看護婦や小使いなどに調べさせたのだが、結果の如何《いかん》を問わず僕の返答は右の如くであったろう。つまり僕は「誰の子であるかということを知っているのは、その母親だけである」というあのストリンドベルヒの深刻な言葉を利用したのだ。

この漠然たる返答は、それ以前にくらべて一歩も真相へ進んではいない。それにもかかわらずなぜここにおいて片倉氏が定吉を夫人の兄ではないとする確信に堕《お》ちたのか。それは表とも裏ともとれる言葉の魔術ひとつに左右されたのだ。

のみならず、僕はそのときついでに調べさせたきわめて小さな事実を、こういうふうに利用した。

「しかし、奥さんのお父さんには、別に眼のそばにほくろなんかないようですね」

当然、片倉氏は定吉の右眼の端のほくろを想起したであろう。

「ほくろは遺伝するものかね」

「遺伝の頻度の高いもののひとつですね」

けれど、無論、絶対的なものではない！　しかし僕はその反響を観察した。さすがにこのときは自らの嘔吐《おうと》を呑《の》みこむような気持であった。僕は、この春生れてすぐ死んだ夫人の嬰児《えいじ》の頬に小さなほくろのあったことを、相手に想い起させようとしたのだ。しばらく宙を見つめていた片倉氏の頬が、果然蒼くなり、額にあぶら汗が滲み出して来た。(何も、地獄へ堕ちろ) 僕は裏切った女の夕顔のような幻を見つめ、歯軋《はぎし》りしながら心中に叫んだ。

「そうか、――いや、色々有難う」と片倉氏が嗄《しやが》れた声で言った。

これで僕は、絶対に刑に触れない第三の犯罪を犯したことになる。――それは連想の犯罪とでも呼ぶべきであろうか。

兇行《きようこう》の発作と、それを回避しようとする最後のあがきが、その後一両日片倉氏の胸中を荒れ狂ったらしい。定吉を殺す以外に、現在の事態を転換する幾つかの手段が浮かんだであろう。妻に対し最後の反省を促すこと、妻を離婚すること、――しかし、一方は経験から徒労を予想させることであり、また一方は不可能なことであった。如何《いか》に憎もうと如何に苦しもうと、その不貞な妻の情感と肉体から別れることは彼の耐え得るところではなかった。そして遂にこの呪わしき妻への熱愛が姦夫《かんぷ》に対する狂憤を爆発させた。憎悪の焔《ほのお》がすべてを吹き燃やした。十七日の夜、短く、「われわれの生活を破壊するわけにはゆかぬ」と複数で書き、十八日、ただ一行「証拠なき殺人」と書いているのは、この妻への愛と最後の決意を物語っている。

「証拠なき殺人」――それを実行するにつけて、一個の人間がこの世から消滅するというただそれだけの一事で、既に疑惑の眼を向ける第三者の存在には、片倉氏の思慮は及ばなかったのであろうか。自分が定吉を憎んでいるということを知っている夫人、或いは、知っているかも知れぬ僕という人間を顧慮する余裕はなかったのであろうか。

如何にも、憎悪の絶体絶命的な凄《すさ》まじさは、最後の断崖《だんがい》を堕ちてゆく雪崩《なだれ》にも似たものがあったろう。けれども、片倉氏になお一点の理性が残ったとしても、それはこの「証拠なき殺人」の見事さに眩惑《げんわく》されたのではなかろうか。僕の言った「不自然は人に認めさせるとも、絶対に証拠の残らない殺人」その疑惑の霧の中に夫人や僕が彷徨《ほうこう》し、停止するのみだと、そこで考えを打ちきったのではあるまいか。少くとも、これら第三者に関する危《き》惧《ぐ》が改めて心中に生起するのは、おそらく「事」が終ってからの問題であったろうと思われる。

殺人は、六月二十一日の夜に行われた。

その方法は完璧《かんぺき》であった。探偵小説の如き奇想天外にして、しかもかえって危険性の多いものではなく、実行は比較的容易で、しかも如何なる屍体《したい》検証も看破し得ないその着想は殆《ほとん》ど霊感的にこの殺人者の脳中に落ちて来たのではないかと思われる。

当夜の兇行の真相と、それにつづいて起った意外な事実は、片倉氏自身が詳しく記している。詳しく、――僕はその克明な描写に、それを書いている殺人者の異常な心熱を感じて、背筋に水の走るのを覚えずにはいられない。

それによると、二十一日のひるごろ、またやって来た定吉に片倉氏はただ一人で逢《あ》い、

「君にとって決して悪い話ではないから、今夜七時半ごろ御茶ノ水駅前に、もう一度来て貰《もら》いたい。実はまとめてさしあげたいものがあるのだが、うちでは少しまずいのだ」と囁《ささや》いた。自分の行為が強請《ゆすり》に近いことを承知していた定吉は、当然それが金であることを悟ったに違いない。アルコール中毒に弛緩《しかん》した頬の筋肉をにたにたさせて、ひとまず帰って行った。

約束の時刻、約束の場所で二人は逢った。

「まあ、飲みながら話そうじゃないか」と言って片倉氏は、それから二時間あまり、神保町《じんぼうちょう》附近に出ているおでんやで、なるべく客の群がっていそうな屋台を撰《えら》んで歩きまわり、定吉を泥酔させてしまった。そして酔歩蹣跚《まんさん》たる彼を連れて自宅のそばへ戻って来ると、

「実は君に渡したい大切なものが、そっと裏の或《あ》る場所にかくしてあるのだが、持って行ってはくれまいか」と言った。

「大切なもの？　か、金じゃないですか」と定吉は、失望と新しい期待にもつれる舌で叫んだ。

「しっ、大きい声を出してはいけない。妻に知られては困るのだから」手で制して片倉氏は、裏のちょっとした空地へ廻《まわ》って行った。しらふの時も半分酔っぱらって見えるほど、脳の崩れている割に幾ら酒を呑んでもどこか正気を失わない定吉は、身体はふらふらしていたが、おとなしくついて来た。

なぜ、片倉氏は自邸の裏を撰んだのか。それは「兇器」の所在にも左右されたのであろうが、如何なる偶発事が起るかも知れない未知の場所より、その時刻には誰も来ないことを熟知しているその場所を、かえって安全としたのであろうと考えられる。

まるで、もう真夏が来たように、風のないむし暑い夜更けであった。空地の端の崖《がけ》の下は、泥のような掘割の水がよどんでいた。反対側は片倉家の裏塀となって、小さなくぐり戸は閉じられたままであった。

さて、ここで片倉氏はこの泥酔者を堀につき落したのであろうか。いやいや、それがどうして完璧な殺人方法と言えよう。被害者は泳ぎが出来るかもしれない。たとえ泳ぎを知らなくて、しかも酩酊《めいてい》しているとしても、断末魔に臨んだ大の男の筋肉は、異常な働きをあらわすかもわからない。少くとも塀の中で大声でわめきたてることは当然予想される。断崖からつき落して、殺したはずの人間が後になって生きていたという話は講談のありふれたプロットではないか。殺人者として、どうしてそんな不安心な手段がとれよう。被害者は加害者の手から離れる時、既に、確実に死んでいなくてはならないのだ。

「定吉君、ものはこの中にかくしてあるのだ」

闇の中で片倉氏はささやいて、くぐり戸の外に置いてある小さなセメント造りの貯水槽のふちに両手を置いた。遠くから、国電の重い地響きが伝わって来た。

「この中に？」

けげんな顔で片倉氏を見て、張子の虎のように首をふりながら、定吉は槽《おけ》の中をのぞきこんだ。その刹那《せつな》、片倉氏は躍り上った。「兇器」は槽であった！

『野獣のように己はうしろからあいつの全身に襲いかかった。両手で後頭部をつかんで、水の中へ突きこんだ。あいつの腕は空をねじれて、水槽を打つ鈍い肉の音がした。何か遠く水の中で叫んだようであったが、堀向うを走り過ぎる電車の響きが消してくれた。身動きはさせなかったが、手が髪を滑りそうなので己は歯を剥《む》き出した。しぶきが白い火花のように眼の前に散った。十分間ぐらいにも思ったが、一、二分に過ぎなかったであろう。己の胸と腹に、あいつの気味悪い痙攣《けいれん》が伝わって来た』

片倉氏はこう書いている。そして彼はのしかかったまま、ぐったりとなった犠牲者の頭をなお五、六分間も水の中へ死物狂いで突きこんでいたらしい。片倉氏は兇行者として定吉の窒息直前の苦悶《くもん》を相当強く感じているのも無理はないが、しかし言うまでもなく泥酔の結果として、それが極めて力弱いものであったことは疑いを容《い》れないことであろう。

かくて定吉は「溺死《できし》」した！

兄さん、これを堀へ投げこんで、更に「溺死」させたとしても、誰がその区別をなし得よう？　しかも驚嘆すべく用意周到な片倉氏は、その前日に掘割の水を貯水槽へ汲《く》み入れていたのだ。肺は気鬱《きうつ》状態を呈し、気管支内に見られる異物や、微生物は、堀の水に含まれているものと同様である。解剖的所見は、ただ堀中の溺死体である以上の何ものをも示さないではないか。これこそ「ごくありふれたことで、しかも過失死と区別のつかない方法」の完全無欠な一例でなくて何であろう。

片倉氏はやっと手をはなすと、闇の中ではあはあ大息をついていた。しばらくして、水槽に覆《おお》いかぶさったままの死人を引き起したが、その身体が異常に熱いように感じて、ぎょっと手をはなした。仰向《あおむ》けに転がった屍骸《しがい》に、暗い星明りが降って、水に濡《ぬ》れた歯と飛び出した眼球が光った。嫌悪と憎悪がよみがえった。頭を蹴《け》ってみたが、無論身動きもしない。汚物に触れるように鼻孔と手頸《てくび》に触れてみたが、呼吸も脈も完全にとまっていた。屍骸に対して全然恐怖はないと信ずるにもかかわらず、奥歯がかちかちと鳴り、腕は棒のように硬直していた。仕事はやり終えなくてはならぬ。再び腋《わき》の下に手を入れると、今度はへんに冷たかった。重かった。片倉氏は掘割へ向ってよちよちと運んだ。

空地の端まであと三、四尺であった。このとき、思いがけないことが起った。外濠《そとぼり》の向うの道路を走って来た自動車が、カーブをきりながら、ヘッドライトの光で一薙《なぎ》して去ったのだ。それは一瞬間で、しかも遠い光であったろう。しかし片倉氏はこれをどう感じ、そしてその後何が起ったか。

『その物凄《ものすご》い蒼白《あおじろ》い光の中に己は釘《くぎ》づけになり、次に屍骸を力一ぱいつき飛ばした。その刹那、己はうしろの方で絹を裂くような叫びを聞いた。いや、叫びを聞いたから、つき飛ばしたのかも知れぬ。電光のようにふり向いて己は二階の灯の中に黒い影が立っているのを見た。窓は開いていた。それと崖の上と己とは一直線上にあった。妻だ。見ていた。己はがばと伏したが万事休したと思った。血が脳に逆流した』

気がついてみると、片倉氏は夜の町を歩いていた。彼はしゃっくりのように、見ていた見ていた、と呟《つぶや》いていた。小石につまずくと倒れそうによろめいた。町の灯がこの世ならぬ夢のように美しく、しかも無意識的に暗いところを歩いていた。

「――帰らなくちゃ、いかん」呟くと、舌が枯葉のように乾いているのがわかった。

片倉氏が自邸に入ってゆくと、灯はともっていたが、家中がらんとして、誰もいる気配はなかった。二階に上って、あの窓からそっと裏庭の向う、――堀の方角を見ると、あの空地にあわただしく提灯《ちょうちん》や懐中電灯の灯が動いて、カン高い女中の何か叫ぶ声も聞えた。

そこを離れて、片倉氏はしばらく廊下を歩き廻《まわ》っていた。

「――とにかく」と、痴呆《ちほう》のような眼で呟いた。「行かなくちゃいかん」

これは強迫的な観念であった。

庭をつっ切って、くぐり戸の外に出ると、話し声がやんで、懐中電灯の光が片倉氏の姿に向けられた。

『その瞬間、己はむかつくような感じがした。誰か走り寄って来て胸にすがりつき、あなた、兄さんが、と泣声で言った。幽霊に触れられたように身ぶるいをし、己は妻の顔を見なかった。靴音が近づいて、片倉さん、お宅の御縁戚《えんせき》の方だそうですな、大変なことになりました、と言った。近くの交番の巡査だった。ほほう、と言ったきり、己は一言も口をきけなかった。地に置かれた提灯が屍骸の足を照らしていた。婆やの嗚咽《おえつ》が聞えた。己は初めて屍骸に対して恐怖を感じた。もう一人の男が身を起して顔を向けた。あまり暑いので、奥さんが窓をあけて外を見られると、この崖の上でよろめいて消え去った黒い影を認め、水の中へ落ちる音を聞かれたのだそうです。女中さん達と走って出て来られて助けようとされたのだが、夜のことではあり、女手で意にまかせず、やっとひき上げてから私を呼ばれたのだが、もういけなかった。そう長嘆息を吐いたのは開業医の松葉氏だった。己は妻の顔を見た。しかし妻は泣きじゃくりながら、ええ、なにしろ兄はひどい酒呑《さけの》みでしたからと言った。松葉医師は手巾《ハンカチ》で手をぬぐいながらうなずいた。お気の毒ですが、きっとそれで足を踏みはずして亡くなられたものですな。――このとき己は自分が少量の小便を漏らしていることに気がついた』

こういう克明な自己描写は、その夜の片倉氏の氷の炎にも似た戦慄《せんりつ》すべき神経の緊張を示している。婆やの嗚咽を聞いてはじめて片倉氏が、屍骸に対し恐怖を感じているのは心理学的に注目に値する。嗚咽には怒りがない。憎しみがない。恐れがない。予期がはずれて片倉氏の心中に、安堵《あんど》の念が浮んだのであろう。恐怖はその結果にちがいない。

誰も己を殺人者だとは知っていない！　この意外な事実に、片倉氏は、はげしい昏迷《こんめい》と狂喜に打たれている。

しかし、こういう焔《ほのお》のような激情と、それを自ら書き抜く氷のような意力とは、あたかも消えなんとしてぱっと燃え上る精神の断末魔を意味していたのだ。それにつづく二十二、二十三、二十四日の日記は空白である。

後に聞くと、夫人という目撃者があったのだから、かつまた奇禍《きか》の場所もそれが妹の家の裏手にあたっていたということは、何ら唐突の感を与えないから、警察の方でも、他殺などとは夢にも思わず、ただ問題は自殺か過失死かということであるが、平生からアルコール中毒の気味があったことから推して、酔中の溺死であろうと判断され、ただ松葉医師の屍体《したい》検案書だけでケリがついたとのことであるが、たとえ解剖して見たところで、それ以上の新発見は何もなかったにきまっている。

しかし、それにしても、以後の二、三日間は色々な届出とか後始末とか忙殺されたには違いないが、日記は比較的精細に記する習慣のある片倉氏が、ここで何も書いていないのは、思うにその精神状態にも空白のつづいたことを示しているのではあるまいか。

殺人は明らかに証拠を残さなかった。しかし、殺人者のこの精神的空白は恐るべきものであった。

二日後に僕は或《あ》る会合で松葉医師から、片倉夫人の「兄さん」の変死を聞いて、(やった!)と思った。勿論《もちろん》、神の如くはっきりと片倉氏の仕事と明察したわけではない。むしろ僕は、自分の脳の皺襞《しわひだ》にとぐろを巻いていた不気味な蛇が、眼前にぱたりと投げ出されたような恐怖にゆり上げられたのだ。もとより、僕はみずから起《た》ってこの幻の蛇を解剖し、その真相を白日の下に究明しようというようなつもりはなかった。僕の復讐《ふくしゅう》とは、そのような通俗小説的なものではなかった。真相は神と彼のみに知らしめよ、己は只《ただ》それ以後における彼の自己崩壊を期待すればよかったのだ。

しかし僕は、その話を松葉氏から聞いて、「見舞」即ち「斥候《せっこう》」に出かけるほど意志強靭《きょうじん》ではなかった。そのために僕は――僕は期待する悲劇以上の悲劇を招いてしまったのだ！

二十五日に片倉氏は『何だか心窩《しんか》部と後頭部に重圧を感ずる。舌が顫《ふる》える。へんに息がきれる』と書いている。僕の洞察していたごとく、この神経の細く薄い殺人者は「証拠なき殺人」に盃をあげてそれですべてを忘れ去るという人柄ではなかったのだ。精神への血管が麻痺《まひ》して来た。そこに崩壊があらわれた。

「妻は知らないのか？」

この恐るべき疑惑が、翌日の日記に投出されている。残した足跡に気がついて、ふと振返ったとたんに、その足跡がみるみる地獄のマアレボルゼの坎《あな》のごとくに広がって、その中へひきずりこまれ、劫火《ごうか》が彼の心を焼き爛《ただ》らせはじめた。

『果して、妻は見ていなかったのか？　そんなはずはない。あれは窓のところにいた。そして蒼白い光の中をよろめいてゆく定の姿を見た。しかしその光の中に、傍の己も浮かび上っていたのだ。あれは知っている。知っていて知らないフリをしている。またもや見ないフリをしている。何のためか？』

二十七日のこの疑問が、二十八日には急速に一つの断定に陥ちこんでいる。

『わかった。己に復讐しようとしているのだ！　とぼけた顔をして、陰険に、あれは情夫の仇をとろうとしているのだ！』

そして片倉氏は、夫人の一挙一動がその機会を狙っているもののように思いはじめた様子だ。妄想は、狂気の前駆であった。

日記はこの日より以後断たれている。

そして、七月一日の夜、突如として最後の惨劇が勃発《ぼっぱつ》したのであった。

その夜十時少し前に、片倉家の婆やは、大分以前から催眠剤を連用している主人のために、いつものように温湯を持って夫妻の寝室に入った。そのとき婆やが見た夫人は、まだ寝巻にも着かえず、黒檀《こくたん》のテーブルの向うでしょんぼりと刺繍《ししゅう》をやっており、主人は煙草を吹かしながら、時どき底光りのする眼でじろじろそれを眺めていたということだ。例によって暗い冬の湖のような静けさが、その間に沈んでいた。婆やはかなしかったが、このごろ馴《な》れているので、何もいわず盆を卓の上にのせてひきしりぞいた。

しかし婆やが部屋を十歩も去らないうち、彼女は、主人の低いしゃがれた恐ろしい声を聞いた。

「——珠江、キサマ、己を殺そうとしているのだな」

廊下に釘づけになった婆やの耳に、夫人の声は聞えず、つづいて主人の凄《すさ》まじい怒声がひびいて来た。「淫婦《いんぷ》！　姦夫《かんぷ》の復讐をしようとたくらんでも、そうは天道《てんとう》がゆるさんぞ！」

異様な気配を感じて、婆やが駈《か》けもどって再び唐紙《からかみ》をあけたとき、仁王立ちになった主人の大きな後影の向うに、やはり起ち上った夫人の悲しげな、しかし落着いた笑顔が見えた。

「まあ、どうなすったの？」

「お芝居はよせ！　もうゴマかされんぞ。キサマを験《ため》すために、己は今わざと極量以上に入れてみたのだ。そしたら、キサマ、ひっかかった！　馬鹿め、証拠のない人殺しに己はくらまされんぞ！」

「一体、何をおっしゃってるの！」

「姦婦！」

壁を撫《な》で廻《まわ》すような手つきで、閾《しきい》の上に立ちすくんでいた婆やは、このとき猿みたいな声で叫んだ。片倉氏が、夫人に飛びかかったのだ。はね飛ばされた夫人の背で、窓硝子《ガラス》が砕け散った。彼女はぼんやりした眼で夫を見上げた。はじめて浮かんだ驚愕《きょうがく》と恐怖の蒼《あお》い翳《かげ》が、たちまち苦痛にひきつって来た。

「奥さま」

婆やが飛び上った時、夫人の胸に黒いものがにじみ、ぶらんと提げた主人の拳《こぶし》に小さく光るものが、血のしずくを落すのが見えた。

夫人がばったり倒れるのと、婆やが駆け寄るのと同時であった。夫人の白い指が畳にくいこみ唇が痙攣《けいれん》した。その最後の痙攣で、彼女は虫のような呟《つぶや》きを洩《も》らした。

それは何であったろうか。兄さん、婆やはかすかな「橘さん」という言葉を聞いたということだ。

片倉氏は傍に風に揺られるように上半身をぐらぐらさせて立っていた。婆やが見上げた時、乱れた髪のかげに幽鬼のごとく真《ま》っ蒼《さお》なその顔は、にぶい痙笑《けいしょう》を浮かべた。

「婆や、これは己を毒殺しようとしたのだ」

彼は聞きとれぬような声で言った。その手から紙切ナイフが落ちて畳に突き刺さった。

「それを己は知っていたから、こいつの眼の前で、己はわざと致死量以上の催眠剤を入れて飲もうとするフリをしたのだ。こいつは見て、黙っていた。それを待っていたのだ。夫殺しをたくらんでいたのだ。姦夫の仇をとろうとしていたのだ。だから、己は殺した。正当防衛だと、警察に言ってくれ、婆や」

しかし、これだけの言語構成が、片倉氏の最後の大脳作用であった。

その次に、彼の双眼からしずかに涙が落ちはじめた。口の両端がきゅっと吊《つ》り上って、凄惨《せいさん》な笑い顔となった。そして彼はがっぱと膝《ひざ》をつき、婆やの見ている前で夫人の襟もとをかき開き、血のたまった乳房の間に顔をうずめて、「珠江、珠江」と泣きじゃくりはじめた。嬰児《えいじ》のように他愛なく振る顔は、真っ赤な血に濡《ぬ》れて、とろんとした眼は、既に彼の完全なる発狂をあらわしていたという。……さて兄さん、これからが喜劇のあと書だ。

その夜のうち、警察官と検事が片倉家に到着したが、狂える片倉氏は既に取調べの対象となり得ないのみならず、婆や及び女中の供言も要領を得ず、結局狂人の発作的殺人と断定する以外に説明はつかなかった。三日目に片倉氏は監視者の油断のすきに、禁固してある部屋の壁に自ら頭を打ちつけ、そうひどい打撃とも思われなかったのに、烈しい脳震盪《のうしんとう》を起したものと見え、間もなく尿や大便を洩らしながら死んでしまった。夫人の屍体は一応の解剖に附されたが、心臓に一種の刺切創を発見したのみで終った。

かくて、二つの殺人と、三つの屍体によって来る真相は、永遠に何びとの眼にも触れずに闇に葬られたのだ。——ただひとり、僕をのぞいては。

いや、その僕も、婆やの電話で翌朝訪れた片倉家の書斎でこの日記を発見するまでは、はっきりとは知らなかったのだ。書斎の浮世絵全集のうしろからこれを発見して、僕はひそかに持ち帰って読んだ。

僕は自分の復讐が完全に、いや完全以上になし遂げられたことを知った。

兄さん、世人の目して「悪党」と呼ぶものがある。即ち司法の庭にひきすえられる徒輩の謂《いい》である。間の抜けた詐欺《さぎ》を働いて、危く刑吏の捕縄《ほじょう》にかかりそこなった定吉の如きはこの範疇《はんちゅう》に入るものであろうか。

けれども、ほんとうのところをいうと、これは悪党の世界では憐《あわ》れむべき匹夫《ひっぷ》の席につらなるものである。真の悪人は決してそんなドジを踏まない。闇黒《あんこく》の中で拳についた血を洗い去り、白日の下へ素知らぬ顔で歩み出してゆく。証拠なき殺人を試みた片倉氏などは、或《ある》いはこれに属するものと言えようか。

しかし、悪人の王者は、——少くとも賢明な悪人は、断じて自ら手を下さない。彼は自分の一本の指先に血痕《けっこん》を附着せしめることすらしない。誰にもわからないように、第三者に証拠なき殺人を行わしめた僕の如きは——これこそ最大の悪人たるの光栄を担うものであろう。

僕は片倉氏に殺人方法を暗示した。そして殺意を行為に賦活《ふかつ》した。しかし誰がそれを知って、僕を捕縛《ほばく》することが出来ようか。当の片倉氏でさえも僕の暗示を、全然教唆《きょうさ》として意識していないことを、日記自身が物語っているではないか。そしてその上にまた僕は、僕自身の意識如何《いかん》によっては、これらの恐ろしい喜劇の胎児を流産せしめたに違いない「或《あ》るもの」を、沈黙して通したのだ。

兄さんは、さっきから僕のいう「喜劇」の意味を解しかねているだろう。そしてその「或るもの」とは何であるか。

兄さん、夫人はやっぱり眼が見えなかったのだ！　夫人の解剖執刀者は心臓や胃や肝臓や皮膚のみならず、その美しい双眸《そうぼう》の奥をも精密に検査する必要があったのだ。

われわれはなぜ物を視ることができるか。

大脳後頭葉の視中枢からのびて来た視神経線が、眼球内部の網膜にひろがり、光線がこれを照射刺戟《しげき》するためだ。ところが、この視神経線が眼球にとりつく部分そのものは、何ら光線の刺戟に応じない。このために生ずる盲点、正確に言えばマリオット氏盲点というもののあることは、医者でない兄さんも知っているだろう。しかしわれわれは習慣上この微小な視野欠損部を意識しない。この自覚のないことを、眼科の方で「虚性」という。

しかるに生理的な盲点以外に、比較的広範囲にわたって視野欠損部の出来る病気がある。狭窄《きょうさく》とか暗点とか半盲とかいわれるものがそれだ。つまり、普通人なら当然見えるべき視野の中に、全然見えない部分が生ずるのだ。この見えない部分は大抵灰色の雲とか閃輝《せんき》する斑点《はんてん》として自覚されるものだが、暗点のなかには盲点と同様全然自覚症状のないものがあって、これを発見するには眼科医でさえも視野計を用いて精密な検査を反覆しなくてはならぬほどだ。色々の点からして僕は、珠江夫人の眼に虚性暗点が発現していたのだと判断する。しかも両眼に来ていること、赤と緑が侵される色盲を伴っていること、明るいところでかえって視力が衰えること――などによって彼女は特に「石津氏暗点」というものが生じていたのではないかと判断する。

夫人は赤い葵《あおい》の花を認めることが出来なかった。また緑の色盲に罹《かか》っているから、その補色であるあやめの紫がわからなかった。日光の中に揺れているそれらの花々を探すのに近眼のように眼をほそめた。そのくせ暗くかげった光の下で、細かい医学書を読むことが出来た。その暗点に相当する部分のみが見えなくて、他の部の網膜にうつる物や世界はよく見えるのだ。決して盲人ではないのに全身の姿勢、頭部の位置、眼の動かし方によって、眼前のものも見えないことがある！　そして自分でそれに気がつかない！

この「眼中の悪魔」は、夫人の妊娠、分娩《ぶんべん》という一大生理的変動によって誘い出されたったのであろうか。そのために夫人は或る日玄関で、うっかり自分の異母兄に接吻《せっぷん》してしまった。彼女は気がついて驚愕した。眼に異常を自覚しない彼女は、色々なことで、自分の頭がヘンになっているのではないかと思いはじめたに相違ない。真の夫に抱かれながら、はっとして急に身ぶるいしたりしたのは、この自分の行為に対する不安が、瞬間的に頭をはためき過ぎたせいであろう。一方、頭の崩れた与太者の異母兄は、妹のこのとんでもない失敗に有頂天になって、これをタネにゆすりはじめた。四月二十日の日記に、玄関まで出迎えた夫人が、定吉にこぼれるような笑顔を向けていたことが記されてあるのは、前もって電話で知った片倉氏の帰宅を待っていた彼女が、太陽を背に近づいて来る男の姿を、ひょっと夫と錯覚したものに違いない。夫婦の間に暗い霧がたちこめ、片倉氏の定吉を憎むことがいよいよ深くなってから、夫人は一層その失敗を陽気に打ちあけることが出来なくなった。六月上旬の或る日、片倉氏が玄関で見た定吉と夫人との狂態は、あれはどう見ても精神健康者とは思われない異母兄が、妹の金をくれないのに業を煮やした悪ふざけに過ぎなかったのだ。それ以来、片倉氏は夫人の言を一切信じなくなった。そして夫人自身も何が何やらわからなかったというのが真実であろう。

これで六月二十一日夜の定吉殺しの現場を「見て」いた夫人の位置もよくわかる。夫人は片倉氏の姿など見てはいなかったのだ。つまり「盲目の目撃者」の反対であったのだ。

しかし、殺人者はこれに苦しんで遂《つい》に発狂した。兄さん、これが喜劇、片倉氏の喜劇でなくて何であったろう。僕は既に夫人の眼の故障について、一つの解答を抱いていた。そして黙っていた。沈黙は証拠を残さない。最大の犯罪者たる僕は、何ひとつ証拠を残していない。たとえ兄さんの気がおかしくなって、この手紙を官憲に提出したところで、なおかつ僕は立派に法律に空を打たせることが出来るだろう。復讐《ふくしゅう》は成功した。そして成功以上であった。兄さん、僕は復讐の対象を自滅せしめるのみならず、それに付随している珠江夫人までも破壊してしまったのだ。最後の夜、悲惨な喜劇役者は、妻の眼前で勝手に致死量以上の催眠薬を飲む真似をしたが、夫人はそんなことは見ていやしなかったのだ。そして彼女の瞳《ひとみ》には、――おそらく自分の心臓に突き立てられるまで狂える夫の兇刃《きょうじん》も映らなかったのではなかろうか？

「いや、彼女もまた審《さば》きを受けなくてはならない」――或いはその夫以上に！　僕はまたもやそう思って、地獄的微笑を浮かべようとしたが、今度は顔の筋肉は微動もしなかった。僕はひき抜かれた生命の脊髄《せきずい》を、これから何処に探しにゆこうとするのか。美しい哀しい日にかがやき匂っていたそれは、既に暗い地の下でとろとろに腐り果て、そして永遠に消えてしまったではないか。やり過ぎた！　ひきしぼった己の腕の感覚の鈍いために、復讐の征矢《そや》は、的を射抜き過ぎてしまった！

しかし僕は彼女の視器を直接検査して、その暗点を確かめたわけではない。また定吉が彼女の異母兄であったという確証もまだ持っているわけではない。――僕はいちど片倉氏の妄想通りに彼女を考えようとした。――けれど、噫《ああ》、僕は夫人を信じている。いや、珠江を熱烈に信じている。裏切られる以前と同じように。――そして、それが今になってわかったとは！

勿論《もちろん》、僕は、終始一貫して珠江が全く罪を犯さぬ無垢《むく》雪白の天使であって、それを夫の妄想と僕の邪恋がよってたかってなぶり殺しにしてしまったのだとは思わない。彼女は僕を裏切った。彼女がいかに当時年若くて、また他に如何《いか》なる理由があったにせよ、これは明らかに一つの過失である。また片倉氏から見れば、一点非の打ちどころもない貞節なデスデモーナであったとは思われない。片倉氏の考えたように異母兄ではないが、彼女は僕を愛していた。少くとも心のかなしい愛情の火のかけらを、僕の魂にふりおとしていた。……それは、生命の消えようとするあの瞬間に僕の名を呼んだことでもわかる。——

しかし、夫のある妻が、昔の恋人にいつまでも愛情を秘めているのは罪であろうか？機械のように冷たく、ただ外表的な道徳にのみ内奥を動かされて、かつて愛した人間を、路傍の人の如くに見る不自然な、浅薄な、阿呆《あほう》な女よりはるかに人間的な心ではあるまいか。

いや！　と一度恐ろしい疑惑が心を掠《かす》めたことがある。それは己のカン違いではなかったか。甘い、手前勝手な色眼鏡ではなかったか。最後に名を呼んだのも、傷の苦痛に「医者」の己を呼んだに過ぎないのではなかったか？

その疑惑は、しかし僕の珠江に対する感情に、一毫《いちごう》のプラスもマイナスも与えるものではなかった。兄さん、僕はこの事件の全貌《ぜんぼう》と、それに関連した人間達の心理をここに闡明《せんめい》した。ただひとつ珠江のこころを除いては！　それのみが永遠の謎だ。光か暗黒かわからない。そのいずれであっても僕の感情は不動である。これまた自ら抱く男心の神秘と言おうか。

得たものはただひとつ「珠江を殺してしまった」ということのみであった。したがって「己自身を殺してしまった」ということのみであった。

兄さん、まさしく僕の心は、去年の七月一日以来、焼け落ちて、冷たい灰となってしまったのだ。虚無な死のような魂、——それを抱いて、呼吸とか、消化とか、排泄《はいせつ》とかをつづける肉体が漸《ようや》くわずらわしくなった。

あてはないが、最後の活路を求めて、僕は旅に出る。僕は早春の北国の蒼《あお》い波濤《はとう》を見にゆく。その怒濤《どとう》が僕に生命の滴《しずく》を投げこんだら、僕はふたたび帰って来る。しかし、すべてが心の虚無の奈落《ならく》の底へ空しく消え去るばかりであったら、寂しい風のふく白日の砂浜で、僕はこの片倉氏の日記を焼きはらい、抜けがらのようなこの肉体に、未練なく、死んだ魂のあとを追わせるだろう。

虚像淫楽

一日目

晩春の蒼い夜靄《もや》の静かに流れる或《あ》る夜更《よふけ》であった。その靄を鋭い警笛の音で切裂いて、一台の自動車が聖ミカエル病院の前に停った。

ちょうど玄関の真正面の廊下を歩いていた若い看護婦の片桐アキは、入口から屍骸《しがい》のような女を背負った十七、八の少年が、よろよろと入ってくるのを見た。

「どう、なさいましたの？」

「昇汞《しょうこう》をのんだのです」

少年は歯をかちかち鳴らしながら云った。背中の女の身体が蛇のように波を打って、吐きあげた吐物が少年の肩から胸へしたたった。

「いま、のんだのか？」

偶然、薬局に入りかかろうとしていた、内科の千明《ちあき》という医学士も、つかつかと駈《か》けよって来てたずねた。

「いえ、二十分——三十分ほど前です」

「この近くの人じゃあないのだね？」千明は玄関の外の自動車を透《すか》し見ながら云った。

「はい、牛込《うしごめ》の矢来《やらい》町です」

「牛込！」と千明は叫んだ。「矢来町から！　近くに医者か病院はなかったのか？」

「ねえさんが、この病院へ連れてってくれと云ったのです」

けげんな顔でふと背中の服毒者を覗《のぞ》きこんだ片桐アキは、突然息を大きく吸いこんで、

「まあ、森さん！　弓子さんじゃあないの？……先生、あの森弓子さんですわ！」

そう云われてもまだ思い当らぬ顔つきの千明医学士も、藍《あい》のように蒼い女の顔を覗きこんで、やっと一年前まで自分の下で働いていた看護婦森弓子を思い出し、ちょっと感情の微風がその面《おもて》に流れた。

「森君」と彼は女の肩に手をかけて、やさしい調子で、「どれくらい、のんだのかね？」

昏迷《こんめい》状態の女は薄目をあけて、近ぢかと覗きこんでいる千明の顔をじっと眺めた。そのうるんだ瞳《ひとみ》の奥に、思いがけなく微笑のようなものが仄《ほの》光って消えた。彼女はしずかにはっきりと云った。

「先生八グラムばかりです」

その声はふるえて、沁《し》み入るようにきれいだった。

「八グラム！」千明の頰は電気に打たれたようにひきしまった。女の手頸《てくび》をとり、すぐに少年の身体ごと突きとばすように押し出しながら、片桐アキに、「すぐ治療室につれて行ってくれ給え。胃洗滌《マーゲン・シュピールンク》をやる」

千明医学士は青銅《ブロンズ》の彫刻のような鈍い動かぬ表情を持った人であった。併《しか》し、こういう場合の彼の動きはまるで別人のように、敏捷《びんしょう》で正確で、活気に溢《あふ》れていた。胃を洗って、

ビタカンファーを打つ。それから腸洗滌《ダルム・シュピールンク》――この時、彼は「お！」と低く叫んで手の動きをとめた。その真白な尻《しり》の肉の上を、紫の蛇のような痣《あざ》が走って背の方へ消えているのを見て、片桐看護婦も息をのんだ。すぐに千明は当面の操作を続けはじめ、それに追われて片桐アキも、一瞬間の感情の潮騒《しおさい》をふと忘れた――磁皿の上の糞《ふん》塊、ピペットを沈降する血柱、そして唯一個の患者《クランケ》。その世界へ看護婦を追いこんで、尚《なお》忘我の愉悦を覚えさせる力が千明医学士にあった。

千明は服毒者の胸に聴診器をあてた。その眼は、ここにも、乳房の間から脇腹の方へ這《は》う数条のみみず脹《ば》れの上に落ちていた。

「おい、森君、いったいどうしてまた昇汞なんかのんだのだね？」

女は、薄目をあけて千明を見た。その瞳の奥にまた異様なひかりが微《かす》かにともり、唇がふるえたが、しかし答えなかった。

「ねえさん……」

扉《ドア》のところで、かすれたような叫びがした。アキは夢から醒《さ》めたように振り返り、例の少年の姿を見て、突然なぜか身体がふるえるのを感じた。――蠟《ろう》の如く、かたく蒼ざめて、少年の姿は美しかった。鎖のように両腕をねじり合わせて、併しその灼《や》けつくような眼差《まなざ》しを投げている涙の眼――その眼は、なぜか看護婦の心に、押絵《おしえ》に似た鋭い感動を与えたのであった。

「おお」と千明が云った。

「君は、森君の弟さんかね？」

「いいえ、ぼくは酒井卯助《うすけ》っていいます。ねえさんは嫂《あによめ》です。今、酒井っていうんです」

「結婚なさったんですね、ここを出てから——あたし、ちょっとそんなことを聞きました」

と、アキが云った。

「そう、で、嫂《ねえ》さんは、なぜ毒をのんだの」

「——ぼく……知らないんです」一分間ほどの動揺の後、卯助は云った。また一分ばかりして彼はにじみ出る額の汗をぬぐって尋ねた。

「嫂さん、だいじょうぶでしょうか？」

千明は聴診器を耳からはずし、患者を眺めそして卯助の傍へ歩いて来た。

「嫂《あによめ》というと御主人は——君の兄さんはいないのかね？」

「……います」

卯助は白痴のように乾いた声で云った。

「いたら、兄さん御自身も来られた方がよいだろう」小さい、厳粛な声で「嫂さんは、非常に危険な状態にある」

打ちのめされて卯助は惨めな泣顔を作った。路で美しい玩具を壊して途方にくれて家の方を眺める子供みたいに扉を振り返った。突然彼はきっと顔をあげ、叫ぶように、「兄さんを呼んできます」といって廊下へ飛び出して行った。

「千明先生」

おずおずと後へ近づいてきた片桐看護婦が呼びかけた。二人は、隣りの医局へ入った。扉を閉じると、アキは、

「御主人を呼んでこいとおっしゃって、先生……ひょっとすると森さんが——いえ、酒井さんが毒をのまれたのは……」

扉の蔭《かげ》で消毒液に手を浸していた千明医学士は、ふと手をとめて看護婦の顔を眺めた。

「あのみみず脹れは——ふむ、夫婦喧嘩《げんか》をしたのではないか、と君は云うのか？」ぶっきらぼうに手をふきながら、「それにしても、この場合、やはり来て貰《もら》った方がよい。心音は極めて弱い。何しろ昇汞だ。明日までも己は保証できんからね」

「はい……でも」アキは蒼《あお》い顔で考えこんでいた。暫《しばら》くして眩《まぶ》しそうに千明を見上げ、小さな声で呟《つぶや》いた。

「若《も》し、そうだとしたら——結婚って、恐ろしいものですわね……」

千明は扉に手をかけていたが、ふと振り返って微笑した。

「そうそう、君は近くお嫁入りするのだったね？　はは、一々患者《クランケ》の不幸な人生を見て悟りを開いていたら、医者や看護婦は木乃伊《ミイラ》になって了《しま》う。患者《クランケ》はベッドの世界だけで考えるべきだよ——くだらぬ取越《とりこし》苦労はせんでも、第一君なら必ず幸福な……」

「先生」とアキは頬を微かにあからめて「先生は、なぜ結婚なさらないんですの？」

「僕かね？」廊下に出て、千明は低く笑った。

「それはね、君——これは、西洋の或る偉い人が云った言葉だが——最もすぐれた男と女を望むなら、それは独身者と妻の中にある、とつまり、僕があんまり立派すぎるからだろうよ……ははは」

「本当に、先生は立派すぎるのですわ……」

そう呟いた片桐アキの溜息《ためいき》は扉でさえぎられ、正確な跫音《あしおと》が廊下を遠ざかって行った。

二日目

しかし、その夜には少年も夫も来ず、とりあえず第三病棟十一号室に移した服毒者を見護《まも》ったのは千明と片桐看護婦だけであった。明方になって体温は急峻《きゅうしゅん》に上昇して三十八度四分となり、脈搏《プルス》は増加して一二六を算した。

朝になって、科長の塙《はなわ》博士が登院して来た。千明はその経過を報告した。

「いったい、どうして毒をのんだものかね」

と博士は白髪の童顔をかしげた。

「それが何にも云わないのです」と千明は苦笑して、

「身体を見ると、到るところ新旧無数の痣があります。片桐君は、或《あ》るいはこの痣が夫の虐待によるものではないか——毒をのんだのもそんなことが原因ではないかと、想像しているのですが、何を尋ねても一言も返答してくれません。質問に対して表情に反応が見られますので意識の明瞭《めいりょう》なことは確かなのですが、兎《と》に角《かく》、一切口を緘《とざ》して通すつもりと見えます。——最初ここへ運びこまれた時、幾らくらいのんだ、と尋ねましたら、八グラムです、と明瞭に答えましたが、それっきりなので……」

科長を送って病室の外へ出ると、少年酒井卯助が立っていた。

「先生、ねえさんは……」

窓硝子《ガラス》をゆすって風が強く、虚空を吹雪のように桜の花びらが飛ぶのが見えた。蒼い空は黄塵《おうじん》に霞《かす》んで、白い淡い朝の光が中学の制服をつけた少年の姿をもの哀しく浮かび上らせた。ちょっと触れると倒れそうな脆《もろ》い姿勢を、絡みつくような必死の眼色が支えていた。

「ねえさんは……まだ、大丈夫だ。君、兄さんは？」

ふいに、卯助の眼に狂的な光がきらめき、千明をつきのけると病室へ飛びこんで、押し殺したような声を尻上りに上ずらせて、こう叫んだ——

「ねえさん！　兄さんも……毒をのんで死にました！」

はっとして、片桐看護婦は患者の方を見た。

この突然な恐ろしい報告に、弓子は薄く眼を開いた。が、その頰はびくりとも動かず、細い眼の間から少年に向って投げられたのは冷たい、刺すような光だけであった……走り寄ろうとしていた卯助は、見えない鞭《むち》にはね返されたように立ちどまった。

ぽかんと口をあけたのは、寧《むし》ろ千明医学士の方であった。

「兄さんも！　おい、それアいつの話だ？」

「きのうの夜、ぼくがここから帰って行ったら、兄さん、死んじまっていたのです。あたり一面血へどだらけで……枕もとに昇汞《しょうこう》の瓶が転がっていました……」

「君の家にはほかに誰もいないのか？」

「いないんです。三人だけだったんです。……いったい、どうしたらいいのか、ぼく、それを嫂さんに聞こうと思って……」

「医者は呼んだのかね？」

「いいえ、僕が帰ったときには、もう冷たくなっちまっていたので……」

千明は突然、白衣の釦《ボタン》をはずしながら、扉に手をかけた。

「死んだって……君、それア医者が見なくちゃわからん。僕が行って見てあげよう。君も来たまえ」

ひる過ぎになって、千明はぶらっとひとりで帰ってきた。

「驚いたね、君……」

と彼は先《ま》ず片桐看護婦に云った。「兄という人間を見たら、去年の春頃、胃潰瘍《いかいよう》で入院していた男じゃあないか、君は忘れたかね、酒井房太郎というのだよ」

「憶《おぼ》えています」とアキは首をかしげた後に云った。病人と看護婦という特殊な関係でもなかったら、それはすぐに忘れられてしまうに違いない、平凡な、影のうすい、へんに遠慮深い男であった。

「森さんが結婚なさったというのは、まああの酒井さんでしたの！　それで、やっぱりいけませんでした？」

「うむ、死んでいた。死んじゃいたがね……」

と千明は急に暗い顔になって考えこんでいたが、

「まあ、いいさ、警察が来てあの子を色々調べていたから、そっちで片づけてくれるだろう」と煙草に火をつけた。

「あの酒井って男は薬品会社の会社員だったらしいね。昇汞はそっちで手に入れたのか、まさか森君がここから持って行ったんじゃあるまい。森君をあの子が運びだしたあとで酒井が服《の》んだとすれば、こっちはまだ息があるのに向うはもう絶命《ステ》ったところからみると、無論手当の有無が重大な理由でもあるが、それ以外に昇汞に対する抵抗力の相異ということもあるだろうね」

暫くして、牛込の警察署から刑事が一人やって来た。科長と千明がこれに会った。卯助を調べたその刑事の言葉によると、実は弓子は房太郎に毒をのまされたので、そのあとで夫も自殺したらしいということであった。

「あわただしく自動車が出て行った気配に、隣家の老婆が妙に思って、酒井の家を覗《のぞ》きに行ったら玄関に主人が蒼い顔で立っていて何を尋ねてもロクな返事もしないので、すぐに帰ったというのですが……一体、どうして妻君に毒をのませ、自決したものか……」

と、刑事は話しながら病室に入って行った。

患者は血尿を出し始め、同時に裏急後重《テネスムス》が著明となり出していた。その下痢便も血性《ブルーテイッヒ》であった。女は石像のように沈黙していた。塙博士に注意を受ける迄《まで》もなく、刑事は訊問《じんもん》を断念して、一たん引返すよりほかはなかった。

　それを送り出した後、科長はふと云った。

「あの女は、いったい、なぜこの病院をやめたのだったけね？」

「それは」と千明は無造作に云った。「結婚するためでしょう」

「千明先生」と考えこんでいた片桐アキが顔をあげた。「先生、いちど、あの森さんをお打ちになったことがございましたわね？」

「なんだって？　打った？　記憶がないね、僕は女なんかをそうムヤミに殴りやせんよ」

「いえ、ありましたわ」とアキは急にせきこんで、

「たった一度ですけど、何のときだったか森さんの頰っぺたをぴしりとひとつ……」

　千明は突然立ち停った。暫くして、その青銅《ブロンズ》のような頰に苦笑のかげが這《は》いのぼった。

「ふむ、そう云われると、そんなこともあったね。そうだった。アドレナリンだ。〇・五cc以上一度に打っていけないと口を酸っぱくして云ってあるのに、あれがうっかり一ccやっちまって、患者《クランケ》が痙攣《クランプ》を起こしだし、すっかり閉口したことがあった。その時だよ……いや、あの森君には困ったよ」千明は記憶が次から次へと浮かびでて来たと見え、急に沈んだ顔色になって科長に云った。「思い出しました。そのアドレナリン事件以来、あれは何べんもとんまをやった。故意としか思われないような非常識な間違いばかりです。併《しか》し看護婦になめられると思うほど僕は自分を見縊《みくび》ってはいないので、あれは殴られてから僕

に対して神経過敏《ネルウエエス》になったのだろうと考えました。いや、今にして考えれば森君は丁度あの頃酒井と恋をしていて、その為心うつつになったせいでしょうが……何しろ僕はこういう人間で、そんな微妙な方面にはさっぱり頭が廻《まわ》らん。で、それ以後の失敗は黙って見ていて、そしてほかの科へ廻って貰《もら》ったのでした……併し片桐君、それで森君がやめたのだと君は云うんじゃあるまいね？」

「とんでもございません……いえ、ただちょっと思い出しただけなんです」

「話は別だが」塙博士はパイプに火を点じながら、千明に笑顔を向けて、「君は少しものの哀れを知らん過ぎるよ。それもよいが……どうじゃね、いつかの話は？　考え直して見てくれたかね？」

「いや、全然、今のところ」と千明は酷薄無情な首のふり方をして、「娶《めと》りたる者は如何《いか》にしてその妻を喜ばさんかと、現世《うつしょ》のことのみ思い煩《わず》らい、娶らざる者は如何にして主の――はは、有難うございますが、今の私にとって主はシュワルツマンでして」

千明医学士の目下の研究《アルバイト》の対象は、縁談でなくて血清学上のシュワルツマン現象なのであった。

三日目

「ねえさんは……」

三日目の黄昏《たそがれ》、また蹌踉《そうろう》と卯助が病院の玄関を入って来た。一夜を隔てたばかりなのに、警察官の訊問にもみぬかれたと見え、すっかり憔悴《しょうすい》した顔色であった。

「まだ、大丈夫だ」

しかし、死の黒い手は既に腎臓《じんぞう》を摑《つか》んで、尿閉《アヌリー》がきていた。漸《よう》く口内炎症状《ストマテイーチス》が現われて歯齦部《しぎんぶ》に壊死《ネクローゼ》が認められた。

「嫂さん、しっかりして……」

焰《ほのお》のように流れよる吐息を、細い眼が冷たく迎える。灰白色の舌はまだ動く筈《はず》であったが、女は依然として沈黙していた。死のスフィンクス。

シュワルツマン現象以外には余り意志も感情も注ぎたがらない千明も、この不思議な嫂と弟の間の神秘な空気には興味を惹《ひ》かれた。昨日酒井家に同伴して行った時、すぐに警察を呼んだので、まだ落着いて卯助と会話を交したことのない千明は、改めて別室に彼を呼んで、詳しい事情を聞こうとした。

卯助の話はこうであった。

一昨夜のこと、兄夫婦の部屋から、二人の争う声が聞えた。低い押し殺したような声であったので、はっきりとは聞きとれなかったが愛するだの恋するだのいう言葉、先生という言葉、殺すという言葉がきれぎれに耳に入った。暫《しばら》くして異様な嘔吐《おうと》の呻《うめ》きがしたので駈《か》けこんで行って見ると、隅の机につっ伏した嫂が顔をあげて、吐きながら、兄の顔を指さして、「卯助ちゃん、あたし兄さんに毒をのまされてよ」と叫んだ。そしてこの聖ミカエル病院へ運んでくれと頼んだというのである。兄は部屋の真中に幽霊のように立ちすくんで嫂《あによめ》よりうつろな眼でそれを見送っていた。

卯助が、千明に「兄を呼んでこい」と云われてためらったのは、こういう事情があったからである。しかし、すぐにその事情はさておき、兎《と》に角《かく》一応兄を呼んでくる気になって帰って行った。するとその兄も、時すでに遅く服毒絶命していたというのである。

「先生って誰だね、思いあたる人はないか？」

「うちの裏に、工業学校の先生がいます。ぼくがそう云ったら、警察ではその先生を呼んだ様子でした。だけど……」卯助は急にどぎまぎと顔を赤らめた。「ぼく、二人の喧嘩《けんか》していたことが、何であったのか知らないんです」

「それで、警察は君を帰してくれたのかね？」

「はい」

千明は首をかしげたまま少年の顔を見つめていて、やがて云った。

「君は嘘をついているね。君がここから帰って行った時、兄さんはもう死んでいたというのは嘘だろう？」

卯助はぎょっと千明を見上げて、みるみる土気色になった。

「まあいい。僕は警察ではない」と千明は微笑を見せて、「君は知っているだろうが、嫂さんは去年の春まで僕達と一緒に働いていた人だ。それだけに出来るだけ事情を知りたいのだが、嫂さんはあの通り黙っている。お願いだから正直に云ってくれ。警察の方へは決して告げない——そうだろう？　兄さんが毒をのんだのが、君が帰るより前であったか、後であったかは兎も角として、死んだのは朝になって——おそらく四時から五時頃までの間だったろう？　それは僕が見た時の屍体《したい》の状態から逆に計算してわかるのだ。君は苦しんでいる兄さんを、その時刻まで黙って見ていた。それを知らなかったとは云わせない。なぜならば君は嘘ついたから——なぜ、医者を呼んで来てあげなかったのだ？」

「それは……兄さんが、嫂さんに毒をのませたからです！」失神直前のように開いた瞳孔《どうこう》で卯助は叫んだ。

「なぜ、毒をのませたのだ？」

「分りません……だけど、兄さんはふだんから嫂さんをぶったり、叩《たた》いたりしていました」

千明は少年の肩を摑んだ。

「君、君は嫂さんの身体じゅうに痣《あざ》があるの知っているかね？」

「知っています。兄さんのしたことです」

千明は尚《なお》もたたみかけようとして、倒れそうに肩で息をしている少年を見ると、溜息《ためいき》をついて、

「それにしても……兄さんこそ、君の肉親の人じゃあないのか？」

「ぼく、あたまが……メチャクチャになって……」卯助は突然腕を顔にあてて泣き出した。

ふと、その袖《そで》から腕が、襟くびから背中がちらと見え、千明は愕然《がくぜん》として叫んだ。

「君、ちょっと……裸になって見たまえ！」

無理強いに着物を脱がせてみると——おお何ということであろう——この美少年の全身にもあの弓子と同様の惨らしいみみず脹《ば》れが、蛇のように這い廻っているのであった……

「半分手籠《てごめ》みたいにして裸にしたのがいけなかったと見えて、それっきりあの子はタニシのように口をつぐんで返答してくれないのですが、要するに……」

その夜、片桐看護婦は千明医学士がお茶を呑《の》みながら墻博士に話しているのを聞いた。

「嫂の復讐《ふくしゅう》のために兄を——文字通り黙殺したというのだね？ 肉親の兄を……」

「そうです。もう一歩恐ろしい想像をすれば……いや、黙って兄を見殺しにしたその心持だけでも恐ろしい。一体どうしたというのでしょう？」千明は静かに茶碗《ちゃわん》を卓に置いた。

「先生、先生はあの子が訪ねてくる時の、あの眼の色を御覧になりましたか？ あれは嫂を愛している。嫂と弟との妙な恐ろしい恋愛、それが原因で、房太郎に弓子も打たれ、卯助も折檻《せっかん》された。二人の身体の痣を私はそう判断します。そういういきさつがあったればこそ、あれは敢《あえ》て兄を黙殺したのでしょう……」

片桐アキは、あの「ねえさん……」という哀切な声音と灼《や》けつくようなまなざしを投げている美少年の立ち姿を思い出した。

「併し、君」と博士は首をかたむけて、「それを迎えるあの女の眼を君は気づかなかったか？ 氷のように冷たい——その想像は少し間違ったとこがありはせんかね」

「あの眼！……なるほど、こりゃ少し妙だ……いや、あの子はまだ告白しきってはいないのです。裏の工業学校の教師という重要人物もいるのですし……明日、またあれが来たら、もう少し問いつめてやりましょう。これは非常に興味ある事件らしい。シュワルツマン現象に匹敵する。精神病理学的にですな……いや、待てよ」千明はちょっと考えていて、片桐看護婦を振り返った。「僕は少しまずいことをやった。金槌《かなづち》でたたいて、あの子の心の貝殻を閉じさせてしまったかも知れない。片桐君——どうだ、君が明日あの子に尋ねて見てくれないか？　女の、あの柔かな優しい手管で……」

アキはふと千明医学士に怒りのようなものを感じた。可憐《かれん》な少年の姿を眼に描きながら黙って立っていた。

四日目

冷たい春雨に濡《ぬ》れて、また卯助がやって来た。が、病室へ一歩入ると同時に、その顔に水のはしるように一種の感動がはしった。

「ねえさんは……」

病日第四日目の嫂は、昨日までとは別の人であった——裏急後重《テネスムス》は衰えたが口内炎が拡がり、歯は悉《ことごと》く弛《し》緩《かん》動揺し、唇は水腫《すいしゅ》様に腫《は》れ上っていた。それは壊死《ネクローゼ》による炎症性ものか、腎炎《ネフリーチス》によるものか、恐らく両方の要因が働き合ったためであろうと考えられた。

彼女はもう弟の方を顧《かえり》みることさえしなかった。その鈍いむしろ恍惚《こうこつ》とした瞳《ひとみ》は、深い

かなしみを湛《たた》えて一方に釘《くぎ》づけになったままであった。その視線の果で体温計を振ってい
た千明医学士は、微笑のめくばせを片桐看護婦に送ると、しずかに部屋を出て行った。

　卯助は変りはてた嫂の顔を茫然《ぼうぜん》と見つめていた。息をするのも忘れたかと思われる。

「ちょっと……」と片桐看護婦が別室に呼びこんだ時も、彼の顔には驚愕に近い感動が一
面に彩られて、凝ったような瞳を、雨滴のながれる窓硝子《ガラス》にそそぎつづけていた。

「酒井さん」とアキはやさしく云った。彼女は千明の依頼だけに従っているつもりではな
かった。いじらしさに胸がいっぱいになって涙が眼にあふれるのを感じた。「あなた、あ
の方を好いていらっしゃるのね？」

　茫然と佇《たたず》んでいた少年は、看護婦の涙を見ると、みるみるその瞳に涙を盛り上らせた。

「あれは嫂さんですか？」と彼はかすれた声で云った。

「そうですわ」アキは妙な顔になった。「なぜ？」

　卯助はうつむいて溜息をつき、また窓の方を見て、ぼんやりした声で云った。「――か
わっちまったなあ……」

「あなた、お嫂さんを愛していらしたのでしょう？」とアキはもういちど云った。

　涙が少年の頬を伝った。彼はうなずいた。

「あなた……」アキは卯助の両肩に手を置いた。

「そのために、お兄さんにぶたれたのでしょ？」

　卯助は虚《うつ》ろな眼でアキを仰ぎ、首を振った。

「ぼくをぶったのは、兄さんじゃなくて、嫂さんです」

「嫂さんが！」片桐アキは、愕然として叫んだ。少年は声をあげて泣きはじめた。

酒井卯助の思いがけない告白は次のようなものであった。

卯助の両親は彼が赤ん坊のときに亡くなって、殆《ほとん》ど兄と二人暮らしの中に成長した。嫂がはじめて来た時、その美しさに卯助は驚異を感ずるとともに、その冷たくどこか高慢な感じに寧《むし》ろ反撥《はんぱつ》を覚えたくらいだった。おとなしい兄がその一顰一笑《いっぴんいっしょう》に意をはらっているのを見ると、卯助は弓子に憎悪すら感じた。

去年の夏の或《あ》る日であった。風呂場《ふろば》に飛びこんだ彼は、中で嫂が行水をつかっているのを見て驚いて飛び出した。そのとっさの間に卯助は嫂の真っ白な背中に数条のみみず脹れが、むごたらしく這《は》い廻《まわ》っているのを見てしまったのだった。
二、三日たった夕、彼が庭に打ち水をしていると、遠い空に、花火が揚った。ぼんやり眺めていると、いつの間にか嫂が来て、しずかに縁側に坐《すわ》っていた。
「卯助ちゃん……この間、あなたわたしの傷を見たでしょう？」

不意に嫂はそんなことを云い出した。卯助は黙って花火を見つめていた。

「ほかのひとには云わないでね……あれは、兄さんにぶたれたのよ……」

「兄さんに！」卯助はびっくりして振り返った。

あの気の弱い兄が――嫂を貰《もら》った時、あんなに有頂天になっていた兄が、そんなにひどくこの嫂を打つことがあろうとは思いがけなかった。彼の部屋は離れであったから、それまでそのような気配を夢にも感づかず、それどころか、平生の兄はやはり嫂《あによめ》を恐れるようにおどおどした態度を見せていたのだ。が、そう云われて見ると、一たん胃病が癒《なお》って健康を恢復《かいふく》していた兄の頬が、最近変に落ちて時々眼がぎらぎらと病的にかがやくことがあるのを思い出した。

「どうして、ぶつの？」

「どうしてだか、しらないわ。ただぶちたいからなんでしょう」嫂はゆがんだ笑いを片頬に彫った。

「男って、暴君ね……あたし、女に生まれて不幸だとおもうわ」

また花火が揚って、消えた。嫂の笑顔は夕顔のように寂しかった。卯助はこの時、突然この嫂に満身の同情と愛情を感じたのだった。

「嫂さん……」と彼は夢中で云った。「じゃあ、兄さんにぶたれてシャクに障ったら、ぼくを代りにぶつがいい。幾らでもぶたれてやるよ」

云ってから冗談に見せようとして彼は笑った。が、嫂は光る眼でじっと見て、そして匂うように笑った。

「……ほんと？」

「ほんとだよ」卯助は不意にあかくなった。

卯助が弓子に打たれはじめたのは、実にこういう奇妙なきっかけからであった。「あたし、昨日の夜、また兄さんにぶたれてよ」それが、きょう卯助が打たれる理由であった。

それは兄の留守中、全く秘密に行われた。驚いたことに、卯助は嫂にぶたれるのが苦痛よりも愉《たの》しかった。そのうちに嫂は寒竹《かんちく》の鞭《むち》を持って来た。それが兄が嫂をぶつ道具だと聞いて、その黒地のひかりが卯助につらぬくような甘美な戦慄《せんりつ》をあたえた。

その折檻の理由は、どう考えても超論理的であった。卯助こそは「いい面の皮」であった。はじめ彼はぶたれて笑った。しかし、鞭の唸《うな》りの間に閃《ひら》めく嫂の顔が蒼《あお》ざめて、眼が憎悪に光っているのを見て、卯助はぎょっと瞳をひらくことがあった。憎悪という感情まで兄の代りに自分が受けているのか？　奈落《ならく》の底へつき転ばされたような感情は、彼が嫂を愛しはじめている反証であった。その疑惑の蕾《つぼみ》を鞭が打散らし、こんどは牡丹《ぼたん》のように笑んだ嫂の顔が掠《かす》める。暴風のようなその拷問《ごうもん》が終ると、けろりとして彼にやさしく、兄が帰宅すると澄ましていた。

嫂は一体自分を愛しているのか、憎んでいるのか？　まもなく卯助にとって、そんなことはどうでもよくなった。彼の頭は悪魔のように濁って荒廃して行った。夜も昼も、阿片《あへん》中毒者の幻聴のように鞭の唸りと嫂の笑い声が耳に鳴った。爽《さわ》やかな夕、玉蜀黍《とうもろこし》の葉蔭《はかげ》に、血と汗にベトつく身体を運ぶと、胸の、腕の、太腿《ふともも》の痣《あざ》を撫《な》でさすり、卯助は甘い悲哀と魅惑的な疼《うず》きに涙を流すのであった。そして、あの嫂をぶちまくる兄に対して、次第にはげしい嫉妬《しっと》と憎悪を感ずるようになっていった。……

「そしてあの夜――」と片桐アキはふるえる声で塙博士と千明に報告した。

「あの夜、卯助さんは弓子さんに、ちょっと話があるから十時頃庭で待っていてくれと云われたのだそうです。だから卯助さんは、あの晩はじめて御夫婦の争う声を聞くことが出来たのです……ここから家に引き返していった時、兄さんが昇汞《しょうこう》をのんで悶《もだ》えていたというのは嘘ではなく、それを見おろしたまま、兄への愛と嫂への愛とのたたかいに苦しみながら……あの人が云ったように頭がメチャクチャになって……とうとう見殺しにしてしまいました！　嫂さんへの愛が勝ったのです。つまり兄さんを憎みとおしたのです……けれど、兄さんは最後まで弓子さんと卯助さんの間の秘密は知らなかったことは確かで、息の絶えるとき、涙をながしながら、卯助、おれは弓子にだまされたよ、と、こう云ったといいます……」

扉の外を、病人運搬車が幽《かす》かに軋《きし》りながら通り過ぎていった。

「さあ、これでもう、あの卯助さんは知っていることは何もかも打ち明けてしまったでしょう。これ以上嘘をついているとは信じられません……大へん素直な感情になって、あたしに話してくれたようですから……」

「やはり、女の手腕だね」と千明は微笑した。

「恋愛の本質は疼痛《とうつう》なり、ってどこかで聞いたが、僕などにははじめてその意味が了解できる話だな――おかげで卯助の心理だけははっきりとなった。ところで、あの森君の心理は？　今の話だと、あれは卯助を真に愛していたのではなく、夫に打たれる腹いせに弟を利用していただけだ。そう受けとれるようだが……奇怪な論理だな、理解できん、謎はとけるどころか一層深くなったようだ。そもそも酒井房太郎はなぜ弓子を打っていたのか？」

「やっぱり工業学校の先生という人が、その間にあったんじゃございませんでしょうか？最後に、弓子にだまされた、と云っているところから見ましても……」

「いや、それは、きょうまた刑事が来たんだがね。どうも関係はないらしいんだ……そうだとすると、先生云々《うんぬん》というのは卯助の聞きちがいか、或《ある》いはこの悲劇の性質とは全然無関係な言葉であったのか……それとも……」

千明はふと塙博士の方を光った眼で見て、急にはっしと手を打った。

「科長、ひょっとすると、酒井房太郎はあのサヂストじゃなかったでしょうか？ そうです。そうです。そう考えれば工業学校教師なるものも一つの存在意義を帯びてくる、妻に単なる肉体的苦痛を与えるのに満足出来なくなって、無縁の人を姦夫《かんぷ》として設定し、それで虐待の快感をたかめるという――よくある奴です！ その病的な頭が更に悪化して、しまいには、想像的姦夫が事実であると、自分でも考えてくる。そしてこの悲劇が起こったのじゃあないでしょうか？」

「そうかも知れん……では、あの女はなぜ弟を打ったのだ？」

「わかりました。今の奇怪な論理がわかりました。夫のサヂスムスが妻に伝染したのです。いったい、そういう心理の萌芽《ほうが》は誰にだってあるのですから、培養法如何《いかん》によっては成長します。げんにあの卯助にしても次第にマゾヒスムスの快感に耽溺《たんでき》するようになっている……」

「それだ」と博士は云った。「僕は本来、房太郎よりも弓子こそマゾヒストではなかったかと考えているのだ」

ちょっとの沈黙の後、千明が何か云おうとするのを博士は眼でとめて、

「待ち給え、マゾヒスムスの女がなぜ卯助を打ったのか、と君は云いたいのだろう、しかしサヂスムスとマゾヒスムスとは元来同一人物が兼備していることが多いので、シュレンクノーチンクが両者を一括して疼痛性淫楽症《アルゴラグニア》という言葉を新作した理由もここにあるのだ。一たん、健康を恢復した酒井がなぜだんだん痩《や》せて来たのだろう？ それは弓子のマゾヒスムスを満足させるために鞭をふることを強制される苦痛のせいではなかったろうか？ それくらいだから、まして妻のサヂスムスを満足させることなど、到底彼の精神的に肉体的に耐え得るところではなかったろう。そのはけ口を弓子は卯助に求めた。卯助は明らかに夫の代用品だ。代償性サヂスムスの犠牲だ。姦夫の存在をほのめかしたのも、寧《むし》ろ弓子の方だろう。それで夫を精神的に苦しめ、したがって肉体的に自分が苦しめられる、一石二鳥の名案ではないか？——こんどの悲劇も、その筋書作者は女自身ではないかと思いあたるフシがある。そう判断する非常に重大な理由は、君は憶《おぼ》えているか？ 弓子が最初ここに来た時、のんだ昇汞は八グラムだと君に告げたというではないか？ どうしてあれはそれをはっきり知っていたのだろう？」

片桐看護婦はあっと叫んだ。

「暴力で毒を服《の》ませようとするのは、絞め殺すより容易ではない。女ははっきりと自分の

のむものの性質と量を知っていてのんだのだ」

「先生」と千明は顔をあげて、おずおずと、

「それでは、なぜ森君は、夫に毒をのまされた、など云ったのでしょう？」

「マゾヒスムスの極致だ。同時にサヂスムスの極致だ。わかるだろう？　所詮《しょせん》は妻の悪癖だと信じていた房太郎も、ことここに到っては、余りのことに仰天して、絶望して、あとでついふらふらと毒をのんでしまった。弓子にだまされた、とはそのことを云ったものだろう……」

「先生も、あまりものの哀れを解されるようには思われませんが」と千明は笑って膝《ひざ》を打った。

「感心しました。事件の痕皮《クルステ》が、それで落ちたような気がします」

「いや、調子にのって想像が少し飛躍しすぎたようだ」と博士は急に苦笑して云った。

「それに、何処か足りないような気もする。なにしろ、かんじんの本人がスフィンクスをきめこんでいるんだから……」

五日目

「吾々《われわれ》は、あっちこっちと皮膚の上から聴診器をあてて深部の病竈《ヘルド》を探し求めているが、解剖してみてはじめてそれを発見することが稀《まれ》ではない……」

五日目の午後、回診にまわる前に塙博士がこんなことを云った。

「病竈《ヘルド》自身が、ここだ、こうなんだ！　と口をきいてくれたら、一番てっとり早く、確かなんだが……あの女がそうだ。真相はあれだけが知っている。結論はあれによってのみ与えられる。かよわい女だ。それに口を開かせることが出来ぬ！　刑事も、吾々も、法も科学も、なす術《すべ》がない。その恐ろしい力は何か、それはあの女の背後に立っている死の力だ。その威厳の前には、あらゆる生けるものは慴伏《しょうふく》するよりほかはない……」

しかし、その点では、既に死の不気味な手は女自身の口をも覆おうとしていた。あらゆる薬品、あらゆる機械、人間の知慧《ちえ》の必死の抵抗にも拘《かか》わらず、悪魔のような炎症は、徐々に骨髄にくいこみ、牙関緊急《ツリスムス》が嵩じて開口は全く不能となり、腫《は》れあがった唇の間から、腐ったような舌がわずかに覗《のぞ》かれた。腎臓《じんぞう》の緊張を除く腎臓莢膜《きょうまくはくり》剝離手術をするために、患者を外科に廻《まわ》すように塙博士は命じたが、その顔は夜のように暗かった。

ちょうどそのとき、また卯助がやって来たが、その恐ろしい嫂《あによめ》の顔を、そっと遠くから覗きこむと、忽《たちま》ち顔を覆って、しばらくしてから、「ねえさん……」と呟《つぶや》いた。その声にはいつもの胸の奥底からこみ上げるような吐息のひびきがなく、アキは妙な顔になって振り向いた。少年はそのまま部屋の隅にしりぞいて、虚《うつ》ろな眼を窓の外の雨に向けたまま、じっとしていた。焰《ほのお》が消えて、さめはてた素焼の陶器のような横顔であった。

「卯助さん」と片桐看護婦は呼びかけた。卯助はぼんやりとアキを眺めて、ふっとその瞳《ひとみ》にひかりがともった。

「きょう、嫂さんの手術をしますから、それまでいて下さいましね？」

「はい！」と卯助はアキの顔を見つめたまま云った。

しかし、暫《しばら》くして塙博士や千明医学士が出てゆくと、卯助は、おずおずと片桐看護婦の傍へいって、田舎から呼んだ伯母《おば》さんをつれてくるからと断って、そっと帰って行った。

十一号室を出て以来、塙博士は黙々とした暗い顔で何ごとか考えこんでいる様子であった。暫くの後、片桐看護婦が内科の医局に戻ってくると、博士は椅子に坐《すわ》ったまま、放心したような眼を窓の青葉になげて煙草を吹かしていたが、ふと千明を顧みて呟くように、

「いったい、森君はなぜ事情を話してくれず死のうとしているのだろうね？」

「羞恥心《しゅうちしん》でしょう。ああいう事情であったら――」

「それでは、どうして牛込からわざわざここの病院へ運ばせたのだろう？」

「それは、一年前まで自分がここに勤めていたのですから、知り合いや朋輩《ほうばい》も多いことですし――」

「矛盾していやしまいか？」博士はなおも放心の顔つきであった。煙草の灰が膝にくずれ落ちた。

「羞恥心があるなら、どうして知り合いの多いこの病院をえらんだのだろう？　ここへ来れば裸の身体を見られることくらい勿論《もちろん》知っている筈《はず》だ。その身体の秘密を皆が覗いて、不思議に思えば、例え本人は口を緘《とざ》していても、卯助にきくだろうことも想像している筈だ……それでは、知り合いの多いこの病院を信用して撰《えら》んだとすれば、なぜ悲劇のいきさ

つを打ち明けてくれないのだ？　少なくとも、このわたしの人柄は知っている筈だろうに……」

「その矛盾は」千明はとまどいの色を通り過ぎさせた後に、「なにしろ、あの事態です。まして女ですから……」

「その事態はあれ自らが作ったものではないか？　女は女だが、あれの心の中には、何か一すじの意志がつらぬいている。その執拗《しつよう》な沈黙はその証左だ」

「先生」と千明は身をのり出した。「するとそれは、どういうことになるのです？」

「わしの想像が間違っていた、ということになるのだ」博士は煙草を投げ捨てて、椅子をこちらに廻した。その瞳の奥に異様な光が漲《みなぎ》って来た。「間違っているというより、想像がまだ足りないと云った方がよかろうか……わしは妙なことを考え出した。いったい、あの女は、しんじつ夫を愛していたのかね？」

遠い小児科の方で恐ろしい泣声が聞えた。なぜか、ぴくんとして、片桐看護婦はカルテを整理していた手をとめてしまった。

「むろん、変態性慾《せいよく》者の愛の現われ方は普通の女のそれとは違うだろう。しかし、根本に於《お》いては一種の情熱であることに相違はない筈だ。……ところが、苦痛の中にも昏迷《こんめい》の中にも、あれはいちども夫の名を呼んだことがない。尤《もっと》も夫は死んでいた。しかし……その夫の死を告げられた時、あれはどういう反応を示した？　表情筋ひとつ動かさなかったと、君達は驚嘆してわしに告げたではないか？……わしは今、酒井房太郎が死ぬ直前、だまされた、と云ったのは、もっと深刻な意味を持ってはいなかったろうかと考えている」

「どうも、わかりません」千明は頭をかいた。

「ねえ君……こんどは酒井の心理を想像して見ようではないか。吾々の記憶によれば、房太郎は平凡な、おとなしい人間であった。その男が美しい森君を掌中《しょうちゅう》のものとして、どんなに有頂天になり、妻を大切にしたかは卯助も認めている。ところが妻は病的なマゾヒストだった。この想像は動かすまい。苦しみながら、彼は妻の満足を買うために鞭《むち》をふるった。そのうちに彼自身も病的なサヂストに変っていったかも知れない。と同時に一層狂的に、肉体的に——従って本質的に弓子を熱愛しはじめたろう。しかし彼自身はあくまで姦《かん》夫《ぷ》の存在など架空のお芝居的人物だと、心の奥深く信じて疑わなかったのだ。——ところが、最後の夜、それが妻のお芝居でなく、真実であると、はじめて知ったならば……」

「それで、だまされたと云ったのですか！」

「と、わしは想像するのだ。森君は、房太郎など愛してはいなかった。夫の彼もまた、代用品であったのだ……そのことに、房太郎がやっと気づいたとしたならば、さっき述べたような彼の心情から、茫然《ぼうぜん》、崩壊、暗黒、そして絶望して毒を仰いだのも、弱い人間として或《ある》いは納得できる心理ではあるまいか？」

「では、やはり」と千明は叫んだ。「工業学校教師！……しかし、先生……」

「待ちたまえ、どうしてわしがこんなことを考え出したのか、それはさっきから、弓子の心理を想像して辿《たど》ってみたからだ。弓子は或《あ》る別の男に打たれる快感を空想しつつ夫に打たれていたのではないか——先《ま》ずこの想像から推理を進める。さて一日女がふっと考えてみれば、自分は全くばかばかしい立場にある。現実には生きて居らず、夢の中に生きているようなものだ。しかも狂った歯車の夢だ。ほんものの男は冷たく、遠く——近くで燃えて自分を殴っているのは代用品だ。男への軽蔑《けいべつ》、憎悪、復讐《ふくしゅう》、これが病的な女の頭の中で転回して、弟の卯助をぶちのめすようになる。卯助を打ちながら、彼女はばかな夫を打っていたのだ。実は、冷たいほんものの男を打っていたのだ！　ところで、これは一層奇型的な悪夢に過ぎない。女は虚偽に絶望し、真実に憧《あこが》れる。虚偽のどん底から脱け出し、真実の蒼天《そうてん》に這《は》いのぼる為に、最後の恐ろしいお芝居を敢行する。突然、彼女は夫に向って、冷静に真摯《しんし》に、彼が代用品に過ぎなかったことを説明し、自ら昇汞《しょうこう》を仰いで、瀕死《ひんし》の身体をほんものの男のいるこの聖ミカエル病院に運ばせる……」

「先生！」愕然《がくぜん》として千明はたち上った。

「ほんものは君ではないか、千明君」と塙博士はしずかに云った。かなしげな、恐ろしい微笑が、その童顔を厳粛極まるものにしていた。

「卯助が聞いた、先生、とは千明先生のことだったのではないか？　何という顔をするのだ。千明君——聞きたまえ、そしてよく考えて見たまえ、あれほど沈黙で貫ぬこうと心をきわめた女が、どうして最初君に八グラムの昇汞をのんだと云ったのだ？　より重要なのは八グラムではなくて、君に云ったということだ。一年ぶりに、ほんものの恋人にやさしい声をかけられて、その刹那《せつな》に女ごころがふとくずれたのだ。一年前の医者と看護婦の追憶が一瞬に甦《よみがえ》ったのだ……なぜ、わしが今そのような突飛なことに気づいたというのか？　わしは先刻、あの女の視線が何を追うているか、それに興味を持ったのだ。終始一貫してあれは君の姿を見つめていた。きょうだけではない！　思い返せば、きのうも、おとといも――その眼は無限の光を湛《たた》えて、必死でかなしげだった――」

「先生、お言葉ですが」千明は卓をたたいて叫んだ。

「私は誓って――」

「わしは君を信ずる。わしは君の全頭脳を満たしていたのが唯《ただ》学問のみであったことを信ずる。がそれが悲劇の原因だったのではないか？　君が曾《かつ》て森君に、そんな素振はおろか感情さえも向けたことのなかったのは、わしがよく知っている。しかしあれは、おそらく間違いなく君を恋していたのだよ、千明君。その冷たい君がたった一度、森君に人間的な特別な心を向けたのは頬っぺたを殴った時だけだった――ふたたび、みたび、その人間的な心を向けて貰《もら》いたいばかりに、あれは故意に過失を繰返し、そして君のもとを放逐された。これは女にとって思いもよらぬ結果であったろう。彼女は魂のぬけがらになって、請《こ》われるままに酒井と結婚したが、君に打たれた時の戦慄《せんりつ》的歓喜の追憶がシンになって、そこからマゾヒスムスの幻の霧が張っていったのだ……」

「そんなばかな……」千明は呆《あき》れはてた顔つきで、噛《か》みつくように「ま、かりに、そうだとして、それじゃなぜあの女はそれを黙っているのです。それを僕に云ってくれないのです？……」

「木強漢《ぼっきょうかん》のところに、一年前影薄く放逐された女が、いきなり毒薬をのんで、あたし、あなたを愛しています、などわめいて転がりこんで、君が果して真面目に信じてくれるだろうか？　君は笑う。そう女は考えたのだ」

「しかし、黙っていれば、通じる筈はないじゃありませんか？」

「通じるように、細工がしてある。あの夜弓子は、何の用事があって卯助を庭へ呼び出していたのか？　それは卯助に悲劇の原因を立聞きさせるためであったろう。地面の底の、恐ろしい女の知慧《ちえ》だ……ふだんから夫に虐待されていたこと、当夜夫に毒をのまされたこと、それは君を愛しているためであったこと――こちらの推理の材料となるものは、卯助を介してちゃんと準備してある。尤も、吾々《われわれ》の方は女の期待以上に推理してしまったかも知れない。彼女の不意に君に洩《も》らした八グラムという言葉から、毒はのまされたのではなく自分でのんだこと、ひいては彼女こそマゾヒストであったこと、これは弓子の予期以上の推理であったかも知れない……いや、待てよ、夫があとで自殺することまでは計算に入れてはいなかったろうから、服毒の過程に就ては――そうだ、例えそれがわかったとしても、結局、かくも悲惨な運命に陥ったのは要するに君を愛しているためだと、吾々の推理はそこに落ちてゆくよりほかはない。しかも本人は一語として訴えず、叫ばず、黙々と死んでゆく。悲劇的効果は満点ではないか。君のために死ぬ、その哀れな屍骸《しがい》の上に、一滴の君の涙を落させる、これこそ真の、真実のマゾヒスムスの極致ではあるまいか？」

千明医学士はどんと椅子に腰を落した。

「痴皮《クルステ》が落ちた」とはこんどは叫ばなかった。突然、すすり泣きの声があがった。振り返ってみると、片桐看護婦が、卓のカルテの上にっつぷして、たまりかねたように肩をふるわせているのであった。

六日目

外科での莢膜剝離《きょうまくはくり》手術の結果は思わしくなかった。

六日目の朝、十一号室の扉をあけて千明医学士が出て来た。夜っぴいて眠らなかったと見えて、眼が充血し、頬の色は蒼《あお》かった。

彼は内科に入ると、登院したばかりの塙博士に、患者はきょう一日ももたないと見られる旨報告した。

「家族を呼んだがいいね」と博士は云って、

「それはそうと、あの中学生は手術《オペ》のときやって来たかい?」

「それが不思議なことに来ないのです」

博士は黙ってお茶をすすっていたが、やがて、「あれはこの二、三日、心境の変化を来したようだね」と呟《つぶや》いた。

「で……」と眼をあげて、千明をじっと見つめて、

「わしの推理はどうだった? 全然見当ちがいだったかね?」

な顔で、

「なにしろ、依然としてマゾヒスムスの極致を発揮しておりまして……」と千明は真面目

「黙っているので、わかりませんが、思いなしか、私の面倒をよろこんでいたようです。全然、見当ちがいでもないようです……」

その眼の色は沈んでいた。

「君は、何も云わなかったのかね？」

「先生、私は……」千明の顔に苦悩の翳《かげ》が浮かんで、

「私は、はじめて、恐怖というものの味を知りました。このような悲劇の原因が、確かに私であったとすれば……私の意志の知るところではない、という理窟《りくつ》は、事実の恐ろしさに全く歯が立たないのです。それについて、先生、私はこんなことを考えました。昨日、先生はあの女の計算以上の推理をしたかも知れぬとおっしゃいました。八グラムといったのは、女の感傷の失策だったろうとおっしゃいました。しかし、それさえも……全部あれは女の計算のうちに入っていたのではありますまいか？　あれだけの深刻な過程を思い知らせて、その結果の悲惨の姿を見せつけて、私に苦痛を味わわせようとたくらんだ――哀れな、消極的なマゾヒスムスではない――恐ろしい、積極的な、女のサヂスムスではなかったでしょうか？」

墻博士は眼を見ひらいて、それから暗然と云った。

「それにしても――そうだとすればなお一層いじらしい恋心ではないか？　兎《と》に角《かく》何かひ

とこと云ってやりたまえ」

「いや、私は恐ろしくて、あの御想像をはっきり確かめるに耐えないのです」

「しかし、恐ろしい瞬間は遂《つい》に来た。

その日の夕暮、慌しく片桐看護婦が駈《か》けて来て、二人が行って見ると、もう患者の苦しみはてた生命の灯は数分後にも消えようとしていることが、すぐにわかった。

それは晴れた、静かな夕暮であった。一片の雲すらもなく、あれは空かと疑われるばかり深い虚《うつ》ろな空は、寂莫《せきばく》とした蒼いひかりを湛えていた。

「森君」と科長は患者の手を握った。それから千明医学士の腕を掴《つか》んで、二つの掌《てのひら》を結び合わせた。

「森君、君は今、千明君の手を握っているのだよ——わかるかね？」

蒼い光が落ちて、その瞳孔《どうこう》反射も消えようとしていた。

「君のこころは、よく千明に通じたよ——」

薄れた瞳《ひとみ》に、ひかりが戻った。水母《くらげ》のようにむくんだ顔に、はっきりと恐ろしい微笑が浮かんで、ひらかぬ筈《はず》の女の唇が、澄んだ、美しい声を洩らした。

「はい、千明先生！」

それは既に魂の声であったろう。予期していた塙博士すら風に吹かれるように震えた。恐れていた千明の眼にはこの刹那一滴の涙が浮かんだ。涙は女の死んだ頬の上に落ちた。

千明は長い間、じっと塑像のように頭を垂れていたが、やがて苦痛に満ちた微笑の顔を

あげて、

「先生、これで結婚は愈々《いよいよ》願い下げですね」と云った。

「いったい、この世のあらゆる夫は、真に妻を愛しているものでしょうか。あらゆる妻は、真に夫を愛しているものでしょうか。それはすべて虚しい仮象ではありますまいか？……私はへんな思想が胸に浮かんで来ました。そう、夫の愛しているのは妻の背後の永遠女性であり、妻の愛しているのは夫の背後の天上の男性ではないでしょうか？どれが実像で、どこまでが虚像か、誰が知っているでしょう……げんに、このひとの愛していたのは卯助ではなかった。夫でもなかった。そしてまた僕ですらなく――」

「先生！」突然片桐アキが叫んだ。「御卑怯《ひきょう》ですわ、先生！」

そして彼女は泣きながら、顔を伏せて部屋を出て行った。呆れたようにその後姿を見送っていた塙科長は、急にはっと驚愕《きょうがく》した眼つきになって、千明の顔を見た。

しかし、博士は口をむずとひき結ぶと、窓に寄って、遠い街の家並を見下した。

「見給え、千明君、卯助がやって来るよ――」

と、博士は指をあげて云った。いかにも卯助はやって来る。晩春の落日に長い影をひいて、とぼとぼと歩ゆんで来る。

「あれは嫂《あによめ》の安否をたずねて来るのだろうか？　わしはまた想像する。おそらく、そうではあるまい。あれは……そうだ、あれこそ、真に君のいう永遠女性を求めてやって来るのだ。幼い時あれは母を失った。女というものを全く知らないのだ。それに目覚めた時、美しい嫂が来た。あれは嫂の中に、永遠女性を認めたのだ。しかしこの二、三日、嫂は腫《は》れて、歪《ゆが》んで、腐れてしまった。あれは失望して、嫂に対する酔いが醒《さ》めた。今来るのは、惰性だ。はかなく失《う》せたもののなかに、なお破片を探そうとして、ふらふらやって来るのだ……この想像も、おそらく間違ってはいないだろう――」博士の声は、或《あ》る感動のためにふるえているようであった。

「千明君、嫂に光をあてれば、卯助は影薄い脇役に見える。しかし卯助を小舟とすれば、嫂も遠く過ぎ去った波濤《はとう》のひとつに過ぎない。嫂の変態性の愛の犠牲と見えた卯助は、じゃけんに嫂の死を見捨ててしまった……小説ばかりでなく、実際の人生に於《おい》ても、吾々は屢々《しばしば》自己中心の錯覚を起こし易いのだが、この世には、まったくの脇役という人間は、存在しないのだね。すべての人が主人公で、すべての人が脇役だ」

千明はなおも沈んだ眼の色で、水ぶくれの顔に、恐ろしい美しい微笑をひっそりと刻んでいる屍骸の方を見つめつづけていた。

「しかし、卯助の心には創痕《そうこん》が残ってしまったろう。赤ん坊は色盲だ、或る世界に目覚めたばかりの少年は、色を弁別する力を得ないうちに、不幸な嫂のおかげで色神に異常を来してしまったに相違ない。すでに肉親の兄を見殺しにするという罪悪を犯している。矯正してやらなくてはなるまい。どうだ、千明君、罪ほろぼしに、これから、あの卯助のよい脇役となってはやらんかね？」

「いいでしょう」

と、千明は元気づいて、屍骸の方にお辞儀していった。

「やって見ましょう」

厨子《ずし》家の悪霊

第一章　登場人物

「厨子《ずし》家の悪霊《あくれい》……」

青蔦《あおつた》のからんだ東京精神病院の門を、一匹の白犬が懶《ものう》げな足どりで入って来るのを、遠い窓から眺めていて、伊集院《いじゆういん》医学士はにやりと笑った。

医局のなかには、ほかに誰もいなかったが、その笑いは硬く、わざと作ったもののようだった。――そうだ。伊集院医学士は、その苦笑を故意に、ちょっと作って見たのだ。いらいらと鬱屈《うつくつ》した心を紛《まぎ》らわすために。

白い犬は、あの滑稽《こつけい》で恐ろしい『厨子家の悪霊』などでありはしなかった。それは病院の小使の飼犬だった。

間もなく、裏の方で、パーンという明るい音がして、けたたましい少年の笑い声が聞えた。最近空気銃を買ってもらって、動物と見れば、手当り次第に射ちたがる事務長の息子が早速犬を追っかけているらしい。

静かな、五月の病院の夕だ。

硬い微笑が、ほんとうの微笑に移り、煙草《タバコ》を口に持ってゆこうとして、伊集院医学士の顔が、ふっとまた憂鬱《ゆううつ》に翳《かげ》った。――手の甲に、赤い斑紋《はんもん》が、くっきりと浮かんでいる…

…（ペラグラだろうか？）

ペラグラというのは、ビタミンB欠乏による皮膚病の一種である。

自動車の停る音に、医学士は顔をあげて、急に瞳《ひとみ》をひらいた。

門を、痩《や》せて背の高い老紳士と、その影のようにみすぼらしい青年が入って来た。

黒い革みたいな光沢のある大きな顎《あご》、いかにも重厚沈毅《ちんき》といった風貌《ふうぼう》の伊集院医学士が、これほど驚愕《きょうがく》の表情を示すのも珍しかったが、二人の訪問者につづいて現われたもう一人のひとを見た時には、彼は太い喉《のど》の奥から異様な呻《うめ》きさえ洩《も》らしたのだった。

「厨子家の……聖霊！」

薄曇って、銀鼠《ぎんねず》色の日の光のなかにゆらゆら歩んでくる日傘の少女は、まるで夢幻の海を漂って来る百合《ゆり》の花のような感じだった。

驚愕が、何ともいえない歓喜の顔に変り、医学士は飛び立って扉の方へ急ぎかけたが、急に思い直した様子でソファに腰を下ろし、そのまま、じっと感情を煙草と一緒に噛《か》み殺している風だった。

間もなく、看護婦が、東京医科大学皮膚科教授葉梨《はなし》博士の来訪を告げて来た。

葉梨博士は、伊集院医学士の恩師であるのみならず、遠縁にあたる人で、在学中保証人の義務をもつとめてくれた人だった。

「しばらく……どうだ、身体は？」

剃刀《かみそり》のような顔を綻《ほころ》ばして、いきなり言う。

「は……まずおかげさまで、――いや、先日から、ちょっと熱があるようで、食欲も進まなかったのですが、もう癒《なお》りました」

が、医学士が癒ったような感じがしたのはたった今しがたのことだった。彼は恩師の顔を見ていたが、背中一杯に、扉の傍に佇《たたず》んでいる娘の、涙を湛《たた》えた瞳を、灼《や》けつくように感じていた。

「気をつけ給えよ。肋膜炎《プロイリーチス》あがりに持って来て、あの事件、それから長い間の警察拘留だ。……もっとも心配するほどには見えんがなあ、相変らず、よく、肥《ふと》っているじゃあないか？」

「はあ……時候の変り目だからでしょう。この二、三日、急に蒸《む》すものですから、患者《クランケ》もよく暴《あば》れます」

じっとしずもった青葉の向うから、遠く躁鬱病《そううつびょう》患者の怪鳥《けちょう》のような叫びが響いて来た。

「弘吉《こうきち》君は？」

と、医学士は不審な眼色で、もう一人のみすぼらしい青年を振返った。

みすぼらしい？――まるで萎縮症《アトロフィ》の子供みたいに痩せ衰えた身体に、老人のように乾《ひ》からびて蒼白《そうはく》な顔。だが、ちょっと気をとめて見ればその影の薄い表情から滲《にじ》み出る異様な鬼気が、観察者の胸に深い深い印象を残すであろう。左右の顔面は不均等だった。瞳の色さえ違っていた。左眼は青い火が燃えるように輝いて、右眼は夜のように黒く静かに沈んでいるのだった。

憎しみの激情にかがやく青か、恐れにたゆとう黒か——黙って、凝視されて、伊集院医学士の困惑の顔が、次第に憐愍《れんびん》の色を湛《たた》えて来て、

「やはり釈放になりましたか？　精神分裂症では、警察の方でもどうすることも出来ないでしょう……私は、そう信じて、安心していました」

と、喰《く》い入るような微笑を娘に向けて、

「芳絵《よしえ》さん、一応疲れがやすまったら、そのうち私も山形県の方へまたお邪魔に上って、色々お慰めしたいと考えていたのですよ。奥さんのお墓にもお参りしたいし、それから……」

娘は黙ったままであった。一ぱいに見開かれた瞳には、真珠のような涙がたまっていた。

「君が、弘吉君の釈放を信じていたと言うのは、弘吉君が狂人であるためかね？」

暗い微笑を湛えて博士が言った。

「そうです」

「では、厨子夫人殺しの容疑者の一人であった君は、何を根拠に自分の釈放を信じていたかね？」

「それは、私にはまったく覚えのないことですから——」

「簡単だな」

と笑って、

「しかし、それだけの根拠では、決して楽観を許されない恐ろしい罠《わな》に君はかかっていたのだ。それが急に解けて、第二の容疑者が逮捕されたのは――」

博士は静かに、分厚い便箋《びんせん》ようのものを卓子の上に置いた。

「或《あ》る人間が、こういう書きものをして検事局へ出頭したからだ」

医学士は視線を落して、口の中で、

「仮面殺人事件……厨子馨子《きょうこ》殺害の犯人は誰か」

と表題を読んで、さすがにちょっと蒼白《あおじろ》んだ顔をあげた。

葉梨博士は、同伴して来た奇怪な青年と美少女をソファに座らせると、パイプに煙草をつめながら咳《せき》ばらいして言った。

「今日、やって来たのは、色々の話もあるのだが、まずそれを君に読んでもらって、それからのことにしようではないか」

第二章　みんな知っている事実

余は挑戦する。

――厨子馨子殺害事件に関し、これをめぐる人々、なかんずく鶴岡《つるおか》警察署　轟《とどろき》警部補に余は挑戦する。

余は誰であるか。

余は何の目的あって、この驚くべき真相を告げんとするのであるか。

それを言いそれを信じてもらうには、まずこの事件の全貌《ぜんぼう》を――第一に、邪悪の海面に浮かんだ犯罪の氷山、すなわちこの事件に関し、すべての人々が知っている事実を述べなくてはならない。

それは最も浅表の一部分だ。それを全部だと思うのは真に嗤《わら》うべき錯覚だ。だが、この一部分、この錯覚こそは、真犯人の知力、暗黒の氷海のごとき悪念が、すべてを計算し切って小賢《こざか》しい検察陣の推理をまんまと欺《あざむ》き抜いた人工的浮力の結果である以上、まずこの巧妙極まるペテンそのものについて改めて敬意を持って、人々の記憶を甦《よみが》えらせる必要があるであろう。

山形県西田川郡《にしたがわぐん》O村の豪家、厨子家の夫人の凄惨《せいさん》極まる屍骸《しがい》が発見されたのは、去る二月下旬の朝七時半であった。

場所は、O村北方の村はずれの曠野《こうや》。

発見者は、二年前から、この村の一農家の離れを借りて、肋膜炎《ろくまくえん》の療養生活を続けていた東京の若い医者、伊集院篤《あつし》。いつものように、食事前の散歩をするために、離れから前の往来に降りて来て、ひょいと顔をあげた篤は、五十メートルばかり離れた野の中に、異様なものを見出《みいだ》して、思わず棒立になったのだ。

「あれっ――」

魂《たまげ》消るような叫びに振返ると、村の百姓で孫蔵《まごぞう》という男が、路上で、飛び出した眼の玉に手庇《てびさし》をしてやはりそっちを眺めているのだった。

手庇をしたのは、向うに凍った大きな溜池《ためいけ》が、鏡のように光っていたからだ。が、その赫耀《かくよう》たる巨大な毫光《ごうこう》を背景に、雪原に黒々とうごめいているのは、何という恐ろしいものであったろう。

横たわった人影の上に、一匹の灰色の犬が覆いかぶさっていた。その傍に、一人の人間が、片手に光るものを握って、鴉《からす》みたいに踊っているのだった。

「厨子さまの……若さまでねえか？」

孫蔵が唸《うな》って駈《か》け出そうとした時、篤はさすがに周到に、

「君、足跡を踏み消さないように！」

と、叫んで注意した。道路から、その恐ろしい場所まで、幾つかの深い長靴の足跡が、ずっと続いていたからだった。

が、その足跡を踏み消す心配はまったくなかった。と言うのは、凄《すご》いほど碧《あお》い空に、朝の太陽はじっとかがやいてはいたけれど、耳も切れて落ちそうな冷たい空気のために、三尺あまりも積った雪はまったく凍結して、走ってゆく孫蔵と篤の長靴は、ほとんど三センチと入らなかったからだ。

倒れていたのは、村の旧家厨子家の馨子夫人だった。

年はもう四十を少しすぎていたけれど、牡丹《ぼたん》のような豊艶《ほうえん》さは、まだ真っ白な胸の乳房に盛り上って――いや、胸は真紅だった。むき出しになった左乳の下に、真っ赤な柳の葉

形の深い穴があいて、喉笛《のどぶえ》は嚙《か》み破られていた。篤に蹴飛《けと》ばされて、一間ばかり離れているところで、まだ頭を低く雪につけて唸っている痩《や》せた野犬の牙《きば》は、血糊《ちのり》に染まって――しかも、その右眼は潰《つぶ》れて、真っ赤な血を滴《したた》らせつづけていた。

短刀を持った男は、厨子家の長男弘吉だった。恐ろしいことに、衣服ばかりでなく彼の口も血みどろであったが、左の眼を青い焰《ほのお》のようにかがやかせ、鶏みたいな細い足を入れた大きな長靴で足踏みしながら、にやりにやりと笑って篤の顔を見つめているのだった。

「な、何ということを！　弘吉君――」

伊集院篤が飛びかかって、短刀を奪い取ると、弘吉はそのまま篤の手をひょいと摑《つか》み、握手のように振って、

「ありがと、ありがと――おかげさまで曼珠沙華《まんじゅしゃげ》を見つけましたよ――」

けろりとしてそんなことを言うのに、篤は相手にならず、きっと孫蔵の方を振向いて、

「君、早く、駐在所へ！」

兎の耳袋をつけた孫蔵は、鶴岡市へゆくために村の駅へ急ぐ途中での出来事だったが、この恐ろしい情景に仰天《ぎょうてん》して、

「へえい！」と叫んで背を返したが、まだ野犬が唸りつづけているのを見ると、

「しっ、この野郎！　しっ、しっ」

と躍りかかった。すると背後で、異様な叫びがあがった。

「その犬は、『厨子家の悪霊』じゃぞ。無礼を働くと、うぬも呪いの犠牲《いけにえ》になろうぞ!」

篤の腕のなかで、口を耳まで裂いて弘吉がわめいているのだった。

孫蔵は胆《きも》を消して飛んで行った。すると『厨子家の悪霊』も孫蔵の見幕《けんまく》に仰天したと見えて、その前方を微《かす》かに糸のような雪煙をあげながら、野の果てへ逃げ去って、消えてしまった。

十五分ばかりたつと、孫蔵をはじめ、四、五人の村人と一緒に駐在の石丸巡査と村医者の鏑木《かぶらぎ》老がやって来た。が、石丸巡査は鏑木医師のほかは皆道路上にとどめて、さすがに一歩も近寄らせなかった。

「厨子家の悪霊の仕業《しわざ》じゃ! 厨子家の悪霊の仕業じゃ!」

周囲の騒ぎに昂奮《こうふん》して、獣のように暴れ出し、叫び狂っていた弘吉が、突然、糸の断《き》れたように静かになったのに、怪しんで石丸巡査達は振返った。

碧空《へきくう》を背に、白雪の上に立っているのは厨子家の娘芳絵だった。面紗《ヴェール》のように透きとおって、蒼白《そうはく》な顔に涙を湛《たた》え、凄惨な変り果てた母の屍体《したい》と、狂った兄の姿を眺め、肩で大きな息をついて、雪と碧空に溶け消えてしまいそうな果敢《はか》なさに見えたのも一瞬、あっと皆が叫んだ時、崩《くず》折れて、

「お兄さまではありません――」

小さく叫ぶと、気絶してしまった。

しかし、弘吉は芳絵の真の兄ではなかった。殺された馨子夫人は弘吉の継母で、芳絵は

夫人の連れ子だった。

そして弘吉は、少年の頃からの——もう十年にもなる——哀れな、恐ろしい精神病者なのだった。

鏑木医師の診断によれば、荒廃の末期に近い早発性痴呆《ちほう》。

第三章　前夜の出来事

二時間もたたぬうちに、鶴岡市から検察官達が到着した。

「恐ろしいことだ——」

「生《な》さぬ仲というものは、正気でなくとも、やっぱり油断出来ぬものじゃな——」

「いや、弘吉の若さまに、厨子家の悪霊がとりついたのじゃ——」

ふだんは死んだような冬の朝の村に、一しきり煮えくり返るような騒ぎが通りすぎたあと、戦慄《せんりつ》の余韻を帯びて流れる人々の囁《ささや》きは、すでに事件のヤマは越してしまった後の噂に似たものがあったけれど、それは、そうではなかった。村人の意表に出た事実は、間もなく明らかにされたのだった。

まず第一に、厨子夫人は、雪の野原のあの位置で殺されたものではなく、兇行《きょうこう》は他の場所で行われて、そこから屍体が運ばれたということである。

発見者の伊集院篤が、周到に用意した効果は確かにあって、それは最初見たあの足跡は一人の人間が道路を起点として一往復したことを示すのみであって、しかも行きの足跡はうんと深く三十センチあまり、帰りの足跡は二十センチにも足りない点から、犯人が夫人の屍骸を背負って行って、あの場所に捨て、手ぶらで戻って来たことは明白だった。

第二に、厨子夫人は、発見されたその朝に殺されたものではなく、その前夜のうちに殺されていたということである。

屍体がかちかちに凍結していたことから、寒夜の星空の下に相当時間放置されていたことは明らかであったが、その屍体を厨子家の一室に運んで凍結を溶いて見てもなお死後硬直はつづいていたし、死斑《しはん》の情況その他から、夫人の死亡時刻は前夜の八時頃から十時頃までの間であろうと推定せられたのだった。――このことは、翌日解剖が行われた結果右の推定死亡時刻の三、四時間前に――つまり午後六時の夕食に食べた肉などの消化状態から、さらに明らかになったことである。

それでは、犯人が一往復した以上、伊集院達が最初見出した時の弘吉や犬の足跡は、どうなっていたのだろうか。

伊集院篤は病気上りとはいうものの、生来の立派な体格をすでに恢復《かいふく》して、十七貫前後もあったのだけれど、凍った足跡は三センチと入らなかった。後に地方測候所に聞き合わせると、発見時の七時半の気温は零下七度。それより前はまだ低く午前五時のごとき零下十三度まで下がっていたのだから、一見しても十二貫せいぜい、痩せて枯葉のような弘吉や、まして犬の足跡など、まったくつかないこともあり得るわけだった。

なお、屍体検証の結果、致命傷は左胸部、心臓の一刺しであって、その他に兇器による損傷はほとんどなし、喉笛が野犬に喰《く》い破られたのは、その傷に生活反応の見られない点からして、死後のことであると断定された。衣服はずたずたに裂けてはいたが、盗まれたものは見当らず、当然なこととも言えるが別に性的暴行も受けてはいなかった。

だが――あの痩せ犬は、単に死臭を慕ってさまよって来た野犬にすぎなかったのであろうか？　弘吉が『厨子家の悪霊』と呼び、片目から血を滴らせたあの妖犬《ようけん》は、単にそれだけの意味しか持っていなかったのであろうか？

それはまず措《お》いて、それでは厨子夫人が実際に兇刃《きょうじん》を受けたのは、果してどこか。すぐにそれは発見された。――屍体を運んだと見られる例の深い足跡が出発し、戻っている道路の一個所の、ちょうど反対側にある、崩れかかった小さな小屋。

その小屋のすぐ背後は二間ばかりの高さを持つ石垣となっていて、その上に篤の借りている離れ家があった。離れもこの小屋も同じ或《あ》る百姓の持ちもので、小屋の中には薪束《まきたば》だの藁束《わらたば》だの炭俵《すみだわら》だの肥桶《こえおけ》だのが置いてあった。

調べてみると、この藁が蹴散《けち》らされて、その上に斑々《はんぱん》と散っている血痕《けっこん》、一個所にはどろりと溜《たま》って、まだ新しく、血液検査の結果は、まぎれもなく厨子夫人の血液と同じ型。

なお、弘吉の持っていた短刀は、厨子家重代の肥後国資《ひごくにすけ》。刀身を染めていた血を精密に分析して見ると、犬の血と混っている部分もあったが確かに厨子夫人の血液と同じものが検出されたし、心臓部の創形はその短刀とぴったり一致したのだった。

そこで、前夜八時から十時前後における夫人や弘吉の動静が問題となる。

前日は珍しくも生暖かい雨が降って、夜になると満月が雲間から蒼白《あおじろ》く覗《のぞ》きはじめたけれど、気温は再び下がって来て、夜七時、厨子家の檜《ひのき》門から吐き出された一団の人々の息は、真っ白な霧みたいに光っていた。

これは、十日間ほど厨子家に滞在していた東京医科大学教授葉梨博士が帰京するので、それを送って村の駅へ急ぐ厨子夫人、娘芳絵、教え子の伊集院篤、それから荷物を持った下男作爺《さくじい》さんと下女のお金《きん》の六人だった。

葉梨博士の趣味として、古刊書の蒐集《しゅうしゅう》は本職と同じ程度に有名なものであったが、この北国の旧家厨子家の土蔵の一隅に、珍らしい高麗《こうらい》活字版とか薩摩《さつま》版とかがあるのを伊集院が発見し、これを告げたので、博士は寒さを冒《おか》して参観に来ていたのだった。

欅《けやき》の巨木が二本、夜空に怪物みたいにそそり立っているところまで来た時、

「え、へ、へ、へ、へ」

薄気味悪い笑い声が聞えて、その暗い蔭《かげ》からふらふらと現われた者があった。

「まあ——弘吉さん——」

と、馨子夫人が叫んだ。

気違いの弘吉だった。夕方から、どこへ行ってしまったのか、家に姿も見せなかったのが、例によってこの酷寒に、裂けて鎖骨のまる出しになったような着物を着て、長靴もどこへ脱ぎ捨てて来たのか、雪の路を裸足《はだし》である。

ふらふら一行について歩きながら、

「冷たい――」

と、一人前の冷たそうな顔をして呟《つぶや》いたが、急に伊集院医学士ににやにや笑いかけ、

「ひ、ひ、聞いたぞ、いいこと聞いたぞ、言ってやろうか?」

青い左眼をきらめかして、ふと前方を見、

「おう、厨子家の悪霊の御座所《ござしょ》じゃ。お前、わしを負《お》ぶって参拝せい」

大威張りで命令するのだった。

伊集院篤はちょっと気色《けしき》ばんだような、呆《あき》れたような顔をしていたが、すぐに破顔して、

「仕様のない神様だな」

素直に背を向けて、軽く背負った。十七貫の篤が十二貫の弘吉を負ぶって、地蔵堂へ、雪に埋った畠を、ごそり、ごそりと斜めに突っ切ってゆく姿は、これが同じ二十七歳の青年とは見えないのだった。気温は下がりつつあったが、昼間の雨のために篤の長靴は三十センチ近くも雪に入った。

二人が戻って来るまで、一行はかなしげな苦笑を浮かべて待っていた。

背から降ろされると、弘吉は急に何か叫びながら走り出した。そして、人々が野路を通って、二キロ近い村の駅へ着いて見ると、弘吉はもう改札の柵《さく》に上って、相変らずにやにや笑いながらフォームの方を眺めているのだった。

別離の挨拶《あいさつ》が終って、葉梨博士がつかつかと改札口を出かけた時だった。博士は振向い

て、小さな声で言った。

「厨子家の悪霊、そんなものはないですよ」

何のことであったのか？

皆呆気《あっけ》にとられて、博士の顔を見た。狂人の弘吉さえも。

が、次の瞬間には、博士は痩《や》せた高い背を見せて、静かにフォームの方へ歩いて行ったのだった。

突然、低い笑い声が聞えた。厨子夫人だった。彼女は、眼を宙に据えて、蒼白《そうはく》になって、ひとりで笑っていた。

世には虫が知らすということがある。ほとんどは或る異常な出来事に影響されて、それ以前の何でもない普通の出来事をも異常に解釈したがる追想の錯覚である。——が、この夜の厨子夫人の様子には、たしかに異常なものがあった、と篤も作爺さんも下女のお金も、取調べに当って、異口同音《いくどうおん》に証言した。

葉梨博士が去ってからも、夫人はじっと駅のベンチに腰を下ろしたまま、いつまでも動こうともしないのだった。

「帰りましょうよ、お母さま」

と、もじもじしていた娘の芳絵が言っても、夫人は、「あたし、何だか気分が悪いの、もうちょっと休んでゆくから、あなた達先に帰って頂戴《ちょうだい》」と答えて、しきりに何か考えている風だった。

「では、帰りましょうか、芳絵さん」

と、こんな場合には薄情なくらい不愛想な伊集院篤に促《うなが》されて、芳絵はあとを振返り振返り駅を出ていった。

「奥さま——ご気分がわるいなら——何でございましたら、爺が負ぶって——」

おずおずと作爺さんが言った時、

「いいの、大丈夫よ、お前達も先に帰って」

微笑の顔だったが、断乎《だんこ》とした命令だった。爺さんとお金は不本意であったが、女主人の日頃の性格から、やむなく服従して去った。

二十分ばかりたって、改札口で鼻歌を唄《うた》っていた弘吉が、風に吹かれる枯葉のように、ふらふら駅を離れた。と、同時に夫人もやっとベンチから起《た》ち上って、暗い外へ消えて行った——時、まさに九時。

と、これはそれを見ていた駅員の証言である。

虫が知らす——けれど、言うまでもなく、誰一人として、その後にあのような恐ろしい運命が夫人を見舞おうとは、神ならぬ身の予期もしなかったことである。が、夫人が、まるで宿命の河を流れる花のように、冬の路を弘吉のあとを追うて行った事実は、あの駅の異様な態度と思い合わせて、彼女自身の心に、虫ならぬ恐るべき神が、何らかの声なき予言を告げていたとしか思われなかった。

二人が出て以来——夫人はついに家に帰らなかった。そして弘吉は、野に寝、納屋に寝、水車小屋に寝る狂人の常として、当夜のアリバイを証明し得る何人もないのだった。

第四章　数人が知っている事実

「弘吉君は別として、一晩中奥さんが帰られないのに、あなたは別に何の不審も感じなかったのかね！」

「はい――」

「なぜかね？」

「奥さまは、途中で、伊集院先生のおうちにでもお寄りになったのだろうと考えていたのでございます」

宏壮《こうそう》な厨子家の一室だった。

訊《き》いているのは、鶴岡警察署の轟警部補。円い大きな禿頭《とくとう》、好々爺然《こうこうやぜん》とした柔かい微笑の間から、きらりと細い眼が光って、

「奥さんが、すると、伊集院先生のおうちに一晩お泊りになるようなことは、ちょいちょいあったのかね？」

訊かれているのは厨子家の女中お金である。百姓の娘だが、色白の、怜悧《れいり》そうな顔がさっと紅潮して、しばらくうつむいていた後、

「いえ……そのうちお帰りになるだろうと思っているうち、ついつい眠ってしまいました

ので、朝まで何にも知らなかったのでございます」

遠い部屋で、檻禁《かんきん》されている弘吉の凄《すさま》じい叫び声が伝わって来た。

お金は再び顔をあげた。蒼白《あおじろ》く、緊張した表情である。

終戦後、農地は解放になったけれど、それ以前は、付近一帯ほとんど厨子家の持物だった。長い間に植えつけられた厨子家への忠実の念は、まだ時の潮も根こそぎに洗ってはいない――最初、訊問《じんもん》の洒脱《しゃだつ》な柔かさに、胸の鳥肌をほとんど溶かしかかっていた小娘が、急にごくりと生唾《なまつば》をのんで、じっと見つめ返したその顔に、

（いけない――）

と、警部補は心中に呟きながら、

「それで、どうです。奥さんはあの弘吉君を平生よく面倒見られたかね、それとも――」

「よく、ご面倒見られたようでございます――わたし、こちらへ上ってから、まだ一年ばかりしかたちませんので、よく存じませんが……」

貝殻は蓋《ふた》を閉《と》じた。警部補はそう感じた。もっとも、警部補は、この事件の犯人はすでに疑う余地もないように思いこんでいたし、またその犯人がすこぶる検挙し甲斐《がい》のない人物であると考えていたから、これらの取調べは、この豪家の惨鼻な悲劇の原因に対する三面記事的興味と、人間的嘔吐《おうと》感が、軽い刺戟《しげき》となっている程度で、ほとんど形式的なものだった。

次に、作爺さんが呼ばれた。

「爺さん、『厨子家の悪霊』って、いったい何だね？」

轟警部補はお茶をのみながら、笑顔で尋ねた。その笑顔は、彼の心の弛《ゆる》みを如実に物語っていた。

「恐ろしいことでございます……」

二十歳の頃から六十三のことしまで、ずっと厨子家に住み込んでいる老下男は、厳粛な眸《まなこ》をひろげて言うのだった。

「よく知りましねえが……何でも、こちらのご先祖さまが、昔片目の犬をお殺しなされて、その犬が代々たたって出るということでございます……」

一眼から血を流しながら、雪の野の果てへ消えていったという灰色の犬――その幻が、ふっと警部補の頭を通りすぎていった。

「若い頃は、わしも信じちゃいなかったでがすが……だんだん、そいつがあるように思われて来たでがす……十七年前になりますか、前の奥さまが、狂犬に嚙《か》まれて狂い死なさりました」

「ほほう、片目の……犬に？」

「いいえ、それは片目ではございませなんだが、十年前、今度は弘吉さまが猫に嚙まれて、それがもとで熱病が出て、それからあの通り気が触れておしまいになったのですが、その猫が、やっぱり片目だったのでございます――それから、今度のご不幸でがす。奥さまのご屍《かばね》を喰《く》い散らしていた片目の犬があったと言うではございませんか？」

「ご主人は、どうだ？　やはり片目の犬に関係があったのかね？」

警部補が、こう尋ねたのは、彼は鶴岡署に赴任してまだ間もないので、この地方のことは余り詳しくはないのだが、この事件に急行して来る私営電車の中で、一緒の内田刑事から、厨子家の主人荘四郎《そうしろう》氏が、かつて顔面に大焼傷《やけど》を受けて、今は病弱のため一室に引籠《ひきこも》って、戸外などへはこの十年ほとんど出たことがなく、その世話をする者はただ馨子夫人に限り、時々他家の人に姿を見せる時も、常に仮面で醜顔をかくしている――という変った噂を聞いていたからだった。

「左様でがす」

と、身ぶるいして作爺《じい》さんは言った。

「犬が直接《じか》にあだをしたというわけではござりましねえが……犬に噛まれて気がふれられた前の奥さまが――亡くなられたのは実は裏の古井戸に飛び込まれたのですが――それを止めようとなすった旦那《だんな》さまの顔に、硫酸ちう薬をぶっかけられたのでござりますから……」

「やれやれ」

と警部補は溜息《ためいき》をついて、

「で、今、ご主人は？」

これほどの大事件に、当主の荘四郎氏はまだ一度も警察官の前に姿を現わさないのだった。

「ご病気で……ふだんでも、人前に出られるのをお嫌いになるのに、こんな時お目にかかるのが余りお痛わしくて、わざと、今朝の騒動から顔を出したことはないのでがすが——今、奥に、お嬢さまが行っていらっしゃる様子でがす……」

「今朝から会わぬ——昨日も？」

「昨晩はわし達が駅から戻って、しばらくたってから——九時半頃、奥さまがまだお帰りになりませんので、そのことをちょっとお伝えに参りました。その時お目にかかっただけでござります……」

続いて、発見者の伊集院篤。

この太平洋戦争で戦死して今は世にないが村医鏑木老の長男坊、あれがクラス・メートで、学生時代の冬招かれてこの村にスキーに来、たまたま厨子家へ連れてゆかれたのが機縁となって、厨子家の夫人と親しくなった。卒業後軽微な肋膜《ろくまく》炎に罹《かか》って、この村に一軒を借りて静養するようになったのも、世話好きな厨子夫人の斡旋《あっせん》によるものである——というようなことを、簡明に、ぶっきら棒に述べる顔つきにも、重厚な、強靭《きょうじん》な意志力の持主であることが窺《うかが》われて轟警部補のような闊達《かったつ》な性格の人には、最も好感を感じさせるタイプの青年医だった。

「どうです、伊集院さん、あなたは『厨子家の悪霊』ってなものの存在をご信じになりますかね？」

「信じませんね」

と、白い歯を見せて、

「連続した不幸に、たまたま似通った偶然がくっついただけで、その例は聞きましたが、僕は別に超自然的なものを認め得ないですね――あの弘吉君などがよく口走って、皆をオドすものだから、奥さんなど少なからず気にしていたらしいが――」

「そうだ、葉梨博士とおっしゃる先生も、何だか、そんなものはない、と言い残されたそうじゃないですか？」

「そう、あの先生なら、ますますそんな非科学的なことを信じられる筈《はず》はないです。余り突然呟《つぶや》かれたので、ちょっと驚いたのですが、今考えて見ると、夫人が滞在中の先生に何かそのことに関する懸念でも訴えられて、別れぎわに先生がもう一度、心配するなと否定なすったものだと思われます」

篤が部屋を去ろうとして、ふと警部補は瞳《ひとみ》をあげ、

「おっと、伊集院さん、あなたのお借りになっている家は、問題の小屋のすぐ真上なのでしたね――あの惨劇を、全然ご存知にならなかった？」

「それが、全然知らなかったのです。駅から戻ったのは九時過ぎ、気づかれで、くたびれて、すぐに眠ってしまったものですから……」

「ははあ――で、あのおうちにはあなたお一人なのですか？」

「いや、婆や一人に、食事の世話をやってもらっています」

「その婆やも、知らなかったのでしょうかね？」

「いや——僕のアリバイ、不成立かな」

と、伊集院の顔に重い苦笑が浮かんで、

「それがね、婆やというのが四、五年前まで、この厨子家に奉公していた者なんでしてね。昨日は葉梨先生のお別れの晩餐会《ばんさん》があったので、午後からこちらに手伝いに来ていて、帰って来たのは、さあ何時頃だったでしょうか——僕は、眠っていて知らなかったのですが……」

折よく、その婆やは、この騒動に厨子家へ参上して台所でうろうろしていた。

呼んで見ると血色のよい、垂頬《たれほほ》の、小さな可愛らしいお婆さんだが、眼の光はいかにも気性者らしく生き生きとかがやいている。

昨夜十時少し前に、あとかたづけを済まして、奥さまがまだお帰りにならないので、旦那さまに挨拶《あいさつ》して、家に帰ったのは十時半頃であろうと思うという返事だった。

「ふむ——その途中の雪路で、別に何も見かけなかったかね？」

「何も見かけませんでございました」

しばらく、黙って、警部補の顔に眼を据えていたが、

「弘吉さまは、決して奥さまをお殺しになるようなことは——決して！」

涙が浮かんでいるのだった。この涙とその前の短い沈黙に、「何か」があると警部補は直感した。突然、問いを変えて、

「婆さん、あんたは、そんなに丈夫そうなのになぜ厨子さんの奉公をやめたのだね？」

「今の奥さまのお気に入らなかったのでございます」

しなびた唇が微《かす》かにゆがんだ。

警部補は、老女の昂奮《こうふん》を利用して、彼女が前夫人の輿《こし》入れ当時から最も忠実なその相談役であったこと、前夫人の子弘吉を溺愛《できあい》していること、そうして弘吉に対する今の夫人の取扱いが不満であったこと、その不満が敏感な今の夫人に不快がられる原因となったこと――等を聞き出すのに、さほど苦労を感じなかった。

「賢いお方でございます。人前では、弘吉さまのことをこの上なく案じていらっしゃるようなお顔をなさいましたけれど……もし、真実がおありになるなら、第一、どうしてあんなひどい着物を着せたままで――」

相手は狂人ではないか、と、警部補は心中に苦笑した。賢い夫人は、弘吉の着物一枚が自分自身の『慈母』の衣裳《いしょう》にもなるならば、決してそんなことに手ぬかりはなかったろう。着せても、着せてもすぐに引き裂いてぼろぼろにしてしまう狂人――この純情だが偏狭な前夫人への忠義心が、どんなに今の夫人の負担になり、そして狂った若者への盲愛に変形したことであろうか――

「婆さん、あんた、隠していることがあるね！」

突然、轟警部補は叱咤《しった》した。

「あんた、昨晩、帰り途《みち》で、弘吉君の姿を見かけたろう！」

「いいえ、いいえ」

婆やは狼狽《ろうばい》して、舌をひきつらせて叫んだ。

「弘吉さまではございません――わたしの見たのは、お嬢さま、芳絵さまでございました！」

第五章　仮面登場

婆やが厨子家を辞した十時前、伊集院の借家に帰った十時半から推して、それは十時十五分頃であったろうか――「月の雪路を戻って参りますと、芳絵さまが駈《か》けていらっしゃるのにお逢《あ》いしたのでございます――あんなにお優しいお嬢さまが、おとり乱しになったご様子で、お眼をきらきら光らせて、わたしが声をかけても、ご返事も、なさらないでおうちの方へ、よろめくように、どんどん駈けていらっしゃったのでございました……」

「お嬢さんが、ほう！」

と、警部補も眼を瞠《みひら》いて、

「お嬢さんも、昨夜――そんなに遅く帰られたのだね？」

茶碗《ちゃわん》を持った手を宙に据えたまま、

「伊集院先生と一緒に駅を出て……その家に寄っていらっしゃったのじゃないか？」

だが、そんなことは、伊集院は何も言わなかった――と、心中に唸《うな》りながら、

「伊集院さんとお嬢さんは――恋仲、と言うのか、何か、そんな間じゃないのかね？」

「そう——ではあるまいと存じます。色恋などという淫《みだ》らなことにお心をお向けになるような、そんなお嬢さままではございません。お母さまに似ず、それはそれは清らかなお方で、うちの若先生は、何ですか、『厨子家の聖霊』とか冗談に笑って呼んで、けれど、まるで尊い宝石でも見るように——」

轟警部補は、にやっと笑った。

「とにかく、それではお嬢さんにお目にかからせてもらおうか」

「いえ、あのお嬢さまに限って、うしろ暗いようなことは、決して——」

母親にあれほど好意を持っていないこの老婆が、その娘にはまた、これほどの愛敬心を抱いているのは意外だった。

「まさか、お嬢さんが、お母さんに手をかけた、なんてわしゃ思っとらんよ」

にこりとして、

「ただね——今の様子を聞くと、お嬢さんが何か恐ろしいものでも見られたようじゃないか？　それが何であったか、訊《き》きたいのだよ」

轟警部補は起《た》ち上った。

「いや、お呼び立てすまい。わしの方から参上すると仕《つかまつ》ろう」

口をぱくぱくさせている婆やをあとに、轟警部補はその部屋から出て行った。

彼はお金を呼んで、厳しい調子で案内を命じた。

壁に枯れた蔦《つた》かずらの這《は》い廻《まわ》った、この城みたいな屋敷の内部は、宏壮《こうそう》な廊下の柱も床も黒びかりして、まるで古い伽藍《がらん》のような妖気《ようき》が漂っているのだった。突然、警部補は立ちどまった。どこかで陰々と犬の吠《ほ》えるような声が聞えたからだ。……が、耳を澄ますと、それは遠い座敷内で吠えているあの弘吉の叫びだった。

しかし、それと同時に警部補は、すぐ近くに若い娘の泣く声をはっきり聞いた。近づいてゆくと、或《あ》る部屋の襖《ふすま》の前で、一人の娘が、何か訴えるような調子で話しかけながら、可憐《かれん》に泣いているのだった。

「お嬢さま——」

と、お金は呼びかけた。

娘は顔をあげた。蒼《あお》い微光が落ちて、涙の瞳が二つの星のように光った。それを見た瞬間、轟警部補は、婆やがこの娘に対して捧《ささ》げている異常な信頼を、直感的に納得したのだった。びっくりして、脅えて、小さく唇をあけたその愛くるしい顔は、水晶のように透きとおって、今にも蒼い虚空のなかへ消え入るような美しさだった。

「お嬢さん、ほんのちょっと、お伺いしたいことがございますが……」

と、轟警部補は鄭重《ていちょう》に言った。

洒落《しゃれ》た顔つきの割合いに、案外血も涙もない剃刀《かみそり》みたいなところのあるこの警部補が、この娘に対してだけは訊問《じんもん》が痛々しいような心の怯《おく》れを感じずにはいられないのだった。

「あなたは、昨晩、大変遅くお帰りになったそうですが、失礼ですが、何処《どこ》にいらっしゃったのでしょうか?」

「――伊集院さんのおうちへお寄りしておりました」

意外なくらい、静かに落ちついた声だった。

「何時ごろまで？」

「さあ……十時をちょっと廻った頃まででしたでしょうか？」

「十時過ぎまで……お嬢さん」

警部補は、暗い光の籠《こも》った眼を投げた。

「その頃までに、すぐ下のあの小屋で、お母さんが……お兄さんに……」

「あたしは存じませんでした！　何にも！」

澄んだ声が、突然たまりかねたように乱れて、

「あの、信じて下さいまし！　お兄さまは、あ、あ、あんなひどいことをなさる方ではございません！」

まことに、そう信ぜずにはいられないような悲痛な叫びだった。警部補は信じた。この娘を、――だが、この娘のいうことは信じなかった。何か隠している。水盤を通して見るように、彼は芳絵の胸にのた打つ黒い秘密の蛇を感じた。

「正直におっしゃって下さい！　お兄さんの姿をご覧になったのではありませんか？」

「見ません！　見ません！　そんなもの、見るわけがございません！」

突然、襖《ふすま》の向うから、しゃがれた声が聞えた。

「警察のお方――この事件の取調べは、もうご中止願いたい、そうは参りませんか？」

しゃがれた――いや、風邪をひいた八十歳の老人みたいな声だった。主人だ。――だが、荘四郎はまだ六十をちょっと廻ったばかりだと聞いている。

轟警部補はするすると寄っていって、襖から奥を覗《のぞ》きこんだ。

が、警部補が見たのは豪奢《ごうしゃ》な夜具に半分起き直って、こちらに手を合わせている五十くらいの、痩《や》せた、憂鬱《ゆううつ》な顔をした老人だった。その顔は動かなかった。それは、――仮面だった！

「馨子を殺したのは、弘吉ではありません……あれは、この家にたたる恐ろしい悪霊の仕業です……」

仮面のかげから、風邪をひいたような八十歳の老人の声はつづく。一瞬、異様な鬼気に吹かれて、警部補が立ちすくんだ時、

「轟警部補――」

背後の声に振返ると、部下の内田刑事が緊張した顔で立っていた。

「何かね？」

と、戻ってゆくと、低い声で、

「例の小屋で、何をぼんやりしていたものか、今頃、妙なものが発見されました。いや、これでますます確実になったのですが、仮面です。弘吉そっくりの仮面。血の斑点《はんてん》がついて、藁《わら》の下から出て来ました」

「――仮面？」

と呟《つぶや》いて、ふっと座敷の方を振向き、急に丁寧に、

「いや、失礼しました。もう結構です」

とお辞儀して、泣き伏している芳絵とおろおろその肩を抱いているお金をあとに、足早に内田刑事と廊下を戻りながら、

「仮面だと？……仮面が、あちこちに現われるが、いったいどうしたんだ？」

「それはですね、こういうわけがあるのです――ちょっと、こちらにお廻り下さい」

と内田刑事は、精力の漲《みなぎ》った心得た顔つきで、警部補を導きながら、

「あの弘吉ですね。まだ、今のように病気がひどくならない前に、いわゆる莫迦《ばか》の一つ覚えという奴ですか――もっとも小さい頃から手工はうまかったそうですが――木で近親者の顔に似せた仮面を彫るのに夢中になっていた時代があったそうで、そいつをかぶって、よく人をびっくりさせたことがあったというのです」

「は、は、するど、今の主人の仮面も狂人の製作品か……」

「そうなんだそうです――十七年ばかり前、前夫人に硫酸をぶっかけられてから、ここの主人は醜い顔を頭巾《ずきん》で隠して生活していたそうですが――名家の主だけに、何かその辺の見栄《みえ》は、病的なものがあるらしいですね――十年前、弘吉が気が狂って、仮面を作り出すと、そのなかの自分の顔の仮面のうち、一番気に入った奴を、こいつァいいってわけでしょう、頭巾に代えて、付けたっきりなんだそうで――どうも、こうなると見栄や虚勢なんて言葉では、われわれには納得《なっとく》がゆかんものがあるのですが、子供が気が狂うだけあって、

父親にも何か、そんな異常性格がひそんでいるものでしょう」

「それで読めた」

「何が？」

「いや、今の主人の仮面がね、聞いていた年よりちょっと若過ぎるような感じがしたのだが、大分以前の顔の仮面なんだね……しかし、うまいものだな！」

「まったく、狂人の仕事とは思えないです。名人芸……もっとも、名人芸という奴がそもそも一般に狂人芸と一脈相通ずるものなんでしょうが……」

「ところで、現場に落ちていたのが、弘吉の顔の仮面だと？」

「ええ、とりあえず、指紋を採らせます」

突然、轟警部補は、おっ、と口の中で叫んで廊下に立ちどまった。眼を、稲妻のようなきらめきが通りすぎていった。右手で右の耳たぶをはげしく引っ張っている。――これは、轟警部補が、何か重大な第六感に電撃された時の独得の癖だった。そうして、今度の事件で、この一風変った癖を発揮したのは、この時が初めてのことだった。

「――どう、なさいました？」

「いや――違った」

と、警部補は笑った。しばらく黙って歩いていた後、

「ねえ、君、この事件そのものには関係が、あるいはないかも知れんが、叩《たた》けば何か面白い副産物が出て来そうだぜえ……」

「どんな？」

「あの伊集院という医学士だね、あれが、嘘をついている。それから、ここのお嬢さんも、何かお隠し遊ばしていることがあるようだ……もっとも、その秘密が、聞き出す手強《てごわ》さに値するほど、われわれにとって値打のあるものかどうかわからんが……」

「ははあ、手強いですか――面白いじゃないですか？」

「うむ、あの伊集院さん、仲々のクセモノだ。頼もしそうな男だけにね――それから、お嬢さん、これは伊集院以上の難物だ。弱いが強い――千仭《せんじん》の雪にもなお屈せぬ白百合《しらゆり》一輪、そんな娘さんだね、あれは――」

「これは、えらく買っちゃったものですな――おっと、ここだったかな」

内田刑事は急に立ちどまって、眼前の古びた杉戸を開いたが、

「あっ、違った、隣だ」

と叫んで、すぐに閉じた。一瞬に、薄暗い部屋の中に、埃《ほこり》をかぶった棚に薬瓶や金文字の書物が並んでいるのが見えた。

「何だい、今のは――いよいよもって奇怪なお屋敷だね」

と、轟警部補。

「いや、ここの主人が、若い頃は東京の薬専に行っていたそうで――もっとも、これは生来こんなことが好きで、道楽で行ったので、別に薬剤師になろうという気もなかったようですが――その名残りです」

「ははあ、すると前の奥さんにぶっかけられたという硫酸の出場所は、ここなんだね？」

「そうでしょう」

内田刑事は軽くうなずきながら、隣の杉戸をあけて、一歩なかへ入った。

「どうです、ご覧なさい、あれを――」

窓に太い格子の嵌《は》まった北向きの六畳余りの部屋だった。ふだん弘吉のいる部屋だという。もっとも弘吉が勝手に村を徘徊《はいかい》していたところから見ると、別に座敷牢《ざしきろう》といった仕組のものではないらしく、家人も自由に出入出来るので、窓に格子のあるのは、この古い屋敷の到るところに見られる特徴だった。

が、薄明るい凍るような光に、破れた畳の上に散乱している襤褸《ぼろ》、壊れた道具の破片、それらは狂人特有の持物として、一方の壁にずらりと並んでかかっている、ああ、奇怪な仮面の群！

憂鬱な荘四郎の顔、豊麗の底に何となく邪悪をひそめた馨子夫人の顔、清純天使のごとき芳絵の顔、乾《ひ》からびていかにも狂気を感じさせる弘吉自身の顔、それに似た三十余りの優しい顔は、亡くなったという彼の生母であろう、作爺《じい》のものもあれば、婆やのものもある。いずれも、今の実物より少しずつ若いのは、製作してからの年月の隔たりを表わしているのであるが、それぞれ喜怒哀楽、少なくとも七、八種類ずつ。――

また遠くから怪鳥のような弘吉の叫びが流れて来た。

「まったく、狂人芸とは見えないでしょう――まさに、神技ですな」

「見事なものだ。——なるほど、ここの一つ欠けている場所にあったのが、現場に落ちていたという弘吉の仮面だったのだろうね……」

「ええ——これはよく聞いて見たのですが、婆さんの証言によると昨日夕食時に弘吉がいないものだから、六時半頃、あれを探してこの部屋に入って来た時には、まだその場所はちゃんと確かにふさがっていたそうで——だから、持ち出したのは、そのあとのことでしょう」

轟警部補が急に変に静かになったので、喋《しゃべ》っていた内田刑事が振返ると、警部補の視線は、仮面群ではなく、蒼白《あおじろ》い窓の微光に注《そそ》がれて、そうしてまたはげしく耳たぶを引っ張りつづけているのだった。

第六章　笑う悪霊

軌道をはずれた弘吉の、血に汚れた犯罪の足跡は明らかだった。

当局の推定したこの兇行《きょうこう》の輪郭はこうである。

殺された厨子夫人は、弘吉の継母である。少なくとも相手が狂人である以上、その世話は到れり尽せりというわけにはゆかなかったであろう。そして狂人は幼児に似ている。幼児は嫉妬《しっと》ぶかい。事実また弘吉も、狂った頭にそれだけは一人前に、継母に不平——時には憎悪の情を示すことはしばしばだった。これは村人の口吻《こうふん》によっても明らかであった。

そこに、『厨子家の悪霊』という伝説——厨子家の人々は、ほとんど悲劇的な運命に遭《そう》逢《ほう》する、という迷信——が、一種強迫観念的な妄想となって、弘吉の哀れな頭を支配したのであろう。夫人もまた、その悲運に墜《お》つべきが天理である、というような。

当夜、弘吉と夫人は雪の夜路を、九時頃、相ついで駅から家へ向けて去った。その途中、あの伊集院の家の下の小屋に、何らかの機転で二人が入り、弘吉はいつの間にか持ち出していた重代の短刀を以《もっ》て継母を殺した。所持の仮面はその時落したものと思われる。その時刻は二人の駅出発の時間、屍体《したい》の死後経過時間から推して、九時二十分頃から十時前後までの間であろう。

そして、弘吉は、夫人の屍体を背負って、雪原のあの位置に捨てて戻った。その心理は、あるいは屍骸《しがい》を兇行現場から隠そうとするような意識に動かされてであったかも知れないが、結果としてその目的に沿わなかったことは、犯人が狂人である以上、どうにもやむを得ない。その自己防衛意識の錯乱の現われとして、彼は一たんその場を逃げたが、またその翌朝早く、のこのこと屍体のある場所に戻って来て、そして狂態ぶりを発揮しているところを伊集院達に発見された。

死体の喉笛《のどぶえ》を喰《く》っていた犬は、その朝、血の香を慕ってやって来た野犬であって、前後の情況から見て、その片目から血を流していたのは、『厨子家の悪霊』の妄想に憑《つ》かれていた弘吉の仕業に違いない——

完璧《かんぺき》だ。

狂人とは言え、尊属殺人の大罪である。

その日の午後、弘吉は暴れ狂いながら、検察官の群に囲まれて鶴岡へ拘引《こういん》されていった。

——だが、大波のひいたようなO村に、なお一人残って黙想していた人、轟警部補の姿は、一応ここで紹介しておく必要がある。

晴れた日であったが、風はひょうひょうと唸《うな》って、家々の軒の氷柱《つらら》は一滴の雫《しずく》さえ落さない寒さだった。

警部補は、屍体の捨ててあった野原のあの位置に立って、じっと例の深い足跡を見つめていた。——またしばらくの後、傍の凍って鏡のような溜池《ためいけ》の周囲を、左右を注意深く見廻《まわ》しながら、てくてくとめぐっている彼の姿が見られた。

一方——

すでに右に述べたような屍体とか血痕《けっこん》とかに関する証明は、精密な検査によって、一層はっきりしたし、例の落ちていた弘吉の仮面にも、彼の指紋が現われて来た。もっともこれには、芳絵や伊集院や、中には馨子夫人の指紋らしいものまで見えて、それほど重大な手がかりとなるような代物《しろもの》ではなかったけれど、これはあの仮面の部屋に出入出来る人間である以上、長い間にはいつか一応も二応も手にとって眺め入ったこともあったであろうから、唯一人の指紋のみを求めるのが、そもそも無理な話なのだった。

さて——弘吉の取調べ。一応、或《あ》る係官によって試みられたのだが、これはまことに滑《こっ》稽《けい》で悲惨なものだった。

「きみの名は、何というのかね？」

「わし？——わしか、わしは、厨子家の悪霊である！」

「きみは、お母さんを殺したろう？　短刀で——」

「ああ殺した。ころ、ころ、ころころと転がったです。ころ、ころ、ころころ——」

「よしよし、わかった。で、なぜ殺したのだい？」

「お母さんは……生きていて、殺したのであります。それは確定でなくて想像であります。……私は何か成功を夢みた、それは前途の光を失ない、それがそれ本当の夢に終るようにしておったような感じがしておった。それで死力を尽して生きていた。それからやはり自分の責任の全体に集り、母親を殺すようになった権利なのであります」

係官は窓から、蒼い冷たい冬の空を眺めた。狂人の青い眼と黒い眼を見つめ、このちんぷんかんの哲学を聞いていると、何だか自分の頭もヘンになって来るような気がしたからだった。やおら勇気を振い起こして、

「年は、幾つかね？」

「年はないよ。真空状態」

「ここはどこか、知っているかい？」

「ここは、行方不明、出鱈目《でたらめ》言ってるです。あはは」

「困った男だな——君はどこか悪いのだね。どこが悪いのか……」

「ああ悪いね、頭が悪い……」

「なぜ、ここへ来たのか言ってご覧」

「お前言って見ろ」

急に威張り出したかと思うと、突然踊り出して、

「ミ、ミ、ラ、シ、ド、シ、ラ花の宴、三コウ五条の夜は更けてエ、恩讐《おんしゅう》の彼方《かなた》、ナイチンゲールのたあかき調べエ——すす、ぱぱ、すす、ぱぱ、すす、ぱぱ、すすぱぱ……」

という騒ぎである。

これは、どっちが莫迦《ばか》にされているのかわからん——と、匙《さじ》を投げて、呆《あき》れ返って、係官は苦笑した。

だが——余ははっきり言おう。検察陣が愚弄《ぐろう》されていたのだ。この悲惨な滑稽な情景を、見えざる真犯人の邪悪な、冷やかな眼がじっと凝視して、物凄《ものすご》い声なき嘲笑《ちょうしょう》を洩《も》らしていたのだ。

一応、弘吉は精神鑑定を受けることになったが、そのためには東北大学から専門の学者を招かなくてはならない。それには少なくとも一週間を要するのだった。

が、その一週間を待つ必要はなかった。

三日目、轟警部補は、突忽《とつこつ》として驚くべき事実をひっさげて起《た》ち上ったのだった。彼は新しい逮捕令状を要求した。

が——ああ、誰の？

第七章　足跡方程式

　もし、この手記が探偵小説であって、これを記する余がその作者であるならば、余がいかに筆を極めて力説しても、読者は弘吉を真犯人であるまいと考えられたに相違ない。何となれば、探偵小説において、第一の容疑者は九分九厘まで決して犯人ではないからである。数々のもっともらしい証拠を、その物語の残りの頁《ページ》の厚みが、全能神のごとくに粉砕する。

(風太郎曰《いわ》く、誰か、環《わ》に紙を綴《と》じた、探偵小説用の円《まる》い書物を発明する人はありませんか？)

　この事件においても、その期待を裏切ることなく、雪原の大地に凄惨《せいさん》な血を以て描かれた犯罪の設計図を、まさに、見事に轟警部補はひっくり返した。

　温顔に微笑を湛《たた》え、しかも鞠《まり》のごとく張り切って、耳たぶをひっぱりながら、冷静に、正確に、警部補は説明するのであった。

「最初のうち、私も、これは狂人の継母殺しという、悲惨だが、まあ非常に簡単な事件だと思いこんでいたのです。

　そう信じていたのが、はじめて、これは、とゆらいだというのは、例の弘吉の仮面が現場に落ちていたという報告を聞いた時で、この仮面は兇行《きょうこう》の晩の六時半頃まで厨子家にあったと言いますし、夫人の血がついていたことと言い、犯人がこれを――少なくとも身につけていたという解釈は、まず最も妥当な推定であることに否《いな》やはありません。ところで、私がこれは、と思ったと言うのはそもそも仮面なるものは、そのうしろに隠れた内容をごまかすための覆いであります。では『弘吉の仮面』をつけていた犯人は、弘吉ではなかったのではないか？　被害者の夫人をあざむく為につけていたのではなくとも、あとにわざわざこれを残して置いて、検察の眼を弘吉へ向けさせるための仮面なのではなかろうか？が、すぐに私はこれを自ら打消しました。なぜなら、弘吉は狂人です。もし正気なら、現場に自分の仮面を残すようなヘマはやらないだろうとの想像も成り立ちますが、何しろ支離滅裂の気違いなのですから、そんな人間並の知恵など超越して、自分の仮面を放ってゆくことは、充分あり得ることだからであります。

　しかし、この疑いは、初めまったく疑う余地のないように考えていたこの事件を、もう一度考え直して見ようという気持に、私をひき入れてくれる効果を残したのです。

　創形と一致する点からしても、兇器があの肥後国資であることはほぼ確実。しからばこの名刀を持ち出し得る人間、それから仮面を残してゆき得る人間――あの日に、弘吉の部屋に出入出来る人間――その人物すべてのアリバイを私は検討して見ました。なかには、疑うのも莫迦莫迦《ばかばか》しいと思われる人間があるかも知れませんが、念には念を入れて、まず一応聞いていただきたい。

　たとえば、厨子家の老主人荘四郎氏、これは、この十年一度も外出したことのない奇人、いや廃人ですが、これを調べて見ると、当夜の九時半に下男の作爺《じい》が逢《あ》い、十時前に婆さんが挨拶《あいさつ》に行っている。

兇行推定時刻は、九時二十分から十時前後までの間。

これでは、荘四郎氏手持ち時間は、分断されてせいぜい二十分足らず。家を出て、あの小屋で夫人を殺し、五十メートルも雪の野原をえっちらおっちらと運んでからまた帰宅する——全然不可能、考える余地はありません。第一、私の見たところでは、あの豊満な夫人を背負って十歩と歩けそうにない。

次に作爺とお金——これは駅から一緒に戻って、それ以後家にいたことは、お互いの証明するところで、この証明は信じてよいもののように思います。

それから婆や、これは夫人に余り好《よ》い感情は持っていないらしいが、別に殺すとまでゆくほど大それたものではないようで、しかも十時前厨子家を辞去するまで——少なくとも九時過ぎてからはちゃんと台所にいたことは、駅から帰って来た右の下男下女が証明しております。

次に令嬢の芳絵——さあ、これに少し秘密の匂いがある。

もっとも、八時四十分頃駅から伊集院と同伴で出て、篤の借家に来て、十時過まで話していたと本人は言い、伊集院もそれを裏書きしたのですが、なぜかこの事実を、はじめ伊集院は白状しなかった。非常にくさいのです。

八時四十分から十時過まで、二人は何をしていたか？

その間に、そのすぐ下の小屋で惨劇が行われていたと思われるのに、二人は何にも知らないという——もっとも夫人は心臓の一刺しで二言と発せず即死した様子ですが、それにしても何にも知らないとはちょっと面妖《おか》しい。

そこで、伊集院のことについて少し調べて見ると、風貌《ふうぼう》、性格、これは非常に男らしい人物ですが、いや、そのために、厨子夫人と普通以上の交際があったらしい。厨子夫人は、気性のはっきりした、世話好きの、絢爛《けんらん》型の、情熱的な女です。夫は二十も年上で、ほとんど廃人みたいな人物——まだ確証は摑《つか》んでいませんが、私は夫人と伊集院との間に、肉体的関係まであったのではないかと見る。

これが伊集院の学生時代——最初この村へ現われた五、六年前から続いて、そうして夫人は四十になり、娘さんは二十歳になった。

この芳絵——五、六年前の十四、五歳当時は、まだ、子供であったろうが、今はご承知のように類《たぐい》まれなる美人で、伊集院は最近、『厨子家の聖霊』と呼んでいたと言う——二人の間に、新しい恋愛が発生したと、私は見ます。

この事実に対し、馨子夫人がいかなる反応を示し、その反応が伊集院にとってどんなに煩《わずら》わしいものとなったか——これは、私の小説的空想ではない。色々聞きこんだ情報にちゃんと根拠を持つ推定であります。

動機は出来た！

時間的関係から見ても、夫人を殺し得るのは弘吉ばかりではない。伊集院篤もまたそうである。

では、その一方を否定し、他の一方を肯定する区別はどこに見つけたらよかろうか。

それを私に見つけさせてくれたのは、実に『厨子家の悪霊』でした！

それは、こう言う事実です。――

仮面のほかに犯人が遺《のこ》していった重大な証拠、すなわちあの屍体《したい》を運んだ長靴の足跡。長靴そのものはありふれた配給品のものらしいが、問題はその足跡の深さです。この深さは行きが約三十センチ、戻りが約二十センチ、これは犯人が厨子夫人を背負って運んだ深さ、夫人の体重は十四貫。つまり、Xプラス十四貫の足跡。

ところで、その少し前に、弘吉が伊集院に背負われて歩いた足跡がある。普通、人の歩かない畠の中だったから、私は探して、これを見つけ出すことが出来ました。弘吉が十二貫、伊集院が十七貫、合計二十九貫の足跡――これが、犯人が夫人を運んだ足跡の深さとほとんど変らぬ三十センチ。

もし弘吉が夫人を運んだとすれば十二貫プラス十四貫合計二十六貫。

もし伊集院が夫人を運んだとすれば十七貫プラス十四貫合計三十一貫。

――その差五貫。

ただし、これにはそれぞれ重い冬衣裳《いしょう》がくっついているのですが、弘吉だけはお義理にも冬装束とはいえない薄着だったから、右の二つの仮定における差はもっとはなはだしく、五貫を超えて六、七貫はあったでしょう。

しかるに屍体の運搬の足跡は、二十九貫余の足跡の深さとほとんど変らなかったのです。もっとも前者は後者より推定二、三時間遅くつけられたものだ。気温を調べて見ると、午後七時頃から十時頃まで、ほとんど差はないのだがまあ幾分下り気味です。で、その分だけ雪が凍って固くなっているとしても、二十九貫余の重量のものが、屍体運搬の時刻に歩けば、その深さは浅くこそなれ、深くなるおそれはまずありません。つまり、屍体運搬の重量が、二十九貫余よりもう少し重ければ、この二つの場合はほとんど変らなくなるのです！

すなわち、二十六貫の答はノー。三十一貫の答はイエス。先刻Xの、すなわち犯人の体重は十七貫であったのです！」

ああ、と聞いている人々は唸《うな》った。まさに、ああ、何という見事な推理の数学！

「ところで、もうお気づきだろうが、この方程式の解法に二つの疑点があります。第一は、それだけの重量の差によって、そんなにきれいに足跡の深さの差が現われ得るものか、どうかという問題。十四貫の屍体を捨てたことによって、往復に約十センチの差が出たのはご承知だけれど、伊集院と弘吉の差、六、七貫では果して如何《いかん》？

で、私は翌晩実験をやって見たのです。気温とそれによって変って来た雪の状況で、或《あ》る十七貫の人に十二貫の人を背負わせて歩かせて見ると、足跡は三十センチよりも深く入った。すなわち前夜よりも雪は柔かかったのです。それにもかかわらず、十二貫の人に十四貫の人を背負わせて歩かせて見ると、足跡は三十センチに達しなかった——三貫の差がかくの如く決定的な一線を上下する以上、あの六、七貫の差は、さらに物を言うはずではありませんか！

第二に――これは非常に莫迦げた想像だが弘吉が夫人の屍体のほかに六、七貫のものをつけて歩いたのではないかと言う問題。あれにそんな知恵のあるわけはないが、こちらが一つの知恵の遊びとして考えて見れば、これは足跡の方は成り立ちますが、体力的に成り立たない。私の実験で見ても、十二貫の人が十四貫の人を背負って歩けば五十メートルが息絶え絶えで、ましてそのうえ六、七貫のものを――合計二十貫以上のものを背負って雪に足を三十センチ内外も踏み込みながら、途中で下した形跡もなく歩き通すということは、まずまず不可能に近い困難事だ！　この困難を冒《おか》してなお弘吉がやる――とまで考えればきりがないが、もともと莫迦げた想像をやっているのだから、それをこれ以上強引《ごういん》にひきのばすことは、いかな私でも、もう阿呆《あほ》らしい――

結論。犯人は伊集院篤！

伊集院が夫人を殺して、野に捨てた。それを芳絵は知っているが、恋人のために死力をしぼって黙っている。伊集院は犯人を狂人に見せようとして、弘吉の仮面を現場に捨て、翌朝黎明《れいめい》に弘吉を摑まえて、これを示唆して屍体の位置へゆかしめた。そこへ野犬が来たり、弘吉が例の妄想に憑《つ》かれて一層都合のよい狂態を示したりしているところを見はからって、さてはじめて発見したような顔をしたのです。弘吉がその時、握手などして、おかげさまで曼珠沙華《まんじゅしゃげ》を見つけた云々《うんぬん》と口走ったと言うのも気違いの言い草とは言え、右の示

相手が黙っているのに、

「あなた達、おふたり一緒にいるのを、お母さんに見られると、悪い？」

「いいえ、そうではございません！」

ちょっと、顔があからんで、

「でも、あたし、困った顔をしたろうと思います。それで伊集院さんが……」

と、矛盾《むじゅん》したことをいって、その矛盾は自分でも承知していると見えて、説明の言葉に苦しむ表情であった。

「あなたと、伊集院君は——失礼ですが、恋愛——」

「いいえ！　いいえ、そんなことはありません！」

急に顔をぱっと紅潮させて、芳絵は叫び出していた。真剣な眼色で、ほとばしるように、

「あの日——葉梨先生がお発《た》ちになる前、家で、伊集院さんが、『今夜お見送りの帰り、ちょっとうちへ寄って下さいませんか？』とそっとおっしゃったのです。『何の御用？』とお尋ねしますと、『重大な話があります』『重大な話って？』——すると、そのとき傍にお兄さまがやって来て、にやにや笑いながら見ているので、そのお話はそれっきりになってしまったのです。でも、あたしは、少しいやだったのです……ところが、駅から帰るとき、お母さまがあとにお残りになって、ふたりに先へゆけとおっしゃるので、あたし、ほんとうに困ったのですけれど、伊集院さんにせき立てられるようにして、到頭《とうとう》あのおうちへ寄ってしまうようなことになったのでございます」

「――で、重大な話とは？」

「それは――」

と、しばらくまた口ごもってから、

「あたしに、お嫁さんになってくれ、とおっしゃるのです。あたしはびっくりして、それから……何だか腹がたって来て、黙っていました。するとお母さまが、駅の方から戻っておいでになったのです……」

なぜ、伊集院から結婚を申し込まれて、この娘が腹をたてたのか、なぜ、伊集院と一緒にいるのを母親に見られると困るのか――その意味が轟警部補に読めた。この娘は、伊集院と母親との卑《いや》しい秘密を知らないことはなかったのだ。

「わかりました――」

と、そのことはわざと打切って、

「で、あなたもお母さんの姿を見ましたか？　弘吉君は？」

「ええ、駅の方から雪の野路を、お兄さまがぶらぶらと、その二十歩ばかりあとから、お母さまが歩いておいでになるのが、月の光に見えました。伊集院さんが電燈をお消しになったとき、お兄さまは急に横にそれて下の小屋に入ったようでした……」

「――ふむ、それで？」

と、内田刑事が生唾《なまつば》をごっくり。

「伊集院さんは急に立ち上って、苦笑いなさっているような口調で、ちょっとお母さんに来られるとまずいから、芳絵さん、しばらく隠れていて下さいね、とおっしゃって出てゆきになりました。そういわれると、あたしも、急に何だかそんな気がして来て、暗いお部屋の隅で、じっと黙って坐《すわ》っていたのです――すると、五分ばかりたって、下の小屋で、うっと低い叫びが聞えました……」

「それは、お母さんの？」

「そうであったと思います。びっくりしてまた窓から覗《のぞ》いたら、お兄さまが小屋から飛び出して、どんどん村の方へ走ってゆく姿が見えました」

「それで」

と、轟警部補はきっと芳絵を見つめて、

「なぜ、あなたは、お母さんを殺したのがお兄さんでないとおっしゃる？」

「あたしは胸がどきどきして来て、真っ暗な土間まで出て来たのです。すると伊集院さんが、外から帰って来られた様子で――芳絵さん、とお呼びになる声が聞えました。はい、と答えかけたとき、あっという伊集院さんの叫びがし、暗いなかで烈しく壁にぶつかる音がしたかと思うと、突然誰かあたしに飛びかかって来て、次の瞬間、鼻にハンカチのようなものを押し当てられ、そのまま、あたしは気を失なってしまったのです――」

その後に起こったこと――それを、悲しみと苦悶《くもん》に満ちた芳絵の言葉そのままにここに記述することは余の忍びざるところだ。

余は、事実のみを書こう。

あとで照らし合わせて見ると、それは十時過ぎぐらいになっていたろうか、芳絵がわれに返ると、彼女は座敷の夜具に寝せられて、枕もとに、ぼんやり伊集院が坐っているのだった。

ほんの先刻、彼も覚醒《かくせい》したばかりだという。そして、襲って来た者は何者か、何が何だかわからないという――。

起き上ろうとして、芳絵は突然異様な感覚を感じた。それが何を意味するのか、わからぬままに、ふと自分の服装に眼を落し、彼女ははっとしたのだった。

突然、伊集院が両腕をついて、呻《うめ》くようにいった。

「許して下さい！　芳絵さん！　僕は……あんまり、あなたが可愛らしいものだから……」

芳絵は茫然《ぼうぜん》とし、眼がくらめき、そしてその家を夢中で飛び出した。婆やに逢《あ》ったのは、その途中のことなのだった。

――長い沈黙の後、轟警部補が消え入るような調子で言った。

「お嬢さん、その飛びかかって来た人間は、誰だと思いますか？」

「わかりません……」

うなだれて、芳絵は蒼白《そうはく》顔をあげて、

「その人――お母さまを殺したのは全然別の人ではございませんでしょうか？」

第九章　バベルの塔は崩れざるや？

芳絵の悲しい秘密は明らかになった。

けれど――？

「ははあ、それで伊集院が、あの時刻の動静について黙っていたのですね。それをいうと、自分の罪、芳絵の恥辱を白日のもとに曝《さら》さなくてはならない――」

と、あとで内田刑事が言った。

「して見ると、その罪は罪として、考えようによっては、伊集院は、けなげな男じゃありませんか？　その秘密を守らんが為に、殺人罪の嫌疑まで甘んじて受けようとする――いったい、その麻薬の怪人は何者でしょう？　芳絵のいうように、全然別の人間ではありませんか？」

「内田君」

と、沈黙の顔をあげて轟警部補がいった。

「今まで、おれの考えた唯一《ただ》つの弱点があって、それが不安でならなかった。それは、もし伊集院が殺して、そしてそれを芳絵が知っているならば、なぜ黙っているかという点だ。二人が恋をしているならば、恋人のために あの娘に沈黙する意志の力はあるだろう。が、母を殺されて、それを黙って通す感情があの娘にあろうとは信じられなかったからだ」

警部補の頬に、凄《すさま》じい薄笑いが浮かんでいた。

「内田君、おれの信念はこれで完璧《かんぺき》になったよ。犯人はいよいよ伊集院に違いないよ」

「――と、おっしゃると？」

「芳絵を辱《はずか》しめた秘密をかくすために、沈黙を護《まも》る？　いや、その秘密は伏せておいてなお筋の通る弁明は出来そうなものだ。

いいかね、内田君、まず動機の点だが、伊集院が芳絵に惚《ほ》れており、娘が必ずしもそうではなかったことがはっきりした。その原因を、母親の存在するためと彼は考えたのだ。狂恋と奸智《かんち》のカクテル！　自ら酔うて彼は一瞬に殺人と強姦《ごうかん》という二つの冒険を敢行した。麻薬の怪人は、伊集院の一人二役だよ！　家から往来に走り寄りて、小屋に夫人を誘《ひ》き入れてこれを刺し殺すと、駈《か》け戻って来て娘を眠らせ、これを瀆《おか》したのだ――あの娘には、到底太陽のもとで挑みかかれるものではない！　娘が眼醒《めざ》めてびっくりして、飛び出していったあと、野原に夫人の屍体《したい》を捨てて来た――その証拠に、うっという呻き声を聞いて、芳絵が窓から覗いた時、小屋から逃げ去る弘吉の姿を見たというではないか？　すなわち、弘吉が運搬者でなかったことは、確かに立証されたわけだ」

「それでは――警部補――殺したのは弘吉だが、運んだのは伊集院だという考えは？」

「何のために、伊集院がそんなことをするのだ？」

内田刑事は沈黙した。

「弘吉は単に兇行《きょうこう》を目撃して、驚いて逃げ出したに過ぎないのだよ。が、狂人の哀《かな》しさ――

―あとになって、自分の無実の罪をいい解く知恵すらもない――そこが、伊集院の狙いで、細工通りに弘吉が逮捕され、それで万事めでたしめでたしと知しめてたし、まさか自分に眼がつけられようとは思っていなかったのだ」

「では、芳絵は——？」

「伊集院は、あの麻薬の怪人が弘吉であると見せかけたかったのだろう——芳絵が逃げ出す弘吉の姿を見てしまったことは、伊集院にとって致命的な出来事だったのだ——だが、彼にして見れば、たとえ後に怪人が自分であるとわかったとしても、すでに芳絵の肉体は否応なしに自分に結びつけてある。いったんその立場に落ちた娘は、惨酷なくらい弱いものだ。何とか自分でまるめこんでしまえると考えていたに違いない。そのまるめ込み以前に自分が検挙されて、あの夜の怪人がいまだに伊集院以外の誰かだと信じているような純真な芳絵自身によって、しかも皮肉にも伊集院を救おうとする目的を以《もつ》て、あの夜の出来事をわれわれの前に披露されようとは、夢にも考えていなかったに相違ない——検挙以来、伊集院の陳述態度が曖昧《あいまい》で、いぶかしさの極みを尽しているのはそのためであり、煎《せん》じつめれば彼こそ惨劇の実行者であるからだ！」

バベルの塔は揺がず！

否《いな》、轟警部補の推理の鉄塔は、いよいよ磐石《ばんじやく》の強固を加えて、伊集院篤を圧《あつ》した。

彼は白状した。あの夜厨子夫人を撃退するため、いったん往来へ出て見たが、その姿が見えないので無事通り過ぎたのだろうと安心して再び家に戻ったということを。ただそれだけ、そして最後には、蒼白《あおじろ》い顔で、悲痛な声でこう答えるばかりだった。

「やむを得ません――僕の芳絵さんに対する罪悪は、この殺人罪の罰をも加えて酬《むく》われても、まだ足りないくらいですから――」

(狡《ずる》い男だ!)

と、轟警部補は、切歯して、憤激した。

哀れな早発性痴呆《ちほう》患者は釈放された。

まことに、伊集院篤よ――お前の卑《いや》しい欲望は天使を瀆した。聖霊のように清い乙女に、想像以上の苦い涙を流させた。その罪は、お前が厨子夫人殺害の罪のみならず、全世界のありとあらゆる罪を、すべてひきかぶって、その罰を受けるに値する!

その運命は、鉄の鋳型《いがた》のごとく、すでに決定していたのだ。

以上述べた厨子夫人殺害事件の経過は、みんな知っている事実、数人が知っている事実、少なくとも轟警部補の最もよく知っている事実である。このなかには、余自身この眼で見、この耳で聞いたこともあるが、また今までに登場したさまざまの人物から伝聞して、想像したところもある。が、この想像をも含めて、以上述べた事実は、轟警部補の知る事実を、完全に包含して余地なかったであろうと信ずる。

だが――しかし、余は今ここに最後の真実を告げげんとする。

余は轟警部補に挑戦する。

轟警部補よ――君は確かに深刻精緻《せいち》な犯罪の設計図をひっくり返した。だが、ご存知であろうか？　この事件の妖光《ようこう》は、その設計図の下の、凍結した人間性の大地そのものから発する妖光であったことを。

凍土は深い——十七年前。

第十章　悪念涙あり

十七年前の或《あ》る晩春の午後、厨子家の前夫人は村の中で、一匹の狂犬に嚙《か》まれ、その場で発狂した。

その狂乱は、まことに悲惨を極めたものであった。年はまだ三十をちょっとすぎたばかり、夕顔のように美しい人が、涎《よだれ》をたらたら流し、狼のように咆哮《ほうこう》し、浅ましいとも言語に絶する狂態で狂い廻《まわ》ったあげく、三日目、庭の古井戸に投身して自ら死んだ。あまつさえ、それを止めようとした夫の荘四郎氏に硫酸をぶっかけて——

散る花の下に、その惨《むご》たらしい屍体は揚げられた。傍にぼんやり立ちつくして、眼を落していたのは十歳の愛児弘吉だった。

その眼には、涙はなかった。神経質な、蒼い頰を凍らせて、小さな頭で考えていたのは、恋しい母を嚙んだ犬は、最近東京からやって来て、この村に住みついた或る若い未亡人の飼犬だということであった。

すると彼は、はっきりと冷たい母の唇が、物凄《ものすご》い叫びをあげるのを聞いた——弘吉！

弘吉！　あたしが死んだら、きっとあの女がこの家に乗り込んで来る！　可哀《かわい》そうに、可哀そうに——弘吉！　お前もあいつに殺されるよ——

半年たって、果してその若い未亡人は、荘四郎氏の後妻として輿入《こしい》って来た。すなわち馨子夫人である。彼女は海軍将校の未亡人で、その時三歳の女児があった。すなわち芳絵である。

一方、硫酸をぶっかけられた荘四郎氏は、やっと顔面の繃帯《ほうたい》をとったばかり——いや、繃帯はとらなかった。その後弘吉はしばしば見たが『瘢痕収縮《はんこん》』を来して畸型に近いものとなった醜面を、新しい繃帯にかくして、その二度目の婚礼の座についたのだった。

だが、二十も年上のこの怪物のところへ果していかなる心境を以て馨子夫人は嫁いで来たのであろうか——金！　単に幼児を抱えた未亡人の生活を開くためというより、もっと積極的に、彼女は莫大《ばくだい》な厨子家の財宝を慕って入って来たのだった。その証拠に、新しい厨子夫人の生活は豪奢《ごうしゃ》を極め、絢爛《けんらん》を極めた。

「弘吉さん——いらっしゃい」

紅の濃い唇で、彼女は猫撫声《ねこなでごえ》で呼びかけるのだった。

が、十歳の少年は、青い炎のような左眼を輝かせて新しい母を睨《にら》みつけたきり、化粧部屋の閾《しきい》から一歩も入ろうとはしないのだった。彼は心で叫んだ。この女が狂犬をけしかけて、ぼくのお母さんを殺したのだ！　するとまた物凄い亡母の叫びがはっきりと耳に鳴りはためくのだった（弘吉！　お前もあいつに殺されるよ——）

が、弘吉は小さかった。彼は深刻な鬱憤をさらに小さい嬰児、新しい妹に向けて、これを抓《つね》った。打った。蹴《け》った。――物蔭《ものかげ》で。

けれど、いつしかこれが馨子夫人に知れない筈《はず》はない。彼女の形相は変った。彼女は本性を現わした。そして弘吉を抓った。蹴った。――物蔭で。

ああ、何という死闘の宣戦布告――強壮な青年と青年との肉弾相搏《う》つ戦闘は恐ろしい。だが、女と幼児の戦いがそれにもまして凄惨《せいさん》なことがあるのを知っている人があるだろうか。そこには鉄の代りに鉄より黒い原始の憎悪がある。火の代りに火よりも熱い獣の涙がある。

衆人の前で、馨子夫人の粧《よそお》った顔が弘吉に笑みかけた。弘吉は冷たい眼でこれをはね返した。が、暗黒の中で、馨子夫人の裸の拳《こぶし》が弘吉を打ち、そして弘吉は声もあげず歯を喰《く》い縛って泣くのだった。

それを、夫であり父である荘四郎氏は知らなかったのであろうか？　長い間知らなかったろう。弘吉の唯一の味方、あの婆やすらもこの蛇とカマキリの闘いがどんなに凄じいものであったか、真の髄までは察し得なかったに違いない。それほどこの新しい母と子の闘いは、深い陰湿な地獄の底で行われていたのだ。そして後に荘四郎氏が知ったとしても、すでに彼は新しい妻の虜《とりこ》となっていた。

前夫人の死と、硫酸の惨劇以来、荘四郎氏の生活も気性もまったく一変していた。それまでは、ほとんど毎日、乗馬で村落一帯を駈けめぐって小作共を督励《とくれい》し、そうかと思うと三年に一度は殊勝な白衣に着換えて――ただしお供を十人以上も従えて、はるばる四国へお遍路へ出かけて行ったり――要するに常人以上に活動的だった彼は、あの事件以来、ほとんど屋敷から一歩も出ようとしない人になっていたのだった。

容貌《ようぼう》は性格を変えた。清和源氏《せいわげんじ》からの系図を崇《あが》め、先祖代々から『厨子の殿様』という呼称まで受け嗣《つ》いだこの誇高き当主は、醜面を白布で包んだ哀れな姿を村民どもの前に曝《さら》すに耐えられなかったのであろう。

そして、ついには彼は自分の居間にのみ閉じ籠《こも》って、庭園を徘徊《はいかい》することすらも避けるようになり、嫌人癖の昂《こう》ずるところほとんど廃人に近い身を夜具の中に横たえて、これと往来し得る者は若い美しい妻ただ一人、したがって厨子家の采配《さいはい》はことごとく彼女の繊手《せんしゅ》の把《と》るままとなったのだった。

弘吉は、誇張ではなく、年に数回しか父の姿を見ることが出来なかった。それはすでに生母と同じく墳墓の人であった。彼は救援を父に求めなかった。父も敵だ。厨子家嫡々《ちゃくちゃく》の彼は、まるで敵城にまぎれこんで孤軍奮闘する枯葉のようだった。

そして彼は次第に生命の危険をすら感ずるようになった。――或る夏の日、新しい母からもらった菓子を喰べて、彼は嘔吐《おうと》して苦しんだことがある。或る冬の日、その母のいる二階の屋根から雪崩《なだれ》が落ちて来て、すんでのことに軒下で遊んでいた彼が圧死しかけたことがある――

いや、こういう陰惨な争闘史を書くのは、今余の目的とするところではない。ただ一つ、この事件に重大なる関係のある一挿話《そうわ》を語るに止《とど》めよう。

弘吉が十七歳の春のことだった。

当時馨子夫人は、一匹の美しい肥《ふと》った牝《めす》猫を飼っていた。猫は弘吉に決して懐《なつ》かなかった。のみならずしばしば傲然《ごうぜん》と闘った眼で彼を侮蔑《ぶべつ》した。彼は憎しみに満ちて、猫の片目をえぐりぬき、知らん顔をしていた。すると数日たって猫は復讐《ふくしゅう》した。弘吉は右手の指を噛まれたのだった。

二週間ばかりたつと、指が腫《は》れ上って、腕が痺《しび》れて来て頭が痛み出した。それから、突然悪寒戦慄《おかんせんりつ》を以《もっ》て四十度を越える高熱を発した。

猫の復讐ではなかった。夫人が、猫の牙《きば》に毒か黴菌《ばいきん》を塗りつけて置いたのだ。

その熱がひいて、三、四日たつとまた熱が出た。それは執拗《しつよう》に反覆し、身体じゅうの淋《リン》巴《パ》腺《せん》が桃の実みたいに腫れ上り、弘吉は次第に衰弱していった。

苦痛と熱に濁る彼の頭には、しきりに母の叫びが鐘のごとくに鳴りつづけた。

(弘吉！　お前もあいつに殺されるよ――)

この奇怪な病気は、半年以上も続いて、ようやく快方に向ったのだった。

その頃、例の片目の牝猫は、狸みたいな大きな腹をしてゆらゆら歩き廻っていたが、或る秋の日、到頭七匹も子猫を生んだ。

「一匹でいいわ。芳絵、あとは浜辺へ捨てて来て頂戴《ちょうだい》」

と、夫人が十になった娘にいった。娘は子猫の頭に一々頬ずりしながらかぶりを振った。

「あたい、厭、厭だわ――可哀そうだもの――」

「そう――お前は何でも情の深い子だからね。じゃあ――弘吉さん」

と夫人は、病み上りの弘吉に冷たい笑みを見せて、

「あなたなら、いいでしょう、あなたは情が強《こわ》いから――」

弘吉は笑った。蒼醒《あおざ》めた頬だった。

夕、彼はボール箱を抱いて日本海の汀《みぎわ》に立った。小さい箱のなかで、六匹の子猫はひいひい鳴きながら、見えない眼で、綿屑《わたくず》みたいにお互いにすり寄ってもがいていた。

「捨て猫か――」

と、彼はじっと見つめて、寂しい笑いを浮かべた。笑いは凍っていった。

「おれは、情が強い――冷血動物だ」

弘吉はゆっくりと一匹ずつ摘《つま》み上げては、小石みたいに海へ投げた。大きなうねりに、綿屑はちょっともがいては、すぐに消えるのだった。弘吉の形相はまったく人殺しでもしているようだった。彼は五匹まで捨てた。

「いけない――助けてやって――お兄さま！」

砂の上を、息をきりながら芳絵が駈《か》けて来た。瞳《ひとみ》が開いて、真《ま》っ蒼《さお》な顔だった。

弘吉は、黙って最後の一匹を投げた。

一声、芳絵は叫んだ。その叫びが余り異様であったので、弘吉は振返った。妹の小さな顔は涙に濡《ぬ》れ、唇はわななき、悲しみと苦しみに満ちた瞳は海に向けられ、また兄に向け

られた——静かなる数分。

突然、弘吉は身を翻《ひるが》えし、海へ飛び込んでいった。が、夢中で這《は》い廻《まわ》って拾い上げたのは、ただ一匹だけであった。そして、それは濡れて、死んでいた。

小さな屍骸《しがい》をつまんで、妹の前に立ったまま、弘吉の青い一眼は焔《ほのお》のように輝いていた。

「芳絵、やるよ——これが兄さんだ」

彼は叫んで、屍骸を妹の足もとに叩《たた》きつけ、くるりと身を返して、海を見つめた。衣服からぽたぽた冷い水が滴《したた》った。

蒼い水平線に太陽は沈みかかっていた。そこから汀にかけて、海にはきらきらと黄金の橋がかかったよう……ぼんやり、呆気《あっけ》にとられて仰いでいた芳絵は、突然兄が笑い出したのを見た。

弘吉は笑い出した。げたげたと——肩を震わせ、全身の骨を鳴らせて——だが、その頬は涙に溢《あふ》れているのだった。

「お兄さま、気違いになっちゃ、いや!」

芳絵が叫んで飛びついた。

が、弘吉はこの瞬間から気が狂ってしまったのだ。妹の顔と声に自らの惨忍性が胸を刺し、そして人間なるものの本性の酷薄なるに恐怖し、戦慄して気が狂ってしまったのだ。

げらげら笑いながら浜から戻って来た弘吉を見て、家人や村民は仰天《ぎょうてん》した。

爾来《じらい》、十年——あの惨めな、憐《あわ》れな子猫の運命から逃避せんとするための——十年間の

——おお、惨憺《さんたん》たる狂気の仮面！

第十一章　知るは唯《ただ》一人

弘吉が、正気に帰るのに、二つの場合があった。

その一つは、木で仮面を彫る時である。

幼い頃から、飛んだり跳ねたりするよりは、じっと座って絵を書いたり手工をしたりすることの方が好きな性《たち》の少年であったが、この仮面彫刻は、最初の単に死んだ母の歎《なげ》く顔、微笑む顔を、現実に再びこの眼で見たいという悲願と、兼ねて荒涼たる狂人の生活の、苦《く》悶《もん》の努力を紛らわす、ただ一つの逃避的労働の意味からさらに発展して、それは周囲に対する深刻な愚《ぐ》弄《ろう》なのだった。人々は驚愕《きょうがく》と恐怖を以て、蒼白い手から彫り出される木の仮面を眺めた。だが、人々は、黙々とその手を動かしている男の、憐愍《れんびん》を湛《たた》えた蒼白い肉の仮面をこそ、驚嘆を以て眺めるべきであったのだ。

もう一つは、まったく血のちがうあの妹の、涙ぐんだ深い瞳の凝視に逢《あ》う時だった。彼女は優しかった。愛らしかった。それは天使であった。見つめられて、弘吉はにやにや笑った。だが、深夜、風の吹く暗い水車小屋で眠るとき、妹の夢に脅えて彼は静かに泣くのだった。

弘吉の病気は次第に重くなっていった——すなわち、お芝居がますます練達して来たのだ。内田刑事のいわゆる名人芸と狂人芸の一致は、まさにこの意味において、恐るべき真実性を持っていたのだ。狂気の仮面は、ただに生命の危険の防衛という消極的用途のみならず、惨忍で愚かな人間獣どもに対するこの上なき嘲弄《ちょうろう》として、彼の歯軋《はぎし》りするような愉《たの》しみとさえなって来たのだった。

　誰も知らなかった。誰も疑わなかった。父は得々として、狂った伜《せがれ》の作り出した仮面を繃帯《ほうたい》に代えた。母は、邪悪美に満ちた己の仮面の諷刺《ふうし》を見ず、狂った継子を見て、邪悪美に満ちた微笑を浮かべるのだった。妹は疑うことを知らぬ天使だった。――そしてまた村医者の鏑木老さえも――そもそもこの世のいかなる人間が、十年にわたる偽りの狂人の心事を想到し得たであろうか。

　ああ、十年――一口に十年と言うけれど、それは前人未踏の、恐怖に満ちた人間記録である。そしてまたこの十年、日本の運命とともに厨子家の運命にも重大な変遷があった。終戦後の農地解放の騒ぎ、多くの作男《さくおとこ》や傭人《やといにん》を放って唯作爺《じい》とお金のみを残したことなどはその例である。だが、まだ広大なる山は残っていた。

　けれど――これを長々と書き連ねることもまた、今、余のこの手記を書く目的ではない。余は急がなくてはならぬ。

　ともかくも、これで弘吉が狂人ではなかったこと――したがって、あの厨子夫人殺害事件に関する轟警部補の推理の大前提が、根こそぎに粉砕されてしまったことは、何人にも明らかになったであろう。

念のために、それを説明する。

二年前——東京の若い医者伊集院篤が、軽い肋膜炎《ろくまく》を病んでこの村に住みついた。彼は学生時代からしばしば遊びに来て、厨子家に出入し、間違いなく、厨子夫人と姦通《かんつう》していた。

牡丹《ぼたん》崩れんとす——女の晩夏、白い、濃厚な脂に息づくような夫人の肉体は、廃人の夫にそむいてそしてその豊麗な狂い咲きの誘惑に伊集院篤は屈服したのだ。

態度はいよいよ重厚に、そして心において伊集院は堕落した。

彼は破廉恥《はれんち》にも、好色な瞳を、彼の呼ぶ『厨子家の聖霊』に注ぐようになったのだ。芳絵は、清いかぐわしい乙女に成長していた。

危機は迫った、或《あ》る日、弘吉の耳に『厨子家の悪霊』が囁《ささや》いた。いや、それは、はっきりとお告文《つげぶみ》を以てする警告であった。

「弘吉よ——伊集院と芳絵は、遠からず結ばれる運命にあることを知っているか——父が死んで、伊集院が厨子家の新しい当主になった暁、狂人と目せられているお前がいかなる運命に陥《おち》るか、知っているか——もしまたお前が狂人にあらずと仮面を脱ぐとしたならば、あの恐るべき馨子夫人と伊集院が、いかなる手段に出るかを知っているか——弘吉よ、お前は先制して反撃に出るべきである。今のうちに禍根を断つべきである——その手段として、お前は狂気の仮面という素晴しい魔法の武器を持っているではないか——その仮面を脱ぐな、時を待て——」

悪霊の命によって、弘吉はこのお告文を焼き捨てた。灰は風に吹かれて虚空に消えた。

『厨子家の悪霊』はその後しばしば囁《よそお》いた。

「十年間、お前は何のために狂を装ったのか――亡き母の復讐《ふくしゅう》、ただその一瞬のための惨たる十年ではなかったのか――二十七歳における復讐のただ一瞬の為に、十七から狂を装って来たと、この世の何者が想像し得るであろうか――」

葉梨博士出発の前夜、悪霊はついに最後の命令を下した！　天の時、地の利という語がある。積った地の雪は雨に溶けて、夜の時が移るとともに気温が極めて降下することは、すでにその日測候所の予告するところであった。これを利用した緻密《ちみつ》周到を極める殺人計画だった。それは、笑止千万な警察当局の推理、あらゆる可能性を計算に入れ、ことごとくその裏をかいた稀代《きだい》のペテン、震慄《しんりつ》すべき大魔術であった。

轟警部補は、冷汗を以《もっ》てよく聞かれたがよい。君の偉大なる耳たぶは、まさに愧死《きし》して地獄へ墜《お》つべきである。

その計画の根本方針は、弘吉の殺人を、伊集院篤の犯罪に見せかけるということであった。それは馨子夫人と伊集院に対する完璧《かんぺき》の復讐であり、最大の攻撃であった。

だが、伊集院の犯罪に見せかけるには、まず狂人弘吉の兇行《きょうこう》であるように見せかけることが、小癪《こしゃく》な検察陣の推理を罠《わな》にひっかけるゆえんであった。最初に疑われて釈放になった犯人は、麻疹《ましん》よりも強力な免疫にかかる。

その最初の見せかけを引っくり返す槓桿《こうかん》としてあの仮面を利用するのだ。仮面の本質は、その背後のものをごまかす為の覆いである、といみじくも轟警部補は喝破《かっぱ》した。仮面とその背後の真の顔は異るべきである――この嗤《わら》うべき陳腐なる概念の虚空を弘吉は駈《か》けた。

なんぞ知らん、弘吉の仮面を現場に残した人間は弘吉自身であったことを。

滑稽《こっけい》なる轟警部補は言った。「現場に己れの仮面を残すがごときヘマは、正気の人ならやらぬ。支離滅裂の狂人ならやるかも知れぬ」――だが、聞くがよい、正気の人なればこそ、この支離滅裂の『ヘマ』をやり得るのだ。ただしこの『ヘマ』はかかる愚劣なる論法を抱く警部補自身の『ヘマ』である。

疑惑の転機から、笑止な推理は滑る――雪の足跡へ。そこへ滑らなければ、弘吉自身が告げて滑るようにしたであろう。狂人が投書する筈《はず》はない、ということを、ちゃんと計算に入れて。

運搬者の重量と足跡の深さ――ああ、憐れむべき轟警部補の算術！

根本の錯覚は、あの深い足跡が、屍体《したい》を運んだ時についたものという推定からはじまる。聞くがよい。あの足跡は、屍体運搬はおろか殺人そのものよりも数時間前に、日が落ちて野の暗い午後六時頃、気温がまだ高く、雨に湿って雪の遥《はる》かに柔かい頃につけられたのだった！

それでは、行きと戻りの深さの違うのはなぜか、いったい何を運んだのか。深さにあれだけの差を生ずる重い物体をどこに捨てて来たのか――

もともと弘吉を正気扱いする想像を「阿呆《あほ》らしい」と考えた轟警部補は、足跡方程式のもう一つの解決を、阿呆らしさが過ぎて恥じたものと見え、発表することも省略されたようであるが、ただ一度その観念は幽霊のごとく頭を通り過ぎたと見え、何らかの物体を求めてあの凍った溜池《ためいけ》の周囲を歩き廻《まわ》った様子である。

だが、見つからなかったろう——その故にまた警部補はその考えを放棄して、発表しなかったのだ。見つかる筈はない、その物体は凍っていたのだから。

弘吉はあの小屋の肥桶《こえおけ》に水を満たした奴を二つ、一生懸命に運んで、傍の池に注ぎ捨てて来たのだ。これが案外重いものであることは、経験ある人は知っている筈である。

それでは、夫人の屍体を運んだ時の足跡はどこにあるのか。それは存在しない。その運搬は、翌朝の午前五時頃、気温は零下十三度の酷寒を示し、野の雨を含んだザラメ雪が凍結して、鉄板のごとくかたい時刻に行われたのだ——轟警部補、以て如何《いかん》となす！

弘吉にこの知恵を授けた『厨子家の悪霊』の予言は、真に神魔のごとくであった。悪霊は告げた。葉梨博士の送別晩餐《ばんさん》会の席上における伊集院篤の行動を監視せよと。果然、伊集院は物蔭《ものかげ》に芳絵を呼んで何事かを囁いた。

葉梨博士を送って駅に急ぐ途中、弘吉は伊集院を摑《つか》まえて、「聞いたぞ、聞いたぞ」と言った。それは実に効果のある脅迫であった。伊集院は不快を忍んで、笑顔を作って、弘吉の命令通りに彼を背負って、愚かにも雪に二十九貫の足跡を残してくれたのだ。

だが、弘吉は伊集院が芳絵に何を囁いたのか、実ははっきり聞いたわけではなかった。ただ、『厨子家の悪霊』の予言で、兇行の時刻に、伊集院が正々堂々とアリバイを申し立てられぬ状態にあるということを信じて疑わなかった。

計画に対して、自然のなりゆきは、ほとんどその計画のために設定せられたかのごとく動いてくれた。偶然か？——否《いな》『厨子家の悪霊』の大魔力！

夫人は一人駅に残った。弘吉が歩き出すと、彼女は吸引されるようについて来た。そして驚くべきことには、弘吉が計画中最大の難事と覚悟していたことを自ら進んで、すなわち、弘吉があの小屋に入ると、彼女もまた小屋に入って来たのだった。

だが、それは無条件に驚くべきことではなかった。まさに天魔が魅入っていたとでも言うべきであろうか。時を同じうして、夫人もまた、弘吉を殺害せんとしていたのだ！ぬっくと起《た》ち上った弘吉に夫人は襲いかかった。左手の手巾《ハンカチ》を以て彼の鼻孔を覆い、右手の短刀を振りかざした。手巾の匂いはクロロフォルムだった。だが、弘吉には『厨子家の悪霊』が乗り移っている。彼は不死身のごとく手巾をはらいのけ、短刀を奪い取り、猛然と夫人の心臓部を刺し貫ぬいた。

それは、破れた屋根の雪の間から射しこむ月光に蒼《あお》く、悪夢にも似た一瞬の争闘だった。が、その瞬間、麻酔の効きめが現われて、弘吉も転がった。そして眠ってしまった。

気がついたのは、夜明前だった——彼はしばらく待って、伊集院の時計が五つ鳴るのを聞いて、予定が狂わなかったのに安堵《あんど》し、急いで計画に移った。すなわち、懐から仮面をとり出して遺棄し、屍体を野の足跡の彼方《かなた》に捨てること。

弘吉は夫人を縄で絞殺するつもりだったが、はからずも短刀で刺殺する結果となったので仮面には血をつけた。そして発見時には、偶然やって来た野犬をも利用して、一層狂人らしい凄惨《せいさん》な雰囲気を作り出すことに成功したのだった。

「おかげさまで、曼珠沙華《まんじゅしゃげ》を見つけましたよ――」

無論その言葉も、伊集院に示唆されたことを暗示する意図のあるものだった。

実行はほぼ計画通りに進行し、その反応は完璧に計画通りであった。――伊集院は逮捕され、弘吉は釈放された。最大の弱点『物言えぬ狂人』は、逆転して最大の強味となった。

そして、果然伊集院はあの時刻のアリバイを述べることが出来ないのだった。

恐るべき『厨子家の悪霊』！

そして呪うべき『厨子家の悪霊』――その伊集院のアリバイを述べることの出来ない理由が、ああ、こともあろうに天使の冒瀆《ぼうとく》であったろうとは！　悪魔の汚らわしい知恵は同じ星の下に、同じ動きを示すものなのであろうか、厨子夫人が麻薬で以て弘吉を眠らせ、無抵抗裡《り》に殺さんと計ったがごとく伊集院篤もまた麻薬を以て芳絵を眠らせ、無抵抗裡にこれを姦《かん》した。だが――これほどの代償をはらうと告げられていたならば、弘吉はこの『厨子家の悪霊』の殺人計画に決して服従しなかったであろうに！

おお、弘吉は芳絵を恋していたのだ！

すべてが終ってから、彼ははっきりそれを知ったのだった。彼の罪ふかき魂の望むところは母の復讐のために馨子夫人を殺害することになく、伊集院篤を葬り去らんがために夫人を殺害するにあったことを、そして伊集院を打ちひしぐ意図は、ただ一人芳絵を恋する心から発していたものであったことを。

母を恋うて、十七年前の彼自身の如くに泣く芳絵の姿を見て、彼は一瞬に地獄へたたき墜《おと》された。その苦しさに較べれば、この惨たる十年もどれほどの地獄であったろう。しかも天使は清い眼を兄に投げて、微笑んでいうのだった。

「よかったわ――お兄さま、あたしお兄さまを信じていましたわ。お可哀そうなお兄さま」

ああ、芳絵もまた、この悪鬼の吹き飛ばした枯葉の如き弘吉を愛していたのだった！　愛――それは恋ではない。恋などという下界の言葉を超えた高い魂が、この乙女の胸に澄んでいる。

伊集院篤よ――君は断じて許せぬ男だった。

だが、君の肉を以《もっ》て芳絵を結びつけんとしたたくらみは失敗した。肉を以て結びつけ得るのは、下界の、肉欲の妄想に憑《つ》かれた娘に限る。芳絵は『厨子家の聖霊』だった。麻薬で姦された娘には罪はない。これは真理である。そして天使は自ら期せずして真理にしたがうのだ。彼女は苦しんだが、その胸の悲しみは雲のごとくに去って、あとには微風と蒼穹《そうきゅう》のみが残っている。

その故に、余もまた君を許すだろう。

その故にまた、余はこの手記を以て君が無実の罪を霽《は》らさんとするのだ。

だが、余がこの手記を書いたのは、断じて君のためではない。それは――「あたし、お兄さまを信じていましたわ。お可哀そうなお兄さま」――その愛に満ちた声、その清い瞳《ひとみ》に応《こた》えんがためだ。

十年前、猫を捨てた落日の海で、この芳絵の声と瞳に心琴激動して狂気の仮面をつけた余は、今やふたたびこの芳絵の声と瞳に苦悶《くもん》し、微笑して、真実の相貌《そうぼう》をあらわさんとする。

すなわち、自ら告白する余は、正気の殺人鬼、厨子弘吉。

第十二章　否一人にあらず

――東京精神病院医局の窓を通して、黄色味を帯びた鈍い夕日の光が、硬直したような伊集院医学士の横顔を照らした。

彼は、長い驚くべき手記から眼をあげて、奇怪な青年の姿を見つめた。厨子弘吉の青い眼はかがやいて、焔《ほのお》のように微笑しているのだった。

「弘吉君は、きょう君にお詫《わ》びに来られたのだよ。君――君もまた、詫びるべき人があるのではないか？」

パイプを口からはなして、葉梨博士が言った。

伊集院医学士は視線を移して、弘吉と並んでいる清麗な美少女を眺めた。

「あたし――あなたを許します」

と、彼女はソファから起ち上っていった。涙はすでに消え、澄み切った笑顔であった。許されることは、結ばれた肉体を断ち切る別離の声だった。優しい笑顔は、男の胸を氷のように刺した。伊集院医学士の声は苦悶にかすれた。

「で、先生――それでは、なぜ弘吉君は――」

「先刻君がいったじゃないか？　――早発性痴《ち》呆《ほう》では、警察もどうすることも出来まいと――」

こう答えた葉梨博士の言葉は、全部独逸《ドイツ》語であった。

「えっ――？」

「君は、この手記を読んで、その異常に気がつかなかったか？」

依然、微笑を含んだ独逸語で、

「ねえ、伊集院君、ヘルマン・ヘッセの小説であったか、不良中学生が教師を苦しめるのと、教師が彼を苦しめるのと、どちらが魂の底から苦しむことが多いか、罪ある者は果してどちらであるか一概には断定出来まいというようなことが書いてあった。いわゆる『継母の継子いじめ』なるものも立場は逆だがその通り、世間ではいちずに継母を責めるけれど、果してどちらが被害者で、どちらが加害者か、これは神様だけが知っている。ただ人間の世界では、弱者が強者をいじめる場合は決して少なくないということは銘記する必要がある。

厨子夫人にしても、――この手記では、完膚なきまでの毒婦のごとくに書いてあるが、最初から必ずしもそうであったのではなかろう。第一彼女は、弘吉の母を飼犬に噛《か》み殺させて、厨子家へ乗込んで来たように書いてあるが、実はそうではない。

容易に気がつくことだが、弘吉の母親は狂犬病ではなかった。噛まれてその場で発狂した、とあるが、狂犬病ならば少なくとも二週間の潜伏期間を持つ筈《はず》だし、発病しても最初からあんな発揚状態に陥らず、しばらくは憂鬱《ゆううつ》期のあるのが普通だ。第一、水を恐れる狂犬病でありながら、三日目に井戸へ飛びこんで死んだと言うのが面妖《おか》しいじゃないか？

O村の鏑木医師に問い合わせて見ると、当時たしかに狂犬病が流行していたし、この犬も後にこれに罹《かか》って死んだには違いないが、弘吉の母親を噛んだ時にはまだそうではなかった。前夫人の病名は『ヒステリー性狂犬病恐怖症』に過ぎなかったというのだ。

夕顔のように、とこの手記でその姿を形容しているところからも判断されるのだが、おそらく彼女は神経質な、いやヒステリー性の婦人であったのだろう。彼女は何らかの機会で、馨子未亡人が夫に与えたらしい影響を看取し、嫉妬《しっと》し、恐怖し、憎悪していたのだろう――それで、ああいう症状が起きたのだろう。

だが、母親のこの性格は、たしかに弘吉に遺伝された。

馨子夫人から菓子をもらって嘔吐《おうと》したとあるが、夏には何処の家庭にだってよくあることだ。馨子夫人のいる二階の屋根から雪崩が落ちて来たとあるが、これも考えて見れば夫人の仕業だとするのが少し無理だ。

飼猫に手を噛まれて発病したのを、その牙《きば》に毒か細菌が塗ってあったのだと断定しているが、症状から判断すると、鼠咬症らしい。これは猫が勝手に持っていたスピロヘータで、夫人とは無関係な話だ。

一々、こういう眼で見られては、夫人もたまらなかったろう。先天的な大悪人大毒婦なるものの存在は、わしには信じられないが、普通の人間でも、時と場合によっては真に恐るべき人間となり得ることは、わしは認めざるを得ない。長年月にわたる深刻な争いの継続が彼女の心に憎悪の轍《わだち》を残して、あの最後の破局にまで立ち至るようになった——実に、是非もないことだ。

しかも、弘吉は——この手記でもわかるように、かくも明晰《めいせき》な判断力を持ちながら、或《あ》る一点すなわち生母が馨子夫人に殺された、ということに関しては、わしがいかに理を尽くし、言葉を極めて説いても断じて信念を翻《ひるがえ》そうとはしないのだ——この深刻な一つの妄想を軸にして、あらゆる思想が回転している。これは、君、偏執病《パラノイア》の疑いをかけて充分な人間ではないか？

もともと、遺伝された病的性格に、まだ判断力の確立しない年頃、あの母親の凄惨《せいさん》な呪いの叫びが激甚《げきじん》なる影響を与えて、この妄想を構成したものだろう。

第一、十年間も狂人を装いつづけるような人間の頭が正常だと考えられるかね？　もし偏執病ならば、これは現代の医術では治癒の極めて困難な病気だ。だが——奇蹟《きせき》を、あの娘はやるかも知れないよ——わしには、何だか、そんな予感がしてならぬ——」

ああ、葉梨博士もまたファンになったと見える！　微笑の眼で振返ると、黄金色の夕に、弘吉の傍によりそう美少女の姿、それは眩《まぶ》しいくらいに円光を放ってかがやいているのだった。

「それから、もう一つ弘吉の抱いている妄想がある。それは『厨子家の悪霊』なるものが、確かに存在するという観念だ。そのために弘吉は、自分の考案した殺人計画や、偶然の好都合を、ことごとく悪霊のお告げであると思いこんでいるらしい——ところで、伊集院君」

「——は？」と医学士は、沈痛な顔色。

「わしが東京へ帰って、あの夜、厨子夫人が奇禍《きか》に逢《あ》ったという知らせを聞いた時、まず頭を掠《かす》めたのは何だったと思うかね？」

「——何でしょうか？」

「それは奇禍ではない、自殺ではないかと言うことだ。もっともこれは詳しい情況のさっぱりわからぬうちの判断で、弘吉が検《あ》げられた、とその有様を聞けばなるほどそうかと思い、君が捕えられた、とその説明を聞くとなるほどそうかと思った。怒っちゃいけないよ、わしは情において君を愛し、意志力においては君を尊敬しているが、知恵においては、君が、轟警部補の推量したようなことをあるいはやりかねぬ男だ、と考えていたからだ」

弟子の顔を見て、苦い鋭い笑いだった。

「後に、このお嬢さんに聞くと、お嬢さんもまたそうではないか——屍体《したい》を運搬したのは誰かにしても、お母さんは自殺したのではないか、しかもその自殺を弘吉か伊集院かの殺人に塗りつけようとする恐ろしい企《たくら》みがあるのではないか——漠然と、こう考えていたというのだ。

芳絵は、母が以前から弘吉を呪い、最近は伊集院をも憎んでいることを知っていた。だが、その企みのカラクリを想像も出来ないし、罪を塗りつけようとする心理はわかるが、自殺しようという心理はわからない。罪を塗りつける、唯《ただ》そのために自殺する——それほどせっぱ詰った心理にどうして母がなったのか、自他ともに納得《なっとく》出来るその原因が想像も出来ない。唯、弘吉も君も犯人ではない——と、これは天使の直感、それだけに人間悪の真相に対しては気の毒なくらい誤まっている点もあるが最後の結論においては的中していたから不思議ではないか？」

伊集院篤は、ちょっと妙な顔をした。

「この手記でもわかるように、夫人は確かに消極的な純然たる被害者ではなく、まず相手に襲いかかったというではないか。防がなかったら相手が殺されたろう。

お嬢さんが右のような想像をしたのには、しかし或る理由がある。それは最近、厨子夫人が『もしあたしが地獄へ落ちるような時には、あいつも一緒にひきずりこんでやる』と呟《つぶや》いて、ぞっとするような凄《すご》い微笑を浮かべたのを見たことがあるからだと言うのだ。

あいつとは、弘吉のことであったらしい、だが、何が夫人をしていまさら哀れな狂人の子を殺そうなどという恐ろしい心理に追いやったのか。そして、わしの想像するところでは、弘吉を殺したら、彼女もまた芳絵の思うように自殺したであろうと思う。孔雀《くじやく》のように嬌慢《きょうまん》な十七年間の生活に、不断に彼女を脅かした不吉な男、厨子家の女王に対する生意気な唯一人の反抗者、それに対する憎悪の火薬は蓄積されて、末期においては彼女の胸は、たしかに憐《あわ》れむべき悪の樽《たる》となっていた。だが、その兇《あ》しき火薬樽を爆発させた火は何であったか。

――伊集院君、実はね、わしも芳絵さんの見た微笑と同じ凄い微笑を見たことがあるのだ。いつ？　どこで？　――それは、あのわしが東京へ発《た》つ駅での別れ際だった。その微笑は、車中のわしの胸に沁《し》みついて、ずっと苦しめたのだった……」

「それは、何だったのです？」

「伊集院君、わしが厨子家に滞在している間にね、夫人から或る事柄について、尋ねられたのだ。それを答えようとしたら、夫人は、蒼白《そうはく》な微笑を浮かべて言った。今答えることはやめてくれ、最後に――あなたが東京へお発ちになる間際に答えてくれ、こう言った。その事柄の性質上、わしはその心事を思いやり、その理性を信じて、その通りにしたのだった。

厨子家の悪霊存在せず――

それが答えで、その瞬間にわしは夫人の凄い微笑を認めたのだ。だが、夫人が家を出る時から、その返答を受けた場合のために、麻薬や短刀まで用意していようとは思いがけなかった！」

「厨子家の悪霊存在せず――？」

「問いというのは……伊集院君、夫人の左腕に出来ていた、赤い小さな斑点《はんてん》――それが癩《らい》病《びょう》であるか否か――『悪霊存在する』が『否』、『悪霊存在せず』が『然《しか》り』――あらかじめ打ち合わせておいた暗号の返答であったのだよ！」

「先生！」

突然伊集院は日本語で叫んで躍り上った。物凄い顔色であった。びっくり顔の葉梨博士の前に、右手の甲をぐっとさし出し、

「この斑点は――何でしょう？」

くっきり浮かんでいる赤い斑点に眼を落し、葉梨博士は死のごとく沈黙した。次第にその顔色が変って来た。やがて、悲痛な瞳《ひとみ》をあげて、呻《うめ》くように、やはり独逸語で、

「おそらく、厨子家の悪霊は存在せず――」

どさりと伊集院医学士はソファに倒れこんだ。

長い間、彼は両掌で顔を覆って、黙っていた。

それから、言った。

「先生――私もまた、弘吉君が佯狂者《ようきょうしゃ》であると思いこんでいることを、すでに知っておりました！」

第十三章　天刑

これもまた『厨子家の悪霊』の呪いであろうか――この物語の章はめぐって、ここに十三の数を録した。

まことに、伊集院医学士にとって不吉な数。

「ああ、天刑――」

と、死灰のごとく顔を蒼《あお》ずませて、

「先生、私は知っていたのです――いや、弘吉君がやっぱり偏執病《パラノイア》であったとまでは想像し得ませんでしたが、少なくともあれ自身が見せかけているような、叡知《えいち》の全的錯乱を来している狂人ではないと看破していたのでした。何によって？――早発性痴呆《ちほう》者と佯狂者との鑑別は往々困難なものです――が、私は、弘吉君の仮面製作状態を傍見し、その作業曲線を作って見て、彼の佯狂を見破ったのでした。

だが――何のための佯狂？

私はそれの積極的理由を、どうしても見つけることが出来ませんでした。弘吉君の少年時代の行動を調べて見て、私の推定したのは、彼が生命の危険を防衛するために狂を装っているのであろうということでした。誰に？　厨子夫人に――だが、防衛は消極的攻撃です。或《あ》る機転によっては、敵に対して積極的攻撃に移行し得る性質を内包したものです――それを私は利用しようとしました。ああ、私が『厨子家の悪霊……存在せず』という皮肉極まる咎で、その最大の呪いを受けたのも、この悪霊の本体を騙《かた》った罰と言えるかも知れません」

「先生、弘吉君にあの厨子夫人殺害の計画を授けた『厨子家の悪霊』は、実にこの私でした。あれは弘吉君の妄想ではありません。お告文を焼き捨てて、灰は風に吹かれて消えた、と手記にある通りです。——が、あれを真にお告文と信じて疑わないところから見ると、弘吉君はやっぱり狂人に違いないのでしょう——」

「だが、それなら、君はどうして——」

「私は厨子夫人に、この世から消えて欲しかったのです。轟警部補の言ったように、あの女に対する嫌悪と、芳絵に対する恋情とが、同じ程度に私の心に燃え狂ったのです。

私は夫人を、弘吉君の手によって殺させせんとしました。私の計画は、ほとんど狂いなく、弘吉君によって遂行されました。当夜厨子夫人をあのように弘吉君によって小屋に引き入れること——これは原案者たる私も、最も心配したところでした。が、弘吉君は知らないが、私が知っていて、それとなく二人で力を合わせれば、これは何とかそうゆくだろうと考えていました。厨子夫人が自ら進んであゝいう行動に出てくれたことは、実に計画以上だったのです。癩病の診断に絶望した夫人が、逆に弘吉君に襲いかかったこと——この思いがけない事実を、結局弘吉君の勝利によって、計画に狂いは来ませんでしたが、弘吉君の言うように、芳絵に対するたくらみは狂いました！　いや、それも私は成功したつもりだったのです。まさに私は麻薬を以《もっ》て芳絵を肉体的に結びつけようとしたので、夫人が麻薬を使ったのは偶然の悪の一致、あれは厨子家の薬部屋から持ち出したものでしょう――あの夜、私は芳絵を待たせて外へ飛び出し、夫人が殺されて弘吉が逃げ出す跫音《あしおと》を聞きすまして、それから家に飛び込んだのです」

この時、博士はきらっと光る眼で伊集院を見やった。が、伊集院は何も気づかぬ様子で、

「私が逮捕されることも、私の計画通りでした。轟警部補は、いかにも恐るべき辣腕《らつわんか》家ですが、私を犯人とする論理には極めて愚劣な混乱や錯誤があります。数え上げればきりがありませんが、その最大なるものは、私が計画的に狂人を犯人に見せかけようとしたと考えた点です。そう見せようとするならば、私はあの時刻、狂人をどこか人知れず縛りつけてでもおかなくてはならぬではありませんか？　兇行《きょうこう》の時刻における狂人のアリバイが、他の誰にも申し立てられぬ細工をしておかなくてはならぬではありませんか？　そういうことを何もしないで、風のように動く狂人のアリバイ不明をアテにする殺人計画者が考えられるものでしょうか――だが、私は敢《あ》えて、沈黙しました。危険な容疑者に私自身を選んだのは、あの計画に対して弘吉君が情熱を燃やすために、私自身が最も適当な立場にあったからでもありますが、またこの嫌疑に対するいぶかしい沈黙をやりたかったからです。芳絵さんを辱かしめたのも、それ自身が最大の目的であったには違いありませんが、またあの時刻に私自身が天地に恥じざる雰囲気になかったという事実を自ら作製して、嫌疑をいよいよ深からしめたかったからです。あらゆる論理の混乱錯誤を冒《おか》して、なお轟警部補

に私を真犯人と思わしめたかったからです！

全能力をあげて、私は言葉を濁らせ、警察の心証を悪くし、故意にいよいよ苦境に陥ったのでした。なぜ？　私が苦しめば苦しむほど、或る目的を達するのに効果があろうと見越したからです――それは無実の罪に苦しむことによって、それが霽《は》れた暁、すでに肉体的に結びつけてある芳絵の魂、あれの優しい憐れみの心を、私という悲劇の主人公にそそがせること！

最後に私が釈放になること、これは決りきったことでした。

なぜなら、私はたしかに夫人を手にかけないのですから――弘吉は佯狂者であること、その最後の切札を投げつければよいのですから！

あれのやったからくりは、すべて私の頭から出たので、全部私は解くことが出来ます――が、その時弘吉がどんなにあの告文を正気で喋《しゃべ》ってもそれは焼かれて、すでに消滅しているのです――誰が狂人を装った奸悪《かんあく》な正気の人間弘吉を信じ、ああまで重囲に陥った私を疑おうとする気になるでしょう！」

「――ああ、可哀そうな男だ！」

と、博士が呻いた。

「が、私の暴露を俟《ま》たず、私は釈放されました。何らかの機会で弘吉の化けの皮が剝《は》がれたのだろうと思っただけで、私は敢えてこの事件から逃避し、時を俟ってふたたび厨子家に行って、芳絵をもらおうと考えていたのです――だが、思いがけない罰を受けました！

先日からの微熱、食欲不振、頭痛そして手の甲の斑紋《はんもん》が、厨子夫人から伝染した癩病の前駆であろうとは！」

「ちょっと、待ちたまえ、伊集院君」

突然、葉梨博士がさえぎった。何とも言えない悲しげな微笑が浮かんで来ていた。

「兇行直後、小屋から弘吉の逃げ出す跫音を君は聞いたと言い、芳絵はその姿を見たという――だがこの手記には、殺人後、麻薬のために昏倒《こんとう》したとある。これに気がつかなかったかね？」

パーンという明るい音が、裏庭の方でひびき、けたたましい犬の鳴声が聞えた。

ぼんやりした声で伊集院医学士が言った。

「これは、弘吉の錯覚でしょう……」

「錯覚？　……それから、伊集院君、弘吉が、かくも狂気と正気の間の微妙な一線を上下するところにいるのに、かかる尊属殺人の大罪を、このように容易に釈放になるものと思うかね？」

医学士はまったく思考力を喪失した表情で、博士を見つめたままであった。

「弘吉君が釈放になったのは、もっと別の、もっと重大な理由があったからだ――どうぞ、お嬢さん」

と、これは日本語であった。

促《うなが》されて芳絵の顔から微笑がかき消えた。彼女は懐から一片の紙片をとり出した。弘吉の青い左眼の輝きは消え、黒い右眼の光も沈んだ。

茫然《ぼうぜん》として、伊集院篤はその紙片に眼を落した。

「腐肉、今や自決せんとするに当り、わが生涯二個の大罪を告白して、哀れなる愛児弘吉が無辜《むこ》を霽《は》らさんと欲す。

十七年前、余は当時の妻を殺害せること、その罪の一なり。

余は馨子を愛し、これを納《い》れんがためたまたま妻の乱心せるに乗じ、かれ自ら狂し硫酸を浴びて死せるがごとく装わんとはかり、液体の瓶を看取してさらに狂乱せる妻のため却《かえ》ってその惨を被《こうむ》りて、かれを井戸へ突落せり。天罰三年にして現われ、余は癩《らい》の業病を病む身となれるを知る。思うに四国遍路の旅上においてこれを受けたもののごとし。すなわち布を巻いて一室に籠《こも》り、馨子のほかは一切近づかしめず、余は自ら告げざりしも、馨子よく察して余を護《まも》るものと信じ、感涙措《お》く能《あた》わず、かれが厨子の財宝を浪費し、弘吉を虐《ぎゃく》し、またのち伊集院篤なる青年と通ぜるを知りつつ、あえて黙してこれを許せり。しかるに過日、東都より皮膚科の泰斗葉梨博士を呼び、馨子その診を仰ぎしがごとく、断いまだ決せず、余が枕頭《ちんとう》に立ち罵《ののし》りて曰《いわ》く、われ知らざりき業病もしわれにもつかば、われその場において汝《なんじ》が卑劣を世に叫び自ら死すべしと。

余は愕然とせり。一は馨子のいまだ余の秘密を察しおらざりしこと、一は病のかれに移りし模様なること、一は名門厨子家の恥辱の白日の下に暴露せられんとすることなり。

博士の断はその去らんとする駅頭において行わるる由なり。ここにおいて余は不自由なる四肢を駆《か》りて当夜一行のあとを追えり。

これより先、一子弘吉狂して頻《しき》りに近親者の仮面を製す、余はその一を取りて顔面の布に代えいたるが、この夜村民に逢《あ》うをおそれ、余の仮面を弘吉の仮面に代えぬ。而して余が仮面は閨《ねや》の枕頭に戴《いただ》け置けり。家人来るもあえて室に入らず、遠く閾《しきい》において挨拶《あいさつ》するのみの習なれば、これを知らるるおそれまずなかるべきを推したればなり。

十年、百歩と歩まざりし足雪路に悩みて這《は》うがごとく、余は半途にしてすでに僕婢《ぼくひ》の帰り来れるに逢う。これをやりすごしてまた百歩、遂《つい》に弘吉及び馨子の姿を遠望せり。余は無意識的に傍の小屋に身をひそめたり。しかるに弘吉と入り来りてまた忍び、次で馨子もまた侵入し来る。

余起《た》ちて叫ばんとせるに月光蒼《あお》く射すところ、馨子矢庭に躍り来りて余に害を加えんとす。仮面に眼孔あれど平生使用せざるものなれば鼻孔特になし、左手の麻薬余に何らの効果なし、一瞬に余はかれの弘吉を殺さんとするを知り、憤激して右手の刀を奪いてこれを刺す。

小屋を逃れんとしてはたと弘吉と体相搏《う》ち、余は狼狽《ろうばい》して奪いたる手巾《ハンカチ》を彼の面上に押し付けたり。彼倒るる音を聞きしはすでに十歩転ぶがごとく小屋を去りたる途上にてありき。これ余が犯せる罪のその二なり。

ああ、余は何の悪業受けて世に生れしものなりや、生涯に二人の妻を殺さんとは。

而して第二の妻殺害の容疑者として弘吉捕縛されぬ。真を告げて余審《さば》きを受けんと欲するもそはすなわち厨子家血統の恥辱を天下に曝《さら》すこととなり。この病を秘せんと欲すれば愛児を無辜《むこ》にして断頭台上にゆかざるを得ず。輾転《てんてん》苦悩の幾日、遂に余は死をもってこの恥を告げ、弘吉を救い、わが罪を償《つぐな》わんとす。請う公明寛恕《かんじょ》の司法官諸公、天人倶《とも》に許さざるわが大罪を、腐肉自ら断つわれとともに地に葬り給わんことを。

九拝　　厨子荘四郎」

芳絵と弘吉はしずかに涙を流していた。

とつぜん、開いた扉から白いものが駈《か》け込んで来た。赤い血が床に糸をひいている。

「厨子家の悪霊！」

叫んで伊集院医学士はソファから、がばと起ち上った。——眼前に狂い廻《まわ》っている、片目から血を流している白い犬！

「まあ、可哀そうに——」

と芳絵が呟《つぶや》いてかがみこみ、白い手巾《ハンカチ》をその犬の傷ついた眼にあてがった。——病院の小使いの犬だ、と伊集院は気がついた。到頭空気銃でやられたのだろう——だが……

「いつか轟警部補が見た、荘四郎氏の部屋の外でお嬢さんが泣いていた姿は、母の代りに身の廻りの世話をさせてくれ、とせがんでいるところだったそうだよ」

と博士がいった。

あらゆる仮面は落ちたのに、伊集院医学士の顔ばかりは、今仮面をつけたように無表情のだった。彼は知った。ただ眼ばかりが沈痛な苦悶《くもん》のどん底でぎらぎら光っているのだった。彼は知ったのだ、三段返し四段返しの大犯罪は空転して、真の悲劇は、傀儡師《くぐつし》たる自分をも含めたこの部屋の登場人物以外の、二人の間に行われたのだということを。恋も憎悪もすべて空しく、確実に自分が酬《むく》われたのはレプラ菌だけであったと言うことを。

ややあって、鈍いぼやけた声で彼は言った。

「――すると、この手記で弘吉君が自分で殺《や》ったように書いて、その描写まで生々しているのは、やっぱり妄想なのですか？――それとも、荘四郎氏をかばうための？」

「いやそうではない」

と、葉梨博士は落日の光に濡《ぬ》れて、片目の白い犬を抱いている芳絵を眺め、また深い微笑を弘吉に投げて言うのだった。

「弘吉君は、自分の予想していた光景とほとんど変らぬ惨劇を眼前に見て、麻薬から醒《さ》めた時、追想の錯覚を来してしまったのだ。何しろ夫人を殺した人間は、やっぱり弘吉君の顔をしていたのだからね！」

※本作品に癩病（ハンセン病）が伝染する、あるいは業病であるという現在の医学的観点からすれば根拠に乏しい表現、また今日の人権擁護の見地に照らして不当・不適切と思われる記述がありますが、現在ではその伝染力は非常に弱く、適切な治療をおこなえば治癒することが分かっています。発表当時（昭和二十四年）の時代的背景を考え合わせ、また著者が故人であるという事情に鑑み、底本のままとしました。

編集部

蠟ろう
人にん

序章・死の花と十字架《クルス》

私は医者という商売柄、人の死のさまざまなすがたは見てきたし、法医学も一応は学んだことだから、殺人現場の種々相《しゅじゅうそう》は知悉《ちしつ》しているつもりだが、しかし、友人矢柄聖之介《やがらせいのすけ》の死のような、あんな物凄《ものすご》い、あんな美しい、あんな不思議な例はいまだかつて聞いたこともないし、また将来も——ああ、神かけてそれを祈るのだが、将来もまた聞くことはないであろう。それはいかなる怪奇小説家の想像も、いかなる狂人の幻想もおよばぬ恐ろしい話だ。現実に、はっきりと、この眼で矢柄聖之介の怪奇に満ちた死を見なかったら、とりわけ医者である私は、決してそれを信じなかったにちがいない。……

「もしもし、今西《いまにし》先生ですね。矢柄さんが殺されました。すぐ来て下さい——警察の方が待っていられます」

新宿の病院へ出勤して、白衣に着かえたばかりの私が、電話口へ呼び出されて、矢柄の住んでいる代々木駅ちかくの或《あ》るアパート弓弦荘《きゅうげんそう》の管理人の恐怖と驚愕《きょうがく》にうわずった急報を聞いたのは、九月十一日の朝九時まえのことであった。前日の雨はすでにあがって、その日はまた暑くなるらしく、電車の窓からみる朝の風物は、ビルや路や広告板やおよそ人工的なものはいっさい、死魚みたいに白ちゃけて、そのかわり樹々や草や雲一片もない蒼い空は、ギラギラとそのもの本来の色彩を燃えあがらせるはげしさにかがやいていた。

電車のなかで私は、「――矢柄、きみは無事に畳の上で死ねそうもないね」といつか冗談めかしていった自分の言葉を、にぶい嘔気《はきけ》とともに思い出していた。同時に、「ふ、ふ――そうかもしれないね」と苦笑して痩《や》せた頰を撫《な》でていた矢柄の顔が、冷たい戦慄《せんりつ》とともによみがえった。

殺されたい……と、いまの電話はたしかにいった。死んだとはいわなかった。ばか、ばか、ばか、とうとうやられたにちがいない。――酒だ。やっぱり、酒のせいだ。――が、いくら酒が好きだって、この物騒な時代に夜なかの二時三時まで、東京の裏町をヒョロヒョロ歩いている莫迦《ばか》があるものではない。そのころ、闇黒《あんこく》のなかを跳梁《ちょうりょう》しているのは、血をながすことを屁《へ》とも思わぬ魑魅魍魎《ちみもうりょう》ばかりではないか。売春婦だって、黴毒《ばいどく》で脳の腐れた奴ででもなければ、もうその時刻にうろついてやしない。泥酔の身体をどこかの路地の裏へひきずりこまれて、黙々とあかはだかに剝《は》がれて、黙々と心臓を刺され、黙々とドブ溝のなかへたたきこまれて逃げられようと、だれも知らないことである。白日のもとに蛙みたいにあさましい屍骸《しがい》がとりのこされても、無能ないまの警察では、無表情にそれを掃いて捨てるだけ、ただそれだけの話だ。――私が、「畳のうえでは死ねそうもない」と冗談めかした忠告をしたのは、右のような災害を恐れてのことであったが、それをただ、「ふ、ふ」と、笑い捨てて、相変らず飲んでまわっていた矢柄は、とうとう強盗か無頼漢《ぶらいかん》に、ボロきれみたいに殺されたのにきまっている！

彼と自分自身に対する憤激もいくぶんまじえた昂奮《こうふん》に蒼醒《あおざ》めて、私が弓弦荘についたのはちょうど九時半であった。

矢柄の部屋は階下のいちばん東端に位置していた。アパート一帯なんとなくザワザワした鬼気につつまれ、入口には二、三人の制服警官が、恐い顔で立っていたり、忙がしそうに出入したりしていた。

部屋に入ると、数人の私服にかこまれて、管理人がばかみたいな顔で立っていて、すぐ私を刑事に紹介した。

部屋の中央には、かわりはてた矢柄聖之介の屍骸が横たわっていた。

掛毛布は横へかきよせられて、なんと彼は一糸もまとわぬ真っ裸であった。——が、ああ、なんという物凄い、美しい、不思議な屍体であったろう。

たぐいまれな美貌《びぼう》は恐怖と苦悶にひきゆがんで、その額に、小さな銀の十字架が燦《さん》ときらめいてのっている。しかも、その唇のかたちはなんだ。まるで章魚《たこ》がなにかを吸っているようにつき出して、そのうえ、紫いろの朝顔の花が、その口からポッカリ涼しげに、まぼろしのように咲き出しているではないか。そうして両腕は、胸のまえに輪をつくって、よじれあったまま硬直していた。それはまるで、透明な人間をしッかと抱きしめているような異様な胸の姿勢であった。

そして矢柄は、おどろくべし、ほとんどこのままの姿で死んでいるところを発見されたのだそうである。外で殺されてはこびこまれたものではなく、この部屋で、このタタミのうえで、彼はひとり寂然と死んでいたのだそうである。——

「まったく奇妙な屍体で……解剖してみないことには、わかりませんが、結膜下溢血《けつまくかいっけつ》が非常に著明でどうも窒息死のように思われるのですがね……」

私を同業者と知って、警察医の砂田《すなだ》氏がいった。

「で、いつごろ死んだのです？　推定死亡時刻は？」

と、私は茫然《ぼうぜん》とした表情でたずねた。

「管理人が発見したのが、午前七時。私どものきたのが七時半……そのときすでに死後硬直が下腹部へおよんでいましたから、死後すくなくとも七、八時間。私は昨夜十一時以前の犯行とみているのですが——実にいろいろのわけのわからぬことがある。まず第一に、窒息死らしいにもかかわらず、頸《くび》、頭に絞索《こうさく》のあとがないのです。扼殺《やくさつ》の痕跡《こんせき》もぜんぜんない……」

「ふうむ……なるほど、で、そのほかの不思議な点とおっしゃると？」

「昨夜上の部屋の大谷《おおたに》という男が、友人と酒をのんでいましてね。十時半ごろ、この矢柄氏が酒好きなことを知っているものだから、いっぱいつきあいにきませんか、とさそいにきたというのです。そのとき、この部屋のなかで、たしかに女の泣くような声がして、それから、もうちょっとしたらお邪魔します、と矢柄氏が返事したというのですね。それで、一時間してまた呼びにきたら、なかから、女のなにか祈っているような声が聞えたが、実に奇妙な不透明な声で、ほとんど意味がわからなかった。ただ最後に——アメン・デウス

――という言葉だけわかった、――」

「アメン？　あの――額の十字架は、それと関係があるものですか？」

「そうだと思うのですが……それから大声で、矢柄さん、矢柄さん、と酔っているものだから冷やかし気味で呼んでみたが返事がない。女の声もそれっきり、いくら呼んでも、部屋はしんとしずまりかえっているばかりだったというのです」

「では、では、そのころ矢柄はもう殺されていて、その女が犯人だとおっしゃるのですね！」

「そう考えたいのですが、さてその女をアパートの人はだれも見たものがない。いつやってきたのか、いつ出ていったのか――その出ていったことが問題なのです。というのは、ドアの鍵《かぎ》は、ちゃんとこの机のうえにのこっていたのですから……もうひとつの合鍵はちゃんと自分が持っていて、そんな女はおろかだれにもわたさなかった、とはっきりこの管理の方はいうのですがね……」

「――窓は？」

「その窓です」

と、急に横あいから鷲《わし》みたいな顔をしたひとりの刑事が口を出した。

「ガラス窓も、雨戸も、いちばん左端の一枚ずつが半分ほど、あけられたままになっていたんです。昨夜は雨がふったのに蒸風呂《むしぶろ》みたいな暑さだったから、あれだけ風を入れて寝たと見えます。が、そこから出入することは決して できない。ごらんのように窓の外には

がはいって来られないが、わざわざとってはいるのかもしれないが、小さい窓にはちょうど細い鉄格子がはまっていて、管理人の方にきくと夏のあいだだけ、風が入り、泥棒が入らぬように嵌《は》めるので、十月にはとりはらうことになっているそうですが、とにかく今は——昨夜は、そこから出入出来たわけはないのです。腕なら入るかも知れないが太腿《ふともも》となるともう入らない。——生まれたての赤ん坊でもなければ、子供でさえ出入できないでしょう。だが、たしかにこの部屋に女がいたのです。すくなくとも、この矢柄氏を殺し、その屍骸の額に十字架をのせ、口に朝顔の花をさしこんでいった奴があるのです。……これは決して窓の外から腕をのばしてできる仕業でもなければ、距離でもない……」

「朝顔が咲いていたとすると、犯人が逃げ去ったのは朝のことですか？」

「そうです、そうです。だから、いっそう犯人がこの部屋にいた、しかも死後相当長いあいだ、夜明方までいたことがわかる。——その朝顔は、あの鉄格子にからまっているものからちぎったと見えますが、窓の外にもいくつか葉や花が——いや、花はないが、蕾《つぼみ》が散っている……」

「と、おっしゃると、やっぱり窓から逃げたとおっしゃるのですか？」

「いや、そんなことはできません。が、窓の外には、散っている蕾や葉のほかに、もうひとつ重大なものがのこっていた。足跡です。あの垣根からその窓の外へ、大きな地下足袋《たび》の足跡が、ハッキリ往来していたのです！」

「足跡が！」

「昨日いちにちじゅう降っていた雨、それがやんだのは夜の十時ごろで、何者か、それ以後窓の外へきたらしいのですが、地下足袋の跡の大きさだけからみると、到底女のものとは思われない。……が男にしろ女にしろ、どうしてこの部屋に入ってきて、矢柄氏を殺し、祈りをささげ、十字架と花を顔にのせてから出ていったのか……あの三寸とない鉄格子のあいだを出ていったか……不可能だ！　到底考えられないことなのです！」

数日後、解剖後にわかったことだが、犯人の出入の神秘性はともかく、彼の屍体所見はそれにおとらず奇怪しごくなものであった。

死亡時刻に関しては、食物の消化状況からみて、その前日、つまり九月十日の午後十一時以前のことと推定されたが、してみると、大谷氏が最初さそいにきた十時半には生きていて返事をしたというのだから、それからしばらくたってのことであろう。死因については、窒息死ということはハッキリしたが、縊死《いし》、絞殺、扼殺でもない、咽喉《いんこう》部になにか異物をつめた形跡もないし、クラレー、ストリキニーネ、一酸化炭素などの窒息性毒物は全然検出されなかった。のこっている方法は、鼻口を布のようなもので覆って息をできなくするか、あるいは胸部を圧迫して呼吸運動を不可能とするのである。

しかし、このような手段をつかうには、加害者が被害者よりも数倍の体力を持っていなくては、ほとんど赤ん坊と大人の間ででもなければ決してできるものではない。麻酔？いや麻酔剤をつかった痕跡はまったく認められなかった。——

いったい、あの変な十字架はなんだ？　やさしいというより物凄《ものすご》い、あの花はなんだ？あの章魚みたいに口をつき出した奇妙な死顔はなんだ？　それから、大谷氏が聞いたという女の声はなんだ？　そのとき、警察官たちにたずねられたのもそのことであった。

「今西さん——あなたは矢柄氏と平常からご親交があったそうですが、その女についてなにかお心あたりはありませんか？」

矢柄聖之介は中学校時代からの友人だが、医者ではない。或《あ》る文芸雑誌の編集者ではあるが、職業がちがうのがかえって心がくつろぐせいか、ふたりは私生活についても相当つっこんで知りあっているつもりであった。が、その私も、矢柄聖之介の女についてはなにひとつ思いあたることがないのであった。

実に不思議千万なことだが、矢柄はちょっとめずらしいほどの美貌を持っていながら、女というものに対して信じられないほどの潔癖家だったのである。どんな美人をまえにしても、彼の冷たい眼はなんのかがやきも示さず、むしろ淡い軽侮のいろが靄《もや》のようにとおりすぎるばかりであった。ひょっとしたら、この男は無性欲症かあるいは不感症ではあるまいかと私は考えていたくらいである。

ただ……そういえば、彼は最近なにか悩んでいた。苦しんでいた。それから恐怖している様子であった。が、この一月ばかり私はきわめて多忙であったので、逢《あ》ったのは九月に入って一回新宿でちょっと飲んだだけ、そのときとそのまえ八月中旬に彼が私のところへなんのためか内科の書物を借りにきたときだけの様子から、今にして思いあたるといった程度のもので、なにを苦しんでいたのか、なにを悩んでいたのか、なにを恐怖していたのか、もちろん問いもせず、したがって知るわけがないが、とにかくそれが女のことだとは考えなかった。……こんなことを私は答えた。

その私から借りていった内科の書物は、机のなかに入っていた。しかも書留小包にして送るつもりであったと見えて、紙袋に入れて、私の病院と宛名が書いてあったのである。

私はこの現場にいつまでもいて、できれば、この奇怪な謎をとく知恵を貸したいくらいであったが、矢柄がなぜ、何者に、いかにして殺されたのかはまったく五里霧中で、それにどうしても私が診なければならぬ患者《クランケ》が待っているので、ひるまえ、呼び出しにはいつでも応ずる旨をいいのこして、ひとまず病院へかえった。

それから一週間ばかりのあいだ、呼び出しどころか、私はそれを待ちかねて二、三度所轄警察署へいって、その後の捜査状況をきいてみた。が、被害者が、なぜ、何者に、いかにして殺されたか、三つともまだなにも摑《つか》んでいない様子であった。ただ、さっき書いた解剖所見と、それから——真っ裸の屍骸《しがい》は死の直前になにものかと性交をおこなったのではないか、と思われる様子があると、実に怪奇な事実を聞いたばかりである。おそらくそれは、生殖器付近に新しい精液が付着していたことからわかったのであろうが、そういえば、あのなにものかを抱きしめるような腕のかたち、すすり泣いていたという女の声——おお、矢柄聖之介はやっぱり女を「知って」いたのだ。ばかげた不感症などでありはしなかったのだ！

だが、その女は何者だ？　いかなる風に殺したのだ？　なぜ害を加えたのだ？　いったいどうして逃げたのだ？

いらだちながら、盲目的に警察の無能を責めることができないのは、この謎の物凄さ、不可能さが、私の胸をも、その奥底から、ふかい、ふるえるような霧でつかんでいるからであった。医者でもなかったら、私は幽霊や怪談に心をかたむけたかも知れない。

それから一週間たって、九月十七日の夜、私は書斎を整理していて、ふと、矢柄に貸していた内科の書物が、まだ紙袋に入れられたままになっていることに気がついた。あの日、警官のまえで封をきって、ちょっとなかを見ただけのものである。が、その紙袋の裏書きは、矢柄の住所姓名は当然として、その日づけは九月十四日になっている。

彼が殺されたのは十日の夜であった。したがって、この小包をつくったのは、十日以前のはずである。——彼はこれを十四日に送り出すつもりであったのであろうか？　なぜ、その日まで待たなくてはならなかったのだろう？

私はふとそれに気がついて、小首をかしげながら袋から書物をぬき出した。なにげなく厚い頁をひらくと、パタリと床に落ちたものがある。手紙だった。私ははっとしていた。

それは彼の死の謎をといて、さらに私を神秘の暗黒のなかへつき落した恐るべき手紙、怪談以上の怪談であった。

——窓の外には、遠く神宮の森のうえにしきりに初秋のながれ星が尾をひいていた。——私はときどき顔をあげてその光景を、悪夢でもみているような眼つきでながめ、身ぶるいし、蒼《あお》くなった。

ああ、彼のめぐりあった恐怖すべきもの、彼を悩まし、苦しめたもの、それはなんであったか、私は多忙にまぎれて最近彼を訪ねなかった自分の怠慢《たいまん》をのろい、それを訴えようとしなかった彼の心情をいぶかしんだ。いや、彼が私に訴えようとしてついに訴えなかった理由はそこに書いてあるが、しかしあまりといえばあまりな、恐ろしい運命ではないか。――おそらくその運命の物凄さ、彼の邂逅《かいこう》したものの妖《あや》しさに、矢柄聖之介の精神は、正常《ノルマアル》な軌道をはずれたあの星のように、暗黒の虚空《こくう》を落ちていったにちがいない。……

水母《くらげ》なしただよえる森

今西君――

この手紙をかいているのは九月七日の夜であるが、十四日に、このまえ拝借した内科書といっしょに送り出すつもりであるから、君の手に入るのは十五日以後のことであろう。なぜこんなことをするのかというと、十四日の朝に私は永遠に君とわかれるつもりだからだ。つまり東京を去るからだ。……ほんとうをいうと、私は東京を去りたくない。それは怖ろしい、夢魔の国へゆくことだから……ゆかないように、この東京にいつまでもいるように、それまで必死の努力をこころみるつもりだけれど、ひょっとすると、力届して私はいってしまうかも知れない。その予感があるから、いまこの手紙をかいておく。それから――もし、私の努力の結果、私は夢魔の国へつれ去る魔力をはらい落すことが出来たら、むろん、十四日、この手紙は燃して書物だけお送りするか、あるいは私自身笑ってお逢いするつもりである。

夢魔の国とはなにか。魔力とはなにか。

これからその意味を申しあげようと思うのだが、医者の君はおそらく信じてくれないだろう。しかし、長いあいだの友情にこたえて、私は真実を書いて去る。信じてくれなければ、それでもよい。むしろ私は、君が笑いすてるか、矢柄は気がちがって、幻覚の世界をゆめみたのだと思ってくれればありがたいのだ。

その幻覚の世界へ私がさまよい入ったのは、ことし五月下旬のことであった。それは深夜の渋谷《しぶや》の駅前の私の酔態からはじまる。

その夜、私は酒を一升ちかくものんだと思う。気がついてみたら、私は酔眼朦朧《すいがんもうろう》として、あの忠犬ハチ公の銅像の傍のベンチにボンヤリ腰をおろしていた。

もちろん、周囲にはまともな人間はひとりもいやしない。立ちくたびれた淫売婦、獲物をあさりに出かけるまえのひと休みといったグレン隊、時期もすこし早いが、だいぶ売りのこしたアイス・キャンデーを始末しようとあせっている老婆、乞食、チンピラ……かたちはさまざまだが、人生の敗残者という点ではみなおなじだ。

暗い広場のあちこちには、青白い街燈《がいとう》のひかりの輪のなかで、唇を合わしたまま、じっとうごかぬ立像もいくつか見える。その傍を、血まみれた頰をおさえて、ヨロヨロよろめきすぎてゆく影さえもある。――血と口紅と嘔吐《おうと》の花咲く大都会のどん底だ。

私はこの世界を見るのが好きだった。……しかし、決して単なるデカダンに沈淪《ちんりん》したという病的な趣味からではない。銅像の犬が冷やかに見おろしているこの光景、犬畜生にも劣る、小さなあさましいこの人間腐臭図のうえにかかる蒼き穹窿《きゆうりゆう》、壮大なる銀河……それを仰いで、私はいつも或る少女の幻をさんらんと描くのだ。

君はいつか私が女に興味を持たないのを少々いぶかしんだことがあった。しかし、私も恋をしたことがある。君は一高、私は三高にいってしまったから、君は知るまい。高等学校時代のことだ。相手はまだ女学生だった。たったいちど、或る古い寺の傍で接吻《せつぷん》したことがある。……それだけだ。彼女はまもなく胸を病んでしまった。

百合《ゆり》の花のような体臭と、殼をとった貝の肉のように濡《ぬ》れて柔かい唇と、星のような瞳《ひとみ》と――ああ、私の感傷を笑わないでくれ。実にこの感覚、鼻孔と唇と眼にのこるこの感覚こそは、これから私の話そうとする事件に、恐ろしい運命的な因果性を持っているのだから……が、その初恋から七、八年もたって、しかも荒涼たる野戦を経験してきながら、なおそんな小娘の面影を抱きつづけている私は、いかにも滑稽《こつけい》な、なみはずれたセンチメンタリストであったかもしれない。しかし私は決して清浄な道徳家でもないし、またそうである必要もない。だから、常人なみに女も抱きたいし、また実際に抱こうとしたこともあるのだ。勤め先の女の子と接吻したこともあるし、パンパン娘といっしょにホテルにとまったこともある。が……女の硬い歯が触れた瞬間――あるいは私の頸《くび》にまわそうとする女の腕の関節がポキリと鳴った瞬間――私は夢中で悲鳴をあげてとびあがったものだ。これじゃない！　これじゃない！　おれの欲しいのはこんな頑丈《がんじよう》な動物じゃない！　嫌悪に身をふるわせて見下すと、くずれて喘《あえ》いでいる犬のような女、その四つン這《ば》いの姿、獣の牝《めす》めいた息の匂い、……人間だ。ああ可哀そうに、それが人間の女であったろう。だが、ながれる蜜蠟《みつろう》のように柔かく抵抗のなかったあの初恋の娘、百合の花の体臭、貝の肉のように柔かに濡れた唇、あれは人間のものじゃない。それは夢幻の追憶のはてから蒼天《そうてん》へ翔《か》けのぼり、それを追ってはしり出して、見あげれば満天にかがやく星座の群――笑いたまえ、笑いたまえ、しかし、ダンテすらこの笑うべき心理を経験して蒼天にベアトリイチェを描いたではないか――つまり、私があの銅像の下に坐《ざ》して、夜な夜な人間獣どもの痴態をみるのを好んだのは、常人なみに欲望にとり憑《つ》かれつつ、しかも夢幻の恋を追っかける私の矛盾混迷の姿、しかも故意にというより強迫観念的にその両極端を一視野に入れたいという、そのよろこびと苦しみを悪酒で麻痺《まひ》させた、哀れな一種の精神病患者の姿だったのだ。

そんなベンチに坐《すわ》っていて――と君は心配するかもしれない。が、それは案外大丈夫なものである。あそこは悪の中枢といってわるければ悪の休息所で、そんな時刻にそんなところに坐っているのは、多少ともおなじ穴のムジナ、同類項、かなしい仲間だから、仁義をたてるのか、あるいはタカってみても獲物はないと見ているのか、夜の渋谷でいちばん安全な場所、台風の眼といってよろしい。

さて……それから、私はまだどこかの屋台に首をつっこんで飲んだらしい。なんでも山口県の教育委員と称する男が、教育委員といったら平民どもはむろん猫も杓子《しやくし》もみんな知っているはずだといわんばかりに大得意で名刺をきっているのを冷やかしたような憶《おぼ》えがある。そんな気がするが、次にふっとわれにかえったのはひとり飄々《ひょうひょう》と森のなかを歩いている途中だった。もちろんそれまで気絶していたわけじゃない、のちになって、とぎれとぎれにのこっている記憶がそうなのである。

（ああ——神宮の森のなかだな）

と私は弛緩《しかん》した笑いをもらした。

にぶい、熱い靄《もや》がながれうずまく頭でも、自分がとんでもないところにまよいこんでいることが可笑《おか》しかったのである。渋谷界隈《かいわい》をあるきまわっているうちに、こんなところへきてしまったのか、あるいは駅までいってみたがもう電車がないので、しかたなく代々木までテクろうとしているうちに外《そ》れてしまったのか、そのへんはすこぶる曖昧《あいまい》だけれど、とにかく両側に亭々とつらなる杉、杉、杉。あかるいのはそのあいだの細い冷たい夜空ばかり……歩いている路の幅もわからないが、とにかく大道ではない。森のなかの狭い草だらけの小路である。

寂莫《せきばく》たる太古の夜の旅人のようなものであった。腕時計をどこかへ落してしまって時間もわからない。代々木に住んでいるくせに、ちかくの神宮などついぞ入ったこともないから、どこを歩いているのかもわからない。

ただ、足が鉛のように重く、お腹がすいて、身体じゅうゾクゾクするほど寒かった。頭のなかだけ、火のように熱かった。

そうして、フラリ、フラリ、どこを目あてともなく歩いていって、ばかみたいにニヤニヤ笑いながら、森の奥の或《あ》る場所で、ひとり小便をしようとした私はふと前方に奇妙な灯をかすかに認めたのである。……

正気だったら、私は逃げ出したにちがいない。が、正気だったら、もともとこんなところに来やしないはずだ。私は、いよウ、これは異なところでおでん屋殿か、推参なり、とかなんとかつぶやきながら、その灯をめざして、ブラブラ草を踏んでいった。

巨大な天を摩《ま》する大樟《だいくすのき》であった。その根もとにさしわたし二尺ばかりの穴があって、灯はそこから洩《も》れているのである。かがみこんでヒョイとのぞきこんだ私は、さすがに酔眼をいっぱいに見ひらいた。

なかはたたみ一畳も敷けそうな洞《ほら》になっていて、さすがに畳ではないがムシロをしいて、なんと男と女が眠っていたのである。

枕もとに、大きな、古ぼけた革トランクがあって、そのうえにほとんど溶け尽きようとする蠟燭《ローソク》がゆらめき、傍に一枚の画像——手拭《てぬぐ》いだか頭巾《ずきん》だかをかむり、裲襠《うちかけ》をはおった女房が、胸をひらいて赤ん坊に乳をのませている不思議な絵——と銀の十字架がかかっていた。

抱きあうように眠りこけている男は、年のほどもはっきりしないが、三十にはまだ達していないであろう。髯《ひげ》と垢《あか》にうずまった佝僂男《せむしおとこ》だ。そして女は——実はその瞬間、右の画像や十字架をつぶさに見わたしたわけではない。ヒョイとのぞいて、その眠っている女の横顔を見た刹那《せつな》、愕然《がくぜん》として私は笛のようなさけびをあげたのである。

「ああ、咲江《さきえ》！」

それは初恋の娘の名前だった。

同時に、眠りを破られた夜の怪獣のごとく、がばと佝僂男がはね起きた。

弥々《みみ》と安次郎《やすじろう》

人も知るように樟には巨木が多い。鹿児島の蒲生《がもう》の大樟は、幹まわり二十二メートル半、かりに切株に畳をしけば二十五枚のひろさがあるし、福岡県の本庄《ほんじょう》の樟も幹まわり二十メートル。その他十五メートル以上のものなら、十指にある。まして、その怪人と妖女《ようじょ》のねむっていたくらいのものなら数知れず――この神宮の森のなかにだって、幾本もあったにちがいない。

が……その根もとの洞窟《どうくつ》を棲家《すみか》とするとは、なんとまた頭のよい連中であろうか。国宝の五重塔でさえ浮浪者たちの巣となる時代だから、神宮の巨木をねぐらとするものがあったとしても、あながち荒唐無稽《こうとうむけい》な不思議とは思われないが、そのときはさすがの私も、酔眼をいっぱいに見ひらいたことは、いまいったとおりである。

それよりも気絶せんばかりにおどろいたのは、むろん七、八年もまえに死んだ少女をそこに見出《みいだ》したことで、ヨロリと坐りこんだまま――そうすると、ちょうど顔が洞穴の口にあたる位置になるのだが、ただ茫然《ぼうぜん》とのぞきこんでいる私の眼前で、女はゆるやかに身を起こした。ゆるやかに？　――私にむけられた恐怖のひとみと、その異様に緩慢《かんまん》な動作とのあいだには、なにかぞっとするような矛盾があった。

「だ――旦那《だんな》、どうぞおゆるしになって下せえまし」

突然、佝僂男が身をなげかけて両掌を合わせた。

はじめ酔いのために、つぎには驚愕のために、一見すこぶる落着いて見えたかもしれぬ私を、あるいはその筋のものと思いこんだのであろう。前頭部とコメカミの異常に張りだした、巨大な醜い大頭は、涙さえ浮かべてゆるしを請《こ》うのであった。

「と、泊ることができましねえわけがあって、ツイ、ちょっくらここを借りていましただ。あ、明日から、どこぞへゆきますで、今夜ばかりは、どうぞ見逃して下せえまし。お願《ねげ》えでごぜえます――」

のどをゴロゴロ鳴らしながら、その哀訴《あいそ》の声は、シャックリみたいに彼の厚い口から出た。

「あの――女は、だれだ？」

私はかすれた声でいった。

「へえ、ありゃ、わしの妹でごぜえますで――」

「妹」

「へえ、弥々と申すもので――可哀そうな病人でごぜえます」

私は眼を据えた。咲江ではなかったのか！　むろん、咲江ではないにきまっている。そういわれると、よく似た顔だちだが、感じがだいぶちがう。咲江みたいな可憐《かれん》さはないが、そのかわり、春の夜のおぼろな弦月のような陰翳《いんえい》がある。

「病人？ ——どこが病気なんだ？」

「旦那——ご覧下せえまし」

佝僂男は妹のところへ這《は》いよって、その腕をとって、ぐいとねじまげた。あっと私の唇から恐怖の叫びが洩れたのもむりではない。その腕はまるで蠟細工《ろうざいく》のように柔軟にまがったのだ。もちろん、肘《ひじ》や手頸《てくび》ではない、関節でもなんでもないところが、音もたてずにシンナリと屈曲したのである。

「骨が、奇妙に柔けえのでごぜえますよ——」

兄のかなしげな、善良な笑いに、弥々という不思議な娘は恥ずかしそうに微笑した。微笑した口には歯がなかった。それは美しい朱鷺《とき》いろの歯ぐきばかりであった。

ああ、真夜中の森林の奥ふかく、大樹の洞穴に住む醜い佝僂男と美しい水母《くらげ》娘——これが大東京のまンなかにあることであろうか。私は夢でもみているのではないかと膝《ひざ》をつねった。いたい。酒がすっかり醒《さ》めている証拠である。が、それにもかかわらず私がノソノソ洞穴のなかへ這いりこんでいったのは、この奇妙なる兄妹が決して恐ろしいものではない、それどころか——なにかしら神聖な感じさえただようきよらかさを持っていることが、私に直感的にわかったからであった。

奇怪なる兄妹の素姓《すじょう》というのはこうである。

彼らの故郷は、富山県の、美濃《みの》との県境にちかい重畳《ちょうじょう》たる山のなかの或る村である（その名は、私は知っているけれども、君にはいえない）。村の守護神は「お納戸《なんど》さま」という女神で、人々はこの信仰を枢《かなめ》として生活している。村には昔から佝僂病《くるびょう》が多いが、これは三百年ほどまえ、その「お納戸さま」をつたえた或る尊い聖人が巡歴してきた際、これを殺してしまった呪いによるものと信じられている。そして弥々の一家こそ最近その罪ふかい殺害者の子孫であるという噂がたちはじめた。要するにそれは、弥々が去年の春からかかった奇病のゆえである。弥々の祖母は孫への愛と村人への恐怖から、この五月のはじめ、山にようやく春がくると同時に、兄の安次郎に託して弥々を東京へ向わせた。高名な博士に治療してもらうためである。

ところが、東京に入ったその日に有金いっさいをスラれてしまった。とまった木賃宿には着換えの着物を売ってはらったが、古着屋には足もとを見られ、宿屋には吹きかけられて、ほとんど一日泊るのに一枚の着物がなくなるというありさまに陥り、ついに逃げ出して——この神宮の森のなかへ住むようになったのだそうである。彼らは上野の地下道などへゆくことが出来なかった。ふたりは自然が恋しかった。とくに弥々は人を恐がった。宿屋で女中どもが彼女の異様な動作を無遠慮にしげしげと見物して、目ひき袖《そで》ひいて笑ったからである。彼女はもう医者に診てもらうことすらいやだといい出した。といって、このまま北国の故郷へかえるのもイヤ、とちゅうの汽車の旅は、考えただけでも身ぶるいした。——もっとも、ここまで落ちては、医者にかかりたくても、村へかえりたくても、到底できない相談であったけれど。――

そうして、安次郎は、毎日、渋谷や新宿で煙草をひろったり、人夫をしたりして稼ぎ、弥々はこの森の奥の洞穴に、終日じっと横たわって、人間の大海原《おおうなばら》のなかの緑の小島で、孤独にして平安なる――けれど、いつ破られるかも知れない不安な巣を営んできたというのであった。……

「安心するがいい。ぼくは警察のものじゃないから――しかし、蠟燭の灯はいけないね。用心しないとまた見つかるよ――」

私が入ってからあわてて、安次郎が入口に垂れた筵《むしろ》をふりかえって私にいった。きいてみると、ふだんから、なるべく灯などつけないようにしている。つけるときはこの筵でかくす。日中は草や小枝で洞穴の口を覆っておくのだが、その夜は安次郎がちかごろ仲間になったうす馬鹿の人夫に、新宿で少々酒をのまされて帰ったのでウッカリしていたのだと、まるで私に詫《わ》びるがごとく恐縮していうのであった。

しかし、ほとんど日光を浴びないので、弥々の病気は上京当時よりいっそういちじるしくなっていた。――この原因と結果は、君に借りた内科書から素人流に私がひき出してそういうのだが、今西君――思うに彼女は骨軟化症に類する病気にかかったのではあるまいか。日光の不足とか、ヴィタミンDの欠乏とかいう、佝僂病同様の衛生的母地より発生するがごときも、個人的素質もあり、真因いまだ不明なり――と内科書にあるが、成年女子に多いことといい、骨の石灰分消失により骨がまるでゴムのように柔かくなることといい、

——私は医者が診断した骨軟化症の患者をいちども見たことがないから、むろん断言などできはしないけれど、おそらく、すくなくもそれに類した病気だと思う。ただ彼女は疼痛《とうつう》というものをまったく訴えなかった。

歯が弱くなったのは発病以来のことであったが、すっかり消失してしまったのは、この東京にきてからのことだそうであった。

「けんど、卵とか、乳とか、それから——バター——でごぜえますか、そんな柔かくて精のものは、村よりこちらの方がたんとごぜえますでな——」

人間いたるところ青山あり、といわんばかりに安次郎は善良に笑って、奥の十字架に大きな頭をさげた。

「歯がない——ほんとうに、一本もないのか？」

兄は妹に口をひらいて、私の好奇と同情に酬《むく》いることを命じた。ほんとうに、白い三十二個の小さな宝石は口のなかに見えなかった。ただ朱鷺いろの歯ぐきにかこまれて、うす赤くひかる舌が、柔かくうごいているばかりだった。

おお、この娘には骨がないのだ。いや、われわれの鼻翼《びよく》や耳を構成するような軟骨はあるが、硬い、ボキボキ音をたてる骨はないのだ。うす赤くひかる弥々の舌を見ていて、私は彼女の真白な薄ぎぬみたいな皮膚の下は、みんなあのように赤い柔かい肉ばかりなのだと考えた。すると不気味と思うよりも、奇怪にも一円の陰火《いんか》のような情欲が、足のつまさきからぐうっとゆらめきのぼってきた。……

「可哀そうに……なんという病気にかかったものだ！」

こころみに私は、弥々の腕をとってさっき安次郎がやったように曲げてみた。曲がる……蠟のように曲がる！　が、色は白蠟のつやを帯びて、しかもジットリと指にねばりつく触感だった。――これも骨軟化症の症状のひとつだが、この娘はいつも異常に汗ばんだからだを持っていたのである。

と、私の鼻孔を仄《ほの》かに――が、脳髄もしびれるばかり打ってきたのは、おお、あのときの濃い百合《ゆり》の花の香気だった。君――この一瞬、私は運命の魔力、妖《あや》しき恋の罠《わな》にヒシとばかりからみつかれてしまったのだ！

妖恋・はなれ切支丹

あくる日――いや、安次郎に送られて森の奥から、ひろい砂利路へ出たとき、東の空にもう蒼白《あおじろ》いひかりがながれかけていたようだったから、その同じ日かも知れないが――弓弦荘にもどって、泥のような眠りに落ちて、目覚めると、むろんあの不思議な兄妹のことは酔中の妖しい幻覚ではなかったか、と思われるのであった。

けれども、夢にしてはあまりにも鮮明に胸に刻印せられているあの娘の顔――異様なる触感、体臭――そして安次郎に熱心に約束した自分の声、「あすの夜九時、渋谷のハチ公の銅像の傍へ来たまえ。すこしはきみたちのためになるものを持っていってあげよう。―

——ぼくは実は酔っぱらってここへ来てしまったのだけれど、しかしかえってそのことは神さまの——いや、君たちのお納戸さまのおひきあわせかもしれない。——は、は、疑ったり心配したりすることはないからきっとやっておいで……」

もちろん、私は弥々にもいちど逢《あ》いたかったのだ。安次郎はかえって困惑した顔つきであったが、しかしその夜約束の場所へやってきた。バターや卵をやるのを口実に、私はまた例の洞穴へいった。

それから十日もたたぬうちに、私はひるま、安次郎の留守のあいだに弥々を見にいくようになり、そうしてとうとう或《あ》る日、暴力的にその奇妙なる肉体を知ってしまったのだ。もとより運動も不自由な彼女はほとんど無抵抗であった。弥々はそのとき、恐怖の眼で十字をきって、はげしく泣いた。が、当然のなりゆきとして、彼女はやがて全身全霊をあげて私を愛しはじめた。

「捨てないで……捨てないで……」

その異様なる声、それは決して世の歯なし老婆の調子ではない、朱鷺いろの歯ぐきのあいだからすべり出る、ながれるような、まるみを帯びた声の甘美さは、とうてい文字では表現できない。それは声というより一種のリズムのようであった。

むろん、弥々より夢中になってしまったのは私だ。人気《ひとけ》もない青い密林の奥、さんさんとふりそそぐ黄金のひかりの縞《しま》の下にくりひろげられた不可思議なる情痴の絵図、それは熱帯の原始人の愛欲というより、この世のものならぬ人外境の恋にちがいなかった。

こころみに、君、歯のない美少女との接吻《せっぷん》が、どのようなる魅力あるものか、考えてくれたまえ。あの不粋なカチカチと歯のふれるかたいひびきもなく、濡《ぬ》れたまるい歯ぐきと軟体動物のような舌ばかりのなかに、ぬるぬるとのめずりこみ、吸いこまれていく感覚は、私の頭を火で満たすよりも冷たいふかい酔いに落とした。

彼女はあるかぬ。抱かれるというより、私にからみついて森のなかを移動する。故意に捨ててからかうと、涙ぐんで、爬虫《はちゅう》のごとく這《は》ってくる。そのうねる身体の妖しき蠱惑《こわく》は、むろんふつうの女が身をくねらせて男を誘惑する、あんな単純な、遅鈍なものではない。腕、腹、足、まるで白い幾ひきかの蛇がもつれあいつつ動いてゆく無数の微妙なる曲線美、律動実の聚合《しゅうごう》だ。それがどのように男を——いや人間を、恐ろしい魅惑の深淵《しんえん》にひきずりこむかは、古来安珍清姫《あんちんきよひめ》をはじめとして、いかに多くの東西の伝説に蛇が人間の性的対象に使用されているか、これを考えてみれば君にもわかるであろう。

眼と唇と鼻孔にのこる初恋の娘の追憶、そっくりそれを再現して、しかも弥々の瞳《ひとみ》は妖《よう》星《せい》に似て、ヌラヌラ濡れた肌からかおるむせぶような濃い百合の体臭、そして貝の肉の柔かさは、ただ唇と舌ばかりではない、胸も、ふくらはぎも、足の指さえもそうなのだ！

それから約ひと月のあいだ、私の生活は夢幻のなかにただよっているようなものであった。鏡をみるたびに、自分がやつれてゆくのがわかった。それはまるで、あの伝説のなかの蛇と交わった若衆や娘のえたいのしれぬ憔悴《しょうすい》と相似たものがあったろう。——けれども私は幸福であった。

今西君――せっかく医者である君に、いや、君が医者であるゆえに、私がついこの奇妙な恋人のことを知らせなかったのは、むろん、彼女がその生活に満足し、いまさらひとまえに出ることを泣いていやがったせいもあるけれど、実は私が弥々のからだをなおしてもらいたくなかったからである。そのクネクネした軟骨の肉体を、永遠に保持して置きたかったからである。――この点からみても、当時私は弥々のすべてを愛しているつもりであったけれど、その実、ただその妖美なるからだのみに愛着していたことがあきらかだ。おびえがちな奇怪なる兄妹の、底ぬけの善良性に乗じて、私がいかに狡《ずる》いエゴイストであったかは、医者にかけないばかりでなく、自分の家につれてくることさえしないで、いつまでもふたりを森の洞穴に放っておいたことからも察せられよう。爛《ただ》れるような密林の歓楽、まぼろしの魔女との恋、それがいかに私の趣味と欲望に合っていたとはいえ、それがいつまでもつづくものではない、文化人たるべき私の生涯を決定するものではない、いや、してはならないという、卑劣なる、あさはかなる、憐《あわ》れむべき理性が、しらずしらずのあいだに私の胸中をゆらめいていたにちがいないのだ。

この私の醜い打算が、自分の眼にもハッキリさらけ出されるのは、七月に入ってまもない或る日、弥々から月のものがとまったと知らされたときであった。

もう隠してはおけないと覚悟したと見え、彼女はやっと私との関係を兄の安次郎に告白したらしい。――が、そのときの佝僂男の驚愕《きょうがく》と憤激こそ意外なばかりであった。

「この阿呆《あほう》めが！　えれんじゃもんと……えれんじゃもんの子をはらむとは……」

それをしらず、また或る日森の奥へ入っていった私は、思いがけず安次郎が稼ぎに出かけないでそこにいて、五分おきくらいにこんなことをさけびながら、例の変な画像に死物ぐるいの祈りをささげているのを見た。

その祈禱《きとう》の文句というのは、こうである。

「万事かないたもう御身の御ふかん、朝イナッシオさまは、戦のしゅういに立入りさせ給いて、スベリキの大将はらいしょにしらい奉る。下界にては傷を蒙《こうむ》り、天のうえは御三宝の位をうけ、天をあずかりさせたもうようにつつしんでたのみ奉る。アメン・デウス」

なんの意味だか、さっぱりわからないが、しかしこれがキリスト教と関係あるものであることは、君にも納得がゆくであろう。それは彼らが奉拝している十字架からも容易に推察せられることだ。してみると、あの向う鉢巻ようの頭巾《ずきん》をつけ、裲襠《うちかけ》をはおった女房と赤ん坊はもしかすると、マリアとイエスではあるまいか？

実は、私は彼らの「お納戸さま」と称する神に好奇心をいだいて、少々調べてみたことがあるのだ。その結果――ふたりの故郷へいってみればいっそうハッキリするだろうが、彼らこそ世にいう「かくれ切支丹」にちがいないと思うようになった。徳川初期に一時は信徒百万と称せられ、全国を風靡《ふうび》した切支丹、それが慶長二年の廿六《にじゅうろく》聖人の殉教《じゅんきょう》を血祭りに、爾後《じご》三百年にわたる凄惨苛酷《せいさんかこく》なる呵責《かしゃく》のあいだに、深山にのがれ、峡谷にひそんで、ひたすら篤信護法《とくしんごほう》の念に生き、しかも、迫害と三世紀の星霜《せいそう》のタガネにその要義はいちじるしく歪曲《わいきょく》され、まったく迷信化して――明治の禁教令撤去以来、青天白日のひかりを浴びても、ついに真のキリスト教を見失なった彼らは、いともあやしい「お納戸神」の画像にしがみついている。これ「はなれ切支丹」と呼ぶものの由であるが弥々と安次郎こそ、この「はなれ切支丹」の末裔《まつえい》ではなかろうか。そういえば、ミミという名前、アンジロー——アンジェロ（天使）という名前も、どうやら西洋風の洗礼名をふんでいるように思われる。……

「わたしたちは……九月十六日までには、村に帰らなくてはなりましねえだ！」

佝僂男は息をきらしながら、はじめて憎しみのいろを小さな眼にきらめかしていった。

「九月十六日？　なぜ？」

「聖ルカスさまのご命日じゃて」

「聖ルカスさまのご命日——とはなんだね？」

「えれんじゃもんにいってもわかりましねえ。……ただその日には、村の衆がみんな集まって、お納戸さまのコンヒサンしなければなんねえ。ゼジンして、聖ルカスさまのお通夜しなければなんねえだ。それにいなけりゃ、天狗《てんぐ》の虜《とりこ》になったものとして一族大変なことになるので、お祖母《ばあ》にも、弥々の病気がなおんねえでもその日までにゃきっと帰って来うといわれてきましただ。……ひょんなことになってしまって、とうとうお医者にかかることはできなんだでがすがご命日までにあ、どんなことがあっても帰らなくちゃなんねえと、その旅の金だけは、チビチビためておりやすが……旦那《だんな》——」

あとで、弥々からながいあいだかかって聞いて知ったのだが、えれんじゃもんとは異教徒、コンヒサンとは懺悔《ざんげ》、ゼジンとは断食。聖ルカスさまのご命日とは村でも十二月の御身の御降誕《ナタラ》に匹敵する厳粛なる一種の祭であるらしい。

聖ルカスとは何者であろう。思うにこれは、レオン・パジェスの「日本切支丹宗門史」にでてくる聖霊のルカスではあるまいか。イスパニアの人。ドミニコ会の教師として元和九年禁教の日本に潜入し、惨烈なる伝道をつづけて、寛永十年九月十六日殉教した。もっともこの書には正確なる絶命の日は不明であると書いてある。あの長与善郎の作品「青銅の基督」中に出てくるフェレイラが、ころんで沢野忠庵と改名し、かえって幕府の宗門探索者となったのはこのときの穴つるし拷問の大苦痛に、五時間にして屈服したのがもとで、これにひきかえルカス神父は九日目にひきあげてみてもまだ生きていて、その後生きながら穴に埋められてしまったという大精神力の持主である。殉教までの十年のあいだに、彼の足跡は奥羽や北海道に及んでいるから、安次郎たちの「お納戸神」はこの神父のまいていった信仰の花のなれの果てではなかろうか。そしてさらに想像をたくましくすれば、彼の布教の旅にしたがっていったこの村人のうち、だれかころんで、そのユダが結局ルカスの殉教という結果をひき起こしたので、それが次第に、村へ巡歴してきた聖人を殺したなどという暗い伝説に変ってきたのではあるまいか。

「その聖ルカスさまのご命日に、えれんじゃもんの子ウはらんだ弥々をつれてかえるわけにゃゆかねえだ。旦那、弥々を可哀そうに思って下すったら、お願えでごぜえます――」

安次郎は突然ふかい哀願の顔いろになって地に這いつくばった。

「わしらといっしょに村へいって下せえまし、わしらとおなじよか人になって下せえまし！」

「なんだって？」

私はおどろいた。私がこのお納戸さまの信徒になる？　それはまるでボルネオの土人の仲間になれといわれるよりも滑稽《こっけい》な、途方もない思いつきであった。——が、弥々！　あの妖艶《ようえん》なる肉体といっしょに北国の山のなかでくらすという幻想は、恐ろしい誘惑となって胸にわきかえった。けれども、さすがに私は常識をとりもどした。

「まさか……」

と私は笑った。死物ぐるいで感情を殺して、

「そうか、帰るのか？——そうだったら、安次郎君、金ならぼくがなんとかしてあげるよ——」

「要りましねえ……要りましねえ！　旦那がえれんじゃ、い、い、いもんであるかぎり、なんにもしてもらいたくはねえ！」

安次郎は背の瘤《こぶ》を波打たせて絶叫した。涙が滝のようにながれていた。私は彼が必死であることをみとめて、はじめて少なからぬ恐怖を感じた。

「胎《はら》の子がこまる。胎の子がこまりますだ——」

「そんなにこまるなら、堕《おろ》したらどうだい？」

「お納戸さまがおゆるしになんねえだ！」

彼は激怒の炎に燃えあがって拳《こぶし》をふりあげ、私はめんくらって思わず逃げ出した。一つまり、この日で万事休す、誠実なる良心と軽薄なる病的エピキュリアンとが、私の心のなかでくるりとひとつの渦をまいて一方は消え去り、私は自分こそ彼らにとって呪うべき「悪魔《ジャボ》」であったことを自覚したのだった。

が——その日で万事休したら、まだしもよかった。夜につけ、昼につけ、私は弥々の微妙なる幾千の陰翳《いんえい》のうず、なまめかしい蛇のからだの妄想にとり憑《つ》かれた。安次郎は二、三日休んでいたようであったが、やはり働かなくてはならぬし、故郷への旅費をかせぎ出さなくてはならなかった。その留守《うら》を狙って、私は洞穴へ這《は》いこみ、またまた弥々を自由になぶりつづけたのであった。怨めしげな瞳《ひとみ》をいっぱいに見ひらきながら、しかも抵抗不可能なる肉体はしだいに意志に反してうねり、くいしばった朱鷺《とき》いろの歯ぐきは花のように咲きひらき、百合《ゆり》の香は青い森に満ちて、そして彼女はむせびながら私に哀訴するのだった。

「村へいっしょにいって下さい。お納戸さまの信者になって下さい」

「ゆかないよ、弥々、まっぴらだ」

うす笑いを洩《も》らしながら、また女の唇に吸いついて、濡《ぬ》れた貝の肉の触感を満喫することの快楽、おお、その悪魔の悦楽はどのように私を毒々しい歓喜の深淵《しんえん》にひきずりこんだことか。

それは九月十六日という限りある日を眼前にして、きちがいじみた、物凄《ものすご》い最後の炎のようだった。けれども、その日を最後に、はたして弥々のからだとわかれることができるかどうか、その決断力は自分でもきわめて疑わしかった。ところが八月の半ば過ぎのことだった。

灼熱《しゃくねつ》した真夏の風のなかに、泣いていやがる女の顔に、夢中に自分の顔を押しあてていた私は、突然物凄い痙攣《けいれん》を全身にはしらせた。それは息ができなくなったからである。おお、歯をのぞいては顔だけはまだ異常でなかった弥々が——この頭蓋《ずがいこつ》骨と顔面骨のみは不思議に軟骨化しないというのが、また骨軟化症の特異性だが——その弥々の顔がまるで熱い粘土か蜜蠟《みつろう》のように私の顔を埋没してしまったのである。窒息の苦痛と恐怖に私の指は大地にくいこんだ。ひきはなそうとしたが、密着した彼女の顔は、ねばい、甘美な汗で、まるであの肉づきの面のように膠着《こうちゃく》していた。

ああ、ついに弥々の頭蓋骨も顔面骨も軟骨化してきたのである！——この事件以来、さすがに私も恐れをなして森から遠ざかった。

かえりみれば、かつて私が手をさしのべていた夢幻の恋、それはまさしく夢幻の恋にはちがいなかったけれど、あの高い高い銀河と蒼穹《そうきゅう》に描いたものとは打って変って、この数カ月の愛欲の、なんとまあ気味のわるい妖怪的なものであったことか。

いっちまえ！　章魚《たこ》娘め！　お納戸さまの支配する変てこな村へ。——

唾《つば》を地にはいて、そう叫びながら、なおかつ君にも誰にもかくしていたのは私の肉体が、決してあの幾千匹の蛇がヌラヌラからみつくようなこの世のものならぬ魅惑を、忘却しはてることができなかったからであったに相違ない。

そうなんだ。そうなんだ。今西君――私は忘れることができないのだ。弥々とわかれることができないのだ。それが病的快楽であるとしても、私の心の軽薄と臆病《おくびょう》なのに比して、私の肉体は理性を越えた妄執にとり憑かれているのだ。いまとなっては、あの美しい恐るべき弥々の顔、蜜蠟のごとく私の顔にまといつく、ねばっこい、不気味な感覚すらも、ぶるぶると身ぶるいするような蠱惑《こわく》となって、私を森の奥へ誘ってやまないのだ。けれど――私は耐えている。今も耐えている。あれ以来、ずっと耐えている。憐《あわ》れむべき兄妹よ、怒るなら怒れ、泣くなら泣くがいい、――十四日、彼らは十四日になれば東京を去ってゆく。去ってしまえば、いくら私だって、その魔力から解放されて、もとの健康な、文化人の生活にもどるだろう。――

おお、この忍耐力よ、その日までつづいてくれ！　いや、私はつづきそうにない。私は十四日彼らといっしょに北陸道の変てこな村へいってしまいそうだ。そうして、章魚娘と夫婦になってしまいそうだ！

それがどんなに滑稽で恐ろしいことか、私は自分でもよく知っている。いったい、私は弥々から逃がれたいのか、地の果てまでも追ってゆきたいのか、自分でもわからない。十四日までの自分の意志が、どのように変転するかわからない。――そのために、いま、君にこんな置手紙をかく気持になったのだ。

信ずるも信じないも君の自由だ。さあれ、私は自分自身に対する不安と恐怖のなかにただよいつつ、真実を書いた。もし、この手紙を燃さないで、やはり君が読む場合となったら——その日には、すでに私は「お納戸さま」の君臨する北国の寒村で、「はなれ切支丹」の一人として、妖艶なる水母《くらげ》娘の傍に侍していることであろう。

終章・白き風は何処へふく

——私は手紙をバタリとまた床へ落とすと、ウームと唸《うな》ったまま、茫然《ぼうぜん》として椅子に沈みこんでしまった。

信ずるも、信じないも、君の自由だ。——と憐れな矢柄聖之介はいっている。もし彼の恐れていたように、彼が妖《あや》しき誘惑にまけて、十四日北へ旅立っていったとしたら——彼が東京から姿を消した理由を他にもとめて、私は決してこの手紙を信じなかったであろう。なにか、またかつぐつもりだろうと破顔苦笑するにとどまったに相違ない。

けれども、事実は、彼が恐れていたよりももっと恐るべき結果を現わしてしまった。おそらく彼は、あの部屋の鉄格子にでもしがみついて、ついに魔の森へゆかなかったにちがいない。しかし、そのために殺されることになろうとは、ゆめにも考えていなかったであろう。彼はあくまでも「自分自身」に対する不安と恐怖におびえていたので、どこまでも虫よく、あの奇怪なる兄妹の善良性を疑わなかったのであろう。——

私は信ずる。この信ずべからざる手紙を信ずる。なぜなら、矢柄聖之介は死んだからだ。

そうして、彼が、誰に、なぜ、いかにして殺害されたかという説明は、この手紙以外に推理や空想のしようもないからだ。

あの夜、佝僂男の安次郎は妹を負ぶって、窓の外へやってきた。それから――それからあとの経過は、ひとつの幻想的風景だ。三寸足らずの隙間から入りこんでゆく弥々、それはまるで大きな白血球が血管の微細なる隙間から、偽足を出し、次第に内容が移動してその偽足の尖端《せんたん》がふくれあがり、遂《つい》にまンまと血管の外へ漏出してしまう病理学の幻燈《げんとう》でも見ているような妖異なる光景ではなかったか。

あのえたいのしれぬ窒息死も、この手紙の最後にかかれているような方法によったものとしてしか理解ができない。窓からタタミのうえを蠕動《ぜんどう》してきた娘を愕然《がくぜん》として迎えた矢柄聖之介が、ついにその魔の媚笑《びしょう》に屈服し、狂態をほしいままにしたことは、彼が真っ裸になっていたこと、性交の形跡があったこと、それからあの表情と姿勢からみても明白である。クネクネと男にからみ、ねばつき、巻きしめる白蛇のごとき妖艶の四肢、そして彼の顔面に蜜蠟みたいにまといついた弥々の顔、それは艶麗《えんれい》、凄惨《せいさん》、いかなる人間の世界の形容をも絶し、しかも私たちの顔を白い泥に化する忘我と戦慄《せんりつ》にさそう恋と死の図ではないか。――しかり、蛭《ひる》のごとく吸着した女の白蠟の鼻と朱鷺いろの口のなかへ、かくて矢柄聖之介の呼吸と生命は吸いこまれていったのである。

だが、しかし、それは復讐《ふくしゅう》であったか。つつましやかな平安なる森の生活に、酔歩蹣跚《すいほまんさん》とあらわれ、貞操をうばい、妊娠せしめ、神聖なる「お納戸さま」を嘲笑《あざわら》い、なぶりものにし、ついに捨てて逃げ去った大都会の白面の悪魔《ジャボ》に対する最後の復讐であったか？　いや、いや、そうではなかったであろう！　山へ帰る日をまえに、愛恋耐えがたくして弥々は善良なる兄に哀訴し、弓弦荘へつれてきてもらったのであろう。そして聖之介を抱き、吸い、すすり泣き、「はなれ切支丹」の仲間に入ることを切願したのであろう。そして狂えるごとき秘戯の炎のなかに、はからずも聖之介の致死をまねいて驚愕し、悲嘆し、介抱し、ついに涙をながしながら逃げていったものであろう。

いかに彼女の心情去りがたきものあったかは、屍体《したい》の傍にほとんど一夜つきそい、夜明けになってはじめて姿を消したらしい事実からも察せられる。そのうえ、口に挿しこんでいったやさしい朝顔の花、額にのこしていったあの聖十字架《サンタ・クルス》。——

「おお、彼らは聖十字架をすてた」

私は愕然としてたちあがった。それは彼らがすでに犯した殺人の大罪により、絶望し、呪詛《じゅそ》し「お納戸さま」の背教者になったことを物語っているものではあるまいか。もし彼ら兄妹が、自暴自棄の「悪魔」に堕《お》ちてしまったとするならば、その結果、いかに恐るべき大犯罪を行うことも易々たるものであることは、この前代未聞の不可思議なる殺人がありありと証明しているではないか。

手紙をつかんで、私は警察へ駈《か》けつけた。やがて神宮の森一帯が捜索され、果然、なにものかがたしかに住んでいたとおぼしき樟《くすのき》の巨木の洞穴が発見され、驚愕した警察は四方に手配した。四、五日たった。はたして群衆を満載する汽車を忌《い》んだものか、秋風白き甲州街道を北へ、古トランクを背負ったひとりの佝僂男がトボトボあゆんでいった姿を見たという聞きこみがあった。けれども、とうてい人間が入っているとは考えられない大きさであったと目撃者はいったそうな。ばかな、――彼らは弥々のとおりぬけた格子の幅を知らないのだ。その小さなトランクの四角なる空間を満たして、白蠟のごとき軟骨の女体がみごとに入っていたにちがいないのだ。――しかるに、まことに奇妙なことには、その同じ日のこと、秋風白き房州《ぼうしゅう》の海辺を、やっぱり古トランクを背負ってトボトボあゆんでいた佝僂男を見た者があったということである。

ああ、不可思議なる殺人兄妹はどこへ。可哀そうな、恐ろしい「はなれ切支丹」はどこへ？――警察当局の必死の狂奔《きょうほん》にもかかわらず、しかもついに彼らのゆくえを知らずとなん。

黒衣の聖母

一

私がその清らかな淫売婦に逢《あ》ったのは、昭和二十一年五月十二日の夜であった。

どうして、そうはっきりおぼえているかというと、これは御記憶の人もあろうと思うが、飢えたる世田谷《せたがや》の民衆が共産党に動されて延々たるデモ行進ののち宮城に乱入した「狂える時代」の最高潮ともいうべき一日だったからである。

ちょうど日曜日の午後四時ごろだった。そのころ、毎日そうしていたように、私は手製の或《あ》る奇妙な酒をのんで、ふらふらと日比谷のへんをあるいていたのだが、突然、喇叭《ラッパ》や太鼓の音がたからかに聞えたかと思うと、向うを何千人ともしれぬ男や女が、「聞け万国の労働者」という歌をうたいながら、ゾロゾロと行進してゆくのを見た。

うすら寒い曇天《どんてん》の下に「働ケルダケ喰《く》ワセロ」とか「三合配給即時断行！」とか「天皇政府打倒」とか、その他いろいろ殺伐《さつばつ》な文句をかきなぐった旗がひるがえってゆく。行列の前後にはM・Pのジープがついて、白い鉄兜《てつかぶと》のアメリカ兵が煙草をふかしていた。

楽隊のひびきやプラカードの檄《げき》はあらあらしかったが、歌声は気息奄々《きそくえんえん》とし、空腹につかれはてた足どりはよろめいていた。一七八九年、ヴェルサイユ宮殿を襲撃した巴里《パリ》市民の武者ぶりとは、とうてい同日の論ではなかった。

「人民諸君、ひとりのこらずこの行進につづいて下さあい」

赤旗をかざした蒼白《あおじろ》い長髪の青年が、たえまなく叫んでいた。

酔いしれた私の頭のなかには、祖国への怒りの炎がうすぐらく燃えていた。それは敗戦の結果パンを奪われたからではない。魂を――もっとも愛する人を奪われたからだった。

宮城へおしかけるときいて、私はヒョロヒョロとこの行進に加わった。

あとできくと、この日、群集を指揮していたのは野坂参三《のさかさんぞう》であったとか、なかったとか、宮内省の厨《くりや》になだれいって、血まなこで残肴《ざんこう》をさがしまわったとかしたそうであるが、私はしらない。

酔いと何ものへともしれぬ怒りは、その広場へきたとき、氷のような無限の悲愁の思いに凍ってしまったのだ。

私は、暴民が散って、荒涼とした芝生や松や柳に黄昏《たそがれ》がせまってきても、いつまでも濠《ほり》のほとりに塑像のように凝然と立ちすくんでいた。

「ここだった」

たった二年半ばかり前、昭和十八年十一月二十一日の夜のことである。それものちに知ったことであるが、これは、遠い南海の果て、マキン、タラワの孤島に、米大機動部隊が上陸させた五万の海兵隊をむかえうって、三千の日本守備隊が凄絶《せいぜつ》きわまる死闘を展開していたのと同日同夜同時刻のことである。

この宮城前の広場には、篝火《かがりび》と歌と万歳の怒濤《どとう》がうずまきかえっていた。

嵐にもまれるようにゆらめく提灯《ちょうちん》、吹きなびく幾十条の白い長旗、それには「A君万歳Z大学野球部」「祝出征B君Y専門学校剣道部」などの文字が躍りくるっている。右をみれば、長髪弊衣《へいい》、黒紋附角帽の群が、木刀を打ちふり、朴歯《ほおば》の下駄《げた》をふみ鳴らして、「ああ玉杯に花うけて……」と高唱している。左をみれば、真っ裸に赤ふんどしをつけた若い群が、「弘安《こうあん》四年、夏のころ……」と乱舞している。

仰げば満天にこぼれ落ちんばかりの星屑《ほしくず》、壮茫《そうぼう》の大銀河、広場をどよもす「赴難の青春」の歌ごえ——みんな泣いている。みんな笑っている。燃えくるう炎にも似た愛国の情熱に酔っぱらって、旗と灯影にゆれかえる無数の若き群像のうえを、海の夕風のようにわたってゆく声なき悲哀……絶望の壮観。

学徒出陣の一夜であった。

角帽をなげて鉄兜をつけよ、書物をすて銃剣をとれ——その命令を祖国から下された学生の一人に私がいた。

私はかなしみを意識しなかった。私は歌っていた。笑っていた。その一夜をさかいに投げこまれたあの地獄のような運命は、まだそのとき勇壮な幻想にかがやくお伽噺《とぎばなし》にすぎなかった。またこの狂熱の坩堝《るつぼ》のなかにあってもはや永遠に無縁のものとなろうとしている過去のかなしい小さな影を、一点でも胸にとどめることがゆるされたろうか？

「死んでこうい、蜂須賀《はちすか》！」

「おれたちも、すぐゆくぞ！」

「フレー、フレー、フレー！」

私は胴あげにされた。夜空に投げあげられた。赤襷《あかだすき》がきれて、火の輪のようにグルグルとまわった。そして級友たちは神輿《みこし》みたいに私をかついで、どっと東京駅の方へ走り出した。

「ばんざあい、ばんざあい、ばんざあい！」

前後左右を、やはり同じような数団のお神輿が、うわあーっとつむじ風のように駈《か》けてゆく。

と、その途中である。笑いに眩《くら》んだ私の眼は、黒い柳のかげにあの娘の姿を見た。――どうして闇のなかに見えたのか、両掌を胸の前にしッかとくみ合わせて、かなしい、祈るような眼で私を見おくったセーラー服の可憐《かれん》な姿が、一瞬、蒼白い夜光虫のようにはッきりと見えたのだ。

彼女が私にすべてを捧《ささ》げたのはその前夜だった。おお、あの娘はどれほど最後の抱擁をしてもらいたかったろう！　兇暴《きょうぼう》な、荒々しい出陣の輪舞は、ああ高等学校時代のストームと寸分ちがわぬ無意味な、ばかげたものであった。そんなものをふりすてて、どうして私は最後の瞬間まで彼女を抱きしめていてやらなかったろう！

しかし私は万歳を絶叫しながら天空を翔《か》け過ぎた。胴あげにされたまま、一陣の暴風のように駅の方へ殺到していった。

が、そのとき私は、遠い、暗い背後から、たえかねたようにいっしんに叫んだ、哀れな、すきとおるような声をきいたのである。

「さようなら！　でも、あたし、待っててよ！　さようなら！」


「マチ子」

つぶやいて私は歯をくいしばった。頬に涙がつたわっていた。

二年半、それは千年にひとしい恐ろしい歳月であった。天地はひっくりかえった。かつて「海ゆかば」をたからかに歌って出陣学徒が最後の宴をはったこの広場に、きょうは「天皇はなにを食っている！」とわめきつつ餓狼《がろう》のような人民が赤旗をかかげて押し寄せている。――そして、死ぬはずであった私は生きて南の島から帰ってき、待っていてくれるはずのマチ子はこの世にいなかった。

ほんとうに彼女を愛していたことを私が知り、真にこの悪しき戦いへの呪いが胸いっぱいに荒れくるってきたのは、私とマチ子の一家が住んでいた下谷《したや》の焦土に立ったときである。昭和二十年三月十日の大爆撃で、その町いったいはほとんど全滅したということであった。

「マチ子……なぜお前は死んじまったんだ？」

私は顔をあげて、茫然《ぼうぜん》とあの柳のかげを見た。

そのうつろな眼がはっと見ひらかれたのは、その刹那《せつな》である。ほのぐらい黄昏《たそがれ》のなかに、女がひとり立っていた。そこだけ暮れのこったように、しょんぼりと、夜光虫のように浮かびあがった制服の姿。……

幽霊とも思わなかった。私は立ちあがり、くるったように叫んだ。

「マチ子！」

女はふりかえった。白い微笑をみせて、小さな声でいった。

「あなた、御一緒にコーヒーでもおのみになりません？」

二

私は茫然と立ちすくんだ。

ちがった。ちがうはずである。二年半前、女学校の五年生であったマチ子が、いままで制服をきているはずはない。……尤《もっと》も、よく見ると、その娘のきているのはセーラー服ではなかった。顔はまったくちがう。マチ子は愛くるしい円顔であったが、決していわゆる美人ではなかったけれど、いま見る娘は清冽《せいれつ》なうりざね顔の、凄《すご》いほどの美貌《びぼう》だった。

「失礼しました。薄暗いうえに、すこし酔ってるものですから……」

と、私は苦笑してお辞儀した。

一間ほど向うで、夕顔の花のような笑顔が咲いた。

「あら、どなたと？」

「は、は、死んだ娘です」

「亡くなった、方と？」

「ええ、南方から復員してみたら、空襲で死んでしまったらしいです。……しかし、あなたとはよく似てるな。いや、顔じゃないんです。姿恰好《かっこう》が……薄暗いせいばかりでまちがえたのではないらしい」

娘は音もなくちかづいてきた。大きな、黒水晶のような瞳《ひとみ》で、ふかぶかと見あげて、

「お気の毒な方」

とつぶやいた。

不覚な話であるが、この見知らぬ娘のつぶやきをきいたとき、私の眼にまた涙があふれた。それは人間というより、魂にささやきかける天使の声のようだった。

ぼうっとうるんだ宵闇《よいやみ》のなかに、その娘の姿は、不思議な円光をえがいていた。……そうだ。私は、このときからこの娘の神秘な雰囲気に魅入られてしまったのだ。

「でも……その方がお亡くなりになった方なら、あたし、お邪魔にもなりませんわね。御一緒にコーヒーでもおのみになって下さいな」

私はにぶく瞳を見ひらいた。ああ、さっきもそんなことをいったっけ――いったいこの娘は何者だろう？

「きみ、カフェーのひと？」

「いいえ」

「じゃなんだ？」

娘はまた声もなく微笑んだ。ぞうっとするほど神々《こうごう》しい笑顔だった。

「あのパンパンなの」

私は限をとじた。心臓に、いたみを感じた。――おお「狂える時代」よ！　しばらく黙っていたあとで、私はくらい声でいった。

「きみ、学生じゃないの？」

「そうよ」

「どこの？」

「名前はいえないけれど、或《あ》る女子医専です」

「医学生！」

女子医学生の淫売婦！　まじまじと見つめつづけている私の表情をどう思ったのか、彼女はまた神々しく笑った。

「だから、あの……病気の方は安全よ」

「どうして、こんなことをする？」

私はわれしらず怒ったような声でいった。――しかし決して彼女に怒ったのではなかった。その夏、八千万の日本人の何割が生きのこるかという問題がまじめに論じられた恐ろしい饑餓《きが》時代だった。生きのこる特権を保証されているのはただ大臣と闇屋《やみや》だけだった。

しかし、彼女の答は意外だった。

「坊やを育ててゆかなきゃならないの」

「子供があるの？」

「ええ――三つになります」

「その、坊やのお父さんは？」

「学徒出陣でいって――死にました」

「じゃ、僕と反対だ」

たたきつけるようにいうと、私はポケットに手をつッこんだ。

「いくら欲しい？」

「あの――ショートで、千円いただきたいんです」

闇の女というものをいちども買ったことのない私は、それが高いのか安いのかわからなかった。インフレは急ピッチをあげていたが、一方、この二月十六日に金融非常措置として、国民の預金はいっさい封鎖され、爾来《じらい》世帯主は一ヵ月三百円、家族は百円しか新円を出してもらえない時代だった。

「そう、じゃ千円あげる。坊やに闇ミルクでも買ってやりたまえ、僕は遊ばないんだよ」

「どうして？――お怒りになったの？」

彼女は出しかけた手をひっこめて、一歩さがった。

「そう、怒ってる。いや、きみに怒ってるんじゃない。日本に怒ってるんだ。きみのようなきよらかな娘を――いや、お母さんを、僕はけがしたくないいんだ」

「あたしは、もうちゃんとけがれた女です」

それは歎《なげ》きの声ではなく、微笑んでいるような声だった。

「せめてあたしを乞食にはさせないで――」

「いや」

と、私はいらいらした声でいった。奇妙なことは、あたしはけがれた女といい、せめては乞食にさせないでという淫売婦よりも、私の方がずっとみじめな感じになったことである。

「僕はいまここで、亡くなった娘を思い出していたんだが――いや、いまだけじゃない、復員以来いつでも考えていた。僕は――闇屋なんだ。不当の利益を得て、ノラリクラリとだらしのない悪い生活をしている男だ。が、だがひとつ、変な話だが、いまのところあの娘以外の女のひとを相手にしようという気にはなれんものだから」

それはうそではなかったが、荒涼とした、酬《むく》いられない悲願であることを漠然と私は自覚していた。しどろもどろの弁解は、突然ピタリととまった。私はまた淫売婦のほの白い玲瓏《れいろう》たるあの笑顔を見たのだ。

「あたしそういう方をお慰めしてあげたいの」

彼女はちかづいてきた。やさしい息吹が頬にふれた。

私は麻痺《まひ》したような心持になった。官能よりももっと深いところで混乱するものがあった。これははたして淫売婦か？

淫売婦だ。パンパンだ。おれは闇の女に憐《あわ》れまれているのだ。哄笑《こうしょう》が魂の底からわきあがった。がそれが口から歯ぎしりといっしょにとび出したとき、自分でも思いがけぬ憤怒《ふんぬ》の声になっていた。

「遊んでやる。ふん、大いに慰めてくれ。何処《どこ》だ？」

彼女は落着いて、金をうけとり、しずかなアルトでいった。

「新宿よ」

まもなくふたりは、東京駅のホームを改札口の方へあるいていった。コンクリートは灼《や》け、赤錆《あかさ》びた鉄骨はうねり、床は沈没前の空母の甲板みたいに波を打っていた。爆撃がつつぬけになった天井からは、星もない夜空が暗々と仰がれた。大きな背嚢《はいのう》を足もとに下ろしたまま、ボンヤリうつろな眼をなげている復員兵の向うを、紺のセーラー服に美しい写真器を肩からぶらさげた白い帽子のアメリカ水兵が、にぎやかに笑いながら大股《おおまた》にあるいていった。

電車が——いや、車ではない、檻《おり》である。網棚の網は死人の頭蓋骨《ずがいこつ》にのこる髪の毛みたいにまばらに垂れさがり、窓にガラスは一枚もなく、赤ちゃけた電燈《でんとう》はわずかに二つ三つともり、座席は消滅して全員総立ちの乗客が蒼白《あおじろ》いむくんだような表情で、ただ轟々《ごうごう》たる車輪のひびきにゆられている、罪人護送車みたいな電車が——新橋附近まできたときである。

二、三人向うの床のあたりから、弱々しい声がきこえた。

「——誰かなにかちょうだいよう」

少年の声であった。

「誰かなにか頂戴《ちょうだい》よう……芋でも豆でもいいから、誰かなにか頂戴よう……」

力いっぱい身体をのばしてのぞいてみると、泥と塵《ちり》と埃《ほこり》と吸殻のうずたかくたまった床の上に髪ぼうぼう、ボロボロの着物、くびに汚ない手拭《てぬぐい》のようなものを巻いた、垢《あか》とふきでものだらけの十ばかりの浮浪児が、ぐったりと坐《すわ》っていた。

断続的に哀願をくりかえしていた少年の声は、どこかに二、三人うつろな笑い声をたてたのをきいて、憤然となった。

「笑う奴があるかい！　ひとが何かちょうだいっていうのが何が可笑《おか》しいんだい！　何だい、みんなあッたけえフトンにねてやがって、三度三度おまんま食いやがって……」

「――御ジョーダンでしょう……」

と私の傍の、大きなリュックを背負った青年が小さくつぶやいた。浮浪児ははげしいすすり泣きに変った。

「笑う奴があるかい！　警察へでもどこへでも連れてゆきやがれ、政府のところへでもどこへでも連れてきやがれ、誰だって、おら負けやしねえぞ……」

それは十の少年の言葉ではなかった。おそらくそれは、敗戦の最大の犠牲者、幼き世代の口をかりた何者かの叫びであったろう。

が、乗客達はみんな知らん顔をしていた。しかし、心のなかまで冷々淡々水のごとしといった表情はひとつもなかった。鈍い苦痛が無数の顔を波紋のようにわたった。これは毎日、日本人が受けなければならぬひとつの拷問的風景だった。

泣きじゃくりながら、少年はまたくりかえした。

「よう……なにか誰かちょうだいよう……」

「坊や」

私はとじていた眼をあけた。おや？

「ほら、百円あげます。新橋にでも降りてね、なにか買ってたべるといいわ」

いまの澄んだあの声は？——彼女だ！　私の買ったあのパンパンだ。

はっとしたような車内じゅうの視線のなかに、彼女は身をねじって浮浪児の頭上に白い手をさしのべていた。その唇に、あの冷たいほどのきよらかな微笑をたたえながら。

私はなぜか、ぞうっと背筋をはいのぼるふるえを感じて、息さえも出なかった。……

三

「こちら——ほら、溝があるから落っこちないでね」

なにか饐《す》えたような匂いをはなつ水が地上をチョロチョロながれて、それがうす蒼くひかっているほかは、真っ暗な細い路地だった。左右の肩もふれそうな両側の家々は、墨で塗りつぶしたように灯の影を針ほどものぞかせなかった。

「ここらは焼けなかったんだね」

「そうよ」

新宿といったけれど、おそらく四谷《よつや》に入っているのではあるまいか。大通りから手をとられて右へ左へ七、八回も折れまがった迷路の奥。

「ひらけ――胡麻《ごま》」

闇にも匂うような愛くるしい笑顔で彼女がいった。すると、つきあたりの大きな家の黒い壁の一部が音もなくひらいた。

むろん、彼女はおどけてそういったので、実際はまえからそこにあった戸を引っぱったのにちがいないが、私がそれも魔法の国の出来事でも見るような、神秘的且《かつ》幻想的な眼になっていたのはいつしかこの淫売婦の不思議な雰囲気にすっかり酔わされていたからだろう。

入ると、すぐ真正面は粗末な板でふさがれて、その細い隙から灯の糸がもれ、左側に急な階段が上っているのがおぼろに見えた。それは階下と二階の住人の生活がまったく断ちきられていることを示すものであった。

「ここ、何をしている家なの？」

「官吏《かんり》さんよ。文部省とかにつとめてるんですって。子供もあるもんだから、お二階貸したひととは、お部屋代のほかは没交渉でいたいのね。――フ、フ」

二階は真っ暗だった。きいてみると、部屋をかりているのはみんな新宿の女給さんばかりで、帰ってくるのは夜なかの二時、三時、ときには明け方なのだという。

しかし、おどろいたことは、彼女がさらに階段——ではない、純然たる梯子《はしご》でまだ上へ私をみちびこうとしたことである。

「頭ぶつけるといけないから——ちょっとかがんでね」

シュッとマッチをする音がして、周囲が赤くなった。部屋の片隅に置かれた小さな机の上に、一本の蠟燭《ろうそく》がゆらゆらとほそい煙をあげていた。

部屋の片隅に？ いや、部屋ではない、それは屋根裏だった。

天井はななめにかたむいている。たたみは三畳ばかりしいてあったけれど、まわりの壁は黒い暗幕だった。おそらく戦争中、防空用につかったものにちがいない。蠟燭とならんで小さな花瓶に白牡丹《はくぼたん》がいち輪さしてあった。

「びっくりした？——これで一ト月三千円とられるのよ」

彼女はむしろ無邪気に、面白そうにいった。

「お蒲団《ふとん》しくわね。ちょっと待って」

彼女が暗幕の向うに消えてから、私は茫然《ぼうぜん》と机の上にかさねられた分厚い数冊の医書や岩波文庫をながめていた。それはツルゲーネフの「初恋」とトルストイの「光あるうちに光の中をあゆめ」だった。

「おおよくねていること、ありがたいわ」

その声に、私ははっと顔をあげた。

「子供、そこにいるの？」

「そう――来ちゃあ、イヤ。おねがい――」

「どうして?」

「どうしてって、いまはイヤ。――すんだら、見せてあげてよ」

きちんとたたまれた真ッ白なシーツと、紅い夜具を抱いて暗幕の向うからあらわれた彼女は、小首をかしげて私を見た。悪戯《いたずら》ッ子みたいなあどけない笑顔が、思いがけぬ「母」の神聖さと悲劇性で私の胸を刺した。

「しかし、きみの留守ちゅうはどうしてるの?……さっきのような、いや、ひるまは学校にいってるんだろ?」

「あたしがいないときはね、お二階の女給さんにあずかってもらっとくの。あのひとたち、ひるまはお暇だから……きょうは、あたしちょっと用があって東京駅の方へいってたんだけど、もうすこしはやく帰ってくるつもりだったのよ、女給さん、待ちかねて、寝かしつけていっちゃったらしいわ。……イヤ、赤ちゃんのお話、いまよしましょう。あなたには興醒《きょうざ》めね」

彼女は、夜具をしくと、ボンヤリしている私の上衣とネクタイをとり、かるく私の額に唇をあてた。宝石みたいに冷たい唇だった。

「あたし、服ぬいでくるわ」

暗幕の向うへかくれた彼女のきぬずれの音がやむと、

「さあ、これから母さんから娼婦《しょうふ》へ早変り、ホ、ホ――あなた蠟燭けして」

「あ」

反射的に上半身のりだして口をとがらした自分の顔を、世にも愚かしい醜いものと自覚したのも一瞬、世界は真っ暗になった。

窓ひとつない屋根裏は、ひとつの灯が消されると、まったく墨のような闇黒《あんこく》だった。——そして、その闇のなかに「娼婦」に変形した女は、くずれるように裸の肉体を私の腕のなかへ投げこんできた。

ことわっておくが、その事態におちいるまで、私はほとんど性慾《せいよく》の衝動に打たれてはいなかった。この清麗な淫売婦は、そんな色慾的な瞳《ひとみ》を夜空の星へ昇華させずにはおかないふかい雰囲気をもっていたのだ。私が彼女を買ったのは、はじめはあらゆる美しいものを打ちくだき、けがし、巻きこんでゆく濁流のような世相に対する怒りが、畸型《きけい》的な強迫観念に変って、よしそれならおれもみずからの手で、美しいものを打ちくだき、けがし、巻きこんでやるという、ばかげた、狂おしい発作に打たれたことと、それからこの神秘な淫売婦に強烈な好奇心をかんじ出したからだった。

だが、暗幕の向うに無心にねむる「子供」は、いまやそんな歪んだ怒りや僭越《せんえつ》な好奇心をあとかたもなく粉砕していた。

それにもかかわらず闇黒のなかで、裸の女にしがみつかれたとき、忽然《こつぜん》と私はあさましい、獣のような男に変ってしまったのだ。私は自分の理性のもろさに恐怖し、悲鳴をあげた。

「きみはまるで……さっきとは別のひとのようだね」

私はあえぎながらいった。熱い息が耳たぶで笑った。

「あたしはパンパンよ」

私は闇に感謝した。あのきよらかなマリアの面輪をぬりつぶしてくれる烏羽玉《うばたま》の闇に。

——めくるめく一瞬、娼婦はけいれんした。と同時に、ひきさくような悲哀と快美感が私の身うちを襲った。その刹那《せつな》、私は無意識的に号泣に似た叫びをあげていた。

「マチ子！　マチ子！」

一分間ののちに、ぐったりと死人のようになった女は、溜《た》め息《いき》のようにつぶやいた。

「マチ子って、だあれ？」

私は枕に頭をおとして眼をつむった。はげしい悔恨と懐旧の想いが、にぶい苦笑となって唇からもれた。

「しくじった。……例の死んでしまった娘だよ。あの学生時代の恋人……」

「あら、いや、じゃああたしは代用品？」

「ふふん、そうかもしれん……」

「——いや！　いや！　いやよ、あたしでなくっちゃあ……」

彼女はまた狂おしくしがみついてきた。唇がはなされると、私はうわごとのようにいった。

「きみの名は？」

「鏡子《きょうこ》っていうの」

四

七月一日、私にとって生涯の夢魔となるにちがいない恐怖の日。

人は酒に酔うとき、或《あ》る瞬間以前の記憶はきわめて鮮明なのに、突然妖《あや》しい霧のなかにでも入ったように朧《おぼ》ろになるものである。

——あの恐ろしい幾分間が、眼と指にのこった感覚はいったいほんとうのものであったのか、それとも幻影であったのか、悪夢のように混沌《こんとん》としているのに、それ以前の光景は悲愁をおびた落日にぬれて、はッきりと憶《おぼ》えているのだ。

それはアメリカの艦隊が、ビキニ環礁《かんしょう》で、「長門《ながと》」や「酒匂《さかわ》」をもふくむ七十余隻の廃艦を科学の祭壇にささげて、原子爆弾の実験を行った日だった。

それをまるで他の星座の物語でもきくように、日本では、打ちのめされ、飢えつかれた民衆が依然として虫ケラみたいに廃墟《はいきょ》のなかをノロノロとさまよっていた。

「東条だ」

「平沼だ」

叫びに顔をあげると、白塗りのジープに前後をはさまれて、カーキ色の、電車みたいに長い大型バスがすべっていった。新宿伊勢丹《いせたん》の傍を南北にはしる大通りである。おそらく市ガ谷の法廷から巣鴨の牢獄《ろうごく》へかえるところだろう。水色のカーテンを垂れた窓の隙から、チラと痩《や》せた老人の顔が見えたが、誰であったかわからない。

裏にまわると、きょうも花園神社の焼け落ちた大きな欅《けやき》の下に、男、女、老人、少年、何百人ともしれぬ乞食たちが屯《たむろ》している。これはすぐちかくに進駐軍のモーター・プールがあるので、そこから出る残パンをねらって夜は焚火《たきび》し、昼は虱《しらみ》をとりつつ待ちあぐねている連中だった。彼らは、前の焼野原に数台のラッセルみたいな米軍用車が怒濤《どとう》のように巻きたててくる土砂を、クレーンですくいあげてトラックで運び去る、アメリカ文化の象徴ともいうべき凄《すさま》じい景観を、夕焼けの犬のように這《は》いつくばって、茫然とながめていた。

私はドロンとした酔眼をあげて、伊勢丹の屋上にひるがえる星条旗を見つめていた。——その向うの夕空が蒼《あお》ばみ、ひややかな明星がきらめきはじめるまで。

「鏡子……」

亜物海《あべうみ》の星、天主の聖《きよ》きおん母——そんな祈禱《きとう》の文句が頭に浮かんだ。

（——お気の毒な方）そうささやいて、宮城広場の夕あかりのなかに、じっと私をのぞきこんだ眼。（坊や、ほら、百円あげます。なにか買ってたべるといいわ）こういって、浮浪児に白い手をさしのべた姿。それから——

あれから幾夜か、あの天井裏の闇のなかで肉をひさいだのち、愛くるしい赤ん坊を抱いて、蠟燭の円光のなかに姿をあらわしたときのかなしい笑顔。

「ほらほら坊や、またあのお菓子のおじちゃまよ。きょうも——きょうも、おいちいおいちいパン持ってきて下さったんだって、……ね、アリガトなさい、ほらアリガト……」

それはあさましい嫖客《ひょうかく》たる私を、座にいたたまれなくする神々しい光景だった。狼狽《ろうばい》を苦笑いにごまかしてそそくさと上衣をつける私を、聖なる春婦は、澄んだ深い瞳でじっと見あげて、むせぶようにいった。

「またきてね」

――しかし私をそこに十幾夜かひきよせたのは、その哀願ではない。子供を抱いた母の姿は恐ろしかった。灯の下の鏡子は見ることさえ冒瀆《ぼうとく》だった。――花にかえる雄蜂のように私を呼んだのは、闇のなかの鏡子だ。恥ずかしいことだが、彼女の燃える肉だった。その炎のなかには不可思議な甘さがあった。遠い追憶の花火のような……悶《もだ》えながら彼女はさけぶ。「あすもきて！　あなた、あすもきてね！」

ところが、そんなおなじ或る夜、わかれるときに鏡子は冬の星みたいに清冽《せいれつ》な瞳でうったえることがあるのだ。

「あなた、もうこないで――やっぱり、ここはあなたのような方のいらっしゃるところじゃないわ、あたし辛《つら》い……」

なんという変貌《へんぼう》だろう。なんという不思議な女だろう。――いや、すべての女というものがこの不思議な、矛盾したふたつの面を持っているのか、生涯にふたりの女しかしらぬ私にはよくわからなかった。私の魂はかきみだされた。

最初は酒の酔いにのって買った女であったが、いまではあの女を見るには酒の勢いをかりなければならなかった。ポケットに手をいれると、虎の玩具がふれた。指さきに痙攣《けいれん》をかんじながら私はその下の瓶をひきずり出した。

日はトップリくれていた。もうすっかり夏なので、花園神社の境内でも乞食たちの焚火《たきび》も見えなかった。

私は瓶に口をあてると、ひと息に半分ばかりのんだ。酒である。この物語のはじめの方にかいた奇妙な酒である。それは甲州から仕入れた葡萄酒《ぶどうしゅ》に五十％もアルコールを混ぜたもので、当時カストリと称してその実芋酒をのんでいた時勢には、この激烈な怪葡萄酒も羽根がはえてとぶように売れ、充分の生計のもととなってくれたものだった。

頭のなかに颶風《ぐふう》がまいてくる。あるきながらも、また瓶を口にあてる。——私はよろめきながら東横映画劇場の前に立った。

新円荒稼ぎのもっとも有効な手段は映画館にかぎる……という風説のかまびすしいなかに簇々《ぞくぞく》発生したもののひとつで、腰をかけて映画をみるなど敗戦市民の分際として贅沢《ぜいたく》千万といわんばかり、椅子ひとつそなえてない物凄《ものすご》い映画館だから、その前の舗道を照らす灯もくらく、街燈《がいとう》も焼け折れたまま、遠い尾津組マーケットの歓楽のひびきも潮騒《しおさい》のよう——ときどき草履をつッかけ、唇ばかり毒々しい夜の女が幽霊みたいにゆきかうばかり。

——このころから、私の記憶は酒の霧にけぶって、幻妖《げんよう》の色彩をおびてくる。……

「——また、いらしたのね？」

血のような上弦の月を背に、三田鏡子は私の前に立った。

「きた」

「だれにあいに？」

「君さ」

「――このあたしに？」

なぜ、今夜はそんなことをきくのだろう？　酔眼をキョトンと見張った私は、うすい月光に夜光虫のごとく浮かぶ清浄きわまりない顔をみると、急にひき裂くような笑い声をあげた。

「あははは！　君じゃない、その君じゃない！　暗い中の君だ。パンスケの、あの君だ！」

遠雷が鳴り、蒼い夜の稲妻がはしった。

「――そう」

溜息《ためいき》をついて、彼女はくるりと背をむけた。が、その刹那《せつな》、稲妻のなかに、幻のように私は見たのであった。曾《かつ》て知らぬ異様に凄然たる微笑をひきつらせた彼女の顔を。が、コツコツともうさきにたってあるき出した鏡子は、かなしそうな声でいった。

「それなら、しかたがないわ。――ゆきましょう……」

太陽の黒点は地球上の人間の精神に神秘な影響をあたえるそうだが、その夜の赤い弦月も、悪魔のひかりを投げたのであろうか。――たしかに、泥のような、炎のような酒のせいばかりではない。私の頭に突如として邪悪な嗜虐《しぎゃく》的な考えがひらめいたのは、その夜の、あの闇のなかの狂おしい痴戯のただなかだった。

見たい！　ひとめ見てやりたい！　この熱い息吹が頰にふれながら、漆黒《しっこく》の闇にうずめられた彼女の顔を。官能の涙にむせぶ淫売婦に堕した聖母の顔を！

「あなた、このあたしが好きなのね？　あかるいところのあたしより、この、いまのあたしが好きなのね！」

燃えたぎる彼女の頸《くび》にまいた私の手は、蛇のようにうねって、枕もとのマッチの方へのびようとした。酔いのなかに、変な、怪談じみた恐怖が心をかすめた。

（ひょッとしたら、この不思議な女は、天使でもなければ娼婦《しょうふ》でもなく、この世のものならぬ妖精ではあるまいか？）

「抱いて、抱いて、もっときつく！　もっときつく！」

兇悪《きょうあく》な酔いと、良心の恐怖にもみぬかれつつ、私の指がやっとマッチにふれた瞬間だった。

七彩のひかりが部屋にみちた。ほんとうにそれは、妖麗な極光のように私の混沌たるひとみにさしこんだのだ――が――そのひかりの下に、凝然と私を見つめている鏡子の顔！

「あーっ」

どちらの唇から発せられたさけびかわからない。一瞬、彼女の腕がひらめくと周囲はふたたび闇黒《あんこく》となった。

「畜生っ」

私は驚愕《きょうがく》と恐怖にバネのようにとびあがった。網膜に灼《や》けついた、恐ろしい、爛《ただ》れたような醜怪《しゅうかい》な顔。夢中だった。私はとびかかった。ふりとばして、彼女は暗幕の向うへ逃げこんだ。

ひかりあれば、その地獄の悪夢のような争闘だったであろう。一瞬ののちに、私は彼女の頸をつかんだ。恐怖にけいれんする指がそのゴムみたいにやわらかな肉にくいこみ、凄《すさま》じいうめきがもれると、女の身体はぐッたりとなった。

女が床にくずれ落ちると同時に、灼熱《しゃくねつ》した私の全身を足もとから氷のようなものが這いのぼり、突風にふかれたように私は梯子《はしご》を駈《か》けおりていた。殺人よりももっと物凄い妖怪的恐怖のために。——

死物狂いに階段をすべり落ちる私の頭上、闇黒の天空から、そのときはじめて、かなしげな、陰々たる幼児の泣き声がふってきた。……

五

どうして家にかえってきたのか。どうしてその夜眠ることができたのか、私はいまでもわからない。おそらくは、眠るというより気絶か失神であったのだろう。

いや、高熱にうなされる病人のように、私が蒲団《ふとん》のなかで妖《あや》しい汗にひたって、眠るともなく転々するともなく、混沌《こんとん》と時をすごしたのは、その翌日から翌晩までもつづいた。

──

だが、私を驚愕させ、名状すべからざる恐怖にたたきこんだのは、あの夜の悪夢的出来事ばかりではない。うつろな眼で三日目の新聞の片隅をのぞきこんだときであった。

「女子医学生扼殺《やくさつ》さる。──去る一日午後十一時ごろ、四谷区四谷三丁目道路上に美女の扼殺屍《し》体《たい》があるのを通行人が発見。四谷署で検証したところ、屍体の所持していた学生証から、L女子医学専門学校学生三田鏡子さんであることが判明。慶応医大で解剖の結果、処女であったことがあきらかとなったので、当局では物取りの仕業とみて犯人厳探中である」

小さな写真がのっていた。それはまがうかたなき鏡子の──あの聖《きよ》らかな美しい顔であった。

私は痴呆のように立ちすくんでいた。やがて膝《ひざ》がガクガクふるえてきた。殺人の恐怖ではない、そんなものではない。──

ゴムのような頸の肉にくいこんだこの指の感触、それが夢魔でなかったことはこの報道が証明する。──が、あれが現実であったとするならば、たしかに不思議な家の屋根裏で殺したはずの屍体が、どうして道路の上で発見されたのだろうか？

いや、いったいあの真っ赤な爛《ただ》れたような醜顔はどうしたのだ。ここにある写真、そして「美女の扼殺屍体」という文句はどうしたのだ。あれは恐ろしい幻影であったのか？　幻影だったにちがいない！　あんな奇怪なことがあってたまるものか。だいいち、私がマッチに手をふれたかふれぬのに、ぱっと周囲が明るくなったではないか。あれは悪酒に酔い痴《し》れた私の脳細胞に、きらめき散った狂気の万華鏡的影像だったのだ！

しかし、しかし、しかし、――幻想はあの瞬間だけだったのだろうか？　すべては――あの五月の宮城広場でのめぐりあいから、夜毎の秘戯にいたるまで、みんな現《うつつ》のことではなかったのではあるまいか？――見るがいい、この記事を。彼女は「処女であった」と？

「この新聞も夢か、おれ自身が夢か、いまも夢を見ているのか……」

えたいのしれぬつぶやきをもらしながら、私は部屋じゅうグルグルとあるきまわった。錯乱した頭のなかを、月明をただよう白鳥のような姿とやさしい声が、いくつもいくつもながれてゆく。――

――「あたし、そういう方をお慰めしてあげたいの……」

――「坊や、ほら百円あげます。……なにか買ってたべるといいわ……」

――「ひらけ――胡麻《ごま》……」

そして、かなしい灯の輪のなかに、あどけない赤ん坊に頬ずりしていた美しい母の姿。

……

おお、あれは敗戦と恋人の死で絶望の焼土をさまよっていた私に、神秘な、甘美な愉楽《ゆらく》の息吹をふきこんでくれようとした幻の聖女だったのではなかろうか？

ところが、あさましい私は、その恵みに慣れて、暗い肉の快楽のみにしずんでゆこうとした。快楽のなかの聖女の顔を見ようという大それた野望をおこした。あの一瞬、狂った網膜《もうまく》にうつった恐ろしい幻影は、その野望にいかった天の業ではあるまいか？が、私ははっと凍ったような眼をあげた。

「しかし、彼女は死んでいるのだ。この記事はどういうわけだ？」

私はその新聞をつかんだまま、フラフラと部屋を出た。なんのためか、そのときは意識しなかったけれど、おそらく、若《も》しそのとき玄関に一通の手紙がなげこまれなかったら、そのまま四谷警察署へむかってとび出していったにちがいない。

その手紙の差出人は、ただ「黒衣の春婦」とだけしるしてあった……。

「蜂須賀芳樹《よしき》さま。

七月一日の夜あたくしは殺されました。殺したのはあたくしでございます。びッくりなさらないで下さいませ。とりいそいでおりますので、くわしいことをすじみちたてておはなしするいとまがないのです。――もうお察しでございましょう。あたくしはあなたさまにいく夜か愛していただいたあの夜の女でございます。

もう御存じのようにあたくしは三年まえ学徒出陣で征《い》った或《あ》る大学生に身をささげ、そのあくる年坊やをうみました。半年たってあの恐ろしい空襲で家はやかれ父母をうしない、さらに半年たって終戦をむかえました。

なんという恐ろしい、かなしい時代でしょう！　すがりつく一木さえもない焼野原をさまよって、泣いて、つかれはてて、あたくしはなんべん死のうとかんがえたかもしれません。でもあたしは死ねなかったのです。いえ生きぬかなければならなかったのです。無心な坊やのために、可愛い坊やのために——そのお父さまにおかえしするまでは——生きるために、坊やといっしょに生きるために、あたくしは娼婦になりました。

せめないで下さい、あたくしは女給にさえなることのできない人間だったのです。猛火のなかから坊やをすくいだすとき半面焼けただれた恐ろしい顔——ああ、あの夜あなたさまをびッくりさせたあの顔こそ、ほんとうのあたくしの顔なのでございます。

では、では、街であったとき、灯のともったときのあたくしは？——あれが女子医学生三田鏡子です。あたくしはただ闇の底にうごめく陰獣のようなあの肉塊だったのです。おわかりになりましたか。ふたりは別々の人間でした。このお手紙をかいているのは、三田鏡子ではありません。無名の、あわれな、いやしい黒衣の娼婦なのでございます。

鏡子さんはお美しい方でした。けれど、恐ろしい方でした！

あの方とお知り合いになったのは坊やがジフテリアにかかって附属病院に入院したときです。入院料をどうしよう？　あたくしも途方にくれましたが、あの方も終戦後学校の年限が二年延長されたとかで学資にこまっていらっしゃいました。

こうして美しいあの方が街で客をひき醜《みにく》いあたくしが闇のなかでからだを売るというかなしい商売が契約されました。そして利益はあの方が七割あたくしが三割ということにきめられたのです。あの方はほかにそんな共同者はいくらでも見つけられたでしょう、けれどあたくしはそんな才智と美貌《びぼう》と勇気をもっている方はほかに見つかりそうもありませんでした。

あの方は灯のなかであたくしの坊やを抱いてお客に見せました。またそのほかいろいろ美しい言葉やけだかい行為でお客のこころをひしぎました。それは明るいところであろうがなんであろうが恥をしらない或る男たちの獣性をしずめて御自分の貞操をおまもりになろうというかしこいお考えからだったのですけれど、その一方で御自分の清浄美に打たれ、とまどいし、ひれふす男たちを見るのがおたのしみであったのです。そうして闇のなかでこのあたくしをあの方とかんがえて淫《みだ》らなよろこびにむちゅうになっている男たちに、なんともいえない陶酔をかんじていらしたのです。

おもい出して下さい。あかるいところでは決して聖母が娼婦《しょうふ》に転身せず、娼婦が聖母に変形しなかったことを。

あのひとがきよいひかりにかがやいて男たちの魂を礼拝させているとき、暗い幕のむこうではけだかの獣のようなあたくしがみじめにうずくまっていたのでございます。

あの方はあたくしをあわれんで下さいました。けれど、そのあわれみの瞳《ひとみ》のなかには凍ってしまいそうなさげすみのひかりがありました。

ああ、どんなにさげすまれてもしかたのない女です。あたくしは自分のからだを愛撫《あいぶ》するどんな男をも愛したことはありません。ただ忘れ得ぬたッたひとりの方をのぞいては！

おお、そのたッたひとりの方が、ただ神さまだけを信じて待っていたその方が、或る夜とうとう魔窟《まくつ》の奥のあたくしの腕にかえってこようとは。その方は、知らずしてあたくしの名をお呼びになりました。あたくしは一瞬気絶しました。

驚愕《きょうがく》と狂喜の暴風がふきすぎたのち、あたくしはあやうくみずから剝《は》ぎとろうとした黒衣でふたたびヒシと魂をつつみました。

神さま！　あたくしは待っていたのです。あたくしは待っていたのです！

でも――でも――でも、おお、どうしてこの恥ずかしいけがれたからだを灯の下にさらせましょうか？　どうしてこの醜い恐ろしい顔をおみせすることができましょうか？

黒い闇のなかで腸《はらわた》はちぎれるようでした。なにも知らずその方がかえっていってから、あたくしは坊やを抱きしめてのども
つぶれるほどすすり泣きました。

――あなたの待っていたのはあの男ね？

鏡子さんはやっと見ぬいてこういいました。

――ええ、そうよ。

不思議なことにそう答えたときのあたくしは涙のなかに世にも幸福な微笑みを浮かべたのです。

鏡子さんはほのかに笑いました。おお、その氷のような謎めいた深沈《しんちん》たる笑い！

そのときから、不思議なたたかいがはじまったのです。天使のように美しいあの方と、獣のように醜いあたくしと――いいえ、ふたりの人間の「女」のあいだに！

――あなた、またきてね、きっとまたきてね！

あたくしがそういってそのお客さまにしがみついた夜、きっとあとで鏡子さんは冷たく

申しました。

──ここはあなたのような方のいらっしゃるところじゃないわ。……

あたくしが苦しさに歯をくいしばって、

──もうこないで下さい。いらっしゃっちゃイヤ。おねがい。……

そううめいた夜は、鏡子さんは甘い嘲《あざ》けるような微笑をたたえてお客さまにいうのです。

──またきてね。きっとよ。……

鏡子さんの眼からみるとあたくしのような人間は、いえ獣は、人間なみの幸福をあじわうことは決してゆるされなかったのです。恋など愛などというものはあたくしにとっては蜘蛛《くも》が月へむかって舞いあがるよりも、もっと途方もない大それた野望だったのです。そうです。それにちがいないのです。けれど──おゆるし下さい、神さま、あたくしは鏡子さんの厳《おごそ》かな笑いにはむかいました！

破局はこうして参りました。

聖母と娼婦、そのかなしさと痛みを身をもって知らず、ただ心のなかにたちこめさせてこの世のものならぬ快感にひたっていた鏡子さんは、聖女と淫婦《いんぷ》の持つもっとも恐ろしい感情にとり憑《つ》かれてしまったのです。──傲慢《ごうまん》と嫉妬《しっと》。

七月一日の夜、暗幕の向うにひそんでいた鏡子さんは、とつぜんそのすきまから蠟燭《ろうそく》に火をつけてあたしの顔をお客さまに見せてしまいました。化物のようなその顔にびッくりしたあの方は夢中であたくしを追っかけて、暗闇のなかでまちがえて鏡子さんの頸《くび》をしめてしまったのです。

でも、その方は人殺しではありません。……半時間ほどたって息をふきかえした鏡子さんを恨めしさに狂ってしめ殺し、大通りまで運んだのはたしかにこのあたくしでございますから。……

すべては終りでございます。人を殺した罪人はあらわれなければなりません。そして慈愛ぶかい神さまはあたくしに罪人にふさわしい顔をあたえて下さいました。

さいぜんから刑事らしい人がしきりにこの家のまわりの路地をゆききしている様子です。あたくしはちゃんと自白の遺書をかいておきました。あとはただ、傍に無心にねむっている坊やに乳房をふくませて、いつか鏡子さんにいただいた毒を仰げばよいのでございます。

ああ、坊や、坊や！

おねがいでございます。奇妙なめぐりあわせでそれでも幾夜か愛していただいたあなたさま、おねがいでございます。罪のないこの子を育てて下さいまし。どうぞあなたさまのお子とおぼしめして、心もからだもきよらかな美しい奥さまをおもらいになって、幸福に育ててやって下さいまし。……

それからもうひとつ——若《も》しあなたさまのお友だちにこの事件に思いあたる方がありましたらこのけがれはてた恐ろしい娼婦が最後にこういったと申して下さいまし。

——さようなら！　あたしはお待ちすることができませんでした！　さようなら！　と。

黒衣の春婦」

私は蒼白《そうはく》な顔をふりあげた。たちまち火のような涙がほとばしり、その手紙をつかんではしり出していた。無我夢中に絶叫しながら。……

「死んじゃいけない！　おまえが殺したっていうのはうそだ。死んじゃいけない！　マチ子、死んじゃいけない！」

恋罪

第一の手紙

山田風太郎君。

しばらくぶりです。といっても、お手紙をさしあげるのもはじめてだが、医科大学のころのクラス・メート新納《にいろ》悠吉《ゆうきち》です。もっともそのころ、級友全部を十把ひとからげのような眼で見て、ひとりで何かべつのことがらに思いふけっていたような君に、その十把ひとからげ組のうちのサンプルみたいな僕のことが、まだ頭にのこっているかどうか。いま、或《あ》る雑誌をパラパラと見ていたら、偶然君の名前があったので、この手紙を書く気になったのだが——君が探偵作家としてデビューしたのは、まだ大学三年のころでしたね。小説とか文学とかいうものはサッパリわからない僕だが、それだけに、君の才気に感心して、僕は君に近づきになりたかった。そのときの問答をおぼえていますか。君は忘れたかもしれないが、僕はまだはっきりおぼえているよ。

「僕は君の文学的才能に感心している。君と親友になりたい」

「冗談いっちゃいけない」

「冗談じゃないよ」

「おれにそんな才能があるとどうして君にわかるんだ。そんなことはおれだって分りはしない。誰だって自分の才能については単なる見物人にすぎないよ——また、たとえあったとしても、そんなことがどれだけ偉いんだ。君にそれが何の関係があるんだ。——買いかぶっちゃいけない。おれのような人間より、君のほうがはるかに立派な人間だよ」

「僕が立派——僕のどこが？」

「君はいい御両親とやさしい妹と、なつかしい故郷を持って——」

「おや、どうしてそんなことを知ってるの？」

「いつか——そうそう、信州に疎開《そかい》していたころ、寮で君がそんなことを涙ぐんで話してたじゃないか。家《うち》へ帰りてえなあ、家《うち》へ帰りてえなあ、と中学生みたいに溜息《ためいき》をついていたじゃないか」

「うん、いまでもそうだよ」

「それごらん。そんなに君は苦労もしらず悩みもしらず、すくすくとして杉の木みたいに素直で、明るくって、鷹揚《おうよう》で、飯はかならず五杯食うし、女はみんな天使だと思っているし——」

「よしてくれ。とにかく、君に近づきたいのは僕の勝手だ」

「そんなら、よろしい。おれは何もいわない、——ただおれは、もともと冷淡で、軽薄で、うそばかりついている人間だ。こういう人間でなくっちゃ、探偵小説なんて書けやしない。まじめにつき合ってると、馬鹿を見る。失望する。腹がたつ。将来それが気の毒だから、いま断わっておく」

「承知した」

と僕はのみこんだ顔でうれしそうにうなずいた。君はひどく寂しそうな、怒ったような表情になって黙っていたよ。僕はちょっと心配になった。

「——君は怒っているのかい？」

「どうして？——おれは曾《かつ》て怒ったことはない。心から泣いたこともない。腹の底から笑ったこともない。——君は非常によく感ちがいをする。感ちがいしては、ひとりで怒ったり、うれしがったりしている。——もっとも、その点こそ、君がおれよりすぐれている点なのだが……」

「君の言葉はわからない」

「わからなくてもよろしい」

「謹聴。——なぜ、いわないんだ？」

「それがおれの主義だから、このおれの主義が賢明か、君のもっている青年らしい美しい熱が尊いものか、それは未来が決定するだろう」

そう憂鬱《ゆううつ》そうにいってから、君は急にニコリと笑ったよ。

「おれにゃ恋愛はできんが、君は典型的なやつができるね。どうだい。黎子《れいこ》ちゃんから、まだラブ・レターが来るかい？」

「……来なくなった」

と、僕は急に心がそっちへおちこんで、しずんでしまった。何かいってくれるだろうと待っていたが、君はそのことには大して関心がないとみえて、それっきり知らん顔をしていたよ。

それっきり――ほんとうに、それっきりだ。君は僕を子供あつかいにして、友好条約締結の申込みをはぐらかして、卒業するまで、僕の顔など忘れたような顔をして澄ましていたよ。

何を考えているのか、どんなことを心にとどめているのか、僕などにはついにまるっきり見当もつかずにすんでしまった君だが、君は今でも、その問答中に出て来た黎子ちゃんという娘をおぼえているか。二年のとき、例の空襲で、学校が東京にいたたまれず、信州のE市に疎開したとき、僕たちの寮にきめられた旅館の裏の弁護士の娘だ。当時まだ女学校を出たばかりだった。

美少女だった。眼が大きかった。頬は白いというより蒼味《あおみ》がかっていた。笑うと片えくぼが彫られて、ひどく異国的な表情になった。みんな惨憺《さんたん》たる東京から爆煙の煤《すす》だらけになって逃げこんで来たくせに、気楽なもので、寮について荷をとくかとかないうちに、はやくもこの娘に眼をつけて騒いだものだ。

「おい、あの裏のメッチェンね。あれはどうもオカしい。庭でぶらぶらしているおれをじっと見ていたよ。こちらで見ると、ふっと眼をそらすが、しばらくすると、またそっとおれをながめている。あれはおれに気があるのだぜ」

「ばかだなあ、きさま。あれならおれにも変な眼つきをしていたのだぜ」

「そりゃお前の鼻のあたまに面皰《にきび》が出てるからだよ」

「いかん、いかん、真珠湾の奇襲はいかんぞ。すべて、最高戦争指導会議できめて――」

「そりゃ、こっちはいいが……向うさまがどうかね。……」

そして大爆笑だった。そのくせ、その翌日、誰か庭ごしに何か話しかけようとしたら、それはそれは冷淡な眼でにらみつけられたと、ほうほうのていで逃げ帰って来てから、みんなたちまち食い気ばかりの方へ精神を転進させてしまった。

そのなかで、どうして僕だけがその黎子という娘と仲よくなったのか。僕は恋愛はしたかったが、それまで恋愛したことはなかった。正直なところ、恐かった。その僕がその娘を追ったのは――山田君、これも忘れたかもしれないが、黎子ちゃんを一目見たときに君が下した評言だったのだよ。

「あの顔は、どうも悲劇的な運命を予告しているね。甚だしく夫に剋《こく》される顔だよ」

その言葉が僕に騎士的勇気をふるい起こさせたのだった。

君が僕にできると保証してくれた典型的な恋愛とは、皮肉な意味でいったかもしれないが、僕は僕らしく素直にそれを受取りたい。まさに、淡い夕月のように、清純で、美しい恋愛だった。僕と黎子はよく虚空蔵山《こくうぞうざん》の碧《あお》い空の下や、夕焼けの林檎《りんご》園で語ったが――何を語ったと思う？――日本の運命を。

日本の敗滅とともに、僕たちの恋も果敢《はか》なく散ってしまった。疎開して、ちょうど半年、焦土と化した東京へ学校とともに引揚げてから、僕はそれでも十数回、彼女に手紙をやったろうか。それに対して黎子からくれたのは、その半分くらいだったろう。いつか音信は絶えた。僕は彼女が結婚したのだろうと想像した。

その当座、僕はボンヤリ考えこんだり、君にあんな風にからかわれるとしょげたりしたが、心のうちではしかたがないと考えていた。むろんまだ学校からインターンの先はながいし、結婚などは夢の夢だ。しかしその信濃の初恋の想い出は、決して悪いものではなかった。

その程度だと思っていたのだ。僕はそれから六年間たったいまも、決してあの娘の顔を忘れはしなかったが、それは永遠に胸の底に沈んだまま、しずかに消え去ってゆくまぼろしだと考えていた。

山田君、君はむかしから、一言以《もっ》て道破《どうは》する警句の名手であったが、予言者的能力もあるらしい。戦後でこそ、誰も彼も日本の敗北を予知していたようなことをいい、またそう思いこんでいたような気がするが、あの疎開地にあって、勇ましい新聞と熱狂的な学生につつまれて、八月に入ってすぐ、日本はここ半月以内に降服するのじゃないか、といって皆を愕然《がくぜん》とさせたのは君だった。「おれが賢明か、君が尊いか、すべて未来が決するだろう」といったのは、どのくらいの意味か、まだよくわからないけれど、なるほど君は賢明だった。級友のなかで、文通ひとつしなくても、君の消息はここにいてもよくわかるくらい有名人になってしまった。ここにいても——そして、僕は、この北国の小さな町の病院で、青春がわびしい音をたてて燃えつきてゆくのを、試験管を焼くアルコール・ランプの炎に聞いているのだ。

そうだ、僕は君に愚痴をこぼすためにこの手紙を書き出したのじゃない。僕は君の名を雑誌で見て、急に讃辞《さんじ》をささげるべき義務を思い出したのだよ。小説にではない、僕は文学はむろん、探偵小説のよしあしをも判じかねる門外漢だから、その点では何ともいう資格はない。僕が讃辞をささげたいのは、君の予言者的才能に対してだ。

一週間ほど前、僕の病院に、三十二、三才の画家がころがりこんで来た。腹がいたいというのだが、皆がちょっとよそ見をしている間に、薬局にしのびこんで、モルヒネをぬすみ出そうとしてつかまった。いかにもモヒ中らしい、痩《や》せこけた、陰惨下劣な男だった。あばれるものだから警官が来たが、結局、電話でその妻君を呼んで、一応家にひきとらせることになった。その妻は、オドオドとして、ふるえながらやって来た。モヒの禁断症状に陥っている画家はそのあわれな妻を、いきなり理不尽になぐりつけた。

そのあわれな妻が――山田君、君が「悲劇的運命を負っている」と予言した――あの黎子だったのだよ。

第二の手紙

山田風太郎君。

この前は御返事ありがとう。君が大文豪にでもなったら値打ちがでるだろうと、お手紙はていねいにしまってある。しかし「君は僕よりも小説がうまい。去りゆく青春をアルコール・ランプに例えるところなど、君を見直すどころか、僕と代ってもらいたいくらいだ」なんて、からかってはいけないよ。しかし、君が小説を書けないために、雑誌の発行日が予定よりおくれると、雑誌社の損害が百万円だなんておどされるとは、えらいんだか、気の毒なのかわからないね。そんなに書けないものかね。エドガー・ウォーレスという小説家は、速記者に小説を口授しながら、手では同時に別の小説を書いていたという話だがね。なに、これは百科事典の挟みこみ月報で読んだ知識だ。けれど、「苦しまぎれに、君の手紙でもつかいたい」とは、あんまりあさましすぎるだろう。第一、これは小説になるものやら、ならぬものやら、見当もつかない。少なくとも、探偵小説にはなりそうもないよ。たとえつくれといわれたって、探偵作家になる条件だとか君がいった「冷淡で、軽薄で、うそばかりついている人間」とは、僕は残念ながら正反対のつもりだから、とてもつくれやしない。

探偵小説にはならないかもしれないが、実話雑誌の口絵にくらいはなるような話が――ああ、山田風太郎君、ここまで書いて僕は愕然としている。僕はこの前、君の予言者的才能に感服していると書いたね。これが予言といえるか――どうか、とにかく君は、いま責めたてられている雑誌の小説が〆切《しめき》りまでになかなか書けず、印刷所の関係から、色刷りの口絵だけ、裸の女が鞭打《むちう》たれている場面だけさきに書いてもらって、さてそれを見ながら何とか小説を書くつもりだといって来たね。小説家というものは、みんなそんなきわどい芸当をやるものかね。僕などから見るとあんまり不真面目で、君の将来に対して一抹の不安を禁じ得ないが、しかし——こんどだけは参った。予言者などというべきことではなく、まったく偶然の一致にちがいないだろうが、その口絵に似た情景を僕は目撃してしまったのだ。

けれど、それだからといって、僕の手紙をつかっちゃひどいよ。その場面は、読者を吊《つ》る口絵には適当だろうが、当事者の僕にとっては、いつも悪夢としか思われないほど恐ろしい情景だったのだから。当事者、というのは、その鞭打たれる裸の女が、あの黎子だったのだ。

この前知らせたあの事件ののち、むろん僕は黎子とその夫となっているモヒ中の画家の行方をつきとめた。なんとそれは僕の借りている家から一丁もない場所に彼らの家があったのだよ。

画家の名は伊《い》皿子十郎《さらごじゅうろう》といった。

三年ほど前シベリアから復員して来て、しばらくのあいだ、町の中学の図画の教師をしていたそうだが、なにか破廉恥なことをして免職になった。黎子はやはり同じ学校の先生をしていて、その間にむすばれたらしい。それはいいが、彼女が現在あまり幸福ではないことは先日のあの事件でも知れきったことだが、近所の噂でもよくわかった。

「奥さんは、お若いのに、ほんとによく出来た方ですが、旦那《だんな》があれではねえ」

「シベリア暮らしですっかり人間が変っちまったのか、まるで気ちがいだ。夜、奥さんがひいひい泣いている声がよく聞えますよ」

僕は或《あ》る夜訪ねていってみたよ。町とはいいじょう、家と家の間から、闇に畠の白い葱《ねぎ》の坊主がまぼろしのようにゆらめいて見える夜ふけだった。

それでも五つ間《いま》はありそうだが、門の柱も朽ちかたむいているような家だ。門燈《もんとう》もないので、手さぐりでベルを押してみたが、鳴っている様子もない。声をかけようとして、僕は奥の方に異様な叫びを聞いた。

「いえ――いわないか――黎子！」

そして何ともいえない痛苦にみちた呻《うめ》きがながれて来た。

僕ははっとしてしばらく息をのんでいたが、ふと玄関の横手の方に、なかば壊れた枝折戸《しおりど》があるのを見て、そっと庭のなかへ入っていった。

そして僕は見たのだ。窓から、裸にされた黎子が後ろ手に簞笥《たんす》の環《わ》にくくりつけられて、夫の伊皿子十郎に鞭打たれているのを。――

「まだいわないか――強情な奴だな――いえ！」

ばさばさの髪をふりたて、痩せた腕があがると、鞭がうなって、凄惨《せいさん》な肉を打つ音が鳴り、のけぞりかえった黎子の白い胴に、紫のみみず腫《ば》れがはしった。

「知りません――あたし――知らない！」

「畜生！　姦婦《かんぷ》、売女《ばいた》、ようし、あくまでしらをきれよ――」

十郎は黎子を簞笥の環からとくと、床に蹴倒《けたお》した。はあはあと犬のように喘《あえ》ぎながら女

の腕をねじあげ、

「さあ、いつ、どこで外江《そとえ》伝蔵《でんぞう》とあいびきしたか、白状しろ――」

耳たぶに口をすりつけ、気味わるい声でいった。

「知りません、そんなひと――あたし、知りません！」

悲痛な声で黎子は首をふった。十郎の歯がかちかちと鳴った。彼の骸骨《がいこつ》のような腕がうごくと女の白い身体は弓のようにうしろにそりかえった。足裏と髪がくっつきそうなほど――のびきったのどもとから双の乳房、ひかるような腹部にすっと細い血の糸さえながれた。

「いえ！　外江――伝蔵と、どこで会ったか――」

なんという悪鬼のような十郎の形相だろう。眼は血ばしってギラギラひかり、額にみみずのように青い筋がふくれあがっている。僕は心臓がはじけそうになって来た。憐《あわ》れみと怒りと恐怖で。――

ああ、君が黎子を「夫に剋《こく》される顔だ」といったのはあたった。僕がその夜目撃した淫《いん》猥《わい》、醜怪、暴虐、残忍の光景は筆にも口にもあらわすことはできない。憐れみと怒りで全身の骨が鳴るような思いをしながら、僕がそこへ飛び出してゆかなかったのは、いまのじぶんの立場をかえり見るというより、まず恐怖のためであったといえば、その凄惨さが想像できるだろう。

僕は灌木《かんぼく》のしげみにうずくまったまま、肩におちて来た雨さえもしばらく気がつかなかった。その夜、濡《ぬ》れて帰った僕は発熱した。夜、なんどか「外江伝蔵……外江伝蔵……」とうわごとをいったそうである。外江伝蔵——それはいったい何者だろう？　むろん僕は知らないが、しかしどこかで聞いたような気がしてならなかった。君はその名に記憶はないか。僕はどうしても思い出せないのだ。

二、三日たって病院にゆくと、そのあいだにまた伊皿子十郎が腹痛を訴えて来たという話だった。モヒの注射を註文《ちゅうもん》したが、むろんうけつけず、警戒しながら一応診察し、レントゲンで検査もしてみた。

「どうも胃の陰翳《マーゲンかげ》に妙なところがあるから、糞《コート》をもって来るようにいっておいたよ」

と同僚がいった。

「何だい？」

「胃癌《クレプス》の疑いがある——」

僕の眼がかがやいたのは、医者として不道徳であろうか。しかし人間としては当然ではあるまいか。天刑下る。僕はそう思った。

伊皿子十郎が糞便《コート》を持って病院へ来る日、僕は入れちがいに、彼の家をたずねた。黎子とはむろんこの前に病院で会っている。しかし、ふたりっきりで相まみえるのは七年ぶりだった。

彼女は黙って僕の姿を見つめた。あかるい外光のなかを急いで来た僕には、彼女が薄明りのなかへふっと消えてしまうように見えた。が、すぐに、あの大きな瞳《ひとみ》に、きらっとなにかひかるものが浮かんで来た。

「いつ――いつ――いつ来て下さるかと――」

と彼女はひくい声でいって、よろめきかかって来た。僕は手をひろげた。が、彼女は急に身をはじかれたようにとびのいて、恐怖の眼で外を見た。

「だめだわ、あたし、もうだめだわ!」

「御主人は、いま病院だよ。黎子ちゃん」

「新納《にいろ》さん……あたし……その伊皿子の妻なのです!」

悲痛な叫びだった。僕は愕然《がくぜん》として立ちすくんだ。そうだ、黎子は僕の恋人ではないのだ。伊皿子十郎の妻なのだ。彼女のおびえた眼には、僕とのあいだの空間に、黒い冷たい霧のように立ちふさがる夫の姿がうつっているようだった。

「どうして、あの人といっしょになったんです?」

彼女は頭をふっただけで答えなかった。

「あの人は何をして生活をしているんです?」

彼女は苦痛にみちた眼をとじたのみだった。

「外江伝蔵って、誰です?」

彼女は瞳をみひらいた。しかし黙っていた。

「君は幸福ですか?」

彼女はイヤイヤをした。そしてついにたまりかねて、倒れるようにうしろの壁にもたれかかった。

僕はついに何ものをも得ずして帰った。何ものも得ず？——いや、何ともいえない苦い甘い思いをいだいて。その思いは深く、痛烈だった。が、僕は、君も知るように、小説とは縁遠い男だ。七年ぶりにめぐりあった初恋の女が、悪夢のような不幸の網にからまって、のたうちまわっているのを見ながら、それ以上の劇的冒険には、足がすすまない。

僕はうなだれつつ、待っていた。伊皿子十郎に対する科長の診断を。

そしてそれを今日聞いた。

「癌だ。こんなに早く発見したのは僥倖《ぎょうこう》だった。手術すれば癒《なお》るだろう」

第三の手紙

山田風太郎君。

実に思いがけないことだ。七年ぶりに、探偵作家の君に手紙を書き出したのは、虫が知らせたのかもしれない。殺人事件が起こってしまった。伊皿子十郎が殺されたのだ。しかも実に妙な殺され方なのだ。「面白そうな話なら、君の手紙でもつかいたい」と君がいって来たのは冗談だろうが、おねがいだ、どうか僕の手紙をつかって下さい。ただし、探偵小説なら必ず解決が要るだろう。僕はその解決が欲しいのだ。恋人を救うために。——

夫殺しの恐ろしい嫌疑を受けて黎子は警察にひかれていった。彼女と夫しかいない家のなかで、あの伊皿子十郎が殺された。しかし僕は信ずるのだ。彼女は決して犯人ではない。けれど、僕の信頼だけでは彼女は救えない。君どうか君の探偵作家としての透徹した推理能力をふるって、犯人が彼女でないという解決を与えて下さい。そうしてくれたら、僕の手紙を小説につかおうが、いくら原稿料をもらおうが、僕は割前を要求するどころではない。若《も》し稿料の払いがわるいような雑誌社なら、こっちで半年分の月給を進呈してもいいくらいだ。

とりいそいで事件を書く。

あれから僕は伊皿子十郎とちかづきになろうとつとめた。外江伝蔵とは、何者か知りたいと思ったし、それから伊皿子をそれとなく諷諫《ふうかん》して、あのむごたらしい拷問だけは一日もはやく止めさせなくては、毎夜毎夜想像しただけでもたまらないからだ。そのためには僕はときどき彼をじぶんの家に呼んで、彼の渇望するモヒまで射ってやった。

その晩、彼は僕のところへ、リュックを背負ってやって来た。というのは、なんの用かと思うだろうが、そのリュックのなかに、彼の商売物が入っているのだ。「何をして生活をしているんです?」と僕が黎子にたずねたとき、彼女が苦痛にみちて眼をとじたきり答えなかったのもあたりまえかもしれない。伊皿子十郎は春画を描いて、あちこち売り歩いていたのだった。

春画――といっても、単にあの妖艶嬌美《ようえんきょうび》をきわめた秘画の程度にとどまらない、伊藤晴雨《せいう》画伯の「責め」の絵と同系統に属する――しかも、あのような古風な画法ではなく、もっと生々しい鮮烈な描写で、縛りあげられ、鞭打《むちう》たれ、逆さ吊《づ》り、海老責《えび》め、血の海にのたうちまわる美女とそれを襲う醜怪な男を描いて、十枚も見てゆくうちに、こちらの頭がへんに泥のような感じになる背徳淫靡《はいとくいんび》きわまるものだ。これをリュックに入れてかついでいるのはおかしいが、いつか遠い町の駅でトランクごと盗《と》られて以来、ずっとリュックを利用しているのだそうである。

僕はこれらの絵がみなあの黎子をモデルにして描かれたのかと思うと、みんな火をつけて燃してしまいたいようだった。が、歯をくいしばって十枚だけもらった。そのかわり僕は彼に注射してやるのだ。

「伊皿子さん、あなた、どうしてあんなきれいな奥さんを手に入れたの？」

「へ、へ、向うがくッついて来たんでね」

「そりゃ羨《うらや》ましいね。うれしいでしょう？」

「へ、へ、向うはね」

彼は血によごれた狼みたいな歯をむき出して笑った。いつか、外は嵐になって、日は陰暗とくれかかっていた。僕はいままでなんどか訊《き》こうと思って果さなかったあの名前をたずねてみた。

「あなた、外江伝蔵って知ってる？」

彼はぎょっとしたように僕を見つめた。何にもいわず、ポケットから一通の封筒をとり出して、吐き出すようにいった。

「先生はどうしてそれを知っているんです？　女房の間男《まおとこ》ですよ」

「………」

僕はその封筒を手にとって、ぎょっとした。表がきは伊皿子黎子様、裏には、外江伝蔵とある。

「けさ、女房に来たやつですがね。今夜、布袋《ほてい》劇場に来てくれって呼び出しの手紙ですよ。抽出《ひきだし》にあるのを見つけたんですがね。どりゃ、女房がぬけ出してるかどうか、これから帰ってとッちめてやるとするか」

僕は彼がリュックを背負うのを手つだってやった。彼はニヤニヤ笑いながら嵐のなかを帰っていった。——ひらめく稲妻のなかに、それはせむし男のように妖怪《ようかい》味をおびた後ろ姿に見えた。これが、僕が生きている彼を見た最後である。

虫の知らせか、僕は胸騒ぎのようなものを感じてしかたがなかったが。ちょうど、いれちがいに病院の友人が、ふたりの女医をつれて遊びに来たので夜半まで麻雀《マージャン》をやっているうちに、伊皿子十郎のことなどいつか忘れてしまった。

その夜彼は殺された。しかもその家には黎子しかいなかったのである。彼女は外江伝蔵なる男の呼び出しにもかかわらず、その夜、嵐のためか、外出しなかったのである。ああ、なんたる不幸なことか！　山田君、僕を助けてくれ、僕は黎子を信じるのだ、僕は黎子のいうことを信じるのだ。

黎子は警察でこういったという。

「あたし、いつ夫が帰って来たのか存じませんでした。嵐の音にまぎれたのかもしれませんが、夫が玄関をあける音も、寝室へゆく音もなにも聞えなかったのです。十時頃、寝室に灯がともっているのに気がついて、奥の居間から起《た》っていって見ますと、夫はベッドの上に上半身を伏せてこときれていたのです。背なかに短刀が一本まっすぐつき立って光っていました。あたしはびっくりしてひきぬきましたが、もう遅うございました。床にころがったリュックは背にあたる部分が十文字にきり裂かれて、なかにある厚い塵紙《ちりがみ》も絵も恐ろしい血にひたっていました。……誰が殺したのか、いつ入って来て、いつ出ていったのか、全然あたし知りません。……」

けれど、山田君、不幸なことに、嵐の夜の不安さに、彼女は家じゅうの窓の鍵《かぎ》はぜんぶ内側からかけ、夫が入って来た玄関の戸さえそのあとから内から鍵がかけてあったのだ。門から玄関に入っている靴跡も、伊皿子十郎自身のもの以外には、ぬかるみのなかに一つものこっていなかった。

警察が、黎子をとらえたのはもっともだ。冷静に考えれば、それ以外にない。そうだとすると、黎子はなぜ夫を殺したのだろう？　なぜ——なぜ——なぜ——ああ、僕にはわかる。僕にはわかる。黎子があの悪鬼のような夫を死の彼方《かなた》へ追いやるのは当然だ。当然だが、しかし彼女は夫を殺さないのだ。僕には黎子が、そんなことができる女ではないことがわかるのだ。僕は冷静さを失わざるを得ない。

……ことわっておくが、犯人が、十郎の帰宅以前に侵入していてあとで逃走したのではないかということはあり得ないらしい。死体を見て玄関にとび出した黎子が、鍵をあけて戸をひらいて叫んだとき、偶然向うの往来を警邏《けいら》の巡査が通りかかって、そのまま捜査にうつったからだ。要するに家に入っている足跡は、戻って来た十郎自身のものよりほかはなかった。——そして、あとで僕もいって見たが、短刀を発射する機械的なからくりなどというものも、寝室のどこにも痕跡《こんせき》がみとめられない。

指紋は——ああ、黎子のものただひとつ。しかしこれは彼女がひきぬいたときについたものにちがいない。あくまで黎子に対する僕の信頼に同情して、なにか僕が警察へ訴えて出られるような他の解決を君が教示してくれたら、僕はあやしむべき或《あ》る人物の名とむすびつけることが出来るのだ。

外江伝蔵。……

山田君、僕をたすけてくれ。なんとかほかに考えようがないか。それを教えてくれれば、この手紙をつかってもいい。もし〆切《しめきり》にまにあわなければとりあえずここまでを前篇としてつかってくれたまえ。しかし、あとで必ず君の考えた解決を僕にしめしてくれなければならない。どうか山田君、友情と探偵作家の名誉にかけて、僕と黎子を救って下さい！

第四の手紙

山田風太郎君。

僕は無量な感慨をこめて、また——いつであったか、君が「おれの修養の条々だ」といっていた、こんな言葉を想い出している。

「知っていながら、知らぬ顔をすること。忠告したくても声をのんでいること。癇癪《かんしやく》が起きても笑っていること。かと思うと、腹もたたないのに狂気じみた憤激をしめすこと。相手をけむにまいて駄法螺《だぼら》をふきたてること。まじめなのか、ふざけているのか、見当もつかない様子をすること。極度な熱中と度はずれた無関心の態をまぜあわせて、天才的風貌《ふうぼう》をよそおうこと。——要するにとぼけること。……私は、こういう人間になりたい。……」

僕はどうして、そんな君の言葉を想い出したのか。——山田君、君はとうとう僕に返事をくれなかったね。

君は実にひどい男だ。いかにも僕は、あの手紙をつかってくれてもいいといったにはちがいない。しかし、それは、黎子と僕を救ってくれるという条件つきの上でのことだ。その条件を君は果さなかった。しかも、図々《ずうずう》しく、僕の手紙ばかりは勝手に発表してしまった。

図々しく？——いや、まさか「君は知っていながら、知らぬ顔をする」信条を地でいったわけではあるまい。いくらなんでも、原稿の書けない苦しまぎれとはいいながら、僕の手紙をつかった以上、あの解決を与えてくれるつもりではあったのだろう。けれど、とうとうそれが考えつけなかったのだろうと僕は推量する。

つまり、君の探偵作家としての能力の貧しさを、みじめに曝露《ばくろ》したわけだ。君の惨澹《さんたん》たる修養の結果、やっと世間を化かすほどたくみにつけた天才的風貌なるものの仮面がひッぺがされたのだ。

ああ、山田君、君は怒りはすまいね。——君に怒る権利はちっともないはずだ。この前の手紙を出してから、僕がどんなに君の明快なる解答を待ったか、待って待って、待ちもだえた僕の苦しみを、どうか察してくれたまえ。そして君はついに僕に待ちぼうけを喰《く》わせたのだ。

いや、僕は怒っていやしない。実は怒るどころではない。僕はうれしがっているのだ。いま、つい筆がすべって君を侮辱するようなことを書いたが、これは待ちぼうけを喰わされた憤怒のためではなく、歓喜のあまりの筆の狂舞だと思ってくれたまえ。

山田君、僕は解いたのだ。

黎子だけしかいない密室的家屋に、その夫が背後から短刀をつきたてられて絶命していたその秘密を僕はついに解いたのだ。警察は常識的に黎子をつかまえていった。若し僕に黎子に対する愛がなかったら、僕は僕は茫然《ぼうぜん》としてこの事態を見送っただけであったろう。若《も》し僕にかし、僕は黎子の無罪を信じる。犯人が、黎子でないとすれば、はたして誰か？

あれから、僕は警察にお百度をふんだ。むろん、容易に会わせてくれやしない。が、警察も彼女の必死の否認と、なにやら確信ありげな僕の執拗《しつよう》な嘆願に、やッと面会させてくれた。一週ほど前のことだ。

僕の聞きたいのはただひとつのことだった。

「黎子ちゃん。……外江伝蔵ってひとは、ほんとにいるの」

なぜ、そのような疑惑が、僕の脳裡《のうり》に浮かんで来たのか。その名こそ、あの伊皿子十郎の恐ろしい拷問の責め言葉ではなかったのか。また、十郎が帰っていった夜、黎子が町の劇場であいびきするはずの男ではなかったのか。——けれども、僕は信じていた。彼女が、夫以外にあいびきするような男は、うぬぼれではないが、僕よりほかにあるはずはないということ。いや、彼女がいまや真に愛しているのは、僕以外にないということを。

薄暗い、冷たい取調室で、蒼《あお》じろく痩《や》せた黎子は首をふった。まだ悪夢でも見ているような、ボンヤリした表情だった。

「あたし、知りません、そんなひと……」

「伊皿子君がその名を執念ぶかくくりかえしていたのは？」

「わからないんです。あたしには、全然おぼえのない人の名なんです。いつのころからか、急にそんな名をもち出して来て、あたしを……」

黎子は急に両掌を顔におしあて、しゃくりあげた。僕の頭に、あの六年前の可憐《かれん》な少女時代の彼女の姿がよみがえった。刑事の眼をもわすれて、危うく僕は彼女の肩を抱きしめるところだった。

「可哀そうに」

と、僕は叫んだ。

「あれは、伊皿子君の妄想だ」

愕然《がくぜん》として唇をひらいたまま、じっと僕の顔を見つめたまま声もない黎子に、僕はいった。

「若し、君におぼえがないなら、外江伝蔵という名はモヒ中毒で歪《ゆが》み濁った、伊皿子君の頭に浮かんだ、架空《かくう》の嫉妬《しっと》妄想だ」

僕は刑事の方にむきなおった。

「聞いて下さい。あの殺された伊皿子君は、ひどいモルヒネ中毒者だったのです。この中毒そのものによる、脳の荒廃はむろんのこととして、ひどい肉体的衰弱から、妻に対する執拗にして荒唐無稽《こうとうむけい》な嫉妬妄想をおこし——つまり、ありもしない情夫などをじぶん勝手に考え出して、妻を虐待することはよくある例です。その虐待が、どんなにむごたらしいものであったか、どうぞこのひとの身体をしらべてみて下さい」

黎子の頬に悲痛なあかみが散った。

「そして、その虐待が、ほとんど変態性を帯びていたことは、伊皿子が描いていたあの醜怪な絵からも想像して下さい。その怪奇なサジスムスのきわまるところ——ついに伊皿子は、死んでまでも、架空の姦夫《かんぷ》を利用して、貞淑な妻を無実の罪に泣かせようとしたのです」

「な、なに、被害者は、自殺だったというのか」

と、刑事は眼をむき出して叫んだ。

「そんな、君……短刀は背なかにつき立っていたんだぞ！」

「それが彼の恐ろしいトリックだったのです。あなたは、あの寝室の屍体《したい》の傍にころがっていたリュックの背にあたる部分が十文字に切り裂かれて、なかにある絵や塵紙《ちりがみ》がおびただしい血を吸っていたのを御覧になったでしょう。若しこのひとが主人を殺したのなら、そのことをいったい何と御解釈になりますか……？」

「リュックが……どんなトリックを……」

「つまり、短刀はあらかじめ、リュックのなかに水平に入れて、まわりに紙や絵をつめて固定してあったのです。そしてそのリュックを背負ったまま、壁におしつけると、短刀はぐさりと背につき刺さる。苦痛をこらえてリュックを肩からはずすと、背にあたる部分の布は十文字に切り裂かれているのですから、短刀は背につき立ったまま、リュックからはなれて、そして本人はばたりとベッドにうつぶせに倒れてしまう……」

「そんな……そんな……そんなきちがいじみたことを……」

「本人は、実際に正気の健康人でなかったことを考えていただかなくてはなりません」

僕は必死にいった。必死のなかに、快感があった。推理の快感だ。ああ、山田君、僕にそのような能力があろうとは、君の想像もおよばぬところであったろう。僕でさえも知らなかったのだ。その能力をよびおこしたのは恋の力であった。狂乱の悪魔が、死をかけてなお地獄の鎖でひきずってゆこうとした哀れな女を——僕の恋人を救い出す快感で、僕の顔は燃えたった。

「し、しかし、あんた、いくらモヒ中だって、死んでまで奥さんをいじめようなんて……わしにゃ信じられん！」

「刑事さん！　どうか病院へいって訊《き》いて下さい。伊皿子十郎は、このあいだ胃癌だと診断を下された男です！」

ふかい沈黙がおちた。

……黎子の唇がわななき、顔がくしゃくしゃっとゆがんだと思うと、次の瞬間、彼女はわっと僕の胸に泣きくずれて来た。ばかのように立ちすくんだままの刑事の姿もあらばこそ、僕は生命のかぎりに黎子を抱きしめていた。

僕は、ついに黎子を救った。どうだ、山田君、君にばかにされていたこの新納悠吉が、絶妙の推理力を発揮して、初恋の女性を無実の囹圄《れいご》から救い出したのだぜ。……いや僕は君を笑って、得意になりたいどころではない。僕は感謝したい。あらゆるものに対して――上は全能の神から、下は凡庸なる探偵作家山田風太郎氏にいたるまで。いや、これはまた失礼。どうぞ、僕の歓天喜地ぶりに寛容の眼をそそいでくれたまえ。僕は黎子を救った。あの悪魔的な夫からばかりじゃない、尊敬すべき君の予言――彼女の悲劇的運命そのものから永遠に救いあげたのだ。

そして僕も青春をとりもどした。僕は黎子と結婚するだろう。

第五の手紙

山田風太郎様。

とつぜん、お手紙を差上げます。あたし、信濃《しなの》のE市に医大のみなさまが疎開なさっていらしたころ、寮の裏に住んでいた黎子です。……いろいろとかなしい目にあって、いままたことばにもつくせない恐ろしい破目《はめ》に追いつめられています。どうぞお救い下さいまし。このお手紙はこの町の警察のなかで、とくに刑事さまのおゆるしを得て、筆もみだれるままに書いているのでございます。

新納悠吉さまから、いろいろお聞きでございましょう。あのE市から、いろいろ家庭的なふしあわせからはなれなければならない事情がございまして、そのあげく伊皿子十郎という恐ろしい男の妻になってしまいました。そして、この町でまるでこの世の話とも思われないひどい目にあって、しあわせにも新納悠吉さまに救っていただきました。

血みどろの悪夢のような事件から約二ヵ月……それは反対に、天国の夢のような生活でございました。この夏のおわりにでも、新納さまと結婚するはずだったのでございます。あなたさまのお話をうかがったのも、このあいだのことでございました。

「黎子、山田風太郎って探偵小説家を知ってる？」

と、いつか、にこにこ笑っておっしゃるのでございます。

「いいえ、知りませんわ」

「そうだろう。本人はうぬぼれて、おれの原稿がおくれると雑誌社の損害が百万円だ、なんていばっているが、まだかけ出しの三文作家らしいからね。雑誌社にうそばかりついて、さんざん迷惑をかけているらしい。それも道理だ。この間の伊皿子の事件でも、詳細を知らせて解決を依頼したのだが、なんの推理も立たなかったようだ。僕もあんな頭のわるい男が、まさか探偵作家になろうとは思いがけなかった。……」

「山田風太郎って、だあれ？　御存知の方？」

「黎子も知ってるはずだよ。ほら、E市のころさ。山田って変な男がいたじゃないか。貧乏の神様みたいな顔をした……」

「まあ、あの人が――」

山田風太郎様。どうぞお怒りにならないで下さいまし。こんなことをおっしゃる新納さまのお顔は、あなたさまもきっとごぞんじのあの、あかるい、くったくのない笑顔でございました。そしてこのあいだの恐ろしい事件のごじぶんの推理を子供のようにおいばりになるのです。ただその得意さから、あの方にはめずらしいそんな悪口をおっしゃったので、けっしてあなたさまをそんなふうにお考えではなかったことは、すぐそのあとからたいへんほめられて、そしてあたしがいまこうしてあなたさまにおたすけを請うほどのかんがえを吹きこまれたのでもおわかりでございましょう。

山田風太郎さま。どうぞ黎子をお救い下さいまし。新納さまはむごたらしい死をとげられ、そしてあたしが恐ろしい疑いのまとになっているのです。
二、三日まえの日曜日の午後のことでした。新納さまはこの町の警察の刑事さまとあたしといっしょに、ボートにのって海水浴のひとびとの群れている浜をこぎ出していったのです。この刑事さまは、このまえの事件から、すっかり新納さまとお親しくなって、ちょうどその日は非番なそうでございました。
碧《あお》い空、ああ、なんという呪わしいほど明るい午後だったことでしょう。オールをにぎっていらしたのは新納さまでございます。そう申せば、新納さまはなぜか顔いろわるく、へんにしずんでいらっしゃいました。

「あんた、おなかの具合でもわるいんじゃない？　代ろうか」

と刑事さまも、それにはお気づきの御ようすでした。そのとき、新納さまのおっしゃった言葉が妙で、あたしには意味もわからないのです。

「うん。どうも変なかんじがする――」

「変な？――どんな？」

「殺気。……死神の匂い。……」

なんという不吉なことばでしょう。そばに坐《すわ》っていたのはあたくしだけです。まわりは赫耀《かくよう》とした真夏のひかりに満ちているばかりでした。

まさか、それからまもなく、あの信じられないような事件がおこるとは、どうして想像もできたでしょう。やがて誰もそんなばかばかしい問答はわすれてしまいました。ボートは沖の小島と青い岬のあいだをすぎて、さびしい或《あ》る小さな入江に入って行きました。ちょうど、急な山の裏手にあたっていて、浴客はもとより、海鳥にさえわすれられたような、白い砂浜がひっそりとひかっております。

舟に弱い刑事さまは、ひとりで砂浜にあがって煙草をふかしていらっしゃいました。あたしはボートで歌をうたっていました。ボートの先を遠浅の底につけたまま、新納さまはオールを投げだして、空罐《あきかん》で水をしゃくい出したりなさっていましたが、やがて身ぶるいして「さむい——」とつぶやきながら、上衣を足もとによせかけて、あおむけにボートの底に寝て、しばらく空をボンヤリながめていらっしゃいました。実際そのとき、太陽に雲がかかって、入江いったいが、ちょうどあの白日に眼をとじてふっと開いたときの気味わるい薄暗さに満ちたのでございます。

「東海の——小島の磯の白砂に——われ泣きぬれて——」

刑事さまが、がらになくそんな歌をうたい出されたのも、きっとそのものさびしさになにかお感じ入りになったのでございましょう。おきあがられた新納さまはその方をむいて、にこにこお笑い出しになりました。

「おうい、新納さん、何を笑うのじゃ。実にわが日本は、美しい国じゃないか」

「美しい……奇怪な国ですよ」

といって、新納さまはあたしにお話しかけになりました。

「黎子ちゃん、聖書のせりふじゃないが、予言者って、悲劇的で、喜劇的なものだね」

「え？」

「予言者ってものは、例外なくじぶんの歴史的使命を自覚しないで、出現し消えてゆくから、かなしくって、滑稽《こっけい》だ。人間でもそうだが、国にもそういう喜劇的な国家があるよ。日本なども、発狂的にあばれまわって、その結果、アジアの殖民地が続々独立すると、こちらはこんどはケロリとして西洋の番犬……」

日は雲から出て、あたりはまた風とひかりに満ちわたりました。が、そんなのんきなようなしかつめらしいようなことをおっしゃる新納さまの顔いろが鉛のように沈んだままなのを見て、あたしがおもわず腰をうかせたのは、それから五分とたたないうちのことでございます。

「新納さん、どうかなすって？――」

「うむ。……背なかがなんだか寒いような――」

あたしは立ってゆきました。新納さまの背をのぞきこんで、はっと立ちすくんだのはその瞬間でございます。

「あっ――」

どう叫んだのかわかりません。目まいがしてくずおれるようにその恐ろしいものに手をのばすと同時に、新納さまはがくっとおからだをふたつにおりまげられました。無我夢中にあたしがぬきとったのは、果物ナイフでございます。碧い海に血の虹《にじ》がびゅっとはねあがり、さけるまもなく上半身真っ赤に染まって、発狂したようにふりかえるあたしの眼に、ギョクンと砂浜に立ちあがって、義眼みたいにこちらを見ていらっしゃる刑事さまの姿がうつりました。

ああ、山田さま、刑事さまの眼に、そのときの光景が、まるであたしがとびかかって新納さまを刺したように見えたとしても、それが当然だとお考えになるでしょうか。あたしも……あたしも、その一瞬あたしが新納さまを刺したのじゃないかと、酔いのような錯覚をかんじたくらいです。あの方の背後は、ただ無限の大空と大海原ばかりでございますもの。

けれど、あたしは知らないのです！ 知らないといって、またなんといって説いてよいのかわからないのです。どうしてその果物ナイフが飛んで来たのか、どうして新納さまがそんな目におあいになったのか。……

刑事さまにもおわかりになりません。けれど、刑事さまは虚空をわたって来た死神の仕業だなどとはお考えになりません。あたしがやったと思っていらっしゃるのです。そして、いまとなっては前の伊皿子の事件すらも、もういちど考えなおしてみなくてはとおっしゃるのです。

あたしが、どうして伊皿子や新納さまを殺すわけがあるのでしょう。あたしは、伊皿子にさえも貞節な妻であり、新納さまはもとより魂の底から尊敬していたのです。……刑事さまは精神鑑定をしてもらう必要があるとおっしゃいます。

あたしはほんとに気が狂っているのでございましょうか？ 気が狂ってこのふたりを殺

さないまでも、気が狂ってこのふたりの血みどろの最期の光景を幻覚したのではないでしょうか？

山田風太郎様。

どうぞ哀れな黎子をお救い下さいまし。この前は、あたしのほかに、新納さまがあたしを信じて下さいました。いまは、あたしを信じるものはないのです。いえ、あたしさえも信じきれないのでございます。ただ……ただ……あなたさまだけ。どうぞ、黎子を、この哀れな運命から救い出して下さいまし。……

第六の手紙

山田風太郎君。

しばらくぶりです。僕が死んでから、約一ヵ月たつ。……

おどろきましたか。死人の手紙。死んだとみせかけて、実は生きていた、などというちゃちなトリックではないよ。実に僕は断乎《だんこ》として死んでいるのですぞ。といって、君の探偵小説と御同様に、たねをあかせば、実につまらんことです。この手紙は僕が死んでから約一ヵ月後に君あてに出すように、或る知人に託しておいたのだから。

君がいかに快刀乱麻を断つがごとき大探偵作家であるか、黎子には大いに吹聴《ふいちょう》しておいたはずだから、或《あるい》いは彼女は君に救援をもとめたかもしれない。が、僕の予想するところによれば、君はただ黙然と思案投げ首をつづけるばかりで、なんの期待にこたえることなく、黎子はこの一ヵ月、警察の重囲のなかで惨澹《さんたん》たる苦悩にのたうちまわったことであろう。

世にもばかばかしいトリックを、いやにもってまわった探偵小説ほど、世にもばかばかしいものはない。——どうせ、図々《ずうずう》しく、あさましい君のことだから、この僕の手紙をとくとくとして、じぶんが作ったような顔をして、雑誌に発表することだろうが、僕の死んだ経過をちょっと書いただけで、読者はすぐになにもかも看破してしまうだろう。——もったいぶることはない。僕は自殺したのです。

僕はボートのあかすくいの鑵《かん》にナイフを逆にたて、そのうえに仰《あお》むけに寝たのです。いたかったよ。——いや、この手紙を書いているのは、まだその一週間もまえのことだから、さぞいたいだろうと思う。それをがまんして起きあがって、背なかをつたう血はナイフをつきたてたままだから、そんなに出ないと思うが——足もとに上衣をかきよせて、浜の刑事君はもとより黎子にもしばらく感づかせないつもりだ。

なぜ、僕は死ぬのか。黎子に、新納悠吉殺害容疑者として惨澹たる苦悩をなめさせんがためである。

なぜ黎子は惨澹たる苦悩をなめなくてはならないのか。彼女は新納悠吉の厳粛悲壮の恋をうらぎった女として、その復讐《ふくしゅう》をうけるに値いするからである。

厳粛悲壮の恋？——おお、山田君、僕は殺人の罪をすら犯して彼女を僕の腕にとりかえそうとしたのだった。伊皿子十郎は自殺したのではない。彼は死ぬ必要はない。科長は診断した。「癌だ。こんなに早く発見したのは僥倖《ぎょうこう》だった。手術すればなおるだろう」

しかるがゆえに彼は僕の手で殺さなければならなかったのだ。しかし、伊皿子十郎は自宅で殺されたではないか。彼が帰宅して、十時ごろ黎子がその屍体《したい》を発見した夜、夜半まで僕は僕のうちで、病院の同僚と麻雀《マージャン》に興じていたではないか。——そうだ。彼が絶命したのは彼の家の寝室だった。しかし背なかに短刀をつきたてられたのは、そこから、一丁もはなれた僕の家だったのだ。

山田君、あの夜僕はモヒ注射だともったいをつけて彼の背なかの一部にノヴォカインの局所麻酔をほどこしたのだ。注射部位は謂《い》わゆる皮下組織でもよいと思ったが、肺まで刺入しようと考えたので、肋膜《ろくまく》の痛覚を麻痺《まひ》させる必要があり、肋間《ろっかん》神経にむかって伝達麻酔をおこなった。こちらが医者だから嬰児《えいじ》の手をねじるようなものだった。リュックを十文字にきりさいて、この短刀をそのなかに没入させ、血液を吸いとらせるようにしたのも僕だった。心臓でさえも、短刀がつき立てられたままなら、相当時間、生きていることがあるではないか。短刀は栓の役をはたし、それに気づかぬ伊皿子十郎はすまして自宅に帰っていったのだ。

山田風太郎君、君に手紙を出したのは、探偵作家たる君がはたしてこのトリックに感づくか否か、その測量のためだった。すくなくとも第三信までは。——では、あの外江伝蔵の黎子呼び出しの手紙はどうしたのかと君はふしんがるかも知れない。あれは僕が書いたのだ。僕はその夜、あらかじめ黎子を外へ出して、あらぬ濡衣《ぬれぎぬ》をふせいでやろうと思ったのだ。けれど、彼女は外へ出なかった。外江伝蔵……これは、そのための洒落《しゃれ》ではないが、もっとひとを小馬鹿にした、恐るべき諧謔《かいぎゃく》だった。

「ねえ、黎子、僕はひとつ気になってならないことがあるんだが……」

山田君、君はその名に記憶はないか。僕は、架空の姦夫《かんぷ》だとじぶんでいったくせに、どこかで聞いたことがあるような気がしてならなかった。そのことが心に魚の小骨みたいにひッかかっていたのだ。

「外江伝蔵って、ほんとにこの世にいない人間？」

「いないわ」

「いつかの手紙は？」

「あれは伊皿子が自分でつくりあげたことに決ってますわ」

その自信にみちた黎子の顔が、僕にはなんともいえない不安に感じられて来た。そのとき彼女は僕の腕のなかにいた。たえず全身をうごめかしながら、放心したように宙を見つめている黎子には、あきらかに何年かの人妻のなまなましさがあった。僕には、六年前の黎子でないのがかなしかった。

「どうして？」

「外江伝蔵……。それ落語に出て来るひとの名じゃあないの？」

と、彼女はいった。そして笑った。

どうだ、山田君、あっけにとられたろう。聞いたおぼえがあるも道理、落語の「気養い《きやしな》帳《ちょう》」の主人公の名じゃないか。大富豪で大学者で、大艶福家《えんぷくか》で、そのくせ誰も御存知ない。それもそのはず、ただ御本人がそう思いこんでいるだけだという、あの落語の人物の名だったのだ。

僕がほとんど恐怖を感じたのは、その名がこれほど人をくった由来のものであったと知った意外さのせいではなく、黎子の媚笑《びしょう》になんともいえない恍惚《こうこつ》たる不敵さを見とめたからだった。……彼女は知っていたのだ、外江伝蔵を。それはモヒ中の十郎の大脳がかもし出した荒唐無稽《こうとうむけい》なものではなく、黎子ともなれ合いの架空の共有物であったのだ！　なぜか、なぜか、なぜか。……

「おい、黎子。……」

僕は悲鳴のようなさけびをあげて起きなおっていた。

「き、き、きみは……伊皿子にいじめられて……不幸じゃなかったんだね？」

「――ぶって！　ぶって！　あたしをぶって！」

と、彼女は突然身もだえしてさけんだ。僕は蒼白《そうはく》になっていた。おお、僕はなんたることをしたのだ。サジストは伊皿子十郎ばかりではなかったのだ。黎子もまたマゾヒストだったのだ。世にこれほど貞節な夫と妻があろうか。甘美にして戦慄《せんりつ》すべき鍵《かぎ》と鍵穴。

「待ってくれ、それなら、それなら……」

僕ののどには痰《たん》がからんだ。

「黎子、もし伊皿子君が死んだのは、僕の仕業であるとしたら……」

黎子の眼には恐怖のいろは浮かばなかった。彼女は身を焼く陶酔の炎の追憶にのたうちまわり、酔っぱらっていた。その黒い眼は僕を見た。憎悪と憤怒と軽侮が闇黒《あんこく》の火焔《かえん》のように燃えたつ眼であった。

「それなら、あなたは馬鹿よ！」

いちどでも、山田君、人間がこれほど恐ろしい眼と嘲笑《ちょうしょう》をあびせかけられたことがあるだろうか？

突然、僕は笑い出した。気が狂ったように笑い出した。

黎子が、そのとき口ばしった僕の言葉を、どれくらいの正気でうけとったか僕は知らない。また知る必要はない。僕の哄笑《こうしょう》は、僕の厳粛にして悲壮な恋のすべてが崩壊するひびきでもあった。僕は激怒した。僕はじぶんの犯罪が感づかれたから、激怒したのではない。人間は悪を指摘されても怒るものではない。辱《はず》かしめられて、はじめて憤怒に顔をそめるのだ。僕は、じぶんの全身全霊をあげての恋を辱かしめられて激怒したのだった。かくて彼女は一ヵ月の惨澹たる苦悩の復讐を受けなければならなくなったのである。

山田風太郎君、僕は君を尊敬する。いつか僕の気性について君の道破した一言を、僕は異様な肌さむさを感じつつ想い出す。

「君は非常によく感ちがいする。感ちがいしてはひとりで怒ったり、うれしがったりしている。——」

ああなんという恐るべき感ちがいだったろう！

けれど山田君、僕の黎子に対する愛には感ちがいはない。それゆえに彼女の罰は一ヵ月でかんべんしてやろうと思うのだ。……やっぱり、君の予言したように、僕は典型的な恋をした方かも知れない。……

もはや探偵作家としての君になんの註文《ちゅうもん》をもち出す必要はない。すべての犯罪は僕がくみたて、その解決も僕自身がすませてしまったわけだから——ただ友人としての君におねがいする。この手紙がつきしだい、黎子の容疑を解いてやってくれたまえ。かんがえてみれば、可哀そうな女であった。やはり、悲劇的な星のもとに生まれて来た女だった。

では、一週後、碧《あお》い海の上、白日の下で、彼女をあわれみつつ、彼女をにくみつつ、彼女をゆるしつつ、彼女を罰しつつ、僕は死んでゆく。さようなら。

死者の呼び声

探偵小説でない序章

彼女は美しいというより愛くるしい。紅も白粉《おしろい》もつけていない。ふさふさと肩に垂れた髪も、ちょっとカールしてあるだけである。からだも小柄だが、五月の碧空《へきくう》のようなひかりをやどした円《つぶ》らな瞳《ひとみ》といい、箸《はし》がころんでも笑うと俗にいうとおり、なんの成心《せいしん》もなく少年みたいな笑い声をたてるたびに、おしげもなく薔薇《ばら》いろの頬にえがかれる明るい片えくぼといい、とても二十二になる女子大生とは思われない。

しかし、その日曜日の朝、京橋の第一相互ビル三階にある八興産業株式会社本社の「社長室」と金文字でかかれた扉のまえに立ったとき、彼女の唇は、ちょうど半年前、ここを訪ねてきた朝とおなじように緊張に真一文字にかみしめられていた。

——半年前、はじめてこの部屋に入っていったとき、社長は向うむきになったまま、デスクで何か書きものをしていて、十分間くらいこちらをふりむきもしなかった。やっと、片腕をのばしてパイプをとりあげるのを見て、

「あの、T女子大から参った学生でございますけど」

彼女は頬をほてらしていった。元気よくいうつもりであったのだけれど、おずおずと語尾が心ぼそく消えて、まるで乞食みたいだと、じぶんで腹がたった。

「教務課から、きょうこちらにおうかがいするようにって——」

「名は？」

　ふといい、力づよいバスが一句、肩の向うできこえた。彼女はギョクンと息をのんで、それから怒ったようにいった。

「蘆川《あしかわ》旗江」

　社長はくるりと回転椅子をまわして、真正面から旗江のりきんだ顔をみて、一分間くらいたってからニヤリと笑うと、傍の棚から「八興育英会名簿」と背文字をかいた厚い帖面《ちょうめん》をぬきだした。

「おッかなびッくり」という気持のうち「おッかな」の方が、旗江の心から飛んでしまった。八興産業の社長というから、六十くらいのデップリ肥満した老実業家かと考えていたら、意外にも若いひとなのにあきれたのである。若い——といっても、三十四、五だろう、髪にはよく油もつけていない、ネクタイはねじれている、しかし清潔に日にやけた顔色といい、ガッシリした重厚な肩はばといい、古くさい言い方だけれど「男の中の男」ということばは、こういうひとをいうのだろうと思った。

「ふん……昭和四年生まれ……英文科……家族、母ひとりだけか……ふん」

　社長はパイプをふかしながら、帖面をのぞきこんでいた。学校の教務課から送ってきた記録のうつしでもつけられているらしい。……旗江はボンヤリ立っていた。まるでわたしは棒みたいに間がぬけていると思い、下界の街の騒音を遠くききながら、こんなところにくるより、やっぱりアルバイトでもやった方がよかったのだと考えた。

社長は急に帖面をパタンととじると、顔をあげて、ジロジロと、旗江があかくなったりあおくなったりするのもかまわず、不遠慮に見あげ、見おろした。五分くらいすぎてから、ぶつりとした口調でいった。

「ねえ、君……蘆川君といったっけね、日本はこの戦争でなぜ負けたんだろうね？」

旗江はあっけにとられた。四、五年まえの中学校の入学試験みたいな質問だ。しかし突然のことで、彼女はちょっと答えが出なかった。

「それは、帝国主義的な、不義の戦争でしたから……」

社長は笑い出した。アメリカ人みたいに明るい、歯ぎれのいい哄笑《こうしょう》だった。

「不義の戦争か。それはそうだ。しかし、不義の戦争でも、むかしからずいぶん勝って侵略しっぱなしの国があるなあ」

「それは……日本が弱かったから負けたんですわ……」

と旗江はむっとしたようにいって、じぶんも笑い出した。

「ふん、しかしなぜ日本は弱かったんだろう？」

「それは、国力が圧倒的にちがっていましたから……」

ああ、わたしはばかになったのかしら。さっきから、同じことばかりくりかえしてる。こういうことを何とかいったっけ、そうだ、同語反復《トートロジィ》……頭の一隅で、そんな小さな炎のうずをまきながら、旗江はただワクワクした。

「国力とは？」

「物量と、人間の——精神……」

「人間の智慧《ちえ》」

と、みじかく社長はいい直して、眼をそらして、窓の外の蒼《あお》い空を見つめた。非常にまじめな表情に変っていた。

「物量が足りないというのも、もとをただせば、足りるようにする智慧がないからだ。太平洋戦争最大の敗因は、日本人の頭の悪さだった。……しかし、日本人は民族の素質として、そんなに頭が悪いかね？」

社長は旗江に視線をもどして、じぶんで返事をした。

「そうは、僕は思わんのだがね。素質としては……ただ、とにかく貧乏だ。頭が悪いから貧乏なんだといえばいえるが、そんなことをいっていたら、自由を得るには力が要る、力を得るには自由が要る、という堂々めぐりの理窟《りくつ》とおんなじで、いつまでたってもきりがない。とにかく、目さきに小銭のころがっているのがみえる学問でなけりゃ、これを迂遠《うえん》としてわらった日本人の小利口さが、最後の審判にも比すべき劫罰《ごうばつ》を受けるようになったもとなんだね」

旗江は素直にうなずいた。しかし、この社長さんは、いったいなんだってまた、わたしにこんな演説をはじめたのかしら？

「しかし、眼前の小利にのみ目のきく小才子《こざいし》がチヤホヤされ、真に篤学《とくがく》の英才がないがしろにされる傾向も、実はむりのない話なので、それはいまいった貧乏のせいなんだがね。まして敗戦以来、この風潮は一層いちじるしくなってきている。というのは、日本がいよいよ貧乏になったからなんだ。——僕が、八興育英会を設けたのはそこだよ」

急に話がポイントにおちて、旗江は、ああ、と身をかたくし、眼を見ひらいた。

「僕が、といっても、何しろ個人の力だ。限度がある。いまのところ、一人一ヵ月三千円、二百人を限って各大学に、生活に苦しんでいる真の秀才を紹介してもらうように依頼してるんだが、将来はもっと、千人にも万人にもひろげたいつもりだ。いや、決して一実業家の物好きでもなければ、道楽でも慈善でもない、実はこの会社の方だって、そのための手段と考えたいほど僕はまじめな意図でいるんだから、君もそのつもりでいてくれなくてはこまる」

君だって？　では、あたし、合格したのかしら？　旗江は茫然《ぼうぜん》とし、急に涙があふれ出してきそうだった。

社長はパイプにまた煙草をつめかえて、急に旗江の顔をみた。

「そうだ、君は日曜日にはいつも身体あく？　若《も》し、そうなら、毎週ここへきて、その育英会の方の事務を整理してもらいたいんだがね。もちろん、それは別個のアルバイトとして報酬はあげる」

「いいえ、そんな……そんなこと、いいんです。わたし、日曜なら参ります」

「実はそれをやってくれていた女子学生が、先週から、結核で療養所へいってしまっていないんだよ。誰かあとを頼まなきゃならんと考えていたところだが、君はよさそうだ。うん、人相でわかる」

「あら……」

「前のひとには、そのアルバイト代七千円と、育英会資金三千円と、計一万円あげていたんだが、それで君もいいかね？」

——こうして、蘆川旗江は、半年前から毎日曜日、この八興産業に通ってくることになったのであった。

あまり話がうますぎるので、空恐ろしいような気もしたが、じぶんが内部に立入って事務をとりはじめてみると、その育英会が極めて誠実なしっかりしたものであることがわかった。その事務を見たり、学生たちに会うために、社長もつとめて毎日曜日、相互ビルへやってきた。

家庭の日曜までを犠牲にする熱意には頭がさがると同時に、ふしぎにも思ったが、きいてみると、社長さんの奥さまは、一年前亡くなられたそうだった。そういえば、社長の男らしいうしろ姿には、どこか深い孤独な匂いがあった。

いや、うしろ姿ばかりではない。……朝鮮動乱前後から彗星《すいせい》のごとくのびてきて、いまや産業界の風雲児といわれているというこの若い、俊敏剛毅《ごうき》な実業家には、テキパキと采《さい》配《はい》をふるっているときでさえ、なにか海のように茫漠とした寂しさがあった。そうだ、海の孤独だ。

が、海のようにあかるく、深く、重々しいこの社長は、またまじめくさって、旗江をおなかのいたくなるまで笑いころげさせることがあった。

「実業というのは、全く投機でね。終戦直後、ひと儲《もう》けしようと大計画をたてて、残念ながら挫折《ざせつ》したことがある。……僕は田舎に、小さな山だが、三つほど山を持ってる。この山が蛇紋岩《じゃもんがん》という岩からできてるんだ。こいつが風化すると石綿《いしわた》になる。山が三つで、五億四千万貫あるから、この土を一貫目十円で売る。すると全部で五十四億円になると見込みをつけてね。……大いに奮闘してみたが、誰も買手がなかったよ」

「まあ……山が三つで五億四千万貫って、どうしてお割出しになったんですの？」

「どうして割出したかな。何だか、それくらいありそうじゃないか」

そうかと思うと急にぶッきらぼうにこんなことをいうこともあった。

「蘆川君、きみ、連句って知ってるかい？」

「連句って――あの、俳諧《はいかい》の？　存じませんわ」

「存じているのはブギウギだけか。そりゃ残念だ。是非習いたまえ。あれは娘さんにとっては旦那《だんな》さまの、男にとっては妻君の選択に、最もいい方法になるよ」

「あら、どうしてですの？」

「あれはね、こちらとぴッたり呼吸のあう芸術的感覚と、空想力と、感受性と、聡明《そうめい》さと、しかも気質が対照的であることを必要とするからさ」

「そうですか？　社長さん、教えて下さいませ」

「実は僕も知らんのだ」

明るい日のひかりのおんもらとこもった日曜日のビルのなかの部屋や、二、三度呼ばれた麻布の、人のよさそうな婆やと運転手と三匹のシェパードだけがいる、ひろい彼の自邸の書斎で、涙をこぼして笑いながら、けれど旗江はなんともいえない漠然たるおびえを感じた。……

それは純潔な処女の本能が、鋭敏なアンテナのようにふるえる性の脅威であったかもしれない。……というのは、先週の日曜日、社長はとうとう彼女に結婚を申し込んだのであった。

性の脅威？

――しかし彼はちっとも彼女に露骨な誘惑などこころみたことはなかった。いやいや、聡明な旗江は、社長が最初から、そういう企図をいだいてじぶんを使ったものではないこともよく見ぬいていた。

プロポーズの口ぶりもはなはだ社長らしかった。突然、彼はいい出したのである。

「蘆川君、僕は君をとって食べてしまいたい」

はたらいていた旗江は、びックくりしてふりむいて、濡《ぬ》れたように真っ黒な瞳《ひとみ》を見張った。社長はパイプをくわえたまま、じっと彼女を見つめていた。茫洋として、むしろ不機嫌な表情であった。

「僕と結婚してくれ」

旗江は立ちすくんでいた。答はきまっていたが、制服の胸が息づき、呼吸が熱く匂ってくるのが、じぶんでもわかった。

「半年、僕は君を見ていた。わざと、指環《ゆびわ》ひとつ、ハンド・バッグひとつ買ってあげなかった。それは、そんなことで君の歓心を求めたくなかったからだ。それだけ、僕は君に惚《ほ》れていたらしい」

しずかな、重い声であったが、大きく、ひッつかまえるような壮年の男の迫力があった。旗江はスンナリとした両股で、しっかり床を踏んでいるつもりであったが、膝《ひざ》がしだいにガクガクふるえてきた。

「僕は実をいうと、相手の女がじぶんに惚れてくれようがくれまいが、そんなことはどうでもいいと考えていた。じぶんが惚れさえすればそれでよろしい、そうしたら、強引でもなんでもとっつかまえる。そして僕は、その相手に決して不満をあたえないだけの力があるとうぬぼれていた。ただ、こちらの惚れるような女がいなかった」

「——奥さまは？」

と、旗江はかすれた声で、小さくいった。社長の眼に、淡い動揺が翳《かげ》ってみえた。が、すぐ、

「あれは、死んだ」

と、低くいって、また真正面から、旗江の清純な、匂うような姿を見すえた。

「やっと、僕は君を見つけた。見つけたら、滑稽《こっけい》なことに、不甲斐《ふがい》ないことに、君のここ

ろが気がかりになった。強引には出られないのだ。——君の自由意志を尊重する。僕がどんな男か、賢い君はこの半年大体見てくれたろう。それをいろいろ考えてみて、きめてくれたまえ。将来、僕の奥さんになってくれるか、どうか——」

まあ、これが強引じゃないのかしら？　答はきまっていたが、圧倒されて、旗江は声もでなかった。社長は、はじめて白い歯をみせて微笑した。

「お母さんに御相談もあるだろう。一週間の猶予期間をあげる。この次の日曜、返事を下さい」

——そうして、その一週間がすぎて、その日曜日の朝、蘆川旗江は、はげしい緊張に皮膚を象牙《ぞうげ》みたいにかたくして「社長室」と金文字でかいた扉をノックしたのである。

「お入り」

社長はいつもと同じように、向うむきになって、回転椅子に坐《すわ》っていた。しかしデスクに頬杖《ほおづえ》をついて、モクモクとパイプをふかしながら、なにかに耳をすましている風だった。……遠く、東京のひろい碧《あお》い空を、ハンマーを打つ音やリベットのひびきがわたってくる。それは目下東京で、五階以上のビルだけでも五十有余建築中だといわれるビル・ブームの音響であった。

「どうも、日本人はダイナミックな国民だなあ。……なんといわれようと、やはり未来性のある民族だね」

と、彼はつぶやいた。めずらしく浮き浮きした声だった。

「お早うございます」

「ああ、お早う。御苦労さま」

と、ふりむいて、微笑した。旗江の顔は上気してきた。

「早速だが、はじめにあの返事をきいた方がサッパリしてよかろう。どう決めたね？」

彼は立ちあがった。笑った眼の奥に、かくしようもない男の精気がひかっている。日のひかりを背にしているので、その影は大きく、黒く、しなやかな処女のからだを颶風《ぐふう》のごとく一トさらいにしてゆくようにみえた。

早春の暖炉をうしろに、旗江は船酔いのような気持になった。答はきまっていた。しかし、彼女は息づまって、大きく胸をあえがせて、やっと彼を見あげた。

「御返事するまえに……社長さん……わたし、昨日、変なお手紙をいただきましたの」

「手紙？……誰から？どんな？」

「その方を、わたし全然知らないんです。内容も……わたしへの或《あ》る依頼なんですけれど、お引承《ひきう》けしていいのか、わるいのか、わたしにはわからないのです。社長さん、読んでいただけません？」

旗江は、鞄《かばん》からひとつの大きな、分厚い封筒をとり出した。けげんな顔で、社長はそれを受取り、回転椅子に身をしずめて、そのなかみをとり出した。

美しい空に、大都会の生命にあふれるような騒音はゆれている。この小さな高い窓のなかだけ、ねむいような静寂がみちた。

社長はもういちど茫洋《ぼうよう》たる眼を旗江になげて、それから封筒のなかの手紙を読みはじめた。

「お嬢さま。

わたくしは貴女《あなた》を存じません。お名前も、お顔も、お姿も、どんな方かもなにもしらないのです。……けれど、貴女が、お美しくて、きよらかで、賢いお嬢さまでいらっしゃることだけは存じております。

そして、わたくしがおねがいするのは、貴女のほかにはどなたもいないことを存じあげています。わたくしのおねがいをきいていただけるでしょうか？

この突然な、ふしぎなおねがいを申しあげるよりまえに、貴女は探偵小説というものに興味がおありでしょうかしら。お読みになったことはおありにならないでしょうかしら？

女の方は、探偵小説というものをきらいます。そうです。女は探偵小説などという、邪悪と奸詐《かんさ》にみちた恐ろしい物語とは、本質的に性が合わないのです。

でも、賢い貴女は、興味はおもちにならなくっても、おいやであっても、きっと御理解はなさるでしょう。そして、若《も》し、これからわたくしの御紹介するひとつの探偵小説を御理解になったら、きっとあたくしのねがいをききとどけて下さるでしょう。

どうぞ、お読みになって下さいまし。御理解になって下さいまし。そして、どうぞ、わたくしのねがいをききとどけて下さいまし……」

封筒の中の探偵小説

晩春の或る晴れた日の午後、麻布の島津家の庭で園遊会がもよおされた。

元男爵の邸宅ほどあって、池あり、林あり、築山《つきやま》ありの広さだが、しばらく手入れしないとみえて、荒れている。地は芝生というより草いきれするほどの青葉に覆われているし、躑躅《つつじ》は観賞用というには、あまりにも野性をむき出しにしているし、林のなかには妖麗《ようれい》な椿の花がうずたかくちりつもっていた。それだけに、庭は武蔵野の昔をおもい出したように、あくまでも明るく、健康的な日の光りと微風に満ちわたっているのだった。

その微風にもつれつつ、高い樫《かし》の樹から蒼空《そうくう》へ、いくすじかの煙が靄《もや》のようにたちのぼっていった。香ばしい肉の匂いがいったいにながれわたって、遠くで犬の吠《ほ》える声がきこえてきた。

途方もなく、明るくにぎやかなのは、季節と風景よりも、そこにあつまった人々だろう。庭に土をほって、穴の底で丸太がもえていた。ふとい鉄串《てつぐし》で刺された豚肉や犢《こうし》の肉が、その上でひっくりかえされ、じゅうじゅうと大きな音をたてて汁をしたたらせているのだが、まわりの人々の話し声、笑い声、皿と皿とふれあうひびきのために、よくきこえない。

「貴様」「貴様」「おれ」「おれ」という、はなはだ園遊会らしからぬ大声がしきりにする。草の上におかれたどのテーブルからか「おれも貴様も同期の桜……」とうたい出した一群があった。いかにも、今日の客のなかばは、この邸の主人と同期の海軍将校の生きのこり連中なのであった。まるで兵学校時代にもどったように——いや、ながい断食ののちすばらしい御馳走《ごちそう》にありついた子供みたいに、みんな荒々しいばかりに明るい表情である。

他のなかばの客は、婦人が多いが、男もモーニングなどを着こんで、わりととりすました連中だが、主人の海の旧友たちの喧騒《けんそう》を、好意にみちた表情でながめている。これは夫人の方の知人らしい。

けれども、太陽は、むろんまんなかの島津夫妻にあった。今日の園遊会は、この夫妻の結婚一周年の記念日なのである。島津氏もうれしそうにシャンパンをかたむけているし、美しい夫人は、しきりに小娘のように笑い声をたてている。

「おい、谷崎、大富豪、しかりしこうして大艶福家《えんぷくか》」

盃を手にもったまま、よろよろと島津氏の肩をたたきにきた男があった。猿のように赤い顔だが、これでも元海軍少佐である。谷崎と呼んだのは、主人の武志氏が一年前まで名乗っていた名前だからであった。

「きさま、武運も強かったが、財運、女運も強いな。よろしくたのむぞ、おれを——おれを見捨ててくれるなよ。犬馬《けんば》の労をつくすぞ。さ、親分、乾分《こぶん》の盃じゃ、のめ！」

「いやに威張った乾分だな、よし、のむぞ」

「チェスト！　しかし、奥さん、あんたも男運がいいですぞ。わ、わが友ながら、谷崎ほどの男をつかまえるとは——どうです、まえの旦那《だんな》様より、だ、抱き心地がよろしかろうが」

「まあ」

と、夫人は顔にぱっと紅をちらしたが、眼はかがやくように笑っている。どちらかといえば、理智的なうりざね顔だが、歓喜があけっぱなしになった表情であった。

「財運にしてもそうじゃ。谷崎にも運がよかったが、島津家にしたって、もはや御家安泰。どうです、この一年、こちらの株のあがったことは——朝鮮ブームのせいばかりじゃない、ひ、ひとえに谷崎の作戦よろしきを得たため。ねえ、そこな御親戚《しんせき》の方」

と、こんどは武志氏のとなりに坐っている慾《よく》の深そうな禿《はげ》あたまの老人をつかまえて、メートルをあげはじめる。

「武士の商法といいますが、み、み、見直されたろうが。それにこいつは入婿といっても、断じて島津家を裏切るような男じゃありませんぞ。そ、そんなことをしたら、このわしが許さん、御安心なさい！」

虹《にじ》のような酒気を吐いて、豪放ぶっているが、争われぬもので、終戦以来六年間の生活苦が、いやしい滑稽味《こっけいみ》をおびたへつらいとなってこぼれおちている。まことに、この元海軍将校たちは、この友人の幸福な記念日を祝福するよりも、この天寵《てんちょう》にめぐまれたひとりの友人によって、じぶんたちの食禄《しょくろく》にもありつけそうな希望にすがりついて、有頂天になっているのだった。

「いやいや」

と、老人は、五年間にいちどくらいしか見せそうもない歯をみせて笑った。

「おっしゃる通りですわい。信義才幹、ともに島津家の起死回生の人を得たと、わしは全幅的に感謝しとります。徳川時代でも、世に名君賢相といわれたほどの人物はたいてい養子じゃった。それ、あの、吉宗公、松平楽翁上杉鷹山《ようざん》公な。――血統よりも人じゃ。その血統が、わしはこのとおり一生独身の老人で、それにかんじんの公彦があのような馬鹿死をとげてしまっては、島津家の前途はまったくの闇でごわしたよ」

この老人は、島津家の前当主の叔父《おじ》にあたる人だった。からだが弱くって、神経質な芸術家肌で、およそ実業家タイプとは縁遠かった甥《おい》の家業を、辛うじてまもってきたのは、ただこの金銭の鬼のような老人のはたらきだったといってよい。しかし、それだけに頑固きわまるこの老人を、ぜんぜん血のつながりのない入婿として、こうまで心服させたのは、武志氏のなみなみならぬ器量を物語っていた。もっとも、島津家の全財産は、前当主が急死して、当然彩子夫人のものとなったので、その夫人が、武志氏と結婚した以上、叔父といったところでどうすることが出来るわけのものでもなく、この老人の述懐は、彼にしてもやむをえない御愛想だったかもしれない。

「いや、わが甥ながら、ああ女々しい、陰気な男では、この邸《やしき》にこんなに陽気な園遊会がひらかれるなど、夢にも考えられんことじゃった」

「自殺されたんですって？」

と、酔っぱらった元少佐は、浮かれた声をはりあげる。

「左様。モルヒネでな。まったく、想像もつかん馬鹿で……おとしの梅雨《つゆ》どきでしたかな」

「なぜ、また?」

「前の家内の幽霊にとりつかれた、というんですがな。この老人のわしですら、幽霊なんてものは信じはせんのに、いやはや他愛もない——」

老人は吐き出すように唇をひんまげた。「よしましょうよ、そんなお話」と彩子夫人はいやな顔をする。が、元少佐は、肉をかじって、いよいよはずんだ声で、

「えっ、幽霊? そりゃロマンチックなお話ですな、ほほう、前の奥さんの幽霊、前の家内とおっしゃると、この奥さんは?」

「公彦の二度目の家内ですじゃ。前のは阿季子といいましてな、なるほど今から思うと、いつもブラブラして、病身で寝てばかりいて、幽霊になって出そうな女じゃった。これは、その友達でな、いつも見舞いにきてくれおったのが縁で——」

「前の奥さんは、いつお亡くなりになったんです?」

「ありゃ、彩子、いつだったかな?」

「二十二年の十一月ですわ。でも、よして下さいましよ、そんな悲しいお話」

「ほう、鶯《うぐいす》が鳴いているよ」

と、武志氏が耳をすませた。妻をすくうためだったろうが、ほんとうに遠くの藪《やぶ》かげで、二声、三声、美しい老鶯《ろうおう》の鳴声がきこえたし、またほんとうにそれに聞きほれているよう

な自若とした表情であった。

彩子夫人は、武志氏の手をにぎって、うっとりと眼をとじた顔をその肩によせかけた。すこし酔っているらしい。天女のような美貌《びぼう》に、元少佐殿は、ぶっといままでの話をわすれて、友人を妬《や》いた。

「すると、前の奥さんが亡くなられて、この奥さんが入っていらっしゃると、御主人が亡くなられる、そこへ谷崎が入ったというわけか、ところてん式入婿じゃな」

と、ちょいと意地わるいつぶやきを吐くと、武志氏は眼をあげてこちらをみた。子供のように澄んで、面白そうな眼である。

「吉野、実はその前の御主人の亡くなられた原因だがね。すこし、変てこなことがあるんだよ」

「死人の手紙、かね？　ばかばかしい」

と老人は舌打ちした。

「そりゃ、誰かの悪戯《いたずら》じゃよ。公彦はとにかく変物で、音楽家だの心霊術師など胡乱《うろん》な仲間が多かったから、阿季子が死んで以来、あいつがあんまり沈んどるものじゃから、わざとからかって、阿季子の字をまねて、あんなものをよこしおったにちがいない。わるいいたずら者じゃ」

「死人の手紙、とはまた何だい？」

と、吉野元少佐はシャンパンをのんで、身をのり出した。周囲の五、六人も、その異様な言葉をききとがめて、こちらをながめた。

「つまり、前に亡くなられた奥さんから、公彦氏のところへ手紙がくるんだよ。一週間目ごとに――毎週、毎週。そうだったね？」

と肩をうごかされて、彩子夫人は頰をはなして、

「いや。なぜ、こんな楽しい日に、そんな話にこだわるの？　死人から手紙がくるわけないじゃありませんか。叔父さまのおっしゃる通り、誰かの悪戯《いたずら》にきまっていますわ」

「はは、悪戯だから、座興《ざきょう》になるんだよ。ちょっと、諸君の酒興《しゅきょう》をそえることになるかと思って、さっき、書斎から、その阿季子さんの手紙を二、三通、ポケットにいれてもってきたのだがね」

これには彩子も叔父もちょっとびっくりしたらしい。眼をまるく見ひらいて、武志氏の顔をみた。武志氏は平気で、愉快そうにポケットに手をいれて、紫陽花《あじさい》いろの封筒を二つ三つつかみ出し無造作にそのひとつをひらいた。

「まあ、聞きたまえ。こういう手紙なんだ。これは消印は二十三年の十月七日になっているから、阿季子さんが亡くなられてから、約一年ちかくたってからきた手紙らしいね。……恋しいあなた、おわかれしてからこれで四十九通目のお便りですわね……」

「おいおい、あちらでなにか隅におけない、朗読がきこえるぜ」

と、叫ぶ声がして、みんなぞろぞろあつまってきた。武志氏は、にやにや笑いながら、音吐朗々《おんとろうろう》と読みつづける。

「恋しいあなた、この手紙をごらんになるあなたの枕もとには、きっと水のようにつめたい秋の朝霧が、ひえびえと流れこんでいることでしょう。あたしは、そんな、いつかの或《あ》る朝を想い出します。ふと眼がさめたら、あなたも眼をぱっちりひらいて、そのくせまだ夢のひき潮にくるまれたようなお顔をなさっていらっしゃいましたわね。そして、あたしの髪をなでながら、阿季子、ぼくはいま美しい夢を見た、死の国の或る駅なんだよ、みずみずしい街路樹と果物の匂う初夏の町を通って、こんどは、秋の日のあかあかと照らす田舎の村へ……そこに死んだ父と母が、明るい寂しい微笑を浮かべて待っているんだよ。そんな話をして下さいましたのを、おぼえていらっしゃいますか……」

武志氏は、また別の紫陽花いろの封筒をひらいた。

「恋しいあなた、おわかれしてから、これで三十一通目のお便りですわね、お元気でいらっしゃいますか。梅雨に入りましたので、あなたの頭が心配ですの。この季節のあなたは、ほんとうに恐ろしくてなりませんでしたもの。……あんまりぐっしょりと、ぬれたように陰気にだまりこんでいらっしゃるので、いつでしたか、あたしが声をおかけしたら、黙ってくれ、おれは人間の声がイヤなんだ、とおさけびになって、ああ、この声、おれはおれの声にも吐気をもよおす。一こと一こと何かしゃべったあとで、いらいら気にかかってしようがない、それでまたべつのことをいって、その不愉快を消そうとして、ためしに声を出すと、その不潔さに発狂しそうになる、など、なぜかぞっとするようなことをおっしゃいましたわね。また、おれは仮面のように澄まして町を歩きたいんだが、そのつもりでも、或《あ》るいは口をまげたり、頰の肉をひきつらせたりして歩いていて、通る人々が、みんな内心笑っているような気がしてしかたがない、など、泣くような声でおっしゃいましたわね。そんなときのあなたは、ほんとうにこわかった。その息もつまりそうな、暗い、水っぽい梅雨がまたまいりましたが、脳のかげんはどうでございますか……」

「なんですか、その陰々滅々たる薄気味わるい手紙は？」

と、あたらしく寄ってきた者のなかからたずねる声があった。

「このお邸の前御主人の前夫人のラヴレターらしいですがね。こうっと――これは、二十三年六月十三日の日附だから、夫人死後八ヵ月ほどのちの手紙になりますね」

「いったい、全部で何通来たんじゃ、それが」

と、吉野元少佐が少々辟易《へきえき》した顔できいた。

「はっきりわからないが、八十通は越えていたらしい。そうだったね？」

と、武志氏は夫人をふりかえる。夫人は大きな眼で武志氏を見かえしたなり、かすかにこっくりした。

「そりゃ、悪戯にしても念がいっとるな」

「そして、八十幾通目かに公彦氏が自殺されると、それっきり死人は満足したのか、手紙をよこさなくなったそうだ。……」

「もしや……もしや、貴様は、その手紙が公彦氏の自殺に関係があるというんじゃあるまいね？」

「この手紙が、公彦氏を自殺に追いこんだのではなかろうかと、僕は考えるのだがね」

武志氏は微笑をけしてまじめな表情になっていった。庭の高い樫《かし》のかなたに、いつしか日がかたむき、煙のはてに蝶々《ちょうちょう》がきえていった。

「なぜ？」

「それは、前夫人を殺したのが、公彦氏だからだよ」

急に奇妙な声をあげてとびあがったのは叔父《おじ》だった。椅子をうしろにひっくりかえして、武志氏をにらみつけて、

「あんた……途方もないことをいいなさる。あれはもともと心臓が弱くて……心臓麻痺《まひ》で死んだのじゃ！　医者が――」

「医者は、公彦氏にごまかされたか、抱きこまれたのです。じぶんの殺した人間からくる手紙ですもの、もらう方はだんだん参ってきますよ。これらの手紙は、第三者が悪戯にかいたものじゃありません。僕は、阿季子夫人生前の字とこの手紙の字の鑑定を、或る専門家に依頼してみたのですが、おなじです。これはまちがいなく、死人がよこした手紙ですよ」

「そ、そんなばかなことが……」

「ばかな想像や推理じゃありません。御本人の島津公彦氏じしんが、そうみとめて、自殺すると遺書を残しておられるのですよ」

こんどは彩子夫人が立ち上った。

「どこに……どこに、そんなものがあったのですの？」

「いや、けさ、誰からか僕のところへ送ってきたのだ。おそらく、公彦氏が生前に交際しておられた『胡乱な仲間』のひとりが、公彦氏から依頼されていたのだろうと思う。封筒のなかに、封筒が入っていた。なかの封筒に入っていた公彦氏の遺書は、送付をたのまれた本人も知らないのじゃないかと思う」

「どんなことが書いてあるんですの。わたしみる権利があるわ」

落日は朱のいろを暗くしていき、武志氏はしずかに皆を見まわし、ポケットから、もうひとつの封筒をとり出した。

「いや、いい酒興だ。ここで読むよ」

封筒の中の封筒の中の探偵小説

「恋しい、あなた、おわかれしてから、これで……」

——なんという、吐気のする程千遍一律のいやらしい書き出しだろう。

「恋しいあなた、今日はあなたのお誕生日ですわね。よく額の髪の生えぎわの傷あとを、ごじぶんでも気味わるそうになでながらおっしゃった、ぼくはたいへんな難産でね。ここに鉤《かぎ》をひっかけられて生まれたんだよ……」

「恋しいあなた、ごきげんいかが。きょうはあたしたちの結婚記念日ですね。まさかお忘れじゃないでしょうね。あの伊豆の宿でのはじめての晩、あなたはあたしに接吻なさりかけて、急におよしになりましたね。なぜって、あたしの歯に口紅がついていて、へんにきたならしく見えたからって……あとできましたけれど、あたしほんとうにかなしかったわ……」

「恋しいあなた、あなたの神経のガラスの糸のような繊細さには、わたしどうしてよいか、おしまいには気もくるいそうでしたわ。朝、おみそしるをするあたしの口の音でさえも、憎悪で蒼《あお》くなってにらみつけていらっしゃるんですもの……」

「恋しいあなた……」

ああ、たまらない、もうその呼びかけだけはかんべんしてくれ。ぼくがここに自殺するのは、阿季子よ、おまえが死んだあとで、まだ手紙をよこすという怪談よりも、そのおまえをぼくが殺したのだという犯罪よりも、むしろこの千遍一律、万遍一律の「恋しいあなた……」という歯の根に酢がはしるような呼びかけの言葉のいやらしさのせいだったといった方がいい。おまえの復讐《ふくしゅう》は成功した。

この遺書を読まれる紳士よ、ぼくがどうしてあなたにこの遺書を読ませる気になったのか、その理由を説明するまえに、ぼくがなぜ阿季子を殺したか、まずそれを物語ろう。

はじめから、僕が愛していたのは、輦《てぐるま》彩子だったのだ。水基《みずき》阿季子は親のきめた許婚《いいなずけ》にすぎなかった。阿季子は、水基男爵の娘で、海軍中将の遺児である彩子とは学習院のクラス・メートだった。

阿季子は、水母《くらげ》のように病身で、自主性がなくて、親のきめた許婚という関係から、それだけでぼくを愛そうとし、またそれだけで愛することの出来る古風な娘だった。滑稽《こっけい》なのは、その前もってきめられた鋳型《いがた》に、てっきりぼくもはまってくれると信じて疑わなかったことだ。だから彼女は安心して彩子をぼくに紹介した。もっとも、滑稽だとはいうものの、ぼくも漠然とした運命観から、阿季子という夕顔の花のような娘を、ぼくの未来の配偶にかんがえていたには違いない。ただ、葦彩子に会うまではだ。

彩子は海軍中将の娘だというのに、戦争中から平気で絢爛《けんらん》たる着物をき、悠々と美しい口紅をつけてあるいていた。ぼくは圧倒され眩惑《げんわく》され、陶酔した。とうてい、愛の告白などうったえられる相手ではなかった——若い男と女の恋は、男が愛し、女が愛されてすべり出すのがふつうだが、しかし、女が愛し、男が愛されるという位置があってもいいのじゃないか。そして、彩子の矜《ほこ》らかな瞳《ひとみ》には、たしかにぼくへの愛がひらめくこともあったと思う。

敗戦して、ぼくはよろこんだ。彩子の矜りの一つの基盤がくずれたのだ。みるみる彼女の瞳からひかりが、着物から色彩がきえていくのが見てとれた。ぼくはいまや彼女に腕をさしのべることが出来ると思った。

ちょうど終戦後半年ばかりたった冬のことである。彩子は日比谷にあるぼくの「島津音楽芸術研究所」にきて、ぼくが新形式の音楽として戦争中創案した「万葉楽」をきいていた。

「歌っていいわね……飢えていたせいか、あたし涙がでてくるようだわ」

と、恍惚《こうこつ》として彼女はつぶやいた。膝《ひざ》のうえでかるく調子をとっている白い指には、いつのまにか指環《ゆびわ》がきえていた。

ぼくはふりかえって、そのやつれた顔を見つめ、このときだと思った。そう思うと、見苦しいほど声がふるえて、ぼくはおずおずと結婚を申しこんだ。

すると彼女はまるい顎《あご》をあげた。その眼に失われていた光彩がかがやいてきた。

「阿季子さんは、どうなさるの?」

その問いの意味よりも、語気のはげしさにぼくは面をたたかれた。

「あのひとは、あたしの妹みたいなもんよ。あたし、妹の幸福を犠牲にしてまで、じぶんが幸福になろうとは思わなくってよ。それに……」

彼女は昂然《こうぜん》として笑った。

「あたしは孔雀《くじやく》。あなたは……梟《ふくろう》」

ぼくの頰に血がのぼった。ぼくは、親ゆずりの財産をのぞいては、その芸術的な才能をも含めてひそかな劣等感はあったが、面とむかってこうまで恥ずかしめられたのははじめてだ。

「そうですか。孔雀さん。それじゃ獅子《しし》のような男を見つけなさい」

ぼくが激怒したと知って、彼女はへんな顔をしてこちらを眺め、それから微笑して立ちあがってきた。

「お怒りになったの？　島津さん……けど、あなたがいけないのよ」

やさしい、匂うような息が頰をなでるのを感ずると、急にぼくは泣き出したくなった。いや、実際に阿呆《あほう》みたいに涙をこぼしていたかも知れない。

「ねえ、おねがい。阿季子さんと結婚してあげて。あの人は、あなたに捨てられたら、もう生きてはゆけないわ。ねえ、あたしは一生涯の友達として、どうぞあの方と結婚するってお約束して」

地獄へゆけといわれてもうなずかずにはいられないような、神々しい、魅惑的な声だった。ぼくはがくがくと首をふった。彼女はもう一度、子供みたいに指きりげんまんをして、しずかに扉の方へ歩いていった。

「何処へゆくんです？」

「孔雀だなんていばってごめんなさいね。羽根のない孔雀は羊みたいなもんだわ。あたしは……迷羊《ストレイシープ》」

はじめて哀愁に満ちたつぶやきを残して、彩子は、血のような落日にぬれて流れる廃墟《はいきょ》の群衆の中へ消えていった。

ぼくは水基阿季子を妻とした。彩子の嘲《あざけ》りへの怒りと、どうじに彩子の願いへの甘美な服従のためだった。

けれども、彼女の「迷羊」というつぶやきは、深い余韻をひいてぼくの胸に鳴っていた。それは漱石《そうせき》の「三四郎」で、三四郎をすてる美禰子《みねこ》がつぶやいたのとおなじ言葉である。

驕《おご》った自我から三四郎をすてた美禰子は、のちに「それから」に於《お》ける代助《だいすけ》として、すてた恋人をとり戻さなければならなかった。彩子はどうしたか。彩子はしかしいったいどこまでぼくを愛していたのか。彼女ばかりを責められない。ぼくじしん、ぼくの自尊心のために彼女をそれ以上追うことをやめて、阿季子と結婚したのだから。

半年たって、ふたりはまがった自我でふみにじった自分へのつぐないをしなければならなくなった。彩子が、ぼくの腕へ泣きくずれて戻ってきたのだ。

「まちがっていました。あたし、やっぱりあなたを愛していたのです!」

ぼくは夢中になって接吻した。彼女はしがみついてきた。ふたりは越えてはならぬ堰《せき》をこえてしまった。たった一度である。それだけで、しかし自尊心のつよい彩子は、罪のおそろしさにふるえあがった。

「いけないことをした。すまないわ、阿季子さんに。あたし、なんて罪を犯したのでしょう」

彼女は二度とぼくにゆるさなかった。そして、おずおずと、病がちで寝てばかりいる阿季子を見舞いにゆくのだ。ぼくはたった一夜の彩子の鞭《むち》のようにしなやかで、むちっとひきしまった肉体の記憶に気が狂いそうになってきた。ぼくは、苦悩にうちしずんだ彼女を眼で追いまわした。来てくれなければ、なお苦しかった。

こうしてぼくはいつしか妻の阿季子への殺意をおこしたのだ。蒼白《あおじろ》い泥濘《でいねい》のような彼女は、刃でけずりおとしでもしなければはなれる女ではなかった。

ぼくはヴィタミン剤だといつわって、妻にモルヒネを射ちはじめた。いや、最初は実際にヴィタミン剤のなかに極微量の——〇・〇〇一以下のモヒをまぜて、しだいしだいに〇・〇一から、〇・〇三へ、〇・〇五へと、しんぼうづよく増量していったのだ。

彼女はだんだん痩《や》せて、いっそう蒼白くなって、めまいや頭痛を訴えはじめた。手足がふるえたり、悪寒をかんじたり、幻覚をみるようになってから、やっと阿季子も、じぶんに注射してくれる薬が、ヴィタミン剤などではないことに気がついたらしい。ときどき、薄暗い病室の隅で、恨めしそうな二つの眼が蒼白い燐光《りんこう》のように凝視していて、ぼくをふるえあがらせることがあった。けれど——もうおそい！　いったんモヒ中になった人間は、たとえ殺されようと、地球がくだけ散ろうと、もはや魔薬の供給者からはなれ去ることは出来ないのだ！

二十二年の十一月、彼女はしずかに最後のモルヒネで呼吸中枢をとめられて、死んでいった。

邪魔者は殺された。ぼくは、何も知らない華彩子と、その翌《あく》る年の五月、天下はれて結婚した。

死人からの最初の手紙が舞いこんできたのは、その新婚の夢いまだ去らぬ一週間めのことである。

「恋しいあなた、おわかれしてから、これが一週間めの……」

その文句と、あの色あせた紫陽花《あじさい》いろの封筒を眼にいれて、ぼくが眉《まゆ》に唾《つば》をつけてみたのは当然であろう。ぼくは恐怖よりもキョトンとして、まったく狐につままれたようだった。しかしなんのまちがいにしろ、あんまりいい心持ではなかった。

「恋しいあなた、おわかれしてから、これが二通目の……」

三通めにいたって、ぼくはやっと彩子にそれをみせた。彩子もあっけにとられたようだった。

「この字は……でも、阿季子さんの字らしいわね」

「たしかに、そうだ。誰かまねたにちがいない。超心理学研究会の七島か、海老沢か……いたずらにしては、少々あくどいね」

一週間たって、また紫陽花いろの封筒はやってきた。だんだんぼくは憂鬱《ゆううつ》になってきた。手紙は、毎週、毎週、正確に送られてくる。これが第三者の悪戯《いたずら》ではないということに気がついて、総身から水をあびせられたような気持になり出したのは、その字よりも、内容であった。誰にも知れない夫婦だけの秘密というものがある。ほとんどふつうの心理として、ほかの人間にはうちあけることのあり得ない微妙なふたりの生活の陰翳《いんえい》が、そこにこまごまと、くどくどと、めんめんと書きつらねてあるのだった。

「あなた、またきたわよ」

毎朝、その封筒を盆にのせて、おびえたように彩子の入ってくる時刻が、ぼくはたえられなくなってきた。激怒しても、苦悩しても、それは一週間ごとに、まったく幽霊の皮膚の一片のようにひらひらと舞いこんでくるのだ。ぼくは、彩子の入ってくる跫音《あしおと》が、破傷風患者のように脳に激動をあたえるのに、輾転反側《てんてんはんそく》しはじめた。

「どうしたことだ、これは……いったい、どうしたことだ？」

すくなくとも、この手紙を書いているのが、死んだ妻であることにまちがいはない。ぼくは、自分で言うのも妙だが、断じていわゆる悪党ではない。が、阿季子を殺した直後、ふしぎにも良心の苦悶《くもん》というものを感じなかった。殺害が一瞬間ではなく、相当長期間にわたったせいだったかもしれない。またその苦悶の代償たる歓喜が、あまりにも大きかったゆえでもあろう。しかし、いまや、あの生きているころから影うすかった阿季子という女の眼が、どこの闇の奥にも光り、唇がいたるところの虚空からぶつぶつとつぶやきつづけ、水母《くらげ》のような触覚が、夜霧のごとく全身をはいまわっているような感じであった。

「恋しいあなた、おわかれしてから、これが五十四通めの……」

ああ、この死者の呼び声にたえきれる鋼鉄の殺人者があるだろうか。ぼくはだめだ。ぼくはだめになってきた。ぼくはモヒを射ちはじめた。殺人そのものの苦悩より、あの封筒のいろ、泣きくどくような文章、その執拗《しつよう》さが、感覚的にぼくの全神経を崩壊させそうなのだ。

「恋しいあなた、おわかれしてからこれが八十七通めの……」

ぼくはついに屈服した。もう八十八通めの手紙を貰《もら》わなくてもすむように、こちらから冥土《めいど》へ出かけていくのだ。

いまや五グラムのモルヒネを手にとろうとして、最後に荒廃した脳裡《のうり》を照らす理性の火花がある。それは、いかに妄想にしても、死人が手紙をよこすわけはないということである。書いたのは何人《なんぴと》であろうと、すくなくとも、それを一週ごとに送り出す地上の人間があるということである。それは誰か？

——彩子！

ぼくはこれ以上、もう考えつめる気力がない。が、そういえば、阿季子をモルヒネで徐々に殺すという智慧《ちえ》も、彼女から吹きこまれたような気がする。それをはっきりいったのが、いつであったか、それも茫漠《ぼうばく》たる忘却の霧の果てにぼやけている。黄泉《よみ》だよりの配達夫が彩子であるとして、それがいまさらどうなるのだ。彼女はしらばくれるだろう。そして依然として、吐気をもよおすような美人の手紙を送ることをやめないだろう……ぼくは警察に彼女を訴えることは出来ない。

ああ、なんたるみごとな財産横領であったことか。彩子は自らの手を一滴も血ぬらさずして、島津家の女相続人になったではないか。

彩子よ、ぼくはしかしお前を祝福する。よろこんで全財産をお前の手にゆだねよう。ぼくはお前を愛しているのだもの。恐ろしい、けれど、はなすことの出来ない罌粟《けし》の花とおなじように愛しているのだもの。

けれど、彩子の夫となる紳士よ、気をつけたまえ、真理はつねにひかれ者の小唄《こうた》のなかにある。道化役者の忠告をききたまえ。罌粟は甘美な夢を盛った禁断の魔の花であることを。——

日はしずんだ。

血のような妖麗《ようれい》な残光にぬれて、島津家の庭へたたずむ一群の人々は、いまや凝然とうごかない。ほんのさっきまで、この庭に燦爛《さんらん》とみちゆれていた日光と幸福はどこへいったのだろう。人々はまだあたりの空気にのこっている肉の焼ける匂いに、胃部のあたりに重っ苦しい鈍痛をかんじていた。

「おまえがやったのか、彩子――」

と、武志氏はしゃがれた声でいった。彩子夫人は、椅子に腰かけたまま、はりさけるほど大きく、黒い瞳《ひとみ》を見はっていた。やがてぼんやりした声でいった。

「あたしが何をやったとおっしゃるのです?」

「心理的殺人」

武志氏はのどの奥から、沈痛なつぶやきをもらした。さすがに、さっきまでの微笑がきえて、落日に、その顔は名状しがたい悲色にいろどられていた。

「死者の手紙は、悪戯じゃない。その恐怖にさいなまれて、公彦氏は亡くなられたのだ」

「阿季子さんを殺したのは、前の主人です。手紙をかいたのは阿季子さんですわ」

「阿季子さんを殺すように暗示したのはおまえだろう。手紙を阿季子さんにかかせたのも

「……あなたは、何を……」彩子夫人の唇はねじれた。

「そうだ。証拠は何もない。だからこそ、心理的犯罪だというのだ。いったん阿季子さんを公彦氏と結婚させ、それからおまえが公彦氏を誘惑し、夫人への殺意と手段を暗示する。暗示は証拠をのこさない。夫人を殺害させると、公彦氏は永遠に殺人者の業苦を魂に刻印されたことになる。一方、おまえは阿季子さんの病床を友として見舞って、おそらく大胆にも公彦氏の殺意を告げたにちがいない。が、阿季子さんは万斛《ばんこく》の恨みをのみつつも、生きているかぎりすでに麻薬の魔力によって公彦氏からのがれることは出来ないのだ。恨めしい、恨めしい、その一念を死んでのち公彦氏に思いしらせる法はないものか、そこでおまえだろう」

「何を証拠に……」

前が、死後の手紙を何十通か、何百通か、毎日毎日、生前にかきつづけさせておいたのだ。あれほど繊細な神経の人でなくっても、じぶんが殺した女の手紙を波のように送られて、なお平然たる極悪人がこの世にあるだろうか。しかも公彦氏じしんがいっているように、彼はその恐怖を誰にうったえることもできない」

「あたしが、島津家の財産がほしいなら、さいしょ、公彦さんからプロポーズされたとき に承知していたでしょう……」

「おまえは、島津家の財産だけが欲しかったのだ。公彦氏は不要の存在だった。阿季子夫人は公彦氏と相殺させるためだけの道具にすぎない」

手ずから妻を断罪する夫の声は、すでに厳粛さをとおりこして鬼気すらたたえられていた。頬にひかるものがあるのは、涙か、汗のためか。

「あたしがなんのために、それほどまでの犠牲をはらって島津家の財産を――」

「僕にくれるためだろう」

武志氏はうめくようにいった。人々のあいだに深刻な動揺が波うったようであった。なかに、木乃伊《ミイラ》のようにうごかず、かっと眼球だけむき出しているのは、あの叔父《おじ》御ひとりだけである。

「彩子、罪は僕にあるかもしれない。僕がいなかったら、お前はこの大罪を犯さずにすんだろうと思う。すまん……が、彩子、僕がわざわざ、きょう多くの知人を呼んだ席で敢《あえ》てこの曝露《ばくろ》をやった心がわかるか？」

はじめて、彩子夫人は両掌を顔にあてた。恐ろしい理智も驕慢《きょうまん》もきえて、ただ罪にすすり泣く可憐《かれん》な、いたましい嗚咽《おえつ》がその肩に波うった。急に彼女は椅子からころがり出すように這《は》いおちて、夫の足にすがりついた。

「だって、だって。だって……」

夫は、しかし銅像のようにうごかなかった。かすかに首をたれたのは、叔父と友人たちへむけてであった。

「こういう、おのれの皮膚をひきめくるようなむごたらしい探偵は、古今未曾有《ここんみぞう》でありましょう。が、おききのとおりです。……諸君、罪はすべてふたりにあります。むしろ妻がこの大犯罪を犯した動機は、僕の浪人時代の愚痴を、女の浅はかさで曲解したことにあるかもしれません。しかし、この世の最後の支配者は正義でなくてはなりません。満腔《まんこう》の謝罪の念をこめて、島津家はこの叔父様におかえしいたします」

叔父はかすかな溜息《ためいき》をついて禿頭をかかえ、悲鳴のようなさけびをあげたのは、食禄《しょくろく》にありつきそこねたと知った吉野元少佐殿であった。

せまりくる悲劇的薄暮のなかに、いつまでもいつまでも、だだッ子のような彩子夫人の慟哭《どうこく》がきこえていた。

「だって、だって、だって……」

「お嬢さま。

この探偵小説的な物語をおよみ下さいましたか。さぞ、この邪悪と奸詐《かんさ》にみちた、このいとわしい話に身ぶるいなすったことでございましょう。

けれど、世の多くの探偵小説とおなじように、これも最後は正義の神の微笑によって幕をおろします。

どうしてこの敢て妻を断罪した崇高な夫の精神にうたれない者がございましょうか。のみならず、島津家の叔父は、もはや余命いくばくとてない孤独な老人です。周囲の人々も、いまの主人にたよってこそ、未来をひらこうとかんがえていた者ばかりでございます。……島津家の財産はやはり武志氏に托《たく》されることになりました。

そして、唯一の罪人、島津彩子――あたくしだけ、この夜半、前の夫ののこしたモルヒネで罪をあがなおうとしているのでございます。

「だって、だって、だって……」

最後までみれんがましくさけびつづけたのは、むろん、あの罪を否定しようとしたのではございません。すべて、主人の看破したとおりです。いえ、すべて主人の計画したとおりなのでございます！　まちがいはございません。ただ、まちがっているのは、主人の最後の句「妻がこの大犯罪を犯した動機は、僕の浪人時代の愚痴を、女の浅はかさで曲解したことにあるかもしれません」という言葉ばかりでございます。

そうです。「だって、だって、だって」そのつぎにあたしのいいたかったのは、「だって、みんなあなたの御意志どおりのことじゃありませんか？」という叫びだったのです。ただ、あまりの驚愕《きょうがく》に、それ以上絶句してしまったのでございます。

すべては、はじめから、夫の智慧《ちえ》でございました。決して、あのひとの愚痴を、あたしが曲解したのではありません。ところが……ああ、恐ろしいことに、それだけははっきりした以心伝心の事実でありながら、いつ、どこでそんな智慧をふきこまれたのか、あたしにもわからないのでございます。のみならず、夫は、ちゃんと公衆の面前で、それはあたしの「曲解」だとことわっているではありませんか？

あたしが、公彦さんに犯罪をふきこんだとおなじやりかたで、霧のしずくが地にしみこむように、夫はあたしに犯罪をふきこんだのでございます。あたしにとって、阿季子さんも公彦さんも傀儡《かいらい》にすぎなかったとひとしく、あのひとにとってあたしもまたみじめな傀儡だったのです。あのひとが欲しいのは島津家の財産だけであって、あたしもまた哀れな道具であったのです。

最初、あのひとが阿季子さんの手紙のことをいい出したとき、あたしはあっけにとられました。その意図をいぶかしみました。つぎには、公彦さんの遺書を送ってきた人があるというので、その先手をうった大胆なお芝居かとも思いました。けれど、かんがえてみれば、あの遺書がなくっても、やはり夫はあの挙にでたことでございましょう。……はじめから、あたしはあのひとにとって不要の存在だったのです。口もきけず阿呆《あほう》になったかと思われるばかりのあたしの驚愕は、犯罪をあばかれたことより、そのことをはじめて知った自失からきたのでございました。

あたしは、海軍少佐谷崎武志を愛していたのです！　あのひとを世に出すためなら、地獄の炎にやかれても悔いないほどに愛していたのです！……けれど、こういっても、あのひとはただ重厚な、茫漠《ぼうばく》たる微笑を浮かべるばかりでございましょう。あのひとが、徒手空拳《としゅくうけん》で大きな財産を手にいれて、はればれとした野心にみちた新しい生活に、どんな伴侶《はんりょ》をもとめようとするか、あたしには眼にみえるような気がします、……それは、きっと世にもまれなほど美しくて、清らかで、賢いお嬢さまにちがいないのです。

お嬢さま、それがあなたです。あたしは、貴女《あなた》のお名前も、お顔も、お姿も、どんな方かも知らないのです、けれど、あのひとのお嫁さんになる方にこの手紙をおわたしするように、あたしは婆やに託して死んでいくつもりです。

あたしは「この世の最後の支配者は正義でなくてはならぬ」などと、大それたことは申しません。けれど、お嬢さま、天使のようなお嬢さま、貴女こそ、そうおっしゃる権利がおありです。あたしのおねがいと申しあげますのは、ただ、地獄のような恋に女をおとして、悠々と満帆に風をはらんでこの世の怒濤《どとう》をきってゆくあのひとに、女のかなしい一矢《いっし》をむくいてやりたいだけです。

あのひとが、誰か、むろん、お嬢さまにはおわかりでしょうね。どうぞ、お嬢さま、この夜、恋にも神にも悪魔にさえもすてられて死んでいく哀れな女の最後のおねがいをききとどけて下さいまし……」

探偵小説でない終章

「――社長さん」

社長は顔をあげた。どこか放心したような眼に、やがてしだいに苦笑のようなものがひろがってきた。ものうそうに、厚い封筒をなげ出し、黙ってパイプを口にくわえると、モクモクと煙をふかしはじめた。

「僕だ」と、彼はぽつんといった。

蘆川旗江は、かなしそうな、まじめな顔で、じっと社長を直視していた。不敵な男の眼が思わず空にそれたほど美しく澄んだ凝視であった。

「あたし、社長さんを信じています」

と、旗江はいった。社長はかすかに首をかしげて彼女を見かえした。

「社長さんが、たんに財産がほしくってそんなことをなさったんじゃないことを。いえ、その財産は、ごじぶんのためでなく、もっと大きな、あたしたちなどの想像もつかないほど大きな目的へむかっておすすみになる、そのスプリングのためにお望みになったことを……」

島津社長の眼にはじめて感動のいろが浮かんだ。

「でも、あたし……このあいだの御返事、やっぱり、ノー、としか申しあげられないんです」

「当然です」

「でも、それは、このお手紙みたからではありませんの。あたしのお答えは、はじめからきまっていたんです。だって、あたし、恋人があるんですもの」

「ほう」

と、社長は口をあけてぽかんとした。これは思いがけなかったらしい。蘆川旗江はういういしく頰をそめたが、眼はいきいきと輝やいて、

「この外で待ってるんです。貧乏な大学生ですけれど、ほんとにいいひとなんです」

「それはよかった」

と、彼はいって、男らしく微笑した。

「幸福な恋をしたまえ」

「それでは失礼します」

旗江はもじもじせずにお辞儀して、ドアのところでまたたちどまり、

「社長さん、もうこの会社をおやめになりますわね。だから、あたしももう参りません。ながいあいだ、ほんとうにありがとうございました」

社長は握手の手を出しかけて、あわててそれをひっこめた。旗江は涙の浮かんだ眼で彼の顔をもういちど見あげて、それから扉を出ていった。

島津社長は茫然とそれを見おくっていたが、やがてパイプをくわえたまま、部屋をぐるぐる歩きまわりはじめた。三分ばかりたったとき、ふいに卓上の電話がジリジリと鳴り出した。

受話器をとりあげて耳にあてる。

「うむ、なに、吉野専務か。なに、通産省関係の件がばれたって？　警視庁がのり出したというのか。あわててはいけない」

びくりともうごかない顔色である。パイプを手からはなしもせず、沈着適確な緊急措置の指揮を下した。

「ばか。こちらの腰に縄がつけば、その縄のさきには大臣が二、三人つながることになる。

心配することはない、それでいい」

にやりと、不敵な面魂であった。

が、受話器をおくと、なんとも名状しがたい孤独の姿になった。あきらかにいまの電話のせいではない、もっとふかい、内部からの動揺に、歯をくいしばっている表情だった。

彼は窓にあゆみよって、カーテンをかかげた。京橋の大通りは、織るような朝の人波だった。その人波のむこうに、見覚えのある、若い牝鹿《めじか》のような娘の姿が歩いていく。貧しげな大学生となかよく肩をならべて、たのしそうに、何か笑いながら歩みさっていく。

社長はカーテンの手をはなして、だらりと垂れた。誰もいない、眠いほどあかるい部屋のなかに、なにやら眼にみえぬ潮騒《しおさい》があった。彼はその手をまたのばしてデスクの抽出《ひきだし》をひらいて、ふとい注射器をとり出した。それから、奥の方からつかみ出した美しいモルヒネのアンプルをいくつか、大きな掌《てのひら》の上でころころところがしていた。

「正義の神か……正義の天使か」

と、彼は沈痛な笑顔でつぶやいて、やがて左腕の袖《そで》をそろそろと、しずかにまくってゆくのであった。

さようなら

一

一匹の鼠の屍骸《しがい》が、この中世紀的な悪夢のような物語のはじまりだった。

最初それに気がついたのは、その小路のおくにすむあるファッション・モデルである。

その死んだ鼠は、都の衛生局のお役人の家の角に、ひとかたまりのぼろくずのようになげ出されていた。いったい、家で猫いらずで殺した鼠でも、夜なかに往来にすてて知らん顔をしている人間のめずらしくもないお国柄だ。したがって、彼女よりさきにそれをみた人間もきっとあったにちがいないが、おそらく眼のはしにちらっとうつしただけで、とおりすぎていったものだろう。彼女にしても、春泥の路を、曲芸のように、たかいかかとの靴をはこんであるいていなかったら、気がついたか、どうか。——

「いやあねえ」

顔をしかめたとたん、ふと彼女はたちどまった。へんなことに気づいたのだ。その鼠は、昨日の朝も、おとといの朝も、そこにあった。——しかし、モデル・グループの事務所からかえるときには、なかった。

——おなじ鼠じゃない。だれかが、ちがう鼠を、毎朝そこに一匹ずつすてるものがあるのだ。

「あら、いまお出かけ？」

ふいに声をかけられたので、顔をあげると衛生局のお役人の奥さんが、野菜くずをいれたバケツをぶらさげて、門から出てきたところだった。

「ねえ、奥さま、だれかしら、こんなところに鼠をすてるの。――」

「え、鼠？　おおいやだ」

「それがね、奥さま、だれか毎朝ここにすてるらしいのよ。公衆道徳をしらないにもほどがあるわ」

「毎朝？　まあ、そういえば、きのうの夕方には気がつかなかったわ。衛生局の役人の家の傍に、ずうずうしいやつね」

と、奥さんはおそるおそるちかづいてきて、眉《まゆ》をしかめてその鼠を見下ろしていたが、

「主人にはなしてみましょう」

「あら、旦那《だんな》さま、きょうおやすみ？」

「え、ちょっと熱があるようだって。――ホ、ホ、麻雀《マージャン》づかれでしょうよ」

ファッション・モデルはなんとなく笑って、ステージでみせるポーズのように大げさに鼠をまたいで、そのまま事務所へ出かけていった。

彼女が、家からの電話でよばれたのは、それから数時間のうちだった。うわずったような母の声である。

「おまえ、たいへんなことになったよ。すぐかえっておくれ。……引っ越しをしなくちゃ

いけないんだって!」

「な、なによ、いったい」

彼女は、あっけにとられた。

「ペストが発生したんだってさ」

「ペスト?」

そうきいても、彼女にはとっさになんのショックもない。ペストときいて、頭にうかぶのは、アルベール・カミュの同名の小説だけである。ベスト・セラーになった小説だから、彼女も二、三回もちあるいたことはあるが、内容はよんだこともない。

「おまえが、けさ見つけ出したんだってね。鼠よ、あの鼠。——あれがペストだったんだってさ。いま、お巡りさんや都の衛生局のお役人などワンサとのりこんできて、町じゅうにえくりかえるようなさわぎなのよ。はやく引っ越さないと、いのちがないんだって。——」

はじめて、ファッション・モデルの頭に、黒死病、ということばが思い出された。ペスト、なるほどそれが世にも恐ろしい伝染病だという概念もうかんできたが、それより、黒死病という字面が、ぞっとするような恐怖の感覚で、彼女の白い肌を這《は》ってすぎた。

「そ、それで、どこへ引っ越すの?」

「どこだかわからないわ。さしあたりまた高樹町《たかぎ》へでもゆくほかはないけれど。——」

高樹町は、伯父《おじ》の家のあるところだった。

が、ながいあいだそこに同居していて、三年ばかりまえ、非常にいい条件で、やっとその家を月賦で手にいれたばかりだから、母は途方にくれて、声までオロオロしていた。

「いえ、荷物もなにも持ち出し禁止だというのよ。荷物どころか、人間もどっかへひっぱってかれちゃいそうなの。さっき、お役人が、この町一帯やきはらうのがいちばんだと、そりゃまあらんぼうなことをいって。——とにかく、はやくかえっておくれ!」

——こういうさわぎが、その界隈《かいわい》何百何千という家庭ぜんぶにひきおこされたことはいうまでもない。

いや、その町ばかりではない。東京じゅうが、恐怖に息をつまらせ、金しばりになってしまった。

ただ防疫陣だけがつまさき立ちであるき、報道陣だけが声をひそめてうごいた。——その死んだ鼠は、肺ペストだった。いちばん恐ろしい奴だ。そこまではわかった。しかし、その鼠がどこからきたか、感染経路はどうなのか、一切まだわからなかった。そして、大規模な、必死の検査を行っても、ほかに死んだ鼠はまだ一匹も発見されなかった。

肺ペスト、それはいまでも死亡率百%といわれる。かつて、十四世紀、欧洲《おうしゅう》に大流行をきわめたときは、実に二千五百万人の人間が死んだといわれ、その恐怖的様相は「デカメロン」で名高いが二十世紀の現代でも、その恐ろしさはさまで軽減されていない。日本でも、明治三十六年、大正四年、東京にこれが発生、流行しかけたときのさわぎは、ふるい人なら知っているところである。

その町一帯の人々はむろん強制的に、また恐怖におびえた人々は、何万となくみずからおしかけて、効果のあまりたしかでない治療血清やペスト・ワクチンの注射をうけた。その町には、悪夢の国の装束みたいな防疫衣に身をつつんだ衛生局の役人がのりこんできて、酸化炭素ガスや二酸化硫黄《いおう》ガスや青酸ガスをふきつけ、燻蒸《くんじょう》してまわった。

そして、その夜、その町は、まるで颱風《たいふう》の眼のように、真空の死の町と化してしまった。

昭和三十年早春のことだった。

二

その死の町へ、ふたりの男が、ひそやかに入ってきた。

もう真夜中にちかい時刻だった。

ひとりは、禿《はげ》あたま、ズングリムックリのふとっちょで、もうひとりは枯木のようにやせたのっぽだが、どちらも、なにかのはずみでちらっとひからせる眼が、鷹《たか》のようにするどい。しかし年はいずれも六十前後である。

「これが、死花になればいいが」

と、禿あたまがひくく笑う。

「まあ、そんな気でいるわたしたちでもなければ、ここに入ってくる奴はいまい」

と、枯木もニヤリとする。

「しかし、ペスト菌がいないのじゃないか、というのはどこまでたしかな話なのか?」

「どうもおかしい」と、いまになって衛生局のほうではくびをひねっとるのだがね。あの鼠はたしかにペストにかかって死んどる。しかし、死後経過時間は――」

といいかけて、また苦笑した。

「鼠が死んだのは、昨夜だ。ふつうなら、まだ鼠の血のなかにおるペスト菌が生きておって、寒天やらじゃが芋やらで育てると、弱っとった奴でも元気出してくるそうだが、みんな完全に死滅しとる。――というより、あの鼠は、いちどていねいに茹《ゆ》でられたような形跡があるという。ペスト菌というやつは、寒さにはおそろしく強いが、熱にはまたおそろしく弱くって、六十度くらいでお陀《だ》仏《ぶつ》になっちまうものなんだそうだ」

「しかし、ペストにかかっとるのは、あの鼠一匹にはかぎるまい」

「そうさ、また、あれが茹でられるまえに、鼠についてその血を吸っとった蚤《のみ》が一匹でもとび出していたとすれば、危険性はおんなじことだ、と医者はいうんだが。――」

禿あたまは空をあおいだ。しんとした夜空に、星はまるで無数の蜜蜂《みつばち》のようにまたたいていた。下界が死んでいると、空は生きているようだ。が、禿はべつにそんな感慨ももよおさなかったらしく、ぽつりと、

「しかし、どうもくさいと思う。わしには、ペストよりも」

「その鼠だな」

「みんな、ペスト、ペストと、のぼせあがっとるが――また、いろいろきけば、なるほど

おっかねえものだとは思うが」

「水爆実験みたいなもので、わしたちの頭には――」

「強盗のほうが、ピンとくるか、はははは」

これは、私服ではあるが、どちらも三十年の刑事生活をおえて、ちかく勇退させられることになっている、警視庁のぬしといわれる老刑事だった。

「これだけ長いあいだ刑事をやっとると、頭はそれだけにかたまってしまうのだな。ちょうど銀蠅《ぎんばえ》が、高い空より地べたの糞《ふん》にばかり気をひかれるようなものか。あははは」

「いや、ご同様だ。たしかにこの騒動のうちには、なんやらくさいものがある」

「なんじゃと思う？」

「まあ、一応考えられるところでは――この町からみんなを追ん出して、空巣をねらうことだが」

「と、まあ、わしも考えたんだが。……しかし、この町のまわりはぐるっと警官や役人にとりかこまれとる。いや、全国民の眼が、この町にドキドキひかって吸いつけられとるのに、そんなふてえことができるだろうか？」

「すると、そんな大がかりな空巣より、なんかごく小っちゃなもので、ひどくねうちのあるものを」

「しかし、そんな小っちゃなものなら、いくらあのさわぎのなかでも持主がもち出しとるだろう。なにしろ、ペストにかかってもいいからって、箪笥《たんす》のきものにしがみついてはなれようともしなかった女もうんといたくらいなんじゃから。フ、フ」

「すると、やっぱり、あの鼠は――」

「ま、いたずらにしては事が重大すぎる。正気でペスト菌をあつかうのは、伝染病研究所で実験をやっとる医者くらいなもんだと、衛生局ではいうんじゃが。……」

ふたりは、いつしかふっとたちどまっていた。たちどまると、異様な匂いが鼻孔をつんできた。それは、ひるま大々的に燻蒸した薬品の匂いにちがいなかった。しかし、なにやら、「死」を思わせる匂いだった。そして、それより、この町の暗さとしずけさというものは。……

「ペストで死ねば、われわれは殉職か」

と、息をつめて、枯木がつぶやいた。

「いや、そうはならんよ。頭の足りない、お節介野郎となるだけだよ」

「なに、わしたちの心持ではだ、……わしは、どっちかといえば、このまま殉職したい、とさえ思うとるんだ。フ、フ、フ」

「かんがえてみりゃ、ながい刑事商売だったなあ。わしなんか、巡査を拝命したのが、震災の翌年なんだから」

枯木もうなずいた。星のひかりだけの闇のなかに、その眼が感傷にぬれているようだった。そんなしょっぱい眼つきをしたのは、この男も三十年ぶりのことだろう。……退職を眼前に、ふたりとも、「最後の御奉公」とみずからいいきかせているが、その反面、ちょいとやけ気味なところがないとはいえなかっただけに、なにかのはずみには、ふとこぼれそうなものがあるのだった。かくすことはない、ふたりはほんとうにながいあいだの友だったのだ。――次の瞬間、彼らはおたがいに顔をそむけて、また足早にあるき出していた。

「いろいろなことをやったなあ。お定事件、帝銀事件、小平事件、下山事件。――」

「おふるいところで、血盟団事件、五・一五事件までやった」

そのとき、禿が、またたちどまった。なんとなくぐるっとまわりを見まわしたが、べつにこれという異常を発見したというわけでもないらしく、ボンヤリした声でいった。

「いつか、あんたとこうしてあるいたことがあったっけね。……」

「いつ？……そりゃ、なんどかあったろうよ」

「うむ。なんどかあった。しかし……いまそっくりの夜があったよ。ふたりとも、胸をドキドキさせて、おたがいの靴音だけをきいて町は暗く、しいんとしておった。……」

禿は夢みるようにいいながら、無目的に懐中電燈《でんとう》をてらして、通りがかりの二、三軒の門標を照らしてみたのち、

「ああ、こいつは、あの鼠を発見した娘のうちだ。あれのおふくろ、泣いとったね。せっかくいい家を月賦で手にいれたと安心していたのにって――」

「べつになくなるわけでもないんだから、いいだろう。……はてな」

と、枯木もくびをかしげてしまった。ふたりは顔を見合わせた。どちらもふと酔いにおちいりかけた意識をよびおこすように二、三度あたまをふってから、どうじに、

「この町へは、いつかふたりできたことがあった！」

と、さけんだ。

「そうだ。きた」

「あれは、空襲の夜。――」

「いまから十年ばかりまえ――目黒の大鳥神社の裏あたり。――」

そして、このとき、ふたりは、この町がそれとは全然方角ちがいの場所にあることに気がついて棒立ちになり、息をながくひいてうめいていた。

「あの町は、十年ばかりまえ、あの空襲でやけてしまったじゃないか！」

三

ふたりの刑事は、およぐような姿勢であたりをかけまわったのち、そこの町角にあるコンクリートの塵箱《ちりばこ》のうえにならんで坐《すわ》った。

まさか、町ぜんたいが、十年ばかりまえになくなった目黒の或《あ》る町そのままなわけでなかったが、その一劃《かく》二、三十軒が、たしかにそっくりなのだ。いや、ふたりがそこに住んでいたわけでもないから、一木一草にいたるまで酷似しているとは保証できないけれど、たとえば、あの都衛生局の役人の住んでいる家の玄関と傍にあの竹の植込み、またそこのファッション・モデルの家の生垣、またあの屋根、この塀。――それから、あの晩、さがしまわったからよくおぼえているのだが、琴生花教授の看板をかけた家から、路地のおくの石垣のようすまで、ふと時間が逆流したかと錯覚するほど記憶をかきむしってくるものがあるのだった。

「おい、そういえば、この近所、みんな月賦住宅じゃあなかったか？」

「しかも、建売の——」

そう、ポツンといって、ふたりはだまってしまった。あのファッション・モデルの母親たちが注射をうけながらオロオロ愚痴をこぼしている現場に、偶然ふたりがいあわせたのできいたのだが、なんでも彼女らの家は、五分の一頭金をはらえば、あと三十年月賦で、しかもその利子はおどろくべき低率だという話だった。——そういえば、それも家不足のこの時勢に、なにやらおかしいふしもあるが、最近、建築会社でうしろぐらい奴は、しらみつぶしに摘発した直後なので、あと、ふたりの心にひっかかるような会社は、なにもなかったのだ。

しかし、この町の一劃が、十年ばかりまえに消え失《う》せた町そっくりとは。——茫然《ぼうぜん》となにがめまわせばながめまわすほど、あの晩の想い出がよみがえってくる。ふたりの腰かけている塵箱、またそれぞれの家の塀のそとにおいてあるおなじような塵箱すらが、あのときの防火用水槽の配置に似てみえるのだ。そういえば、夜空をとびすぎる飛行機の爆音までが。——

「明日にでも、ひとつその建築会社をしらべてみなきゃいかんな」

「うむ。……しかし、どうも、わからんなあ」

実際、しらべてみたところで、この一劃がやけた町に似ていることがなにを意味するのか、ふたりの老刑事の判断を絶していた。

ふたりは塵箱に腰をおろして、闇のなかにしずかに煙草の火を息づかせながら、なおボンヤリとあたりを見まわし、いつしか十年ばかりまえの回想にしずんでいた。

――その晩、ふたりは、ある男を、あの町に追いつめていたのだ。

その男は、もう二十年もまえに死んだ共産主義者の弟だった。その共産主義者は、検挙されて警察で死んだ。死因は心臓麻痺《まひ》だといわれた。しかし、屍骸《しがい》がひきとられたお通夜の晩、東北の田舎から出てきた弟は、兄のからだをはだかにして、その全身に印されたむごたらしい無数の傷を、じっと見つめていたという。

その共産主義者をしらべた特高課員のひとりが、闇夜の路上で短刀で刺し殺されたのは、それから半年ほどたってからだった。また一年ほどたって、もうひとりが殺された。これはその犯人と格闘して、いったん地面におさえつけながら、下から下腹部をつき刺されてとりにがしたので絶命するまえのうわごとから、ようやくその男の名がわかったのだ。

彼は、兄の主義とはなんの関係もないらしかった。それだけにいっそう純粋な、恐るべき復讐《ふくしゅう》の鬼となっていることはたしかだった。田舎から上京してきたときには、たんに粗野な百姓の伜《せがれ》にすぎなかったのが、そのうちだんだんばかにならぬ智恵を身につけてきたようだった。何年、必死に追いまわしても、いくたびかあわやという目にあいながら、みごとににげきってしまうその手口から、ありありとそれが見てとれたのだ。彼は、女をつれていた。苦学して大学を出た兄が恋人とし、どうじに検挙され、のちに釈放された女子大生あがりの女だった。彼の智恵は、その女からさずけられているとみえるふしもあった。

このふたりの刑事は、特高課員ではなかったが、この殺人者はとらえなければならぬと血眼になった。その筋のものに復讐するなど、そんな不敵な、大それた奴は、断じてみのがすわけにはゆかなかった。

西へ、北へ、追って追って、追いまわして、いちど、冬、東北の汽車のなかで、その男と女をつかまえかけたことがあった。このときは、九分九厘まで逮捕は成功したと思った。けれど、猿臂《えんぴ》がその背までのびながら、ふたりはデッキから雪の山へとびおりて、死物狂いの逃走をとげてしまったのだ。

そして、そのまま、時はむなしくながれて、世の中は戦争に入り、あの国民ひとりのこらず戦争にかりたてられた時代に、犯人も身をかくすのは楽ではなかったろうが、警察のほうもそれ以上に苦労をした。そして、やっとあの晩、彼が情婦といっしょにあの町の奥に住んでいることをつきとめたのだった。

それくらいながく、手をやいただけに、そして相手が、とびきりの智能をもった野獣のような恐ろしい男とわかっているだけに、それを逮捕にいったあの町の、灯火管制をしたぶきみな様相を、いまでもまざまざと想いおこすことができるのだ。

——一時間ばかりまえ、空襲警報のでたあとのことで、

「敵、数目標、南方海上を北上中」というラジオの声はふたりともきいてきた。その後、どうなったのか、町はふしぎなくらい、しいんとしていた。闇の天から、恐ろしい恐怖と倦怠《けんたい》が、町全体を霧のように覆っていた。

「名古屋か、大阪にいったんじゃろ」

そして、どこにいったにしろ、何百人か何千人かの殺戮《さつりく》が確実に行われるにちがいない夜に、数年前たったふたりの人間を殺した男を追っているじぶんたちの立場に、ふたりはなんの疑問ももたなかった。彼らは、いずれも鋳型でうち出したような刑事だった。

「あれっ、なんだ。あれは？」

或る路地をまわったとき、ふたりははじめて気がついたようにびっくりした。東南の空に、ぼうっと赤い火が浮かんでいる。そして、魔法のように、天と地に重々しいうなりがあがりはじめた。修羅の幕がきっておとされたのだ。

「やっぱり、こっちへおいでなすったか！」

「いそげ！」

ふたりは、いちどふりかえって、かけ足になった。彼らが、その家の扉を排して入りこんだとき、殺人者とその情婦は、存外おどろかなかった。世間一般の人間とおなじように、男はゲートルをまき、女はモンペをはき、ふたりとも防空頭巾《ずきん》をかぶって、なぜか、部屋のまんなかにむかいあって、つっ立っていた。

ゆっくりとふりかえって、

「ははあ、やっと見つけたな」

と、頭巾のかげで、男はにやっと白い歯をみせた。

「実は、われわれはもう三日間、なにもくってはいない。心中の相談をしているところだったのだ。……なるほど、確実に食い物のあるところが、まだあったね」

あまり、平静なので、手錠をかけるまで、とらえたことが信じられなかったくらいである。手錠をかけて、その手くびのほそさから、はじめてこのふたりが恐ろしくやつれはてていることがわかった。

家を出たとき、はじめて男は女に首をたれた。

「ながいあいだ、ありがとう」

ふかい声だった。

女は、一語ももらさなかった。異様にかんじて、のぞきこんだ刑事は、このとき女の顔が真紅にそまったので、はっとしてふりかえったとき、路地のおくに、赤白い炎がめらめらと、あがっているのをみた。

夜空は轟音《ごうおん》にみちていた。水中から浮かび出たように、突然、ザアーアッという凄《すさま》じい雨のような音が耳をうってきた。一機、頭上をはためきすぎながら、焼夷弾《しょういだん》をまいていったらしい。たちまち四辺がまっかになって、壁に彼らや樹の影がうつりはじめた。

「これは、いかん」

「はやく!」

刑事たちが狼狽《ろうばい》して、手錠をはめた鎖をグイとひいてあるき出そうとしたが、女はうごかなかった。叱りつけようとした禿《はげ》は、この立場にありながら、思わず息をのんだ。石のように凝《こ》った女の美しく見張った瞳《ひとみ》に身ぶるいするような無限の哀感をみたのである。

女は、はじめてつぶやいた。

「さようなら！」

声のかなしい余韻は、炎のひびきにたちきられた。眼とのどを刺す煙が、夜霧のように世界をつつんで、おたがいの姿をおぼろにへだてた。

女の声がまたきこえた。

「——さようなら！」

ふたりの刑事は、なにか狂乱したように呼びかわしたが、それも数分で、声もからだも、みるみる、炎の風のなかのさけび声、火の潮のなかの木の葉のようにふきちぎられ、もみながされた海鳴りのような音をたてている町のむこうに、あのオーロラを逆に地から天へふきあげたように凄惨《せいさん》とも豪華とも形容しがたい炎の幕が、金の刷毛《はけ》でふちどられつつ、四方をとりまいていた。

——そして、大通りへ出て、そこをにげはしる群衆の阿鼻叫喚《あびきょうかん》のなかに、枯木はついにその男をにがしてしまったのである。禿のほうは女をはなさなかったが、警察につれてくると、発狂していることがわかった。

そして、刑事は、その女が、敗戦直後の混乱のなかに、警察からときはなされたことをのちに知った。ふたりのゆくえは、それぞれ、いまにいたるまでわからない。

「……おや？」

――いま、回想にしずんで、黙々と塵箱《ちりばこ》に腰かけたまま煙草をふかしていたふたりの老刑事はこのとき同時に顔をあげた。

枯木がみたのは、路地のかなたから、しのびやかにあるいてくる靴音だった。禿のみたのは、樹立のむこうに、糸のようにかすかに浮かんだ灯影だった。

この猫の子一匹もいないはずの死の町に、まだだれか住んでいる家があり、まだだれかあるいている人間がいる。

四

「――おたがいに、あまり倖《しあわ》せではない人生だったなあ」

と、男は、女にいって、じっと、その眼をのぞきこんで、微笑した。

「はたから、みればだ」

巨大な男の影は、厚ぼったい防空頭巾をかぶっているために、いっそう巨大な影となって、ユラユラと床を這《は》っていた。なにもないガランとした部屋のまんなかの小机に、おなじく防空頭巾をかぶったまま、女はじっとうなだれて腰をおとしていた。窓はぜんぶ暗幕でふさがれ、また黒い覆いでつつんだ小さな電球のみが、ボンヤリとふたりの頭上にかかっていた。

「が、実際は、おれたちは倖せだった！　われわれは、この十何年か、倦《う》むことなく愛しつづけていた。……こんな緊張した、たえず煽《あお》られている炎のような恋をした男と女があったろうか。いまになれば、おれは、その苛烈《かれつ》な風をふかせつづけた外部の力――また運命に、ありがとうと心からいいたい」

女はうなだれたままだった。男は微笑とかなしみをふくんだ声でいう。

「けれど、おれはともかく、きみははたして幸福だったろうか？……それが、おれのながいあいだの疑いだった。疑いどころか、いつしかそれはおれの苦しみとさえなっていた。きみは、おれを、或《ある》いはにくんでいるのじゃないだろうか？　とね」

「……………」

「最初、おれの復讐《ふくしゆう》欲をかりたてたのは、むしろきみだった。兄の傷をひとつひとつ指さして、おれの眼をみたのはきみだった。……やさしい、尊敬すべき兄だった。そうでなくとも、この世ではじめて人間の残忍さというものをまざまざとみて、気も狂わんばかりのおれに復讐の出口を指ししめしてくれたのはきみだった。……まして、あの通夜の夜にははじめてみたきみ、世のなかにこれほど美しい女があるだろうかと思ったきみのからだにまで、あの恐ろしい拷問の傷がのこっているのをみては！」

「……………」

「おれは、復讐の獣となった。……半年たって、ひとり、殺《や》っつけた。……そのころになって、女だ、きみは……じぶんの傷あとがうすれるにつれて、気がくじけて、かえっておれをとめはじめた。おれは田舎者だ。思いたったら、執念ぶかい。いくどか争って、争いのなかに、きみはおれのものとなってしまった。それからだ、地獄のような、が、いまからふりかえってみれば、この世にまたとない甘美な恋がはじまったのは。――そして、外からは、寒風のような追跡の手がふたりを吹きまわしていた。……」

「……………」

「おれは、愛しながら、きみをにくんでいた。兄の復讐をわすれたきみを、またその兄をまだ愛しているらしいきみを。――そしてまた、きみのやさしさ、きみの気品、きみの教養のたかさをおれは恐れていた。ちょうど野蛮人が白人の女を恐れるように。……一年たって、またひとり殺っつけたのは、むしろきみへの反抗だったのだ。そして、きみはおれに屈服させられて、にくみながら……心の底で、愛して――愛していたろうか？　おれの野獣のような力、田舎者らしい野卑と無謀さ、それを恐れながら、きみはおれについてきた。もっとも……お尋ねものとしてはなれることのできないふたりではあったけど、はたしてそれだけだったろうか？」

男は部屋のなかをあるきまわった。

「からみあう恐怖と情欲、闇のなかで抱きあいながら、おたがいに感じている反抗。……それがとけたのは、あの雪の山のなかのことだったね？」

「……………」

「あの冬、われわれは刑事に追われて、はしる汽車から雪のなかにとびおりた。駅も村も路もみな危険だった。ふたりは、手をひきあい、山へ、必死の逃亡をつづけた。……山は、零下十何度だったろう。夜がきた。おれたちは、山のなかの倒木の下の雪を掘って、一夜をあかした。雪の森林に生きているのは、おれたちふたりだけだった。星も、月も、凍りつくようだった。……そしておれは気を失った。そのおれをよみがえらせてくれたのは、きみの肌だったのだ。いや、外套《がいとう》も上着もおれになげかけ、そのうえから抱きしめていてくれたきみのこころの炎だったのだ。……眼をあけて、おれはみた。東の空にさす薔薇《ばら》いろのひかりと、白蠟《はくろう》のようなきみの顔を！　そのとき、ひと声鳴いて森林をとびすぎた小鳥の声も、永遠におれは忘れないだろう。……」

男はちかづいてきて、女の肩に両手をかけた。女はかすかにゆれながら、依然としてだまっていた。

「そして、あの空襲の夜、刑事にひかれてわかれるとき、きみがさけんだ、さようなら！という声も」

男の、つよい革のような頰に、かすかにひかるものがあった。

「おれの、きみの愛情に対する疑惑がとけて、胸を火でみたしたのは、あのときだ、あの声だ。あの声は、小鳥の声とおなじく、いったん死んでいたおれの心に、また生命の火をふきこんだ。……おれは、混乱のなかで刑事からのがれて、きみを救いにふたたびかけもどっていった。しかし、きみの姿はすでに見あたらなかった。……そして、敗戦後、きみをふたたび見出《みいだ》したとき、きみは気がへんな女になって、あわれな姿で町をうろついていたのだ。……」

「……」

「それから、十年。……おれはきみを正気にもどらすため、あらゆる努力をした。無数の医者をたずね、無数の治療をうけた。神にも、仏にも、あやしげな宗教にさえもかかった。……もう警察の追及もなく、おれの智慧《ちえ》はおおっぴらに、麻薬で莫大《ばくだい》な金をもうけさせてくれた。ただ、きみのそんなうつろな、かなしそうな眼だけが、おれの力のおよばないことだった。……」

「……」

「最後に、おれは途方もないことをかんがえた。おれは、あの町そっくりの町をここにもういちどつくり出そうとしたのだ。あのとおりの家々をたて、ばかばかしいほど安い月賦で……いや、金はどうでもいい、おれの苦労したのは、むしろあの町に住んでいたいろいろな職業とおなじ商売のひとを、加入者のなかからえらび出すことだった。それはうまくゆき……そして、町は古びてきた。おれはあの研究所からペスト菌を手にいれてきて、鼠に注射し、注意ぶかく茹《ゆ》で殺して毎朝この小路のある角になげ出しておいた。計画どおり、大騒動がはじまって、町は今夜からっぽになってしまった。……」

遠くから、夜気をかすかにやぶって、靴音がきこえてきた。

「今夜だ」

男は、ふたたび凄然《せいぜん》たる笑顔になった。彼は女の手をとって、しずかに起《た》たせた。

「今夜、もういちど、あの夜を再現する」

コツ、コツ、コツ——靴音はちかづいてきた。女は、だまったまま、ちょっと小首をかしげたようだった。

「おい、きみ、思い出さないか？……あれは、刑事だ。おれたちを追いまわしているふたりの刑事だよ」

靴音は急速調になって、家のまえにせまり——扉がひらいた。ふたりの、枯木のように背のたかい影と、ズングリムックリのふとっちょの影がそこに立っていた。

男は、急に俳優のような表情をきびしく変えて、女の眼をじっとのぞきこみ、そしてゆっくりとふりかえった。

「ははあ、やっと見つけたな」

といって、頭巾《ずきん》のかげで、にやっと白い歯をみせた。

ふたつの影は、放心したようにそこに棒立ちになったままだった。男の眼にちらっといぶかしみの色が——そして、次の瞬間、驚愕《きょうがく》の色がながれた。

小声で、

「ほんものか？」

とつぶやいて、しばらくだまりこんでいたが、やがて、いっそう小声で、

「わたしのたのんでおいた、ふたりの刑事役の男はどうしました？」

「あのふたりは、そこの小路でとらえた」

と、つりこまれて、やはり小声でふとっちょがこたえてから、急にわれにかえったとみえて、ツカツカと部屋に入ってきた。

男はまたもとの平静な顔にかえった。ちょっと微笑さえもしたようだった。が、調子は弱々しく、

「実は、われわれはもう三日間、なにもくってはいない。心中の相談をしているところだった。……なるほど、確実に食い物のあるところが、まだあったね」

だれがこれを演技と思おう？　刑事たちは、意識せずして十何年か前のじぶんたちにもどっていた。――おなじだった。すべてはあの夜とおなじことだった。

手錠をかけられて、家を出たとき、はじめて男は女に首をたれて、ふかい声でいった。

「ながいあいだ、ありがとう」

女は、一語ももらさなかった。異様にかんじて、のぞきこんだ刑事は、このとき女の顔が真紅にそまったので、はっとしてふりかえったとき、路地のおくに、赤白い炎がめらめらとあがっているのをみた。

「あれっ、なんだ、あれは？」

「あれは、時限発火装置です。……この町の数十個所の空家にしかけてあるやつが、その時がきたのですな」

と、男がこたえたとき、いっせいに四辺がもえあがって、壁に彼らや樹の影がうつりは

じめた。

「これは、いかん」

「はやく！」

刑事たちが狼狽《ろうばい》して、手錠をはめた鎖をグイとひいてあるき出そうとしたが、女はうごかなかった。叱りつけようとした禿《はげ》は、この立場にありながら、思わず息をのんだ。石のように凝った女の、美しく見張った瞳《ひとみ》に、身ぶるいするような無限の哀感をみたのである。

女は、はじめてつぶやいた。

「――さようなら！」

そして、その瞳にひかりがもどり、驚愕の表情で周囲の炎をみまわし、もういちど男をみると内部からつきあげてきたように、

「――さようなら！」

と、さけぶと、おぼろにたちこめる夜霧のような煙のなかに、よろよろとくずれおちた。

……

五

万丈の炎のなかだった。

ふたりの刑事は、なにか狂乱したように呼びかわしたが、それも数分で、声もからだも、

みるみる、炎の風のなかのさけび声、火の潮のなかの木の葉のようにふきちぎられ、もみながされた。

——そして、大通りへ出たとき、女を背におっていた禿は、突然けたたましい声をあげ、背なかのからだを地上におろして、しばらくのぞきこんでいたが、ころがるようにはしってきた。

「どうしました？」

ふしぎそうにきいたのは、その大それた犯罪者のほうだった。

「死んでいる」

男は、はっと全身を棒立ちにした。銅像のようにつっ立って、炎の影のもつれる路上をふりむいたまま、いつまでもうごこうともしない。

「こい！」

枯木が、むかし逃げられた記憶におびえて、はっと筋肉をかたくしていたとき、

「いまの……女の眼をみましたか？」と、ささやくように、男がいった。

「いま、さようなら！　とさけんだときの。——」

「みた」

「あれは……たしかに、正気の眼でしたろう？」

「正気だったよ。たしかに、たしかに」

男は、炎のなかに微笑した。

「それで、満足です」

眼の涙に火がかがやいてみえたが、すぐにひくく頭をたれていった。

「では、ゆきましょう」

黄色い下宿人

一

「ワトスン君、君はあの『マクベス殺人事件』を忘れちゃいないだろうね？」

「おぼえているとも。あの事件はあんまり月並だから公表はよすがいいと君がひどくとめるものだから さしひかえているが、そういう君の了見がわからない。いったいあの事件のどこが月並なんだね？」

「月並じゃないか。大トランクに屍体《したい》を入れてはこんだこと、黒眼鏡に黒髯《くろひげ》の男が犯人の変装であったこと、五人の連続殺人計画のうち三人目に重傷をうけただけで死ななかった唯一の生残りが犯人であったこと。……へどがでるほどのマンネリズムじゃないか」

「しかし、あの事件のなかで、犯人が、シェクスピアのせりふそっくりに予言した『女から生まれたものには人を殺す力はない』とか『森がうごくまではお前は決してほろびない』とかいう言葉が、あんなに二重のふかい意味をもっていようとは、僕は思いがけなかった。実は僕は、君があれほどシェクスピア史劇学者だとは知らなかったから、その点だけは君を見なおしたよ」

「おやおや、これはひどく見下げられたものだね。尤《もっと》も君が『緋色《ひいろ》の研究』で紹介した僕の特異点一覧表によると、僕の文学的知識は皆無ということになっているくらいだからむりもないがね。しかし白状すると、あの知識は、実は或《あ》るかくれたるシェクスピア学者に教えを請うたものだった。すなわち、今やわれわれが訪問しようとしているクレイグ博士さ」

手帳をみると、これは一九〇一年五月上旬の或る火曜日の夕方のことである。

クィーン・アン街の自宅を出かけて、ひさしぶりにベーカー街を訪れると、シャーロック・ホームズはちょうどどこかへ外出しようとするところで、そのまいっしょに、もう霧のなかにおぼろ月のように灯をともしはじめたロンドンの町へ出てきたわけだった。

ホームズは路々はなしつづける。

「クレイグ博士はもとウェールズの或る大学の文学教授だったのだがね。シェクスピア辞典をつくるために毎日大英博物館へ通うひまがほしくって、その椅子もなげうって、ホーマー街の或る四階に燕《つばめ》のように巣をつくってくらしている学者なんだ。外国の留学生の個人教授などをして収入を得ているらしいが、とにかくシェクスピアに関するかぎり、その学識は深遠きわまるものだ。それにもかかわらず……」

ホームズは一通の手紙を、街燈《がいとう》にかざすようにしてみながら、溜息《ためいき》をついて、

「字の下手くそなのには恐れ入る。いつも何がかいてあるのかわからない。難解なること、二、三年前の、あの『踊る人形』事件の暗号以上さ。一時間以上もこの手紙をひねくりまわして、さて何が判読できたと思う？　トーマス・カーライルも字が大変まずかったという挿話がながながとかいてあるのさ」

「へえ、たったそれだけの手紙かい？」

「尤もそのおわりにちょっぴりと、事件の依頼らしいこともかき加えてあったがね。どうやらとなりに住む大富豪が、この半月ばかり前から失踪《しっそう》して行方不明らしいのだが、どう せ僕がのり出すまでの事件じゃあるまい。相手がクレイグ博士でなければ、もちろんことわるんだがね」

ホーマー街につくと、われわれは赤煉瓦《あかれんが》の建物に入り、階段を四階までのぼった。巾《はば》三フィート足らずの黒い扉にぶらさがった真鍮《しんちゅう》のノッカーでたたくと、内側から、おどろいたような大きな眼に眼鏡をかけた老婆がのぞいた。

「ジェーン婆さん。こんばんは。クレイグ先生はいらっしゃるだろうね。ホームズがきたと、つたえてもらいたいんだが」

いったんひっこんで、すぐまた出てきたジェーン婆さんに案内されて、われわれはとっつきの客間に通された。客間といってもべつに装飾も何もあるわけではない。窓が二つあって、書物がたくさんならんでいるだけである。

先客がひとりあって、クレイグ博士はその男を相手に大声でしゃべっていた。博士は、あまり風采《ふうさい》にかまわないたちとみえ、ひどくいたんだ縞《しま》のフランネルをきて、むくむくした上靴をはいて、鼻眼鏡をかけた肉の厚い大きな鼻の周囲には、一面にむしゃくしゃと髯が黒白乱生していた。

「君はこのロンドンの人間の多いことにおどろいているが、あのなかで詩のわかるものは千人に一人もいない。可哀そうなものだ。いったい英国人ほど、詩を解することのできない国民はいない。そこへゆくとアイルランド人ははるかに高尚だ。実際、詩を味わうことのできる私だの、君のような東洋人は幸福だよ。それなのになぜ、テニスンよりもウォーズウォースの方が深遠だということが君にわからないのだろう？……むかし、ホイットマンとしばらくいっしょに暮らしたことがあるが……」

語尾にひどいアイルランド訛《なま》りがあるうえに、せきこんだ恐ろしい早口で、おまけに論理も少なからず支離滅裂だから、何をいっているのかわからない。

先客というのは、なるほど東洋人らしく、三十四、五の口ひげをぴんとたてた、黄色い小さい男で、鼻のあたまに、うすいあばたがあった。彼は博士の口から猛烈にとび出す唾《つば》に、にがい顔をして立っていた。

ホームズが小声で私にささやいた。

「支那人らしいね」

「いや、私は日本人ですよ」

と、その黄色い男が突然こちらをむいて、するどい声でいった。うっかり口にした非礼を耳ざとくもききとがめられたのと、めずらしく自分の観察があやまっていたこととで、さすがのホームズが耳までまっかになった。

「いや、これは失礼、日本の方はめったにおめにかかることが少ないとはいえ、あすにでもわが大英帝国と攻守同盟をむすびそうなお国の人を見まちがえるなんて！　いや、こんどは第一御皇孫が御誕生になったそうでおめでとう。けさの新聞でみると、お名前はヒロヒトと名づけられたそうですね。シャーロック・ホームズをまず劈頭《へきとう》に赤面させられた唯一の国民に、永遠の繁栄がありますように！」

そういい終って、ホームズはほっと汗をハンケチでぬぐった。私はホームズがこれほど狼狽《ろうばい》したのをみたことがないので、可笑《おか》しくってたまらなかった。黄色い日本人も、うすあばたの鼻のわきにちょっと皺《しわ》をよせて笑ったようだった。

話を中断されてきょとんとしていたクレイグ博士は、はじめて私たちに気がついたように、指環《ゆびわ》をはめた手を出して握手しながら、

「いや、よくきて下さった。これは日本人の留学生で、ジュージューブ氏――」

「え？」

「ジュージューブ――棗《なつめ》さ、まだ未熟で黄色いが」

クレイグ博士は、じぶんの洒落《しゃれ》が大いに気にいったらしく、からからと大笑したが、日本の棗氏は可笑しくも悲しくもない無表情な顔で立っていた。

「こちらはロンドンで有名な私立探偵のシャーロック・ホームズ氏だ」

ホームズに応じて手を出しかけた棗氏は、このとき何が気にさわったのか、急に手をひっこめて、ぷいとそっぽをむいてしまった。気位のたかいホームズはむっとしたようであったが、さりげなく博士の方にむきなおって私を紹介してから、

「早速ですが、御依頼の事件について承わることにしましょうか」

「事件？」

博士はけげんそうな顔をしてこちらをみたが、急に膝《ひざ》をたたいて、

「おお、そうでしたな。それをおねがいしたのじゃった。実はとなりのジェームズ・フィリモア氏が、この半月ばかり前、蝙蝠傘《こうもりがさ》一本持ったきり、どこかへ消えてなくなってしまったのです」

「それはお手紙で承知しております。フィリモア氏というのは、いったいどういう人物なのですか？」

「それが、私はよく知らんのです。そこの窓からフィリモア家の広い庭園が見下ろせるが、とにかく、たいへんなお金持であることにまちがいはない。

なんでも若いころ香港とか台湾とかにはだか一貫で出稼ぎにいって非常な巨富をつみ、帰国してからも東洋関係の貿易商をしていたらしいが、五年ばかり前からこのホーマー街に隠退したということで、とにかくよほど変り者らしい。それほどの金満家でありながら、ひととおりでないしわん坊で、召使いといえば下男ひとりしかつかっていない。また私はときどき庭を散歩しているフィリモア氏をみたことがあるが、瘦《や》せて、背なかがまがり、大きな丸い眼鏡をかけ、むさくるしい山羊《やぎ》髯をはやして、とてもそれだけの富豪とは思われないよぼよぼの老人じゃったが」

そういうクレイグ博士自身も、断じて変物でない方ではなく、決してむさくるしくないとはいえない老人だから、ホームズはかすかに笑ってうなずいた。

「それがこの半月ほど前に、下男のクロプマンをつれて埠頭《ふとう》へ出かけていったきり、行方不明になってしまったのです。警察へもむろんとどけたのだが、まだはかばかしい消息を得られない。そこで下男のクロプマンめがひとごとならず気をもんで、私のところに相談にきたというわけですじゃ。いや、そのクロプマンが、おかしな用事でしょっちゅう私のところに出入する男でな、実はいまいったフィリモア氏の履歴もあいつからの又聞きで、それというのが――あ、きましたじゃ！　本人のクロプマンがやってきたようですじゃ！」

と、クレイグ博士は耳をドアの方にむけて叫んだ。なるほど階段を上ってくる跫音《あしおと》とぜいぜいという息づかいの音がきこえる。

しかし私は、シャーロック・ホームズが、博士の話の途中から、しきりに黄色い東洋人の方をちらちら注目していることに気がついていた。彼はなぜか非常に不愉快そうにもじもじしていた。顔色が蒼《あお》く変ってきて、額にはつぶつぶ汗さえ浮かんでいたが、ホームズの眼とあうと、はっとしたように窓の方へあとずさりしていって、向うの庭をながめているようなふりをしてみせた。

二

扉がひらいて、ひとりの老人が入ってきた。痩せた貧弱な男で、顎《あご》に爪の甲くらいの大きさの黄褐色の疣《いぼ》がある。腋《わき》の下に布でくるんだ大きな平たい板のようなものをかかえていた。

「おお、クロプマンか。御主人の消息は何かわかったかね？」

と、クレイグ博士はいった。クロプマンはぜいぜい息をきりながら首を横にふると、もってきた物体の布をときながら、

「うんにゃ、なんにもわかりましねえ。それより先生さま、またこんなものを手に入れただが、ちょっくら御覧になってみて下せえまし」

布の下からあらわれたのは、一枚の絵だった。きよらかな少女が、くだけた花瓶をエプロンにつつんで、かなしげなまなざしを空にそそいでいる構図である。両手にささえて見入っていたクレイグ博士は、やがてかすかにうなって、

「クロプマン、お前どこでこれを手に入れたのかね？」

「ウェスト・エンドの或《あ》る古物商でがす」

「またかい？　いくらで？」

クロプマンは、掌《てのひら》をこすって狡猾《こうかつ》そうに笑った。

「三十シリングでがしたよ」

のぞきこんでいた私は、思わず笑い出した。

絵の署名はたしかにジャン・バプチスト・グルーズらしいが、グルーズなら三十シリングで手に入るわけはない。いくら安く見つもっても、三千ポンドはするだろう。

「古道具屋の主人は、贋物はただより安いといっていましただがね。はい」

「ほんものだよ、クロプマン」

と、クレイグ博士は溜息《ためいき》をつきながらいった。私はあっと口のなかで叫んで、しげしげとグルーズの絵に見入った。

「なるほど、もと画家ほどあって、絵をみる眼にくるいはないね」

突然ホームズがこういった。ほれぼれと絵をながめていたクロプマンは、昂然《こうぜん》と疣のある顎をふりあげたが、急にひどく狼狽してうろんくさそうにホームズを見やった。

「それにお前は、以前に支那にいったことがあるね？」

ホームズの神のごとき推理は私のよく知るところであるが、まったく経験のないものはたしかに度肝をぬかれるにちがいない。はたしてクロプマンはめんくらったようにどぎまぎして、

「お前さまはどなたでがす？　どうしてそんなことがわかりますだ？」

「お前の右手の人さし指に大きなペンだこがあるじゃないか。そんなたこは、成長期に人並はずれてものをかく習慣があったのでなければできるはずがない。そして古物商の主人の眼をぬくほどの絵画の鑑定能力があるなら、もと画家だったと考えてまあまちがいあるまいよ。

次に、まくれあがった袖《そで》からちょっぴりのぞいてみえる右手頸《てくび》のうえにある魚の形の刺青《いれずみ》は、その紅の染めぐあいから、支那特有のものであることがわかるんだ」

「なあるほど、きいてみれば何でもないことじゃね！」

と、クレイグ博士が舌打ちして笑い出すと、ホームズも苦笑しながら私をふりむいて、

「ワトスン君、僕はいつも説明しといちゃうっかり口をすべらせて損したという気がするよ。原因をいわずに結果だけを知らせた方がずっとありがたく聞えるんだが」

「クロプマン、この方はね、お名前はお前もきいたこともあるだろうが、英国の誇り、ベーカー街の名探偵シャーロック・ホームズ氏だ。お前の御主人の失踪《しっそう》をわざわざ調べにきていただいたのだよ」

下男は眼をぐるりとむき出して、たまげたようにホームズの姿を見つめた。

「へえ、あなたがあの有名なホームズさまでがすか？　これはお見それしましただ」

「それで、お前の御主人はどんなぐあいに消えてしまったんだい？」とホームズはせかせかと、

「そのときの情況を話してくれないかね」

「へえ、あれはたしか四月十日の水曜日でがしたよ」と下男は恐ろしそうにしゃべりはじめた。

「なんでも東洋から或る船がくるっちうことで、私もお供をして、旦那《だんな》さまと埠頭へ出かけましただ。まずフェンチャーチ街の事務所へいって――これは御隠居まえの旦那さまがやっておられた英亜海運会社の事務所でがす――私は外に待っていただが、あとでわかったところによると、そこの支配人マーチンさんと何やら御用談をされたということでがす。

それからそこを出てこさっしゃると、埠頭へいって、聖カザリン船渠《ドック》に入っている船へ……」

「ちょっと待った。それはどこのなんという船だね？」

「たしか、日本のヒタチマル、という船でがしただよ。はい、何をつんできたのか、わしは知らねえでがすが……」

ホームズはちらりと窓際の方を見た。思いなしか、そこに背をむけて立っている男の耳がぴくりとうごいたようである。

「うん、それから？　つづけてくれ」

「船荷の積下しはもうはじまっていやしただが、旦那さまは、ここで待っていてくれ、ちょっと会わねばならん人間があるから、とわしを埠頭においたきり、蝙蝠傘《こうもりがさ》一本をもってひとりでヒタチマルの甲板に上り、それから船艙《せんそう》の方へおりてゆかれる姿がみえたきりで……それっきりでがす」

「え？」

「はい、それっきり、わしが一時間待っても二時間待っても出てこられましねえ。やっとこれは面妖《めんよう》なこともあるもんだと気がついて、わしもヒタチマルに入ってあちこちさがしてみましただが、小っちゃい黄色い、猿みてえな日本人ばかりで、旦那の姿は影もかたちもみえなかったでがす。……」

「警察へはとどけたろうね？」

「もちろんでがす。それからあわてて事務所にかけもどって、支配人のマーチンさんに急をつたえたわけでがすよ。マーチンさんは、なんでも警視庁で知りあいのレストレード警部とかに連絡して、捜査をおねがいされたようでがすが、それ以来なんの手がかりも得られねえようでがす。……」

ホームズはじっとこの奇怪な事実を物語る下男の顔をみつめて考えこんでいたが、やがて、

「フィリモア氏がヒタチマルで会いたいといっていた人物には、お前は心あたりはないかね？」

「ありましねえだ。若いころはこれでも旦那といっしょに南支那海あたりを面白い航海をつづけたものでがすが、いまじゃすっかりその方とは縁切りで、わしはもう庭の手入れのほかは、まあ絵の掘出しものでもみつけるほかは、たのしみといってねえでがすからね。……ただ……」とクロプマンはものものしく首をかしげて、「旦那を呼び出した奴は、きっと黄色人にちげえねえと、このわしは思いますだ……」

「黄色人？　なぜだね？　船が東洋の船だからかね？」

「うんにゃ。旦那さまが行方不明になる二ヵ月ばかりまえから、変な手紙がきはじめましただが、その手紙をみるとき、旦那さまは、両手でぴしゃぴしゃ額をたたきながら、畜生、あの黄色人め！　とうなって、まるで気の狂った人かなんかのように、部屋のなかを小さい円をえがいてあるきまわり、ときには口をひきつらせてひっくりかえったこともござら

したたよ。そしてその手紙の封のところには、いつも赤い卍《まんじ》というしるしが押してあったですからね。……」

「なんだって？　赤い卍の封印をおした手紙だって？」

「失礼ですが、それは紅卍教のしるしじゃないでしょうか？」

と、突然、窓の傍から声がかかった。棗氏である。まだ蒼《あお》い顔をしているが、口をへんにひきつらせて、皮肉な笑顔をむけていた。

「紅卍教とは？」

「道教から由来した支那の秘密結社ですがね。卍というのは……」

と、彼はいいかけたが、急に心臓の下のあたりをおさえて、苦しそうに顔をゆがめて沈黙してしまった。

ホームズはその手紙の様子をちらりとみてから、また下男の方にむきなおって、

「それで、その手紙の内容は、お前は見たことはないのかね？」

「それが面妖なのでがす。手紙は全部で十通あまりもきましただか。みんな旦那さまがどっかへ処分なすってしまった様子でがすが、たったいちど、旦那さまが封をきられたところへ入っていって、その手紙をちらりとみたことがありましただ。ところが、その手紙は、なんといちめん真っ白だったでがすよ。――」

「えっ、真っ白？」

「はい。たしかになんの字も絵も符号もかいてなかっただよ」

事はいよいよ出でて、いよいよ奇怪であった。はじめこの家をおとずれるときあまり気乗りしないようだったホームズも、いまは強烈な興味に双頰をかすかに上気させていた。

「差出人の署名は?」

「なかったようでがす」

「切手の消印もみたことはないね?」

「それがでがす。その手紙は郵便局から配達されるものでなく、いつも庭に——左様、ちょうどこの部屋のあの窓の下あたりにおちていましただよ。どんな奴がなげこむのか、その姿をみたこともありましねえだが、とにかくその手紙のくるのは、毎週火曜日ときまっていましただ」

突然、その窓際にたっていた日本人が、奇妙なうなり声をたてたかと思うと、つかつかとクレイグ博士の前へあるいていって、ひくく辞去のことばをのべた。

ホームズが私の横腹をつついて、ひくい声でささやいた。

「ワトスン君、君はあの日本人を尾行してくれたまえ」

たしかに挙動のあやしい東洋人であった。彼が階段を二階あたりまでおりていった跫音《あしおと》をききすまして、私は、猟犬のようにあとを追った。

三

外に出ると、霧はいよいよふかい。色のさめたへんてこな外套《がいとう》をつけた袁氏は、ステッキをふりふり、ホーマー街からベーカー街の方へあるいてゆく。ひょっとすると、ホームズの居所をたしかめにゆくのかもしれないと思って私は緊張した。

ベーカー街に入ると、彼はまず或《あ》る薬局に入った。毒薬を買うのだろうか。私は店と反対側の街燈《がいとう》のかげに身をひそめてその姿をうかがっていたが、このときたいへんな失敗をするところであった。

霧のなかから、突然大声をかけられたのである。

「ワトスン先生、こんなところで何をしていらっしゃるんです?」

ぎょっとしてふりかえってみると、去年のはじめからホームズの有力な助手をつとめているシンウエル・ジョンスン青年がけげんな顔で立っている。

「しっ……それより、君、あの東洋人が薬局で何という毒薬を買ったかたしかめてきてくれたまえ」

一瞬に万事を了解したジョンスン青年はひととびに、ちょうど薬局から出てきた東洋人といれちがいに薬局へとびこんで、すぐまたかけ出してきた。

「先生、毒薬じゃありませんよ。ただのマグネシア剤とカルルス泉一瓶ですよ」

「はてな。……あいつ胃でも悪いのかな」

「先生、何か知りませんが、僕もお手伝いしましょうか？」

「いや、大丈夫だ。尾行には二人よりも一人の方がいいだろう」

恥ずかしいことだが、ながいあいだシャーロック・ホームズの形にその影のような役割をつとめてきた私には、この俊敏な新しい助手に対して、かすかな嫉妬《しっと》心があったようである。

私は冷淡にそういいすてると、はや霧の彼方《かなた》へきえかかってゆく東洋人の影を必死に追いはじめた。

彼はベーカー街からオクスフォード街に入り、そこで一軒の書店に入って小一時間も本をながめていたが、やがて一冊買い求めて出てきた。すぐに私が書店に入ってたしかめると、彼が買ったのは、なんと「ドン・キホーテ」であった。

彼は、ボンド街からピカデリーへ出て、まだてくてくと歩きつづける。と或る辻《つじ》で黒いイタリア人がヴァイオリンをひき、赤い頭巾《ずきん》をつけた四歳くらいの少女が踊っていた。彼はまたこれを半時間ほども面白そうに見物していたが、やがて半ペニーの銅貨を一枚イタリア人のさし出す帽子になげこんで、そこを立ち去った。

地下鉄の入口で、少年が夕刊の最終版を呼び売りしていた。東洋人はそこでテレグラフ紙とスタンダード紙を求め、やっと昇降口へおりていった。私はわざと彼より一輛《いちりょう》うしろの車にのりこんで監視をつづけた。夕刊の片隅には、満洲《まんしゅう》からロシヤが撤兵しないために、日本との雲行が次第にあやしくなってくる旨の報道ものっているようだが、彼が熱心に読んでいるのは、どうやら下宿の広告の欄らしかった。

テームズ河の底をくぐってケニングトンまでくると、日本人はやっと地下鉄をおりて汽車にのりかえた。ともすれば人混みにきえそうな小さな姿を私が見失わなかったのは、ホームズとともに何十回か奸智《かんち》にたけた悪漢どもを尾行した経験のおかげといわねばならない。

棗氏はトウティングでおりた。そのときすれちがった二人づれの婦人が、ふりかえって、はしたない声で叫んだ。

「ごらん、あの小さな支那人！」

その声がきこえたとみえて、棗氏はちょっと肩をそびやかしたようであった。私の心にそのとき「あの男はほんとに日本人だろうか？」という疑問がおこった。ひょっとすると、彼は紅卍教の一員ではあるまいか？

東洋人は、あちこちからクレイグ博士によく似た髯《ひげ》だらけの御者が指をたてながら四輪《ラン》馬車《ドウ》や二輪馬車《ハンサム》をちかよせてくるなかに、乗ろうか、乗るまいか、という風に思案していたが、やっと決心して、いちばん汚ない二輪馬車にのりこんだ。私がもう一台の二輪馬車をつかまえて命じたのはむろんのことである。

「あの馬車を追ってくれたまえ」

ここらあたりは、もう場末も場末、新開地とまでもゆかない地域で、あちこちいちめんに掘りかえした穴に水がたまり、霧の底に沼がひかり、家はほとんどむさくるしい貧民窟《ひんみんくつ》で、荒涼とした夜気がただよっていた。

　馬車は、あんまりぞっとしない、いかがわしくも怪しげな町を通っていった。ところどころ、けばけばしく下品な灯をかがやかせている酒場の前でも停るのではないかと思ったが、そこを通りぬけて、馬車はついに、この新開地にたてられた一群の家の五軒目の門口へとまった。そのほかにはただ一軒灯をともしているだけで、あとはすべて空家らしく、まっ暗である。周囲には何もない。ただその一群の長屋のうしろに、池とも沼ともつかない水がひろがって、冷え冷えとひかっているばかりである。

　東洋人は馬車からおりると、四軒目に入っていった。私は三百ヤードばかりはなれたところにひそかに馬車をとめて考えこんだ。彼のゆくさきはつきとめたものの、これだけで帰るのも気がきかない。私は意を決して馬車からおりると、そろそろとその長屋へちかづいていった。

　すると、おどろいたことには、いったんしまった入口の扉をまたひらいて、いきなりさっきの棗氏がつかつかと出てきたのである。逃げるにも驚愕《きょうがく》のあまり身がすくんでうごけない私のまえに、彼は一直線にやってきた。

　夜目にも彼の激怒した顔がみえるように思った。彼がぐいと片手をつき出したので、ぎょっとして私が身がまえると、

「おい、探偵君、遠いところを御苦労さまだな。さっきの半ペニー銅貨があやしいと思っ

たのか。欲しければお前にもやるから、こいつをもってかえってゆっくり調べろ！」

なんとその掌《てのひら》のうえには、銅貨が一枚のっていたのである。

茫然《ぼうぜん》としてそれを受けとったときの私の顔だけは、南無三宝《なむさんぼう》、ホームズだけにはみせたくないが、まぬけなことに、彼がいまいったさっきの半ペニーとはイタリア人にやった銅貨のことらしいと気がついたときには、すでに彼がひきかえして、ふたたび玄関のドアをぴしゃりとしめたあとだったのである。

これはいったいどういうことだろう？　この銅貨が贋造《がんぞう》だとでもいうのだろうか。それともあのイタリア人も彼の一味なのだろうか？

私は混沌《こんとん》としてわけがわからなくなったが、とにかく尾行が大失敗に終ったことだけはあきらかであった。

悄然《しょうぜん》として私がひきかえそうとしたとき、またその家のこんどは台所の方の戸がひらいて、ひとりの女がでてきた。台所の窓からもれる灯に一瞬ちらりとみえた顔は、頬っぺたの赤い、いかにも人の好《よ》さそうな若い女の顔である。しかもまごう方なき、わが同胞の娘の顔である。何者だろう？　まさかいまの東洋人の妻ではあるまい。

彼女は両手に桶《おけ》をさげてあるいてくる。どこかへ水でもくみにゆくらしい。私はしばらくためらってから、やがてそっとちかよった。どうせあの男に発見されたのだから、もうやぶれかぶれといってもいい気持だった。

「もしもしお嬢さん、こんばんは」

「あっ、びっくりするじゃないか。誰だい？」

彼女は片手からひとつ空桶をとりおとしておどろいた。

「いや、これは相すみません。実は、僕はこのあたりにいい下宿はないかとさがしているのですがね。どこかお心あたりはないでしょうか？」

彼女はこちらの顔をのぞきこみ、急にきげんのよい声で、

「ああ、それならブレット夫人のおうちがいいよ。そこになさいよ」

「ブレット夫人というと？　お嬢さん」

「お嬢さんはよしとくれよ。あたしゃ女中だよ。つまりブレット夫人の女中さ。いまあたしが出てきた家がそうよ。ごらんのとおりあんまりきれいじゃないけどね、その代り下宿代は安いよ、なにしろ一週たった二十五シリングだからね」

唾《つば》の水珠をちらす水車のような早口で、そのうえうっかりするとききとれないほどの下町訛《コックネー》だった。これは相当なおしゃべりだぞと私はほくそ笑みながら、すばやく一ソヴリン金貨を彼女のエプロンのポケットにおしこんで、

「そいつは願ったりかなったりだが、僕はこれでなかなか人見知りする方だからね。おうちの方々がいい人ばかりだといいんだが――」

「そりゃみんないい人ですよ。ブレット夫人は前にカンバーウエルで女学校を経営してた人なのよ。それがうまくゆかなくなって下宿屋をひらいたんだけど、そこも手筈《てはず》がちがって、この半月ばかり前からもっとへんぴなここへ移ってきたのさ。女学校ひらいてたくら

いだからあたしにこそ、あんまりおしゃべりしちゃいけないってしょっちゅうがみがみいうけれど、お客さまに失礼なことなんかしませんわよ。

妹さんがひとりあるけど、これは神さまばかり祈っている人よ。こないだもね、うちに下宿している東洋の人をつかまえて、イエスさまを信じないとは情ないって、泣いて、泣いて——」

「ほう、じゃもう下宿している人もあるんだね？」

私はごっくり唾をのみこんだ。

「ええ、二人ね。けど二階にお部屋は三つあって、一つはあいていますよ。まんなかに住んでるのがいまいった東洋の——日本とかいう国のひと。日本って印度のなかにあるんですってね。これは去年の暮カンバーウエルにいたころから下宿していて、いっしょにここへ移ってきたのよ。

まあほんとにへんな男ですよ。食うものもろくに食わないで、かびくさい本ばかり読んで、まるでむかしの魔法つかいの博士のようですわよ。このあいだもね、いったい何をしているのかと思って、ドアの鍵穴《かぎあな》からそっとのぞいてみたんですよ。すると、まああなた、髯なんか生やしてるくせに泣いてるじゃありませんか？」

「えっ、泣いてた？」

「それがね。恐ろしいことはまだその次にあるんですよ。あたしに背なかをみせてるのに、まああたしがのぞいてることがどうしてわかったのかしら、いきなりたちあがると、とんで出てきていきなり、ペン、お前は探偵か、犬のめすかって、それはそれはこわい顔をしてどなりつけるじゃありませんか。それでもあたしが泣き出してみせたら急にこまった顔になって、ちかごろ、僕は頭の調子がわるいものだから、がみがみ叱ってかんにんしてくれってあやまったけどね。たしかにちょっと気がへんよ、あのひと――」

「誰かたずねてこないかい？」

「めったにこないわ。この半年に二、三人――やっぱり黄色い人がきただけよ。御本人は、雪か雨でもふらない以上、毎日どっかへ出かけるようよ。そしていつも山のように本をかかえてもどってくるわ。……でもね、もうひとりのギブスンさんほど変人でもないかもしれなくってよ。

ギブスンさんは北隣りの部屋にいるひとで、カンバーウエルからここへ引っ越してきたとき新しく入ってきたの。丸い眼鏡かけて山羊《やぎ》みたいな髯をはやしたお爺《じい》さんよ。それが面妖《おか》しな条件でね。ひるでも夜なかでも自由に外出したり帰ってきたりできるように玄関の合鍵《あいかぎ》をわたしておいてもらいたい、食事は部屋でするからいつもドアの外においてもらいたいっていうの。でも、ほかに下宿してくれそうな人もないし、下宿料は一週三十三シリングはらうからっていうので、ブレット夫人も承知したのよ。ひるまはめったに家にいないわ。夜だけもどってきて、いつも気味悪い跫音《あしおと》をたてて部屋じゅうあるきまわっているのよ。そしてときどき、恐ろしい声をたてて窓から、椅子だとか花瓶だとかを裏の池になげこむくせがあるの。……」

私は、あのふしぎな東洋人の話をきいたあとは、女中の饒舌《じょうぜつ》をもうあまり気にとめないで考えこんでいた。すると、この恐るべきおしゃべり女中は、私の様子にはっと気がついたとみえて大あわてにあわてて、

「でもね、めったにそんなことないのよ。どっちも人に害を与えるような方じゃないし、そりゃあふつうの人以上におとなしいしずかな方だから。……」

「ペン！ ペン！」

と台所の方でよびたてるけたたましい声がきこえた。ブレット夫人にちがいない。ペンは私の手をとらんばかりにして、

「ねえ、うちへきめなさいよ。ブレット夫人に紹介しますわ。……」

「ありがとう。いや、しかし今夜はもうおそいから、あらためて明日にでもまたうかがおう。それでは、ペン、おやすみ」

私はひとまずこれくらいでいいだろうと、もときた道をひきかえした。

四

ベーカー街にかえると、ホームズは例のとおり黒いパイプをくわえたまま、しきりに部屋のなかをあるきまわっていたが、私の顔をみると、

「ワトスン君、これは存外興味をそそる事件かもしれないぜ。面白い、たいへん面白い」

と生き生きした顔で笑いかけながら、「あれから、クロプマンにいろいろきいたのだが、フィリモア氏は若いころ支那人や日本人をつかって、スクーナー船で上海から台湾へ阿片《あへん》の密貿易などやっていたらしい。そして或《あ》るとき反抗しようとした彼らの一団をライフル銃でやっつけたこともあるという話だ」

「ほう、それで、彼らが紅卍《まんじ》教の一党で、復讐《ふくしゅう》のため、あのふしぎな白紙の手紙をなげこんでいったとでもいうのかい？」

「いや、それはまだわからない。当時クロプマンはほんの下ッ端で、事情はよくわからないというんだが、あの絵の掘出しもののことといい、あいつもなかなかくわせ者らしいからね。どうやらずっと以前から主人のフィリモア氏にもないしょで、かくれたる名画を二束三文で買ってはクレイグ博士のところに鑑定をたのみにやってきていたということだ」

「日本のヒタチマルという船との関係は？」

「それは帰途ちょっと警視庁へいってレストレード君にもあってきたんだが、これはいくらしらべても、フィリモア氏とはなんの関係もないというんだ。支配人のマーチン氏も、あの日フィリモア氏と話したのは、全然別の用件で、なぜそのあとフィリモア氏が聖カザリン船渠などへいったか、さっぱりわけがわからないといってるそうだよ。尤《もっと》もその日のフィリモア氏はどうもふだんとちがって妙なところがあったそうだがね」

「クロプマンがどうかしたという疑いはないのかい？」

「それも一応は考えたが、人目の多い埠頭《ふとう》では誘拐することも殺すこともまず不可能だろう。尤もわれわれも是非埠頭へいってもういちど調べてみる必要はあるがね。

しかし、あのクレイグ博士のところにいた日本人の挙動はたしかに疑惑につつまれていると思う。君はあの男が立っていた窓の外の庭に火曜日というと紅卍の封印をおした手紙がおちていたという話をおぼえているだろう？　あの男は去年の十二月から一週一回七シリングの約束で個人教授をうけにかよっているということだが、その日が何曜だと思う？」

「きょうと同じ――火曜日だろう？」

「そうだ。さあ、それでは、君の話をきかせてもらうことにしようかね」

私は今夜の尾行の結果をくわしく報告した。ホームズはときどき細かい点について反問しながら、興味ぶかい表情できいていたが、ふと眼をぴかりとひからせて顔をあげて、

「ワトスン君、君はそのギブスン氏という老人はみなかったかい？」

私はホームズのききとがめた言葉の意味がわからずぼんやりしていると、

「その老人は、半月ばかりまえから下宿してきたそうだといったね？　それから山羊鬚《ひげ》をはやしてるそうだともいったね？」

私はとびあがって叫んだ。

「ホームズ！　君は、その老人がフィリモア氏だというのかい？」

ホームズは、事件が神秘性を深めれば深めるほどかがやきをますあの溌剌《はつらつ》たる微笑を両眼にみなぎらせながら、

「そうであるかないか、とにかく明日朝はやく、もういちどトウティングに出かけてみようじゃないか？」

翌日、はやくから急患があって、じりじりしながらこれを治療しおえた私が、朝もだいぶおそくなってから、とぶようにしてベーカー街をおとずれると、意外なことにシャーロック・ホームズは、外出の用意をしたまま、にがりきった顔をして部屋のなかをあるきまわっていた。

「ワトスン君、一歩おくれたよ」

「どうしたんだい？」

「ついいましがたまで警視庁のレストレードがきていたんだが、昨夜トウティングの下宿屋で、ギブスン氏が殺されたということだ」

「えっ、いつ？　むろん僕がひきかえしたあとだろうね。それで、犯人の黄色い下宿人はもう逮捕されたのかい？」

「ギブスン氏は、けさになって下宿の裏の池に屍体《したい》となって浮かんでいるのを発見されたそうで、あの日本人は発見直前に、どこかへゆくえもつげず姿をくらませてしまったそうだよ」

私は、昨夜私の胸ぐらをとらんばかりにして激怒の罵声《ばせい》をあびせてきたあの黄色い顔を思い出して、背なかにぞっと水のようなものがはしるのを禁じ得なかったのである。

私たちがトウティングのブレット家を訪れると、警官の知らせですぐさきにきていたレストレード警部が出てきた。

「ホームズさん、昨日警視庁でおあいしたとき、フィリモア氏の失踪《しっそう》は一通りでなく奥ゆきのふかい事件だとおっしゃいましたが——そして残念なことにフィリモア氏は殺害されてしまいましたが——犯人という点ではこれほど明瞭《めいりょう》な事件はありませんよ。二、三妙なこともありますが、とにかく隣室にすんでいた黄色人をさがせばいいんです。もう時間の問題ですよ。おや、まだその黄色人については御存知ないのでしたね？」

「知っていますよ、日本の留学生でしょう？」

レストレードは妙な顔をしたが、気をとりなおして下宿のなかに案内しながら、

「ギブスン氏の屍体はまだ池の傍にひきあげておいたままなんですがね。ポケットから蠟《ろう》マッチが一箱、金時計、金貨七ソヴリンがでてきただけで——しかしギブスン氏がフィリモア氏であることは、写真でまちがいありません。下男のクロプマンを呼びにやったのですが、これもけさから外出しているらしいので、目下さがしにやっています。とにかく、まあ兇行《きょうこう》の行われた部屋をみて下さい」

「レストレード君、君はギブスン氏の屍体が池に浮かんでいたといいましたね。それなのに兇行が部屋で行われた、というのはどうしてわかったのです？」

レストレードはやせた顔をにやりとさせて、

「いや、それはギブスン氏の部屋の壁に、大きく紅卍のしるしがつけてあったからです。それに……」

そのとき、突然、あっというおどろきの声がきこえた。ふりかえってみると、階下の食堂に茫然《ぼうぜん》と坐《すわ》っている蒼白《あおじろ》い顔をしたふたりの婦人――おそらくブレット夫人と妹のスパロー嬢であろう――のうしろから、女中のペンがたちあがって、とび出すような眼をして私をみつめていた。きっと私を警官のひとりとでも思ったのであろう。あとでよくあやまらなくてはならない。

「それに――昨晩十二時ごろ、ギブスン氏の部屋の窓から彼を池になげおとす水音を女中がきいたというんです。むろん、そのときは人間などとはゆめにも思わず、ギブスン氏はふだんからよく物を池になげこむ妙な癖があったそうで、また花瓶か何かを投げたんだろうと考えて大して気にもしなかったといいます。それにしてもどうして水音の大きさに疑いをもたなかったのかとふしぎですが、寝入りばなでゆめうつつだったらしいのですね」

「なるほどね」

「屍体にはかすり傷こそ処々にありますが、致命傷とは認められず、また毒殺らしい所見もみえませんので、溺死《できし》にちがいなく、死後硬直の点からみて、昨夜十時ごろからけさの一時ごろまでのあいだに兇行が行われたらしいのです」

「で、そのまえに、争う声とか格闘の物音は？」

「それはべつにきかなかったといいます。ただ十一時ごろギブスン氏がどこからか帰宅してきた靴音をきいたそうです」

「それはギブスン氏にまちがいないでしょうね？」

「靴音の癖と調子で、まちがいないと女中のペンは証言しているのですがね。犯人は被害者にいきなり阿片でもかがせたのかもしれない。……」

「ちょっと！」

と、階段を上ったとき、ホームズはすぐ前にひらいたままになったドアをのぞきこんだ。

「これは問題の東洋人の部屋ですね？」

「そうです、一応みたところあやしいものもないようですが、そのうち本格的に捜査すれば、かならず、証拠物件が出てくるものと思います」

窓の鎧戸《よろいど》に金巾《カナキン》だか麻だかえたいのしれないきたないカーテンがさがり、天井にはひびが入っているまずしげな部屋で、装飾といえば棚においた小さなシェクスピアの石膏《せっこう》像だけで、机の上にカルルス泉の瓶と安物のビスケットの鑵《かん》がのっていた。

しかしわれわれの眼をうばったのは、机から棚、床のうえまでもつみかさねられたおびただしい書物の大群だった。ワートンの英国詩史もみえるし、スペンサー、ハヅリット、スウィンバーンの名前もみえる。これだけわが国の文学書を読破しているものは、英国人にもたんとあるまい。そのかわり、東洋の神秘な雰囲気などどこにもただよっていそうにない。

「まあ、あれをごらんなさい！」

と、レストレードはせかせかとして、北隣りの部屋のドアをひらいた。

部屋はおなじつくりだが、調度はだいぶこの方が上等で、壁にかかっているのはあきらかに本物のゲーンスボローの「婦人像」であった。が、その額の下には、血のようにぶきみな——よくみれば赤インクに指をひたしてかいたものらしかったが——真紅の卍《まんじ》のしるしがなすりつけてあったのである。

ホームズは拡大鏡をもってあちこち調べていたが、やがて何かをつまみあげてにやりと笑った。

「ほう、毛髪ですか。白いところをみるとフィリモア氏の頭髪がぬけおちたのですね」

と、レストレードが意外そうに見とがめたが、ホームズはとりあわずに、

「それで、ギブスン氏の水死体は、あの窓の下に浮かんでいたのですね？」

「そうです」

「池の深さは？」

「まあ、ふかいところで大人の胸のくらいまでですな。屍体の下にはいままで彼がなげこんだガラクタがいっぱい沈んでいましたよ」

ホームズはまた声もなく笑って、ふと窓の方をみたが、

「おやおや、ギブスン氏の屍体にかがみこんで調べていたあなたの部下が、突然たちあがりましたよ。レストレード君、どうやら意外な事実が発見されたようですね」

「えっ、なんだろう」

「おそらく、あの屍体がフィリモア氏でないことを発見したんだと思いますね。顎《あご》でもいじっているうちに山羊《やぎ》のようなつけ髯がぽろりとおちて——」

私とレストレードが驚愕《きょうがく》のあまり白痴のようにつっ立っているのをホームズはうれしそうに両手をこすりながら見やって、

「ここにおちていたあの毛は、たしかにつけ髯の毛だったからね」

レストレードがあえぐようにいった。

「だれですそれは――」

「おそらく、年輩からいって、まず浮かぶのは、下男のクロプマンだね。さあそれをたしかめにゆこうじゃないか」

三人がいそいで裏庭へ出ると、息をきりながらかけつけてきた警官の一人とばったりあった。

「警部、実に意外なことが――」

「わかってる。わかってる。屍体は、フィリモア氏じゃないのだろう?」

と、レストレードはふきげんな顔で、かみつくように叫んだ。

池は青みどろを浮かせて、ぷつぷつと黒い泡をたてているような、ぶきみな色をしていた。そのふちに、栄養不良の月桂樹が苦しそうに立っているほかは、わびしい雑草ばかりの地面に、水死体はあげられて、横たえられていた。むろん、それは顎の大きな疣《いぼ》をみてもわかるように、変りはてたクロプマンの恐ろしい顔だったのである。

医者としても、ホームズの助手としても、昨日まで元気にうごいていた人物を今日ものいわぬ屍体《したい》としてみたことは、何十回経験したかわからないが、後者には前者とちがって、私はいつも一種異様の恐ろしさを禁じ得ないのである。生命の恐怖というより運命の恐怖といったらよいだろうか。

しかし私は、そんな恐怖よりこのなんとも不可解な事実にすっかり惑乱してしまった。

「ホームズ！　これはいったいどうしたわけなんだ？　クロプマンは主人の影武者になって、紅卍教徒の毒手の犠牲になったとでもいうのかい？」

「忠僕というわけかね」ホームズは特有の声のない笑いを笑って「たいへんな忠僕だよ。忠僕に神罰を下すなんて、復讐《ふくしゅう》の神も皮肉だね」

「それはどういう意味だろう？」

「ここに下宿していたギブスン氏は、はじめからクロプマンだったのだ」

「えっ？……それは、君はさっきギブスン氏の髯《ひげ》がつけ髯だということを発見してはじめて知ったのかい？」

「確実に知ったのはそうさ。しかし最初ギブスン氏の異様な挙動をきいたときから、それが誰かの変装じゃないかと疑っていたよ。玄関の合鍵《あいかぎ》をもって大抵夜だけもどってくること、食事も部屋のドアの外にはこばせて他人に顔をかくしたがっていたこと。……」

「なんのためにクロプマンはフィリモア氏に化けたのかね？」

「フィリモア氏が黄色い下宿人に殺されたようにみせかけるためさ。最初聖カザリン船渠でフィリモア氏が消失したというのがそもそも奇怪千万だ。おそらくあれもクロプマンの一人二役だったのだろう。はじめフィリモア氏に化けて支配人にあい、次に埠頭《ふとう》の積荷か樽《たる》のかげでクロプマンにかえって急を注進にかけもどったものと思う。自邸で主人が消滅すれば自分が疑われるから、わざと雑踏をえらんだのだがさてその雑踏のなかだけに、あとになって主人の屍体が発見されない点に人々が疑惑をいだくのにこまった。

　そこであらためてあの紅卍の手紙とか、それを受取ったときのフィリモア氏の恐怖とかを創作し、犯人を隣家のクレイグ氏のところへ通ってくる東洋の留学生に擬したのだと思うよ」

「すると、あの日本人は無実の罪だというのかい？　では、あの男の奇妙な行動はどう証明する？」

「奇妙なことは奇妙だが、しかしあの火曜日ごとにクレイグ氏の部屋の窓の外に紅卍の手紙がおちていたというクロプマンの話がうそっぱちだとしてみれば、ほかにそれほどこの事件とぬきさしならぬ関係はないじゃないか？　他人からみてずいぶん面妖《おか》しな行為をやる点では僕も人後におちない方だからね。

　第一クロプマンの話がほんとうで、このトウティングの下宿にすんでいたのがほんもののフィリモア氏だったとすれば、それこそ奇妙じゃないか。そんなにおそれている黄色い下宿人の隣室にわざわざ住んで、いつでも逃げ出すチャンスはあるのに、なぜそうしなかったんだね？」

「じゃ、ギブスン氏は——いや、クロプマンは、あの黄色人につきおとされたんじゃないと考えていいんだね？」

「そう思う。クロプマンがものをなげたり、きちがいじみた行動をしたのは、あとでいかにもフィリモア氏が隣室の住人をおそれていたようにこじつける予備行動のつもりだったのかもしれない。ところが、なにしろあの老人だから、重い花瓶かなにかをなげるはずみに自分も墜落してしまったんだ。

なぜなら、下女はクロプマンが昨夜十一時ごろ帰ってきた跫音《あしおと》をきいたといい、十二時ごろ水におちる音をきいたという。いかに夢うつつであったにせよ、第三者が兇行《きょうこう》を加えたなら、そのあいだになんの物音もきかなかったというのは奇妙だ。すべてクロプマンのひとり相撲であった証拠で、つまりさっき神罰だと僕がいったゆえんさ」

「なるほど。それでわかったよ。ところでクロプマンはなぜフィリモア氏を殺したんだ？」

「あのグルーズの絵の件を思い出しても、あいつのくわせものであることがわかるじゃないか。なにか不正をやってフィリモア氏に発見された反撃か、それともそれよりさらに可能性のある想像だが、もっと名画を蒐集《しゅうしゅう》したいあまり大それた欲望をおこしたのか――その点は、フィリモア氏にきけば明らかになるだろうがね」

「えっ？……フィリモア氏は生きているんですか！」とレストレード警部がとびあがった。

ホームズは微笑して、

「むろん、クロプマンの予定では、今日このような悲劇を演ずるのはフィリモア氏のはずだったのです。しかし、フィリモア氏がすでに半月まえに死亡していたなら、それ以後あれほど苦労してフィリモア氏に扮《ふん》することは無意味ですからね。だからあの老富豪はまだ生きているものと考えていいと思うんですよ」

「ど、どこに彼はいるんです？」

「クロプマンにとっていちばん幽閉し易いところは、いうまでもなくフィリモア氏の自邸ですよ」

しばらく啞然《あぜん》としていたのち、われにかえった私達が急遽《きゆうきよ》ホーマー街にかけつけたことはもちろんである。

五

ホームズの神のごとき明察はあたった。はたせるかな、ジェームズ・フィリモア氏は、じぶんの屋敷の地下室から救い出されたのである。

哀れな老富豪は、発見されたとき廃人のようになっていた。われわれが入っていっても、なんのよろこびの表情をたたえるどころか、右の頰がゆるみ、口角はだらりとたれて、そこから牛のようによだれをながしているばかりだった。すぐに私は診察してみて、彼の右手も右足も不随になっていることを知った。

「ホームズ君、僕は医者として保証するが、お気の毒にこの老人は中風にかかっているよ」

「そうか、それでわかった」とホームズも暗然としてうなずいて「クロプマンが悪心をおこしたきっかけがね！　フィリモアさん、わかりますか？　われわれは警視庁のものなんです。半月ばかり前、あなたが中風にかかってから、クロプマンがここにおしこめたんですね？」

フィリモア氏はどんよりとした眼にかすかなひかりをうかべて、ものうそうにうなずいたようだった。

レストレードが仏頂面でいった。

「とにかく事件に関するかぎり、またホームズさんにしてやられましたね」

まことにそうであったのだ。フィリモア氏にとっていかに悲劇であったにせよ、ホームズのかがやかしい事件簿に、ここにまたひとつの星が加えられ、大団円の幕はまさにおりかかっていたのである。

その幕をあげ、実にわれわれを震駭《しんがい》させる驚くべき言葉をもった人物が闖入《ちんにゅう》してきたのはその直後であった。トウティングにのこしてきた警官のひとりと、そこに入ってきたのは、あの不可解なうすあばたのある黄色い日本人だった。

「君はけさからどこへ行方もしらさず姿をくらましていたんだ？」と眼をとび出させて、レストレードは猛然と叫んだ。

日本人はその方を世にもにがにがしい顔でながめたが、おちついたもので、

「クラパム、コンモンあたりに下宿探しにいってたんですよ。いまのところはどうも不愉

快で、おちついて本を読むこともできませんからね。ずっとまえから考えていたのです。が、ブレット夫人にはそうはっきりとはいえないからだまって出たのですが、英国では下宿探しでもいちいち警視庁へとどけなくちゃいけないいんですかね？」

「いや、それは……」と、レストレードはへどもどして、「しかし君の出たあとで殺人事件が発見されたじゃないか！」

「出るまえに発見されていたら、むろん出やしませんよ。帰ってはじめて警官やペンに事件のことをきいておどろいたんです。しかし、シャーロック・ホームズさん、私が不在中とんでもない水死人の犯人に擬せられたのを——日本では、無実の罪のことを『濡《ぬ》れた衣』をきせられるというんですが、これほど当を得た諺《ことわざ》はないということがわかりましたよ」と彼は自分の洒落《しゃれ》ににやりとして、「その濡衣《ぬれぎぬ》をかわかしていただいたそうで感謝いたします」

「いやいや」とホームズは、讃嘆《さんたん》されたり感謝されたりするときにかならずみせる処女のごとき恥じらいの色を浮かべて、「そんな誤解はちょっとした推理的才能のあるものなら、簡単にうちけすことはできますよ」

「ところで、たいへんぶしつけですが、私はあなたのその推理にちょっと異論があるのですが、きいていただけるでしょうか？　それでここに参上した次第ですが」

と、その東洋人は、ものしずかに、まじめな顔でいった。

さすがのホームズもこの意外な申し出には愕然《がくぜん》としたようだった。が、すぐにきびしい、皮肉な、傲然《ごうぜん》とした表情になって顎《あご》をしゃくった。

「どうぞ、おきかせ下さい。東洋の紳士」

「探偵術というものはよく知らないんですが、まあ科学にちかいものであり、その目的は『如何《いか》に』にあると思うんです。ところで私は文学的研究に従っているものでありまして、これは『何故《なぜ》』ということに重点がかかってくるので、まったく発想法がことなりますから、或《ある》いはお笑いになるかもしれませんが……」

「はやく、はやくこの事件についての、あなたの御意見というやつをいってもらいたいんですがね」とホームズは足ぶみをしてせきこんだ。

「では、まあおきき下さい。実は昨夜十二時ごろ、私もペンとおなじく、ギブスン氏の部屋の窓から池になにかおちこんだ水音をきいたんですがね。ペンとこれまたおなじく、あれが人間のおちた音とはきこえなかったのです。けさになっても、まさかあの池にギブスン氏が浮かんでいようとは思いもかけなかったというのは、その点もあるのです」

「しかし、現実に彼は水死体となっていたじゃありませんか？」

「それは誰かにつきおとされたのでしょう」

「わからないね、君のいうことは」とホームズはいらいらとした眼で相手をにらんで「窓からおちたのはギブスン氏か、ギブスン氏じゃないのか――」

「窓からなげおとされたのは、いつものように、花瓶かなにかでしょう。それは、他のガラクタといっしょに池の底をさぐればみつかるでしょう。そして、それをなげこむとギブスン氏は、跫音《あしおと》をしのばせてまた外に出て、こんどは庭の池の向うからクロプマンを水につきおとしたんじゃありませんか？」

「なんだって？　ギブスン氏はクロプマンじゃなかったと君はいうのか？」

ホームズは、私がはじめてきくような大声でさけんだ。指のさきがぶるぶるとふるえ、頬の血の気はひいている。

「水死体は窓の下にあった。沼の水はながれない。それなのに、どうして池の向う側から投げこまれたとわかるんだ？」

「沼の水がうごかないことを利用したのでしょう。私はさっき池の向うをみてきましたが、そこの草の上に、たしかに重いものをひきずってきたあとがありました。もし屍体《したい》が溺死《できし》にちがいないなら、水になげこむまえ阿片《あへん》でもかがせてあったのでしょうね。そのからだに自分の服をきさせ、その顔に黒い丸い眼鏡をかけさせ、山羊鬚《やぎひげ》をつけさせて池まではこんでくればあとはもうらくなものです。水は腹のへんまでしかないから、水のなかをおして窓の下まではこべばいいということになりますからね」

「君が、ギブスン氏がクロプマンでないという根拠はなんだね？」

「それはね、大胆な想像で気がひけますが、ギブスン氏がひっこしてきたとき、荷物のなかにあのゲーンスボローの婦人像があるのをちらとみたのですよ。ところがあの絵にあの額ぶちはぜんぜん似合わない。むろん私は絵の専門家じゃないが、それにしても、ギブスンという人は絵にはまったく無関心な人だなと感じたことをいまでもおぼえています。それが、あとでクロプマンだとあなたがおっしゃったというのをきいて、いやそれはちがうとまず思ったのです。あなたも昨日のグルーズの絵に見入っているときの、ほれぼれとなめるような下男の眼をお忘れじゃないでしょう?」

「もういい。……それじゃ君、クロプマンを殺したのはだれです?」

とレストレードはうなるようにいった。

「クロプマンを昨夜トウティングまで呼び出すのにいちばん都合のよい人間。……」

「紅卍《まんじ》教」

「まだそんなことをいっているのですか。私は大学の卒業論文が老子《ろうし》ですから、道教を研究したついでに紅卍教の知識もちょっと得たのですが、あれはなにもアメリカのキウ・クラクス・クランのように恐ろしい殺人秘密結社じゃありませんよ。……私はそこにいらっしゃる方がギブスン氏そっくりにみえるんですがね」

「ジェームズ・フィリモア氏?」

三人はいっせいに叫んだ。ああ、なんという単純にして明々白々、しかも意外千万な指摘だろうか。

しかしわれわれがこれを意外とするにはそれだけの理由があったのである。やがてホームズが痛烈な笑顔で、かすれた声でいった。

「そりゃ似ているだろうさ。しかしフィリモア氏がフィリモア氏の顔に扮《ふん》するなんて、そんな馬鹿なことが……僕はあの部屋でギブスン氏のつけていたつけ髯の毛まで発見したのだぜ！」

「私のは単なる第三者の意見ですから、まちがっていたらおゆるし下さい。フィリモア氏はただフィリモア氏に化けたわけではなく、クロプマンの化けたフィリモア氏の心ぐみで暮らしてみせたのではないでしょうか？　あの埠頭《ふとう》の消滅といい、紅卍の手紙といい、すべてフィリモア氏自身の考えからでたことで、それはすべて現在ただいまホームズさんや警察の方々がたち至られたような推理の罠《わな》にみちびく予備行動であったとみた方が妥当ではありますまいか。一見、私という東洋の野良犬の犯罪のようにみせかけ、もし警察の頭がもっとよくてそうゆかないとなれば、クロプマンの自殺乃至《ないし》奇禍死としか考えられないようにしてね。……」

しばらく、ふかい沈黙が地下室を支配した。ホームズは隅っこのなかば壊れた椅子に腰をおろしたまま、顔を両手で覆っていた。千万長者のフィリモア氏が小さなあわれな下男を殺していったい何の得があるんです？」

「それはすべてなんのためです？　千万長者のフィリモア氏が小さなあわれな下男を殺していったい何の得があるんです？」

「紅卍教云々《うんぬん》のうそっぱちな話はまずおくとしても、もしフィリモア氏に他に重大な秘密がないならば」と黄色い男は、犀利《さいり》な人間洞察力をたたえた眼をあげて、「原因はクロプマンが二束三文であつめた絵がみんなすばらしい名画であることを、フィリモア氏が知ったことにあるのではありますまいか？　驚きもし、不愉快にもなり、憎しみにまでたかまって、それに欲望の炎が点火されたものとみるわけにはゆきませんか？　金銭財物にあこがれるのが、かならず貧乏人にかぎっていると考えるのは浅薄な見解です。むしろ手段をえらばず千万長者になった人の方が貧しいもののちょっとした贅沢《ぜいたく》にやきもちをやき、一シリングにさえも貪婪《どんらん》な渇望をもっているものじゃないでしょうか？――国家にたとえていえば、この大英帝国のように」

この恐るべき東洋人は、そこで皮肉に、しかし上品でどことなく鷹揚《おうよう》な笑いをにやりと笑った。

「しかしその点はあんまり文学的空想のきらいがありますから、万一私のいままでしゃべったことがあたっているなら、どうぞこのフィリモア氏にたしかめてみて下さい」

「フィリモア氏は中風なんだよ。お気の毒だが、君のいったような大活動はできないからだになっていたんだ！」

私は激怒に身をふるわせながらさけんだ。瞳《ひとみ》のはしに悄然《しょうぜん》としたホームズの姿がもういちどうつった瞬間から、私はかっと全身がもえるような気持になっていたのである。

いままでにも、美しい春の或《あ》る朝、一団のガスのなかへ入っていったきり永遠に消息をたってしまった帆船アリシア号の事件とか、一匹の珍奇な虫の入ったマッチ箱をまえにおいて、それを凝視したまま発狂しているのが発見されたイザドラ・ペルサノ氏の事件とか、未解決に終ったものもないではなかった。しかしそれは、他のどのような人物にも絶対不可解な事件だったのだ。いまだ曾《かつ》てこの不世出の大探偵シャーロック・ホームズが敗北したことは断じてなかったのである。

なまいきな日本人は、横たわったままのフィリモア氏を気の毒そうにのぞきこんで、

「ほう、そうですか。それではやっぱりちがいましたかね」と微笑しながらいった。

自分の見解が根本からくつがえされても、さして驚きも失望もしない様子に、かえって私の方が拍子ぬけがしたほどだった。

そのとき、シャーロック・ホームズがしずかに、椅子から腰をあげた。その顔をみた一瞬、私はぞっとした。沈痛な、恐るべき瞬間だった。

「ワトスン君、僕は敗北した。あの人のいうことにまちがいはない。――あれをみるがいい」

指さきの向うに、じっとこちらをみているフィリモア氏の蒼白《あおじろ》い顔があった。その顔面筋肉は依然として弛緩《しかん》し、口からはよだれがたれている。が、そのどんより曇った眼に涙がうかび、その涙の奥から、あきらかに最大の恐怖と悔恨を物語る魂がほのぴかっているではないか。……

「ホームズ！　しかし、どうしてこの半身不随の人間が……」

「半身不随になったのは半月前とはかぎらない。おそらく、あの殺人を犯してここにもどってきた今朝、恐るべき脳髄に神が復讐《ふくしゅう》の血のしぶきをまいたのだ」

その瞬間、フィリモア氏が奇妙なさけびをあげ、全身を、ぶるぶると痙攣《けいれん》させた。私ははしりよって抱きあげたが、もう呼吸はとまり、脈搏《みゃくはく》もとまっていた。

「しまった！　また卒中発作がおそったのだ」

私は首をふってふりかえった。

「もう手の下しようはないよ。こんどは延髄に出血したらしい」

しばらくのあいだ、一同は暗然として、この永遠に審判の座に召されていった殺人者の屍骸《しがい》をながめていたが、やがてホームズがふかい讃嘆《さんたん》の眼で黄色い東洋人をふりかえった。

「事件は神の裁きにまかされましたが、しかし東洋にもあなたのようなすばらしい探偵的才能にすぐれた天才があることを、知っただけでもよろこばしいです。帰国なさってから、その方面へ活動なさってもあなたはきっとめざましい成功をなさるでしょう」

「とんでもない、僕は探偵的な仕事は大きらいなんです。正直に申しあげると、世にこれほどいやな下等な商売はないと思っているくらいで」

と、彼はにべもなく、世にもにがにがしい顔つきでいった。私はいささかむっとしながら、

「しかし、あなたの行動にもずいぶん奇妙な点がありましたよ。クレイグ博士のところで、どうしてあなたはあんなに蒼い顔になったり、突然とび出したりしたのですか？」

「え？　ああ、あれは胃がいたんできたのですよ。僕は生来胃がわるくってね。たまらなくなってきたのです。もっとも、散歩しているうち、いくらか痛みはうすらいできましたがね」

と、彼はかなしそうな表情でいった。

「尤《もっと》も、胃ばかりではなく、このごろ頭の調子もわるいので、変なふるまいとみられるよ

うなことをしたのかもしれませんね。留学の期間はみじかし、費用は雀の涙ほどですし、このあいだに最大限の勉強をしておこうとする無理がたたったのかもしれません。ふいに大声で泣き出したくなったり、笑い出したくなったりする発作にうたれることもあります。

そればかりでなく、これが文明国にきた未開国人のだれでもが経験するひどい劣等感かとも思いますが、たえず英国人全体が私をばかにし、虐待し、監視し、追跡し、悪口をいっているような強迫観念におそわれるのです」

「そんなことはありません。あなたのような方を生んだお国をどうしてわれわれが軽蔑《けいべつ》してよいものですか。いまに日本がわれわれの恐るべき敵に――いや、力強い友邦となることは眼にみえていますよ」

シャーロック・ホームズは魂の底からしぼり出すように、めずらしく誠実な声音でいった。

「よし探偵にならなくても、私はあなたがそのすばらしい分析的才能と綜合《そうごう》的才能とそして想像力を人間の心に――文学の世界に用いて大成なさるように祈ってやみません。どうぞ、もういちど、あなたのお名前をおきかせ下さい」

黄色い日本人は、うすあばたのある鼻の頭にちょっと皺《しわ》をよせて笑ったが、やはり誠実な調子でしずかに答えた。

「それほどえらくなれそうな人間ではありませんが、では、キンノスケ・ナツメとおぼえておいて下さい。むろんお忘れになっても結構です」

＊

「倫敦《ロンドン》に住み暮したる二年は尤も不愉快の二年なり。余は英国紳士の間にあって狼群に伍《ご》する一匹のむく犬の如く、あわれなる生活を営みたり。……英国人は余を目して、神経衰弱なりと云えり。ある日本人は書を本国に致して余を狂気なりと云える由。賢明なる人々の言う所には偽りなかるべし」

――夏目漱石「文学論」序――

編者解題

日下三蔵

今年（二〇一〇年）、新たな文学賞、山田風太郎賞が創設されたのを記念して、角川文庫から山田風太郎の作品が、まとまって刊行されることになった。山田風太郎に興味を持った若い読者のための入門篇となるシリーズにしたいという版元の意向を受けて、選《え》りすぐった代表作を取り揃えたのが、この〈山田風太郎ベストコレクション〉シリーズである。①ミステリ、②忍法帖《ちょう》、③明治もの、④その他の時代小説、⑤エッセイ・ノンフィクションの五つの分野について、まず読んで欲しい名作・傑作を収録していくので、楽しみにしていただきたい。

ミステリ篇の一冊目となる本書『虚像淫楽』には、風太郎ミステリを代表する短篇九本を集めてみた。

医学生だった山田誠也青年は、終戦から間もない一九四六（昭和二十一）年、探偵小説専門誌「宝石」の懸賞募集に応募して作家デビューを果たす。山田青年は学生時代から小説を書き、山田風太郎の筆名で受験雑誌の投稿小説の常連入選者だった。

探偵作家として活動を開始した山田風太郎だが、複数の容疑者が登場して、名探偵がトリックを暴き、意外な犯人が指摘されるといった態《てい》の、オーソドックスなミステリ作品は少ない。その代わり、風太郎ミステリには、意外な動機があり、意外な犯行方法があり、意外なシチュエーションがある。世界をまるごとひっくり返すかのような、強烈な意外性に満ちた作品ばかりなのだ。

この意外性を重視する小説作法は、後に一世を風靡《ふうび》する忍法帖シリーズでも、高い評価を受けた明治ものでも変わらない。一見すると山田風太郎は、探偵小説から出発して時代小説に転向した作家に思えるかもしれないが、実はどのジャンルにおいても推理小説のテクニックを効果的に駆使してきた正統派のミステリ作家に他ならないのである。

眼中の悪魔

「別冊宝石」昭和二十三年一月号に掲載後、初めての著書『眼中の悪魔』(岩谷書店/昭和二十三年十一月)に収録。「虚像淫楽」とともに、翌年の第二回日本探偵作家クラブ賞(現在の日本推理作家協会賞)短篇賞を受賞している。

探偵作家クラブ賞受賞作品を特集した「別冊宝石」昭和三十一年一月号に本篇が再録された際、「「眼中の悪魔」について」と題された作者のコメントが付された。

「作品としては、この「眼中の悪魔」につづいて発表された「虚像淫楽」の方がましではないかと思うが、私にとっては、クラブ賞をもらったということのほかに、或る意味では、この作が処女作といえるので一つの記念になる。

最初の懸賞当選作は、小説も探偵小説も西も東も相わからない「達磨峠の事件」で、これが当選したのはいま以て奇々怪々（とはいえ、選者江戸川、水谷、城三先生は小生の大恩人）横溝先生が「達磨峠を書いた風太郎が、トモカクああなるんだから新人失望するべからず」といわれたが、まことに至言。それでこれは問題外として、もうひとつこの「眼中」のまえにちょっと好評だった「みささぎ盗賊」が発表されているけれど、実際にかいたのは「眼中」の方がさきだからである。

昭和二十三年の春、当時「苦楽」の顧問だった水谷先生からこんど苦楽で相当厚い別冊を出すから五十枚くらいの小説をかけとのおすすめがあった。このころの雑誌は六十四頁とかの制限で、ゆるされる原稿枚数は二十枚かせいぜい三十枚くらいだったから、このバッテキには大いに感謝したが（いまだって大衆雑誌に五十枚くらいかくと、ケッコウ「特別長篇読切」なんてウタッとる）さて折悪しく、当時私はまだ医学生でしかも試験中勉強にあまり熱心な方ではなかっただけに、逆に良心のトガメを感じて書くことを御勘弁ねがった。その別冊の発行がのび、結局書くには書いたが八十枚となり、五十枚にけずれないか、けずれませぬ、といっているうちに、その別冊の発行中止となり（枚数のことで思い出したが、そのとき私の書いた原稿用紙はあとでよく見たら十九字詰二十行という、世にもふしぎな用紙で、実際ふしぎな世の中であった）一年後、「宝石」が最初の別冊を出すにさいし、ようやくこれが拾いあげられたものである。あの別冊は宝石最初の別冊であるのみならず、戦後の全雑誌中、最初の別冊形式のものではなかったろうか？

さて、この作中の、小容器に顔だけつっこんで溺死させ、あらためて河になげこむというトリックは、外国の探偵小説にある由だが、そのとき私は知らなかった。クロフツの長篇にあるそうだが、実はいまも未読である。最近になって、例の「悪魔のような女」で、「またやっとるな」と思ったのみ。尤も私がこの「眼中の悪魔」をかいたのは、そんなトリックより、「三段階の悪人」がかきたかったのと、その最上級のもの、すなわち「無為沈黙、拱手傍観を以て犯罪を構成する」こともできるということを書きたかったのである」


当時の日記によれば、受賞後初めて発表された時代ミステリ「みささぎ盗賊」は、本篇の脱稿後に書き始められているから、この「眼中の悪魔」こそが、山田風太郎の実質的なデビュー後第一作ということになる。

山田風太郎は、捕まって刑務所に入るような悪人を最下等、証拠を残さずに悠々と社会生活を営む悪人をその上に位置づけ、さらに他人を教唆して自分の手を汚さぬ悪人を最上級と分類している。本篇の場合、実行犯が自分が教唆されたことにすら気付いていないのだから、ますます上等ということになるが、こうした考え方は、長篇ミステリ『太陽黒点』から、時代長篇『妖説太閤記』において、秀吉が軍師・竹中半兵衛に伝授される「漁夫の利作戦」にいたるまで、しばしば風太郎作品に登場する。
なお、文中、「昭和二十三年の春」とあるのは著者の記憶ちがいで、二十二年のことであろう。また、フランスの合作作家ボアロー&ナルスジャック原作の「悪魔のような女」は、一九九六年にもリメイクされているが、むろんここではアンリ＝ジョルジュ・クルーゾー監督による一九五五年版を指す。

虚像淫楽
「別冊旬刊ニュース」昭和二十三年五月号に掲載後、『眼中の悪魔』(岩谷書店/昭和二十三年十一月)に収録。「眼中の悪魔」とともに、翌年の第二回日本探偵作家クラブ賞短篇賞を受賞。
ある晩、猛毒の昇汞《しょうこう》(塩化水銀)を飲んだといって、聖ミカエル病院に担ぎ込まれてきた女性は、かつて看護婦として働いていた森弓子だった。その体には、鞭《むち》で打たれたような傷痕《きずあと》があったので、担当の千明医師は、付き添ってきた義弟の卯助に事情を聞くのだが……。夫と妻の、どちらがサディストで、どちらがマゾヒストであったのか？　瀕死《ひんし》の病人をめぐる推理は、表層から出発して次第に心理の深奥へと迫り、ついには意外極まる結論に達するのだ。
掲載誌の企画した新人探偵作家の競作コンクール参加作品で、その他の作品は、島田一男「太陽の眼」、香山滋「緑色人間」、岩田賛「絢子の幻覚」、天城一「高天原の犯罪」の四篇。読者による投票の結果、「虚像淫楽」が一位を獲得している。

昭和二十二年の日記には、本篇について、「心理のみの推理小説たらしめんとす」という記述が見える。山田風太郎はミステリに限らず、忍法帖などでも好んで「理屈に合わない奇妙な心理の動き」をとりあげるが、本篇は、さしずめその傾向の極北に位置する作品といえるだろう。さすがに文章やストーリー展開などは、後の作品と比べるとやや硬い部分もあるが、内容的には新人離れした完成度を示しており、「眼中の悪魔」とならぶ風太郎ミステリの代表作である。

なお、本篇は宮田雪・脚色、真崎守・画で「初夏の診断書」（「劇画ゲンダイ」昭和四十八年八月一日号）として劇画化されている。

厨子家の悪霊

「旬刊ニュース」昭和二十四年一月号に掲載後、『厨子家の悪霊』（岩谷書店〈岩谷選書8〉／昭和二十四年九月）に収録。

本篇の舞台となる厨子家は、山形県の豪家である。主な登場人物は五人。肋膜《ろくまく》炎のために、村に逗留《とうりゅう》している伊集院篤医学士。狂った先妻が井戸に落ちて死亡した際に、硫酸をかけられて大火傷《やけど》を負い、屋敷の一室に引き籠《こ》もっている当主・厨子荘四郎。当主に代わって厨子家を取りしきっている後妻の馨子夫人。夫人の連れ子で、清らかな天使のごとき少女・芳絵。十年前に猫に嚙《か》まれたのが元で熱病に罹《かか》り、それ以来狂人となってしまった先妻の息子・弘吉青年――。当然のことながら、犯人はこの中にいる。

事件の全貌《ぜんぼう》が語られる第十一章までに、すでにふたつのドンデン返しが仕掛けられているのも凄《すご》いが、つづく第十二章と第十三章には、なんとさらに三つのドンデン返しが控えていて驚かされる。これは本格ミステリの限界に挑戦した、極めて実験的な野心作といえるだろう。

「関西探偵作家クラブ某氏の評に、「ドンデン、ドンデン、ドンデン返し、助けてくれ！眼が廻るよ――」云々とある。目の廻るほどドンデン返しをブン廻すことこそ作者の本願ではあったが、救助の悲鳴をあげさせたのは、ブン廻しかたが強引であったせいで、実はなるべく悠々ときれいにブン廻したく登場人物群の心理と動きをもう少し親切に丁寧に書くつもりであったのだけれど、許された枚数と〆切の関係で、ほとんど骨組みだけの露出した作品となったのは、まったく以て作者の力量未熟のいたすところである。畠違いの本格物、ガラにないことはメッタにやるものではない」

岩谷選書版のあとがきでは、このように書かれている。確かに心理面での書き込みに話を限れば、やや物足りない部分もあり、そのために著者自身は本篇を失敗作と見なしているようだが、ドンデン返しを詰め込むという全体の趣向からすれば、「骨組みだけ」が露出しているからこそ、ラスト付近の切れ味が鋭くなっているわけで、これは本格ミステリ

きであろう。

には付き物の一長一短である。「畠違いの本格物」とは、あまりに謙遜《けんそん》が過ぎるというべ

なお、作中に登場する実在の病気については、当時の医学的知識に基づいて描写されているため、現在では誤りと判明している個所があるが、著者が故人であることと時代的背景を鑑み、修正は行なわなかった。読者の皆さまのご賢察をいただければ幸いである。

蠟人

「小説世界」昭和二十五年二月号に掲載後、『陰茎人』（東京文芸社／昭和二十九年十一月）に収録。

副題に「新・牡丹灯籠」とあるように、有名な怪談のシチュエーションを、妖《あや》しくも哀しいミステリに移し変えた作品である。窓には鉄格子が嵌《はま》り、完全に密室状態だった自室で全裸で事切れていた友人。彼の身に、果たして何が起こったのか――？　後の忍法帖《ちょう》で発揮されることになる医学的奇想の萌芽《ほうが》が、はっきりと見て取れるのが興味深い。

黒衣の聖母

「講談倶楽部」昭和二十六年二月号に掲載後、『新かぐや姫』（東方社／昭和三十年九月）に収録。

愛する女性を空襲で失い、悲嘆にくれる復員兵が、焼け跡で出会った清らかな聖母のご

とき娼婦《しょうふ》・鏡子の意外な正体とは？　抑制の効いた焼け跡の描写から、鏡子との奇妙な交歓、そして急転直下のカタストロフィまで、まったく間然するところがない。シンプルかつ大胆なトリックの切れ味も抜群で、風太郎ミステリの中でもベスト級の出来映えである。

恋罪

「探偵実話」昭和二十七年七～八月号に掲載後、『厨子家の悪霊』（春陽堂書店〈探偵双書7〉／昭和三十一年三月）に収録。

得意の書簡体を活《い》かしたサスペンス。被害者の自宅と海に浮かぶボートの上、ふたつの密室状況での刺殺事件が発生するが、作者の視線はトリックの解明ではなく、ヒロインの心の動きに当てられている。だからこそ、終盤でのたった一行の彼女のセリフが、恐ろしい重さをもって読者の胸を切り裂くのである。

なお、初出ではストーリーの進行と同じく、「第三の手紙」までが前篇、「第四の手紙」以降が後篇となっていた。

死者の呼び声

「面白倶楽部」昭和二十七年八月増刊号に掲載後、『死者の呼び声』（東方社／昭和三十年六月）に収録。

作中における現実世界は、序章と終章の部分だけで、本篇の大部分を占める手紙の中身は、過去の犯罪事件を扱った探偵小説仕立てになっているのだが、さらにその中にまた手紙が登場するという、実に凝った構成の作品である。作中作をつかった多重構造の先行作品としては、谷崎潤一郎「呪われた戯曲」や横溝正史「蔵の中」のような例があるが、さらにひねって三重構造にしたところに、本篇の面白さがある。

ここでも山田風太郎は、自らはまったく手を汚さずに、他人を操って殺人を行なう大悪人を描いており、内容的にも技巧的にも、著者の持ち味が十全に発揮された傑作といえるだろう。

さようなら

「別冊キング」昭和三十一年五月号に掲載後、『臨時ニュースを申上げます』（文芸評論新社／昭和三十三年九月）に収録。

ペストの発生によって無人と化した町を訪れた二人の刑事。彼らは戦時中、犯人逮捕に向かった空襲の夜を、再び体験することになる——。終戦から十年というこの時期になされなければならなかった愛と狂気の犯罪計画を描いて圧巻の一篇。

黄色い下宿人

「宝石」昭和二十八年十二月号に掲載後、『死者の呼び声』（東方社／昭和三十年六月）に収録。

他の作品で概要もしくは件名が言及されるだけの、いわゆる「語られざる事件」を扱った上に、意外な探偵役まで配した本篇は、ホームズ・パスティッシュとしては最高レベルの作品。原稿を受け取った「宝石」編集部はあまりの出来映えに驚き、急遽《きゅうきょ》、他の作家に発注して海外作家贋作特集を組んでいる。他の作品は、城昌幸「ユラリゥム」（E・A・ポー）、高木彬光《あきみつ》「クレタ島の花嫁」（ヴァン・ダイン）、島田一男「ルパン就縛」（ルブラン）、大坪砂男「胡蝶の行方」（チェスタトン）の四篇であった。

本篇における「意外な人物同士が同じ時代に邂逅《かいこう》していた可能性」というメイン・アイデアは、後の明治もので最大限に活用されることになるのである。

（本稿の各篇解説部分は、ハルキ文庫版〈山田風太郎奇想コレクション〉および光文社文庫版〈山田風太郎ミステリー傑作選〉の解説を基に加筆いたしました）

本書は、「山田風太郎ミステリー傑作選」（光文社）より、『眼中の悪魔』（平成十三年三月）、『戦艦陸奥』（平成十三年九月）、『怪談部屋』（平成十四年五月）を底本としました。

本文中に、気違い、白痴、畸型、癩病、業病、乞食、佝僂、せむしなど、今日の人権擁護の見地に照らして不当・不適切と思われる語句や表現がありますが、作品発表当時の時代的背景を考え合わせ、また著者が故人であるという事情に鑑み、底本のままとしました。

編集部

虚像淫楽《きよぞういんらく》

山田風太郎《やまだふうたろう》ベストコレクション

山田風太郎《やまだふうたろう》

平成22年 7月25日　初版発行
令和7年 1月10日　8版発行

発行者●山下直久

発行●株式会社KADOKAWA
〒102-8177　東京都千代田区富士見2-13-3
電話　0570-002-301(ナビダイヤル)

角川文庫 16326

印刷所●株式会社KADOKAWA
製本所●株式会社KADOKAWA

表紙画●和田三造

●お問い合わせ
https://www.kadokawa.co.jp/ (「お問い合わせ」へお進みください)
※内容によっては、お答えできない場合があります。
※サポートは日本国内のみとさせていただきます。
※Japanese text only

ISBN978-4-04-135654-8　C0193

角川文庫発刊に際して

角川源義

第二次世界大戦の敗北は、軍事力の敗北であった以上に、私たちの若い文化力の敗退であった。私たちの文化が戦争に対して如何に無力であり、単なるあだ花に過ぎなかったかを、私たちは身を以て体験し痛感した。西洋近代文化の摂取にとって、明治以後八十年の歳月は決して短かすぎたとは言えない。にもかかわらず、近代文化の伝統を確立し、自由な批判と柔軟な良識に富む文化層として自らを形成することに私たちは失敗して来た。そしてこれは、各層への文化の普及滲透を任務とする出版人の責任でもあった。

一九四五年以来、私たちは再び振出しに戻り、第一歩から踏み出すことを余儀なくされた。これは大きな不幸ではあるが、反面、これまでの混沌・未熟・歪曲の中にあった我が国の文化に秩序と確たる基礎を齎らすためには絶好の機会でもある。角川書店は、このような祖国の文化的危機にあたり、微力をも顧みず再建の礎石たるべき抱負と決意とをもって出発したが、ここに創立以来の念願を果すべく角川文庫を発刊する。これまで刊行されたあらゆる全集叢書文庫類の長所と短所とを検討し、古今東西の不朽の典籍を、良心的編集のもとに、廉価に、そして書架にふさわしい美本として、多くのひとびとに提供しようとする。しかし私たちは徒らに百科全書的な知識のジレッタントを作ることを目的とせず、あくまで祖国の文化に秩序と再建への道を示し、この文庫を角川書店の栄ある事業として、今後永久に継続発展せしめ、学芸と教養との殿堂として大成せんことを期したい。多くの読書子の愛情ある忠言と支持とによって、この希望と抱負とを完遂せしめられんことを願う。

一九四九年五月三日